方卫平学术文存

第六卷

儿童文学的历史与重建

方卫平 著

山东教育出版社

图书在版编目（CIP）数据

儿童文学的历史与重建 / 方卫平著. - 济南：山东教育出版社, 2021.7
（方卫平学术文存；第六卷）
ISBN 978-7-5701-1771-0

Ⅰ.①儿… Ⅱ.①方… Ⅲ.①儿童文学 - 文学史研究 - 世界 Ⅳ.①I058

中国版本图书馆 CIP 数据核字 (2021) 第 129645 号

方卫平学术文存　第六卷
儿童文学的历史与重建　方卫平 著
ERTONG WENXUE DE LISHI YU CHONGJIAN

责任编辑：周易之
责任校对：赵一玮
美术编辑：蔡　璇
装帧设计：王承利　王耕雨

主管单位：山东出版传媒股份有限公司
出　版　人：刘东杰
出版发行：山东教育出版社
地址：济南市市中区二环南路 2066 号 4 区 1 号
邮编：250003
电话：(0531)82092660
网址：www.sjs.com.cn
印刷：山东临沂新华印刷物流集团有限责任公司
开本：710 mm × 1000 mm　1/16
印张：36.5
字数：460 千
版次：2021 年 7 月第 1 版
印次：2021 年 7 月第 1 次印刷
印数：1-1000
定价：298.00 元

（如印装质量有问题，请与印刷厂联系调换，电话：0539-2925659）

作者简介

方卫平，祖籍湖南省湘潭县，1961年8月出生于浙江省温州市；1977年考入宁波师范学院中文系读本科，1984年考入浙江师范大学中文系读研究生，毕业后留校工作至今。1988年任讲师，1994年由讲师晋升为教授。曾任浙江师范大学中文系副主任、儿童文化研究院院长、儿童文学研究所所长、儿童文学系主任等。

现为浙江师范大学二级教授、博士生导师，中国作家协会儿童文学委员会副主任，浙江省作家协会副主席，意大利马切拉塔大学《教育史与儿童文献》杂志国际学术委员，鲁东大学兼职教授。

主要从事儿童文学、儿童文化研究与评论，出版个人著作多种；在中国、美国、意大利、德国、日本、韩国、马来西亚发表论文和评论文章数百篇，论文曾被《新华文摘》、《中国社会科学文摘》、中国人民大学《复印报刊资料》等转载或摘介。

主编有"中国儿童文化研究年度报告"系列、"中国儿童文学大系"（增补卷10卷）、"当代西方儿童文学理论译丛"、"国际安徒生奖大奖书系"、"中国儿童文学名家论集"、"第六代儿童文学批评家论丛"；选评有"方卫平精选儿童文学读本"、"方卫平精选少年文学读本"、"中国儿童文学分级读本"；主编学术丛刊《中国儿童文化》，合作主编《新语文读本·小学卷》等。

1. 1993年夏天在家中
2. 2005年11月在江苏扬州
3. 2010年11月在浙江水乡乌镇

1. 2016年9月1日，在北京鸿府大厦由中宣部、中国作协主办的第二届"全国儿童文学作家与编辑研修班"上讲课

2. 2016年4月17日上海市民文化节期间，应邀在宝山图书馆为市民做儿童文学讲座

3. 2019年7月6日，在广东深圳宝安图书馆做关于当代儿童文学现状的报告

1. 2019年9月19日，在云南临沧主持2019年中国作家协会儿童文学委员会年会暨中国儿童文学论坛

2. 2020年7月24日于英国剑桥康河。这个夏天，新冠疫情继续影响着这个世界

3. 2021年4月16日，在百年老校浙江省温州市广场路小学与老师们交流对当代儿童文学创作与教学的看法

目录

综评　　1

儿童文学的历史发生与发展　　1
《中国少年文学书系》总序　　12
中国少年小说：回望与思考　　25
《中华幽默儿童文学作品精粹》前言　　42
儿童戏剧：历史回眸与现实描述　　62
论当代儿童文学形象塑造的演变过程　　72
少年小说：对新的艺术可能的探寻　　91
少年文学的自觉与困惑　　106
——兼及《独船》及其讨论
近年来儿童文学对成人文学的借鉴意识　　116
憧憬博大　　129
——对一种儿童文学现象的描述和思考
近年来儿童文学发展态势之我见　　141
——兼与陈伯吹先生商榷
青春的萌动　　150
——当代青少年文艺现象的描述和思考

一份刊物和一个文学时代 168
——论《儿童文学选刊》
寻求新的艺术话语 178
——再论《儿童文学选刊》
90年代：长篇的时代？ 190
90年代儿童文学印象 192
90年代中国儿童文学概观 195
重建经典品质 200
——90年代儿童文学创作评议
逃逸与守望 204
——关于90年代儿童文学的生存境况
儿童文学本体建构与90年代创作走势 211
——与友人班马对话
制造一个阅读神话 224
今天的儿童文学 227
形式及其他 231
青春期文学叙事的觉醒 240
香港儿童文学的多元书写 247
——读"第十二届香港中文文学双年奖"儿童少年文学组参评作品
第十二届香港中文文学双年奖儿童少年文学组总评 256
少儿期刊：历史与未来 258
文化责任与品质提升 268
从全国儿童文学评奖看儿童文学原创变化 270

探寻儿童文学的艺术新境 275
——第十届全国优秀儿童文学奖评述

中国儿童文学四十年 283

序 283
一 "新时期"的开启 285
二 探索艺术的正道 294
三 市场化时代 310
四 21世纪：如何塑造更好的童年 323

年 度 347

1990：少年小说的艺术风度 347
1996—1997：书写和阅读 356
1998—1999：我的阅读印象 365
2001年的儿童文学创作 372
原创与译介 389
——2005 "书香中国"年度最佳童书述评
选择与思考 400
——"书香中国"2006年度童书排行榜初选入围作品述评
原创图画书在2008年 414

历史与现实经验的当下叙事 426
——2013年的短篇儿童文学创作

2016儿童文学的两个关键词 434

收获的季节 438
——1992年浙江儿童文学创作述评

平静中涌动着潜流 455
——1993年浙江儿童文学创作述评

跋涉与跨越 475
——1994年浙江儿童文学创作述评

风景又一年 509
——1995年浙江儿童文学创作述评

逼近新世纪 529
——1998年浙江儿童文学创作述评

回眸九九 553
——1999年浙江儿童文学创作述评

综 评

儿童文学的历史发生与发展

与成人文学相比，儿童文学作为一种独立存在的文学门类，其自觉的发展历史并不久远；然而，儿童文学最早的源头却可以追溯到全部文学的起始处。神话、故事、歌谣这些最早出现的文学形态，也是儿童文学得以生长的最初的摇篮。从时间上来看，东西方儿童文学发展的历史步伐并不完全一致，但总体上来看，它们发展变革的轨迹存在着许多共同点。这使我们能够从世界儿童文学的范围里，来总结儿童文学历史发展的一般特征。

一、从"自在"到"自觉"

一个得到普遍认可的观点是，早在人们认识到"儿童文学"这一特殊文学门类的存在以前，"自在"状态的儿童文学就已经出现了。"自在"是一个借自哲学领域的术语，我们用它来指代儿童文学在获得其文体独立性以前"潜在"的存在状态。许多学者在相关的史论著作中都十分注重对于历史前期儿童文学存在状态的描画与勾勒，并把它看作是儿童文学赖以生长的历史基础。

儿童文学的历史与特定社会儿童观的形成和发展密切相关。儿童观是指一个社会或一种文化所形成的对于儿童的认识的总和。尽管儿童是一个自人类诞生伊始就一直存在的群体，但对于儿童特殊的生理、心理特征和个体、群体需要的意识，在东西方都是晚近以来的事情。法国童年研究学者菲利普·阿里耶在其《儿童的世纪：家庭生活的社会史》一书中提出：儿童观是随着时间的推移以及经济、社会的发展而进步的；在中世纪及以前的西方社会，"儿童"并不是一个被区别看待的群体，因此也不存在"童年"一说；"童年"的概念及其在欧洲家庭生活中的位置要到17世纪才得以确立。在中国，"儿童"的独立身份也是在20世纪初才慢慢被普遍认识到的。

显然，在人们认识到"儿童"和"童年"的特殊性之前，不可能出现专为儿童创作的文学作品。然而从远古时代以来，神话、传说、民间故事、民间童话、民间歌谣等古代文学样式中一直包含了许多以今天的目光来看具有儿童文学特征的内容，比如中国《山海经》里的神话故事、印度《五卷书》中的寓言故事、西方的诸神故事等。如果按照社会学家和人类学家的推断，在原始社会的成年礼仪式过程中，由长者向儿童传授部落神话是一项极为重要的内容，那么这些神话或"可看作是日后的童话及整个少年儿童文学的真正源头"[1]。许多神话研究学者认为，古代神话与原始部落的宗教仪式和禁忌相关，当"部落的传统仪式和祭祀秘密不再被奉行，而这些宗教性行为的神秘内容也不再成为禁忌之时"[2]，神话便失却其秘密和神圣的性质，演变成为世俗的民间童话和传说故事，在普通民众间口耳相传——其中当然也包括儿童。随着书面文字和文学形态的出现，一部分作家创作的成人文学作品也进入了儿童的阅读视野。所有这些都说明，在儿童文学独立成一种文学门类以前，它一直自发地存在于口传的或书面的文学传统中。

儿童文学的自觉是人们认识到"童年"作为一个特殊生命阶段的独特精神需要以后的产物。不少学者把1697年贝洛的《鹅妈妈故事集》的出版，看作是西方儿童文学自觉形态的开始。亦即从贝洛的这部童话集开始，西方开始出现专为儿童创作的文学作品。然而，贝洛的童话其实只是一个引子——《鹅妈妈故事集》并不是写给儿童的，但它却与同一时期的其他童话作品一道，在整体上开启了西方创作童话的传统；紧接贝洛之后的博蒙夫人以她改写的《美女与野兽》的故事，将民间童话正式带入了儿童读物的范畴。[3]整个18世纪，随着人们在儿童身体、精神发展和儿童养育方面知识的增多，儿童的"独立性"和"独特性"也得到了进一步的认识。这一时期出现了许多为儿童改编或创作的文学作品，它们既为当时的儿童提供了丰富的精神滋养，也为19世纪西方儿童文学黄金期的出现奠定了基础。

由于传统教育和儿童观方面的限制，古代中国基本上没有出现自觉的儿童文学创作。一直到20世纪初，随着"五四"新文化运动的推进，儿童解放才随着"人的解放"的话题一起被提了出来。在鲁迅、周作人、茅盾、郑振铎等一批作家、学者的共同努力下，当时出现了一股为儿童搜集、翻译、编写和创作儿童文学作品的潮流。中国儿童文学也从这里开始走上了自觉发展的道路。

值得注意的是，无论是在西方还是在中国，儿童文学文类的自觉都与它的教育功能紧密联系在一起。17世纪至18世纪，为西方儿童文学的自觉发展做出过重要贡献的作家如贝洛、杜诺依夫人、博蒙夫人等的童话改编与创作行为，总是与特定的道德和礼仪教育目的结合在一起。同样，20世纪初中国儿童文学的发展，也总是与教育儿童、拯救国民的使命联系在一起。而随着儿童文学的进一步发展，它的娱乐和幻想功能才逐渐得到了更多的强调和重视。

二、从民间文学到作家创作的文学

史前期儿童文学从内容、形式到传播方式，都与民间文学密不可分。流传于民间的故事、童话可以说是儿童文学得以产生的最重要的一个母体。诞生于人类童年时期的民间故事和童话记录了平民群体的情感和愿望，一些故事常常有着共同和基本的母题、结构和主题表现，情节单纯，结构明朗，角色富于行动感。所有这些都十分符合儿童的接受心理特征。

问题在于，民间故事和民间童话都不是专为儿童创作的。在18世纪至19世纪的西方，当人们开始将它们用作儿童蒙养的素材时，很自然地发现其中有许多与当时的教育观念相悖的、不适于儿童阅读的内容。许多作家在为儿童改写民间故事和童话时，对这部分内容进行了删改。例如，1812至1857年间，格林兄弟一共出版了七个版本的《儿童与家庭故事集》，其间除了故事的增补外，一个很重要的改动，就是删去或改写了作者认为不适合儿童阅读的内容。

儿童文学从"自在"走向"自觉"的演进，离不开那个时代作家们的努力。他们承担起了把民间传统与儿童文学的创作传统接续在一起的重要责任。在17世纪至19世纪的欧洲，正是由于贝洛、格林兄弟等作家的改编和再创作行为，口传童话才得以逐渐进入儿童文学和儿童阅读的领域，并成为儿童文学诞生初期一个重要的文学依托。同样，在20世纪初的中国，由周作人、茅盾等倡导和亲身实践的"翻译外国儿童文学、采集民间口头创作、改编传统读物"这三方面工作，构成了五四时期中国儿童文学的基本内容。

格林兄弟在搜集、整理和出版他们的《儿童与家庭故事集》时，明确意识到儿童作为一个文学接受群体的特殊性，尽管对于这一特殊性的认识仍然与儿童教育的需要紧紧联系在一起。威廉·格林曾说，他们搜集、整理、出版这些民间童话的目的，就是"希望它成为一本有教育意义的书，因为我再也想不出什么更富有教益，更天真无邪，更令人心旷神怡的读物，能比它更适合于儿童的心性与能力了"[4]。

如果说对于儿童文学的发展来说，格林兄弟的贡献主要在于通过对口传民间故事的搜集、整理、加工和再创作，使之成为儿童文学的重要素材，那么丹麦作家安徒生则是在继承这一传统的同时，以自己独特、丰富的童话故事创作，开创了现代作家创作童话的新纪元。安徒生是一位十分注重搜集民间传说和故事的作家。他通过对这些搜集到的故事进行艺术上的再加工，创作出了像《小克劳斯和大克劳斯》《皇帝的新装》《打火匣》《野天鹅》《老头子做事总不会错》这些既从民间故事里取用题材，同时又富于文学个性的童话作品。很多时候，安徒生根据民间故事创作的童话，已经打上了他自己鲜明的文学烙印。比如《海的女儿》的故事，尽管吸纳了民间人鱼传说的素材，情节上也借鉴了德国浪漫主义作家富凯改编自德国民间故事的作品《水妖的爱情故事》，但不论是在故事设计还是语言表达方面，《海的女儿》都体现出安徒生作为一位作家的独特的创作思想、情感和风格。在借鉴吸收民间故事题材和艺术手法的同时，安徒生更写出了一大批完全由他自己创作的童话故事，如《丑小鸭》《卖火柴的小女孩》《柳树下的梦》《单身汉的睡帽》《幸运的贝儿》等。

　　人们一般把安徒生的童话创作分为三个阶段。前期创作多从民间故事中借取题材，风格上受到浪漫主义文学思潮的影响，作品往往在想象中充满乐观和幽默的精神；中期作品中的现实主义因素有所加强；晚期作品开始趋向"童话式的短篇小说"，内容更具有现实批判性。在这一过程中，安徒生的童话创作也在日益走向更高程度的成熟。

　　在儿童文学从民间文学形态走向现代形态的过程中，安徒生是一位具有代表性的作家。他一生共创作了160余篇童话故事。这些作品以其生动的故事情节、个性化的故事角色和活泼睿智的语言表达，为读者打开了创作童话的丰饶世界，也对后来的儿童文学创作者产生了深远的影响。安徒生的童话创作始终秉持"为儿童"的创作原则，并将自己的作品明确定位为"给孩子们看的童话"。此外，与格林童话相比，安徒生童话更加突显了儿童文学创作在审美层面上所能够达到的高度。安徒生的童话是世界儿童文学史上的一枝奇葩，它与同一时期其他作家的创作童话一起，让我们看到了儿童文学所可能具有的丰富的艺术空间。继安徒生等作家之后，由作家创作的儿童文学作品继续发展，作品数量不断累积，艺术手法也不断丰富。儿童文学独立的文学地位和不可取代的审美价值，也逐渐受到人们的关注。

三、审美形态的发展

人们对于儿童文学审美形态的认识，是随着儿童文学文体自身的发展而发展的。在儿童文学还没有从民间文学中独立出来时，它还不具备属于自己的艺术特质。民间文学的一个十分典型的特征，是母题、形象和结构的类型化与程式化。关于这一点，民间文学研究界早有共识，也出现了不少影响深远的民间故事类型研究。例如，芬兰学者阿尔奈出版于1910年的《故事类型索引》一书，对来自芬兰和北欧其他国家以及部分其他欧洲国家的民间故事进行分析比较，把同一情节的不同异文加以综合，并根据一定的原则对这些故事进行了分类编排，这是最早的民间故事类型索引体系。阿尔奈的这一分类索引行为得到了当时相关研究者们的积极响应。继阿尔奈之后，美国民间文艺学者汤普森在大量细致的研究工作的基础上，对阿尔奈的索引做了重要的补充和修订，并于1928年出版了英文版《民间故事类型索引》；1961年，汤普森出版了他根据新搜集到的资料再次修订后的《民间故事类型索引》。由阿尔奈与汤普森共同创立的这一分类编排方法在民间文学研究界得到了广泛的运用，被称为"阿尔奈—汤普森体系"。此外，俄罗斯学者普罗普在出版于1928年的《民间故事形态学》一书中，也以100则俄罗斯民间故事为对象，提取出31种共通的叙事功能单元。

应该说，民间文学在母题、结构等方面的类型化十分符合儿童，尤其是低龄儿童的接受心理特征。儿童的文学接受能力受到来自其生理、心理发展阶段和理解能力等方面的制约，类型化的故事有利于儿童较快地理解故事内容，抓住故事的情节线索，跟上故事的叙述节奏。此外，民间文学作品往往有着生动简练、机智幽默的语言表达，也十分符合儿童的语言接受能力和欣赏趣味。这也是为什么我们今天仍然能够从许多作家创作的儿童文学作品中，辨认出最早属于民间文学的结构和叙述特征的原因之一。

然而随着儿童文学的独立和发展，上述民间文学的艺术特征越来越不能满足它在审美形态方面的发展需要。事实上，从儿童文学作为一种文学门类受到作家有意识的关注开始，它的审美形态拓展也在不断进行。这种拓展主要表现在三个方面。

（一）体裁样式的分化

儿童文学从民间文学中传承的主要是童谣、童话和寓言三种体裁。在其后的一段时间里，除了这三种体裁外，儿童文学又逐渐发展出了儿童诗歌、儿童小说、儿童生活故事、儿童散文、儿童报告文学、儿童科学文艺、儿童图画书、儿童戏剧等各类体裁。这其中既包括儿童文学向成人文学借鉴的文体样式，如小说、散文、报告文学等，也包括富于儿童文学文体特征，同时也在儿童文学领域内得到最大发展的体裁，如儿童生活故事和图画书。尤其是儿童图画书，近年来已经发展成为一个具有独特审美风貌的儿童文学门类。今天，上述每一种体裁都已经发展出较为成熟的艺术手法。在中国，各类体裁又因儿童读者年龄段的不同，进一步分化为以幼儿、童年、少年三个阶段的儿童读者为对象的文学作品。

儿童文学体裁的细化自然而然地带来了新的艺术思考。例如，20世纪80年代以来，"青少年文学""幻想小说"等艺术现象和课题的出现，就曾一度引发中国儿童文学界的热议。这些讨论进一步深化了人们对于儿童文学文体特征和艺术特质的认识。

（二）题材领域的拓展

儿童文学自其诞生之初，便与儿童教育的意图不可分割地联系在一起。18世纪欧洲儿童童话的一个十分重要的特征就是"寓教于乐"；而在1909年，当中国近现代出版史上最早的一套大型的专门性的儿童文学丛书《童话》第一辑出版时，主编孙毓修也指出，这一丛书的编辑意图就在于"启发知识、含养德性"。这就注定了在儿童文学发展初期，许多被认为不适宜儿童接受的题材都被隔离在了儿童文学的领域之外。比如格林兄弟在为儿童提供故事集时，就对民间口传故事中所涉及的暴力和性等内容进行了重要的删改。

社会、家庭和学习环境的变化带来了许多新的童年现象，这些现象迫切地需要在儿童文学中得到反映；而随着儿童文学创作和研究的推进，许多原先被认为不适合儿童阅读的，却存在于儿童真实的生活中的题材，也陆续进入了儿童文学创作者的视野。历史上，中西儿童文学界都曾对"爱情"和"性"的话题噤若寒蝉。在20世纪

90年代后期的中国,《柳眉儿落了》(龙新华)等几部涉及青春期性意识的朦胧觉醒的作品,曾在创作界和研究界引发热烈的探讨。而今天,包括爱情、性、战争、暴力、残障、单亲与父母离异、网络沉迷等在内的一系列话题,大大拓展了儿童文学的传统题材领域。例如,英国儿童文学作家艾登·钱伯斯出版于1982年的小说《在我坟上起舞》,就是一部以同性恋为题材的青少年小说。

(三)艺术手法和艺术风格的多样化

与成人文学相比,儿童文学施展艺术技法的自由因其特殊的接受对象而受到许多限制。但这并不意味着儿童文学的艺术手法和艺术风格是单一和停滞不前的。恰恰相反,自儿童文学的自觉以来,儿童文学作家在各个体裁领域的积极探索,一直向我们展示着这一文学门类所蕴藏的丰富的艺术可能。以儿童小说的发展为例,随着时间的推移,这一文体在叙事技巧、语体风格等方面所取得的进步就十分突出。最初的儿童小说往往情节简单,叙事平淡,语言一般化,人物形象也缺乏丰富的个性维度。但它很快凭借自己在结构设计、叙事创新、语言表达、形象塑造等方面的探索和进步,成为最受人们关注的儿童文学体裁之一。而在幻想文学领域,像《汤姆的午夜花园》《讲不完的故事》这样的作品,即便放在一般文学的领域中,其艺术成就也是光芒四射的。当代许多优秀的儿童文学创作不但让我们看到了儿童文学可能的艺术高度,而且展示了它不同于一般文学作品的独特魅力。

同时,受成人文学界的影响,现实主义、浪漫主义、现代主义和后现代主义等文学思潮和相应的文学技巧，也对儿童文学的发展产生着或大或小的影响。一直以来，对于东西方的儿童文学创作来说，现实主义和浪漫主义都是最重要的两种创作手法。但是20世纪后期以来，儿童文学作家也开始有意识地探索将现代主义、后现代主义的文学手法借鉴到儿童文学作品的写作中。一部分儿童文学作品在意识流、反情节等现代主义文学手法的运用方面取得了一定的突破。而当代不少儿童文学作家则开始将后现代主义的拼贴、戏仿、狂欢、权威颠覆等元素，运用到童话和儿童小说的创作中。由约翰·席斯卡撰文、蓝·史密斯绘图的《臭起司小子爆笑故事大集合》，就是一部典型的运用后现代主义文学手法创作的另类童话集。在这部童话集中，作者利用人们对"青蛙王子""豌豆公主""杰克与豆茎""丑小鸭"等经典童话故事的理解，将这些童话故事的情节、主题等进行了解构性和颠覆性的重写。在中国，许多儿童文学作家也已经开始尝试类似的文学手法创新。

（原载方卫平、王昆建主编《儿童文学教程》，高等教育出版社2009年版）

注　释

[1] 吴其南：《中国童话发展史》，上海：少年儿童出版社，2007年版，第33页。

[2][3] 参见［美］杰克·齐普斯：《作为神话的童话／作为童话的神话》，赵霞译，上海：少年儿童出版社，2008年版。

[4] 杨武能：《格林童话辩诬——析〈成人格林童话〉》，见《三叶集：德语文学·文学翻译·比较文学》，成都：巴蜀书社，2005年版。

《中国少年文学书系》总序

对于中国儿童文学来说，70年代末迄今将近20年间的艺术发展是格外引人注目的。正是在这样一个历史时段中，中国儿童文学创造了自己富于激情和想象力的艺术岁月。很显然，对于这些岁月的回顾和考察可以借助很多不同的视角——其中，当我们从文学分类学的角度来分析近20年中国儿童文学的艺术迁移轨迹或创作发展大势时，我们会发现，少年文学的艺术探寻和美学创造的萌动与活跃，少年文学作为儿童文学艺术家族中一个相对独立的文学部族之身份意识的明晰与自觉，几乎构成了串联这些文学岁月和发展断片的最基本的历史线索。作为大体上可算是这一历史过程的一个亲历者的我，一直有些固执地觉得，如果没有了少年文学的艺术参与和自觉，人们将难以想象这一时期的儿童文学历史还会被怎样书写，并且还将呈现出怎样一种面貌。

当然，我们还应当看到，近20年来中国少年文学的艺术自觉，是以20世纪中国儿童文学的整体发展作为深远、广阔的历史背景和现实依托的。换句话说，虽然中国少年文学的艺术自觉在最近20年间得以实现，但其整个艺术生命的积累，却是与整个20世纪中国儿童文学的历史及其社会背景紧紧联系在一起的。

20世纪中国儿童文学的艺术变迁与20世纪中国社会生活的现实发展之间存在着深刻的历史联系和文化相关性。从少年文学的角度来看，它的客观的历史发展轨迹及其阶段性标志都不完全相同，换句话说，

20世纪中国少年文学的艺术发展逻辑及其历史轨迹与相应的社会历史发展和儿童文学整体历史发展之间既有关联，又具有自己相当明显的特殊性。

概括地说，这种历史发展的特殊性主要表现为：少年文学在一个相当长的艺术发展过程中，主要是作为整个儿童文学创作中的一个自在的艺术组成部分而存在的，只是到了最近20年，严格的当代意义上的少年文学才以自己独特的艺术身份从整个儿童文学创作中分离出来，并最终完成自"五四"以来一直未能实现的艺术自觉。

因此，20世纪中国少年文学的历史发展实际上可以分为两个基本阶段：一是从"五四"至70年代末的前自觉期，二是自70年代末、80年代初中期至今的自觉期。

正如魏晋时期伴随着人的觉醒和对人的精神本体的追求而出现"文学的自觉时代"一样，中国儿童文学也是在近现代西方民主、科学思潮的冲击下，伴随着新型儿童观的确立而逐渐在"五四"前后成为一种独立的、自觉的文学门类的。从少年文学的发展历史看，我们有理由将20世纪70年代末以前出现的许多儿童文学作品视为中国少年文学早期的历史文本。但是另一方面，中国少年文学在一个很长的文学发展过程中并未取得文学分类学意义上的独立的艺术身份，也就是说，无论在文学研究和批评术语的运用上，还是在实际的美学观念确立和艺术创作实践方面，"少年文学"基本上都还处于与整个儿童文学界限、身份不甚分明的状态。这当然不是说过去的人们对其中的差异毫无觉察力和分辨力。例如，早在"五四"时期，周作人在孔德学校所做的那篇题为《儿童的文学》(1920)的著名演讲中，就参照儿童学上的分期，把儿童（广义）分为4期：一为婴儿期（1至3岁），二为幼儿期（3至10岁），三为少年期（10至15岁），四为青年期（15至20岁）。他着重论述过"幼儿前期""幼儿后期""少年期"儿童读者的阅读特点和为他们选择教材、教授儿童文学作品方法等方面的差异。此后魏寿镛和周侯予的《儿童文学概论》（1923）、徐锡龄的《儿童阅读兴趣的研究》（1931）、吕伯攸的《儿童文学概论》（1934）等著作，也都将年龄变量和分期问题纳入了自己的理论视野。五六十年代，陈伯吹、贺宜等当时有代表性的儿童文学理论家也都曾谈到过儿童读者的年龄特征问题。但是，就整个儿童文学的理论思考和创作实践而言，长期以来人们更为关心的，一是儿童文学与成人文学的区别（因为由此才能确立儿童文学的独立存在价值和艺术本体观念），而不是儿童文学系统内各部分之间有什么不同——从早期的"儿童本位论"到后来的"童心说"大体上都是如此；二是儿童文学内部各种体裁之间的区别，如1948年中华书局出版的《儿童读物研究》一书中，由金近执笔的《小说类读物》一章，就是通过与童话、故事的比较来论述儿童小说的艺术特征的。至于儿童小说这一体裁内部的年龄分期问题，则还没有充分为人们所重视。

从具体作品来看，70年代末期以前的不少儿童文学作品，其读者预设或接受定位事实上也都可以说是少年读者群体，例如，从现代早期郑振铎的诗歌《我是少年》、叶圣陶的童话《稻草人》、冰心的散文《寄小读者》，到当代小说《蟋蟀》（任大霖）、《小兵张嘎》（徐光耀）、《闪闪的红星》（李心田）等等，情况大体上都是如此。虽然我们今天仍然有充分的理由把类似的作品列为中国少年文学的历史文本，但是应该承认，作为早期形态的少年文学作品，它们严格说起来并未具备当代自觉意义上的少年文学文本的典型特征。当然，我以为同样重要的是，由于上述作品的出现和存在，20世纪中国少年文学便因此写下了一段也许艺术轮廓不很清晰、艺术累积不很充分却绝对不能被忽略的历史。

大约从20世纪70年代末期到80年代初期，在迅速变革发展的社会生活和新时期文学观念的影响和带动下，一股儿童文学艺术革新的潜流也在艰难之中悄悄地开始涌动。随着这股艺术潜流的扩散和蔓延，到了80年代中期，人们已经普遍意识到，传统儿童文学艺术格局相对单一的面貌正在发生着一系列重要的变化，其中一个重大现象便是中国少年文学的艺术自觉和美学独立。

为什么中国少年文学的艺术自觉直至晚近才得以实现？

首先，从大的文化环境和背景看，少年文学艺术身份的自觉和独立与"青春期"概念在当代生活中的逐渐清晰和确立有着密切的关系。

青春期作为人生发展的一个阶段，曾经长久地被传统生活方式和文化观念所遗忘。青春期（少年期）的独立是一种社会历史文化现象。在西方，玛格丽特·米德通过对萨摩亚岛青少年的研究发现，"成人礼"的完成就意味着从儿童到成人的直接转化，其间没有心理过渡，也没有"独创性"的心理危机。第一个注意到少年发展阶段独特性的西方人是卢梭。他在1762年出版的《爱弥儿》一书中首次注意到人生这个阶段所具有的心理学意义。卢梭把少年期描绘为人自我的"第二次诞生"，强调该阶段的重要特点就是自我意识的发展。不过，虽然《爱弥儿》对少年期概念的形成具有重大影响，但卢梭的思想在科学上的进一步完善，却是由斯坦利·霍尔在两卷集经典著作《青少年：他们的心理及其与生理学、人类学、社会学、性、犯罪、宗教、教育等的关系》一书中完成的。该书于1904年出版，并多次再版，赢得了广泛的肯定。霍尔不仅提出了解释少年期心理现象的概念，而且在很长一段时间里确定了传统上与少年期有关的问题范围。霍尔也因此被誉为"过渡年龄心理学之父"。此后，青春期、少年期才得到社会的普遍承认，并成为家喻户晓的词语。此外，西方另一些著名学者如马林诺夫斯基、R·本尼迪克特等人的研究成果，也部分证明了青少年的特征取决于社会的文明化程度，是一个文化过渡过程，而不仅仅是一种生理－心理学上的变化。从这种观点上看，少年期的独立乃是文化全面发展和精细化的产物，它的独立出现是根源于现代社会文化环境作用中的青少年性早熟，以及少年期的延长后发生的新异行为和思想观念。于是，青春期便由一个过渡性的心理学概念变成了一个独立的文化概念。同样，中国当代社会经济文化生活的全面发展，也对当代青少年的身心发展产生了深刻的影响；"青春期"不仅作为一种独立的生理、心理现象而为社会所关注，而且它也日益广泛辐射并逐渐形成了一种具有鲜明个性特征的亚文化分支——青春期文化。[1]

而少年文学无疑是当代青春期文化的一个有机组成部分。从文化深层来考察，可以说，青春期心理文化特质的日益凸现，青春期概念的日渐确立，为当代中国少年文学的艺术自觉提供了坚实的文化背景和丰富的艺术心理学内容。

其次，从儿童文学界内部看，20世纪80年代以来整个儿童文学界读者观念的重新调整和明确，成为实现少年文学艺术自觉的内部契机和强大动因。

传统儿童文学作品主要是依据童年读者的阅读能力和审美趣味来

确立自己的接受模式的，而较少顾及处于过渡期的少年读者。事实上，适宜低龄儿童欣赏的文学作品与少年读者喜欢的作品并不是一回事。从少年儿童审美心理发展的角度看，其各个发展阶段也不只是表现为量的积累，还表现为质的飞跃，因而，儿童文学要适应不同审美心理建构阶段少儿读者的文学接受能力和阅读趣味，它所涵盖的文学实体就必然会由于艺术结构和美学品性的整体性不同而分属于不同的文学阶段或类型——少年文学即属于其中较高的年龄发展阶段，并且具有自己相对独立的艺术品格。而传统儿童文学由于比较重视低龄读者的阅读兴趣而相对忽视了与少年读者的艺术交流和文学对话。进入20世纪80年代，当人们逐渐发现，我们过去为少年期读者提供的作品实际上常常是根据较低年龄阶段儿童的心理特征和生活状态去进行创作，从而形成了事实上的文学断层的时候，他们就像又发现了一片遥远的文学新大陆那样激动不已。于是，开辟少年文学新大陆的艺术远征开始了。人们看到，80年代以来，少年文学创作正是整个儿童文学领域最活跃和最引人瞩目的部分。少年文学作家在校正了对少年读者审美心理的理解以后，开始在少年文学创作中进行自觉的探索和开拓。这些努力不仅为整个儿童文学创作带来了活力，而且直接促成了少年文学自身的美学觉醒和艺术独立。

再次，少年文学创作的自觉和活跃，与几代作家，尤其是这一代中青年作家的艺术理想有着深刻的内在联系。

传统儿童文学观念相对收敛和封闭的特性，在一个充满了变革的文学时代很快就暴露了其违背时代潮流和时代发展要求的艺术惰性。从20世纪70年代末到80年代初，中国儿童文学界孕育了新的创作企盼和创作冲动，几代作家在寻找着走出封闭传统的可能的美学途径。特别值得注意的是，一批新近进入儿童文学领域的中青年作家带着各自的艺术准备和艺术愿望开始了他们的创作实践。应该说，他们中的大多数人是熟悉并且尊重儿童文学的艺术传统的，然而他们对儿童文学已有的艺术状态却抱着深深的怀疑、批评的态度。于是，默默而执着的寻找开始了。而最贴近成人文学的少年文学，则无疑为他们所寻求的创作上的突破和超越提供了更多的潜在空间和成功机会，由此便出现了这样一个耐人寻味的现象：这一代中青年作家在各自的创作实践中所进行的显然不是有约在先的探求，却显示出了某些共同的艺术倾向，其中最重要的一点也许就是他们对少年文学创作的齐集性的艺术关注和激情投入。而中国少年文学也正是在他们的艺术实践中变得有声有色、激情洋溢，并逐渐成为一种独立的文学现象。

最后，中国少年文学的艺术自觉也是与世界儿童文学的艺术趋向及其格局相吻合的。

在儿童文学相对发达的国家，少年文学较早就有了自己的独立位置。例如英美等国，少年文学从儿童文学之母体萌发而自成个体之后，另有"青少年文学"（literature for young adult or adolescence's literature）之称。据介绍，青少年文学，不甚似成人文学，而较接近儿童文学，其间却又有很大差异。由文体、题材到语言、情节等因素，也常另具特性。而这一文学部族或类型，正是长期以来中国儿童文学所缺乏或遗忘了的。

因此，70年代末80年代初以来中国少年文学的艺术创造实践不仅仅是在续写20世纪中国儿童文学的发展历史，在某种意义上也可以说，它是在重新创造着历史。

从作品本身来看，我之所以把80年代以来的少年文学作品称为自觉的艺术努力的产物，是因为在总体上，这些作品以开阔的社会文化视野为背景，对当代青少年的生存现实作了较全面的艺术再现和剖析，尤其是多层次地、细腻地揭示了当代少年伴随着成长而来的种种愿望、苦恼、困惑和新的心理萌动，使青春期题材在20世纪中国儿童文学创作中达到了前所未有的思想深度和艺术深度。可以说，80年代以来的少年文学作品，构筑了20世纪中国儿童文学创作中一道最为亮丽炫目的青春风景线。从王安忆的《谁是未来的中队长》、刘健屏的《我要我的雕刻刀》，到曹文轩的《第十一根红布条》、常新港的《独船》，少年小说在探索中展示、发掘了丰富、严峻的生活画面和人生主题；从丁阿虎的《今夜月儿明》、龙新华的《柳眉儿落了》，到陈丹燕的《上锁的抽屉》、韦伶的《出门》，少年小说在开拓中机智而又大胆地呈现出青春期的美丽隐秘和精神图景。此外，在诸如金波的《阳光走进树林》、徐鲁的《十四岁的天空》等少年诗歌作品中，在陈丹燕的《中国少女》、班马的《星球的细语》等少年散文作品中，在孙云晓的《"邪门大队长"的冤屈》《隐患》等少年报告文学作品中，我们都可以领略到一种属于青春期的纯真、敏感、热情、坦诚、洒脱的生命气质，品味出一种生命成长过程中的欢乐、苦涩、委屈、烦恼、失落、奋争的精神体验。所有这一切，都显示出当代少年文学与传统儿童文学之间既相关又迥异的艺术品性。

回顾近20年来中国少年文学的艺术发展历程，我们不难发现，其中时时浮现出这样一些概念：探索、实验、先锋、创新……的确，由于这块文学土壤的长久荒芜，人们对少年文学的艺术构成和美学规定缺乏必要的了解，而已有的审美经验又不可能"越俎代庖"。

因此，在不期而遇的新的艺术实践面前，人们由于缺乏相应的艺术准备而只能是一面探索，一面不断地积累艺术经验；只能是在困惑中寻找少年文学的艺术创造之路。另一方面，少年生理、心理的发展特点及随之而来的独特的社会处境、人格特点、接受趣味等，也都使人们对如何确定和把握少年文学的艺术特性感到困惑。欧文·萨尔诺夫说，在我们今天的社会中，青少年"一般说来不得不连续过多年的'边缘人'的生活……这就是说，他们的社会状态是模糊不清的，因而他们既非成人，亦非儿童；他们既不能分享成人的权利，又不能停留在青春期以前即童年的不负责任状态；他们既不能受到成人的真正严肃对待，又为成人所忽视……"这种社会地位和人格上的"边缘性"特点，决定了处于童年文学和成人文学过渡或相连地带的少年文学也必然具有一种"过渡性文学"的特点：它既保留了童年文学的许多特性，又逐渐融入了成人文学的某些品格。因此，在80年代以来少年文学的艺术创作实践中，困惑、茫然常常不离左右地困扰着人们。但是，少年文学作为文学实体，必然具有自己相对稳定的艺术本体特性。这种艺术特性并不因为少年阶段的过渡性特点而变得飘忽不定、无法把握。在我看来，少男少女的心理世界尽管呈现了极为复杂多元的状态，但它仍然有着自身的质的规定性和合理性。所谓少年们有一种"半成人半儿童"心理的说法，确切地说不过是形象化地表达了少年心理世界的那种特殊的矛盾状况和过渡特征，而绝不是说少年心理即等于一半的成人心理加上一半的儿童心理。少年对成人世界的向往，仍然是典型的少年心理；少年所表现出来的幼稚和幻想，也只能是少年式的幼稚和幻想。同样，少年文学作为一个独立的儿童文学门类，其本体特征的确立是以少年期的生命品质和审美心理特征作为参照系统的。对此，从总体上看，近20年来少年文学的创作实践做了积极的探索——在艺术表现内容上不满足于用传统的、相对单一的目光来审视和描述当今少年的精神和生活状况，而开始了一种相对新颖的尝试，即从不同视角、不同方位来展示当代少年与整个社会的复杂联系，来提示当代少年的心灵内蕴和人生遐想；在艺术表现形态上，以《哭鼻子比赛》《勇敢理发店》《祭蛇》《白色的塔》《古堡》《女孩子城来了大盗贼》《独船》《鱼幻》《那神奇的颜色》《绿蚂蚁》《长河一少年》《我们没有表》《空箱子》《四弟的绿庄园》《怪老头儿》等等为代表的一大批从语言、情节、结构、象征、哲理、幽默、荒诞、文化感、游戏性、悲剧意味等等不同艺术关节点切入进行尝试、创新的少年文学作品，几乎是以"毫不讲理"的方式搅乱、突破了传统儿童文学相对收敛的艺术格局，大大丰富了当代儿童文学的艺术手段和生存形态；在美学气质上，少年文学将"青春期"作为一个独立的生命和文化概念引入自身的艺术思考和美学构建，着力于发掘这一年龄阶段自身所包含的种种现实的、文化的、生命的内容，成功地展示了少年文学所具有的潜在、深厚的文学力量和纯洁、率真的艺术气质与魅力。因此，无论是就艺术探索的活跃性和先锋性而言，还是从实际的文学成就来看，少年文学都堪称近20年来中国儿童文学发展进程中最重要、最具时代特征和影响力的一个文学门类。

  少年文学的艺术自觉和独立，其意义是多方面的。第一，它意味着儿童文学的读者对象变得更为具体化、明晰化，意味着少年读者作为一个独立的文学接受群体的地位获得了真正的承认和确立。第二，它加强了传统儿童文学艺术分布中的薄弱领域，使儿童文学自身的艺术格局趋于完善与合理。第三，由于少年文学创作的自觉和活跃，儿童文学大大拓展了自身潜在的美学表达可能和艺术创造空间，丰富了自身的生存内涵和美学价值。第四，少年文学的自觉也是对整个当代文学、当代教育、当代文化生活的一种重要的添加、填补和充实。

经历了80年代的艺术探索和90年代的艺术积累，中国少年文学在世纪之交已经完成了一个从模糊、朦胧到探索、实验并逐渐自觉、独立的艺术周期。在这样一个时刻，自80年代初起就一直关注并支持中国少年文学艺术发展的贵州人民出版社策划并组织这样一套大型的《中国少年文学书系》，可以说是极具眼光、适逢其时的。我认为，这套书系的出版将会具有多重价值。

1. 历史文献价值

《中国少年文学书系》将少年文学的艺术自觉看作一个过程，书系各卷收入了"五四"迄今特别是80年代以来少年小说、童话、诗歌、散文、报告文学、科学文艺、寓言七种体裁中的富有代表性的作品。因此，书系具有总结既往、积累文化的历史文献价值。

2. 艺术欣赏价值

本书系在编辑方案中即强调要用统一的质量标准来决定作品的取舍，强调作品的艺术性和可读性。因此，虽然各卷的具体情况有所不同，但就整体而言，书系所选的作品既尊重了少年文学发展的历史客观性，也考虑到了作品本身的艺术水平和可读性，因而使书系具有较高的艺术欣赏价值。

3.学术研究价值

少年文学的发展伴随着许许多多的艺术探索和学术探讨。直到今天，人们对少年文学的整体认识和细节把握仍然存在着许多仍需梳理、研究的问题。作为中国少年文学第一部大型的、总汇性的图书，这套书系无疑提供了一个集中的、具有样本意义的研讨对象，它所具有的学术研究价值也是显而易见的。

4.文化交流价值

毫无疑问，汇入国际儿童文学的文化交流语境，是今天和未来中国儿童文学的发展趋势之一。同时，全球中文儿童文学界的交流和对话也将日益频繁。而像《中国少年文学书系》这样带有某种总结性意味的大型套书，无疑为这种交流提供了相当的便利条件。

地处西南的贵州人民出版社对中国少年文学表现出了持久的热情和关切。早在80年代，他们与《儿童文学选刊》编辑部合作，连续多年出版了全国优秀少年小说的选本。如今，《中国少年文学书系》的出版不仅为我们提供了一份少年文学艺术发展的历史档案，而且也为当今少年文学的读者、作者、研究者提供了一部很好的少年文学读物，更为中国少年文学的未来发展提供了一种新的艺术启示，一个新的艺术起点。因而，《中国少年文学书系》的出版，显示了历史、现实与未来的多重眼光和文化关怀。我相信，每一位关心中国少年文学艺术发展的人，对此都会在心底满怀着温暖的感激之情。

（原载《浙江师范大学学报》1999年第4期）

注 释

[1] 方卫平：《青春的萌动——当代青少年文艺现象的描述和思考》，《浙江师范大学学报》1994年第6期。

中国少年小说：回望与思考

此时此刻，一种浓烈的"世纪意识"紧紧地笼罩、包裹着我们。

这是因为我们知道，迄今为止中国少年小说所有自觉的艺术生命积累，都是与20世纪的历史步伐及其现实进程紧密联系在一起的。

而今天，我们正伫立于这个世纪苍茫、壮丽的暮色之中，我们知道，20世纪中国少年小说的历史也已经翻到了它最后的一个篇章。

那么，就让我们在这里稍稍驻足，对中国少年小说的艺术历程做一次也许稍显匆忙但显然应该是十分认真、郑重的历史回望与思考。

一

时光回溯到上一个世纪。

西方资本主义列强的坚船利炮，震撼了沉醉在"宇宙之中心""文明上国"的梦幻之中的华夏古国。在中西文化的交汇、碰撞、对峙中，近代中国走上了曲折的革旧求新、救亡图存的觉醒之路。

我们不可能在这里对这一艰难的觉醒过程做出详尽的历史描述，但是，我们有必要对19世纪末资产阶级改良主义政治家们高度重视文学特别是小说功用这一重要的文化史实，略做交代。

恰好是在一百年前的1897年，一个才华横溢、赍志报国的24岁的年轻人，在《蒙学报演义报合叙》中指出："西国教科书之最盛，而出以游戏小说者尤夥；故日本之变法，赖俚歌与小说之力。"

这位对"小说之力"深信不疑的年轻人，就是后来在中国近代文化史乃至整个中国近代史上声名显赫的人物——梁启超。

事实上，再往前推一年，梁启超在《变法通议·论幼学》（1896）中就曾要求小说为揭露时弊、激发国耻、振兴末俗、改革政治服务，明确提出应将"说部书"列入幼学教科书，与识字书、文法书、歌诀书、问答书、门径书等并列一起。在当时人们普遍把小说视作"闲书"的背景下，这无疑是对小说地位的一次大胆的肯定。

如果把目光再放远一点儿，我们还会发现，早在1891年，梁启超的老师康有为在广州创办"万木草堂"时，为了编辑《幼学》（新儿童教科书），曾提出把"幼学小说"列为新的教科书内容。为了实现改良教育、改良社会的理想，康有为冲破了传统教育规范的束缚，主张采用"通于俚俗"的童谣、土谚、南音、小说等非正统的文学材料来编纂新的幼学课本。我们注意到，在康有为心目中，"幼学小说"是"启童蒙之知识，引之以正道，俾其欢欣乐读"的绝好材料。

1898年，受到光绪皇帝支持的戊戌变法失败了。维新派丧失了以前的政治地位和靠山，由帝王之师变成了亡命者，这就使他们更感觉到"颇欲移挽恨无术"，同时也迫使他们不得不更多地重视和依赖小说等工具的作用。这一年，变法失败后的梁启超逃亡日本。年底，他在横滨出版的旬刊《清议报》上发表了《译印政治小说序》这篇十分著名的小说倡导文章。在后来的几年时间里，梁启超又陆续发表了《论小说与群治之关系》等文章,提出了许多关于小说功能、文学价值等内容的著名论点,例如"欲新一国之民,不可不先新一国之小说""小说为文学之最上乘也"等等。

今天,当我们试图探究中国现代少年小说的源起时,上述史实无疑应该引起我们很大的重视。

首先,中国古代文学遗产中虽然已经孕育了某些现代少年小说的艺术基因,但是,中国少年小说的艺术自觉却是在进入近现代社会以后才得以酝酿并逐渐实现的。从这个背景来看,梁启超等人的呼吁、倡导,对于促成小说与儿童之间的近代联姻,无疑是一种重要的历史推动。20世纪初叶,肯定小说与儿童教育之间的艺术文化联系,已经成为文学界、教育界达成的一种相当广泛的共识。例如《中外小说林》1907年先后发表了署名为"耀"的《学校教育当以小说为钥智之利导》和"耀公"的《普及乡间教化宜倡办演讲小说会》等文章;1908年,该刊又发表了老棣的《学堂宜推广以小说为教书》一文;同年,《小说林》月刊发表了徐念慈的《余之小说观》一文,都纷纷提倡小说与儿童教育相结合。可以说,重视小说作品,倡导为少儿读者提供小说作品,构成了清末文坛一种引人注目的文学动向和景观。

其次,梁启超等人以小说为文学的正宗和上乘。这种观念的建立,意味着在文学内部打破了旧的结构关系,建立了新的文学体系。中国传统文学观念一向以诗、文为文学正宗,词已为"诗之余"。而梁启超等以小说(还有戏剧)等为文学的上乘,不仅符合明清以来中国文学发展之大势,而且体现了中国文学思潮由古代到近代的重大转变。这一转变,对于我们这里所特别关注的中国少年小说的现代艺术垦拓，有着毋庸置疑的历史功绩。我们几乎可以肯定地说，近代中国儿童文学的艺术启动，主要就是从儿童小说领域开始实现的。

当然，当时人们所使用的"小说"概念还没有今天这样严格的形式内涵界定——有时候它是指传统的"说部书"，近于今天的"小说"概念；有时候它几乎是指所有叙事类文学体裁，如1909年孙毓修在为商务印书馆编辑出版的《童话》丛书所撰序文中使用的"儿童小说"概念，就基本上等于今天的"儿童文学"概念。"小说"作为一种特定体裁概念的理论自觉和明晰，是后来逐渐完成的。

但是，文学实践的步伐却因此而加快了——最初的艺术努力主要是在翻译和改写领域进行的。在20世纪初的那些岁月里，为中国儿童读者翻译外国小说，改写本国古籍中的小说类作品，成了文学界、出版界的一种时尚。有关的出版物我们可以列出一份很长的清单，其中不乏在世界儿童文学史上占有重要位置的作品。例如译编的有《爱美耳钞》（即《爱弥儿》）、《绝岛漂流记》（即《鲁滨孙漂流记》）、《海底旅行》（即《海底两万里》）、《馨儿就学记》（即《爱的教育》）、《小子志之》（即《最后一课》）等等，改制（缩写、改写）的则有《封神榜》《镜花缘》《七侠五义》《今古奇观》等。历史地看，这些作品的译编和改编，不仅为当时的少儿读者提供了有益的阅读材料，而且为近现代中国文学尤其是小说创作揭示了一种接近少儿读者的艺术创造可能。

于是，我们看到了五四时期中国现代少年小说的第一道艺术风景。

二

用"少年小说"这一用语去指称五四时期出现的那些儿童小说作品，也许并不合适，因为严格地说，那个时期并没有今天意义上的自觉的少年小说作品。当代意义上的少年小说应该是特指那些联系着青春期、过渡期这样一些心理概念和精神现象，并以少年读者为主要接受对象的小说文本类型。所以，我们在此采用"少年小说"这一用语，主要是因为中国少年小说作为一种特殊文本类型，必然有其早期的艺术状态和历史文本。而回溯历史，我们首先遇上的就是这样一些早期的文本。

在现当代文学研究界，曾不止有一位研究者做出过这样的判断：20世纪中国文学所特具的有着丰富社会历史意蕴的美感特征，是一种悲凉之感；忧患是它永久的主题，悲凉是它的基本情调。事实上，用这样的概括来把握清末至五四时期的中国文学，是更为恰当的。少儿小说同样如此。我们也曾经在有关的文章中谈到，中国儿童文学是在中国现当代特定的社会历史环境中生长和演进的，它在总体上与中国现当代的历史进程保持着密切的联系。不妨说，社会生活的流动变迁直接促成了儿童文学艺术内容的生成和转换。因此，儿童文学的艺术"兴奋点"往往集中在历史发展所遇到和提出的现实课题上。就五四时期的社会情势而言，救亡的局势、人民的苦难压倒了一切。在急迫激荡的社会现实环境中，处于初生期的中国少年儿童小说从主题、内容到风格、情调，都不能不服从或受制于现实氛围和时代主题。

时候既然是深冬，渐近故乡时，天气又阴晦了，冷风吹进船舱中，呜呜地响，从篷隙向外一望，苍黄的天底下，远近横着几个萧索的荒村，没有一些活气，我的心禁不住悲凉起来了。

鲁迅小说《故乡》中开头的这段描述，可以说为我们暗示了现代早期少儿小说的整体艺术情调和氛围：萧瑟、黏滞、压抑、悲凉。走进"五四"少儿小说的艺术世界，我们看到了太多的不幸的童年，听到了太多的凄惨的哭诉。冰心的《最后的安息》、叶圣陶的《小铜匠》和《阿凤》、王统照的《湖畔儿语》和《纪梦》、王鲁彦的《灯》、赵景深的《红肿的手》、徐玉诺的《认清我们的敌人》等，或描写学徒的不幸和童养媳的悲苦，或展示中小学生、贫苦儿童的遭遇和对生命的绝望，或表达了"被压迫者的痛苦和欲求"（《中国青年》编者语），或"从微小事件上透出时代暗影"（王统照语）。即使是像冰心的《离家的一年》《寂寞》这样描写亲子之爱、手足之情，闪烁着天真纯净的童稚情趣的小说，也难免散发着淡淡的离愁和别绪。是的，那是一个盛满了哀痛的时代，在沉重昏暗的现实面前，真诚的作者只能直面凄凉悲惨的"现代的人生"，直面不幸颤抖着的弱小的生命。或许，用今天的眼光看来，现代早期问世的那些少年小说似乎既忘却了抒情又放弃了幽默，既拒绝了游戏又放逐了幻想。直面现实和人生的惨烈，竟使20世纪中国少年小说从一开始就失去了许多全面发掘自身艺术潜能、展示自身美学风貌的机会。但是，我们还是要毫不犹豫地说，这既是中国现代少年小说（包括整个中国现代儿童文学）无法回避的历史与艺术的遗憾，也是中国现代少年小说及其草创者们面对现实的艺术命运所选择的一份光荣。

从基本的艺术策略和美学风貌来看，20世纪30年代和40年代的少年小说创作与五四时期的艺术尝试是一脉相承的：朴素平实的写实手法、严肃凝重的艺术格调……不过,艺术视野显然变得开阔了。例如,作品的社会生活容量和思想情感容量都有了增加,人物类型及其性格内涵也渐趋多样和丰厚。茅盾的《大鼻子的故事》将一个浪迹街头的流浪孤儿的故事放在民族矛盾日益尖锐的大背景下加以叙述,把人物形象的塑造和时代风云的描绘较好地融为一体。冰心的《分》《冬儿姑娘》则走出了相对狭小的爱的天地,打开了相对广阔的社会视角,作品洋溢着积极而又充实的情感力量,人物形象也变得更加富有质感和个性魅力。冬儿姑娘已不再是冰心早期作品中那种悲苦无助、命运凄惨的苦孩子,也不是蜷缩在母爱的怀抱里柔弱稚嫩、多愁善感的小可怜,而是一个在生活的熔炉中炼就出泼辣勇敢的个性和率真灼人的"野性"之美的艺术形象。又如,小说的故事结构和语言表述方式大大丰富,可读性也随之增加。周而复的《小英雄——晋察冀童话》、华山的《鸡毛信》、管桦的《雨来没有死》、贺宜的长篇小说《野小鬼》、黄谷柳的长篇小说《虾球传》等,在少年小说的情节构架和叙事语言的运用等方面,都实现了从相对单一、粗陋、拙涩的初期文本形态向着相对丰富、鲜活、自然的现代经典文本形态的艺术推进。这些作品中有不少仍然在当代读者那里获得了极为稳定的阅读热情和价值认可。

不过,与整个中国现代少年文学一样,中国现代少年小说也并未取得文学分类学意义上的独立艺术身份,换句话说,无论在文学研究和批评术语的运用上,还是在实际的美学观念确立和艺术实践方面,少年小说基本上都还处于与整个儿童小说界限不分和身份不明的状态。当然,有一点是十分清楚的,这就是,经过现代作家数十年的艺术创造努力,儿童小说已经确立了自己独特的艺术个性和地位。

一个耐人寻味的佐证是，那些产生于五四时期，如今被我们认定为儿童小说的作品，当初大多并不是作为儿童小说问世的，而只是涉及童年题材的一般小说。例如，叶圣陶先生在他晚年为少年儿童出版社出版的《我和儿童文学》一书撰写的文章中，谈到过自己的童话、童话歌剧、儿童诗歌甚至编写的开明《小学国语课本》，却只字未提他作为小学教师和刊物编辑时写下的数量不菲的童年题材小说。可见，作者并不认为它们是儿童小说。在同一本书中，还有冰心女士的题为《我是怎样被推进儿童文学作家队伍里去的》一文，文中直率地认为："半个世纪以前，我曾写过描写儿童的作品，如《离家的一年》《寂寞》，但那是写儿童的事情给大人看的，不是为儿童而写的。"虽然我们今天仍有充足的理由把类似的作品列为中国少年小说的历史文本，但是应该承认，早期儿童小说的确不是完全合乎严格意义上的儿童文学文本规范的。而到了现代儿童文学发展后期，儿童小说创作则成为一种完全自觉的艺术创造活动。从自在到自觉，从草创到独立，中国现代儿童小说走过了一段曲折而又非凡的艺术成长之路。

而20世纪的中国少年小说，也由此写下了一段也许艺术轮廓不很清晰、艺术累积不很充分却绝对不能被忽略的历史。

三

1949年延续至今的中国文学习惯上被称为中国当代文学。从少年小说的角度来看，它的客观的历史发展轨迹及其阶段性呈现的标志，与相应的社会历史分期，甚至与相应的当代儿童文学历史发展及其阶段性标志都不完全相同。换句话说，20世纪中国少年小说的艺术发展逻辑及其历史轨迹与相应的社会历史发展和儿童文学整体历史发展既有关联，又具有自己的相当明显的特殊性。

概括地说，这种历史发展的特殊性主要表现为：少年小说与整个少年文学一样，在一个相当长的艺术发展过程中，主要是作为整个儿童小说创作的一个自然艺术组成部分而存在的，只是到了最近20年，严格的当代意义上的少年小说才以自己独特的艺术身份从整个儿童小说创作中分离出来，并最终完成自"五四"以来一直未能实现的艺术自觉。

因此，20世纪中国少年小说的历史发展实际上可以分为两个基本阶段：一是从"五四"至70年代末的前自觉期，二是自70年代末、80年代初中期至今的自觉期。

五六十年代一直被认为是中国当代儿童文学发展史上一个取得了特殊成功的时代。在相当长的一个时期里，人们都把那段时期看成是当代中国儿童文学发展的"黄金时代"。这样的艺术认定显然是有它的道理的。不管今后的儿童文学史家们会怎样论述和评说那一段历史，我们从文学发展的史实本身来看，尤其是当我们联系当时读者的热情接受和反应情况来看时，应该承认，那个时期的儿童文学的确是取得了可以令今天的人们无比羡慕和垂涎的成功。

在那场早已降下帷幕的艺术表演中，儿童小说扮演了十分活跃的角色。一批儿童小说作品不仅在当时制造了不胫而走甚至洛阳纸贵的盛况，而且在几十年后的文学评奖和文学史研究中，依然几乎是大获全胜，赢得了满堂喝彩（当然其中有些作品在极个别的情况下遭到了怀疑和质询）。稍稍熟悉一点儿当代儿童文学发展历史的人，都不会在这样一些小说篇名面前表示漠然或者不屑：《罗文应的故事》《韩梅梅》《海滨的孩子》《我和小荣》《蟋蟀》《吕小钢和他的妹妹》《小兵张嘎》《苦牛》《小马倌和"大皮靴"叔叔》等等（或许还应该加上70年代初期出版的《闪闪的红星》）。如果要开列一份代表那个时期儿童文学成就的作品篇目的话，上述作品是绝不应该被遗漏的。

那么，回望历史，上述作品的陆续出现何以会被认为是取得了一系列的成功呢？

历史地看，这些作品的确以一种真诚、朴素的艺术态度，展现了那个时代的社会生活和精神风貌，表达了那个时代的审美理想和艺术趣味。尤其是它们所塑造和提供的文学形象，更是蕴含、浓缩了整整一个时代的精神核心和生活理想。这些形象以其充实的历史内涵和饱满的时代情绪，教育、感动了可能不止一代的少年儿童读者。

不过，当人们用今天的眼光去评说历史时，变化了的社会生活、审美趣味乃至某些价值观念等，都将导致人们对上述作品的价值判断或审美评价发生或多或少的变化和调整。这是肯定的。但做这样的判断或评价显然不是我们这里所要做的事情。我们在此感兴趣的问题是，从少年小说的视角来审视，五六十年代的发展意味着什么？

我们想说，它仍然是现代儿童小说创作观念的自然承接和延续——也就是说，五六十年代的辉煌或成功仍然属于儿童小说，而不属于少年小说。从《小胖和小松》《妹妹入学》《竹娃》等作品看，五六十年代儿童小说典型的心理内容承载和文学表述语态是偏于天真、单纯和稚拙的。这种情形在描述较大年龄的孩子的故事时也同样存在。例如，若干年前我曾经这样分析《我和小荣》："刘真在她的《我和小荣》这篇脍炙人口的小说中，与其说是在描绘严酷的战争过早地把未成年的孩子推向战火的冷峻现实，还不如说她是在借这些小战士的形象表现人民不可战胜的英雄性格和豪迈气概更恰当些。尽管战争残酷无情，但作品的基调仍然昂奋、乐观；尽管战火使孩子变得坚强、早熟，但小战士仍然流露着天真和稚气。这是一种有代表性的文学情绪。"（《论当代儿童文学形象塑造的演变过程》）现在我们想补充说，这种以纯真为主要品质的心理承载和表述语态，在审美倾向上是偏重于儿童小说的美学定位的。

这就是为什么我们把"五四"直至70年代末的中国儿童小说创作看成是中国少年小说独立艺术创造展开的前自觉期的基本原因。

少年小说真正的艺术自觉及其有声有色的艺术创造实践，是70年代末，特别是80年代初中期以来中国儿童文学发展进程中最引人注目的文学现象之一。

经历过80年代中国儿童文学发展历程的人们，都会对当时那些生机勃勃、激动人心，甚至是惊心动魄的历史事件和细节记忆犹新。重返80年代，重新置身于80年代儿童文学的艺术语境，我们发现，当时儿童文学创作领域依次发生的众多艺术哗变事件和美学突围表演，常常都是由少年小说充任先锋和主角的。具体说来，少年小说所进行的这种艺术探索和开拓主要表现在以下几个方面。

第一，以开放的艺术胸怀接纳社会生活的广阔的"外宇宙"。

将近20年以前，受传统文学思维定式的影响，儿童文学作家们自觉或不自觉地在心理上存在着许多话语禁忌和表达障碍，许多题材不能涉足，许多主题被理所当然地放逐了。然而，在迅速变革发展的新时期文学观念的影响和带动下,一股儿童文学艺术话语革新的潜流也在艰难之中首先悄悄地在少年小说领域开始涌动。先是出现了诸如《谁是未来的中队长》《吃拖拉机的故事》《失去旋律的琴声》等一批"一反虚饰和陈套"的少年小说,不久又陆续出现了《祭蛇》《独船》等一批艺术容量更丰富、意蕴更深厚的作品。丁阿虎的《祭蛇》在一场似乎纯粹是嬉闹的乡间孩子玩祭蛇游戏的场景中传达了启人深思的意味,光怪陆离的现象背后蕴含着生活的酸甜苦辣。常新港的《独船》描写了一个渴望合群和友谊的少年石牙内心的痛苦及抗争,述说了一个在生活中变得异常自私、冷漠、狠心、孤僻的父亲由于不理解儿子的内心要求和愿望而终于失去儿子的悲剧性故事。与人们的审美视觉早已习惯的儿童文学色彩相比,这些少年小说作品所呈现的色彩无疑要丰富得多,也凝重得多。对此,早在80年代初,我们在评论这些小说作品的时候就曾经认为:"这些作品表明,儿童文学的新老作家面对我们广大少年读者,终于敢于向他们展现他们所能理解的真实的人生。作家们在探索:儿童文学应如何向80年代的孩子描绘光明和美好,又如何揭露黑暗和丑恶;如何通过自己的观察和感受,提出日益复杂的社会生活中与孩子紧密相关的问题以及少年儿童成长中的现实问题。作家们在探索:如何为今天的孩子们说话,又如何满足孩子们的需要。"(《儿童文学的报春燕》)的确,少年小说将广阔的社会生活"外宇宙"纳入自己的艺术表现范围,意味着人们开始把当代少年看成是与当代生活有着千丝万缕的广泛联系的开放群体,不再仅仅只是局限于家族集团或游戏集团、学校集团的封闭群体;意味着少年小说对生活的摄取方式、对现实的理解水平都开始变得更为灵活和深刻了。这是80年代少年小说艺术可能的重要拓展之一。

第二，以敏锐的艺术眼光开发当代少年心灵世界广阔的"内宇宙"。

在社会生活的"外宇宙"受到全面审视的同时，少年小说的艺术视野也在更深入地向着人物心理的"内宇宙"延伸。在少年小说的艺术版图上，青春期开始作为一种具有独特的生命内容和文化内涵的艺术表现领域得到前所未有的关注和开发。人们意识到，青少年处于一个特殊的人生阶段，他们既开始成熟，又难免脆弱；既纯真可爱，又难免时时困惑……欢乐、自信、洒脱与不安、困惑、痛苦的交织，构成了青春期独特的生命乐章。处于人生过渡期的青少年渴望平等，渴求理解，因此，少年小说之于他们，应该是一个可以沟通的文学知音，应该是一双可以紧握的艺术之手，伴随着他们走过一段特殊的人生旅程（参见笔者《青春的萌动》）。我们看到，80年代许多少年小说以其对当代少年心灵、个性和精神情状的鲜活而真切的描述和袒露，初步显示了少年文学独具的青春气息、纯情气质和率真个性。陈丹燕的《上锁的抽屉》、韦伶的《出门》等作品以细腻灵动的笔触描绘了处于青春发育期的少女的自我意识的萌动及其心灵感受、生活情状的微妙变更，为少年文学带来了新的心理深度。而教师作者丁阿虎的《今夜月儿明》和少年作者龙新华的《柳眉儿落了》则较早地把少男少女伴随着身心逐步发育成熟而产生的青春期意识和所谓的朦胧爱情引入了少年小说的创作视阈，一经发表便犹如投石击水，激起了强烈的连锁反应。及至80年代和90年代之交，张玉清的《小百合》及其后的多篇获得众多少年读者认可、认同的短篇小说问世，我们曾指出，玉清"善于从纷纷尘世处于身心急剧变化中的少男少女的生活中发现美，高雅地、行云流水似的表现这种美"(《青春风景·代序》)。我们想说，正是这一次又一次的心灵叩问和心理发掘，使青春期的美丽隐秘和精神图景在少年小说的艺术眼光中得到了深刻的呈现和透视。

第三，上述艺术内容的变换和拓展，引出了与之相应的新的少年小说的传达方式和表现形态。

当少年小说以前所未有的创造热情和探索姿态试图重新理解和把握社会生活与人的心灵的时候，它就无法固守传统儿童小说创作的相对单一的艺术表现方式了。在整个80年代，对少年小说艺术表现可能的持续探索和实验，构成了当时儿童文学发展的最重要的艺术线索。以方国荣的《彩色的梦》、丁阿虎的《祭蛇》、刘健屏的《我要我的雕刻刀》、程玮的《白色的塔》、曹文轩的《古堡》、常新港的《独船》、班马的《鱼幻》、葛冰的《绿猫》、金逸铭的《月光下的荒野》、张之路的《题王许威武》、韩辉光的《校园插曲》、董宏猷的《渴望》、梅子涵的《我们没有表》，以及沈石溪的一系列动物小说等为代表的一大批从不同艺术关节点切入进行尝试、创新的少年小说作品，几乎是以毫不犹豫、"毫不讲理"的方式便撑破、搅乱了传统儿童小说相对收敛的艺术格局和相对单一的表现方式。因此，相对于传统儿童小说的美学秩序和话语表述系统而言，80年代以来少年小说的美学秩序和话语表述系统无疑是大大丰富和扩展了。同时，这种丰富和扩展不是简单的量的丰富，而是试图以当代少年读者的审美趣味、期待视野为参照和依据，建立起具有少年文学自身质的规定性的艺术结构系统。很显然，正是这种艺术努力的持续进行，最终促成了中国少年小说艺术语言的自觉和艺术身份的独立。

应该郑重指出的是，台湾、香港的少年小说创作也分别拥有自己的发展过程和艺术积累。例如，台湾老作家林海音以童年生活为素材创作的《城南旧事》《我们看海去》影响深广。台湾作家林钟隆1964年12月开始在《小学生》杂志上连载的长篇小说《阿辉的心》被认为是开创了台湾少年小说创作的先河。其后陆续有许多作家投身于少年小说创作。进入80年代，以李潼为代表的新一代少年小说作家把台湾少年小说创作推到了一个新的艺术起点上，取得了相当的创作实绩。

四

我们把目光和思考拉回到20世纪90年代。

与80年代相比，90年代中国少年小说创作的美学起点、文学语境、成长环境等都不尽相同。进入90年代，整个儿童文学界的艺术氛围似乎已经由喧闹走入了平静，少年小说创作也不像80年代那样总是处于一种兴奋状态。不过我们认为，90年代的少年小说创作虽然未能再现80年代的艺术发展态势（事实上简单的再现已不可能），但这并不意味着少年小说创作又回到了80年代的起点。而且，90年代那些执着于少年小说创作的作家们仍以自己的方式进行着新的文学努力，只是这种努力变得更为内在、更加成熟了。因此可以说，艺术创造的信念和热情，在今天的少年小说创作中依然没有缺席。

90年代少年小说创作给我们印象最深的一点，是许多作品表达了进入90年代后作家们对当代少年的生存现实、精神个性和品质的新的艺术发现和诗意把握。比如，同样是表现青春期少年的心理萌动、渴望和烦恼、迷茫，80年代的少年小说作家们常常忙着做出种种或显或隐的价值分析和判断，而90年代的作家们似乎并不急于摆出这种姿态。他们更关注的是当代少年心灵在日常生活流动中的独特存在和展示方式。这方面的代表性作品有秦文君的《男生贾里》《女生贾梅》《想见米男》，梅子涵的《林东的故事》《女儿的故事》，金曾豪的长篇小说《青春口哨》，班马的长篇小说《六年级大逃亡》等。这些作品对当代生活与少年人生的揭示，有着一种更质朴、更幽默、更洒脱也更耐人寻味的力量。

但是，90年代中国少年小说创作在艺术上的相对成熟和自信，却未能在少年读者那里获得相应的回报。从现象上看，90年代发表少儿文学作品的刊物印数萎缩，少年文学作品的发行量除了个别作品如《男生贾里》等外，一直未能"攀高"。1996年5月揭晓的中国作家协会第3届优秀儿童文学奖获奖的包括少年小说在内的19部各类作品，大多数的发行量均只有数千册到一万册左右。这就是说，从作品传播的角度看，当代少儿读者对当代少儿文学作品的实际"接受"仍然是十分有限的；少年小说包括优秀少年小说作品基本上陷入了无人喝彩的尴尬境地。

中国少年小说经过世纪风雨的洗礼进入了它相对成熟的艺术发展阶段。但是，少年小说的艺术进展却未能从读者那里给自己重新带来五六十年代曾经获得过的光荣和辉煌。个中原因自然是十分复杂的。同时，如何使当代少年读者重新亲近儿童文学（少年小说），显然也不是一个纯艺术范围内的问题。

尽管如此，在这世纪之交，回望20世纪的历史暮色，遥看21世纪的未来曙光，我们依然对中国少年小说曲折的历史进程和创作足迹怀有一种恭敬的心情，我们依然对它未来的艺术前景抱有一种坚定的信心。因为我们相信，对于文学的阅读需求，对于思考、感动、想象、开心等阅读情境的应和与迷恋，将永远是一代又一代少年读者永恒的审美选择和文化本能。我们愿意在这里重复几年前抒发过的一点儿"愉快的感喟"："少年这个年龄段的孩子长时间少有专为他们创作的作品可读（他们只能囫囵吞枣式地读成人文学），如今，这种现象终于结束有望。"（小说选《女孩男孩不等式》序）

让我们继续我们的艺术创造——但愿这将成为少年小说作家面对新世纪时的共同承诺！

1997年3月20日

（本文与周晓先生合作，由本人执笔，原载《儿童文学研究》1997年第3期）

《中华幽默儿童文学作品精粹》前言

青睐、喜爱和钟情幽默，正在成为我们生活中一个重要的精神特征和主题。人们不难发现，无论是作为一种潇洒的人生态度、机智的个性才情，还是作为一种独具魅力的审美形态或招笑技法，幽默都已经以空前的姿态渗透、活跃在当代生活特别是当代精神生活的各个方面。对于这种情形，美国《新时代大百科全书》中的"幽默"词条曾经这样写道："随着时代的进程，幽默已越来越成为美国和其他许多国家的生活中的一个主题……在今天的大多数作品中，人们都已认为强烈的幽默色彩是必不可少的，然而就在一两个世纪以前，轻浮的风格可以断送一部作品的生命。"那么，究竟什么是幽默？如同许多我们自以为耳熟能详而实际上却难以准确描述的事物或现象一样，人们对幽默概念的解析和界定，也历来是众说纷纭、莫衷一是的。一位作家曾机智地指出：给幽默下定义是最不幽默的。的确，试图用一张明晰、严谨、稳定的概念之网兜住充满了各种历史的、社会的、心理的、美学的内涵并且机巧多变的幽默之"鱼"，结果往往会是徒劳而可笑的。

据国内外专家的研究和考证，幽默一词的语义内涵在西方语言中经历了三个阶段的演变，即从最初的生理学含义过渡到生活和艺术领域的概念，最后形成美学概念。

幽默一词起源于拉丁文 humor。起初它只是一个生理学术语，原义指"潮湿"，后转义指人体中的"体液"。公元前5世纪时，被称为"医学之父"的古希腊著名医师和学者希波克拉底（公元前460—公元前377）提出了"体液失调说"。他认为，人体内有四种基本的"幽默"即体液：血液、黏液、黄胆汁、黑胆汁。这四种体液的比例决定了人的气质、心理和性情，一旦失调就会出现异常症状。血液表"热"，过多会使人情绪亢奋；黏液表"冷"，过多会使人性情冷漠；黄胆汁表"躁"，过多会使人性格暴烈；黑胆汁表"潮"，过多会使人心情抑郁。幽默的这种最初的心理学含义从当时经中世纪一直沿用到文艺复兴时期，并在14世纪时正式确定其"体液"的词义。

随着人类社会历史的演进，幽默一词的含义也相应地发生着演化。到16世纪初，人的某种突发而短暂的心理状态或感觉、情绪、心境可称为幽默；稍后，人的某种特殊的气质、倾向、爱好，尤其是那种没有显豁的缘由，仅出于幻想、狂想而任性、怪诞的气质、倾向、爱好，那种对荒谬、滑稽、笨拙等不谐调事物做出独特反应的能力，也被称为幽默。这就是说，在16世纪上半叶，幽默一词的适用性从医学领域进入了更广泛的社会生活领域，完成了其词义的第一次转移。

16世纪末，幽默一词的含义完成了从社会生活领域向艺术领域的转移。16世纪末至17世纪初的英国著名喜剧作家本·琼森（1572—1637）曾给幽默下过这样一个定义：

> 如果一个人的非常出奇的特性
> 在他身上表现得如此强烈，
> 他的一切欲望、感情和才能
> 都听从这种特性的调遣，
> 它们全都沿着一个方向努力，

这的确可称为幽默。

　　根据本·琼森的说法，一个有强烈癖性的人物，可称之为幽默；而一个言行愚蠢、笨拙、荒唐而可笑的人物，则更幽默。琼森在他自己的剧作中描写了种种幽默，其目的正是让观众嘲笑这种古怪离奇或矫揉造作的气质、性情。他的"癖性喜剧"集中体现了这一时期幽默的含义。当然，此时幽默的美学意义仅仅具有一种萌芽性质，还缺乏更广泛深刻的美学内容。

　　幽默一词的内涵最终成为近代意义上的美学概念，是在17世纪末的英国。以英国喜剧作家康格里夫和乔治·法奎尔的论述为标志，幽默的词义被表达为"行为、谈吐、文章中足以使人逗乐、发笑或消遣的特点；欣赏和表达上述特点的能力"。这意味着幽默的内容有了变化，其中心位置也转移了：幽默所指的，已不是那种反映不带美感意义的纯靠外在因素（如衣着、扮相、动作等）摄取笑料、博取笑声的滑稽形式，而是以可笑的形式来表现具有美感意义的内容，即幽默被用于称谓以滑稽可笑的形式表现真理、智慧和美的喜剧美学样式、品格和形态。

　　今天，广义上的幽默仍然是生活中和艺术中各种喜剧样式的总称，它包括了一切能引起具有审美价值的笑的表情、体态、姿势、动作、情境、语言、文字、画面、音响……以及讽刺、滑稽、怪诞、机智等喜剧因素。但幽默在艺术领域中无疑拥有自己最优雅的栖身之所。在文学作品中，幽默常常使用夸张、比喻、对比、移植、反语、拈连、飞白、颠倒、交叉、谐音、双关、反复、错综、误会法、矛盾法、自嘲法、词义引申等手段，由语言、情节的不协调构成喜剧性的矛盾冲突，造成幽默效果。同时，幽默又是具有很高情趣要求的审美样式和品格，它在轻松、欢快的喜剧氛围中表达主体高度智慧、潇洒的心态和自由的游戏精神，充满意趣而又含蓄隽永、耐人寻味——而一切粗俗、浅薄的调笑都是与真正的幽默无缘的。

幽默的独特的审美情趣和魅力与儿童文学的审美天性之间有着深刻的艺术默契和联系。从历史上看，西方素来重视幽默文学，儿童文学也不例外。19世纪英国作家刘易斯·卡洛尔（1832—1898）的童话《爱丽丝漫游奇境记》被《大英百科全书》认为是"把荒诞文学的艺术提到了最高水准"。这部作品以其浓郁的英国幽默情调和丰富机巧的谐趣美而成为世界幽默儿童文学的典范之作。或许正因为幽默一词的含义最终成为近代意义上的美学概念是在17世纪末的英国，并且在18世纪英国人又首先把"幽默作家"一词写进了文学史，所以，人们往往习惯于把英国称为幽默的发祥地和"故乡"。法国女作家斯塔尔（1766—1817）就认定幽默是一种纯英国人的表达方式。有一次她这样说："英语创造了'幽默'这个词，用以表示一种与民族的秉性、才智有关的轻松愉快的感情。它是地理气候特点和民族习惯的产物，它在那些由于同样的原因使之无法充分发挥作用的地方是不能生搬硬套的。"但是实际上，作为一种美学形态，幽默在西方各民族的艺术生活中得到了广泛的接纳和响应——在儿童文学创作和欣赏中同样如此。例如，美国作家马克·吐温（1835—1910）的小说《汤姆·索亚历险记》和《哈克贝利·费恩历险记》、意大利作家卡洛·科洛迪（1826—1890）的童话《木偶奇遇记》等，都堪称世界幽默儿童文学的代表作品。

那么，中国儿童文学呢？

我们知道，在现代中国，最早把幽默作为一种艺术主张来加以提倡并开展研究和实践的人，是"幽默"这一译名的首创者、被称为"幽默大师"的林语堂。在林语堂之前，著名学者王国维先生曾在他的《屈子文学之精神》（1906）一文中，首次引用了这一概念，并将英文 humour 音译为"欧穆亚"，认为它是人生观的一种，即一种将世间的悲剧与喜剧融为一体，在人性与社会的冲突中，于痛苦和同情之间，渗入谑浪笑傲的人生态度。1924 年，林语堂先生在《晨报·副刊》上连续发表了《征译散文并提倡幽默》《幽默杂话》两文。他表白："我早就想做一篇论'幽默'（humour）的文，讲中国文学史上及今日文学界的一个最大缺憾。"可见，林语堂是有感于中国文学界幽默的缺乏，才大力倡导幽默的。随着幽默一词在新的语境中的传播，幽默作为古汉语词语的本义（作"寂静无声"解），逐渐被作为美学概念的新义所取代，并且沿用至今。

尽管作为美学概念的幽默一词在中国出现得很晚，但是，作为一种喜剧范畴和美学精神的幽默在中国文学中却有着悠久的传统。

据介绍，中国幽默的起源至少可以追溯到先秦。公元前 8 世纪（西周末年）前后，宫廷中即有用"优"之风。优是国王、贵族的弄臣，专以讽刺调笑为业，史称俳优。俳优堪称是中国最早的幽默家，其寓庄于谐、滑稽调笑、讽谏时政的传统对中国幽默艺术尤其是滑稽戏和喜剧性曲艺的发展产生了很大的影响。此后，在先秦散文、唐代参军戏、宋代南戏、元代杂剧、明清小说等文艺样式中，都出现过大量饱含幽默情趣的作品。当然，从总体上看，受传统文化和民族心理等因素的影响，中国文学史上幽默较少见于正统文学，而多见于俗文学和说部。

中国古代缺乏现代意义上的儿童文学。古典意义上的儿童文学读物往往不是专门为儿童创作的,而是来自民间文学、文人(成人)文学等领域,是弥补儿童精神需要的一种补偿性的文学。这些读物主要有四类:一是民间口头文学作品;二是注重故事性,具有一定文学色彩的蒙养读物;三是经过专门编纂的所谓"陶冶性情"的成人文学作品,主要是诗歌作品;四是古典文学中那些适合儿童特点,事实上也常常被儿童读者接受的作品。这些作品中也可以见到一些富有幽默感的作品。例如明代吴承恩的《西游记》就塑造出孙悟空、猪八戒这样栩栩如生的喜剧形象。李泽厚先生在《美的历程》一书中分析中国近代浪漫主义文艺思潮特征时曾指出:"七十二变的神通,永远战斗的勇敢,机智灵活,翻江搅海,踢天打仙,幽默乐观和开朗的孙猴子已经成为充满民族特性的独创形象。它是中国儿童文学的永恒典范,将来很可能要在世界儿童文学里散发出重要影响。此外如愚笨而善良、自私而可爱的猪八戒,也始终是人们所嘲笑而又喜欢的浪漫主义的艺术形象。《西游记》的幽默滑稽中仍然充满了智慧的美。"《西游记》谐趣横生、笑味隽永的艺术特色也引起了外国研究者的注意。《法国大百科全书》称赞其"充满幽默和风趣","给读者以浓厚的兴味";德国的《迈耶大百科全书》干脆称它为"幽默小说"。此外,在传统儿歌(童谣)和民间文学作品中也不乏诙谐幽默、饶有情趣的作品。

　　毫无疑问,从幽默这一视角考察中国儿童文学,我们关注的重心应该放在进入自觉期以后的中国现当代儿童文学。

　　众所周知,中国儿童文学是在经历了漫长而艰难的孕育之后,才终于在"五四"新文化运动的伟力的推动下实现了走向自觉的历史进程。所谓现代的"自觉",不仅是指儿童文学作为一种相对独立的文学系统被自觉地意识到、被自觉地认定，同时也意味着这一文学系统的艺术特性开始被关注和探寻。以儿童文学的幽默特征而论，在林语堂引入作为美学范畴的幽默概念以前，人们已经凭直觉在较广泛的意义上探讨了儿童文学的趣味性、滑稽等问题。例如周作人1920年10月在北京孔德学校所作的那篇著名的题为《儿童的文学》的演讲中，就认为适合"幼儿前期"儿童欣赏的诗歌"最好是用现有的儿歌，如北平的'水牛儿''小耗子'都可以用，就是那趁韵而成的如'忽听门外人咬狗'，咒语一般的抉择歌如'铁脚斑斑'，只要音节有趣，也是一样可用的"。适合"幼儿后期"儿童的诗歌则"不只是形式重要，内容也很重要了；读了固然要好听，还要有意思，有趣味。儿歌也可应用，前期读过还可以重读，前回听他的音，现在认他的文字与意，别有一种兴趣"。关于少年期儿童的阅读，周作人认为"滑稽故事此时也可以用，童话里本有这一部类，不过用在此刻也偏重意义罢了。古书如《韩非子》等的里边，颇有可用的材料，大都是属于理智滑稽，就是所谓机智。感情的滑稽实例很少；世俗大多数的滑稽都是感觉，没有文学的价值了"。虽然在这里周作人还不可能用上"幽默"这个概念，但他所论及的问题实际上已涉及幽默范畴——儿歌中的语言游戏、内容倒错等，这都是儿歌幽默美学中的重要内容。又如，1922年《中国教育界》第6期曾发表周邦道的长篇论文《儿童的文学之研究》。在谈到编辑儿童文学的种类时，作者从文学性质（体裁）角度将其分为13种，其中第5种即所谓"谐谈"："英文为humorous literature，即滑稽之言，有隽语（witty says），巧言……"这实际上已经涉及专门的"幽默文学"概念。只是出于当时的文学眼光，作者把"滑稽之言"看成与诗歌、寓言、童话、故事并列的一种儿童文学样式,而未能把它看成是一种具有广泛意义的美学形态和范畴。不过以上事实足以说明,在幽默作为美学概念在中国确立之前,中国现代儿童文学确实已经把作为一种美学形态和品格的幽默纳入了自己的艺术视野。

但是,儿童文学幽默品格的形成、铸造并不单纯是一个艺术美学问题。作为一种文学风貌,它无疑与一代作家的思想情感、创作追求、心灵意绪等等有着直接的联系,而作家的这种主体心态在很大程度上又必然是一定社会文化环境具体塑造的结果。中国现代儿童文学是伴随着五四新文化运动的勃兴,伴随着诸如孔教问题、妇女问题、儿童问题、社会改造问题等等的提出而渐趋自觉的。然而,"五四"以后社会情势的发展,时代的危亡局势和剧烈的现实斗争,迫使政治救亡的主题全面压倒了思想启蒙的主题。正如李泽厚先生所指出的:"……救亡的局势、国家的利益、人民的饥饿痛苦,压倒了一切……国家独立富强,人民吃饱穿暖,不再受外国侵略者的欺压侮辱,这个头号主旋律总是那样地刺激人心,萦绕人耳……五卅运动、北伐战争,然后是十年内战、抗日战争,好几代知识青年纷纷投入这个救亡的革命潮流中,都在由爱国而革命这条道路上贡献出自己,并且长期是处在军事斗争和战争形势下。"(《启蒙与救亡的双重变奏》,见《中国现代思想史论》)在这样的社会环境中,文学从主题、内容到形式、风格,都不能不受制于或围绕着时代的中心环节而展开。评论家黄子平、陈平原、钱理群等人曾认为,20世纪中国文学的核心部分是一种深刻的"现代的悲剧感","在这个核心周围弥漫着其他一些美感氛围,时而明快,时而激昂,时而愤怒,时而感伤,时而热烈,时而迷惘";"这样一种悲凉之感,是20世纪中国文学所特具的有着丰富社会历史蕴含的美感特征"。(《论"二十世纪中国文学"》，见《文学评论》1985年第5期）同样，作为20世纪中国文学的一部分，中国儿童文学也是在20世纪中国特定的社会文化土壤中生长发育的。我曾经在一篇文章中谈到，中国儿童文学是在中国现当代特定的社会历史环境中生长和演进的，它在总体上与中国现当代的历史进程保持着密切的联系。不妨说，社会生活的流动变迁直接促成了儿童文学艺术内容的生成和转换。因此，儿童文学的艺术"兴奋点"往往集中在历史发展所遇到和提出的现实课题上，例如民族存亡和阶级苦难的急迫激荡的现实对于中国现代儿童文学的影响，要求文学不断地直接服务于某个政治主题的做法对于中国当代儿童文学的影响等。而对于儿童文学自身文体可能的思索和探求，就不能不在这样的现实要求面前暂时被搁置到一边。(《憧憬博大——对一种儿童文学现象的描述和思考》，见《文艺评论》1991年第3期）同样，幽默的缺乏或"不合时宜"对于中国现代儿童文学乃至整个现代文学来说，就是一种必然的历史命运了。

  关于这一点，鲁迅先生曾有过一针见血的论述。他有感于当时残酷的现实和轻薄的滑稽，指出现实"实在是难以幽默的时候"。(《伪自由书·从讽刺到幽默》）"私塾的先生，一向就不许孩子愤怒，悲哀，也不许高兴。皇帝不肯笑，奴隶是不准笑的。他们会笑，就怕他们也会哭，会怒，会闹起来。更何况坐着有版税可抽，而一年之中，竟'只闻其骚音怨音以及刻薄刁毒之音'呢？""这可见'幽默'在中国是不会有的。"(《南腔北调集·"论语一年"——借此又谈萧伯纳》）在沉重昏暗的现实面前，真诚的作家很难获得一种超然、自由的幽默心态。这情形正如郑振铎在为叶圣陶的童话集《稻草人》所写的序文中所指出的那样："'哀者不能使之欢乐'，我们看圣陶童话里的人生的历程，即可知现代的人生怎样地凄凉悲惨，梦想者即欲使它在理想的国里美好这么一瞬，仅仅一瞬，而事实上竟不能办到。"现实人生感受的沉重撞击不允许作家一味地沉浸在孩提的天真梦境里，而直面现实和人生的惨烈，又不能不使儿童文学失去某些全面发掘和展示自身艺术潜能及美学风貌的机会。我想说，这既是中国现代儿童文学无法回避的历史与艺术的遗憾，也是中国现代儿童文学及其创造者们在现实的艺术命运面前所选择的一份光荣。

中国现代儿童文学幽默品格的相对贫弱在总体上又呈现出下述特征。

首先，现代儿童文学较明显地受到民间幽默文学的影响，而较少作家个人的幽默创造。

我们读那些稍具幽默特色的现代儿童文学作品，很难发现其具有强烈的作家主观色彩和个性的幽默创造。它们在情节构造、笔墨意趣、叙事语调等方面，或者说，在整体"文本"效果方面，具有比较明显的"民间故事"的味道，尤其是20世纪20年代的作品更是如此。作为现代早期的文学产物，幽默的这种历史特征实际上正是现代儿童文学起步阶段脱胎于民间文学的一个历史胎记（当然，类似的情况还应包括外国儿童文学的影响）。

其次，从现代儿童文学（尤其是早期）幽默艺术的构成因素看，它主要借助的是机智和智慧，即理性因素，而较少调动想象、情感等非理性因素。

广义地说，幽默感整个就是一种智慧——喜剧智慧。"机智"就是这一智慧的代称。西语"wit"，一般译为"机智"，但人们也常把它意译为"诙谐""玩笑"等，这表明了"机智"与"幽默感"的不解之缘。作为一种主体智能，机智因素广泛存在于幽默的各种形式之中。[1]在现代儿童文学中，机智、智慧（或智慧的缺乏）因素常常成为作家构思情节、组织矛盾、刻画人物的重要手段。例如郑振铎的《兔子的故事》、朱旭光的《骆驼和狼》、懿仲的《月下的傻孩子》、包怡春的《聪明的鹿》等作品，都是以智慧或智慧的缺乏作为作品的情节动机或"文眼"，以灵动、多变的机巧之智（或其反面）引人发笑、令人叫绝。不过，这种相对单一的艺术构成形态，也从一个侧面反映了中国现代儿童文学幽默艺术尚不发达的状态。

再次，中国现代幽默儿童文学作品（尤其是进入三四十年代后）往往与讽刺艺术相结合，构成了一种尖锐、辛辣的讽刺性幽默。

讽刺与幽默既有作为喜剧样式、喜剧品格的共通之处，又因美学情调和意味不同而各异其趣。例如，幽默反映了作家对客体所持的温和与宽厚的态度，而讽刺则与客体相对，采取了尖刻、辛辣的否定性态度；幽默是以"理性倒错"这一特殊的表现方法，即"内庄外谐"的形式表明作家的特殊意念和特殊态度，含蓄中带暗示，要求观赏者经历意会、联想的思维过程，而讽刺的"寓庄于谐"呈现出尖锐、鲜明的判断色彩，令人对作家的初衷一目了然。在具体的作品中，幽默和讽刺往往同时运用，互相结合或彼此重合，表现出一种复合的意念、态度、方法和审美效果。例如在天戈的《假使三分钟》、贺宜的《奇唱歌，怪唱歌》、何公超的《救火记》等作品中，讽刺意味因幽默而变得相对含蓄和有趣，幽默情调因讽刺而变得相对尖锐和辛辣。这种对讽刺性幽默的偏爱和选择，透露出现代儿童文学作家及其创作中的强烈的社会正义感和社会批判心态。相形之下，那种能够表现作家轻松自由的心态情趣的幽默作品则极难见到。

最后，即使将上述幽默品格或强或弱的作品全部算上，幽默作品的数量在整个中国现代儿童文学作品中所占的比重也是很小的。很显然，一旦我们了解了中国现代社会的具体情况，了解了现代儿童文学作家的创作心态和艺术旨趣，那么，这种数量上的稀少就是不足为怪的了。

或许，张天翼是一个典型的例外。如果说现代儿童文学作家由于时代环境和整体文学氛围的限制而表现出对于幽默艺术相对的群体性偏离的话，那么，张天翼的儿童文学创作则更多地表现出了他个人的文学天性和幽默才情。张天翼出生在一个开明的、颇具幽默氛围的家庭里。他的父亲是一位爱说笑话的诙谐的长者。对他影响较大的二姐，更是"爱说弯曲的笑话，爱形容人，往往挖别人的心底里去"。（张天翼《我的幼年生活》）这种幼年生活中的耳濡目染，养成了张天翼富于机趣和幽默感的性格气质，也使得他在少儿时代就颇有些讲故事、讲笑话的灵气和才能。他还曾广泛涉猎过中外古今幽默大师们的传世佳作，钦仰吴敬梓、狄更斯、莫泊桑、卓别林、果戈理、契诃夫、鲁迅等中外幽默讽刺大师。及至他开始尝试文学创作之际，他首先选择的也是"滑稽小说"这一体裁。1932年，他的童话名篇《大林和小林》一经问世，就引起了文坛的重视。其后，他的《蜜蜂》《秃秃大王》《奇遇》《失题的故事》《金鸭帝国》等作品又陆续发表，充分展现了作者独特的幽默艺术才华。

张天翼式的幽默是锋芒毕露、泼辣劲捷的。他仿佛丝毫不想收敛他那喷涌而出的幽默艺术才情和灵感，而任其自由、尽情地流泻与喷发。在艺术内容上，他能够清晰、自如地把握现实社会的关系结构；在艺术手法的运用上，他最突出之处就在于用强烈的漫画式的夸张手法来造成讽刺性极强的幽默效果。曾有现代文学研究者指出，张天翼的夸张似乎与众不同，它更多是来自他对人物"根性"的深掘。张天翼自己也曾说过，他在酝酿人物时"想得最多的，是最足以表现其'根性'的那些表现"。（张天翼《论人物描写》）这种创作倾向同样表现在他的儿童文学创作中。例如在童话《大林和小林》中，大林（唧唧）刚到大富翁叭哈家时的那些极度夸张而充满滑稽感的场面描写，正是为了揭示和鞭挞剥削者奢侈的生活方式和腐朽的阶级本质，其尖刻辛辣的批判锋芒咄咄逼人。可以说，是张天翼如异军突起，把中国现代儿童文学中的讽刺性幽默艺术发挥到了极致。

张天翼鲜明、强烈的讽刺性幽默艺术个性及其成就，对于相对凝重的中国现代儿童文学艺术来说无疑是一个重要的贡献。不过，我也隐隐感到，他的过于明晰的理性认知倾向，以及由此而来的过分依赖夸张手法的艺术策略，也在一定程度上限制了他的幽默艺术向着更内在、更深沉、更富有意味的艺术境界延伸。我想，在一定意义上可以说，是突出的个性才情和艺术禀赋造就了张天翼，又是这种才情和禀赋在某种程度上限制了他的艺术成就。

1949年中国社会政治、经济、文化制度的革命性变革，为20世纪的中国历史又揭开了新的一页。中国儿童文学也随之进入了一个新的时代。

新的时代要求儿童文学担负起传播新的社会思想、道德、价值观念的任务，担负起培养一代又一代接班人的任务。于是，新时代的批评家们便毫不犹豫地把儿童文学的"教育性"功能确认为儿童文学创作和批评的理论支点。"趣味"和"幽默"这类概念当然未被彻底遗忘，它们偶尔也被人们提起，但是并未被放置在重要的地位。重要的当然是教育性，趣味、幽默充其量只能是一种手段。当时的著名批评家贺宜先生在他那篇著名的论文《儿童文学创作的一个关键问题——儿童化》一文中指出："丰富的想象，优美的感情，高尚的情操，故事中的惊险和夸张，使人发出会心微笑的幽默，生动活泼的语言，不落俗套的开端与结尾……这些都将以它们各自的魅力来吸引小读者。当它们和谐地和故事融合在一起的时候，就会出现一股奇妙的力量，让小读者们情不自禁地沉浸到故事中去，而心悦诚服地接受了作品的教育思想。"在这里，幽默和想象、感情、语言等，都是吸引小读者接受"作品的教育思想"的一种手段，一种相对次要的东西。在同一篇文章中，贺宜先生就明确认为："儿童文学必须有趣味，但是这种趣味首先必须是正当的、健康的、有益的。趣味并不是目的，而是一种手段，用以更好地吸引小读者以发挥作品的积极教育作用……即使作者注意到从儿童生活的各个方面来吸取题材，也还要同时注意到除了'情趣'以外更重要的东西——那就是那些能够启发、激励、鼓励和教育孩子们自己的东西。"

虽然上面所引的这些论述并非都是针对幽默而发的，但是它们已经足以证明幽默在当时人们心目中的地位。从历史的角度看，我们不应该轻率地否定在当时具体的社会文化环境和文学语境中人们所做出的理论判断和选择，但是也必须承认，这种判断和选择仍然隐含着明显的美学偏差。

因此，虽然从外部条件看，新的时代为儿童文学艺术品格的选择和塑造提供了多样化的可能，但是这种可能性在人们相对偏执、单一的文学选择面前，并未迅速地转化成一种真正的文学现实。

不过，整个社会和人们的精神面貌毕竟发生了巨大的变化，文学也随之有了更多的欢乐——尽管在今天看来，这种欢乐的精神内涵有时难免显得肤浅和幼稚。幽默作为一种艺术可能，还是自觉或不自觉地进入了20世纪五六十年代的儿童文学视野。包蕾、金江、任溶溶、鲁兵以及后期的张天翼等作家的创作都是可以说明问题的例子。当然我也想顺便指出，这些作家在创作中之所以表现出某种对于幽默艺术的偏爱，在很大程度上也与他们的个性才情或所操作的文学体裁的特征有关。例如包蕾、鲁兵的幽默气质，金江在寓言创作上的多方面探求。

任溶溶是一个最突出的例子。他也许是那一代作家中最富有"孩子气"的作家——不是那种我们常常可以见到的故作姿态的天真，而是从气质、从天性、从精神深处流露出的淳朴、可爱和纯真。同时，他又长期从事外国文学的翻译，耳濡目染、揣摩把玩，培养了他良好的艺术思维和文字感觉能力。于是，他的创作往往在不知不觉间就达到了当时儿童文学创作的最高境界：风趣、诙谐而又毫无匠气，仿佛漫不经心处就流泻出一串幽默艺术灵感，似乎轻轻巧巧就营造出一片欢快的喜剧氛围。他的童话《没头脑和不高兴》曾是作者口头编就的一个故事，后来在编辑空出版面等稿子的情况下，他到截稿前两小时像"立等可取"似的一口气写下来，读了一下就交出去发排了。这个创作中的故事曾为作者所乐道，我把它看成任溶溶创作个性的一种象征：轻捷畅达、妙趣天成。

当然，这些仍然会有那个时代文学意志和旨趣的浓重投影，那就是对于"教育性"观念的几乎是本能式的关注和服从。对于儿童文学来说，广义的教育功能是永远都存在的，而当时的文学教育观念则是比较狭隘的，即侧重于思想、伦理乃至孩子式的个人缺点方面的教育。

就这一点而言，任溶溶也未能免俗。他在谈到自己那两篇著名童话《没头脑和不高兴》《一个天才的杂技演员》的创作经过时，就曾坦率地表示，写作的动机是很想针对孩子们的情况讲点儿什么，"要他们在嘻嘻哈哈声中接受我的道理"。例如，《一个天才的杂技演员》是想"给孩子说明本领不是天生的，是苦练出来的，就算你比别人聪明一点儿，要是不勤学苦练，就得不到本领，有了本领也会荒废掉"[2]。这种明确的教育动机，在作品中同样表达得十分明确。

通过任溶溶这个例子，我只是想说明，在五六十年代，强大的文学教育观念仍然对儿童文学的幽默艺术构成了无可争议的制导作用。事实上，要将中国儿童文学的幽默品格纳入更开阔的艺术背景上去塑造，还必须等待新的历史机会。

20世纪80年代的中国儿童文学现象，肯定将是未来儿童文学史家们议论、研究的一个大话题、大题材。尽管目前有些人对此还存有偏见和戒心，但有一点却是可以确定的，即从"五四"现代儿童文学进入自觉期以后，还没有哪个时期的儿童文学创作曾经呈现过如此丰富多彩的艺术景观。在这一背景下，儿童文学的幽默品格也得到了相当程度的强化和发展。

进入80年代，"趣味""幽默""娱乐"等已成为儿童文学界使用频率很高的概念。在理论上，人们对幽默的特征、功能、价值等进行了更多的思考。人们开始不仅把幽默看成一种艺术手段，同时也将它视作一种有着独特功能的美学目的，一种与儿童文学的艺术天性完全一致的美学品格。尽管直到今天，我们还不能对中国幽默儿童文学的创作现状表示十二分的乐观，但是至少在下述几个方面，80

年代以来中国幽默儿童文学的进展是毋庸置疑的。

首先是出现了一批具有较突出的幽默创作意识和艺术才情的儿童文学作家。从70年代末期到80年代中期，当代儿童文学的基本艺术色彩是冷峻而凝重的。1986年，我曾在《论当代儿童文学形象塑造的演变过程》一文中说："新时期儿童文学从总体上说大致发生了这样的转变：文学情绪从充溢着肤浅的热情、天真、乐观转而为蕴含着内在的冷隽、深沉和严峻；理想主义的热烈颂歌，转而为现实主义的全景式的立体观照。"在当时，作家们的神情是相对严肃、冷峻的。随着文学格局的多元化拓展，一批对幽默情有独钟的儿童文学作家也应运而生了。他们中至少包括了周锐、韩辉光、张之路、武玉桂、梅子涵、郑渊洁、高洪波、李建树、谢华、冰波、葛冰、朱效文、庄大伟、刘海栖、秦文君、张雄辉、肖道美、吕清温等中青年作家和早已成名的孙幼军、鲁兵、方轶群等中老年作家。尽管他们的创作路数并不完全一致，而且每位作家自身的创作中又可能包含着多种艺术思考和追求，但在以不同的方式强化儿童文学的幽默品格这一点上，他们却有一种不言自明的默契和共识。

其次，与此相联系的是，出现了一批数量较为可观的幽默类作品。其中尤其值得注意的是一些出版社和文学刊物所做的努力。例如浙江少年儿童出版社出版了《中国幽默儿童文学丛书》，包括周锐的《天吃星下凡》、庄大伟的《塌鼻子警察》、葛冰的《胖胖龙上天入地记》、李建树的《快乐大院的故事》、张之路的《有老鼠牌铅笔吗？》这五部中短篇幽默作品（集）。由少年儿童出版社编辑出版的大型儿童文学刊物《巨人》从1991年复刊伊始，便十分注重推出具有幽默意味和特色的作品。该刊陆续发表了秦文君的《男生贾里》、李建树的《暑假真奇妙》等富有轻喜剧风格或幽默特色的中篇小说和韩辉光的长篇幽默小说《三个冒险家》等。1992年夏季号，《巨人》还推出了一辑富有幽默气息的作品专辑。此外，各地儿童文学报刊发表的幽默儿童文学作品的数量也在明显增加。有心人稍加留意便可发现，幽默"细胞"正在日益活跃地出现在儿童文学的艺术肌体之中。

最后，幽默的艺术色彩、风格、手段等渐趋多样化，换句话说，幽默更多地开始表现出作家的创造个性；幽默作品不仅数量上有了增加，而且幽默的品质也开始变得丰富多彩。例如周锐机巧、诙谐的童话夸张中常给读者以历史、现实、文化的回味；韩辉光擅长捕捉当代校园生活中的喜剧性因素，并将它们纳入一个相对完整的、出人意料的情节框架之中；张之路的小说从现实生活入手，同时融合了幻想、夸张、荒诞的表现形式，在行文上又常常给人以不露声色的冷面幽默之感；孙幼军的《怪老头儿》则被称为"京味儿童话"（金波语），那富于京腔韵味的童话语言被认为是体现了"一种品位上乘、颇见功力的文化趣味"（汤锐语）；刘海栖的长篇童话《灰颜色白影子》的幽默气息更多地来自它的叙述语言，诙谐、风趣、俏皮而又富有智慧的语言构成了作品最直接而外在的艺术特征；梅子涵的幽默则表现为一种渗透在小说文本之中的别致的语体意味和潇洒的现代精神格调。总之，幽默已经在更多的层面、环节、范围和意义上开始获得实现。

特别值得一提的是，80年代中期以来，海峡两岸儿童文学界的交流活动日益频繁。就大陆的视野而言，人们除了可以经常在大陆儿童文学报刊上读到台湾作家的新作以外，台湾作家的作品还陆续得到了系统的出版和介绍，其中也包括富于幽默感和趣味性的作品。例如，1993年，台湾民生报社和大陆作家出版社联合出版了由桂文亚女士编选的《银线星星——台湾趣味童话选》一书，为大陆读者了解台湾儿童文学提供了一个很好的机会。据我看来，台湾儿童文学界同行普遍较注重儿童文学的趣味性，台湾的儿童诗、童话、散文、小说等作品中不乏上乘的幽默之作。可以预料，两岸儿童文学界同行的进一步切磋和交流，将共同促进包括幽默文学在内的中国儿童文学的新的发展和繁荣。

我在上面对80年代中期以来中国幽默儿童文学发展状况的估计无疑是乐观的。在这里我还想说，无论是从中国幽默儿童文学创作的现状来说，还是从当代教育和未来社会发展对幽默品质的重视和需要来看，中国幽默儿童文学创作都还应该有一个大的发展。在历史上，由于受儒教"不苟言笑"传统的压抑和特定社会现实的制约，中国幽默儿童文学的先天不足是显而易见的。而未来社会发展对健全人格的要求，又将幽默提到了一个更为突出的位置上。据介绍，当代西方学者从教育学角度研究幽默对培养和发展儿童创造力的作用，创立了"儿童幽默学"。其中乔洛姆·辛格等一批美国专家通过广泛的社会调查和长期的科学研究得出结论：幽默作为人类一种特殊的认识活动，其萌芽自婴儿出生第二年起即开始具备，从幼年起通过游戏培养婴儿的幽默感，对其日后创造力的发展具有不可忽视的重要作用。有关的研究成果已经为家长和教师提出了不少忠告，例如，着重抓好6至11岁孩子的幽默训练；3岁前多为幼儿创造舒适的环境，3岁起开始注意磨炼孩子的意志和性格；通过富有创造性的智力游戏培养思维和语言的灵巧性；从小树立起高度的自信心等等。[3]儿童文学当然不同于一般的教育，但儿童文学同样可以通过自己的审美方式对一代又一代人的精神塑造产生深刻的影响，其中当然包括对幽默这一高级的精神智慧和能力产生影响。

编选出版这一套《中华幽默儿童文学作品精粹》，正是为了回顾、展示、总结20世纪中国幽默儿童文学的历史发展过程，同时更是希望能为中国幽默儿童文学的未来提供一个历史的参照和新的艺术起点。

（原载方卫平评选《中华幽默儿童文学作品精粹》，湖南少年儿童出版社1994年版）

注 释

[1] 参见王玮：《"笑"之纵横》，上海：上海社会科学院出版社1988年版。

[2] 任溶溶：《我叫任溶溶，我又不叫任溶溶》，载《我和儿童文学》，上海：少年儿童出版社1980年版。

[3] 参见陈孝英：《人类幽默发展史上的新时期——幽默在当代世界之一瞥》，《当代文艺思潮》1984年第2期。

儿童戏剧：历史回眸与现实描述

一、历史回眸

虽然现代意义上的儿童戏剧是在现代文化土壤里孕育和生长起来的，但是在中国，与儿童相关的戏剧演出的历史却可以追溯得十分久远。据介绍，早在北宋初年，就已出现了用影戏（即皮影）表演故事的演出样式。每逢元宵灯节，"京城诸门皆有宫中小棚……多设小影戏棚子，以防本坊游人小儿相失以引聚之"。（《东京梦华录》）此后如南宋以来的"傀儡戏"、清代的"肩担戏"等，也都吸引过历代儿童观众的目光。[1]

我们当然也知道，古代与儿童相关的戏剧演出活动，并未催生出自觉意义上的儿童戏剧样式。一直到19世纪末20世纪初，在西方近代教育观的影响下，一些中国教育界、文化界的人士在改革教育制度的同时，开始介绍欧美学校设置的艺术与体育课程，致力于用音乐、美术、舞蹈、戏剧等艺术样式来教育和陶冶儿童。在这一背景的影响和带动下，五四时期中国现代儿童文学的先行者们大都十分重视儿童戏剧的创作和推广问题。1922年1月，郑振铎在《〈儿童世界〉宣言》中就指出："儿童用的剧本，中国还没有发见过。近来各小学校里常有游艺会的举行，他们所用的剧本都是临时自编的，我们想隔二三期登一篇戏剧。大概都是简单的单幕剧，不惟学校可用，就是家庭里也可以用。"《儿童世界》创刊第一年，就发表了《牧童与狼》《系铃》

《三个问题》等二十部剧本。一批知名作家如郭沫若、叶圣陶、郑振铎、周作人、赵景深、顾仲彝等，也都涉足过儿童剧的创作或编译工作。

为20世纪中国儿童戏剧赢得第一份光荣的，无疑是在二三十年代从事儿童歌舞剧创作的黎锦晖（1891—1967）。作为一名立志献身新文化运动的文艺青年，黎锦晖设想要发动一场以"平民音乐"为主要内容的"新音乐运动"，以配合高潮迭起的新文学运动。这场"新音乐运动"的突出成果，就是黎锦晖从1920年开始写作发表的十多部儿童歌舞剧和三十多首儿童歌曲（可供舞蹈表演）。他继承了中国戏曲载歌载舞的传统表演手法，同时借鉴西洋歌剧的曲式旋律，全部用白话文写歌词对白，并亲自设计布景和舞台调度、舞蹈姿势与步伐，使之易懂好学，便于推广。他写的《麻雀与小孩》《小小画家》《葡萄仙子》《月明之夜》《三蝴蝶》等儿童歌舞剧及《可怜的秋香》《好朋友来了》等歌曲在二三十年代的中小学校广为流行。当时就有评论者认为，黎锦晖的儿童歌舞剧"在中国的小学教育上或者说儿童界里辟了一个新纪元，从来在社会上没有地位和不引人注意的儿童，现在也有了一个新大陆了"。[2]后世的研究者们也认为，"黎锦晖儿童歌舞剧的出现是中国现代儿童戏剧兴旺发达的一个重要标志"。[3]

三四十年代，随着抗日战争的爆发，出现了孩子剧团、新安旅行团等一批由孩子们组成的剧团。他们以戏剧表演的方式投身于抗日救亡运动，被认为是"掀起了中国儿童戏剧运动的第一次高潮"[4]！

1949年以后，中国大陆的儿童戏剧创作和演出仍然保持了其应有的历史延续性和艺术影响力。五六十年代曾出现过张天翼的《大灰狼》、任德耀的《马兰花》、乔羽的《果园姐妹》、王镇的《枪》、老舍的《宝船》、刘厚明的《小雁齐飞》等一些较有影响、艺术上也各有特色的作品。进入八九十年代，儿童戏剧有了更活跃的发展。例如，从70年代末到80年代末的十年间，专业的儿童剧院就由两个半扩展到二十二个剧院（团、队）。在剧本创作和舞台演出方面，出现了《特殊夏令营》（编剧胡景芳）、《闪烁吧，繁星》（编剧欧阳逸冰）、《五二班日志》（编剧沈虹光）等较有影响的作品。这些作品在儿童戏剧的题材发掘、形象塑造、形式创新方面，都比五六十年代的儿童戏剧有了较大的拓展。

以《特殊夏令营》为例，该剧突破了一般儿童剧局限于"家庭——校园——课堂"小三角地带的不足，脱出了因袭多年的教育问题剧的窠臼，把带有形形色色家庭烙印的独生子女集中在一个特殊群体中，让他们产生激烈的性格冲撞，以此展现他们丰富多彩的心灵和个性世界，并让孩子们意识到互助互补的必要性和重要性。从艺术表现上看，剧中设置的森林精灵们的形象是颇有意思的。这些贯串全剧并不可或缺的角色，既是山中的森林树木，又是随着剧情变化而及时构成各个戏剧情景的布景，还担负着给予观众间离效果的作用。他们不和剧中人物直接交流，却不断地对剧中人物的所作所为或肯定或否定，或协助或阻挠……导演赋予精灵们丰富的假定性和观赏性，既加强了剧作的舞台表现效果，也给小观众带去了更多的惊奇和快乐。

虽然儿童戏剧的发展在一个很长的时期里一直存在着佳作不多、影响不大、过分意识形态化等问题，但从纯艺术的角度看，进入20世纪80年代以来，儿童戏剧在诸多层面上还是取得了坚实的进展。

二、现状描述

谈到儿童戏剧创作现状，不同的观察者自然会做出不同的判断来。乐观者认为："儿童剧创作近年来一直处于饱满状态，除了有《宝贝儿》《明天启航》等深受儿童欢迎的好戏，儿童音乐剧创作也取得相当的成功，代表作有《月光摇篮曲》《寒号鸟》《想变蜜蜂的孩子》等。"[5]而悲观者则认为，儿童戏剧创作很不景气，陷入困境。我的看法是，近年来儿童戏剧现状可以说是有发展，有亮点，当然也存在着一些问题。

从整体上看，近年儿童戏剧的发展呈现出以下新的特点：

其一，儿童戏剧的潜在市场被普遍看好，众多成人戏剧艺术团体纷纷加入儿童戏剧的创作和演出阵营中来。

儿童戏剧作为以儿童观众为主要观赏群体的戏剧样式，过去主要是由专业的儿童剧院（团）排演的，其他成人专业剧团一般都不屑于排演被看作是"打打闹闹""蹦蹦跳跳"的小孩戏的。但是，在整个戏剧发展不大景气的背景下，面对儿童剧巨大的市场潜力，许多成人话剧和戏曲团体近年来也纷纷排演儿童剧。这些剧团凭借相对雄厚的艺术实力，精心创作，推出的剧目往往能够突破一般儿童剧固有的视角，艺术质量高，演出效果好。如苏州滑稽戏剧团反映城乡孩子冲突与交流的《一二三，起步走》、四川歌舞剧院的《远山的花朵》、浙江京昆艺术剧院的《寻太阳》、常州市滑稽剧团的《我要做好孩子》等，都是由成人艺术团体来排演的。中国内地现有专业儿童艺术团体二十二个，面对三亿八千万少年儿童观众来说，这一数目显然是太少了。从这个意义上说，成人专业剧团加盟儿童戏剧的创作和演出，对于满足少儿观众的观赏需求和促进儿童戏剧繁荣本身来说，无疑都是一件好事情。

其二，与上述现象相关联，儿童戏剧的呈现和演出形式变得更为丰富和多样化了。

通常由儿童艺术剧院（团）演出的儿童戏剧节目，采用的都是话剧、童话剧、歌舞剧、木偶剧等形式，而现在由各类成人戏剧表演团体来出演的儿童戏剧，除了继续沿用这些形式外，还采用了更为多样化的戏剧艺术形式。如上面提到的《一二三，起步走》《我要做好孩子》《远山的花朵》《寻太阳》等剧目，就分别采用了滑稽戏、舞剧、昆剧等形式。此外，如江苏省金坛锡剧团的锡剧《少年华罗庚》、杭州市越剧团的越剧童话剧《寒号鸟》、青岛市京剧院的京剧《生死峡谷》、湖北省京剧团的童话京剧《小凤》、南京市京剧团的京剧课本剧《迟到》等，都以独特的戏剧艺术样式，丰富了儿童戏剧舞台的表演艺术形态和风格。

在新的时代背景下，一些儿童戏剧表演团体也不断出新，不断推出新的剧目和表演形式。以中国儿童艺术剧院为例，该剧院有数十年创作演出儿童剧的历史。最近，该院经过一年的精心策划创作出的大型音乐剧《香格里拉》（编剧欧阳逸冰、作曲邹野、导演钟浩），于2002年10月25日至11月2日在北京中国儿童剧场与观众见面。这部取材于藏族民间传说的作品不是传统意义上的儿童剧，而是一部老少咸宜的现代音乐剧，是中国儿童艺术剧院建院以来史无前例的大制作。而对于一些传统剧目，中国儿童艺术剧院也不断打磨重排，不断出新。《马兰花》是该剧院的保留剧目，也是当代儿童戏剧的经典之作，自1956年首演以来，四十余年长演不衰。2001年3月，中国儿童艺术剧院又以大型童话音乐剧的形式重排了该剧,并力求以"焕然一新,赏心悦目"为目标,努力完善音乐剧结构,重新设计了舞台美术,增排了英语版,在舞蹈、造型等方面进行了精心的再创造,以此作为新世纪的礼物献给广大观众。这样的创作状态,显示了传统的老牌儿童艺术剧团在艺术上不断进取的精神面貌。

其三,近年儿童戏剧创作在题材、主题方面,更贴近时代,出现了一批有艺术新意的、有新的追求的儿童戏剧作品。

当代儿童戏剧创作在一个较长的时期里,常因艺术表现过于直白、肤浅而遭人诟病,且艺术表现上常采用神话剧、童话剧的形式。对今天的许多少儿观众来说,他们希望看到更多贴近生活的作品。近年来,一些新创作的童话剧在创作角度和内容出新上也做了许多努力。如济南儿童艺术剧院的童话剧《小白龟》借助小白龟与两个鼠精斗争的故事,既表现了与人为善、见义勇为、正义战胜邪恶等传统美德或主题,也展现了生活与人性的复杂与斑斓。作品在颂扬小白龟为救乡亲而献身的壮举的同时,也揭示了环境保护等急迫的现实问题。而如《宝贝儿》《托起明天的太阳》《享受艰难》《窗外有片红树林》《明天启航》《春雨沙沙》《我要做个好孩子》等一大批直接反映小学高年级学生和中学生现实生活的剧作,则触及了如何面对挫折、救助失学少年、怎样与家长沟通等现实问题,引起了孩子们的关注和共鸣。

由济南儿童艺术剧院创作并演出的《宝贝儿》是一部成功的现实题材的儿童剧。其成功首先源于其巨大的情感含量与思想含量。一方面,该剧真实地展现了剧中不同年龄主人公的情感世界与心理世界,展现了他们情感与思想上的迷茫、困惑与矛盾。这里有童真的歌唱，有对人性美的赞颂，有对亲情、友情和人类一切美好情愫的呵护，也有孤独的叹息，内心的隐痛，自我的徘徊和对沟通与理解的吁求。另一方面，剧作又引而不发、含蓄有力地触及和揭示了许多深层的社会现实问题，并在此意义上超越了儿童剧的思想定位，具有了更深广的主题意蕴。比如，一代人与另一代人之间的"代沟"问题，老年人的精神生活问题，学校教育与家庭教育的关系问题，儿童的自由个性与社会责任感、道德素质的关系问题，等等，都是令人深思且值得认真关注的重大问题。[6]

由欧阳逸冰编剧、青年导演钟浩导演的大型青春话剧《享受艰难》，把观众定位为中学生群体。全剧以初中生韩慧姑和李馨儿的命运为主线，联系着两个家庭境遇的变迁，演绎着少年们初尝世事艰辛的感人故事。剧中以商品社会的大环境为背景，引导观众们认识现实生活，感悟人生是一个充满了各种各样的艰难、包括物质丰富之后的艰难的过程；感悟健康的人生就是与艰难不断搏斗，从而创造希望和胜利的过程。从这个意义上说，乐观地、充满信心地直面困难、跨越艰难实在是人生的一种享受。

此外，苏州市滑稽剧团创作演出的《一二三，起步走》，通过山村小女孩安小花随苏老师到苏州联系城乡联合办学时发生的故事，展示了师生之间、父母子女之间、城乡之间几代人在思想和道德上的碰撞，肯定了向着明天"一二三，起步走"的人生追求。仅 2001 年 2 月至 5 月，该剧在北京二十个剧场就为约二十万中小学生演出共 155 场，迄今共演出逾千场。由张宇清根据黄蓓佳同名小说改编、由常州市滑稽剧团排演的滑稽戏《我要做好孩子》，以幽默风趣的风格，描写了小学生金铃在小学毕业考试前的一段生活,通过金铃及其父亲在应试教育压力下产生的尴尬、苦恼与无奈,通过一个新时代天真活泼可爱的好孩子,与一个以传统目光和标准来审视和培养孩子的家长之间的冲突,反映了应试教育与素质教育之间所存在的深刻而尖锐的矛盾。一连串曲折的剧情辛辣地嘲讽了应试教育的弊端。该剧以强烈的现实色彩和生活气息,受到观众的热烈欢迎。

儿童科幻剧一直是儿童戏剧创作的一个薄弱环节。上海的中国福利会儿童艺术剧院创作演出的《带绿色回家》在这一题材的创作上做了有益的探索。该剧讲述的是这样一个故事:安卡拉星球上的人们因为缺乏环保意识,使生态遭到严重破坏。勇敢的年轻人阿汀为了寻找绿色种子来到地球,得到了这里的孩子们的帮助,最终他们合力打败了从安卡拉星球追来的坏蛋,将绿色带回了家。这出戏以科学幻想形式给予少年儿童观众以生动的环保意识的启迪。它告诉人们,不重视环境保护,那么,安卡拉星球的今天就将是地球的明天!

当代少年儿童的审美趣味已经发生了许多变化,再让他们一味观看几十年不变的"大灰狼"式的戏剧,显然是行不通了。因此,近年来儿童戏剧创作中不断关注新的生活、不断引进新的题材和主题的创作取向,无疑是值得肯定的。

其四,近年来的儿童戏剧在艺术表现手段和舞台呈现方式等方面,也进行了不少新的努力和尝试。

新的题材、新的主题,也呼唤着新的戏剧艺术表现手段和舞台呈现方式。近年来儿童戏剧在这方面的探索和尝试也是令人瞩目的。如《带绿色回家》采用了一些高科技手段,舞台表现手段新颖别致。当阿汀到达地球时，天体突然从中间裂开，走出高大英俊、全身银光闪烁的阿汀，如此逼真的舞台效果赢得了热烈掌声。当阿汀带着小朋友们穿越时空隧道时，那变幻着的光束，仿佛时光真的在倒流。而当舞台上出现数米高的巨大恐龙时，孩子们一片欢呼。《享受艰难》在演出时，舞台设计别出心裁地改平面为立体，形成多空间、多视角、多色彩、多变化的立体组合画面。近年来颇受青睐的儿童音乐剧在舞台视觉冲击力上也做了不少文章，如《未来组合》《月光摇篮曲》等。皮影戏、木偶戏等古老的艺术形式也以人偶同台、现实主义与浪漫主义相结合的表现方式呈现出新的生命力，如《红地球蓝地球》《鹿回头》等剧目。

儿童戏剧在取得新的艺术收获的同时，也存在着一些亟待解决而一时可能又难以解决的问题。首先是儿童戏剧专业创作、研究人员的匮乏。仅有的一些剧作家大都更乐于从事更容易出效益的电视剧本创作。著名儿童剧作家、中国儿童戏剧研究会副会长欧阳逸冰说："儿童戏剧界现在真正专门研究、专门创作的人数'不出两只手'（意思为十人）。"作者缺乏，要创作出足够数量的作品，出现更多的佳作精品自然就很不现实。其次，儿童戏剧的创作观念、舞台表现手段等的创新将是一个持续的过程，只有不断关注儿童生活和审美趣味的变化，不断进行艺术上的创新，儿童戏剧创作才有可能在日趋激烈的外部竞争环境中争得自己的生存空间。再次，以中国大陆之幅员辽阔，小观众群体之庞大而言，今天的儿童戏剧的剧目、表演团体的数量，实际的演出场次等，都还远远不能满足小观众的需求，尤其是乡村和边远地区小观众的需求。

儿童戏剧的创作和表演相对于其他许多艺术领域来说，无疑是一片寂寞的园地。从这个意义上说，我们真应该向坚守在这片园地上的艺术耕耘者们表达敬意，并为未来的儿童戏剧事业祝福！

（原载《中国儿童文化》2004年总第一辑）

注 释

[1] 程式如：《儿童剧散论》，北京：中国戏剧出版社1994年版，第124页。

[2] 参见王人路：《儿童读物的研究》，上海：中华书局1933年版。

[3] 蒋风主编：《中国现代儿童文学史》，石家庄：河北少年儿童出版社1987年版，第100页。

[4] 程式如：《儿童剧散论》，北京：中国戏剧出版社1994年版，第153页。

[5] 廖奔：《与时代共进的戏剧艺术》，《人民日报》2002年11月3日。

[6] 吴义勤：《童真的歌唱》，《人民日报》2001年10月5日。

论当代儿童文学形象塑造的演变过程

大约从20世纪70年代末期开始,我们便不断听到这样的呼吁:"希望今天的儿童文学能够创造出有新时期特点的先进少年儿童形象,写出新时代的铁木儿、张嘎来。"[1]然而光阴荏苒,儿童文学似乎无所作为——那光彩四射、激奋人心的新的英雄形象终于未能出现。

于是,人们开始怀念起过去了的那些好时光,怀念起小荣、张嘎、罗文应、韩梅梅那样一些令人难忘的艺术形象。的确,新时期儿童文学创作中迄今尚未出现一个有如奇峰突起,惹得满城争说、人人效仿的艺术形象。大量涌来的,则是我们传统的文学视觉所不甚习惯的、突破了既有模式的新的形象群。我以为,考察当代儿童文学人物形象塑造的流变过程,对于我们更好地理解和把握当代儿童文学发展的历史及现状,无疑将是一个有效的途径。(为了便于论述,本文的考察对象主要是当代儿童小说创作)

一

伴随着一个光明的新时代出现的,是充满了自豪和激奋情感的社会心态。新中国成立初期,尽管新生活的大厦还有待人们在废墟上建造,但是生活依然充满温馨的芬芳;人们对生活的理解,渗透着热情和幻想。这种强烈的乐观而豪迈的精神,给了那个时期的文学创作以有力的影响。表现在儿童文学创作上，则是当时的作品中普遍洋溢着一种愉快而热烈的情调：年幼的小胖和小松（杲向真《小胖和小松》）姐弟游园失散，却引来了一出暖意融融的生活喜剧；一群"小兵"（柯岩《"小兵"的故事》）的游戏，展现的是一幕活泼有趣、健康向上的儿童生活图景。即使是在有缺点的孩子罗文应（张天翼《罗文应的故事》）的转变过程中，也时时散发着轻松快乐的气息，一派天真气象。就在这样一种气氛里，当代儿童文学人物画廊的第一批形象向我们走来。

应当说，50年代和60年代前期的儿童文学作品，是重视人物形象的塑造的。虽然就整体而言，也有不少作品囿于狭隘的功利目的，仅仅从善良的教育愿望出发，让人物充当意念的载体直奔主题，以致缺乏应有的艺术内涵和美学价值，问世不久便成了明日黄花。但是，那些真正有才气的儿童文学作家，却通过尊重艺术规律的创作实践，获得了让人艳羡的报偿：他们的作品中塑造了一批富于时代感和有相当艺术感染力的人物形象。正是这样一些作品，理所当然地成了我们检视的主要对象。

根据人物形象不同的活动背景和特质进行归纳，我们可以看到当时儿童文学中较有影响的人物形象主要有以下几类：

1. 战争年代的"小英雄型"。如小王和小荣（刘真《我和小荣》）、曹百岁（杨朔《雪花飘飘》）、樟伢子（王愿坚《小游击队员》）、张嘎（徐光耀《小兵张嘎》）、周小真（周骥良《我们在地下作战》）等等，都属于这一类。

2. 旧社会的"苦难型"。有胡万春的《骨肉》中的"我"和妹妹、沈虎根的《小师弟》中的水根，还有程小牛（杨大群《小矿工》）、苦牛（胡景芳《苦牛》）等。

3. 新时代的"先进型"。大虎（萧平《海滨的孩子》）、韩梅梅

（马烽《韩梅梅》）、赵大云（任大霖《蟋蟀》）、张福珍（张有德《五分》）等是这类形象的代表。

4．新社会的"转变型"。像陈步高（魏金枝《越早越好》）、罗文应（张天翼《罗文应的故事》）、唐小西（严文井《"下次开船"港》）、阿福（王若望《阿福寻宝记》）、小黑马（袁静《小黑马的故事》）等都是。

如果上面的归类大体不至于走板的话，那么我们不妨再试着提出这样一个问题：这些形象的出现向我们暗示、传递着一种什么样的审美风尚呢？

我以为，是一种根植于那个时代的崇尚英雄、充满理想和乐观精神的审美风尚。这种审美风尚与儿童稚嫩纯朴、蓬勃向上的主体世界之间似乎有一种天然的联系和契合。这就很自然地构成了当时儿童文学真诚、纯朴、乐观、活泼的精神主调和整体美学风貌。

你看，刘真在她的《我和小荣》这篇脍炙人口的小说中，与其说是在描绘严酷的战争过早地把未成年的孩子推向战火的冷峻现实，还不如说她是在借这些小战士的形象表现人民不可战胜的英雄性格和豪迈气概更恰当些。尽管战争残酷无情，但作品的基调仍然昂奋、乐观；尽管战火使孩子变得坚强、早熟，但小战士仍然流露着天真和稚气。这是一种有代表性的文学情绪，我们在当时许多描绘小英雄传奇式经历的作品中都可以感受到这种情绪。比较起来，描绘旧社会"苦难型"儿童不幸生活遭遇的作品，由于感情通常较为凝重深沉，而在当时居于一个相对次要的位置。很自然，这类形象在当时所激起的反响，也远不如"小英雄型"形象那样来得热烈。

同样，新时代的"先进型"人物也跟"小英雄型"人物一样，挺立在理想主义的光环之下。聪明能干的海滨孩子大虎,在海水猛涨的危急关头,勇敢地帮助二锁脱了险;高小毕业生韩梅梅,毅然顶着种种偏见,克服困难,回乡参加农业生产,在养猪工作中做出了出色的成绩。人物脚下延伸的并非坦途,但他们毕竟具有战胜困难的充裕的力量。至于那些"转变型"人物,也给人们以这样的信心:我们的社会完全可以给这些有缺点的孩子以良好而有力的影响;榜样的力量、耐心的教育、集体的温暖,终能促成陈步高、罗文应、陶奇(冰心《陶奇的暑假日记》)等孩子的积极转变。

上面提到的这些形象,在当时大都产生了不同程度的影响。它们无疑也是十七年间出现的比较成功的艺术形象。在这里,分析一下这些形象成功的原因,是有意思的。

首先,从创作过程看,精心塑造人物形象是当时一些优秀儿童文学作家(远非所有作家)自觉的创作意识。以创作《小兵张嘎》而闻名的徐光耀说:"我在创作上向来注重两个'出发':一个从生活出发,一个从人物出发。""文学的最终目的是要写人的,是靠人的形象去感染、打动和影响读者的。特别在叙事的文学里,抽调了人——社会的阶级的人,就不可能反映现实,更谈不上什么形象和社会意义。"[2]《五彩路》的作者胡奇也认为:在儿童文学中,"人物是放在重要位置的";"要注意生动的故事",但"故事是随着人物思想成长、性格发展形成的。离开塑造人物,专写故事,仅只是故事而已,意思不大"。[3]这些在今天看来并不惊人的条条,却在当时得到了那些优秀作家的响应。当然,也有似乎是例外的情况。老作家张天翼就曾经坦率地承认:"我在跟孩子们的接触当中,发现有一些个问题——用几句话说不清,得打比方,设譬喻,讲到后来就形成了类似寓言那样的东西。有时要找生活里的例子来谈,到后来就形成了故事。"[4] 但是,这位艺术功力深厚的老作家在创作过程中关心的绝不仅仅是问题和故事情节。在一次儿童文学座谈会上,他这样说:"情节要想写得离奇曲折并不难,编个故事还是容易的。但重要的是要写人,人物写得活,自然吸引人,如果人物写得不真实,不典型,读者就只好要求故事的离奇曲折了。"[5] 因此,当他以写《华威先生》的手笔为小读者写作时,他笔下出现的就不是只能医治问题的文学"药方",而是栩栩如生、呼之欲出的罗文应、王葆、蓉生这些人物形象了。事实上,在优秀的文学作品中,人物和事件总是以一定的方式交融在一起的。正如亨利·詹姆斯在他的《小说的艺术》一文中所问的:"如果人物不是事件发生的决定者,那他会是什么呢?如果事件不能展现出人物来,那事件又是什么呢?"[6]

其次,从十七年间儿童文学中那些比较成功的形象本身来考察,它们一般都刻画得鲜明生动,性格比较丰满。在当时的文学观念中,塑造形象,便等于刻画性格。即使在成人文学创作中,"内宇宙"也并未得到真正的认识和开发,内心世界的丰富矿藏被湮没在外部行为现象的描写中。然而对儿童文学来说,刻画鲜明可感的人物性格,却带来了更多的成功的机会。譬如张嘎,"嘎气"十足是其性格的基本特征。围绕这一性格主轴,作品展示了张嘎这一人物的各种性格元素:机灵、顽皮、勇敢、任性等等。同时,张嘎性格的表现既是一种放射状的展开,又是一个动态的演变过程,这就是张嘎从一个"嘎小子"成长为一个勇敢的小战士的过程。因此,张嘎这个形象的性格不是单一的,而是丰满的;不是凝固的,而是流动的。借用英国小说理论家福斯特在《小说面面观》

中的说法，可以说这是一个"圆形人物"，而不是一个"扁形人物"，即这是一个思想性格复杂、内涵丰富的人物，而不是思想性格都十分单一的人物。此外，像小荣、大虎、吕小钢等，也都不同程度地属于圆形人物或凸圆形人物。他们比起那些扁形人物来，显然较富于立体感，具有更强的审美感染力。于是，尽管这些形象本身并不具有多少可观的心理容量，但他们鲜明的性格和具体丰富的可感因素，却能更好地适应读者的接受特点。

再次，不能忽视在文学欣赏过程中，由于读者审美心理的积极活动而产生的对于艺术形象的"逆向强化效应"，即应该看到五六十年代普遍流行的审美心理对确立上述形象在当代文坛的地位所产生的影响。下列观点无疑已为越来越多的人所接受：作品的意义和价值只有在阅读过程中才能表现出来，文学形象只有经过读者的再创造才能最后完成。杜夫海纳在《审美经验现象学》一书中，将"艺术作品"与"审美对象"区别开来。这位法国美学家认为，艺术作品是作家的一种永久的结构的创造；经过审美过程中主体审美知觉的积极参与和介入，艺术品才超越它自己而成为审美对象。[8]这一区分是有道理的。一般说来，当文学作品与一定的审美心理构成某种暗合、对应关系，实现了某种沟通、交流时，审美过程中主客体之间的双向活动就变得活跃而丰富起来：一方面是艺术信息给予欣赏者的正向的刺激；另一方面则是欣赏者的创造作用使作品的美学价值得到充分的实现，并对艺术形象产生"逆向强化效应"。反之，如果作品不能诱导读者进行审美再创造，则作品可能具有的潜在的审美价值也会受到抑制，产生"逆向弱化效应"。十七年间儿童文学塑造的那些成功的艺术形象所展现的气质和风貌，与当时人们真诚、乐观、向上的精神面貌和崇尚英雄、追求理想的审美趣味十分合拍，于是，这些形象走到了少年儿童的生活中间。正如一位评论者当时说的那样：我们的广大少年儿童对韩梅梅、罗文应等生动的典型人物，"是非常熟悉、非常亲切的"，就好像他们同自己一起生活一样。"他们经常提出'向×××学习'一类的口号，立志要以这些正面人物的言行作为自己的榜样。"[8]正是这种审美主体与审美对象之间的充分交流和对话，促成了文学形象艺术内涵的充分揭示和审美价值的充分实现，也使得形象本身的艺术感染力在欣赏过程中（并且延伸到欣赏过程以外）得到了强化。这一切以观念化形态融入了人们的审美意识，既支撑着人们对张嘎、韩梅梅、罗文应等形象的高度评价，又构成了人们在评说我国当代儿童文学发展的历史和现状时难以摆脱的标准和尺度。

由于这些原因，人们普遍具有的"怀旧"心理就不难理解了。但是，当我们做出上述分析时，我们面对的只是事实的一部分，还有许多现象被暂时排除在我们的视野之外。实际上，在取得成绩的同时，缺乏节制的乐观主义和浪漫热情也已经在不知不觉中把创作导向了与现实运动相背离的方向：生活的严峻和艰辛被淡化甚至被滤去了，而鲜花则被推到了前景并加以放大。儿童文学的本体特征越来越被漠视，结果是生产了大量一般化的、平庸的作品。这些作品想当然地把生活纳入一些简单而圆满的情节模式中：一个先进的儿童怎样做好事，中队怎样帮助一个落后的同学进步，一群少年怎样抓住了一个笨拙的敌特。在强调真实反映时代生活的旗帜下，儿童文学将自身的观念纳入了反文学的畸形框架中。这是一个令人尴尬和痛苦的玩笑。自然，由此产生的作品没能给我们留下真正有价值的形象。

不妨再进一步挑明了说，即使那些被认为是有代表性的作品，也隐伏着某种危机。也许"旁观者清"，日本儿童文学理论家上笙一郎曾对中、苏两国儿童文学发表过他的意见。他在谈到苏联作家诺索夫的《马列耶夫在学校和家里》时认为："因懒惰学习成绩不好的马列耶夫和西什金，在集体中受到锻炼，改正了自己的缺点，变成优秀少年。读后的印象是使人感到一切都太过于理想化。这不仅局限于这部作品，它与苏联儿童文学的整体特点有关。"[9]他接着又说："中国的情况亦是如此。这种特点从冰心的《陶奇的暑假日记》以及上一节已提及过的张天翼的《宝葫芦的秘密》等现代儿童小说、童话中也可以看到。也就是说，前者是淘气的女孩儿陶奇通过与伙伴们的接近，后者是男孩儿王葆通过与宝葫芦的纠葛，最后，他们都转变成模范的少年儿童。过于理想化了。"[10]上笙一郎先生发表这些言论时对中国当代儿童文学了解得并不太多，但他的见解却是中肯的。

我们注意到，十七年间出现的那些有影响的人物形象，大多数诞生于50年代前期和中期。随后，成人文学领域里批判"现实主义——广阔的道路"，禁止"现实主义深化论"，儿童文学领域批判所谓"童心论"，还有对所谓"写本质"的创作理论的形而上学的界说，都给文学创作以沉重的打击。"紧箍咒"越念，儿童文学的艺术空间越狭窄。周晓等同志在谈到当时的儿童中长篇小说创作时说："以儿童为主人公的中长篇，都非写孩子们参加'三大革命运动'不可，不是支农就是支工，或是支援边防。到了60年代初期，又只得一窝蜂地去表现阶级斗争。"[11]其实，整个儿童文学创作又何尝不是如此！在这类作品中，人物形象戴上呆板的面具，操着正儿八经、千篇一律的语言，做着各种夸张而不自然的动作。这标志着当代儿童文学创作逐渐由波峰下跌，等到"文化大革命"，便一头跌入波谷。

在一片精神的荒漠中，饥渴已久的人们"若大旱之望云霓"。然而这期间的儿童文学却被绑到政治运动的战车上冲锋陷阵。当然，我们不能不提到李心田的《闪闪的红星》。这部70年代前期出版的中篇小说，塑造了潘冬子这样一个在当时家喻户晓的艺术形象。从人物形象的艺术内涵来考察，这一形象与其说是一个新的创作时期的熹微晨光和最初预示，毋宁说是那个早已过去了的黄金时期的遥远而艰难的折光。

二

新时期儿童文学走过了十年的路程。在这十年中，我国当代儿童文学从失落到逐步觉醒，并开始走向新的自觉。这既是令人欣喜的演进，又是包含着痛苦的蜕变过程。很显然，同那些长期盘踞在我们大脑意识深处的陈旧的儿童文学观念决裂，并不是一件十分容易的事情。尽管如此，新的生活毕竟导致了时代精神的转换，并调节着整个社会的审美心理，使之与时代生活的节拍、律动相吻合。而社会审美心理的某些深刻的变更，又强化了文学创作的进取势头。人们看到，新时期文学——我这里主要是指成人文学——表现出了巨大的创造活力，并且实现着不断的腾跃。这种突进态势，对儿童文学形成了不可抵御的诱惑和感召力量，刺激、带动并在某种意义上引导着儿童文学向前发展。因此，虽然社会生活和历史运动为文学的演变提供了根本的依据，但是从文学系统内部各子系统之间的相互影响来考察，我们可以有把握地说，新时期儿童文学的发展在很大程度上得益于同时期成人文学创作的启迪。

从人物形象塑造来看，成人文学的启示乃至牵引就很明显。人们可能早已注意到，新时期文学中具有关键性突破意义的少儿形象不是来自儿童文学，而是来自刘心武的成人小说《班主任》。

1977年问世的《班主任》，以它的敏锐的艺术洞察力和充满激情的艺术思考引起了当时文坛的震惊。谢惠敏，一个真诚然而却深中魔法之毒的少女形象，唤醒了当代文学的现实精神、思辨热情和忧患意识。诚如一位青年评论家所说的，《班主任》"把焦心如焚的忧国忧民的思索引入短篇小说"，"故事线是平常的、不起眼的，隐伏在画面的背后。问题是惊心动魄的，思考是独特的、充满了激情的，被凸现在画面的亮处"。[13] 而在"文革"刚刚结束，新生活的全部多样性、复杂性在一个新的层次上开始展开的时候，宋宝琦、石红的形象也是富有意义的。他们与孙长宁（张洁《从森林里来的孩子》）等一起，给处于转折时期的我国当代儿童文学创作以重要的启示。

这就是当代儿童文学终于从本体论的角度明白了自身与社会生活和历史运动之间的密切联系，从而开始逐渐在实践中更新着自己的艺术哲学。儿童文学不再被认为是一个封闭的、只具有内向型性格的艺术体系，也不再被当作是"花朵文学""纯净文学"的代名词，而是被理解成一种具有开放意识的、多元的、同样需要争夺生活空间的艺术体系。作为结果，新时期儿童文学从总体上说大致发生了这样的转变：文学情绪从充溢着肤浅的热情、天真、乐观，转而为蕴含着内在的冷隽、深沉和严峻，从理想主义的热烈颂歌，转而为现实主义的全景式的立体观照。具体说来，这种转变主要表现在两个方面：

首先是艺术视角的拓展。与以往比较起来，今天儿童文学创作的艺术视角已经开始进入了全方位阶段，历史和现实更为广阔的、多样的生活内容被纳入了儿童文学作家的视野，从而大大充实了儿童文学的社会历史学容量。题材的开拓成了作家热切关注的中心。那些曾经被认为不适宜或不那么适宜于儿童文学表现的题材，在新的文学观念指导下一一进入了儿童文学领域。《吃拖拉机的故事》让读者看到了社会上蔓延的不正之风如果不加扫除将会带来怎样的后果，《苜蓿篮子》描写的是关于饥荒的故事，程乃珊的《"欢乐女神"的故事》诉说了一个香港女孩子的绝不能算欢乐的遭遇，而常新港的《独船》所写的则是一个令人揪心的悲剧。特别值得注意的是，在广阔的社会生活的"外宇宙"受到全面审视的同时，儿童文学的视野也更深入地向着人物心理的"内宇宙"延伸。夏有志的《彩霞》、罗辰生的《白脖儿》等一批富有心理深度的作品的出现，显然在很大程度上扩大了儿童文学的艺术心理学内涵。这一切，都大大拓展了儿童文学创作的艺术空间。当然，与同时期成人文学的突破气势比较起来，我们也许会觉得儿童文学的步伐还显得谨慎了一些。不过，这种开拓终究已经给儿童文学创作带来了新的风度和气派，何况我们任何时候都不应当在儿童文学与成人文学之间做简单机械的类比。

其次是艺术的"情"与"理"在更高的层次上实现了新的融合。《班主任》的那种将艺术思辨与艺术激情融为一体的创作精神，在儿童文学创作中得到了广泛的响应。理性之光的照耀与情感意识的渗透，使儿文学作品超越题材的限制而获得了主题的升华。新时期儿童文学带有明显的"思考"特征，一个又一个问题出现在儿童文学作品中，就仿佛一个涉世未深而又面对生活的斑斓多变的少年在低头沉思：究竟应该由谁来当未来的中队长？（王安忆《谁是未来的中队长》）问题背后隐伏着的是对传统教育观的反思和对新的价值评判尺度的意向性选择。到底是什么因素粗暴地阻隔了一个中国孩子与一个异国小伙伴之间一沟即通的心灵交流？（程玮《See You》）答案中显然蕴含着对某种反常的社会心态的批评和对健全的民族心智的寻求。还有，应该怎样珍惜红领巾的荣誉？（张微《他保卫了什么》）如何看待曾经失足的同学？（邱勋《三色圆珠笔》）发生在县委食堂里的事情说明了什么？（汪黔初《在县委食堂打饭的孩子们》）自我意识趋于觉醒的少女心中的秘密应否得到尊重？（陈丹燕《上锁的抽屉》）是的，我们还可以列举出许许多多这样的问题。应该说，在这些作品中，对理性的眷恋并未导致作家艺术情致的畸形化，感情不是被放逐而是更强烈地渗透到创作的领地。《弓》（曹文轩）、《老师，我们等着您》（胡尹强）、《金鱼》（郑渊洁）、《彩色的梦》（方国荣）、《理查三世》（张之路）、《盐丁儿》（颜一烟）等一批作品所取得的成绩也向我们证明了这一点。

　　伴随着艺术视野的不断拓展和艺术精神的重新塑造，儿童文学在人物形象塑造方面也经历了明显的变化。新时期儿童文学创作中出现的较有影响的形象，已经不再属于那些理想化了的"小英雄型""转变型"的人物，而是由新的素质铸成的更为复杂、往往也更显得凝重的形象。毫无疑问，这些形象的出现，是新时期儿童文学创作的重要收获之一。

　　由《班主任》中那个不甚起眼的石红起头，儿童文学出现了一个"新质型"人物形象系列。人们一定还记得那个爱读《青春之歌》《钢铁是怎样炼成的》等文学名著，爱穿"带小碎花的短袖衬衫，还有那种带褶子的短裙"的石红。在她身上所体现出来的新的素质，实际上是转折时期生活的积极光亮的投射。因此，这一形象理所当然地成了人们反复呼吁的"新型少年儿童形象"的先导。能够进入这一形象系列的有李铁锚（王安忆《谁是未来的中队长》）、刘丽华（余通化《勇气》）、汪盈（庄之明《新星女队一号》）、华子强（丁阿虎《华子强》）、章杰（刘健屏《我要我的雕刻刀》）、熊荣（范锡林《一个与众不同的学生》）、潘奇（庄之明《迷你书屋》）等。这些形象的艺术内涵，显然已经超出了五六十年代的"先进型"人物形象所能提供的东西，而在不同程度上具有与新的社会变革进程相适应的现代意识和心理内容。但是另一方面，这些形象与其说是试图提供一种供人们效仿的理想模式，还不如说是表现了一种启人深思的独特的艺术思考更恰当些。它们以富于挑战意味的姿态出现在人们面前，表现了儿童文学作家对新生活的关注，对生活流动在少年儿童心灵深处的折射的敏锐感受和不乏机智的理解与把握。因此，它们事实上已经给儿童文学创作带来了不可小觑的冲击力，尽管成绩称不上斐然，却弥足珍贵。

　　然而生活提供的可能性和选择机会又是多种多样的，文学当然不能漠视这一点。对新时期儿童文学稍加检视我们便会发现，跟在谢惠敏身后的，是那些心灵中不同程度地渗入了一些病态因素的"扭曲型"形象系列。我们可以举出张莎莎（王安忆《谁是未来的中队长》）、方娟娟（罗辰生《白脖儿》）、金莹莹（刘岩《被扭曲了的树秧》）、黄毛（徐风、沈振明《木根卖菜》）、杜大学（汪黔初《在县委食堂打饭的孩子们》）、范冲（张之路《理查三世》）等。虽然这些形象不如谢惠敏那样具有突出的警醒意义，但它们也一再提醒人们：生活不会一帆风顺地铸就理想人格，却可能提供许多与我们的主观愿望相违背的东西。这些形象无疑是新的儿童文学观念的产物。

像宋宝琦那样的失足少年的命运,得到了儿童文学作家更多的关注。韩小元(刘厚明《绿色钱包》)、徐小冬(邱勋《三色圆珠笔》)、邢玉柱(刘厚明《黑箭》)、唐不知(王路遥《一个刀枪不入的孩子》)、梁一星(任大霖《喀戎在挣扎》)等,构成了一个"受损型"的形象系列。与"扭曲型"形象不同的是,这类"受损型"的人物形象,已经被人们自觉地认为是应该拯救的对象,然而究竟应该怎样去发现这些孩子身上的闪光点,唤醒他们的尚未泯灭的良知?上述作品通过令人深思的形象塑造,不仅仅是从教育学的角度,更是从心理学、社会学的角度对此进行了有益的思考。人们会强烈地感觉到,韩小元们、徐小冬们不仅应该得到教育和挽救,同样需要尊重和理解,需要爱和温暖。

不能否认,在题材不断得到开拓的同时,新时期儿童文学在形象塑造方面也呈现了更为多元的特征。除了上述人物形象系列外,我们还看到了程玮笔下哲理意味浓郁的艺术形象,黄蓓佳塑造的抒情色彩强烈的主人公,常新港作品中的悲剧性人物形象,等等。当然,我们也愿意承认这样一个事实:上述形象的审美冲击力还是十分有限的,它们没有能够从读者那里获得像五六十年代的罗文应、张嘎曾经获得过的那样的青睐和荣誉。

这似乎与新时期儿童文学已经取得的进展很不协调。其实,这种情形正向我们暗示了当代儿童文学观念和儿童审美意识的某些深刻而复杂的发展。

从创作方面来看,可以说,以相对完整的情节构架为依托塑造人物形象,已经不是儿童文学作家今天追求的唯一目标。

虽然在淡化情节、展现心态、象征写意、探索历史文化与民族心理结构等方面，儿童文学由于受制于自身固有的"约束力"，而不可能像成人文学那样迅捷多变、挥洒自如，但是，儿童文学作家也通过不断的反思，逐渐形成新的创作意识，并开始在实践中实现着新的艺术追求。程玮表白说："在我提笔以前，我首先考虑的不是什么能写，什么不能写，而是怎样写，怎样写得深一些，美一些。哪怕是淡淡的、轻轻的。对于一篇短篇小说来说，我以为这样已经完成了它的使命，不必刻意追求主题或题材的所谓分量。"[13]《孩子、老人和雕塑》《深的绿、浅的绿》《白色的塔》等一些作品，就是这种创作意识的物态化成果。而曹文轩则将自己的作品归结为三类："如果说《牛桩》《第十一根红布条》等作品的特点是'真'，《海牛》《古堡》等作品的特点是'力'的话，那我在《再见了，我的星星》里追求的则是'美'。"[14]这种艺术触角的多向延伸，反映了当今儿童文学作家不愿"安分守己"的进取心理以及艺术思维空间逐渐开阔的趋势。我们可以确信这一点：当今儿童文学的艺术胸怀比以往任何时候都更加宽广，更加富有朝气，也更加充满希望。

　　从欣赏方面来看，由于社会生活和时代情绪的变化，社会审美场、人们的审美意识和审美评判尺度也早已发生了或明显、或微妙的变化。例如，随着文艺传播媒介和传播方式的发展，儿童的审美趣味呈现了普泛化的倾向，以电视为代表的影视艺术在儿童的审美场中，越来越成为一种重要的刺激因素，而文学在儿童的"精神食物"构成中所占的比重则有所下降（就总体而言）。同时，与五六十年代比较起来，今天的少年儿童更具有正视现实的自觉意识和独立思考的可贵能力，他们从生活本身学到的东西，远远超过了上几代同龄人。幼稚、不成熟中渗入、融汇了比较复杂的社会现实感受，这就构成了当今少年儿童的基本心态。简单化的善恶标准，理想化的正面人物，都难以让他们不加怀疑便立即接受。从这个意义来说，类似韩梅梅、罗文应那样的少儿形象，今天不可能在欣赏过程中再产生50年代曾经产生过的那种审美"逆向强化效应"了。而那些具有新的时代特点、更有个性、因此内涵也更复杂的人物形象，也很难作为一种榜样，让少年儿童群起效仿了。

三

70年代末期以来我国儿童文学在基本走向上发生的变化不是偶然的。如前所述，社会历史的深刻变化促成了这一变化，成人文学创作的不断突破又刺激了这种变化。从世界各国儿童文学的发展趋势看，近几十年来都有一个相似的定向。比如苏联，这个国家的人们开始认识到，今天少年儿童的生活观比以往任何时候都自由、开放，他们身上具有时代的新意以及这种新意的外部征兆。有的评论家形象地比喻说："他们像一张酸纸，能反映社会心理的变化和生活的更新。"[15] 近些年来，苏联儿童文学从整体上看比以往更注重提出问题、分析问题，更富于理性精神，"而热情洋溢的言辞，欢欣雀跃的场面，令人快乐的希冀则比过去少了，小说中的主人公日益经常地面临严峻的困难的抉择"[16]。在英美等国，自第二次世界大战，尤其是自60年代以来，儿童文学中数量最大的是所谓"现实主义小说"。1960年以前的传统现实主义小说表现的都是传统的道德观念，如孩子对家庭的关心，对老人的尊敬，对弟妹的爱护，对同伴的友爱，对穷人的同情和帮助，等等。而60年代以后，儿童文学的主要题材则是一些社会问题，如暴力、吸毒、离婚、残疾儿童、无父母的孩子等，有的甚至包括了爱情和性的描写。这就是所谓的"新现实主义小说"。谢尔顿·L·特给"新现实主义小说"下的定义是："为青少年读者写的小说，专门涉及广大公众过去认为是儿童小说禁忌的个人问题和社会问题。"[17]当然，这种变化既反映了当代西方社会生活的真实流动，又不免泥沙俱下，夹杂着资本主义社会的腐朽意识和趣味。尽管如此，这种趋向仍然是值得我们注意的。在日本，战后不少儿童文学作家也认识到："过去的儿童文学已经满足不了读者的要求了，现在的儿童读者并不光是需要有艺术性和娱乐性，而更需要关于人生问题的探究。"[18]看来，更深刻地反映和思考社会现实，是许多国家儿童文学的共同流向。很显然，这个潮流提供给儿童的往往不是榜样和偶像，而是现实和人生。

至此，我们几乎已经得出了一个悲观的结论：今天的儿童文学已经不可能再创作出那种能引得满城争说、人人效仿的人物形象了。

情况就是这样。笔者深深理解那些怀着真诚、善良、美好愿望的人们所发出的呼吁，然而这种往往是囿于狭隘的教育观和教育目的的呼吁在今天已经难以在文学实践中引起回声了。这样说，绝不是对儿童文学现状的悲观失望，恰恰相反，当我们对儿童文学获得一种新的理解，并重新审视、选择自己的儿童文学观念的时候，我们是充满乐观和自信的。因为我们终于摆脱了那种狭隘的文学实用主义观念的束缚，而逐渐开始了对作为一种艺术结构系统的儿童文学本体的真正了解——这也正孕育和预示着新的希望。

当然，盲目乐观也没有出息。应该意识到：新时期儿童文学的进取态势又可能是以失掉另一些宝贵的艺术风貌作为代价的。文学的二律背反往往存在于现实的文学运动中。新时期儿童文学在人物形象塑造上，一方面以恢宏的气度容纳了更为多样的人物，另一方面，人物又相对地改变了自己的地位，从艺术聚光的焦点退了下来；一方面，人物形象的社会学、心理学、教育学内涵变得丰富、凝重起来，另一方面，它的艺术学内涵却没有得到相应的扩充，因而在美学上相对显得贫乏、浮浅起来。结果，儿童文学的人物形象往往引起读者的震惊、思考，却未能给人们带来更大的审美享受。所以，如何在当代社会生活、当代儿童心理和新的文学观念共同构成的三维坐标中，在新的艺术创作实践中，确立儿童文学的美学个性和美学风貌，塑造具有独特审美价值的艺术形象，仍然是需要当代儿童文学作家共同探索的课题。

当代少年儿童并不与时代相暌隔，他们以自己特有的精神方式理解、把握现实和人生，以自己特有的方式与时代一起思考和成熟。儿童文学应该向他们提供具有新的审美冲击力的艺术形象。这些形象未必是可供效法的楷模，却可以给少年儿童以更强烈而丰富的审美感受，对他们的精神世界发生更深刻而久远的影响。

（原载《浙江师范大学学报》1986年儿童文学研究专辑）

注 释

[1] 周晓:《儿童小说创作探索录》,广州:广东人民出版社1983年版,第56页。

[2][3][4][5] 分别见锡金等主编:《儿童文学论文选(1949—1979)》,北京:中国少年儿童出版社1981年版,第160、155、147、154页。

[6] [美]雷·韦勒克等:《文学理论》,刘象愚等译,北京:生活·读书·新知三联书店1984年版,第242页。

[7] 朱狄:《当代西方美学》,北京:人民出版社,1984年版,第一章第八节。

[8] 锡金等主编:《儿童文学论文选(1949—1979)》,北京:中国少年儿童出版社1981年版,第42页。

[9][10] [日]上笙一郎:《儿童文学引论》,郎樱、徐效民译,成都:四川少年儿童出版社1983年版,第123、123—124页。

[11] 周晓:《儿童小说创作探索录》,广州:广东人民出版社1983年版,第48页。

[12] 黄子平:《论中国当代短篇小说的艺术发展》,《文学评论》1984年第5期。

[13] 程玮:《从〈白色的塔〉说开去》,《儿童文学选刊》1985年第5期。

[14] 曹文轩:《我的追求》,《儿童文学》1985年第7期。

[15][16][17][18] 分别见四川外国语学院外国儿童文学研究所编:《外国儿童文学研究》1985年第一辑,第8、9、47、38页。

少年小说：对新的艺术可能的探寻

倘若我们抱着偏执与苛求的态度去审视近几年的儿童文学创作和理论研究的话，那么我们感兴趣的话题很可能仍然是：儿童文学有哪些不足？而对儿童文学界在艰难中已经取得的进展，我们则可能宁愿视而不见。事实上，这绝不仅仅只是我的一种假设。当然，这种偏执与苛求事出有因。首先一个原因或许就是当代成人文学领域所取得的进展和成就与儿童文学领域形成了强烈的对比。这种对比把儿童文学逼入了一种尴尬的境地：谁都可以对儿童文学说三道四而不必担心自己的话是不是会走火。这些批评自然不难找到某些事实依据，但也往往让人感到未免太冤枉了儿童文学。

平心而论，这些年来儿童文学界并不是"清风徐来，水波不兴"的一潭死水，这里同样有骚动和不安，同样有追求和创造。就我本人而言，这几年我在学习和了解儿童文学的历史传统的同时，也怀着极大的兴趣关注和思考着儿童文学的现实发展。尽管与有些年龄相仿的青年朋友一样，我也常常喜欢用偏执的批评尺度去衡量文学现实，但是，这些年来儿童文学领域所发生的一些事实，确实使我感到高兴。对这一点我不想加以否认或掩饰。

我还想说，在构成一个时期以来儿童文学创作和理论发展态势的全部事实中，最吸引我注意力的现象之一便是作家在少年小说领域所进行的艺术探索以及围绕着这些探索所展开的一次次沸沸扬扬的讨论。这倒不是因为向来显得"老实"和"小气"的儿童文学领域也变得不那么安分守己了,而实实在在是因为我从这些探索和争鸣中看到了少年小说在传统儿童文学艺术规范之外寻找新的艺术可能的大胆尝试,看到了这些艰苦的尝试向我们昭示的一种富于诱惑力的艺术前景。这一切未必会使我们陶醉,但肯定足以让我们毫不犹豫地抛弃那种盲目的自卑和偏执的愤激。

那么,少年小说领域的探索和争鸣究竟为儿童文学界带来了一些什么呢?让我们共同作一次无拘无束的回顾和思考吧!

一

任何艺术规范的确立和存在都有其历史的必然性和现实的合理性。而人们对某种艺术规范的选择,除了要受到一定社会历史条件的限制外,还与人们对文学活动本身的认识有关。从历史上看,几乎是从儿童文学创作作为一种独立自觉的精神活动而存在的第一天起(如果有过那么一天的话),人们就在为开辟和巩固儿童文学自身的艺术领地而进行着持久不懈的努力。在我国,新中国成立以前的"儿童本位论",新中国成立以后的"童心说"等,都是旨在强调儿童文学活动的"儿童化"特征。这一最基本的儿童文学观念,制约和统摄着儿童文学的所有艺术规范。

这无疑有着更深刻的社会历史原因。我们知道,儿童文学的自觉是以儿童观的变更为前提的。早期的儿童文学拓荒者出于对扼杀儿童独立人格的旧儿童观的深恶痛绝,大力强调的是儿童世界的独立性,强调成人对儿童世界的尊重和顺应。基于这种认识而形成的对于儿童文学活动的理解和儿童文学观念，以及在这一观念支配下所确立的儿童文学艺术规范，都被深深地烙上了"儿童化"的印记。在很长的一段岁月里，我们儿童文学的理论框架就是用这些经过精心浇铸的艺术规范作为基本构件的。从主题的把握到题材的择定，从叙事角度和叙事方式的拣选到具体文学语言的使用等，种种规定在"儿童化"的黏合下相互衔接、彼此呼应，构筑成一个具有很强内聚力和自律性的艺术规范系统。

这些艺术规范有许多是有一定道理并且在今天看来依然不无可取之处的。但是，当这些规范带着艺术上的排他性而在理论上被认可和接受时，它们的马脚很快就露了出来：这些规范缺乏理论对实践的应有的涵盖力和包容性。譬如，认为儿童文学作品应该"主题明确而有意义"。那么是否可以有那种主题并不那么直白明了的儿童文学作品呢？结论显然应该是肯定的。而传统规范却不承认这一点，因为它缺乏必要的弹性和张力。

导致上述局面的另一个重要原因是我们对儿童文学具体接受对象认识上的模糊。我们总以为儿童文学是"为儿童的"，而儿童无非就是那些喜怒无常、蹦蹦跳跳的小伢儿。我在《少年文学的自觉及其审美实验功能》（《文艺报》1987年12月26日）一文中提道：在关于儿童文学的种种思考和讨论中，概念的歧异多义经常使人们的思想陷于紊乱。以"儿童文学"这一元概念来说，其中的"儿童"一词便不止一种指称对象。当它与"成人"这一概念相参照时，指的是所有未成年者；当它与"婴儿""幼儿""少年"这些概念并列时，则特指长于幼儿、未及少年的童年期儿童。很明显，适宜于低幼儿童欣赏的作品与少年喜欢的作品并不完全是一回事。但是，我们却打造了一把固定不变的尺子去衡量一切儿童文学作品，并且以为掌握了这一把尺子也就是掌握了少年儿童读者审美心理的全部奥秘。在这把尺子的规定下，人们无法去寻找新的艺术可能，一切都必须在它界定的范围之内进行。这当然很糟很糟。

20世纪80年代儿童文学创作的宏观变化之一，是少年文学开始走向自觉。当人们逐渐发现我们过去为少年期读者提供的作品实际上常常是根据较低年龄阶段儿童的心理特征和生活状态去进行的创作从而形成事实上的文学断层的时候，他们就像又发现了一片遥远的文学新大陆那样激动不已。而最贴近成人文学的少年期文学，又为儿童文学创作的突破和超越提供了更多的可能空间和成功机会。于是，开辟少年文学新大陆的远征开始了。

毫无疑问，这场远征必然会带给人们这样那样的困扰。由于眼前这块文学土壤的长久荒芜，我们对少年文学的艺术构成和美学规定缺乏必要的了解，而传统儿童文学艺术规范的闭锁性使它在新的艺术实践面前显得无能为力。因此，在骤然而至的新的文学实践面前，人们由于太缺乏经验和准备而只能仓促上阵，只能一面探索，一面在困惑中寻找着自己的路……这就是我们在少年小说领域看到的对于新的艺术可能的探索和争鸣。

二

我打算以部分少年小说和争鸣文章为依据，来描述这些探寻所涉及的少年文学艺术创作课题的各个层面。

描述之一：如何把握和塑造当代少年的形象

当少年文学在生活的推动下出现在文学发展的十字路口的时候，它还没有来得及对自己未来的艺术道路进行从容的选择，就被来自文学以外的种种困惑吞没了。那些来自社会学、教育学、心理学、伦理学等等方面的思考的介入，既为人们提供了在少年小说领域展开探索和讨论的现实背景，又直接构成了这些探索和讨论的具体内容。我们先来看看刘健屏的《我要我的雕刻刀》。这篇小说因塑造了一个极富个性的少年的形象而引起人们对于如何认识和表现当代少年特征这一课题的争鸣。记得再早一些时候，王安忆的《谁是未来的中队长》、庄之明的《新星女队一号》都曾带来过相似的话题，但刘健屏笔下的章杰无疑有着更丰富的内涵。他的常常与众不同的内心世界和独特见解，他的"舍己救人是应该的，但舍己而不能救人没有必要"的惊人之语，使人们不能不跟着作者一起陷入沉思。围绕这篇小说所产生的分歧主要有两点：一是如何认识当代少年的个性，二是如何塑造当代少年的形象。唐代凌认为，章杰这一形象体现了当代少年的个性。他特意写道，优秀的与当代的是完全不同的两个概念；既然称之为当代少年，就应该有我们这个时代的气息，应该表现出与过去不同的思想和气质。他分析了当代少年的个性,认为这些个性中"青黄杂糅、优劣并存,包含着值得提倡的正确的一面,也不可避免地带着时代的局限性",而章杰也正是这些当代少年中的一个。看得出,唐代凌是赞成以一种现实主义(我这里仅仅是在字面意义上运用"现实主义"这个概念,与"理想主义"相对而言)的态度去塑造当代少年的形象的。

唐代凌的见解引出了李楚城和达应麟的商榷文章。他们认为,不能以为80年代与50年代的少年会有根本不相同的思想和气质,儿童文学应该努力塑造值得广大读者直接仿效的优秀少年形象。很显然,他们是主张以一种理想主义的态度去塑造当代少年的形象的。

相对说来,陈子君的《谈〈我要我的雕刻刀〉的得与失》一文更侧重于通过对作品的具体分析来讨论问题。他肯定作品的主题思想"有着一定的积极意义",又分析了作品在刻画人物、具体处理各种矛盾和阐述某些问题的是非界限时所出现的"一些偏颇"。

意见看来很不一致,而且那些涉及社会学、伦理学等领域的问题也许不是少年文学本身所能解决的,但少年文学却无法回避这一切。讨论虽然没有最后取得一致意见,但当各种意见一起摆在我们面前时,人们的思考便不能不深入一层。

描述之二:面向"外宇宙"时的困惑

纷纭复杂的现实生活不仅在不断地塑造着今天的少年,也在不断地塑造着今天的文学。面对社会生活的广阔的"外宇宙",儿童文学对现实的理解水平和摄取方式就显得十分浮浅和呆板了。敏感的作家意识到了这一点，他们开始尝试在少年小说创作中变换自己单一的观察态度和截取方式，力求使作品具有更丰富的容量和更深厚的意蕴。丁阿虎的《祭蛇》在一场似乎纯粹是嬉闹的乡间孩子玩祭蛇游戏的场景中传达了启人深思的意味，光怪陆离的现象背后蕴含着生活的甜酸苦辣。常新港的《独船》描写了一个渴望合群和友谊的少年石牙内心的痛苦及抗争，述说了一个在生活中变得异常自私、冷漠、狠心、孤僻的父亲由于不理解儿子的内心要求和愿望而终于失去儿子的悲剧性故事。与人们的审美视觉早已习惯的儿童文学色彩相比，这些作品所呈现的色彩无疑要丰富得多，也凝重得多。

　　作家的探索引起了评论界的瞩目。周晓撰文认为：《祭蛇》和另一篇小说《弓》（曹文轩）的共同特点，是它们的作者都着眼于写生活，而且对生活的反映都不那么单纯。作品中的人物形象及其所蕴含的生活意义，不是一眼可以看穿的，也不是一语可以说尽的。他还进一步指出："追求反映生活的深广多样，追求作品的高度艺术性和新的艺术方法绝非邪道，相反，这是少年读者之幸，也是我国儿童文学事业发展之幸！"曾镇南则在他的题为《从〈独船〉想开去》的评论文章中写道："生活本身是深不见底的，即使是孩子们的生活，也往往出乎大人们的揣度之外。""像《独船》这样带有浓重的悲剧性，甚至会使成人产生战栗感的作品，适合给孩子们看吗？儿童文学有必要写进某些似乎只有成年人才能理解的深邃的人生内容吗？"对这两个问题，曾镇南做出了肯定的回答。显然，在曾镇南看来，描写一种"深邃的人生内容"，是有助于加强少年文学的"深度、力度、生命力"的。

　　在人们又陆续读到一些从不同角度对《祭蛇》和《独船》

给予肯定的文章的同时，也看到了一些相反的意见。樊发稼认为：《祭蛇》虽然写得十分热闹，但这种表面上的热闹掩盖不了总的来说是一种比较灰暗的调子。由于总体构思的失误，所以这是"一篇有明显缺陷、社会效果未必好的作品"。有意思的是，关于《独船》的讨论主要是围绕着这篇作品能不能算一篇少年小说（儿童文学）而展开的，我们可以从有关文章中看到一些有趣的议论和见解。

我们发现，争议的焦点不在于少年小说能否再现广阔的"外宇宙"，而在于应该如何实现这种再现，也就是如何以少年读者的审美心理为参照确立自己对于"外宇宙"的观察态度和截取方式。这实际上反映了人们对少年小说艺术特性的困惑感，以及认识和把握这一特性的强烈意愿。

描述之三：开发"内宇宙"同样伴随着困扰

在社会生活的"外宇宙"受到全面审视的同时，少年小说的艺术视野也在更深入地向着人物心理的"内宇宙"延伸。在这方面，少年小说已经进行的探索同样是充满困惑的。最为典型的困惑表现在怎样正视、把握和艺术地再现少男少女们伴随着身心进一步发育成熟而产生的青春期意识和所谓的朦胧爱情。教师作者丁阿虎的《今夜月儿明》和少年作者龙新华的《柳眉儿落了》的先后发表犹如投石击水，激起了强烈的连锁反响。发表作品的报刊编辑部和作者本人收到的读者来信均达数百封之多；《儿童文学选刊》和《文学报》还分别就两篇小说组织了讨论。诚如《儿童文学选刊》编者在发起《今夜月儿明》的讨论时所写的那样:"一篇作品激起如此广泛、激烈而又褒贬迥异的反应,在我国儿童文学创作史上是罕见的。"来自各方面的议论构成了各种各样的对立观点:有对少年小说能否描写少男少女朦胧爱情的不同看法,有对应该如何把握和描绘这种朦胧爱情和青春期意识的各家见解,还有对具体作品的不同理解和阐释。这些观点或侧重于心理学的引证,或着重于教育学的分析,或集中于文学观的探讨,或干脆用个体生活经验来进行肯定或否定的评判……

在众多议论过去之后,我们读到了朱自强的《论少年小说与少年性心理》一文。在这篇写得颇为扎实的论文中,作者不仅从心理学的角度说明性心理是少年身心发展过程中的客观存在,阐述了少年小说的性心理描写在少年教育方面所具有的积极意义,而且从文学的立场出发,对论题作了细致的探讨。由于作者并不拘泥于对具体作品做就事论事的议论,而是带着一种理论上的建设意识阐发论题,因而给人留下了较为深刻的印象。

描述之四:陌生的《鱼幻》

当代少年审美心理的某些深刻变化,以及作家对少年小说艺术可能的富于想象力的探索,必然会引起少年小说审美形态的丰富和发展,而每一次的丰富和发展都必然是以一种"陌生化"(姑且借用俄国形式主义文学理论家的工作概念)的方式进行的:它更新着人们对生活和经验乃至对文学本身的感觉。在少年小说领域,这种文体样式上的变更其实更早一些时候就已经在悄悄地进行着了。1983年,周晓在评论《祭蛇》时就说过:"就艺术而论,像《祭蛇》这样的表现手法,在我们的儿童小说中恐怕还属罕见,可以说是奇异的、陌生的。"作者丁阿虎本人也曾在一次座谈会上谈道,他的《祭蛇》有点儿受外国小说的影响,没有明确单一的主题,也没有一个主要的人物,就是写一个生活画面,一个片段,但写出一点儿情趣来。此外,我们在其他一些作家(例如程玮)那里,也看到了对于新的少年小说审美形态的自觉追求。但是,似乎只有到《儿童文学选刊》1987年第1期选载了班马发表于《当代少年》的小说《鱼幻》之后,这种对于少年小说文体本身的实验,才引起了人们的广泛注意。

《鱼幻》缺乏传统儿童小说所具有的那种审美上的明晰性。对于习惯于用一两句话拎出作品主题思想的读者来说,它所传达的"江南味道的意境"可能反而被轻易地忽视掉。班马曾经表示说:"写《鱼幻》的动机,便是想让小读者得到一点儿江南味道的意境,也就是在心中增添那么一点儿中国的文化背景。这种文化背景对他们已成为陌生的了,而'陌生',却正是我所要表现的。"陌生的文化背景加上陌生的传达方式,这就不可避免地要使传统的视读经验感到加倍陌生了。

当然,那些有着良好文学素养的大读者还是喜欢《鱼幻》的,他们担心的是少年朋友们能否接受这篇作品。余衡认为《鱼幻》"是一篇精致的小说,是一件小小的艺术品,耐读,耐咀嚼",但"这小说太精致了!精致到只配由你们大人来读"。他补充说:"少年人不是不能接受比较精致、比较新颖独特的作品,而是目前在素质基础上仍有距离。"郑晓河承认"《鱼幻》一扫故事、情节、人物似曾相识之通病,给人一种全新的感受,引起读者读后的思索",同时又以他自己和"周围几位读过这篇作品的大读者"看不懂为依据，推测"小读者恐怕就更不在话下了"，并得出了如下结论：《鱼幻》的探索是失败了。

以上描述已经大致勾勒出少年小说的艺术探寻轨迹：从起初借助外围观念的突破来更新儿童文学的艺术品格，到近年对小说文体审美形态本身的实验。至此，我们可以这样认为：少年小说的艺术探寻已经完成了一个周期。

三

在前面的描述中，我尽力克制主观意识的介入，以避免由于这种介入而可能导致的对于这些描述的客观真实性的损害。尽管如此，我的介绍仍然可能是笨拙和不得要领的。不过，这些描述所涉及的文学现象已经为我们显示了少年小说作家、理论工作者在想象领域和思维空间方面所取得的最充满活力同时无疑也是最重要的拓展。无论这些拓展的方向和层面有什么不同，也无论人们对这些拓展的内涵和意义有着怎样不同的认识和理解，事实本身正在提醒人们注意：少年小说对新的艺术可能的探寻，已经为儿童文学带来了新的风度和气派。

很明显，儿童文学的发展也总是不断地表现为对既有观念、态度、模式、秩序的突破和超越，而任何新的文学因素和文学形态的出现，都必然是一种最个性化的精神探索和创造的结果。同时，这种个性化的精神创造活动一旦纳入文学活动的广阔背景，与整个儿童文学发展相伴随、相呼应，它就可能成为儿童文学发展总进程中具有普遍意义的事件。它调整、更新着传统的艺术秩序，补充、丰富着已有的审美经验，改变、发展着已有的审美形态。从这个角度来审视少年小说领域所进行的探寻，我们可以说，这些探寻不仅为整个当代儿童文学创作添加了新的艺术因素，而且也是改变当代儿童文学艺术面貌的强有力的实践杠杆之一。

首先，这些探索将目光投向了曾经被有意无意地忽视或回避了的艺术表现领域，并试图纳入新的价值评判尺度来调整自己的审美判断，从而导致了儿童文学艺术对象和艺术内容的大幅度扩展，也导致了儿童文学审视生活以及返视主体自身的能力的增强。这一切无疑提供了促使儿童文学由传统品格向当代品格演进的重要契机：儿童世界不再被认为是一片与世隔绝的乐园和净土，儿童文学也不再被认为是"花朵文学""纯净文学"的代名词，当代社会生活的外宇宙和当代人（少年）心灵的内宇宙同时成为儿童文学审美探索的注意中心。应该承认，如果没有少年小说所进行的探索，当代儿童文学就难以完成这一转变。

这种艺术内容和艺术精神的变换还引出了与之相适应的新的艺术传达方式和表现形态。当文学试图重新理解和把握社会生活与人的心灵的时候，它就无法再固执地用单一的方式去表现对象了。其实，对儿童文学自身艺术规律的尊重和了解并不意味着要像鸵鸟一样一头扎进既有的艺术方式和艺术形态的沙堆。丰富和发展这些方式和形态，同样是"尊重艺术规律"的题中应有之义。在《祭蛇》中，给读者留下深刻印象的不是人物、情节和环境，而是那么一个离奇热闹的场面，那么一片撩人心绪的氛围，那么一种难以言传的意味。《鱼幻》的文体更是要叫传统儿童小说的艺术规范惊诧得目瞪口呆：对一种"江南"

味道（作品中主要是江南的自然文化形态）的传达，以及感觉描写中表现的象征和暗示，意象的变幻不定所带来的神秘感等等，都给人以强烈的新奇感。这些作品提供的表现方式和表现形态，是过去儿童文学中难以见到的。这种艺术方式和艺术形态上的变化，当然并不预示着传统儿童小说艺术形态将完全失去其存在价值，相反，它带来的是儿童小说审美形态的丰富。我们可以说新的艺术追求更多地暗示了这个时代审美趣味和侧重点的转换，却不能武断地说传统的艺术方式和形态必然与这种转换相背离、相排斥。

其次，从儿童文学活动全过程来考察，少年小说的艺术探寻已经对儿童文学创作和接受活动产生了不容忽视的影响。从创作活动看，这些探索触及了儿童文学创作中的那些最为敏感和棘手的课题。沿袭已久的创作思维定式受到了冲击，作家的思维开始摆脱传统模式的框定，而向着更为广阔的艺术空间扩展。从接受方面看，这些探寻也表现了人们对于少年读者及其接受行为的一种新的理解，表现了少年文学同少年读者的新的对话愿望。如前所述，生活在不断地塑造着这一代少年，同时无疑也在不断地塑造着他们的接受心理和接受行为，而传统艺术规范造成了儿童文学作品与少年读者期待视野之间的脱钩，因此，少年小说必须寻求与少年读者的新的对话可能和对话方式。借用接受美学的说法，也就是要寻求少年文学文本结构与少年读者期待视野的新的融合。无论是像《祭蛇》《独船》那样在作品中纳入某些深刻的社会人生内容，或者是像《今夜月儿明》《柳眉儿落了》那样表现某些青春期特有的心理萌动，都是这种寻求的结果，都是试图以此来锤炼、滋润和丰富当代少年的精神世界。而像《鱼幻》那样在艺术上带有强烈实验性的作品，则还具有这样的实验功能：它不是从少年读者已有的审美感受力出发，而是更着眼于如何拓宽少年朋友的审美感受阈，因而体现了一种审美上的超前意识。从这个意义上说，少年小说的探寻不是放弃与少年读者的艺术对话，而正是为了加强和扩大这种对话。

最后，这些富有成效的探索和争鸣为当代儿童文学理论体系的调整和重建提供了现实的可能条件。诚然，理论是需要思辨的，我就常常痛感到我们的儿童文学研究缺乏一种深刻的思辨能力和厚实的理论感，但是另一方面，只有当思辨面对那些鲜活生动、可感可悟的文学现象时，它才会充满理论生机并孕育出有价值的思想果实。传统儿童文学的理论框架也许是尊重它赖以形成的文学现实的，但却背对着当今发展中的儿童文学实践，因此在变化了的文学现象面前它无法遮掩自己的窘态。很显然，文学实践正呼唤人们伸展理论思维的羽翼，去探寻那新的艺术空间的奥秘，而少年小说领域展开的争鸣，正显示了人们对营建新的理论工程的浓厚兴趣乃至某种眼光和胆识。这些联系着最近的文学发展所展开的讨论，不仅对已有的艺术规范提出了大胆的怀疑和新颖的界说，而且几乎是毫不犹豫地搅乱、撑破了已有的儿童文学理论框架，而将思维触角探向了传统视野之外的理论盲区，为构造新的理论体系寻找着现实的思维基点，浇铸着新的理论构件。虽然新的理论体系不会从这些争鸣中自发地产生，而仍然需要一个系统化的学术吸收、消化和理论展开、升华的艰苦过程，但是，这些争鸣所涉及的话题，却拥有某些不容置疑的潜在理论价值。我认为，新的理论营建工程，正是在这里举行了自己的"奠基礼"。

分娩是苦痛的。当我们为少年小说的新的文学产儿顽强坠地而感到高兴的时候，我们还应当意识到处于新与旧、传统与当代历史链条上的文学现实必然是一个矛盾的集合过程。传统的因袭力是如此之大，以至于当人们试图走向新的艺术道路时借助的却往往是传统观念的惯性力量。譬如丁阿虎的《今夜月儿明》率先冲破了一个敏感的题材禁区，却在观念上又情不自禁地回到了传统意识的怀抱。同时，那些新的艺术形态究竟在多大程度上契合了新的审美趣味，我们对此还只能持一种谨慎的乐观态度，我们还期待着更进一步的探索和实验。就争鸣本身而言，由于这些讨论绝大多数是在《儿童文学选刊》上进行的（仅此一点，《儿童文学选刊》的功绩就值得我们感激和怀念），限于选刊的性质，它们无法充分地展开，所借助的理论探杆的长度也不能不十分有限。因此，这些讨论在思路的敏捷、话题的尖锐、态度的坦率、气氛的活跃等方面留给人们的印象，超过了它们在理论思维的严密深入方面所留给人们的印象。形象点儿说，它们提供的只是新的理论构件的粗坯，而将进一步的加工完善和理论营建工作交给了今后。

这或许也就是我提出如下看法的主要原因：少年小说对新的艺术可能的探寻为人们展示了我国儿童文学创作和理论发展的诱人前景。

（原载《浙江师范大学学报》1987年儿童文学研究专辑）

少年文学的自觉与困惑
——兼及《独船》及其讨论

一

语词的多义性与模糊性常常在不知不觉中把思想带入令人啼笑皆非的窘境——尤其是在争鸣的时候，双方理直气壮地相互诘难，针尖对麦芒儿，而含混的概念却悄悄抽掉了争辩双方必须共同遵守的同一逻辑前提。等到他们意识到彼此的诘难风马牛不相及时，剩下的只有口干舌燥和筋疲力尽了。

在关于儿童文学的种种思想和讨论中，概念的歧异多义就经常使人感到无所适从。以"儿童文学"这一元概念来说，其中的"儿童"一词便不止一种指称对象。当它与"成人"这一概念相参照时，指的是所有未成年者；当它与"婴儿""幼儿""少年"这些概念并列时，则特指长于幼年、未及少年的童年期（学龄初期）儿童。而我们早就感觉到，适宜于幼童欣赏的文学作品与少年喜欢的作品并不是一回事情。因此，当人们有时候不加界定地用"儿童文学"这一概念去泛泛地提出并讨论诸如"儿童文学是什么""儿童文学应该如何"一类的命题时，这种讨论本身所隐伏的危险是不言自明的。事实也是如此：当这一位用"儿童文学"的概念去讨论少年文学的甲乙丙丁时，那位就搬出低幼文学的条条框框起而攻之；当那一位用"儿童文学"这个概念去分析低幼文学的子丑寅卯时，这位也毫不客气地反其道而行之。此类争鸣看则沸沸扬扬，实则意义全无。

当然，假如硬要说它有什么意义的话，那可能就是迫使人们在口干舌燥之余，对概念本身的可靠性产生怀疑。"儿童文学"的指称范围是如此宽泛，以致人们不加界定常常就无法讨论某些具体问题。于是，人们很自然地产生了要求概念的指称对象更加明晰和确定的愿望；于是，在"儿童文学"之下，有了更具体的少年文学（还有幼儿文学、童年文学）的说法；于是，人们在用少年文学这一概念谈论少年文学如此这般的时候，就不必担心会有人抬出幼儿文学的普罗克拉斯蒂之床来指手画脚了——反之亦然。

但是，如果以为少年文学概念的确立仅仅是语义学上的胜利，那就错了。因为这种舍本逐末的皮相之见忽视了一个普遍而基本的事实：概念乃是现实事物的符号反映，属于第二信号系统。因此，首先应该是少年文学本身的自觉，从而要求人们确立它在儿童文学系统中的独立位置，而绝不可能是纯粹的词义辨析使人们从那被遗忘的角落里寻回了少年文学。

这种自觉意味着少年文学的本体构成和审美质素的特殊性得到人们的充分认定，并在现实的创作实践中开始了这种与少年文学读者审美心理结构具有真正契合关系的文学系统的构造进程。我们看到，近年来少年文学创作正是整个儿童文学领域最活跃和最引人瞩目的部分。作家们在校正了对少年审美心理的理解以后，开始在少年文学创作中进行自觉的探索和开拓。这些努力不仅进一步确立了少年文学的独立位置，也给整个儿童文学创作带来了活力。

从儿童审美心理发展的角度看，少年文学的独立也是必然的。皮亚杰和他的助手曾通过对儿童进行的多方面大量实验研究发现，儿童的智慧品质由于认识结构整体性的区别而表现出明显的阶段性特征，"每一阶段有一整体结构作为特征，可据此说明该阶段的主要行为模式"。皮亚杰因此认为，不仅儿童的心理与成人的心理有质的差异，而且在儿童心理发展过程中的不同时期也有质的差异。同样，儿童审美心理发展的各个阶段也不只是表现为量的累积，还表现为质的飞跃。既然如此，儿童文学要适应不同审美心理建构阶段儿童的接受能力，它所涵盖的文学实体就必然会由于艺术结构的整体性不同而分别属于不同的文学阶段。少年文学即属于其中较高的发展阶段，并具有相对独立的艺术品格。

在国外，少年文学似乎较早就有了自己的独立位置。例如英美等国，"在'儿童文学'之母体萌发而自成个体之后，另有'青少年文学'（literature for young adult or adolescences literature）之称。'青少年文学'较近于儿童文学，而不甚似成人文学，其间却又有甚大差异。由文体、题材等到语言、情节等因素，也常另具特性"。[1] 除"青少年文学"外，英美等国也有"少年文学"（juvenile literature）之说。在我国，少年文学的自觉或许晚了一些，但是它毕竟已经开始了。

二

当我们寻回了少年文学这片天地并且打算在这里构建"拥有主权和法规的一个独立大国"（高尔基语）的时候，我们实际上也就赋予了自己以探索者的身份,而探索常常意味着去冒险,意味着遇到这样那样的困惑。

首先,少年身心发展的过渡性特征,使我们对如何确定和把握少年文学的艺术特征感到困惑。诚然,少男少女们身心发展过程中呈现了许多飘忽不定、微妙难言的状态,但这并不意味着少年文学也可以那么稀里糊涂、随随便便地炮制一下端出去便了。恰恰相反,少年文学作为文学实体,必然有自己相对稳定的本体特性。困难也许就在这里:由于这块文学土壤的长久荒芜,我们对少年文学的艺术构成和美学规定缺乏必要的了解,而已有的审美经验又不可能"越俎代庖"。因此,在不期而遇的新的艺术实践面前,我们由于太缺乏准备而只能是仓皇地应战,只能是一面探索,一面不断地修正自己的"期望模式",只能是在困惑中寻找自己的路。关于小说《独船》(作者常新港,刊《少年文艺》1984年第11期)的讨论,就十分清晰地向人们显示了这种困惑和寻求的状态。

几乎所有的评论者都一致肯定《独船》是上乘之作。《儿童文学选刊》的编者在以头条位置选载这篇小说时动情地写道:"《独船》是独特的,无论思想与艺术都是独特的。我们期待这样独特的佳作已经很久了。"耐人寻味的是,在一片热烈的褒奖声中,关于这篇小说算不算少年小说的争鸣也同样热烈。

《独船》诉说的是一个令人战栗的悲剧故事。少年石牙渴望合群与友谊,也渴望父亲能理解他的内心要求和愿望。然而在生活中变得异常自私、孤僻、冷漠、狠心的父亲张木头却宁愿离群索居,在小河边厮守着独屋、独船、独子度日。他粗暴而专断地拒绝了石牙的合理要求。在张木头的影响下,石牙遭到了同学们的误解甚至羞辱,被逼上了孤独、与同学隔阂的境地。为了摆脱孤独，获得同学们的友谊和尊重，石牙顶住了父亲的训斥和痛打，尽了令人心酸的努力。最后，这位少年孤独者毅然划船去搭救落水的同学，并在这最后的渴望和努力中献出了自己的生命。而痛失儿子的张木头这才幡然悔悟，但悲剧终究已经发生了。

曾镇南在题为《从〈独船〉想开去》的评论文章中，借助自己强烈的艺术感受，分析了一个"少年孤独者"痛苦的灵魂和一个"阴沉、专制的父亲"的个人主义所给予人们的启示。"像《独船》这样带有浓重的悲剧性，甚至会使成人产生战栗感的作品，适合给孩子们看吗？儿童文学（实指少年文学，下同——引者）有必要写进某些似乎只有成年人才能理解的深邃的人生内容吗？"对这两个问题，曾镇南做出了肯定的回答。显然，在曾镇南看来，这种"深邃的人生内容"，是有助于加强少年文学的"深度、力度、生命力"的，而《独船》无疑也是一篇优秀的少年小说。

有趣的是，对于少年文学可不可以写悲剧这个问题，并未引起人们讨论的兴致（儿童文学发展史上早已有大量成功的作品回答了这个问题），而对于《独船》是否可算作一篇少年小说，却是众说纷纭。管锡诚撰文说：《独船》这篇小说"独特，但不是儿童文学"。他认为，《独船》有着震撼人心的艺术力量，它向我们提出了一个十分严峻的现实问题：理解我们的下一代，关心我们的下一代。"《独船》的深刻意义就在这里。"然后作者笔锋一转："但我对这篇小说作为'儿童文学'刊登则大惑不解。如果不是最初发表在《少年文艺》上，我无论如何也不会想到这是一篇供孩子看的'儿童小说'。这种成人化倾向十分强烈、明显的作品，能作为'儿童小说'推荐给小读者吗？他们看了能在心里产生什么感受？我认为，《独船》……不应该刊登在《儿童文学选刊》上，而应当推荐给成年人阅读，应当刊登在《父母必读》《家庭》《人民教育》等成人刊物上。"（见《儿童文学选刊》1985年第6期）总之，他认为这是一篇向成人提出问题的小说，因而不能算作少年小说。梅子涵则认为，《独船》"是儿童小说，但不典范"。他的逻辑是：《独船》"毕竟仍旧能使少年读者们得到于他们的人生有用的教益和启示"，因而"可算是一篇儿童小说"；但作品不是以"石牙的反叛和促使反叛的痛苦复杂的心理"为主线，而是以"我们现在究竟应该怎样做父亲的伦理课题来做儿童小说的主题"，这"难道不稍稍有些对牛弹琴的味道么"？由于艺术角度处理上有些颠倒，因而《独船》不是一篇典范的儿童小说。（见《儿童文学选刊》1985年第2期）此外，王泉根在题为《为"成人化"一辩》的文章中提出了与曾镇南相同却又更为肯定的看法。他认为，少年期儿童的特点"要求我们必须以很大的机智来对待少年文学的创作"，应该"机智而巧妙地把儿童化与适度的成人化因素结合起来"。（见《儿童文学选刊》1985年第6期）

看来，成人化和非成人化之辩成了这场争论的焦点。讨论的意义当然不仅仅在于对一篇小说的评论，更主要的是它深刻地反映了人们对少年文学本体特性的困惑感，以及认识和把握这一特性的强烈意愿。在我看来，少男少女们的心理世界尽管呈现了极为复杂多元的状态，但它仍有着自身的质的规定性和合理性。所谓少年们有一种"半成人半儿童"心理的说法，确切地说不过是形象化地表达了少年心理世界的那种特殊的矛盾状况和过渡特征，而绝不是说少年心理即等于一半的成人心理加上一半的童年心理。少年对成人世界的向往，仍然是典型的少年心理，绝非来点儿"成人化"就能解决问题；少年所表现出来的幼稚和幻想，也只能是少年式的幼稚和幻想，绝非留点儿"儿童化"就能万事大吉。因此，我以为借助"成人化"这一概念是无法把握少年文学的本体特性的。少年文学需要的是少年化，而不是其他的什么"化"。《独船》这篇小说试图从以往儿童文学创作的狭窄思路中挣脱出来，根据少年读者的接受能力来向他们展现生活的复杂、严峻和艰辛，从而给他们以人生的启迪。从这个角度看，它是应该被归于少年文学之列的。至于如管锡成、梅子涵等人提出的作品的艺术视角问题，也的确不可忽视。近几年来少年儿童文学的一个重要主题是呼吁大人们理解、尊重少年儿童的心理世界和个性发展，从早先刘健屏的小说《我要我的雕刻刀》，到近期孙云晓的报告文学《"邪门大队长"的冤屈》，都贯串了这个主题。可以肯定的是，少年文学可以而且应该同成人对话，但是以何种方式和途径实现这种对话，却没有什么现成的路子可走。这就要允许人们在创作实践中进行探索。

其次，少年文学的困惑还来自其艺术触角该如何伸向那些微妙而敏感的艺术领域。在这方面，少年文学已经进行的探索同样是充满困扰的。最为典型的困惑表现在如何正视、把握和艺术地再现少年们伴随着身心进一步发育成熟而产生的性意识和所谓朦胧爱情。封建传统意识的沉重因袭，"资产阶级伪科学"的可怕罪名，曾使我们在很长一段时间里宁愿躲避科学而去拥抱愚昧，少年期正常的性心理和实际存在的爱情意识理所当然地被认为是见不得人的东西，少年文学对此当然更是退避三舍。这种愚蠢的观念在近几年来的少年文学创作中理所当然地遇到了坚决的挑战。教师作者丁阿虎的《今夜月儿明》（刊《少年文艺》1984年第1期）和少年作者龙新华不久以后发表的《柳眉儿落了》（刊上海《青年报》1984年11月23日），首先对少男少女之间的爱情意识做了大胆的正面描绘。这两篇作品的发表犹如投石击水，激起了强烈的连锁反响和争鸣。来自各方面的议论构成了各种各样的对立观念：有对少年文学该不该描写少男少女朦胧爱情的不同看法，有对应该如何把握和描绘这种朦胧爱情的各家见解，还有对具体作品的不同理解和阐释。这些观点有的侧重心理学的引证，有的着重教育学的分析，有的集中于文学观的探讨，有的则干脆用个体生活经验进行肯定或否定的评判……

对少年性心理和爱情意识的描绘在成人文学中根本不是什么需要躲躲闪闪的事情，而是早已成为一种正常的文学现象了，但是对少年文学创作来说，如何建立自己的表现少年（还有成人）性心理和爱情意识的艺术视角和尺度，仍然是富有现实意义的课题。因此，争鸣固然反映了人们认识上的分歧和开辟少年文学创作新疆域时的困难，但它同时也带给我们以开拓和创造的希望。

此外，少年文学的自觉过程还必然使我们面临并且不得不回答这样一些问题：如何在增强少年文学的现实精神的同时扩展它应有的想象空间？怎样扩建少年文学相对独立的语言系统？如何大胆而又不是盲目地借鉴成人文学的表现手法以丰富少年文学的艺术表现力？以及如何估价英雄主义、冒险精神、荒诞意味等等在少年文学中的地位和意义？此类课题恐怕不胜枚举——够我们忙乎的了。

三

　　幼儿的天真和无知会使我们在喜爱之余产生一种安稳感，在他们身上过于费神反而令人觉得多余。而身心发育都处于急剧变化状态的少年们就让大人们操心得多。对于作家来说，为少年们提供精神产品更是一桩困难的事情。特别是当今少年们的审美趣味绝不是我们凭大约的估计和想当然的猜测所能了解清楚的。从这个意义上可以说，少年文学的自觉过程必然会伴随着种种困惑。同时，这种困惑状态也就使现今的少年文学创作表现出一种明显的实验性质，譬如丁阿虎的《祭蛇》、程玮的《白色的塔》、常新港的《独船》、班马的《鱼幻》等少年小说，就都具有明显的审美实验功能。这种实验功能主要体现在两个方面：其一，鉴于以往人们总是习惯于单纯地从接受者的角度来理解儿童文学，而忽视了从创作主体的角度对儿童文学加以思考，所以近几年来少年文学创作中作家自身的审美意识开始觉醒并不断增强，一些作品凸现了作家自身的审美意识和进军新的美学领地的意愿，因而其作品带上了我们传统的儿童文学视觉所不习惯的色彩；其二，少年文学作为一个相对独立的文学门类，须以自身本体特征的确立为存在条件，而这种特征的确立，又离不开少年审美心理这个参照系统，离开这个参照系统，少年文学就将悬浮不定而难以确立自己的本体特征，失去自身存在的合理性。不过在这一点上，实验小说也进行了一种新的努力，即它往往不是从少年读者已有的审美感受力出发，而是更着眼于如何拓宽少年朋友的审美感受阈，所以，它并不排斥与少年读者的对话，相反，它试图在重新认识和把握少年读者审美能力的基础上加强和扩大这种对话，因而体现了审美上的超前意识。

所以，少年文学的自觉过程固然会伴随着种种困惑，但实验小说所进行的尝试无疑已经为少年文学的自我规定和艺术出新昭示了新的可能。可以预期，当我们努力走出重重困惑的时候，少年文学也必将会实现更高程度的自觉。

（原载《文艺评论》1988 年第 3 期）

注 释

[1] 高锦雪：《儿童文学与儿童图书馆》，台北：台湾学艺出版社 1981 年版，第 20 页。

近年来儿童文学对成人文学的借鉴意识

儿童文学的尴尬

当新时期晨光熹微,儿童文学还是一只刚从浩劫中归来的丑小鸭的时候,人们既充满焦虑,又怀着希望。在一种躁动不安的心绪支配之下,儿童文学开始了寻找和重建自身的艰难历程。首先是澄清那些长期以来困扰着人们的关于儿童文学的是非观念:曾经被指责为"资产阶级文艺思想表现"的"童心论",得到了新的评判,儿童文学作为一个特殊的艺术系统,其自身的规律重新得到重视;将儿童文学的功能逼入实用主义狭窄天地的"教育文学"说,受到了普遍的怀疑,并由此引发了人们对儿童文学价值观念的调整和对儿童文学多重功能的开放性理解。这种种观念上的澄清和重建,为新时期儿童文学的发展提供了一个新的起点。

但是,这些多少带有重正视听性质的理论思考,却不可能一劳永逸地解决新时期儿童文学发展进程中喷涌出来的新鲜课题。我们看到,当时代生活大潮有力地撞击着人们的心灵世界,几代人的审美心理同时发生着深刻变化的时候,儿童文学却未能在整个当代背景上及时地从深层拓展自己的艺术天地,并有效地强化自身的本体特性。所以,就在人们认为新生活已经理所当然地为我们架起了通向理想彼岸的桥梁,因而热切呼唤和期待我国儿童文学第二个黄金时代(50年代被认为是我国儿童

_{文学的第一个黄金时代）}的时候，真正的桥梁——儿童文学创作实践，却未能将人们导向儿童文学的黄金彼岸。当然，从数量上看，儿童文学创作的发展是迅速的；就整体而言，作品的质量也在一种平静的气氛中实现着有限的提高。但是，与新时期为文学发展提供的巨大可能性比较起来，儿童文学所取得的进展毕竟是难以令人满意的。特别是当我们把新时期儿童文学纳入另外两个参照系时，它的尴尬处境便被清晰地凸现出来。

第一个参照系是 50 年代我国儿童文学所取得的成就。在儿童文学界，人们总是带着自豪和怀恋的心情谈论起 50 年代。当时，许多老作家继续带头为小读者创作儿童文学作品。张天翼的小说、童话，冰心的小说、散文，高士其的科学诗，都拥有大量小读者；陈伯吹、贺宜、严文井、包蕾、金近等作家的童话、小说、诗歌、寓言等作品，也每每在孩子们中间不胫而走；而刘真、萧平、柯岩、任大星、任大霖、徐光耀、葛翠琳、洪汛涛、张有德、杲向真、郑文光等一批青年作家也在创作上脱颖而出，拿出了让人刮目相看的作品。他们笔下的小荣、大虎、张嘎、白鹅女、马良等文学形象，在少年儿童中间产生了巨大的影响。这一切给人们的印象是如此深刻而强烈，以至今天人们回忆起来仍然激奋不已。

相形之下，新时期儿童文学似乎就不显得那么有声有色了。50 年代的模式固然已不适用，但新的突破也迟迟未能出现，大量作品在一个水平线上浮动。因此，将这种状况归纳为这样几句话是合乎事实的："可读的不少，优秀的不多，冒尖的甚微，引起儿童文学界震动的没有。"[1]

第二个参照系是同时期的成人文学创作。一般地说，在儿童文学与成人文学之间进行生硬的比较无疑是愚蠢的，但这并不意味着两者之间不存在任何可比性。新时期儿童文学与成人文学的发展根源于同一深层历史逻辑，又在共同的时代背景上接受着生活的冲击和启迪。在这个意义上，新时期为儿童文学与成人文学提供的机会是平等的。然而历史提供的机会是一回事情，文学的现实发展又是另一回事情。人们看到，发轫于"伤痕文学"的新时期成人文学，以不断的突进态势回报了生活的恩赐。无论是对历史和现实的深刻思考与艺术再现，还是对人类心灵世界的探赜索隐，抑或是对文学自身作为一个审美系统的创造性的构筑方面，成人文学所进行的尝试和所显示的活力都是令人惊叹的。在这一事实面前，尽管我们可以为举步维艰的儿童文学寻找种种辩护的理由，但现状终究是令人难堪的。于是，儿童文学感觉到了徘徊此岸的尴尬与不安。

困惑与借鉴

寻求突破和超越，这是近几年来儿童文学界普遍而强烈的意愿。然而伴随着这一意愿的，则是一种对于儿童文学本体的困惑感，即一种对于在新的时代氛围和生活土壤中如何构建自己的艺术系统以最大限度地实现其价值的困惑。这种困惑的产生，既是现实挑战的结果，又有着深刻的历史成因。

正如魏晋时期伴随着人的觉醒和对人的内在精神本体的追求而出现"文学的自觉时代"一样，我国儿童文学也是在近现代资产阶级民主革命思潮的冲击下，伴随着新型儿童观的确立而逐渐在"五四"前后成为一种自觉的文学的。在我国古代，依附于封建文化意识的儿童观是无视儿童的特殊精神需求的。周作人在《儿童的书》一文中指出："中国向来以为儿童只应该念那经书的。以外并不给预备一点东西。让他们自己去挣扎，止那精神上的饥饿。"作为对这种儿童观的反对，近现代的有识之士强调的是儿童内外生活的本位性，强调对儿童世界的尊重。在时代浪潮的冲击下，以儿童观的变更为契机，儿童文学以"儿童本位"为依托确立了自身的存在价值和本体特征。魏寿镛、周侯予编撰的我国第一部《儿童文学概论》（商务印书馆1923年版）中明确认定："儿童文学，就是用儿童本位组成的文学。由儿童的感官，可以直接诉于他精神的堂奥的。换句话说，就是明白浅显，饶有趣味，一方面投儿童心理之所好，一方面儿童可以自己欣赏的文学。"经过五四时期大批作家的努力，儿童文学终于由"自在"而走向"自觉"，开辟了自己的艺术天地。

但现代中国的独特现实，把儿童文学也推到了各种社会矛盾乃至民族矛盾的交点上，使之在激烈的外部振荡和冲击下接受血与火的洗礼。对于现代儿童文学来说，重要的是如何既顾及儿童心理和儿童生活的自立性，又将他们带向现实和人生。而儿童文学作为特定的文学实体，其本体特征应该如何在创作实践中不断予以构建，则显然在人们的视野中退居不甚显眼的背景深处。这也就是说，自"五四"前后走向自觉以后，现实的严峻和艰辛使儿童文学来不及对这种"本体的自信"进行更多的检讨和反思。

新中国成立以后，新的社会心理与文学情绪建立了一拍即合的精神联系，儿童文学欢快昂扬的情调适应了新的时代要求和新的审美趣味。但是不久，逐渐萌发的极"左"思潮开始涌进儿童文学领域。1960年大批"童心论""儿童文学特殊论",干脆以简单、粗暴和强词夺理的办法否定了儿童文学的本体特征。结果,儿童文学在很大程度上成了演绎政治概念、追赶各种运动的文字工具。茅盾在1961年发表的著名长篇论文《六〇年少年儿童文学漫谈》中指出当时的儿童文学是"政治挂了帅,艺术脱了班,故事公式化,人物概念化,文字干巴巴"。这种文学本体特征的严重萎缩,是漠视儿童文学自身艺术规律所酿成的苦酒。至于"文革"期间,儿童文学的本体意识更是处于几乎泯灭的状态。

因此,当新时期提供了又一次发展机会的时候,儿童文学界却产生了一种困惑感。当然,在困惑面前,我们思考过,我们试图在当代意识的背景上进一步调整儿童文学的艺术哲学,试图为儿童文学创作的发展提供种种力所能及的指导。然而应该承认,我们的理论思维能力还是贫弱的,毋宁说,理论本身也陷入了巨大的困惑之中。

与此同时,成人文学创作的发展态势进一步搅乱了儿童文学界的心理平衡。在这种情况下,一些作家纷纷从成人文学那里寻求启迪和灵感。于是,近年来儿童文学领域里就出现了一种向成人文学寻求启发的横向借鉴意识。它要求儿童文学打破封闭自足的状态,从作品内容到艺术表现形式都谨慎而大胆地借鉴成人文学创作中的成功经验,以期迅速而有效地使儿童文学创作摆脱胶着状态。这种借鉴意识对儿童文学的创作趋向无疑具有一种潜在而有力的制约、调节作用,其外在的宏观表现,主要有以下两个方面:

其一是儿童小说受到青睐,创作呈现了相对活跃的局面。

借鉴和尝试从哪里开始?儿童小说首先引起了人们的兴趣。在题材的开拓、主题的深化、艺术表现手法的出新等方面，儿童小说由于与生活本身具有一种天然的切近感而为作家的尝试提供了更大的可能空间。于是，儿童小说领域里陆续出现了这样一些作品，说它们是"出格"也好，说它们是"反传统"也无妨，总之，这类作品的确给儿童文学创作带来了活力。评论界的关注，《儿童文学选刊》的重视，又在一定程度上助长了这一势头。比较起来，儿童文学的其他样式，尤其是童话这一传统样式似乎受了点儿冷落。除了郑渊洁等少数童话作家的作品受到一定的关注之外，人们的谈兴似乎就不那么浓了。

其二是供少年阅读的作品引起人们的广泛重视，少年文学的独立倾向逐渐加强。

在借鉴成人文学意识的驱动下，人们还很自然地把目光投注到最贴近成人文学而过去又受到忽视的少年文学领域。以往人们对儿童文学这一概念的涵盖力与指称范围的了解和把握是比较粗糙模糊的。从为低幼儿童提供的儿歌、童话等，到为少年读者创作的小说、散文之类作品，都被不加区分地归到"儿童文学"名下。随着创作的发展与思考的深入，人们开始感到，不加限制地泛泛谈论儿童文学，常常会遇到一些麻烦。事实上，儿童文学概念的指称范围是很广的，它包括了适合幼儿、童年、少年等不同年龄层次读者需要的全部文学作品，而这些不同层次的文学作品又往往不能不加区分地一概而论。胡子眉毛一把抓，只会把问题搅乱。这样，人们便逐渐确立了少年文学的独立位置，并在创作中投入了很大的热情。

处于上述两种现象耦合区的文学样式是少年小说。结果，少年小说成了近年来儿童文学创作领域最活跃的部分。试看近年来儿童文学界引起普遍关注和议论的作品，大多也是少年小说，如刘健屏的《我要我的雕刻刀》、曹文轩的《弓》、丁阿虎的《祭蛇》和《今夜月儿明》、常新港的《独船》等都是。

处于成人文学与童年文学联结地带的少年文学是一种"过渡文学"（如同儿童心理学中所谓"过渡期"一样）。它既保留了童年文学的许多特性，又逐渐融入了成人文学的某些品格。因此，人们重视少年小说，这并不是一种偶然的现象，而是一种自觉地选择的结果。

考察近年来的儿童文学创作（主要是其中的少年文学部分），我们发现它对成人文学的借鉴是从三个方面展开的。

第一个方面表现在被再现的客体层。当成人文学对人类内外生活采取一种全方位的观照态度的时候，儿童文学对生活的观察和摄取角度就显得十分狭窄而偏执了。敏感的作家意识到了这一点，他们开始变换自己单一的观照和截取方式，力求使被再现的客体层获得横向的拓展和纵深的开掘。丁阿虎的《祭蛇》在一场似乎纯粹是嬉闹的乡间孩子玩祭蛇游戏的场景中传达了丰富的意味，光怪陆离的表象背后蕴含了生活的甜酸苦辣。陈丹燕的《上锁的抽屉》则以细腻的笔触描绘了处于青春发育期的少女自我意识的萌动及其生活状态的微妙变更，为儿童文学带来了新的心理深度。这类作品在开拓儿童文学的再现空间方面显然是富有成效的。

第二个方面是儿童文学在艺术表现上的出新。当代文学正在艺术上进行着雄心勃勃的尝试，这不能不对儿童文学形成强大的刺激。近年来，儿童文学创作中出现了一些在艺术表现上大胆求新的作品。譬如，《祭蛇》在结构上就采用了以场面为中心的放射性的编织方式，并且没有什么曲折完整的故事情节，而是更讲究一种情趣和意味的传达。曹文轩的《古堡》吸收了寓言的拟喻手法，写得浑厚深刻，颇有力度；刘霆燕的《老人的黑帽子》融汇了象征手法；舒婷则在《飞翔的灵魂》中将小说与诗融为一体。所有这些尝试，都为儿童文学拓展了新的艺术天地。

第三个方面表现在创作主体意识的变化上。在成人文学领域，创作主体正在发生着前所未有的多向变化。这种变化对儿童文学领域的辐射效应正在日益显现出来。例如，过去盛行的单纯教育学意义上的"介入意识"逐渐被比较开放而又自主的文学"回归意识"所置换，众多作家的主体意识正在日益加强。程玮作品的哲理色彩，黄蓓佳作品的抒情意味，曹文轩作品追求的"真""力""美"，常新港作品的悲剧感等，无疑都是当今儿童文学创作主体的审美意识走向自觉、走向差异和分化的结果。

上述三个层面的展开并非井水河水互不相犯，而是往往重合为一体的。这些多层面的借鉴和开拓，正在悄悄地改变着当代儿童文学的面貌。

比较一下历史，我们不难发现一个十分有趣而又耐人寻味的现象：五四时期当中国儿童文学开始走向自觉的时候，它对成人文学保持了一种强烈的分化意识，虽然当时大力倡导儿童文学的作家如周作人、鲁迅、郭沫若、茅盾、郑振铎、叶圣陶等人的主要身份并不是一个儿童文学作家，但他们始终注意以自己的努力来唤醒和加强儿童文学的独立意识；近年来儿童文学则在一定程度上呈现了一种对于成人文学的认同倾向（典型的如有人提出少年文学可以来点儿"成人化"），虽然当今儿童文学已经拥有自己相对独立的创作队伍，但一些儿童文学作家却在向成人文学寻求启迪和借鉴方面表现出了更大的热情。当然，这种"认同"并不是简单地向成人文学回归，而是当今儿童文学在新的背景和条件下所表现出来的一种复杂的创作取向。它所带来的结果也是复杂的，既有儿童文学本体的重建，也隐含着偏差和丧失。

构建与丧失

上述借鉴意识，反映了儿童文学作家渴望打破封闭的文学格局，进行新的艺术创造的强烈愿望。这种借鉴，对于困惑中的儿童文学摆脱尴尬、重建本体，无疑具有积极的作用。借鉴迅速缩小了儿童文学与整个当代文学观念和审美意识之间的距离，改变了儿童文学创作内向封闭型的品格；借鉴促成了一批富有新意的作品的出现，这些作品把对生活的新的观察、把握方式和新的艺术表现手段带给了儿童文学，初步改变了儿童文学创作的"小家子气"。总之，借鉴意识促进了新时期儿童文学系统的重新构筑。

但是，如果我们在借鉴的同时缺乏清醒的内省意识，不能认识到借鉴的最终目标是强化儿童文学自身的艺术特点的话，那么我们就可能遇到新的困难，即在一味的借鉴中导致机械死板的"向右看齐"，从而在借鉴中偏离借鉴的最终目标。

事实上，这已经不仅仅只是一种可能性了。近年来一种十分流行的观点就认为：儿童文学质量上不去的原因，主要是过分强调了儿童文学特点，从而忽视了它作为文学所应遵循的普遍规律。这种似是而非的论点把过去人们对儿童文学特点的错误理解强加给儿童文学特点本身，并片面地把文学的普遍规律与儿童文学的特殊规律割裂开来，从而向成人文学寻求单向的借鉴，其结果必然会导致儿童文学创作产生新的偏差。

例如，当近年来儿童文学带着严峻和思考的态度切近生活，力图反映时代、直面人生的时候，我们的艺术想象力却受到了不应有的钳制，儿童文学丰富活泼的想象力没有得到相应的发挥。这方面的一个重要表现是儿童文学的时空距离被限制在一个狭小的范围里，如有人指出的那样："我们往往把一个无头的过去和一个无结的未来忽略了，把一个巨大的空间排斥了。"[2]虽然也有少量作品如包蕾的童话《国王登上了飞碟》、李迪的中篇小说《这里是恐怖的森林》等具有比较开阔的时空意识，但从总体上看，儿童文学的时空范围就显得太局促了。这种状况是不利于培养少年儿童的好奇心，扩大他们的眼界和丰富他们的想象力的。

从儿童文学史上看，像安徒生的童话、马克·吐温的儿童小说等优秀作品，无不具有开阔的时空意识和丰富的想象力。当代西方儿童文学越来越逼近现实，也变得越来越深沉了。但时空范围却并未因此而缩小。例如美国当代著名儿童文学作家司·奥台尔就在自己的作品中把小读者带到了遥远的16世纪（《国王的五分之一》），带到了蓝色的海豚岛（《蓝色的海豚岛》），带到了西勃拉金子城（在今美国西南部），带到了墨西哥佛密林海一带的采珠场等富有神奇色彩的地方，并在广阔的时空背景上展现严肃的现实主题。他的作品也因此受到了少儿读者广泛而热烈的欢迎。[3]

儿童的想象往往是活泼轻灵、丰富多彩的。在这种想象中，甚至还保留着原始思维的泛灵论的特征，一切仿佛都具有生命和意识。谈到少年，应该承认，少年期儿童已经产生了一种"成人感"，他们的心理发展已经达到了一个新的水平。但是，少年的心理结构是通过对前一阶段心理结构的整合而产生的，如皮亚杰所说："每一整体结构渊源于前阶段的整体结构，把前阶段的整体结构整合为一个附属结构，作为本阶段的整体结构的准备……"[4]因此，在少年的想象中，泛灵论的特征固然已经消失，现实的因素也在不断增加，但他们的想象力并未萎缩，而是在童年的基础上获得了新的发展。由于知识和经验的增加，少年在开始涉足社会生活的同时，也拥有了更为广泛的幻想天地，而充溢于他们胸怀的冒险精神、英雄主义，更会驱使他们向往和追求不平凡的事物。所以，我们的儿童文学在逼近现实的同时，是不应该将自己的想象力束缚起来的，也绝不能在时空上满足于对现实画面的机械模仿。

近年来儿童文学创作中的另一个明显的偏差，是我们在借鉴成人文学创作并因而走向深沉的同时，未能相应地强化儿童文学风趣幽默的品格，甚至在一定程度上丧失了这种品格。"儿童文学是快乐的文学"（高尔基语），然而我们的儿童文学在整体上却显得过于严肃，以致小读者每每不堪卒读。这种现象是值得我们注意的。

当然，我们完全应该为小读者尤其是广大少年读者提供一些具有严肃深刻的思想内容的作品，但是如果顾此失彼，忘记"儿童文学是快乐的文学"，那么我们很可能会得不偿失。实际上，严肃深刻与风趣幽默并不是互相排斥的。安徒生的不少童话，如《皇帝的新装》《丑小鸭》《豌豆上的公主》等，思想内涵何等深刻，而写得又是何等风趣可笑、幽默滑稽。勃兰兑斯在谈到《皇帝的新装》时，是这样评论安徒生的：他"以戏剧性的轻松活泼，以对话体的形式，说出他那篇描写一位爱慕虚荣的皇帝的美妙故事"，这篇作品"有严肃的一面……也有幽默的一面"。[5]可以说，这种严肃深刻的思想性与快活幽默的趣味性的完美融合，正是安徒生童话的最基本的特征之一。这对我们应该是不无启示意义的吧！

借鉴意识对近年来儿童文学创作的影响，表现在构建和丧失这两个相互联系的方面。这种双重影响，也是近年来儿童文学领域最富代表性的现象。

简短的结语

处于困惑之中的儿童文学在探索和借鉴中开拓了自己的视野和胸怀，加强了自己的深度和力度。当我们意识到借鉴还带来了某些偏差的时候，我们绝不应该因噎废食，从已经取得进展的地方退下来。毫无疑问，借鉴给儿童文学带来了新的素质和气象。对于我们来说，重要的是既要保持自信，又要具有一种清醒的内省意识，因为只有这样，我们才有可能不断而有效地把儿童文学创作推进到新的境界。

本文的写作，也正是基于这样的信念。

（原载《宁波师范学院学报》1988 年第 2 期）

注 释

[1] 陈子君：《儿童文学理论工作现状和我们的紧迫任务》，《儿童文学研究》1983 年总第 14 辑。

[2] 引自曹文轩在全国儿童文学创作座谈会上的发言，《儿童文学选刊》1986 年第 1 期。

[3] 徐朴：《杰出的美国儿童文学作家——司·奥台尔》，《儿童文学研究》1985 年总第 19 辑。

[4] 〔瑞士〕皮亚杰、英海尔德：《儿童心理学》，吴福元译，北京：商务印书馆 1980 年版，第 114—115 页。

[5] 〔丹〕勃兰兑斯：《安徒生论》，《世界文学》1962 年 11 月号。

憧憬博大
——对一种儿童文学现象的描述和思考

一种对于雄浑、宏大的艺术气象的神往，一种对于深阔、悠远的艺术境界的营造，构成了20世纪80年代以来中国儿童文学界最值得人们玩味思索的创作情怀和文学动向。就在评论界几乎还没有做出任何像样的反应的时候，这一文学动向已经完成了它最初的探寻和实验。

一

一种新的艺术态度的萌发和出现，常常隐含着对某些现存艺术秩序和观念的怀疑或者是不满。在儿童文学界，一种捍卫自身艺术领地和疆域的企图导致了儿童文学艺术气度的逼仄和艺术才情的萎缩。应当说，这种企图的历史初衷是良好的。当儿童文学从自在走向自觉，从依附走向独立的时候，强调它与儿童读者艺术经验之间的密切对应，强调儿童文学艺术状态的独特性和某种收敛性，无疑是一种历史的需要和必然。但是，历史的发展充满了辩证，一旦这种起初是合理的企图在儿童文学的艺术发展进程中成为一种冠冕堂皇的障碍，并且在客观上限制了儿童文学的新的艺术发展可能的时候，那么，它招致怀疑乃至强硬的反抗也将是势所必然的了，剩下的只是一个时间问题。在80

年代，中国儿童文学界终于孕育了新的创作企盼和冲动，一批新近进入儿童文学领域的青年作家带着各自的艺术准备和艺术愿望开始了他们的创作实践。毫无疑问，他们中的大多数人是熟悉并且尊重儿童文学的艺术传统的，然而他们对儿童文学已有的艺术状态却抱着深深的怀疑、批评态度。于是，默默的寻找开始了。耐人寻味的是，他们在各自的创作实践中所进行的显然不是有约在先的探求，却显示出一种共同的艺术憧憬，那就是向往艺术气象和艺术境界的深阔与博大！

当然，中国儿童文学不是从未有过那样的气象，那样的境界。六十多年前，冰心女士以她的《寄小读者》表达了"不绝如缕，一一欲抽"的爱的情思，显示了深浓、沉挚、博大的爱的情怀。这一作品的出现显示了处于诞生期的现代儿童文学的早熟状态，同时也为中国儿童文学的未来发展提示了一种艺术可能，这就是在深刻理解和充分尊重少年儿童读者接受趣味和能力的基础上尽可能地提升儿童文学文体的艺术状态，创作出独特的具有很高艺术品位的作品。这种艺术可能无疑是极有意义、极值得探索的。但令人遗憾的是，在中国儿童文学后来的历史进程中，这种艺术可能却未能得到进一步的实现和扩展，而始终只不过是儿童文学未来发展的某种预兆和暗示，一种有待应验的谶语。

造成这种历史结果的原因主要来自两个方面。首先，中国儿童文学是在中国现当代特定的社会历史环境中生长和演进的，它在总体上与中国现当代的历史进程保持着密切的联系，不妨说，社会生活的流动变迁直接促成了儿童文学艺术内容的生成和转换。因此，儿童文学的艺术"兴奋点"往往集中在历史发展所遇到和提出的现实课题上，例如民族存亡和阶级苦难的急迫激荡的现实对于中国现代儿童文学的影响，要求文学不断地直接服务于某个政治主题的做法对于中国当代儿童文学的影响等。而对于儿童文学文体自身可能的思索和探求，就不能不在这样的现实要求面前暂时被搁置到一边。其次，儿童文学文体的特殊性和已有的儿童文学艺术实践的累积，反过来造成了中国儿童文学界拘谨而不是充分发散的创作心态和思维定式，作家往往习惯于向已有的儿童文学艺术经验寻求认同而不是自觉地尝试用自己的实践和探索去丰富、拓展乃至更新这种艺术经验。于是，许多的艺术可能被忽视和遗忘了。在这一过程中，失去的无疑是儿童文学艺术内涵的不断充实和丰厚，而逐渐带来的，则是儿童文学艺术气象的一种肤浅的天真和令人尴尬的"小家子气"。

二

"五四"一代作家曾钟情留恋于孩子的纯洁、童心的美丽。冰心真挚地说："除了宇宙／最可爱的只有孩子。"周作人虔诚地写道："小孩呵，小孩呵／我对你们祈祷了／你们是我的赎罪者。"赵景深也赞美说："小孩是一朵鲜艳的花／他的欢笑／是家庭里愉快的种子。"他们从童心那里发现、开掘了一个清纯的、快乐的、全新的文学世界。与"五四"作家倾慕于童心的执着不同，80年代新起的一部分作家则把视线投向更邈远、更广阔的艺术时空，他们试图通过这种新的时空构筑来为儿童文学争取一种博大的艺术视野，表达一份博大的艺术情怀。因此，他们开始不满足于在童心中沉醉、吟咏，他们开始不满足于在童梦中驻足、流连。他们试图带领读者走出家庭、走出学校，试图给读者提供新的阅读感觉和经验，试图给儿童文学带来新的艺术可能和较高的艺术品位。青年作家班马认为："当前的'走出学校'的创作现状，其实反映了当代中国儿童文学意识正在对本身艺术'容器'做更开放的思考。"在这种思考中，他们谈论着宏阔的宇宙性思维，他们倾心的是人类悠久的历史和文明，他们凝视着这个世界的生存状态。宏大的星球意识、悠远的远古历史感和文化感、冷峻的生存意识，以及弥漫于其间的哲学气息，构成了这一文学现象最基本的艺术思维内容。

在班马的《星球的第一丝晨风》里，广阔无垠的时空仿佛突然浓缩在我们面前：一只小小的招潮蟹遇到了一个乘坐飞碟来到我们这个星球上拜望"昔日的老朋友"的外星人，而人类在这个外星人眼中竟然不过是"突然冒出在地球上"的"两腿的生物"！但就是这"两腿的生物"的出现，使得外星人寻访老朋友的计划破灭了。外星人告诉招潮蟹，每隔两千五百万年他就来地球一趟，已经来过四次了，四次都与恐龙聚会，这一次来竟会再也找不到恐龙。还有那仅剩几条的白鲸，还有那孤独地走向绝种之境的巨犀……在这里，地球生命史迹的自然史意义并不重要，人类生存境地的生态危机才是作者思维的焦点所在。而那仅存的白鲸、巨犀，还有不起眼的招潮蟹，都没有接受外星人的邀请，依然顽强地存在于这个它们一直居住着的星球。而人类，你将如何对待你的生存空间？你想怎样调整你的生存意识？这个星球已难以继续等待。这种以外星人的视点审视地球生态现状的凝重的沉思，在作品结尾处化为这样一个画面：一个小孩长久地呆望着大海，站在海边一动不动，像是在读一本深奥的蓝皮书……

金逸铭的童话《长河一少年》也是一篇尝试以宏大的视野表现"对人类生存环境和生活方式的担忧"的作品。所不同的是，在这篇作品中，人与自然、人与人之间的矛盾和冲突更具象化了，历史和现实被高度浓缩在同一空间，民族的命运与人类的命运牢牢地纠结在了一起。在作品中，"那疯狂追求沙金的叔侄俩虽然不知姓甚名谁，却在苦难长河的背景上，显现为对自然资源无节制掠夺开采的人类愚昧形象的缩影；而那个在滔天洪峰中播下五万树种的少年，虽不知身份，不明来历，但在由长河、绿树、蜗牛、卫星等构成的宏大意境的烘托下，成为正在觉醒但还无力改变现状的现代人的象征"。作品所透露出的那份沉甸甸的忧思，那种森森然的冷峻诗意，那股雄浑壮阔的浪漫情调，无疑都凝聚成一种以往儿童文学所罕见的磅礴气象。

　　作家们不仅仅满足于在宇宙性思维和视点导引下的对自然生态、人类心态的关注和沉思，他们更把热情投注到现实生活覆盖下的文化的层面。在这里，童年不再被看成是一种独立的、仅仅具有自身意义的生命现象，也不再只是从不成熟的、幼稚的意义上被理解和把握；童年，同样在传统和现实交织而成的文化背景上展开其全部内容，同样向人们传递着一些极为隐秘而深刻的生命和文化的意味和消息。在鱼在洋的《祭火》中，从曾经给李闯王及其兵将们编过几十双龙须草鞋的龙儿先人那里传下来的绝活儿，竟在现代文明的冲击下变得一钱不值！想当初，李闯王还在龙儿先人的门上题过"商山草鞋王"五个大字呢，而"先人的名声，就好比窗户眼儿吹喇叭，传开了，有福气命好的人才能买到他的草鞋哩"！有意思的是，在爷爷和父亲的夹攻下，龙儿虽然同情爷爷的乞求和悲伤，但最后还是脱下了那双龙须草鞋，换上了爸爸厂里研制的"三防"解放鞋。通过龙儿的视角，作品展示了文化发展的强大的历史趋势，同时也暗示了传统文化的"凤凰"在祭火中涅槃更生的必要与可能。

如果说，那团焚烧着龙须草鞋的祭火引起的只是我们的一丝爱莫能助、无可奈何的微笑的话，那么，曾小春的《空屋》留给我们的却是一份凝重得化不开的凄清和忧伤，一种深深的震动和遗憾。那个从小跟着外婆住在山上古寺里的不知其名的小和尚，曾经是那样知足地陶醉在外婆的古老的故事里，那样虔诚地感觉到破败古寺的辉煌。他没有吃过母亲的奶，他惧怕山下小镇里那些古怪好奇的眼瞧着自己，甚至偶有车灯捅破黑的夜，明晃晃的两根光柱射到古寺的墙上时，孩子也会惊叫一声，慌乱的头扎进外婆的怀里——当生命的全部丰富性被抽取殆尽而小和尚本人却毫无察觉时，这一切是如此顺理成章。终于有一天，"鬼叔叔"来了。这个二十多岁、头发老长、鼻梁上悬着一个铁框框、穿着花衬衫的年轻人是被请来为古寺塑十八罗汉的。不过重要的是，"鬼叔叔"有意无意之中竟给小和尚带来了那么新鲜和丰富的人生感受和朝气。孤寂的小和尚从未领略过如此绚丽的人生景观，他的沉睡着的生命意识苏醒了！然而，更深重的悲剧在于，当"鬼叔叔"离开古寺返回那很远很远的大城市之后，萌发了新的人生意识和渴求现代文明念头的小和尚却无力拯救自己，他只能在通往山下的石阶上痴痴地站着望着，并且终于在生命的孤独中病倒，在生命的渴望中死去……两种生存状态的撞击中显露出的是何等悲凉凝重的生命悲剧和文化悲剧，我们怎能不怆然！

即使不是遥看九天、透视远古而意在反顾、逼近当今少年儿童生活现实本身的那些小说，即使不是深入文化底蕴、探讨民族根性而只是描写一些小生灵的那些童话，也往往传递着一种更深沉幽远的艺术气质，显示着同样宏阔的精神空间。董宏猷的《一百个中国孩子的梦》是一部以梦幻为羽翼展示中国孩子的心灵空间、心灵生活的长篇小说，作者试图更真实地从整体上宏观地反映中国孩子的生存状态、人生意识和深层心理。在这些色彩斑斓的梦境里，孩子的世界不再仅仅是罗文应的贪玩（张天翼《罗文应的故事》）、大虎的沉着机智（萧平《海滨的孩子》），而是拥有了更丰富、更具独特意味的精神生命，折射出更真实、更广阔的社会生活内容。冰波的童话《那神奇的颜色》中那只生活在一片青色的山谷里的螃蟹，被一位新娘头上扎着的大红色蝴蝶结的颜色所吸引、所感动。他如痴如醉，终于迷失了自我，失去了自我。他死了，在火焰的炙烧下，他身上也现出了那种神奇的颜色。作者写道："螃蟹的身上，本来就深藏着这种颜色。"这里，主体意识失落的不幸是作品所揭示的深层题旨，而螃蟹与新郎、新娘的心灵阻碍，又丰富、拓展了这一题旨。这些作品所拥有的艺术视野，所表露的艺术情怀，同样显示了作家对于一种深沉壮阔的艺术气象的憧憬和追求。

这一切，是否意味着《寄小读者》所暗示的艺术可能已经成为一种艺术现实，而那个迟迟未能兑现的谶语也终于应验了呢？

三

毫无疑问，80年代以来的中国儿童文学获得了前所未有的艺术探索机会。憧憬博大，作为一种美学心态，作为一种探询新的艺术可能的实践过程，显然已经为人们提供了值得玩味、思索的艺术现象。尽管这一现象的未来变化尚难以预料，但我们仍应不失时机地对已有的尝试和实验做一番大略的测定和估价。

事实上，在传统艺术题材和主题之外寻找更富有当代意味的艺术因素，早已不是当今世界文学的一个反常举动。当代科技的发展开辟了人类走向宇宙的新时代，封闭、狭隘的生活方式被打破，人们的视野和思维空间大大拓展，先进的通信技术和交通工具把全世界连成一个"世界村"。而文学，也越来越表现出这样的特点，即面向时代，面向世界，将注意力集中于那些关系到今天整个人类生死存亡的"全球性"的根本问题，在世界范围和人类几千年历史经验的范围内来思考20世纪末期人类的前途和世界的命运。这就是苏联作家艾特玛托夫所说的"全球性思维"，阿斯塔菲耶夫所说的"全人类立场"，评论家阿·兹韦列夫则称之为"宇宙意识"。在儿童文学领域，当今国外许多作家们也常常把注意力集中到这样一些人类共同关心的问题上：要把保卫和平，反对战争，特别是反对核战争作为儿童文学的主题之一，要让孩子们从小就懂得和平环境的可贵；保护人类生存环境是一项刻不容缓的重要使命，人类要致力于维持大自然生态平衡，同时应当为肆意污染环境的愚蠢行为感到羞耻，等等。日本儿童文学作家斋藤惇夫先生就曾介绍说，日本儿童文学界共同关心的大主题，就是反对核战争和保护人类生存的环境。香港作家严吴婵霞女士认为，由于现代国际交通和通信的发达，国与国之间的来往频繁，促进了国际文化交流，各国儿童读物的交换和翻译比以前大大增加，形成了儿童文学渐渐没有了国界之分的国际化现象。她提醒说，中国儿童文学作家首先应该根植于民族文化的土壤，但"为了不把自己孤立于世界之外,便必须认识具有世界性的儿童文学观点,扩大写作题材,将眼光投向全人类共同关心的现代课题,像环境保护、自然生态、军备竞赛、种族歧视、老人问题等"。如果在这样的国际文学背景下来考察中国儿童文学界对于一种宏大艺术气象的向往,我们就不难看出,这是中国儿童文学界试图突破封闭、狭窄的创作现状,实现与世界儿童文学潮流的沟通与对话的文学心态的自然流露。因此,这是一种极有战略眼光的文学追求和选择,就其历史承传而言,它与《寄小读者》的博大情怀有着某种血缘上的隐约的联系,就其现实特征而言,却又是一种具有当代意味的更自觉的群体性的文学追求和选择!

从艺术品位的角度来看,这些作品在艺术内涵和文体构筑等方面已经显示了超越儿童文学传统艺术表现领域和表现形态的迹象。在班马的《鱼幻》中,对一种"江南"味道(作品中主要是江南的自然文化形态)的传达,以及感觉描写中表现的象征和暗示,意象的变幻不定所带来的神秘感等,都给人以强烈的新奇感。董宏猷的《一百个中国孩子的梦》,则追求文体上的"魔方效应",那一百个不同年龄孩子的梦幻仿佛是那构成魔方的许多小小的色块,可以随心所欲地拧出各种不同的图案,而这些不同色块的组合也有其内在的规律,那是一种"最美丽的杂乱无章",一种"潜在的秩序"。很显然,这些作品所提供的表现方式和表现形态,是过去儿童文学中难以见到的,因此我们至少可以说它们以自己的出现丰富、发展了儿童文学的审美形态,甚至从一些重要的方面提高了儿童文学的艺术品位。

然而,儿童文学艺术现象的这种丰富和发展又必然是以一种"陌生化"的方式进行的:它试图以一种新的文体构成方式来更新人们对生活和经验乃至对文学本身的感觉。当习惯了传统形态的儿童文学作品的读者突然面对这么一些陌生的玩意儿的时候，种种困惑、怀疑、诘难甚至拒绝的出现便是十分自然的了。而所有这些表示，最终又汇聚成一个共同的疑问：儿童能接受这些作品吗——因而，这些作品能算是儿童文学吗？

于是，"接受"成了儿童文学发展进程中最令人困惑也最使人感兴趣的理论话题。在有关《鱼幻》《长河一少年》等作品的议论中，最强有力的诘难都是从"接受"的角度提出的。比如我们不时听到这样的说法：少年儿童无法理解和欣赏如此高深莫测的作品。

对当代少年儿童实际接受能力的隔膜和缺乏了解，是现今儿童文学研究的一个重要的疏忽。由于这一疏忽，人们在考察和探讨儿童文学的最新发展时，在面对新的艺术现象时，手中却操着既定的评判尺度，这一尺度是以对儿童接受能力的固定的、单一化的理解为依据而刻定的。因此，我们有理由怀疑，这一尺度可靠吗？

很显然，当人们用一种固定单一的尺度去衡量测定少年儿童的接受能力时，人们显然没有认识到社会文化的发展演变对少儿具体接受行为的塑造和潜在的制约作用。与成人比较，少年儿童的接受行为常常表现出对于特定的审美传统和文化背景较为疏离的状况。但是，儿童审美心理的发展从最本质的意义上说，是从生命的自然行为走向审美的文化实现的过程，因此，当我们看到儿童审美接受过程中童年生命的自然冲动的一面时，还应意识到特定社会文化现实对这种自然行为的影响。正是在这种意义上，我们有必要充分认识当代少年儿童接受心理和行为的某些深刻变化。当代美国人类学家玛格丽特·米德在其《代沟》一书中认为,"现在我们已进入了一个新阶段,即全世界的成年人都认识到,所有孩子们的经验与他们自己的经验已经不同了";"年长者不得不向孩子学习他们未曾有过的经验"。而我们不也应该认真地思考一下当代少年儿童接受心理的那些新的超出成年人想象的变异和发展吗?由此看来,营构和创造一种博大的艺术气象,不仅表现出作家对儿童文学艺术境界和艺术品位本身的一种理想,而且也显示了他们对当代少年儿童接受行为的一种新的理解,表现了作家同少儿读者实现新的艺术对话的愿望。从《星球的第一丝晨风》《长河一少年》所表现的星球意识和忧患意识,到《祭火》《一百个中国孩子的梦》对传统文化和生命意识的探寻和思考,无疑都是作家为与当代少儿读者建立新的艺术对话和审美联系所做的一种努力。毋庸讳言,对于当今大多数少儿读者来说,这些作品的强烈的"陌生感"使得作家的这种努力在他们那里的收效究竟如何尚需打一个问号,但同样显而易见的是,这些作品不是从一般读者已有的审美感受力出发,而是更着眼于如何拓宽少儿读者的审美感受阈,因此在表现出作家对当代少儿读者接受行为的一种新的理解的同时,又体现了一种审美上的启蒙意图和超前意识。从这个意义上说,创造一种博大的艺术境界不是放弃与少儿读者的艺术对话,而正是为了加强和扩大这种对话。

还应该指出的是,本文所提示和描述的儿童文学现象,尽管是以作者预设的少儿"隐含读者"为接受模型的,但是作为一种文学探索和实验,它们在很大程度上表明了这一批作家自身的艺术准备和美学思考,这也是势所必然的。正如他们之中的金逸铭所说的那样:"我们写的是以少年为阅读对象的作品,但笔端却热辣辣地涌泻着自我心灵和主体感受，创作动因的内核往往带有自审性的深层忧患。"因此，已有的实践为我们提供的是具有探索意义的儿童文学实验性文体，而来自各方面的疑惑和批评也将有利于作家对儿童文学这种文体可能的进一步思考和创新。很显然，当代儿童文学作家的艺术理想与当代少儿读者的接受行为之间的良好美学联系的建立将永远是一个不断探索、调整和相互适应的过程，而当代乃至未来儿童文学的一切魅力也将在这一过程中得到实现。或许，那个迟迟未能兑现的谶语也将在不知不觉中得到真正的应验！

（原载《文艺评论》1991年第3期）

近年来儿童文学发展态势之我见
——兼与陈伯吹先生商榷

只要稍稍认真地考察一下，我们就不难发现近年来儿童文学创作已经发生了某些重要的变化。随着时间的推移，那些小心翼翼而又不乏倔强劲头的儿童文学作家硬是在创作中摆弄出了一些新花样。这些新花样不仅顽强地改变着儿童文学的传统面貌，而且也构成了晚近儿童文学发展的最引人注目同时或许也是最令人感到困惑的文学现象。对此，人们做出了种种不同的反应和判断。不久以前，我读到了陈伯吹先生的一篇题为《卫护儿童文学的纯洁性》[1]的文章。陈先生是我所尊敬的老作家。但陈先生在这篇文章中所发表的对于近年来儿童文学创作的某些见解，却是我不能同意的。

陈先生在文章中首先带过这样一句话："近年来，儿童文学领域里涌现了不少好作品，其主流应该说是好的。"随后笔锋一掉，转入正题说："但也无可讳言，儿童文学中的某些作品，特别是某些年轻作者的作品，也发现了一些错误倾向。如居然面对情窦未开的少年儿童拔苗助长式地描写爱情的萌芽，宣扬所谓少男少女的朦胧爱情。性态文学虽未敢大胆进门，而荒诞的武侠小说则早已沾上了边。"对此，陈先生都视之为"如此不正经低调"的创作。他还愤愤不平地写道："令人最是难以容忍的，还将'五爱品德''五讲四美三热爱'和德、智、体、美、群等题材，逼入冷宫，蒙上了'过时货''老古董'

的恶名。一些人公然宣称由于作品重视教育性，就束缚破坏了文学的艺术性。其然乎？其不然乎？"

在这里，陈先生用了十分严厉的措辞对近年来儿童文学创作中的"一些错误倾向"提出了激烈的批评。乍一看"居然……宣扬""公然宣称"这些字眼，人们可能会以为儿童文学界出了什么了不得的事情。的确，如前所述，儿童文学界是发生了一些变化，但并没有出现如陈先生所说的那么严重的情形。即使就陈先生文章中提到的那些儿童文学现象而言，窃以为，陈先生对一些描写少男少女朦胧爱情的作品采取全盘否定的态度，也是不足取的。少男少女之间产生朦胧爱情（即所谓的"早恋"），这在当今社会并非天方夜谭，而是一种实实在在的社会现象。对此，任何"瞒"和"堵"的态度都将无补于事。儿童文学对此做一些探索和尝试性的表现，原也无可厚非。我以为，儿童文学不是不可以表现这类现象，应该加以探讨的关键问题是如何表现。而陈先生不仅未做具体分析就批评了儿童文学所做的这种尝试性表现，而且压根儿不承认"早恋"这一现象本身的存在，这就颇让人难以理解了。至于陈先生说儿童文学创作中"性态文学虽未敢大胆进门，而荒诞的武侠小说则早已沾上了边"，这种批评方式也使我感到疑惑："性态文学"既然"未敢大胆进门"，那么在评论儿童文学现状时为什么硬要拉扯出这么一种名声似乎不好的东西来"陪批"？荒诞本身就是构成儿童文学美学特征的重要因素之一，为什么一定要让它与"荒诞的武侠小说"沾边？（对"荒诞的武侠小说"的评价不是本文的任务）令人遗憾之处还在于，陈先生文章中并未举出任何例证以证明他的观点，这就更让人不知其何所指而云了。

当然，问题并不仅仅局限在对某些具体儿童文学现象的评价上。

如果我们进一步联系整个当代儿童文学的历史发展来考察，分歧就有可能清晰地凸现出来。

由于儿童世界本身总是显得那么天真纯洁，由于审美教育常常被理解为单纯的正面教育，当然还由于一种充满自豪和乐观精神的社会心态和审美风尚的影响，五六十年代我国儿童文学的精神主调和整体美学风貌是纯洁、朴实、活泼、和谐的。不过，当这种纯朴的情调被缺乏节制地推向极端的时候，儿童文学便成了"花朵文学""纯净文学"的代名词，成了一个封闭的只具有内向型性格的艺术体系——于是，儿童文学也就很难具有较高的审美品格和沉甸甸的艺术分量。当然，五六十年代我们曾经有过一批产生过较大影响的作品，像张天翼的《罗文应的故事》、马烽的《韩梅梅》、萧平的《海滨的孩子》、任大星的《吕小钢和他的妹妹》等等。我们不应该否认这批作品的历史地位和价值。但是客观地说，除了个别作品如徐光耀的《小兵张嘎》外，这些作品在审美方面究竟有多少价值是令人怀疑的。如曾经获得过很高声誉的《罗文应的故事》，描述的是一个要求上进却又贪玩、缺乏自制力的孩子的转变过程。作品对儿童世界的描写应该说颇见功力，并且不乏教育意义，然而却缺乏一种超越儿童世界之上的对于社会生活的更强大的艺术穿透力，因而其美学内涵和价值都是十分有限的。我们固然不能脱离特定的时代背景和文学背景来谈论这些作品，也不能苛求每一部儿童文学作品都具有较高的审美价值，但我们却有足够的理由向那些代表当代儿童文学创作水平的作品提出这种要求。毫无疑问，当代儿童文学之所以在审美上显得贫弱，除了有十分复杂的社会历史原因外，也跟片面强调正面教育的保守封闭的儿童文学观念有关。

经过新时期以来的艰苦开拓，近年来我国儿童文学创作开始逐渐摆脱了狭隘的"教育工具论"的束缚，而踏上了探寻更广泛的艺术可能的道路。儿童文学（特别是少年期文学，下同）开始被理解成为一种具有开放意识的、多元的、同样需要争夺生活空间和心理空间的艺术体系——由此导致了儿童文学艺术对象和艺术内容的大幅度拓展。我们看到，历史和现实的更为广阔多样的生活内容进入了儿童文学作家的视野。曹文轩的《弓》、丁阿虎的《祭蛇》、常新港的《独船》、班马的《鱼幻》等一大批儿童文学作品，或以对纷纭复杂的社会生活的大胆纳入和艺术再现，或以对某种乡土文化背景的富于历史感的描绘，令人信服地显示着儿童文学艺术空间的扩展。在社会历史的广阔的"外宇宙"受到全面审视的同时，儿童文学的视野也更深入地向着人物心理的"内宇宙"延伸，向着儿童文学曾经讳莫如深的艺术禁区进军。在这方面，最引人注目的是儿童文学在表现少男少女青春期意识和所谓朦胧爱情方面所取得的进展。丁阿虎的《今夜月儿明》、龙新华的《柳眉儿落了》率先闯入禁地，而后陈丹燕的《上锁的抽屉》、韦伶的《出门》等作品又以细腻而灵巧的笔触描写了处于青春发育期的少年微妙的心理波动和变异，从而大大增强了儿童文学对当今少年内心世界的艺术表现气度和能力。

上述艺术内容的变换还引出了与之相适应的新的艺术传达方式和表现形态。当儿童文学试图重新感受客观生活和主观心理的时候，它就无法再固执地用单一的方式去把握对象了。在传统艺术表现形态仍占主导地位的情况下，近几年来儿童文学中也出现了一些新的艺术表现方式。例如丁阿虎的小说《祭蛇》，给读者留下深刻印象的不是人物、情节和环境，而是那么一个热闹离奇的场面，那么一片撩人心绪的氛围，那么一种难以言传的情味；曹文轩的《古堡》充满了整体象征的意味，同时又像是一篇被扩展丰富了的寓言；而冰波的《狮子和苹果树》《毒蜘蛛之死》等作品则试图以弥漫全篇的哲理意味来加强抒情体童话的艺术力度。凡此种种艺术表现方式，无疑是过去儿童文学中难以见到的。所有这一切，都毫不犹豫地重新塑造了当代儿童文学的艺术精神和艺术品格。

然而，陈伯吹先生至今仍然认为，儿童文学即是教育的文学。他在最近发表的另一篇题为《儿童文学与儿童教育》的文章中写道："尽管文学与教育，在精神文明世界中分属两个范畴，但是如果打个'跛了脚的'譬喻来说，如同长在人体上的手和足，名义上是分别为上肢和下肢，实际在行动上随时随地协同一致，相辅相成的。所以从广义过火点儿来说，似乎也可以这么理解：'文学即教育'；特别在儿童文学的实质上透视，就是如此。"他还写道："在教育作用这一文学的基点上，由于读者对象的客观原因，（儿童文学）要求得更加严肃认真，强劲有力；而且对年龄愈小的读者，愈要求完善的美好的正面教育。"既然儿童文学即是教育，而且是正面教育，于是陈先生就希望看到儿童文学仍然是一片一尘不染的天真纯洁的"乐土"，于是他就把某些离开了儿童文学传统规范的作品视作"错误倾向"，而要"卫护儿童文学的纯洁性"。

"其然乎？其不然乎？"

在儿童文学界，文学与教育的关系问题是一个简直要累死人的话题。从"五四"前后一直争到现在，经久不衰。建国以前很有影响的"儿童本位论"认为，儿童文学就是以儿童为本位的文学，此外便没有什么其他标准了，因此主张要"迎合儿童心理供给他们文艺作品"（周作人语）。这一理论强调儿童文学活动中儿童的自娱和成人的迎合，而不是强调成人对儿童的教育，其合理性与偏颇都是显而易见的。新中国成立后，在很长一段时间里，儿童文学与儿童教育的关系又几乎被强调到了合二为一的地步。比如新中国成立后出版的两部《儿童文学概论》都把"教育的方向性"作为儿童文学的最基本的特征之一。一些颇有影响的儿童文学理论著作中不时出现这样的论述："儿童文学担负的任务跟儿童教育是完全一致的"，"儿童文学作为一种教育工具，它辅助学校教育，成为对广大少年儿童进行全面教育的完整的系统的教育部署的一个重要环节"。[2] 有的文章则干脆认为，"儿童文学是教育儿童的文学"，[3] 并以此作为其儿童文学观念的最基本的逻辑起点。应该承认，由于有着特殊的读者对象，儿童文学的教育功能的确是儿童文学创作和研究中一个值得引起重视并深入探讨的课题；一些同志强调儿童文学是"教育儿童的文学"，其动机也是可以理解的。但是，还应该看到，把"教育作用"当成我们儿童文学观念的基本出发点，在客观上却造成了儿童文学自身文学品格的丧失。在"教育儿童的文学"的观念引导下，许多作家不是从文学本身的艺术规律出发进行创作，而是根据某种教育需要去演绎出"作品"。这样创作出来的东西也许不会是坏的教育工具，但却肯定难以成为好的文学作品。因此，这种实际上是"非文学"的儿童文学观念近年来受到许多人的怀疑和否定，我以为是理所当然的。同时，对这一儿童文学观念的否定并不意味着对儿童文学教育功能的怀疑。事实上，今天的儿童文学作家都是既抱有艺术上的开拓愿望，又怀着强烈的社会责任感的。他们在思想上、艺术上的探索和创新只是试图从过去狭窄的封闭的艺术死胡同里走出来,去占领广阔的艺术领地。据我所知,并没有哪一位儿童文学作家曾经"将'五爱品德''五讲四美三热爱'和德、智、体、美、群等题材,逼入冷宫,蒙上了'过时货''老古董'的恶名",倒是有不少儿童文学作家确实开始不满于把儿童文学作品简单地当作某种伦理道德规范或优秀品质的笨拙的文学图解和灌输工具,也不满足于仅仅提供某些榜样和偶像供读者效仿,而是希望建立起自觉自由的审美意识,通过创作具有较高艺术品位的作品来发挥文学应有的审美教育功能。一句话,就是希望把儿童文学从天真而呆板的劝善文学、说教文学还原为真正的审美的文学。

在特定的意义上也可以说,随着艺术天地的逐渐开阔,儿童文学变得不那么"纯"了。但这种不纯绝不意味着"不洁",而是意味着儿童文学在思想内涵、艺术形态等方面,都开始从过去的单纯化、单一化状态走向文学的丰富和厚实。这种变化既有社会生活和时代情绪的影响,也与社会审美场、人们的审美趣味,特别是少年儿童审美趣味的演变有关。与五六十年代比较起来,今天的少年儿童更具有正视现实的自觉意识和独立思考的可贵能力,他们从生活本身学到的东西,远远超过了上几代同龄人。幼稚、不成熟中渗入、融汇了比较复杂的社会现实感受,这就构成了当今少年儿童的基本心态和"早熟"特征,也构成了他们审美趣味的心理基础。因此,儿童文学中开始纳入某些看起来不那么单纯,而显得比较凝重复杂的社会历史画面和心理情感内容,正是为了更好地丰富和更新与当今少年儿童读者的对话途径和对话方式,也正是试图唤起少年儿童的更强烈而丰富的审美感受,并给他们的精神世界以更深刻而久远的影响。

近年来我国儿童文学创作的发展变化不是偶然的、孤立的现象。从世界各国儿童文学的发展趋势看，近几十年来也有一个相似的趋向。比如在苏联，儿童文学从整体上看比以往更注重提出问题、分析问题，更富于理性精神，"而热情洋溢的言辞，欢欣雀跃的场面，令人快乐的希冀则比过去少了，小说中的主人公日益经常地面临严峻的困难的抉择"。[4]在日本，不少儿童文学作家也认为："过去的儿童文学已经满足不了读者的要求了，现在的儿童读者并不光是需要有艺术性和娱乐性，而更需要关于人生问题的探究。"[5]国外儿童文学作家还经常讨论这样一些问题：要把保卫和平，反对战争，特别是反对核战争作为儿童文学的主题之一，要让孩子们从小就懂得和平环境的可贵；保护人类生存环境是一项刻不容缓的重要使命，人类要致力于维持大自然生态平衡，同时应当为肆意污染环境的愚蠢行为感到羞耻，等等。[6]可见，更深刻地反映、思考现实和人生，并把目光投向人类共同关心的大课题，乃是当代许多国家儿童文学的共同流向。很显然，这不会是一条单纯、明净的小溪，而同样是以生活的河床为依托奔向广阔艺术海洋的一股文学潮流。

毋庸讳言，近年来儿童文学的发展也并非尽如人意。这主要表现在，从总体上看，不同类型和风格的作品发展并不平衡，例如幽默、荒诞的作品不是多了，而是还不够；有助于培养少年儿童想象力、冒险精神的作品还不够发达；从个别作品看，真正思想上、艺术上很有分量的厚重之作也很缺乏。另一方面，儿童文学的一些探索究竟在何种程度上契合了当代少年儿童的审美趣味，也还值得进一步的思考和研究。尽管如此，已有的儿童文学发展势头已经足以使我们相信，当代儿童文学正在走上一条自觉自由的艺术创造之路。

是耶？非耶？请陈先生和读者诸君指教。

（原载《百家》1988年第3期）

注 释

[1] 陈伯吹：《卫护儿童文学的纯洁性》，《解放日报》1987年6月4日。

[2] 参见贺宜：《小百花园丁杂说·一百三十九》，上海：少年儿童出版社1979年版。

[3] 鲁兵：《教育儿童文学》，上海：少年儿童出版社1982年版，第1页。

[4] 陈书汉：《关于苏联当代少年儿童文学》，《外国儿童文学研究》第一辑。

[5] 南方：《日本儿童文学概况》，《外国儿童文学研究》第一辑。

[6] 朱彦：《世界不能没有中国——莫斯科儿童文学期刊会议见闻》，《儿童文学研究》1988年第1期。

青春的萌动
——当代青少年文艺现象的描述和思考

一、"青春期"概念的独立与青少年文艺的崛起

当代中学生处于这样一种文艺消费环境:

一方面,社会以学校为主要渠道向中学生提供着严肃的、经典的、传统的艺术知识和文艺消费内容。他们读鲁迅、莎士比亚,听冼星海和《伏尔加船夫曲》……

另一方面,通过闲暇时间,当代中学生们怀着一种痴迷的,甚至是近乎疯狂的热情大量地消费着通俗、流行的文艺样式。他们迷恋姜育恒、刘德华、郭富城、林志颖、小虎队,迷恋琼瑶、席慕蓉、三毛、汪国真……

我们注意到,来自这两个方面的艺术夹攻,其本身并不是为青少年的艺术审美需求而存在的。换句话说,无论是严肃文艺或是流行文艺,它们被青少年所接受和消费,都只是在客观上适应、契合了当代青少年的审美心理和消费需求。那么,为青少年创作,并且首先为青少年而存在的文艺是否现实地存在着?

毫无疑问,它存在着。

青少年文艺在中国的崛起是进入 80 年代以后的事情。这一崛起与"青春期"概念在当代生活中的逐渐确立有着密切的关系。我们知道,

青春期（少年期）的独立是一种社会历史文化现象。玛格丽特·米德在她对萨摩亚岛青少年的研究中发现，"成人礼"的完成就标志了由儿童到成年的直接转化，其间没有过渡，没有"独创性"的危机。因而，"青年"（adolescence，包含了青春期）的独立出现是文化的产物。在20世纪以前，青年期很少被公认为是人类发展中的一个独特时期。直到1904年，G·斯坦利·霍尔发表了经典著作《青少年：他们的心理及其与生理学、人类学、社会学、性、犯罪、宗教、教育等的关系》之后，青春期、青少年期才得到社会的普遍承认，并成为家喻户晓的词语。此外，国外另一些著名学者如马林诺夫斯基、R·本尼迪克特、卡丁纳、林顿等人的研究成果，也部分地证明了青少年的特征是取决于社会的文明化程度，是一个文化过渡过程，而不仅仅是一个生理—心理学上的变化。从这种观点上看，少年期的独立乃是文化全面发展和精细化的产物。它的独立出现是根源于现代社会文化环境作用中的青少年性成熟，以及少年期的延长后发生的新异行为和思想观念。这样，青少年便由一个过渡性的概念变成了一个独立的文化概念。[1]

同样，我国当代社会经济文化生活的全面发展，也对当代青少年的身心发展产生了深刻的影响：青春期不仅作为一种独立的生理、心理现象而为社会所关注，也日益广泛并逐渐形成了一种具有鲜明个性特征的文化分支——青春期文化。

而青少年文艺，无疑是当代青春期文化的一个重要组成部分。伴随着青春期概念的日益确立，青少年文艺也在当代中国的艺苑文坛悄然崛起。

二、文学、影视、音乐：当代青少年文艺一瞥

当代青少年文艺正逐渐作为一种独立的文艺现象而存在。但是，当我用"崛起"这样富有气势的字眼来描述这一过程时，我仍不免会感到心有不安：当前青少年文艺在数量上的匮乏和在艺术身份方面的模糊性，使它还未能在当代文化领域取得其应有的地位。这种情况一方面说明了青少年文艺尚处于萌动、生长、探索的过程之中，另一方面也为我们预示了这一领域富有潜力的发展前景。我之所以在这里用了"崛起"一词，是因为相对于历史状态而言，青少年文艺事实上已经构成了 80 年代以来我国当代文艺发展进程中一个相对独立的艺术现象，而且它也已经日益成为人们十分关注和不时议论的一种特定的文艺景观了。

1. 青少年文学——先导和主力

在青少年文艺的各个品种中，青少年文学无疑是其中最早觉醒、最有实绩、较有影响的一个门类。可以说，青少年文学事实上充当了当代青少年文艺阵营中的先导和主力的角色。考察 80 年代以来青少年文学的艺术构成，可以发现它大体上是由来自三个方面的文学作品聚合而成。

首先是来自成人文学方面的对于青春期题材的关注和艺术再现。

在当代中国文学界，50 年代曾经出现过例如王蒙的长篇小说《青春万岁》那样的充满青春气息的作品，但这样的作品数量不多，而且其精神气质更多的是那个富有理想和朝气的时代精神投射的结果，青春期

并没有明显地作为一个独特的、生命的、文化的概念而存在。进入 80 年代，当代文学对青春期的再现，则更多地关注于这一年龄自身所包含和拥有的种种文化的、生命的内容，使青春期题材文学初步获得了一种独立的气质和个性。

我不打算在这里详细描述 80 年代以来整个当代文学界对青春期题材的热情的积蓄过程，而想直截了当地指出，这种热情的积蓄在 80 年代中后期终于酿成了一次蔚为大观的艺术喷发。青春期一度成为当代文坛炙手可热的题材，尤其是在小说和报告文学领域更是如此。我们读到了例如肖复兴的长篇小说《早恋》、陈建功的中篇《鬈毛》、吴冰的中篇《中学生启示录》、陈丹燕的纪实中篇《女中学生之死》、牟国平的中篇《生日》，以及刘西鸿的《你不可改变我》和《我十四岁》、李叔德的《和陌生人谈心》、青青的《不再寂寞》等一批短篇小说。报告文学则有孟晓云的《多思的年华——中学生心理学》《我们与你们》《你在哪里失去了他》和肖复兴的《中学琼瑶热》《与当代中学生对话》，以及罗达成的《少男少女的隐秘世界》等一大批很有影响的作品。这些作品以开阔的社会文化视野为背景，对当代青少年的生存现状作了较全面的艺术再现和剖析，尤其是多层次地、细腻地揭示了青少年伴随着成长而来的种种愿望、苦恼、困惑和新的心理萌动，使青春期题材在当代文学创作中达到了前所未有的思想深度和艺术深度。

当然，上述来自当代文学领域的青春期题材作品带有一种边缘性质：一方面，它们反映和表现的是成年人对青春期的关注和思考，其艺术思维往往带着成年人的焦虑、不安和沉重，因而很难将它们简单地归入青少年文学之列；另一方面，这些作品又确实以其对当代青少年的生存状态，特别是对他们的精神现实的真切把握和艺术表现，引起广大青少年读者的阅读兴趣和强烈共鸣。因此，这类作品既是当代青少年文学的一个有机组成部分，同时又不是真正意义上的青少年文学——我们或可称之为"准青少年文学"。

其次是来自儿童文学领域的对于少年文学艺术空间的探寻和开拓。

传统儿童文学作品主要是以幼年和童年期读者为对象的，而较少顾及处于过渡期的青少年读者。事实上，以"儿童文学"这一概念来说，其中的"儿童"一词便不止一种指称对象。当它与"成人"这一概念相参照时，指的是所有未成年者；当它与"婴儿""幼儿""少年"这些概念并列时，则特指长于幼年、未及少年的童年期（学龄初期）儿童。而我们早就感觉到，适宜于幼童欣赏的文学作品与少年喜欢的作品并不是一回事情。因此，传统儿童文学由于比较重视低龄读者的阅读兴趣而相对忽视了与少年读者的艺术交流和文学对话。

80年代儿童文学创作的宏观变化之一是少年文学开始走向自觉。当人们逐渐发现，过去为少年期读者提供的作品实际上常常是根据较低年龄阶段儿童的心理特征和生活状态去进行创作的，从而形成事实上的文学断层的时候，他们就像又发现了一片遥远的文学新大陆那样激动不已。而最贴近成人文学的少年期文学，又为儿童文学创作的突破和超越提供了更多的可能空间和成功机会。于是，开辟少年文学新大陆的远征开始了。我们看到，80年代以来，少年文学创作正是整个儿童文学领域最活跃和最引人瞩目的部分。少儿文学作家在校正了对少年读者审美心理的理解以后，开始在少年文学创作中进行自觉的探索和开拓。这些努力不仅为整个儿童文学创作带来了活力，也为当代青少年创作提供了有益的援助。

80年代以来儿童文学界对少年文学艺术可能的探寻，在客观上也提供了一批富于时代气息，并适合当代青少年口味的文学作品。尽管这种探寻还伴随着种种困惑和不尽如人意之处，但来自儿童文学界的这种努力，与上述成人文学界对青春期题材的关注相配合、相呼应，有力地促进了青少年文学的艺术自觉和独立发展。

当代青少年文学构成的第三个方面，是由青少年自身的文学创作所提供的。

对许许多多的青少年朋友来说，成为一名作家是他们年轻生命中的一个最美丽的梦幻。当然，真正能够实现这一梦幻，走上文学之路的只能是其中的佼佼者。但也正是因为有着千千万万中学生的参与，才出现了当代中学生文坛色彩斑斓、果实累累的特殊景观。很显然，中学生的文学创作，是当代青少年文学的一个特殊而重要的组成部分。

一篇谈论80年代中学生文学创作的文章曾用不无夸张的语气说："1983年，中国文坛上的一件大事就是出现了韩晓征。"该文紧接着认为："说是大事，并不因为她的文笔多么出色，而是因为她给后来的中学生文学定下了一个调子，并成为第一个被公认的中学生作家。这对少年文学的创作与发展无疑起了鼓励士气、树立信心的作用。"[2]

韩晓征引人注目的作品是分别发表于《儿童文学》和《十月》的短篇小说《鹅黄色的窗纱》、中篇小说《夏天的素描》。前者描写了一个自私学生的小故事，后者描写了一群中学生的困惑、躁动。"韩晓征的作品仍拘泥于校园生活的小圈子里，但它们第一次向外界展示了中学生的心理状态，对平静的中学生活的抵抗和中学校园里'复杂'的人际关系,等等。由于韩晓征生活在其中,其描写是真实准确的,立刻引起了全国中学生的共鸣与文学界的关注与欣赏。"[3]

几乎与此同时,当代文坛突然出现了例如眉毛的《女高中生》那样的一批充满少年式的坦率和真诚的中学生作品。这些作品以其对当代中学生心灵、个性和生活情状的鲜活而真切的描述和袒露,避免了某些由成人创作的同类题材作品的武断、做作和隔靴搔痒的弊端,给人以耳目一新之感。

由于中学生受到自身社会阅历、文化素养等方面的限制,所以从文学鉴赏的角度看,中学生作品中真正可算上乘之作的并不是很多。而一些中学生文学爱好者一心想通过发表作品免试升入大学,荒废了学业,更使一些学子由此陷入了无所适从的沼泽。但是从总体上看,中学生文学创作对于发掘当代青少年的艺术潜能、培养他们的审美创造能力,是具有积极的意义的。而中学生文学创作所展示的生活内容和心灵空间,所具有的纯情气质和率真个性,或许恰好为我们提示了青少年文学所最应具有的艺术内涵和气质、个性。

2. 青少年影视——匮乏和希望

曾经有人把现在称为电影尤其是电视的时代。电影、电视是当代青少年日常生活中频繁接触的两大艺术门类。从青少年影视的角度来考察,我们可以发现,自80年代以来,"青春片"的概念业已确立,也就是说,它已成为表现人生黎明风景和青春故事的一个特定片种。

当然,我们必须承认青春片的艺术幼苗尚未长成参天大树。

最明显的莫过于数量的匮乏。以少儿电视剧为例，据统计，1960年至1986年间，少儿电视剧共拍了201部，而成人电视剧单是1986年一年间送中央电视台的就达1510部（集），实际播出946部（集）。另据一项最新资料统计，1990年全国少儿电视剧产量为90部102集，1991年为26部59集，1992年只剩下15部34集。而同一时期内，全国电视剧生产呈上升趋势，电视剧数量从2000部上升到5000部，少儿电视剧所占比例还不到0.7%，其中青春期题材的"青春片"数量就更是微乎其微了。

另一方面，青少年影视剧中也出现了一批比较优秀的作品，例如电影《十四五岁》《豆蔻年华》《红衣少女》《哦、香雪》《失踪的女中学生》《少年犯》，电视剧《寻找回来的世界》《十六岁的花季》等。其中有的是很地道、很青春，也很优秀的青少年影视作品，例如被称为是"国内迄今为止最长的一部青春片"的电视连续剧《十六岁的花季》。

一位童心未泯的老师，一群渴望着成为大人的孩子，是这部长达12集的电视剧的主角；生理、心理上骚动不安地呈现出的独特世界，折射着改革开放后的社会现实、国民心态、教育现状，是少男少女整整十年的备忘录；综合成百上千个16岁孩子的经历，展现他们心中热烈的诗、委婉的歌、纯洁的梦，是这部作品尝试开拓的崭新视角。

如此，难怪《十六岁的花季》在首映地上海，引起社会各界的强烈反响；在首都北京，先睹为快的影视界称其为"青春片里的上乘佳作"，"描写中学校园生活的力作"。该剧播映后，在青少年观众中更是引起了巨大的反响。剧中白雪、韩小乐、陈非儿、欧阳严严、彭瑜、袁野等十几个中学生的感情世界，他们的爱和恨，他们的委屈和困惑，他们的思考和追求，他们的期待和憧憬，无不深深地吸引着与他们同龄的中学生观众。

《十六岁的花季》在青春片极为匮乏的影视园地，仿佛一朵清丽的小花，散发着幽雅的艺术芳香，而我们也可以从这朵小花的绽放，看到一种希望，一个未来的新的艺术花季。

3. 青少年音乐——无奈的描述

如果说青少年文学是当代青少年文艺阵容中的先导和主力，青少年影视虽然匮乏却充满希望的话，那么，对青少年音乐的考察将使我们感到惶惑：真正具有青春气息而又符合校园气氛的青少年音乐作品几乎难以寻觅。

据报道，某地举办了一次少儿卡拉OK擂台赛。擂台赛开始后，参赛的小歌手们对组织者提供的歌曲不感兴趣，多数表示不会唱。在参赛的几个组别中，小学组的同学唱得最多的是《采蘑菇的小姑娘》《闪闪的红星》等旧歌，而初中组参赛歌手最少，因为缺少可供他们选择的歌曲。

青少年缺乏真正属于他们自己的音乐作品，这就是现实！

然而，我们又必须对青少年音乐创作现状做出描述，尽管是一次无奈的描述。

据我们在各地中学调查，发现音乐是当代青少年艺术生活中最重要的门类之一。那么，中学生喜爱或如痴如醉的，首先究竟是哪些音乐作品呢？

答案必然是：流行音乐。

十余年来，以港台歌星和流行歌曲为主的流行音乐，如潮起潮落，此起彼伏地响彻中学校园。"昨天邓丽君的柔美，今天'小虎队'的跳跃，明天的……姜育恒、张雨生、郭富城、林志颖，在这期间，数以百计的大陆内外的华人歌星成了改革开放十多年来几代中学生感情宣泄的知音。"[4]

如果我们不抱偏见，不以简单化的态度来看待流行音乐的话，那么应该承认，流行音乐并不就等于浅薄、庸俗。优秀的流行音乐作品同样能满足青少年的情感需求，陶冶他们的情操，使他们从音乐中去感受、体味更加深沉、内在的人生和历史内容。当然，流行歌曲毕竟只能是青少年艺术生活中自发选择的一部分，他们还应该拥有真正属于他们自己的音乐作品——青少年音乐。

青少年音乐的基本形式是青少年歌曲（包括校园歌曲）。回顾十余年来的中学校园音乐进程，我们发现，先是台湾校园歌曲一度流行，后来则是以"小虎队"为代表的纯真派歌曲的走红。台湾校园歌曲清新、优美，但其内容和情绪显然是属于更为成熟的大青年的。比较起来，小虎队的歌声更容易引起中学生歌迷的喜爱。1989年，中央电视台刚刚播完了《潮——来自海峡的歌》，就立刻在不少中学生中引起了沸腾。"小虎队"的磁带一上市，即被抢购一空；不少人心有灵犀，很快就学会了其中的几首歌，《青苹果乐园》的歌声响彻校园。

我们自己的青春歌声呢？

能够表现当代中学生的情绪、愿望、感受，并一度被传唱的歌曲恐怕只有《我多想唱》《十六岁》（《十六岁的花季》主题歌）

等寥寥几首。

由徐楠和尚纪元作词、著名作曲家谷建芬作曲、青年歌手苏红首唱的《我多想唱》，道出了处于高考升学压力之下的中学生的苦恼和愿望。据说作词作曲均由中学生自己完成的《十六岁》，则勾勒出十六岁美丽、自信和潇洒的身姿。我们得承认：这样的唱出青少年最本真的生命感受和充满青春气息的歌曲实在是太少太少了。

当青少年朋友嘴上哼着流行歌曲，并且被称为"追星族"的时候，他们事实上同时也渴望能拥有真正属于自己的歌曲。也正因为如此，才出现了这样的情形：当初《十六岁的花季》公开征集主题歌和插曲时，作词作曲全部由中学生完成的应征歌曲高达百首！

三、青少年文艺：面对青少年的思考

1. 面向青少年时的尴尬

我们在前面既乐观地肯定了十余年来青少年文艺在当代文坛崛起的基本事实，同时我们也看到，青少年文艺的艺术自觉和独立是一个艰难的过程。这种艰难不仅表现在青少年文艺的创作方面，而且也表现在它面向青少年的审视和接受时的尴尬。

是的，青少年应该拥有属于他们这一群人的文学艺术。在国外，青少年文艺似乎较早就有了自己的独立位置。例如英美等国，"在'儿童文学'之母体萌发而自成个体之后，另有'青少年文学'（literature for young adult or adolescence's literature）之称。'青少年文学'不甚似成人文学，而较近于儿童文学，其间却又有甚大差异。由文体、题材等到语言、情节等因素，也常另具特性"。[5] 除"青少年文学"外，英美等国也有"少年文学"（juvenile literature）之说。在我国，青少年文艺的自觉或许晚了一些，但是它毕竟已经开始了。

不过，青少年是特殊的一群，也是挑剔的一群，面对文艺界以"少年文学""青春片""校园歌曲"等名义提供给他们的作品，他们并未心花怒放，照收不误。

例如，少年文学若干年以来一直被认为是整个儿童文学界最为活跃也最有成绩的一块文学园地。不是说少儿文学浮浅轻飘、没有艺术分量吗？那么请看少年文学是怎么一回事吧：这里同样有孤独悲伤、人生哲理，同样有历史思考、文化寻根，而且还有若隐若现、挠得人心里直痒痒的朦胧爱情！评论界对少年文学的艺术进展倾注了很大的热情，宏观研究、微观分析、热情肯定、积极扶植。这种热情使人们相信：少年文学的艺术成功已是毋庸置疑的事实，少年读者从此将在这块园地留下人生的一个阅读阶段。

可是不知从什么时候起，少儿文学界人士逐渐失去了当初的那份自信，那些被一致看好的少年文学作品似乎并不如人们所期待和想象的那样对少年读者有一种绝对的征服力：作家希望以自己的文学设计和努力来拥有少年读者，而少年朋友却并不领情和买账！

我们在中学调查时发现，被调查的中学生们的课外读物很少是少儿文学界人士心目中的少年文学作品。在他们的阅读书目中，除了中外文学名著之外，武侠、言情、侦探类通俗小说都占据了相当重要的位置，而当代少年文学作品却相对极少进入他们的阅读视野。这种阅读情况或许还有些特殊，但至少可以用来证实上述少儿文学界人士的那种忧虑并非杞人忧天。看来，如何重新调整我们对当代青少年文艺欣赏趣味和选择倾向的认识，对于广大青少年文艺工作者来说，无疑并不是一件无关紧要的事情。

我们当然还应该认识到，青少年对各类文艺作品的广泛接受是一种正常的现象。如果说低幼期和童年期的儿童还总是表现出对儿童文艺的虔诚和喜爱的话，那么青少年对少年文艺的某种疏离和背叛，就几乎是一种必然发生的事实了。这种疏离和背叛起因于青少年生理、心理的发展特征及随之而来的独特社会处境和人格上的"边缘性"特征。其在文艺接受方面，则表现为青少年已开始不满于总是扮演一个被动的文艺受惠者的角色，而是要做出自己的主动的接受选择和判断了，尽管这种选择和判断还带有很大的随意性和盲目性。因此，青少年时期必然是一个文艺接受视野不断开放的阶段，向成人文艺索取也就成为青少年文艺欣赏的一个天经地义，也是无法抑制的接受取向。任何试图阻止这种接受取向的企图都是不明智的，也是不可能真正有效的。

毫无疑问，青少年是由儿童向成人过渡的"成长"中的文艺接受者，是处于文艺接受的边缘区域的特殊受众。面对不安分的青少年，我们有必要调整我们对青少年文艺的接受期望：一方面，我们不应抱有幻想，以为青少年文艺能够满足当代青少年日益变化和膨胀的文艺欣赏需求；另一方面，我们应该更多地研究一下当代文化背景中青少年审美趣味和接受重心的迁移和变化，以增强青少年文艺本身对他们的艺术吸引力。

2. "理解"与"理解"的超越——关于青少年文艺艺术姿态的思考之一

青少年文艺无疑不能背对青少年，而应该更贴近当代青少年的生活和心灵。

在前面提到的那篇谈论 80 年代中学生文学创作的文章中，作者曾这样写道："在韩晓征之前，少年文学几乎全由成人垄断着。成人们以他们的眼光去看少年，未免武断和不准确，更何况当时的少年正在揭开一个父辈们从来没有过的多彩的青春帷幕呢。对于这件事，少年们的不忿之意早已萌生……"[6]

是的，正如我们已经多次指出的，青少年处于一个特殊的人生阶段。他们既开始成熟，又难免脆弱；既纯真可爱，又难免时时困惑……欢乐、自信、潇洒与不安、困惑、痛苦的交织，构成了青春期独特的人生乐章。处于人生过渡期的青少年渴望平等，渴求理解，因此，青少年文艺之于他们，应该是一个可以沟通的艺术知音，应该是一双可以紧握的艺术之手，伴随他们走过一段特殊的人生旅程。

青少年文艺的这一特征，最明显地表现于中学生自己的文艺创作中。我们读韩晓征、田晓菲、程冰雪、任慧超、李春利们的作品时，可以最真切地感受到当代青少年的人生脉动，感受到他们渴望平等和沟通的心声。作家韩少华几年前评价他们说："青春萌动期所具有的多愁善感的少年气，使他们的作品里含有寻求突破、挣脱束缚的时代意识，他们有追求自由、渴望理解的意识。在这种情况下，他们的困惑、激动、不安往往是独特的，他们的作品充满个性，早已不把文学看成教化的工具，而看成一种沟通的方式。"

熟悉青少年，理解青少年，真实地描述他们的生活情状和喜怒哀乐，热切地吁请社会理解和平等地对待这些处于"花季"中的孩子们，这些无疑都是青少年文艺应该具备的基本艺术姿态。然而"理解"并不是青少年文艺艺术姿态的全部。"理解"不是目的，"理解"的价值在于使青少年文艺超越"理解"，实现更高的艺术目标。

从本质上说，青少年文艺是青少年文化与特定社会文化之间对话和互动的艺术产物。一方面，它体现了青少年文化及其审美趣味自身的特点和要求；另一方面，它也应体现一定社会文化对青少年一代成长的期望和要求。从接受方面看，我们应当认识到当代社会文化发展演变对青少年具体文艺接受行为的塑造和潜在的制约作用。与成人比较起来，少年儿童的艺术接受行为常常表现出对于特定审美传统和文化背景较为疏离的状况，表现出较强的自律性特征，但是，少年儿童艺术审美心理的发展从最本质的意义上说，是从生命的自然行为走向审美的文化实现的过程，对青少年来说更是如此。因此，当我们看到青少年审美接受过程中童年生命的自然冲动的一面时，还应当意识到特定社会文化现实对这种自然行为和状态的影响。很显然，青少年文艺在一定程度上也正是实现这种影响的文化通道之一。

从青少年自身的心灵成长来看，也对青少年文艺提出了抛开单纯的理解的要求。未来的社会竞争和发展，要求这一代人具有健全的心灵和优良的素质。因此，让青少年走出易受伤害的脆弱的自我，教给他们以生存的力量、智慧和原则，是青少年文艺应有的艺术目标。

这是一种艺术化的文化导引，不同于传统青少年文艺的呆板教化，它立足于理解，而又超越单纯的理解。

3. 探索与调整——关于青少年文艺姿态的思考之二

80年代以来，青少年文学在其艺术发展过程中，不断寻求着与青少年读者进行艺术对话的新的契合点。这种探寻在少年文学领域表现得尤为突出，例如班马的《鱼幻》、金逸铭的《长河一少年》、冰波的《毒蜘蛛之死》等作品。这些作品所提供的艺术内涵和表现形态，是过去从少儿文学中难以见到的，因此我们至少可以说，它们以自己的出现丰富、发展了少儿文学的传统审美形态。

然而，少年文学艺术现象的这种丰富和发展又必然是以一种"陌生化"的方式进行的：它试图以一种新的文体构成方式来更新青少年读者对生活和经验乃至对文学本身的感觉。对于当今大多数青少年读者来说，探索性作品强烈的"陌生感"使得作家寻求新的接受可能的努力在他们那里的收效究竟如何尚需打一个问号。例如，这些作品的特征之一，是试图对当代少年的精神现象进行深层的艺术把握和再现。像班马就尝试建立当代少年与一种历史文化背景的联系，尝试发掘当代少年精神深处的"幽生意识"和"人的根"。不过，在他的《鱼幻》《那个夜迷失在深夏古镇中》等作品里，当代少年的心灵世界与外在的文化现实和文化精神之间的沟通、联系还表现出不无生硬的牵制和规范，其文学语言呈现出幅度过大的解读困难。当然，我们丝毫没有否定这些作品的意思。在我们看来，这些作品的文化和美学品位是高档的。只是作为少年文学作品，它们在由一种文化精神向少年文学的艺术转化过程中，尚未找到合适的艺术途径。于是，它们的意义更多地存在于青少年文艺发展的艺术环链之中，也就是说，它们更主要的是具备了一种文学史的意义。因此，已有的创作实践为我们提供的是具有探索意义的少年文学实验性文体，而来自各方面的疑惑和批评也将有利于作家对青少年文学这种文体可能的进一步思考和创新。很显然，当代青少年文艺与当代青少年接受行为之间的良好美学联系的建立将永远是一个不断探索、调整和相互适应的过程，而当代乃至未来青少年文艺的一切魅力也将在这一过程中逐步得到实现。

4. 青少年文艺：呼唤自己的评论

一段时间，中学生文学热刚刚兴起，此时恰逢三毛、琼瑶、席慕蓉等大举"入侵"，给中学生文坛造成了极强的"温室效应"。中学生们被三毛、琼瑶、席慕蓉们弄得糊涂了，写出的诗歌也缠绵万分。

北京某重点中学一名学生曾写出这样的诗句：

你何必看着我不言不语／只像一群鸽子在雨外徜徉／忧郁深陷／我的心情为此迷惘

还有：

孤星高悬／我的夜晚孤单寂静／没有和声／只有一根呼唤的弦

这样的吟风弄月之作一度充斥着中学生诗坛，仿佛天全阴了，进入梅雨时节。

然而这个时候，来自青少年文艺评论方面的声音，微弱得几乎难以听见。

站出来的竟是一个毛丫头——陈晓妮。这位北京13中的学生、北京中学生诗社社长大声疾呼："难道现在的中学生心里盛得下的只是这些吗？"[7]

青少年文艺，呼唤着属于自己的评论。

目前青少年文艺评论大体上是在儿童文学（少年文学）、校园文学、成人文学（青少年题材）等几个领域自发地进行的。这些评论对青少年文艺的创作发展是有一定积极作用的。但是，由于这些评论受制于各自领域的理论视野和理论兴趣，因而还难以算得上是真正的、独立的青少年文艺评论。我认为，青少年文艺的真正独立有待于它确立一整套自身的评论概念、范畴和批评标准、理论范式，并拥有自己相对独立的批评队伍和批评阵地。如此，青少年文艺作为一种独立的文艺现象才能得到全面的建设和健全的发展；也只有如此，青少年文艺才可望对青少年的心灵成长和审美发展产生更久远的影响。

（原载《浙江师范大学学报》1994年第6期）

注 释

[1] 邓匡林：《青春期文化论》，《青年研究》1991年第7期。

[2][3] 老冒博士：《个性美：率真的苏醒》，《中外少年》1992年第1期。

[4] 朝翔：《流行与永恒》，《中外少年》1993年第2期。

[5] 高锦雪：《儿童文学与儿童图书馆》，台北：台湾学艺出版社1981年9月版，第20页。

[6] 老冒博士：《个性美：率真的苏醒》，《中外少年》1992年第1期。

[7] 参见程赤兵：《海洋中的岛屿——北京中学生文化的新崛起》，载《少男少女》1991年第6期。

一份刊物和一个文学时代
——论《儿童文学选刊》

一

提起一个文学时代，人们首先想到的常常可能是代表着那个时代文学最基本面貌和特征的那些作家和他们创作的文学作品。的确，作家和作品是人们回顾、描述、研讨任何一个文学时代时所面临的基本对象和中心议题。但同样显而易见的是，作家和作品并不是构成一个文学时代的全部因素；任何一段具体的文学发展过程，总是意味着一整套各式各样的观念、事物、事件的协调或不协调的碰撞、互动和运作。就具体的文学历史过程而言，这些围绕着作家和作品所产生、展开的观念、事物和事件，才现实地丰富、充实并推动了文学发展的具体进程。因此，有些时候，当我们割断了作家和作品与特定文学时代的其他文学"物件"之间千丝万缕的联系时，我们便难以真正了解和认识一个文学时代的活生生的艺术走势和历史内涵。我以为，文学刊物便是这样一个值得我们关注的文学"物件"。

对20世纪的中国文学来说，文学刊物不仅是作家、作品的主要载体之一，同时也是许多文学事件和现象酝酿、发生、发展、完成的基本场所。文学刊物的存在及其表现，常常在很大程度上影响着文学发展的具体进程和历史面貌。例如，离开了《新青年》，离开了《小说月报》，"五四"新文学将会是一种什么样的风貌呢？又如，80年代初期出现于西北文坛的理论刊物《当代文艺思潮》，不正是后来席卷南北的文学研究新方法热潮的最初的呼唤者和最有力的推动者吗？也许，不论是"五四"新文学的诞生还是80年代文学新方法热的兴起，都有着更内在、更深层的社会历史文化方面的原因，然而我还是想说，正是上述这些文学刊物的出现和存在，才现实地规定了相应的文学现象是这个样子而不是另外一个样子。

对于20世纪中国儿童文学来说，情况也颇为相似。我们很容易想起五四时期那些成人报刊对儿童文学及其理论批评的重视和照拂，想起稍后创刊的《儿童世界》和《小朋友》的文学贡献和历史地位。进入80年代，儿童文学刊物在我们文学生活中的作用可以说是有增无减，只要稍加留意和观察我们就可以得出结论：80年代中国儿童文学报刊在数量上毫无疑问是空前丰富的。当然，每一份刊物都在为整个儿童文学事业做着"添砖加瓦"的工作，但是，至少就我个人而言，曾经长期吸引着我的阅读注意力，刺激着我的审美知性，激起我的理论思考和批评冲动的刊物却只有一家，这就是我在这里要谈论的《儿童文学选刊》。

不久以前，我在一篇文章中写下了这样几句话："经历过80年代中国儿童文学发展历程的人们，都会对当时那些生气勃勃、激动人心、甚至是惊心动魄的历史事件和细节记忆犹新。而人们也会承认《儿童文学选刊》在此间所扮演的角色是举足轻重的。"实际上，对《儿童文学选刊》在80年代文学进程中的历史作用的这种认识和把握，至少在80年代中期就已朦胧地浮现于我的脑海中了。许多年来，我一直隐隐感觉到，《儿童文学选刊》的个性、功能和价值，是一个值得研究和评说的话题，而且很显然，它也应是了解和研究 70 年代末以来中国儿童文学发展历程的一个独特而现成的切入点。

以文学刊物为论说对象的"刊评"，在中国儿童文学批评史上并非没有。早在 20 世纪 30 年代，茅盾就写过《几本儿童杂志》这样的篇幅不短的刊评文章。不过，我对《儿童文学选刊》的研讨兴趣和初衷并非意在倡导刊评这样一种评论形式，而实在是因为我深深感到，《儿童文学选刊》联系着一个曾经是那样激动人心的文学时代，在她那里沉淀、存留着一个刚刚逝去的文学年代里所发生的艺术史实及其所拥有的艺术精神。是的，我有一种欲望，一种重返 80 年代，重新解读《儿童文学选刊》的冲动和欲望。

二

我们不会忘记，在整个 70 年代后期，文学曾经是那样引人注目地成为社会精神生活的中心之一。文学以毫不谦虚的姿态争夺、拓展着自己在社会生活中的用武之地。其中一个重要方式便是文学期刊的大量恢复和创办。这一势头是如此迅猛，以至即便是那些阅读精力旺盛的人们也很快就产生了一种面对铺天盖地涌来的文学期刊时的无所适从感。于是，一种最初也许是权宜之计，而后来被证明是十分有效和必要的文学办刊创意出现了：先是在天津，后来是在北京，先后出现了《小说月报》《小说选刊》这两家以精选、荟萃新作、佳作，提供赏览、研讨便利为宗旨的文学刊物。（其后还有《小小说选刊》《中篇小说选刊》《散文选刊》等刊物面世。）

70年代后期，整个儿童文学创作的恢复和发展比起成人文学要相应地慢了半拍或一拍。但是，在整个文学发展的带动下，儿童文学也得到了全方位的发展。进入80年代，光是全国性和在各地有一定影响的少年儿童文学报刊就不下二三十种。这既显示了儿童文学创作在数量上的逐渐丰富，同时也在客观上为创办一份儿童文学创作的精选、荟萃性刊物提供了可能和条件。

不过，历史提供了可能性是一回事情，把握这种潜在的可能性并将其转化为一种客观现实又是一回事情。就《儿童文学选刊》的创办而言，它还有赖于出版人的眼光、胆识和"说了就干"的行事风格。据说，不止一家少年儿童出版社曾讨论过创办选刊的事，但这份刊物却仿佛宿命般地由广有影响的老牌出版社——上海的少年儿童出版社推到了读者面前。

创办这份刊物的倡议者是著名作家任大霖先生。从动议到正式创刊出版为时仅四个月。当年参与《儿童文学选刊》创办工作的人们身上表现出了巨大的职业热情和高度的敬业精神。我一直觉得，《儿童文学选刊》的编者们从一开始就显示出来的职业风格，与这份刊物日后逐渐形成的个性、品位之间，有着一种深刻而必然的因果联系。

不言而喻，《儿童文学选刊》编选风格、艺术品质的锤炼及其呈现是有一个过程的。但是，《儿童文学选刊》从她面世之日起就不是一份单纯的以"展示"为目的的荟萃性刊物。在"展示"的同时，《儿童文学选刊》也显示了自己独特的艺术"发现"眼光和内在的美学思维品质。也就是说，《儿童文学选刊》不是客观的儿童文学现象的简单的缩影和拷贝，更是一个时代的文学进程的积极参与和建设者。

当我们今天回顾和思考《儿童文学选刊》与一个文学时代的关系时，意识到这一点是十分重要的。坦白地说，我甚至常常喜欢作这样的设想：如果当初不是把目光定位在与80年代文学的那些最"前卫"的艺术动向保持基本同步的话，那么，她会呈现出一番什么样的面貌呢？她与那个文学时代的关系又将如何呢？

三

70年代末、80年代初期的儿童文学界正处于两个完全不同的文学过程的转换期。一方面，在一个拥有世界上最庞大的少年儿童读者群的国度中，人们生出一缕带着浓浓惆怅的怀旧感——50年代被称为当代儿童文学的第一个"黄金时期"，它仍然向20年后的文坛放射着它光荣的余晖。另一方面，被传统熏陶和调教出来的人们也已经隐约意识到，一个正在到来的文学时代期待的是新的文学想象力和创造力，传统文学规范的许多方面，首先是它所负载的价值观念，将被一一重新检测，其中相当一部分将发生根本的动摇和瓦解。

例如，继《班主任》引起整个社会广泛的震动和公众普遍的焦虑之后，《谁是未来的中队长》相隔一年多以后在儿童文学界引起了另一场轩然大波。争论的焦点集中于小说的人物个性和品质上。这一事件虽然不是起因于一个单纯的艺术争议，但它的出现仍然是富有挑战性和象征意味的：它从价值观念的层面上开始向传统儿童文学的艺术规范发难，并且多少意味着一段新的儿童文学艺术里程的到来。

因此，至少在70年代末，后来儿童文学的一些新的艺术动向和品质就已经初露端倪了。这些艺术动向和品质的逐渐酝酿和展现，最终汇聚成了一个令我今天一旦回想起来便会怦然心动的文学时代。

毫无疑问，《儿童文学选刊》从创刊之日起就以敏锐的眼光和艺术知觉，关注和感应着一个新的文学时代潜流的最初涌动。

创刊号上《发刊的话》中有这样一段编者表白编选方针的话："本刊将坚持百花齐放的方针，选载各地报刊近期内发表的各种体裁儿童文学中较优秀的作品，着重选刊开拓题材新领域，主题思想有新意，风格、手法独特，有儿童特点的作品。在选刊具有较高思想艺术质量的作品同时，对一些虽还不够成熟但有某种艺术特色的作品，我们也将适当选载。"

联想到后来儿童文学界所发生的许多深刻变化，我确实为《儿童文学选刊》编者在80年代初所表现出的对儿童文学未来艺术走向的洞悉和预见力而深感叹服。

然而，更重要的是，上述编选方针的确立和实施，直接决定了刊物的艺术面貌、品质和格调。

首先，《儿童文学选刊》总是以相当锐敏的艺术感知能力去搜寻、捕捉儿童文学创作发展所出现的最新动向和进展，及时地将这些新的艺术发展片段提取出来并呈现在读者面前。可以说，《儿童文学选刊》概括了80年代儿童文学艺术发展的基本面貌。正是通过《儿童文学选刊》独特的编选眼光，新时期儿童文学的发展历程得到了富有个性的勾勒、提示和展现。因此，《儿童文学选刊》事实上已成为十多年来儿童文学发展面貌的一份珍贵的历史记录和档案，具有文学发展的历史索引价值。

其次,《儿童文学选刊》在自己生存发展的过程中,逐渐形成了一种稳重而绝不僵化迟钝、新锐而绝不走火入魔的艺术分寸感,表现出一种严肃、认真、深思的理性品格与灵敏、迅捷、开放的编辑策略融为一体的办刊理念。

对于80年代的儿童文学来说,太阳确实每天都是新的。新的观念,新的作者,一不留神就会撞到你的眼皮子底下。一个个题材禁区、观念禁区的突破,一个个新的文学手法、文学技巧的尝试和运用,儿童文学界跟整个当代文学界一样,被"创新"这根魔棒指挥得团团打转、热闹非凡。不过,对这些现象,儿童文学界的反应并不是一致的。一些艺术思考和探索从一出现就受到了种种公开或私下里的非难和抵制。在这种情况下,《儿童文学选刊》以其执着的艺术关怀,对那些零散的、自发的、起初并不为公众所瞩目的艺术倾向和艺术动态投以特别的关注,并且借助自己逐渐形成的无形的"权威感",将那些基本上是来自民间的、个人性的(或小群体性的)艺术倾向和探索予以明朗化、突出化、定格化,使之被纳入主流儿童文学的艺术视野,甚至逐渐上升为这个文学时代的具有代表性的艺术现象和潮流。仅就这一点而言,《儿童文学选刊》锐敏、开放的编选策略也可以说是体现得淋漓尽致了。

当然,《儿童文学选刊》关注的是整个儿童文学现状。她总是试图关注老中青不同年龄层作家各自的创作动态,总是试图关注不同体裁、不同题材创作领域的新近发展。但是我也坚持认为,《儿童文学选刊》之所以富有个性和活力,并不是因为她多么周全地顾及了整个儿童文学的方方面面、角角落落,而是因为她始终感应、关注、配合了一个时代文学发展中的几乎每一次重要的艺术变迁。相反,如果不是这样的话,如果《儿童文学选刊》只求四方平安、息事宁人的话,那么,她在一个时代文学发展中的位置、作用、影响力等等,都将大打折扣。

同时,我还想指出,《儿童文学选刊》对任何一种艺术新质的格外关注,并非表现为一种偏执的迷狂和玩赏态度。她的编者们清醒地知道,文学探索必然具有一种实验性质,它不仅需要被关注和鼓励,而且更需要一种理性的分析、衡估和现实的检验与仲裁。因此,任何一次艺术争议和理论上的短兵相接,在《儿童文学选刊》的安排下常常会成为一场充满理智和学术气氛的切磋商谈。接近《儿童文学选刊》,你会激动但绝不是浮躁,你会思索但绝不是钻牛角尖。而这一切,与《儿童文学选刊》既充满激情而又保持谨严的办刊品质显然是不无联系的。

最后,《儿童文学选刊》以其不同凡俗的文学趣味和格调在80年代以来的中国儿童文学界展示了她独特的魅力。在我看来,《儿童文学选刊》在一个相当长的时期里始终维护、保持了作为一份文学意味纯正的儿童文学刊物的矜持、高雅和尊贵。许多人因此而敬重她;许多作家为自己的作品能够被选入《儿童文学选刊》而感到鼓舞和振奋,并视之为一种荣誉;一些刊物把自己发表的作品入选《儿童文学选刊》的数量和比例看作是衡量办刊水平的尺度之一;许多读者和研究者则习惯以《儿童文学选刊》刊载的作品为依据来了解和研讨一定时期儿童文学的发展状况。我认为,《儿童文学选刊》纯正、严肃的艺术格调,是足以支撑读者对她的信赖的。

这就是《儿童文学选刊》,一个活跃而充实的文学时代催生的文学"产儿"!令我深深动情的是,《儿童文学选刊》及其编者们也以自己的全部热情和才智回报了这样一个时代。我想，在一定意义上我们可以说，不仅仅是一个文学时代创造了《儿童文学选刊》，《儿童文学选刊》也以自己的存在，参与并促成了这样一个文学时代的到来。

四

当我提笔开始写作这篇文章时，《儿童文学选刊》已经进入了她问世以来的第15个年头。对于一份刊物来说，15年绝不是一个太短的时期。这一事实也在客观上诱发并增强了我重读《儿童文学选刊》的欲望。不过，当最初的冲动过去之后，当我又细细把十多年来的《儿童文学选刊》重新翻读一遍之后，我意识到，记忆中的辉煌并不是历史的全部。一部《儿童文学选刊》，不仅在很大程度上记载了一个文学时代，而且也留下了许多有待清理和探究的、联系着一个文学时代的话题。

15年间，《儿童文学选刊》的历史同整个与之相伴的文学时代的发展过程一样，并不是一个平稳的线性过程。起伏和困惑常常不离左右地伴随着她。就我本人来说，我一直是《儿童文学选刊》的一名忠实读者。我不想讳言，在相当长的一个时期里，我的理论思维激情的一部分在某种程度上是由《儿童文学选刊》牵引和控制的；我曾经在自己的内心里和文章中毫不犹豫地为《儿童文学选刊》的艺术个性和文学品位辩护、叫好。然而今天，当一个曾经是充满了紧张的探索和激昂的突进的文学时代业已偃旗息鼓、暂告一个段落，文坛进入相对沉寂的发展阶段的时候,当我们对那些曾经令人激动和亢奋的儿童文学艺术现象早已感到不再陌生,甚至变得熟视无睹的时候,我的心情也变得平静了。此时此刻,我更愿意在心里向自己发问:我们该怎样拾起和面对《儿童文学选刊》这个沉甸甸的历史"文本"留下的话题?我们该如何认识《儿童文学选刊》与一个时代的艺术纠葛和联系?还有,我们将如何看待《儿童文学选刊》对过去、今天,以及未来中国儿童文学艺术进程的深刻而复杂的影响?

记得,与《儿童文学选刊》相伴走过了15个年头的现任主编周晓先生在一篇回顾《儿童文学选刊》历程的文章中曾经说过:"路已经这么走过来了,《儿童文学选刊》在推动新时期儿童文学创作的嬗变出新上所起的正面和负面的作用,还有待人们的评说。"(参见《〈儿童文学选刊〉二十年》,《儿童文学选刊》1993年第1期。)

那么,我想一试。

让我在下一篇文章里再与读者朋友们好好聚谈。

(原载《儿童文学选刊》1995年第2期)

寻求新的艺术话语
——再论《儿童文学选刊》

重读《儿童文学选刊》，在那些林林总总记录在册的儿童文学现象和事件中，最能引起我关注和思考的仍然是十多年来儿童文学创作所发生的一次又一次的艺术变迁。我以为，正是这些艺术变迁不断"接力"和延续，才逐渐更新、重塑了当代儿童文学的话语品质；同时，也正是基于这一点，《儿童文学选刊》建立了她与一个文学时代的最重要的艺术联系。

一

今天，我们可以十分轻松地谈论80年代儿童文学的艺术发展。但是，重返80年代，重新置身于80年代儿童文学的文学语境，我们将会深深地感受到：那些依次发生的文学事件组成的是一幕幕充满艰辛的文学突围表演。众所周知，这场文学突围的起因是多方面的，而《儿童文学选刊》则无疑是这场艺术突围的一个有力的策划者和鼓动者。

《儿童文学选刊》创办之前所拟定的办刊原则对于后来发生的事情显然是深有影响的。据介绍，在听取了各种意见之后，又经过充分研究，《儿童文学选刊》终于制定了下述原则：在为读者提供集中阅读便利的前提下，《儿童文学选刊》应该及时反映新时期儿童文学发展的面貌；主要供儿童文学工作者、习作者、爱好者阅读，同时兼顾少年读者的需要。

这样的办刊定位和编选姿态无疑是意味深长的。它使《儿童文学选刊》的编者们从一开始就脱掉了厚重的传统之靴，轻捷地登上了新时期儿童文学的艺术瞭望台，并以自己独特的眼光搜寻、监测、报告儿童文学界的每一次新的艺术动向。事实上，《儿童文学选刊》的编者不止一次地表达了自己的编选旨趣和艺术关怀之所在。早在创刊之初，编者就在《发刊的话》中表示，将"着重选刊开拓题材新领域，主题思想有新意，风格、手法独特，有儿童特点的作品"，"对一些虽还不够成熟但有某种艺术特色的作品，我们也将适当选载"。进入80年代中期，在儿童文学界的艺术探索热情不断蓄积，儿童文学的艺术话语不断转型之际，《儿童文学选刊》的编者们更是一再表示将"特别以更大的热情向读者推荐思想与艺术有所突破和创新之作"（《儿童文学选刊》1985年第1期《编者的话》），并特设了"探索性作品"栏目。因此，在整个80年代，《儿童文学选刊》以自己的方式成为传统儿童文学阵营的艺术策反者，成为80年代各种儿童文学艺术话语得以进一步传递、扩张、流布的权威媒体和场所。艺术革命的烽火也因为有了《儿童文学选刊》的接力和传递而向整个儿童文学界蔓延，多样化的艺术探索以不可遏制的态势遍及整个儿童文学领域。从这个意义上说，正是《儿童文学选刊》的精彩运作，才使80年代儿童文学界旷日持久的突围表演变得有声有色、底气十足。

有两个例子或许能说明问题。1982年，当时在农村小学任教的丁阿虎写出了一篇题目叫作《祭蛇》的儿童小说。这篇从内容到形式都令当时的人们大吃一惊的小说，曾先后出入于多家有影响的儿童文学编辑部，不少编辑私下里表示了认同或偏爱，但却没有刊物愿意或敢于发表它。后来，据说是得到了已故著名作家刘厚明的首肯，《祭蛇》才侥幸得以在1983年第1期《东方少年》上刊载。另一件事是，1986年青年作家班马的小说《鱼幻》寄到了浙江《当代少年》编辑部。据我所知，《鱼幻》也是在历经曲折之后才发表在该刊物这一年第8期上。

但是，《儿童文学选刊》却毫不犹豫地做出了迅速而强有力的反应。《祭蛇》发表后不久，《儿童文学选刊》即于当年第3期以头条位置给予选载。《鱼幻》面世之后，《儿童文学选刊》则在1987年第1期首次开设的"探索性作品"栏目的领头位置上将它推入整个儿童文学界的视野。几乎与此同时，《儿童文学选刊》又分别组织了相应的学术争鸣和研讨，使这些原先可能会"自生自灭"的，或被传统话语所遮蔽的具有某种"先锋"意味的文学语汇获得了更响亮的表达。可以说，《儿童文学选刊》的关注、重视和研讨，在相当程度上调动、刺激了一代儿童文学作家的艺术创造潜能，并进而引发、制造出了各种各样的新的艺术事变——这就是贯穿于整个80年代的儿童文学界对新的艺术话语的探索和寻求。

二

80年代初以来，儿童文学艺术话语的探寻、实验、更新，大体上是在"说什么"和"怎么说"这两个层面上进行的。

十多年前，在整个儿童文学界，"说什么"曾经是一个令人感到困扰的创作难题。受传统艺术思维定式的影响，儿童文学作家们自觉或不自觉地在心理上存在着许多话语禁忌和表达障碍：许多题材不能涉足，许多主题被理所当然地放逐了。当然，在迅速变革发展的新时期文学观念的影响和带动下，一股儿童文学话语革新的潜流也在艰难之中悄悄地开始涌动。先是出现了诸如《谁是未来的中队长》《吃拖拉机的故事》《失去旋律的琴声》等一批"一反虚饰和陈套"的少儿小说作品。这些作品就其直面现实的艺术思想而言，无疑也受到了当时整个文学创作发展的强大影响，但是在儿童文学界，它们的出现仍然是富有震撼力的。儿童文学作品还能这样写？有人因此而兴奋，有人感到困惑，也有人则产生了疑问甚至表示出抵制的态度。不久，《儿童文学选刊》通过拣选和取舍表明了自己的态度。《儿童文学选刊》创刊之初，在注重选载各类不同题材、不同风格的佳作（如历史题材小说《扶我上战马的人》、热闹夸张的童话《"哭鼻子"比赛》、诙谐幽默的独幕剧《"妙乎"回春》等等）的同时，也特别关注了那些在话语内容和品质上有所突破和更新的作品，例如小说《阿兔》《妹妹的生日》《烛泪》《彩霞》《一个颠倒过来的故事》等。这些作品不满足于用传统的、相对单一的目光来审视和描述少年儿童的精神世界和生活状况，而开始了一种相对新颖的尝试，即从不同视角、不同方位来展示当代少年儿童与整个社会生活的复杂联系。《儿童文学选刊》的这种编选眼光和姿态，当时曾引起过不少公开或私下里的议论，其中包括尖锐的批评性意见。一位批评家撰文说，"当我仔仔细细读完该刊所选的小说"之后，"产生了许多疑问，归结起来就是儿童文学究竟应该写什么，怎么写"。他认为，儿童文学"是否只是为了把这类社会现象和社会问题展现出来，或者只是让人感到希望的渺茫，以至发出绝望的叹息呢"？儿童文学"不能满足于仅仅是真实地反映生活，而该反映出生活的本质，通过作者笔下的形象和思想照亮前进的方向"。（见《儿童文学究竟应该写什么》，《儿童文学研究》1982年总第10辑）

今天重温这段历史，引起我注意的并不是当时论辩各方见解上的具体分歧，而是《儿童文学选刊》编者身处这些纷争所构成的艺术漩涡中时所表现出来的清醒、执着的编选个性和艺术追求。可以说，这种个性和追求贯穿在《儿童文学选刊》的整个历史之中。对于那些散落于四处却纷纷显出某些新意的作品，如从早先的《我要我的雕刻刀》《祭蛇》《今夜月儿明》《独船》《"邪门大队长"的冤屈》《长河一少年》，直到近期的《想见米男》《Mao Mao》等一大批从不同视角、不同层面来反映和表现更为丰富的自然、人生、社会、历史、文化、宇宙等内容的作品，《儿童文学选刊》一直表现出极大的热情和持久的关切，从而切实地兑现了创刊初始编者所做出的"着重选刊开拓题材新领域，主题思想有新意"的作品的郑重承诺。

如果说，对于儿童文学"说什么"的探索和尝试主要实现了文学认识和社会价值观范畴的演进和突破的话，那么，对于儿童文学该"怎么说"的关注和实验，则更多地从儿童文学艺术本体的角度更新了儿童文学的传统话语品质。在这方面，《儿童文学选刊》的编者同样表现出相当的艺术敏感和热情。以《勇敢理发店》《祭蛇》《白色的塔》《古堡》《独船》《鱼幻》《那神奇的颜色》《长河一少年》《双人茶座》《空箱子》《四弟的绿庄园》《门神》等为代表的一大批从语言、情节、结构、象征、神秘、哲理、幽默、荒诞、文化感、游戏性、悲剧意味等等不同艺术关节点切入进行尝试、创新的少儿文学作品，几乎是以毫不犹豫、"毫不讲理"的方式便撑破、搅乱了传统儿童文学相对收敛的艺术格局和相对单一的话语方式。而这一切，也几乎都无一例外地被《儿童文学选刊》所摄取和记录。

因此，许多活跃于 80 年代的儿童文学作家们都有这样的感受：自己在艺术上的一些尝试、一点儿创造，都常常会得到《儿童文学选刊》的及时关注和扶持。既是作家又是编辑的秦文君曾在一篇题为《几点随想》的笔谈文章中写道："作为编辑，有时我编发了一篇有新意的稿子，就会隐隐约约带着种期待，过段时间，《儿童文学选刊》果然选了，那时我总会暗含着一种与《儿童文学选刊》合拍的喜悦……我的一些自己较喜欢的短篇小说，《儿童文学选刊》大都选了。"（《儿童文学选刊》1990年第 6 期）作家梅子涵具有独特的文体意识和叙述才能，他自称"我属于一个可以得到不少评论的作家，但我不属于一个可以得奖的作家"。(《〈林东的故事〉和别的》,《儿童文学选刊》1995年第 3 期）但梅子涵的创作却一直受到《儿童文学选刊》的关注，从 80 年代的《走在路上》《双人茶座》等，到90 年代的《我们没有表》和《林东的故事》。

儿童文学新的艺术表达形态和话语方式的形成，是一个不断探寻、逐渐完善并由作者和读者双方约定俗成的过程。这是因为，一方面，任何一种新的话语方式的出现都是作家在未知文学领域探索和实验的结果；另一方面，读者对这些新的艺术话语的了解和接受也必然需要一个逐渐适应的过程。在经历了一系列紧张的探索和尝试之后，新时期儿童文学的艺术发展也悄悄地发生了某些变化。早在 1987

年秋天，我在《少年小说：对新的艺术可能的探寻》一文中，在回顾和描述了此前少年小说艺术探寻的轨迹后认为，新时期儿童文学的艺术探寻已经完成了一个周期，即从起初借助外围观念的突破来更新儿童文学的艺术品格，到后来对儿童文学文体审美形态本身的实验。不言而喻，从那以后，特别是进入90年代以来，当代儿童文学创作逐渐进入了这样的艺术状态之中：在经历了一次又一次新鲜的话语刺激之后，创作似乎在一种相对平静甚至是平淡的气氛中机械地向前推进着。是的，已经没有了莫名的亢奋，没有了满城风雨——但是，当今儿童文学界的相对沉寂，绝不意味着我们又回到了从前。十多年来的开拓和探寻，已经把许多新的文学语汇和声音融汇、整合到了当代儿童文学新的话语体系之中。反顾来路，我们不禁要追问：《儿童文学选刊》所做的一切，对于十多年来儿童文学持续不断的艺术建构过程，究竟意味着什么？

三

从20世纪中国儿童文学的宏观历史发展过程来看，我以为，《儿童文学选刊》15年的生存、发展史，就是响应了时代的艺术召唤，在自身影响力所及范围内促成和实施了"五四"以后儿童文学界最广泛、最激动人心，或许也是最深刻的一场话语革命的过程。我感到，在这场话语革命中，《儿童文学选刊》至少在以下这些方面产生了重要的影响和推动作用。

从自在话语到自觉话语

许多在读者看来极富新意的作品,每每作者在具体创作时却未必总是出于一种确定的、自觉的尝试和创造意识。例如,丁阿虎应该说是一位80年代前期极富创新意识的作家,但具体到某篇作品,例如他的《祭蛇》,就很难说都是自觉的、刻意为之的产物。丁阿虎自己曾在一次创作座谈会上谈道,外国小说的影响和生活本身的触发,是他创作这篇小说的主要动因。其次,即使是那些有着自觉的艺术理想和追求的作家,其个人化的自觉探求对于整个文学界和公众来说也可能仅是一种偶然的个人行为,也就是说,个人性的自觉话语在公众场合便成为一种不易被接纳的私人性话语。

于是,《儿童文学选刊》便承担起了这样一种责任:通过审慎的甄别和截取,通过理性的探讨和分析,把那些自在的文学话语归纳、上升为人们能普遍理解和意识到的一种自觉性的文学话语。

儿童文学的发展总是不断地表现为对既有观念、态度、模式、秩序的突破和超越,而任何新的文学因素和文学形态的出现,又常常都是一种最个性化的精神探索和创造的结果。而这种个性化的精神创造活动一旦被纳入文学活动的广阔背景,与整个儿童文学发展相伴随、相呼应,它就可能成为儿童文学发展总进程中具有普遍意义的事情。

《儿童文学选刊》在80年代以来所做的正是这种"纳入"的工作:她把那些个性化的文本和表达倾向推荐给更多的读者,使这些起初常常令人目瞪口呆的个人性话语,渐渐地为公众所熟悉,甚至最终成了一种公众性或集团性的话语。例如,正是通过《儿童文学选刊》的努力，才使得曹文轩小说的"塑造"意识、常新港小说的悲壮气质、班马小说的文化感悟、韩辉光小说的幽默品格、梅子涵小说的文体意识，以及现代童话的艺术品格等，变成了儿童文学界的更为广泛的自觉性话语。

从实验话语到常态话语

艺术探索所具有的与既有传统相分离的倾向及创新品格，使它常常表现出一种超越常规常态的实验性质。从这个角度看，儿童文学的发展也总是呈现为一种艺术常态与一种艺术偏态之间相互推动、更替、转化的过程。随着时间的推移，一些起初以"先锋"身份出现的实验性文学话语逐渐成为新的常态话语。比如张之路，他的相当一些少年小说作品往往不拘泥于传统的写实手法的限制，而大胆地借鉴了某些童话式的结构和表现手法，从而形成了"大框架怪诞而细节真实"或"大框架真实而细节怪诞离奇"的"怪诞小说"。在语言层面上，张之路的叙述口气是适度收敛而又"侃味儿"十足的，表现出较高品位的语言智慧和幽默才能。当这种怪诞小说在儿童文学领域出现时，它新奇的表现手法和诱人的叙事效果却是令人惊叹的，也很快获得了读者的接受和喜爱。同样，梅子涵的小说最初出现在少儿文学刊物包括《儿童文学选刊》上时，读者曾因其独特的文体和语感而感到陌生和困惑。但是，当梅子涵的近作《林东的故事》入选《儿童文学选刊》时，人们几乎已经习以为常。耐人寻味的是：《林东的故事》进入《儿童文学选刊》，是因为读者的喜爱和推荐。

另一方面，一些以"超偏态"面貌出现的文学话语则未能完成向常态话语的转化，而是作为儿童文学进程中的一个"突变"事件和艺术环节，在文学史的发展链环中确定了自己的历史位置和意义。

我觉得，面对实验话语和常态话语的互动过程，《儿童文学选刊》一直保持了一种辩证的艺术眼光：她关注实验性话语，同样也不放过那些在实验话语基础之上形成的新的常态话语。几年前，我自己就曾应约为《儿童文学选刊》撰写过《走向新的艺术常态》一文。可以说，正是《儿童文学选刊》所具有的这种编选眼光，既推动了新时期儿童文学艺术话语的不断探索，又避免了片面求新而走火入魔。

从一元话语到多元话语

传统儿童文学的艺术话语模式当然并非"铁板"一块，但该话语模式的基本语汇和语调却是十分单一的。《儿童文学选刊》在跟踪、报告当代儿童文学的艺术踪迹时，不断对儿童文学艺术的多元探索做出积极的鼓励和倡导。她的编者曾一再指出："当代儿童文学的创作路子应该越走越宽广，题材、风格应该多样化，欢快、明朗或深沉、低回等不同的格调，新的创作方法的尝试，等等，都应该得到鼓励、支持和帮助。"（《儿童文学选刊》1985年第4期《编者的话》）应该说，在80年代以来当代儿童文学从一元话语向多元话语的艺术嬗变过程中，各地的儿童文学报刊都以自己的方式做出了"添砖加瓦"的贡献，但是，具有独特影响力的《儿童文学选刊》的支持、鼓励和倡导是功不可没的。事实上，正是通过《儿童文学选刊》的不懈努力，我在前面所提到的那些个性化的文本和多元化的表达倾向，才获得了更为集中的展示，产生了更为广泛的影响。

四

《儿童文学选刊》以其鲜明的选择个性和刊物风格在十多年来儿童文学艺术话语的变革历程中产生了深刻的影响，同时，这种个性和风格也使她与十多年来儿童文学发展之间的联系和纠葛变得错综复杂。就刊物自身而言，《儿童文学选刊》自然也免不了在诸如选稿面、栏目设置、编排章法、印刷质量等方面存在着一些技术性的遗憾。但是在这里，我想着重以十多年来儿童文学的艺术发展为背景，谈谈《儿童文学选刊》的某些局限或不足。

首先，我感到《儿童文学选刊》在对儿童文学艺术发展的关注和追踪过程中，重视从时代和作家的角度去看待和把握儿童文学的艺术本体，而相对忽视从少儿读者的角度去把握。事实上，儿童文学作为一种相对独立的文学话语体系，其美学上的质的规定性是在时代、作家、读者三者的动态联系和交互作用中产生的。80年代以来儿童文学的发展显示了强烈的艺术回归倾向，但今天回顾起来，我感到这种回归更多地反映了时代和作家的愿望，而相对较少顾及少儿读者的审美需求。在此进程中，《儿童文学选刊》也一直主要是以作家的艺术动向和追求作为自己的跟踪目标的。毋庸讳言，当代儿童文学在艺术话语方面所取得的进展，并未相应地导致儿童文学在整个社会生活和当代少儿读者阅读视野中的地位的提升。出现这种情况的原因十分复杂，但在总体上相对忽视了读者的审美个性和需求，是否也是造成这种情况的一个原因呢？

其次，与上述情况相联系，《儿童文学选刊》在对具体儿童文学现象的择取过程中，也存在着一种失重现象，即在读者年龄层次上，《儿童文学选刊》在一个相当长的时期里重视少年文学而比较忽视幼儿文学、童年文学；在文学门类上，《儿童文学选刊》重视童话和少年小说，而相对忽视了对其他文学门类作品的选择和扶持。造成这种局面固然也有不同年龄层次、不同门类儿童文学发展不平衡的客观原因，但是反过来，《儿童文学选刊》这样一份富有影响力和感召力的刊物的相对忽视和冷落，是否也在某种程度上加剧了不同层次和门类的儿童文学艺术发展的不平衡呢？

当然，《儿童文学选刊》的上述局限几乎在当初确定办刊宗旨时就已经是不可避免的了。一份刊物的生气勃勃的个性和富有远见的办刊定位，同时也造成其无法回避的缺陷，这也算是一种奇特而又合情合理的两难现象吧。同时，我还想说的是，对于上述局限和不足，《儿童文学选刊》的编者也已经意识到并在工作中有了改进。例如，近年来的《儿童文学选刊》就加强了对幼儿文学以及诗歌等门类的佳作的选载和评论。

是的，《儿童文学选刊》仍然在执着地倾听着儿童文学发展的每一次足音，仍然在执着地用自己的话语向人们作永久的倾诉。

（原载《儿童文学选刊》1995年第5期）

90年代：长篇的时代？

读张微的长篇新作《雾锁桃李》（江苏少年儿童出版社1990年版），我总觉得这是作者在学校生活题材创作方面的一次艺术总结。当然，与作者那些同类题材的短篇小说比较起来，这部20万字的小说给了我一种相对的艺术丰厚感。这种丰厚感，首先无疑来自作品通过一个较大的摄取幅度，展示了一种令人震撼的生活原生状态，尤其是几位少女的心灵状态；其次是来自潜伏于作品中的炽热、深挚的艺术情感和艺术思考。这种艺术上的丰厚、充实，显然是作者过去那些短篇小说所未能实现的。从这个意义上或许可以说，张微的成功在一定程度上是借助了长篇这一形式而获得的。

人们通常把长篇作品看成是一个时代文学经验和成就的体现者，这是有道理的。长篇作品以其对于社会生活的相对强大的概括力和表现力，以其对于艺术自身可能的相对广泛而深入的发掘，而在文学的各种形式中占据着一个重要的位置。形成这种重要性的关键并不在于长篇比短篇在篇幅上显得壮观一些，而在于长篇这一形式本身为文学提供了一种更为繁复而又舒展的内在的艺术秩序，这种内在的艺术秩序所孕育、承载和传递的艺术内涵，是短篇作品所无法带给我们的。

当然，短篇也自有其无法替代的艺术优势，这种优势既表现在短篇作品的审美特性方面，也表现在它的短小、灵便，使得它在文学的发展进程中总是扮演着最活跃的角色。换句话说，在具体的文学实践中，短篇作品总是被作家最先用来尝试、寻找、铸造一种新的艺术可能，从而为人们提供新的艺术感觉和审美经验。从80年代中国儿童文学的发展进程看，短篇作品，特别是短篇小说和短篇童话的创作，呈现出空前兴奋而活跃的状态。可以说，十年来儿童文学创作中发生的许多具有深刻意义的变革和突破，大都是由短篇作品的创作首先实现和提供的。相形之下，长篇作品的创作则显得冷清、沉寂一些。（如何认真地总结探讨80年代长篇儿童文学的创作实践，是一个有待解决的课题。）很显然，长篇作品的创作更需要时机和条件，需要更多的耐心和等待，概而言之，它需要更多的艺术经验和准备，需要更艰苦的艺术劳动和创造。

我相信，当短篇创作在80年代积累了相当的艺术经验和教训之后，长篇作品的创作将从相对沉闷的状态逐渐走向活跃，一批不断成熟的儿童文学作家将把他们的艺术热情和才华投注在长篇作品的创作之中。可以预期，长篇作品将成为展示90年代儿童文学创作成就的一个重要方面，成为显示儿童文学美学潜力和艺术魅力的一个重要途径。

90年代，长篇的时代？

90年代，长篇的时代！

（原载《未来》1991年总第19辑）

90年代儿童文学印象

90年代儿童文学，这是一个大题目——由此可以牵引出许多话题。在这篇文章中，我想谈一谈这一时期儿童文学发展留给我的最深刻的几点印象。

印象之一：长篇作品异军突起

进入90年代，原先显得冷清、沉寂的长篇儿童文学创作领域突然变得异常活跃。一批长篇作品仿佛有约在先，在一个不长的时间里以相当的密度连续推出。这些作品通过较大的摄取幅度，以多样化的文学语言描绘了相当广阔的社会生活画面，揭示了当代少年儿童的精神现实。以长篇小说而论，曹文轩的《山羊不吃天堂草》借助一名乡下少年在都市闯荡的坎坷经历，广泛地折射出当代经济大潮中城乡文明的碰撞、冲突及其对一代少年的现实命运和精神成长的深刻影响；张之路的《第三军团》以一群富于正义感的当代少年的传奇故事，表达了对于良知、正义、勇敢精神的呼唤和重塑当代少年健全人格的强烈意识。在长篇童话方面，刘海栖的《灰颜色白影子》通体散发出幽默艺术才情和语言智慧气息，为我们带来中国当代童话中尚属少见的一种独具韵味和特色的快乐情调；冰波的《狼蝙蝠》叙述幻想中的巨大动物狼蝙蝠的故事，场面壮阔，气势恢宏，挥洒之处尽现物种漫长历史的沧桑感，激发起读者对自然、对历史、对文化、对生命的深沉思索。在长篇报告文学方面，优秀之作有孙云晓的《握手在十六岁》等。我以为，就艺术的深广度而言，这些作品的成功在一定程度上显然是借助了长篇这一形式而获得的。长篇这一形式本身为文学提供了一种更为繁复而又舒展的内在的艺术秩序，这种内在的艺术秩序所孕育、承载和传递的艺术内涵，是短篇作品所无法带给我们的。

印象之二：理论研究渐入佳境

当代儿童文学研究一直是一片比较寂寞的学术园地。进入90年代以来，一批中青年学者的成长和一些出版界有识之士的大力扶持，为当代儿童文学理论学科的系统建设和推进创造了良好的可能条件。1990年，湖北少年儿童出版社开始推出《儿童文学新论丛书》，首次出版的《中国儿童文学理论批评与构想》《童话艺术空间论》《比较儿童文学初探》等著作，以当代学术背景为依托，以新的学术和理论话语，更新了传统儿童文学研究相对陈旧的理论面貌。1991年，江苏少年儿童出版社推出《中华当代儿童文学理论丛书》，目前已出版了《中国童话史》《外国童话史》《中国儿童文学理论批评史》《二十世纪中国儿童文学导论》等多部厚重的理论著作。1992年，湖南少年儿童出版社开始陆续出版《世界儿童文学研究丛书》，计划共出版十种。1994年，甘肃少年儿童出版社隆重推出了《中国当代中青年学者儿童文学论丛》共六种。多套富于创意，并以中青年学者为主要作者阵容的儿童文学理论丛书连续问世。这是五四时期中国儿童文学理论批评发展进入自觉期以来从未有过的学术景象,为 90 年代所仅见。

印象之三:儿童读者正在疏远儿童文学

80 年代以来,我的理论热情一直深受儿童文学艺术突进的煽动和鼓舞,但是进入 90 年代,我的思维则更多地受到了这样一种奇怪现象的困扰:80 年代以来儿童文学在艺术话语方面所取得的进展,并未在少年儿童读者那里获得相应的回报。笔者近年参加国家教委课题"当代青少年美育问题研究"的有关工作时,曾在各地学校调查了少年儿童的文学阅读现状,我惊讶地发现:当代少儿读者对当代儿童文学作品普遍感到十分陌生。个中原因,我在最近的一篇文章中曾略有述及。例如,在市场经济大潮的裹挟之下,商业话语权以不容置辩的强势姿态挤压着儿童文学的纯艺术话语权;又如,各种迅速发展的大众传媒和新兴文艺消费类型的出现,也蚕食着儿童文学的生存空间;再如,"应试教育"重负下的当代少年儿童读者群被迫与儿童文学保持某种距离。问题看来十分严峻,而且,如何使当代少年儿童读者重新亲近儿童文学,显然也不是一个纯艺术范围内的问题。

90 年代的儿童文学界呈现了丰富多彩的艺术景观。上述三点印象,有喜也有忧。不过,对于处在世纪之交的当代儿童文学的前景,我仍然持十二分的乐观态度。

(原载《济南日报》1995 年 5 月 26 日)

90年代中国儿童文学概观

中西文纪子小姐从东京打来电话，要我向日本的同行们介绍20世纪90年代中国儿童文学的状况。我十分乐于从命。这里我首先要说明的是，以下的介绍主要依据我个人对近十年中国儿童文学发展的观察和感想，但我希望这些个人化的评述仍然会有助于日本朋友了解中国儿童文学现状。

谈论20世纪90年代的中国儿童文学，不能不联系80年代的中国儿童文学。因为在我看来，这两个十年中国儿童文学的发展，有着明显的历史延续性和艺术比照性。所谓历史延续性是指，90年代的中国儿童文学是由80年代的开拓、积累、发展而来的，两个时期之间具有时间上的承续性和逻辑上的因果性。所谓艺术比照性是指，80年代和90年代的中国儿童文学，由于历史条件、现实环境等等的不同，在艺术展开的许多方面，都形成了十分鲜明的对比。

因此，以下所描述的90年代的中国儿童文学状况，许多都是以80年代作为历史准备和逻辑前提的。只是由于篇幅和本文主旨的限制，我只能将描述重点放在90年代。

从总体上说，90年代的中国儿童文学发展表现出一种沉稳、平静的姿态。与80年代观念冲撞、激情四射的文化氛围相比较，90年代的儿童文学作家们显得既自信又宽容。各种文学观念都可以通过相应的艺术实践获得呈现。因此，丰富、多元、多样化，就构成了90年代中国儿童文学发展的基本现象和特征。在90年代多样化的儿童文学现象中，下述几项也许是特别引人注目的。

一是儿童文学作家队伍的扩展。

从创作环节看，基本上由专职的儿童文学作家创作儿童文学作品的状态正在改变。一批成人文学作家加入了为儿童写作的行列。明天出版社邀请毕淑敏、张炜、池莉、刘毅然、王安忆、迟子建等著名中青年作家联袂加盟儿童文学创作，出版了由六部中长篇小说构成的《金犀牛丛书》。湖北少年儿童出版社推出的《鸽子树丛书》，湖南少年儿童出版社出版的《红辣椒长篇儿童小说创作丛书》，其作者基本上也都是成人文学作家。与此相对应的是，海天出版社出版的长篇小说《花季·雨季》发行量达到一百多万册，其作者郁秀只有16岁；北京少年儿童出版社出版的《自画青春丛书》，则是由十余位少年作家分别完成的一组关于青春的文学自画像。这些主要不是由传统意义上的拥有职业身份的儿童文学作家创作的儿童文学作品或丛书及其所引起的关注，堪称90年代中国儿童文学创作的一大景观。

从儿童文学作家队伍自身看，90年代也出现了一批优秀的青年作家，其中的佼佼者有汤素兰、彭学军、葛竞、张弘等。

二是儿童文学的艺术内容和叙述方式较为成熟和丰富。

随着艺术经验的累积，90年代的中国儿童文学创作在艺术上显得较为丰富和成熟。例如，曹文轩的小说在凝重中透着优雅和晓畅。长篇小说《草房子》描绘的是60年代江苏北部农村孩子眼中的世界及他们的精神成长故事。在这部作品中，60年代特定的时代风云从作品所构筑的文学时空中轻轻掠过，读者感受到的是那个时代少年儿童更具有恒定性和审美意义的精神世界和成长状态。秦文君的作品则散发着浓郁的幽默气息，具有一种轻喜剧风格。《男生贾里》《女生贾梅》等作品以现实生活为背景，展示了有趣的男生世界和女生世界，显示出一种明朗而又充满谐趣和灵秀的幽默之美。张之路的《第三军团》则在现实与理想的冲突和游移之间，涌动着英雄主义的正义之气和青春豪情。这部长篇小说讲述的是一群富于正义感的中学生的传奇故事，作品的基本精神和艺术视角是写实的，但在具体描述中又颇具理想、浪漫、神奇的色彩。梅子涵则是当今中国儿童文学界一位罕见的对"语感"充满了迷恋和追求的作家。十多年来，他在儿童文学叙事语感的苦心经营方面从未厌倦和停歇过。长篇小说《女儿的故事》以其独特的叙事风格、语感意味，在90年代的中国儿童文学创作中独树一帜。

在童话创作方面，孙幼军的《怪老头儿》、周锐的大量作品、冰波的长篇童话《狼蝙蝠》、班马的长篇童话《绿人》，都是90年代风格各异、具有代表性的优秀童话作品。

三是中长篇创作的活跃。

进入90年代，原先相对冷清、沉寂的中长篇儿童文学创作领域开始变得活跃。除了前面提到的《草房子》《第三军团》《绿人》等等作品外，沈石溪的多部长篇动物小说、金曾豪的《青春口哨》、班马的《六年级大逃亡》、陈丹燕的《我的妈妈是精灵》、彭懿的《魔塔》、黄蓓佳的《我要做好孩子》、董宏猷的《十四岁的森林》等作品也都是优秀或比较优秀的长篇小说、童话作品。就艺术表现的深广度而言，这些作品的成功在一定程度上显然是借助了中长篇形式而获得的。中长篇形式所拥有的较为舒展的艺术秩序，显然能够承载、传递比短篇作品更丰富的内涵。当然，作家艺术创作经验更为丰富，也使他们有可能在中长篇创作上一展身手。

四是儿童读者逐渐疏远儿童文学。

从接受和传播领域看，90年代的中国儿童文学面临着少年儿童读者大规模逃逸和几乎无人喝彩的尴尬局面，也就是说，90年代中国儿童文学的上述艺术推进，与儿童读者的大规模撤离和逃逸是同步发生的。

除了《花季·雨季》这样特殊的例子外，只有少数优秀作品的发行量可以达到五万至十万册，多数纯文学作品的发行量仅有数千册左右。

80年代发行量达到数十万册、上百万册的纯儿童文学刊物，如今已普遍降至数万册的发行量。

在对中小学生的问卷调查和个别了解中，人们也发现，绝大多数少年儿童读者对当今许多被儿童文学界看好的作家及其作品感到十分陌生……

造成这种状况的原因是多方面的，如大众传媒的发达导致印刷媒介影响力的相对下降；应试压力重负下，少年儿童被迫与文学作品保持一定的距离；一些儿童文学作品不适应今天的儿童读者；作品的发行和传播渠道不畅，等等。

90年代的中国儿童文学还有许多值得关注的现象，如卡通读物的流行，幼儿读物的畅销，多媒体和网络对儿童文学生存方式的影响，理论研究的推进……还有日本儿童文学的影响也是显而易见的，如日本儿童文学作品和理论书籍的译介，日本卡通读物在中国儿童读者中影响很大，日本的幻想文学正在中国儿童文学界掀起一股"幻想文学热"……

面对新的世纪,中国儿童文学界依然怀有新的梦想。

(原载《日中儿童文化》2000年总第3期)

重建经典品质
——90年代儿童文学创作评议

我有一种感觉：一个时期以来，儿童文学及其创作日益成为受到公众和媒体普遍关注的话题。儿童文学摆脱闭锁的专业限制而进入公众视阈，这应该说是一桩利多弊少的事情。事实上，在公众的关注和期待中，今天儿童文学艺术运作的各个环节，都已发生了许多变化。

大体说来，80年代的儿童文学界是以相对独立的专业方式来释放自己的艺术激情和想象力的，而90年代以来，儿童文学不仅在艺术观念上，同时也在艺术运作方式上，逐渐与主流文学界和青少年读者进行着全方位的沟通。

例如，从创作环节看，基本上由专职的少儿文学作家创作儿童文学作品的状态正在改变，一批成人文学作家进入了为儿童写作的行列。明天出版社在刘海栖、胡鹏的策划下，分别请周大新、沈石溪、于波、苗长水、陶纯、简嘉、阎连科等七位知名军旅作家和池莉、毕淑敏、张炜、迟子建、刘毅然、王安忆等著名中青年作家联袂加盟少儿文学创作，推出了由中长篇小说构成的《猎豹丛书》和《金犀牛丛书》，这可以说是一个十分突出和典型的现象。与此相对应的是，北京少年儿童出版社出版的《自画青春丛书》则是由九位小作家联手完成的关于青春的文学自画像。这些主要不是由传统意义上的拥有职业儿童文学作家身份的作家完成的儿童文学丛书及其所引起的关注，堪称当代儿童文学创作的一大新景观。

其次，儿童文学作品的叙事内容和叙述方式变得更为丰富和成熟，例如对历史的重新而独特的叙述。曹文轩的《草房子》和刘海栖的《男孩游戏》是两部叙述60年代儿童生活故事的长篇小说。前者描绘的是苏北农村孩子眼中的世界，后者述说的是北方一座中等城市中一群男孩子们的独特经历。两部作品的相似之处在于，60年代特定的时代风云从作品构筑的特定文学时空中轻轻掠过，我们感受到的是那个时代少年儿童更具有恒定性和审美意义的精神世界和状态。《草房子》在优雅晓畅的叙事中"流淌着童年的微醺和成年人逝水的伤感"，被认为是"令评论界抛弃矜持、大为动容的佳作"。《男孩游戏》则以生动而略带俏皮的语言讲述30年前一群男孩子的故事。我们会意识到，在那片贫瘠而嘈杂的土地上，也有属于那群男孩子的阳光和云雾、小草和鲜花，他们用自己独特的方式向季节呈现着欢乐、苦恼、幻想和血泪交织的风景。

如果说《草房子》《男孩游戏》侧重于对童年生存状态的普遍意义的独特发掘和呈现的话，那么，在另外一套由更年轻的作家们创作的更富自传色彩的《花季小说丛书》中，我们则听到了更多关于自我生命情感历程的倾诉和个人经验的表白。这套由梅子涵主编、福建少年儿童出版社推出的丛书，包括了张洁的《敲门的女孩子》、萧萍的《春天的浮雕》、老臣的《女儿的河流》等八本清新优美的作品。正如一位评论者评论的那样，在这些作品中，一批新鲜与活跃的年轻儿童文学作家个个对成长故事的抒写主题进行了同样新鲜与活跃的叙述。

值得注意的是，与80年代少儿文学的艺术活跃主要通过短篇形式表现出来有所不同的是，上述作品表明了90年代少儿文学在长篇构筑方面的活跃和成熟，表现了这个年代的儿童文学创作相对于80年代的艺术累进和成熟。

再次，80年代关于儿童文学的评议和争论主要是在一个相对固定的专业圈子中展开的，而90年代特别是近年来的儿童文学研讨则频频借助了整个评论界的力量。一次又一次儿童文学作品研讨会的召开，一整版一整版研讨会消息和发言稿的刊载，构成了今春京城文化界的一大景观。据《中华读书报》发表的有关消息称，在这些研讨会、座谈会上，京城文学评论界的精英不管是专业人士还是客串者几乎全部莅临，表现了评论界对儿童文学的关注、支持和呼应。

对于关心儿童文学艺术生存、发展状态的人们来说，上述情形可能是令人鼓舞的。但是另一方面，我们观察到的情况又有些令人沮丧，这就是少儿读者对当代优秀少儿文学作品的实际接受和阅读仍然是十分有限的。个中原因自然十分复杂。我曾在以前的文章中指出，从外部原因看，在市场经济大潮的裹挟之下，商业话语权以不容置辩的强势姿态挤压着儿童文学的生存空间；应试教育重负下的当代少年儿童读者被迫与儿童文学保持着某种距离……除此之外，还有不容忽视的内部原因，其中最重要的一点，我以为是今天的儿童文学创作从整体上看，还比较缺乏对于儿童文学经典美学品质的强烈关注、认同和着意发掘、培育。换句话说，虽然90年代的儿童文学创作已经拥有了更为开阔的艺术空间和更为丰富的艺术经验，但是，我们还相当缺乏那种充满了浓郁的儿童情趣、蓬勃的艺术想象、强劲的艺术幽默并融之以深刻的思想内涵的作品。我以为，富有儿童情趣的高度的幽默智慧、丰富的艺术想象等，造就了儿童文学独特的纯真、稚拙、欢愉、变幻和朴素的美学特质。具有这些特质的儿童文学作品几乎构成了一部世界经典儿童文学的艺术发展史和接受史，而今天，我们的儿童文学创作显然还不具备驾驭儿童文学艺术天性的才情。（童话创作相对于少年小说创作的某种艺术缺席，或许也暗示了这一点。）因此，当代儿童文学遭遇儿童读者的某种程度的挑剔和冷落就是难以避免的了。

我要说，90年代儿童文学的艺术进展的确是令人鼓舞的，而21世纪儿童文学的艺术征程也将是漫长而艰难的。重建儿童文学的经典品质，应当是今天儿童文学创作面临的一项重要的艺术课题。

（原载《作家报》1998年6月4日）

逃逸与守望

——关于90年代儿童文学的生存境况

不久前,我为《儿童文学选刊》今年最后一期刊物写了一篇文章,题目叫作《1996—1997:书写和阅读》。我在那篇文章中描述了自己近两年来有关儿童文学的阅读心情和艺术观感,其中谈到当今儿童文学批评界所存在的一个十分奇特的现象,那就是:在总体描述和估价当代儿童文学的生存现状时,我们的批评家们往往会觉得处境尴尬或危机四伏,而在分析和评判一些具体的作家作品时,人们又常常会毫不吝啬地表达自己的喜悦和兴奋之情。

我以为,批评界所流露、表达的这种似乎自相矛盾的心情和评判,在很大程度上暗示或表明了当今儿童文学的生存境况和艺术劫数。在这里,我想结合上述矛盾现象,简要描述并分析一下90年代儿童文学的艺术实践及其生存状态。

首先,批评界所表达的乐观情绪并不是纯粹由于批评者的自作多情或盲目陶醉,而是基于自身对90年代儿童文学创作状况、出版实践等的清醒把握和判断。

怎样判断90年代中国儿童文学的创作现状,这是一个见仁见智的大题目。几年前,一位老作家认为,今天的儿童文学创作,包括小说、童话、诗歌等,在艺术上都没有超过50年代到70年代前期的那些有代表性的儿童文学作品,例如,今天的小说没有超过徐光耀的《小兵张嘎》、李心田的《闪闪的红星》、严文井的《"下次开船"港》,儿童诗没有超过阮章竞的《金色的海螺》、熊塞声的《马莲花》、柯岩的《小兵的故事》。今年,一位中年作家又撰文认为,新时期儿童文学有过一段令人瞩目的辉煌时期,这就是70年代末至80年代初期。

与此不同的是,大多数当代活跃的儿童文学批评者则对近些年来儿童文学的实际发展和艺术表现持乐观、肯定的态度。我在前面提到的那篇为《儿童文学选刊》所写的文章中曾就此举过一例:《儿童文学研究》1996年开辟了"四季展评"栏目,先后应邀登场评点每季创作动态的批评家们分别用"暖冬""春花渐欲迷人眼""秋日览胜"这样一些令人感到温暖、喜悦甚至振奋的标题来提示、表达他们相当一致的阅读感受和艺术判断。

对于90年代儿童文学的艺术实践和创作表现,我个人也是持充分肯定的态度和艺术估价的,原因主要是由于以下这样一些事实的存在。

一是面对90年代的文化情势,几代儿童文学作家仍然顽强地坚守在儿童文学的艺术疆土上。

我们仍然能够在90年代的儿童文学耕耘者中看到老一辈作家和年龄较长的一代作家们的身影:郭风、任溶溶、任大星、圣野、鲁兵、金江、孙幼军、金波、葛翠琳、洪汛涛、邱勋、陈模、吴梦起、胡景芳、谢璞、李心田、张继楼、张秋生、杜风、樊发稼、沈虎根、倪树根、郑开慧、庄之明、关登瀛、郭大森、尹世霖,还有前年去世的任大霖先生等。我们还能看到一批崛起于80年代(或稍早些)的中青年作家在90年代的强大的艺术存在,并且同样可以为此开列一份很长的名单——张之路、葛冰、秦文君、曹文轩、梅子涵、班马、沈石溪、金曾豪、董宏猷、董天柚、李建树、谢华、韩辉光、范锡林、李子玉、常新港、谭元亨、汪晓军、郑春华、朱效文、周锐、彭懿、冰波、郑渊洁、庄大伟、郑允钦、刘海栖、饶远、武玉桂、高洪波、吴然、徐鲁、韦伶、孙云晓、刘保法、邱易东、滕毓旭等等。此外，比较年轻的一代作家也早已或正在闯进人们的视野，例如张品成、曾小春、彭学军、张玉清、王蔚、庞敏、王小民、汤素兰、杨红樱、葛竞、谢乐军等等。而由肖显志、董恒波、常星儿、老臣、车培晶、薛涛等作家组成的辽宁中青年作家群和由张洁、殷健灵、萧萍、谢倩霓、郁雨君、张弘等作家组成的上海青年作家群，更是构成了具有鲜明地域色彩、性别意味和独特艺术追求的创作群体。我想说，借助上面这份挂一漏万的名单，我们可以相信，90年代的儿童文学创作领地仍然拥有一大批坚定的艺术守望者。

二是 90 年代的儿童文学创作，从表面看，在艺术思想的活跃和创作激情的抒发方面似乎不如 80 年代。但是，认真比较起来，我以为，就创作灵感之独特、艺术思想之沉稳、美学表达之精熟等层面而言，90 年代取得了中国当代儿童文学发展史上十分重要而独特的成就。

诚然，每个时代文学创造的独特性和不可替代性，规定了文学史的发展不是一个简单的、线性的"进步"过程，有的研究者因此指出，文学史只有演变史，而没有进步史。我基本同意这种说法。不过，我也认为，在特定的文学发展时段中，在一定的语境条件限制下，谈论文学的进步或成熟过程仍然是可行的。就 70 年代后期至今中国儿童文学的发展过程而言，创作上从起初非文学价值观念的突破到各种艺术实践的全面展开，从短篇的活跃到中长篇创作的崛起，从局部的艺术突围到创作上各种题材、体裁、风格的全面推进，还有，儿童文学学术思考和理论建设的认真展开……我想，将近20年来中国儿童文学的发展，的确经历了一个"进步"的过程。至少，在20世纪中国儿童文学的艺术史上，这样一些篇目是可以让90年代毫无愧色的：低幼文学中的《稀哩呼噜历险记》（孙幼军）、《鸡毛鸭全传》（周锐）、《大头儿子和小头爸爸》（郑春华），中、长篇小说中的《山羊不吃天堂草》（曹文轩）、《第三军团》（张之路）、《男生贾里》（秦文君）、《青春口哨》（金曾豪）、《一只猎雕的遭遇》（沈石溪）、《女儿的故事》（梅子涵）、《六年级大逃亡》（班马），童话中的《怪老头儿》（孙幼军）、《狼蝙蝠》（冰波），以及郭风、吴然、高洪波、韦伶等的散文，金波、徐鲁、邱易东等的诗歌，孙云晓等的报告文学等。我相信，未来的文学史叙述者，将不会忽略这样一串书名和人名的。

三是出版界作为儿童文学社会化生产过程中的最强大的支持者，在90年代的相当困难的情况下，给予儿童文学创作以自觉的和决定性的支持。在一个日趋商业化的社会里，这种纯正的文学扶持和出版支援有时候甚至是相当惨烈的。

商业话语的广泛流行和渗透使90年代儿童文学的社会化生产遇到了前所未有的困难局面。在这种情况下，出版界对儿童文学的支持是强大有力和义无反顾的。我们知道，在五六十年代，一部儿童文学作品印刷数十万册是十分平常的事情，而在今天，一部纯粹的儿童文学读物一次印刷一两千册的情况则屡见不鲜、见怪不怪，以至此种现象如今已成为十分平常的事情。例如，1996年5月揭晓的中国作家协会第三届全国优秀儿童文学奖19部获奖作品中，根据当时的印量统计，印数在8000册以下的有11种，其中印数2000册的为4种。一部优秀的儿童文学作品印了2000册，对于中国庞大的少儿读者群来说，意味着什么呢？

不过，正是由于出版界的坚定支持和参与，90年代的儿童文学创作才保持了其应有的发展势头。而且，许多出版社不是"等米下锅"，而是有计划、有组织、有规模地推出了一套又一套原创性的儿童文学新作丛书。可以说，90年代富有原创力和艺术分量的儿童文学新作丛书的陆续出版，是中国当代儿童文学出版史上前所未有的景象。其中，少年儿童出版社陆续推出了包括有少年儿童生活小说、惊险传奇小说、动物小说、科幻小说等中长篇作品的《巨人丛书》。江苏少年儿童出版社在兼具作家和出版家双重身份的刘健屏富有眼光和魄力的策划、组织下，陆续出版了《中华当代少年文学丛书》和《中华当代童话新作丛书》。甘肃少年儿童出版社独辟蹊径，组织10位作家和1000位小读者共同参与，出版了《少年绝境自救丛书》。明天出版社在兼具作家和出版家双重身份的刘海栖、胡鹏的策划下，独具创意地约请当代最具知名度的中青年作家为少年儿童写作长篇作品，出版了《金犀牛丛书》。我认为，正是有了出版界的这些努力，90年代的儿童文学书写才变得更加沉稳，更加大气。

尽管90年代的儿童文学创作、出版本身还远不是尽善尽美的，例如，立足于这个时代的艺术想象能力和形式创新能力还有待进一步加强，又如科幻类作品的创作畸形萎缩，等等。但是我认为，以上事实的存在可以表明，儿童文学的疆土，今天仍然得到了持续、有效的精耕细作和艺术翻耕；从创作界到出版界，我们的确拥有一大批顽强的儿童文学的守望者。

那么，批评界为何又对当代儿童文学的总体状态和生存命运持一种焦虑、失望甚至是悲观的态度呢？

这是因为，从接受领域看，90年代的儿童文学面临着少儿读者大规模逃逸和无人喝彩的尴尬局面，也就是说，90年代儿童文学的艺术守望和艺术推进，与少儿读者的大规模撤离和逃逸是同步发生的。

从我前面的评述中可以看出，当一部作品的印量只有一两千册时，它实际的文学辐射力和影响力肯定是十分有限的。

若干年前发行量达到数十万册、上百万册的纯儿童文学刊物，如今已普遍降至数万册或十几万册。

在对中小学生的问卷调查和个别了解中，我们也可以发现，绝大多数少儿读者对当今许多普遍被看好的儿童文学作家及其作品感到十分陌生……

造成这种局面的原因，通常较多地被认为是当今儿童文学艺术创造力的衰竭或贫乏。我不很同意这种看法。我认为，90年代儿童文学生存境况之所以令人难堪，除了儿童文学创作自身的某些原因之外，更主要的原因还应该从更广阔的社会文化发展的大背景中去寻找。

首先是电子媒介的发达导致了印刷文化和书刊媒介影响力的相对下降。据有关的研究结果，当代少年儿童所接触的媒介已达15种之多，众多媒介都在互不相让地争夺、瓜分着少年儿童可以支配的有限的闲暇时间，同时也蚕食着儿童文学的生存空间。

其次是在应试压力的重负下，少年儿童不得不与文学作品保持一定的距离。许多老师、家长把文学作品视为"闲书"，禁止学生阅读和传播。我在中学调查中学生的文学阅读现状时，一位住校的同学告诉我，在学校，他只有在晚上熄灯以后，才能偶尔躲在被窝里，打着手电偷偷看上几页文学作品。更多的学生则表示，学习压力重，没有时间读文学作品。

再次,在接触课外的印刷文化时,学习参考书、成人文学作品(包括通俗文学作品)、各种休闲类读物、知识类读物、卡通漫画等等在中小学生的阅读视野中又占据了很大的份额,而少儿文学作品所占有的份额相对十分有限。

还有,从儿童文学作品的发行和实际传播来看,一方面是许多儿童文学作品在发行时订数极少,另一方面则是许多小读者和家长找不到想买的书。尤其是在广大乡村和经济发展相对落后的地区,儿童文学的传播和辐射能力更是有限……

因此,我认为在今天儿童文学创作、出版与儿童文学接受、阅读之间文化"蜜月"时代的结束,"主要不是由于儿童文学艺术创造力的衰竭或极度贫乏所造成的。守望儿童文学的艺术疆土,在这个时代是远比以往时代艰巨得多的一项文化使命。但是,我也相信,为人们提供更多的文化选择机会和消费可能,是这个时代文化进步和发达的标志之一,而包括儿童文学在内的整个文学将永远是人类精神创造和选择视野中一种重要的文化范式。从这个意义上说,今天的儿童文学书写不仅是儿童文学作家们向今天的儿童读者发出的阅读召唤,而且也是他们对一种文化情缘和精神关系的奋力维系与守护"。(《1996—1997:书写和阅读》)

面对读者,面对未来,守望疆土便是这一代儿童文学工作者无法放弃的艺术职责和文化使命。

(原载《儿童文学研究》1998年第1期)

儿童文学本体建构与 90 年代创作走势
——与友人班马对话

一

初识班马，是十一年前在昆明的一个会议上。他的一次未能完全遵循会议主题的即兴式发言给我留下了很深的印象，他思考问题的背景和方式显得那么与众不同。

这种最初印象一直维持到了今天。这并不是说，我对班马的了解仍然停留在当年。事实上，星移斗转，岁月流逝，班马已不复当年的班马，他对儿童文学事业的贡献应该是有目共睹的。从理论建设的角度看，这些年来我一直认为，在 80 年代至今的中国儿童文学理论批评的那些最富有创造性和建设性的工作中，班马的理论著述无疑应该占有一个突出的位置。与刘绪源一样，读班马的理论批评文字对我来说也是一件愉快的事。在班马的理论著述中，我总是能感受到作者那超乎寻常的思想激情和理论气质，总是能发现作者那偏离常规的学术灵性和理论创意。对班马的精神锐气和表达个性，我完全接受和认同。我认为，许多年来，我们缺乏的正是这样一种真正发自心灵的理论冲动和思想个性。我在欣赏班马理论文字的同时，有时也会为他的理论思维和文字表述上的某些偏执或含糊不清感到困惑。因此我认为，我们面对着一种十分奇妙的现象：一方面，班马的理论思考显示了很高的理论天分和悟性，他的许多文字表述激情沛然而又简约睿智，充满了属于班马自身的学术灵气；另一方面，班马的思想有时又难免偏执，某些文字表达由于极富个性而使读者产生了某些理解上的困惑。

这些奇妙的现象在班马的理论近作《缺失本体根基的浮游与无奈靠泊》（载《儿童文学研究》1996年第1期，下文简称《浮游与靠泊》）一文中再一次向读者展现。

《浮游与靠泊》一文谈论和批评的是90年代的儿童文学（主要集中于短篇少年小说）创作态势。但它实际上有两个基本的论述层面：一是从艺术探索的角度对儿童文学的本体根基进行论述和把握；二是以此论述和把握为观念基准来考察和批评90年代儿童文学的运行状态，以及当代儿童文学界的新生力量中所存在的"没有真正自己的'精神家园'"的状态。

我就围绕这两个论述层面略陈己见。

二

儿童文学的美学个性、艺术特征与儿童的生命状态或生命感之间存在着深刻的内在联系。在理论界，儿童本位论、儿童情趣说、儿童年龄特征说等等，都可视作人们寻求、阐述这种联系时所得到的种种相互间既有交叉又有不同的思想结果。在《浮游与靠泊》一文中，班马也提出并阐述了他关于儿童文学艺术探索方面的基本观念。他认为，当代少年小说（我想当然也可以指整个儿童文学）的"艺术问题"只有对准"儿童性"（不管由它会派生出现实、非现实；极写实、极荒诞；实感、幻感；以及各类边缘性及其交叉），才能判断本体价值(见《浮游与靠泊》；以下凡该文的引文，均不另注)。

那么，这种立足于"儿童性"的儿童文学本体关怀的基本内容是什么呢？

班马认为，"儿童性"确定了儿童文学审美主体的身份特点和所在，即儿童的心灵和思维本身时有"脱离现实"的特质，而这种特质在儿童那里就是一种实在的生命现象，是儿童审美心理常识。在儿童的这种生命现象中，弥漫着神秘气息、或巫或魔的感觉，以及灵动着穿越时空、虚实界域的精神飞翔。这是一种与成人现实感思维有所不同的野性思维状态。它也不像以前熟悉的"童心"那样纯真无邪、憨态可掬。他问道："儿童心灵不即会'亦真亦幻'吗？孩子感受与描述古怪不是'具象'和'当真'的吗？(几乎所有的批评都仅指'幻'，而未见'真实')。我当年在《关于〈鱼幻〉的通信》中再提小说与童话的相叠；并举孩子与成人对待飞碟的不同'神秘'态度，在孩子神秘即是一个'事实'，即在声光形色之中；成人却要明释追究。"儿童心灵和儿童生命感中所存在的这些特点，使得"非现实主义、幻想、神秘气息，以及亦真亦幻的某种文体"等成为儿童文学本体范畴所拥有的重要内容之一。他明确地表示："为准确应对儿童审美心理特征，从而更明示出本体艺术表现，我认为我们今天尤为需要突破'现实''社会'的习惯思维定式，而认识儿童文学艺术表现的重大(原始性、野性、生理性、幻想性、感知性等)内容，即'前审美的前艺术'本体特质"。

班马当然并不否定"社会""现实"等因素在儿童文学中的艺术本体地位，但从上面也许稍嫌简单的概括中可以看出，他对儿童文学艺术本体根基的把握重心，落在了儿童生命感中的"亦真亦幻"的一面；从文体角度看，则主要是指那种"真实笔法仍在，幻境更由迷离"的"真幻文体"。

上述儿童文学观念的形成当然是有一个过程的。早在六年前出版的《中国儿童文学理论批评与构想》一书中，班马就曾专门论述过"野与神秘"等儿童精神现象。他认为，"野蛮的原型情感，幽古的超验情绪，巫与魔的体验方式，万物有灵的心意，都是儿童内在的原生性内容"；而"儿童的'神秘感'本身是一种现实态度，能区别于超现实的神话和童话的虚幻性，应是更对应儿童心灵的追求"。[1] 不过，在当时，班马主要还是把"野与神秘"等精神内容或儿童的"野性思维"看成是开发儿童文学价值的一大宝藏，认为它具有一种特别的儿童美学意味。而到了《浮游与靠泊》一文中，班马则将这种"野性思维"或"亦真亦幻"的儿童生命感上升或者说是定位在能够决定儿童文学根本美学风貌或意味的"本体根基"这一重要地位上。

自80年代以来，在我国儿童文学学术界，班马是一位对儿童思维和儿童文学艺术思维中的原生性心灵及其原始文化品质给予特别关注的学者。他所着力论述的"游戏精神""野与神秘""感知"先于"认知"等观念，可以说是为当代儿童文学理论研究消除了一个又一个理论盲区。当然，从理论渊源或学术发展的师承关系上说，班马的上述理论思考也是有所依托和借鉴的。其中一个十分重要的理论先驱是周作人。十几年来，周作人的儿童文学学术思想一直是中青年学者十分关注的研究对象。从王泉根开始，吴其南、刘绪源、孙建江等，均发表过周作人研究的专著或专论(笔者也发表过这方面的专论)。据班马预告，他在即将出版的专著《前艺术思想》中对此也作有近三万字的探讨。

在我看来，班马对周作人学术思想的关注有他自己的观测重心和理论旨趣，这就是对周作人在西方人类学派等学说的影响下所形成的关于儿童思维与儿童文学（童话）艺术思维的原始文化品质等观念的格外关注和看重。在班马的一篇篇幅不长但十分精彩的文章——《直论中国儿童文学的二十世纪意识》中有《重新体认周作人》一节，在这里，班马毫不掩饰他对周作人儿童文学学术思想的青睐和看重。他告诉读者，他从周作人的深切探寻中，感到这个人物超乎别人地真正热爱儿童，也感到其源于童话研究基础上的儿童文学主张超乎别人地具有真正的专家性质；周作人从童话研究，到原人研究，到原始思维研究，到儿童思维研究，起码是更具此一专业的真正价值；他所维护的儿童的"空想""纯美""荒唐""野蛮"等权利，是首先具有原本人性的发育阶段之前提的；他反对过早向儿童施加（各种）"社会性"是具有儿童美学根据的。[2] 显然，当周作人在20世纪的第二个十年期间开始关注童话、儿歌研究时，曾一度是一个踽踽独行的孤寂者，但是，他可能不会想到，同一世纪的最后两个十年，他会在儿童文学学术领域拥有一位坚定的支持者和理论知音。

当然，班马对儿童文学艺术思维中的原生性心灵内容和原始文化品质的格外关注，是有着当代儿童文学艺术实践背景方面的原因的。这就是长期以来在狭义社会学观念指导下，儿童文学的艺术内容收缩在相对平面化、单一化的社会学层面上。按照班马的说法是，"我们的儿童小说几乎成了家庭问题、学校问题和社会性问题的文学，而与'野性'相隔甚远"。[3] 因此，从开拓和深化儿童文学的艺术内容，丰富和健全儿童文学的美学品格等角度来看，我都十分赞赏并认同班马的理论思考。

但是，从儿童文学本体论的角度来看，班马在《浮游与靠泊》一文中所表达的有关"当代少年小说的'艺术问题'只有对准'儿童性'……才能判断本体价值，才能确立本体根基"的观点，却是我所不能同意的。

本体 (ontology) 一词原为哲学术语，指事物的"存在"和"本质"，它原是十七世纪唯理论者为证明"存在本质"（神性）的终极真理性而引入唯心主义哲学体系的，后移用为文学批评术语。我们知道，任何现实的存在物，它的所有规定性都在它同其他周围事物的关系中得到确立。这种关系不仅是多方面的，而且是多层次的。以儿童文学而言，从哲学本体论的层次来看，它是作为一种精神形态或观念形态而存在的。这是儿童文学作为文学艺术的一部分，作为一种意识形态存在时相对于客观的物质世界而言所具有的一种本体性质。从认识本体论的层次上来说，儿童文学则是作家能动地认识、再现世界的主观创造物，是主体艺术地认识客体之后所获得的物态化成果。从文学本体论的层次看，儿童文学则是一种以语言作为传达媒介，具有独特审美价值的艺术结构系统（正是在这个意义上，人们把二十世纪文学理论从原先的哲学社会学范畴进入到"文学符号学""文学语言学"范畴的过程称为"文学的本体回归"）。最后，从审美本体论的层次看，儿童文学又有着不同于成人文学的美学意味和审美特征，这种审美上的本体特征，是儿童文学生存的最根本的立足点。

上述处于不同层次的本体论观念是既有不同又彼此关联的。从《浮游与靠泊》一文看，班马所论述的"本体根基"似乎侧重于审美本体论的层面。对于他在文章中所表达的儿童文学本体观，我有两个方面的异议。

其一，儿童文学的本体、艺术根基或审美心理原则，并不是单单对准"儿童性"就能获得确立的，或者说，儿童文学审美本体论的建立，不能仅仅以"儿童性"为依托。

班马的观点令我联想起"儿童本位论"。这是"五四"以后广为流传且20世纪中国儿童文学界十分熟悉的一种儿童文学观。1987年上半年,我曾经写过两篇文章:《儿童文学:在创作者与接受者之间》(载《文艺报》1987年5月16日)、《儿童文学本体观的倾斜及其重建》(载《儿童文学研究》1988年第6期)。在这两篇文章中我认为,从历史角度看,"五四"先行者倡导的"儿童本位论"的儿童文学本体观不能一概否定,其历史意义在于:它第一次在中国的历史文化语境中全面肯定了儿童作为生命主体的独特的心理世界和精神需求;作为一种广泛的文化共识,它标志着人们在发现自我、认识自我的道路上迈出了重要的一步。正是这种儿童主体意识的高扬,直接唤醒了儿童文学本体的自觉,宣告了儿童文学作为一个独立的文学门类的诞生。同时,这一儿童文学观也包含了合理的理论内核,即突出了儿童、儿童心灵在儿童文学艺术构成中的本体论地位。但是,我也认为,"儿童本位论"的儿童文学观既然带着向旧观念挑战的历史使命,它就难免会被自身冲击传统时所形成的巨大惯性抛得过远。在"儿童本位论"的规定下,儿童文学的精神性、观念性本体构成被视为儿童心理、儿童观念的同义语。实际上,这种儿童文学本体观是倾斜的,它对儿童文学本体的理解和把握并不准确和完整。

儿童文学活动的参与者主要是分据两端的——作为创作者的成人(当然也有儿童自己创作儿童文学作品的特殊情况)和作为接受者的儿童(同样在理论上也可以暂时不考虑成人对儿童文学的接受)。这就决定了儿童文学活动的一个基本特征,即它是成人世界与儿童世界的艺术碰撞和精神融合。于是,儿童文学本体的构成中既要容纳儿童的心灵图景和生命内容,也必然需要作家主体的精神参与和审美传递。儿童文学创作作为精神活动过程，没有创作主体的介入和参与那将是难以想象的。因此，"我们既不能把儿童文学的本体构成理解为单纯的儿童世界或单纯的成人世界，也不能把它理解成儿童世界与成人世界简单的线性叠加，而应把它看作是由这两个世界交流、融合而成的新的有机整体，即儿童文学独特的本体世界。"[4]正如周作人在评论安徒生童话时所说的，安徒生的"多数作品大抵是属于第三世界的，这可以说是超越成人与儿童的世界，也可以说是融合成人与儿童的世界。[5]"勃兰兑斯在评论安徒生的童话《梦神》时也认为："孩子就是这样做梦的，而诗人也就是这样把孩子的梦描绘给我们看。"这篇童话的精神是"独特的，永远是孩子式的，同时又不仅仅是孩子式的"。[6]它在孩子式的梦境中表现出超越其上的机巧和智慧，这是成人才有的东西。

事实上，从班马的整个儿童文学观念来看，对于成人世界、成人精神、成人身份感等等在儿童文学艺术活动中的存在，他不仅做过肯定，而且有过许多精彩的论述。例如，在《当代儿童文学观念几题》一文中他认为："传统观念对'儿童'总做出'层次'的理解，以年龄划分和社会生活圈为限定，区分出了一个有别于成人和成人文学的独立美学范围，超越了这一范围就是超越了儿童文学的特性，这实际上造成了一种自我封闭的状态。"[7]在《中国儿童文学理论批评与构想》一书中他指出："传递——正是自我延续、社会继替的重要表现，也是成人参与儿童文学活动的根本精神。这种身份感和行为的确定，才是一个儿童文学成人作家的自信所在、力量所在和魅力所在。"[8]那么，在审美本体论的层次上，儿童文学的本位根基能够仅仅建立在"儿童性"

范畴的基础之上吗？我想恐怕是不能的。

在《浮游与靠泊》一文中，班马区分了"童年性"与"儿童性"这一对范畴。在我看来，无论是"童年性"的文学呈现（按班马的说法似应是指成人文学对童年生命的感知、童年生活形态的展现，它更多地属于一种成人审美感怀、感应，或者心理释放与投射），还是"儿童性"的审美指向，它们都包含着成人作家的文化关怀、审美理想和艺术创造成分。只是因为它们所预设的对话关系不同，所以它们所遵循的具体艺术法则和侧重的艺术落点也有不同。在成人文学中，"童年"是作家的一种表现对象，可以不受"接受模型"的制约，而在儿童文学中，"儿童性"不仅是成人作家的表现对象，也意味着作家对一系列特定的艺术关系、法则的掌握和运用。例如，《鱼幻》不仅仅是班马本人尝试对少儿的心灵和思维做出一种独特的艺术把握和开采，还隐含着作者希望在小读者的心中"增添那么一点儿中国的文化背景"的现实动机和对一系列少年小说审美可能的探索努力。你能说，它仅仅对准"儿童性"吗？

因此，无论从哪个层面上看，儿童文学的本体构成都应是成人世界与儿童世界相互碰撞、辩证统一的整体。

其二，"儿童性"的内容是十分丰富的，在"现实"与"非现实"、"原始"与"社会"等儿童性问题上，也应采取一种辩证的观点。

班马强调儿童文学应重视体察并表达儿童的原始生命力感觉，这是他的深刻之处。但是，"儿童性"应是一个概括力极强的综合性概念，班马认定只有原始生命力以及前审美的种种特征（野性、幻想、动物性、游戏性、非现实性、荒诞、生长力等等）这些更大的"原本基质"才构成"儿童文学"独特性和本体魅力所在，而偏重"社会性"的艺术深度取向便会带来远离本体根基的错位，这种把"儿童性"内涵中的儿童原始生命感、原始生命力与儿童的社会化感知、现实角色感等对立起来的看法，也是有一定的偏颇之处的。我曾在一些文章中表达过大意如下的一些看法：与成人比较起来，少年儿童的审美心理（或心灵世界）常常表现出对于特定审美传统和文化背景较为疏离的状况。但是，儿童审美心理从最本质的意义上说，是从生命的自然行为走向审美的文化实现的过程，因此，当我们看到儿童生命中的自然冲动的一面时，还应意识到特定社会文化现实对这种自然行为的塑造和影响。我认为，儿童与成人的区别不在于儿童拥有自然性而成人拥有社会性，而在于自然性与社会性在儿童、成人那里分别拥有一些不同的配比方式和组合规则。"儿童性"的本质不在于它的自然性，而在于其"自然性"与"社会性"互融互动、由自然人向社会人演进的生长性。因此，将"儿童性"锁定在"原始生命力""原生心灵"等层面上，仅仅强调"原始生命"在"儿童性"内涵中的意义或价值，我认为是不够准确和全面的。

班马的儿童文学观点往往是敏锐和深刻的。但我觉得，有些时候富于思想激情的班马也会被自己深刻的思想导入一种偏颇和片面的境况中去。这或许也是我心目中的学者班马：他敏锐、深刻，他充满思想的创造欲；一不留神，他也会控制不住奔腾的思想野马。

三

我也想就《浮游与靠泊》一文的第二个论述层面谈些看法。

1994年春天，在杭州的一次笔会上，我与班马有过一次几乎是彻夜的长谈。那次谈话的话题之一是关于90年代的儿童文学状况。记得我当时曾经认为，90年代以来儿童文学界出现了一些新人，但并未形成一支具有鲜明群体身份特征的新生代作家群。的确，90年代的文学语境和成长环境已与80年代完全不同。在对90年代儿童文学状况的基本观察和把握方面，我与班马、刘绪源基本是一致的，但在对这种现状的原因分析和价值判断方面，我有不同于班马的一些认识。

我们还会记得，在整个70年代后期和80年代初期，文学曾经那样引人注目地成为社会精神生活的中心之一。笔者清晰地记得，1978年初进入大学校园之后，整座校园的人们是怎样神情激动、情绪热烈地传阅、议论着一篇篇新发表的作品。一首口号式的诗歌，一篇概念化的小说，都可能拨动人们精神深处那根脆弱、敏感、多情的心灵之弦。这种情形不仅仅出现于课堂和校园，而且出现于街巷和地头，出现在社会日常生活的各个角落。不过，当人们还没有从题材的开拓、主题的突破等等所带来的阅读冲击中缓过神来的时候，当代文学在艺术思维和表现手法等方面的新一轮的全方位的创新又开始了。也许多少是受了这种大气候的影响，80年代的儿童文学也经历了一个被"创新"这根魔棒指挥得团团转、热闹非凡的时期。在这个过程中，少年小说一直扮演着活跃的"先锋"角色。进入90年代，儿童文学界平静了许多，少年小说也不像80年代那样总是会不时给人们带来一些新的感受和阅读刺激。我认为，这种情况的出现既与社会生活结构发生某些变化、社会精神生活趣味发生某些转移有关，又与文学自身发展的周期性过渡与调整需要有关。我还想说，与少儿文学作家阵容的分化与调整也有关系（一些在80年代颇有作为的作家似已暂时从儿童文学界抽身离去，如金逸铭）。因此，将90年代儿童文学（少年小说）的艺术走势，具体些说，即真幻小说文体探索和创作趋于衰落的现象怪罪于"主流批评界"，我以为是有失公正的。

其次，对儿童心灵包括儿童原始生命感等的艺术把握和表现，是属于整个儿童文学的事情。其中，不同体裁又是以不同的方式和途径来实现这一艺术目标的。以小说和童话这两种体裁而言，小说中现实成分占重要地位甚至占主导地位（当然不是唯"现实"独尊），应该不是一件十分奇怪和糟糕的事情。而童话则天然地承担起更自由地表现童年生命状态和感觉的任务——十几年来我们的童话作家在这方面做得很不错，这一点班马在文章中也指出了。因此，这里涉及各类文体的特质和功能问题。我觉得，把以写实为主的少年小说作品都看成是缺失了"本体根基"，这也是令人难以理解和同意的。

再次，从90年代写实风格的少年小说来看，它们也并不是呈现出单一的形态和面貌。就以张玉清、彭学军等为代表的"当代新生力量"而言，其表现风格也是迥然各异的。至少，与五六十年代的"现实主义"小说比较，它们呈现出相对多样和灵动的个人风格。当然，这里有80年代儿童文学创作多元开拓的影响和功劳。

最后，我还有一点观感是，90年代的儿童文学界虽然未能再现80年代的探索、创新景观（事实上，简单的再现已不可能），但这并不等于说儿童文学创作又回到了80年代的起点，而且，90年代一些执着于儿童文学的作家、编辑们仍以自己的方式做着新的文学努力。只是，这种努力显得更为内在了。冰波说自己"仍想有追求"，梅子涵说自己仍像80年代一样写作，江苏《少年文艺》在1995年开始了"新体验小说"的试验。这些是否可以证明："探寻和创造新的艺术可能的信念，在今天的儿童文学界依然没有缺席？"[9]

写作本文对我来说是一次愉快的经历。在搁笔之前请允许我再说一句：对班马的某些理论观点提出异议，并不减少我对班马在80年代以来儿童文学理论发展进程中做出的独特而宝贵的学术贡献的深深敬意。

（原载《儿童文学研究》1996年第2期）

注 释

[1] 班马：《中国儿童文学理论批评与构想》，武汉：湖北少年儿童出版社1990年版，第161—162页。

[2] 班马：《游戏精神与文化基因——班马儿童文学文论》，兰州：甘肃少年儿童出版社1994年版，第58页。

[3] 班马：《中国儿童文学理论批评与构想》，武汉：湖北少年儿童出版社1990年版，第161页。

[4] 方卫平：《儿童文学本体观的倾斜及其重建》，《儿童文学研究》1988年第6期。

[5] 赵景深编：《童话评论》，北平：新文化书社1936年版。

[6] ［丹麦］勃兰兑斯：《安徒生论》，《世界文学》1961年11月号。

[7] 班马：《游戏精神与文化基因——班马儿童文学文论》，兰州：甘肃少年儿童出版社1994年版，第2页。

[8] 班马：《中国儿童文学理论批评与构想》，武汉：湖北少年儿童出版社1990年版，第80页。

[9] 方卫平：《形式及其他》，《儿童文学研究》1996年第1期。

制造一个阅读神话

对于今天的儿童文学来说，让小读者感动似乎已经成为一个遥不可及的神话——我这样说并不是想在这里装神弄鬼、故作惊人之论。只要看一看今天儿童阅读领域发生的许多事实，我们就会正视并承认这一点。另外，下述事实也应被视为一个强有力的佐证：大多数被评论界看好并获得各类儿童文学奖项的作品，其版权页上所透露的印量常常是令人尴尬的，尤其是，一旦联想到我们这个国度所拥有的庞大的少儿读者群时，我们对这些印量所显示的"瘦弱"和"贫困"便愈加困惑不解了。

思考和各种疗救的努力一直都在进行之中。从80年代中期各种令人难堪的征兆和迹象开始显露以后，来自儿童文学界内部或更广泛的公众领域的批评诊断意见便屡屡充斥于耳，各种文学处方被源源不断地开了出来，儿童文学界更是为此付出了值得尊重的艺术劳作和创造努力。然而，从读者的角度和阅读的实际情形看，奇迹并没有发生，除了少数聊可安慰人心的个案外，从整体上看，情况似乎是令人沮丧的。

今天的儿童读者——主要是都市的儿童读者，在相当程度上已经显示了与前代的同龄人很不相同的生活状态和心灵状态。他们在承受各种压力尤其是学业压力的同时，也在享受着技术变革和文明发展所制造并带给他们的种种乐趣。在文学阅读上，他们已较少专注、钟情于古老的童话或纯粹的文学作品（有时候则是缺乏这样的接触机会），取而代之的是电视、录像、影碟和卡通漫画等新兴文化消费类型。在这样的情况下，"接受"

更多地成了一种诉诸感官的即时消费,而不是诉诸灵魂的审美响应。于是,"感动"这样的审美情态在阅读领域里也不知不觉变得有些稀罕了,而"感动"作为批评语汇的缺席则更是已经旷日持久。不是吗?若干年来,我们常常充满真诚地讨论应该如何让儿童读者受益,我们也常常充满遐想地思考应该如何让儿童读者喜欢,但是,我们的确很少认真地想过,儿童文学应该如何令我们的小读者——感动。

我们当然不能把其中的原因或责任仅仅归咎于某一方面,例如,我们不能只是埋怨读者或批评者,作家的创作和作品本身就没有问题吗?我们也不能只是怪罪儿童文学本身,社会文化环境方面就没有问题吗?显然都不是。但是无论如何,缺乏感动的阅读却的确是一个普遍存在的不争的事实。

因此今天,当面对"感动"这样一个本来也许十分平常的词语时,我突然有一缕隐隐的感动。

在我看来,在儿童文学接受领域,"感动"也许会是一个比"喜欢"更有意味和价值的词语。感动不仅意味着喜欢,而且意味着阅读业已成为一种精神沟通和审美响应的过程,意味着阅读意义的更深入、更精致,可能也是更久远的实现。儿童文学史上许多非凡的阅读事实,都联系着感动这样一个美妙的词语。很显然,面对杰作,只要是一名合格的读者,他都将被深深地打动。

那么今天,在日益重视和强调个性发展的今天,在科技进步不断制造出新的社会生活奇观的今天,儿童文学阅读还可能产生感动这一代小读者的神话吗?

面对这疑虑重重的发问,我们显然应该给予斩钉截铁的应答。毫无疑问，在儿童文学艺术力量和阅读效应的开发方面，我们不应放弃如幻想、开心、思考等这样一些潜能，同时我们还应该通过作品使孩子们建立起对于平凡的恭敬，对于善良的向往，对于正义的响应，对于崇高的膜拜……特别是为了预防或制止今天孩子们的情感世界变得迟钝、冷漠与相互隔阂，为了让孩子们丰富心灵、关怀生命、热爱自然、懂得审美，一句话，为了让孩子们能够为这个世界的真善美而感动，儿童文学都应该竭力创造出能够真正感动读者的艺术作品来。

虽然我觉得，我们所处的更像是一个讲究表面感觉的阅读时代，但是，我愿意与小读者们一起等待一个充满了更多感动的阅读时代的降临。

是的，我希望这不会是一个无法实现的神话——或者，就让我们共同来制造这样一个阅读神话吧。

（原载《文学报》1997年6月12日）

今天的儿童文学

长久以来，文坛"边缘者"的身份感，一直令一些儿童文学界人士的内心积存、涌动着一种独特的自我衡估意识（或曰自我确认爱好）。对于许多儿童文学从业人员来说，"我们的文学现实状况如何？""我们的艺术表现如何？"这样的发问和思索几乎成了一种职业习惯和本能。显然，人们希望借助这样的追问来确认自己工作的成效和价值——虽然这样的希望并不总能如愿以偿。

面对今天的儿童文学现实，人们寻求自我确认的爱好和企图似乎又在遭遇一次次新的阻碍和打击。然而我在这里首先想指出的是，儿童文学界的状况并非如一些人想象的那么糟糕。至少在纯艺术的领域内，最近十年的儿童文学界创造了自己在这个世纪中的一个新的艺术高峰。其主要表现，一是原创性儿童文学作品，尤其是中长篇作品的创作空前活跃，许多出版社都推出了规模不等的原创性儿童文学作品丛书；二是儿童文学的艺术面貌不断丰富，美学特质不断强化，如二十一世纪出版社对幻想文学的着力培育，浙江少年儿童出版社对幽默儿童文学创作的大力倡导，都是富有眼光的艺术与出版行为；三是出现了以《男生贾里》《草房子》等为代表的一批具有较广泛的影响力、在艺术上取得了相当成就的文学精品。因此，我个人的判断是，无论从数量、质量还是从艺术风格上看，最近十年儿童文学的发展都可以说是空前的。

但是另一方面，这种发展并未制造出相应的乐观主义情绪和美学上的成就感，相反，在总体描述和估价当代儿童文学现状时，人们往往觉得处境尴尬或危机四伏，个中原因究竟何在？

简单地说，这是因为，从20世纪80年代到90年代，儿童文学领域的主要矛盾已经发生了重要的现实转换。

70年代末80年代初的儿童文学界，面临的基本问题是如何从非艺术的歧途回归艺术的正途，如何从一元化的单一艺术状态走向多元化的开放艺术空间，因此，艺术与非艺术、一元化与多元化的对抗就成了当时儿童文学所面对的主要矛盾。这个领域里的人们都会清楚地记得，整个80年代，中国儿童文学界创造了自己富于激情和想象力的艺术岁月。特别是在一个很短的周期内，各种具有独创性的艺术实验对儿童文学的美学面貌进行了大幅度的调整和重塑。在这个过程中，儿童文学开始逐渐摆脱非艺术的、单一化的美学状态。而80年代的艺术努力，同时也就为90年代的艺术创造提供了一个更高的美学基点。

毫无疑问，90年代的儿童文学创作进展深受80年代的影响。至少，80年代获取的艺术经验在90年代的创作心理中有着深刻而必然的积淀，这就是为什么90年代的儿童文学创作显得比较平静、从容、大气。在80年代垫高了的艺术基点使90年代的儿童文学写作不必再纠缠于儿童文学艺术美学上的ABC，因此，艺术操作上的相对坚实和成熟便不是什么奇怪的事情了。但是，人们很快就发现，90年代的儿童文学书写也陷入了新的无奈和困境之中：在整个儿童文学传播和接受领域，儿童文学的被迫撤退已是一个显而易见的事实。例如，今天任何一部哪怕是炙手可热的纯文学作品，其发行量也很难逾越十万册的标杆；《少年文艺》《儿童文学》这些曾经广泛传播的刊物,如今的发行量也达不到它们的鼎盛时期。艺术上的相对丰富和成熟,未能在读者那里获得相应的成功,这就是90年代的儿童文学现实。而当今儿童文学界的主要矛盾也由此锁定,即创作与接受,或者说是出版与市场之间的对抗、疏离与脱钩。

导致这种疏离或对抗的原因很多,例如媒介环境的变化,流行文化趣味的冲击,学校教育对自由阅读的控制,少年儿童读者的趣味和童年世界本身的变化,出版品传播方式和渠道的阻塞,等等。两年前,我曾在一篇文章中认为,现时的文化情势和消费时尚在不知不觉中把文学推到了当今人们精神生活的边缘位置上。与若干年前相比较,纯粹的或高尚的文学消费在这个时代似乎已经与大众的文化消费口味无缘。这一消费潮流在很大程度上决定了当今儿童文学的艺术命运。另一方面,也有一些流行的文学作品和影视作品在不同的少年儿童群体中引发了一阵阵的接受狂潮,如《花季·雨季》《大宇神秘惊奇系列》《小鬼当家》《还珠格格》等。这些畅销个案至少提醒人们,今天的少儿读者并非缺乏接受的冲动和阅读的热情,对于他们来说,问题也许仅仅在于,进入其接受视野的作品能否激起他们的这种冲动和热情。

于是,对于我们来说,问题便简化成这样:今天的儿童文学如何吸引今天的读者?

事实上,思考和各种疗救的努力一直都在进行之中。早在80年代中后期,当各种令人难堪的接受征兆和传播迹象开始显露以后,来自儿童文学界内部或更广泛的公众领域的批评诊断意见便屡屡充斥于耳,各种文学药方被源源不断地开了出来。我自知无法开出更高明有效的药方，但在这个儿童文学出版界同行的聚会上，我仍想对当前儿童文学的创作和出版提出一些建议，以供参考。其一，今天的儿童文学创作和出版从内容上看，应更贴近当代少年儿童的现实生活和心灵生活；其二，从美学上看，应更重视幻想、幽默、神秘、惊险、疯狂、神奇等特质的发掘；其三，从体裁上看，应更重视童话、科幻小说等门类的创作和出版；其四，从作品推广看，应更重视文学作品与其他传播媒介，如影视、网络等的结合；其五，在出版物的设计方面，应注重作品呈现方式的观赏性、游戏性和可操作性；其六，应重视读书活动的组织，对新书的宣传不应满足于在报刊上发表书评和争取获奖，还应注重在读者中推广，以获得更真实的效益。

最后我想说的是，儿童文学并不是一个急功近利的行当。但在今天，如何吸引当代的少儿读者，却不能不成为每一位希望确认自我的业内人士必须回答的一个问题。

（原载《中国少儿出版》2000年第4期）

形式及其他

在 1995 年 9 月至 11 月间，国内的儿童文学创作又推出了许多新作品。在这里，我应《儿童文学研究》编辑部之约，谈谈我对部分作品的印象和看法。

形　式

不久前我做的一件事情是：阅读江苏《少年文艺》上刊登的"新体验小说"。

记得在 80 年代，儿童文学的艺术发展常常是通过一批批作家以不约而同或有约在先的集体运作方式向前推进的。进入 90 年代，这种景象已经很难见到了。没有了一呼百应的集体行动，没有了令人兴奋的中心话题，创作更多地还原、回归为一种个体行为。从文学发展的自然过程来讲，你不能说这两种状态哪一种更好。但是，联系到当前人们对文学的激情似乎日渐下降这一现实，我对当下任何一种新的、纯正的文学努力都充满了本能的好感。所以，年初收到江苏《少年文艺》，看到上面开辟的"新体验小说"这个栏目，便感到了一种兴奋。因为这至少让我又一次感受到，探寻和创造新的艺术可能的信念，在今天的儿童文学界依然没有缺席。

当然，"新体验小说"展示的不仅仅是一种创造的信念，它显然还决心提供一种新的少年小说的文本样态或叙事范式，一种新的"形式"。在少儿文学界，形式革命的努力主要集中在80年代。虽然当时的这种努力在相当程度上得益于成人文学创作的影响，但它同时又保持了相对自律、矜持的姿态。而"新体验小说"则不同，它完全是一个从成人文学那里输入的"意念"，一种引进的可能的文本形式。

"新体验小说"这个名称是1994年初由《北京文学》首先提出来的。这是一种既有作品开路，又有理论为之壮行的创作主张。曾有研究者将这一主张概括为"现实性、主观性、亲历性"九个字。（当然还有其他大同小异的概括。）"新体验小说"的倡导者和拥护者们对此都发布了一套自己的说法。例如"亲历性"——首先，叙事者无论是选材还是叙事都把亲历性放在最重要的位置，亲身经历小说重要的动作线索，也就是说叙事者将和被描述者一起成为作品的主人公，叙事者的亲历线索、动作线索将是小说的重要线索之一；其次，亲历性将不再是有因有果的故事，而是生活氛围的展开和人生场面的插入；最后，因叙事者的亲历，小说有了许多的新闻热点和可读性。

我这里不想去评说上述主张的是是非非。不过，凭直觉我感到，把这一主张引入少儿文学领域，很可能是有意义和有价值的。强调作品选材和叙事上的亲历性、体验性，显然会有助于文学作品更自然、更深刻地切入、敞开生命存在的最本真的内蕴和方式，去实现生命存在的最真实的意义领悟。从少儿文学创作的角度来看，"新体验小说"的实践有可能提供一种把童年和青春期生命形式与少儿文学艺术形式熔铸成一体的新的文本样式。

毫无疑问,关键还是要用有冲击力、有个性的作品来说话。1995年9、10、11这3期江苏《少年文艺》在"新体验小说"栏目中发表了北董的《无调的乡歌》、左泓的《疯狂的火焰》、牧铃的《青云栈》、张玉清的《进京》、林彦的《乘滑轮车远去》、肖道美的《花落燕归时》六篇小说。这些作品大体上都具备了突出亲历性与体验性的特点,如《疯狂的火焰》《青云栈》《进京》《乘滑轮车远去》均以回忆视角,述说了作家童年或少年时代的人生经历和体验。不过坦率地说,这些作品也令我感到还缺乏了一些它们之所以被称为"新体验小说"的质的规定性,也就是说,它们与许多传统文本并没有艺术特质上的不同。这种情况在成人文学领域同样存在。记得曾有批评者认为,已有的一些"新体验小说"往往处于一种与其他叙事文学类型难以明确区分的有名无实的尴尬境地。有的批评家则干脆认为所谓"新体验小说"是不折不扣的"新写实小说"。从江苏《少年文艺》发表的上述作品看,其中有的作品是能够打动人的,但是,它们与以前的类似作品有什么区别呢?像《无调的乡歌》《花落燕归时》等作品如果不贴"新体验小说"的标签,我们可能就不会感到它们是一类独特的文本。

从体验本体论的角度看,任何文学作品都可以说是创作主体自身体验的产物。传统文学中的不同流派和创作范式,或多或少都是如此。"新体验小说"既然被标示为"新体验",就应该力求创造一种具有自身质的规定性和形式意味的独特文本,力求在人们已经熟悉的叙事常规之外建立起一种新的文学感知和表达形式。我以为,这种文本形式至少应包括两个相互关联的层面。

一是小说语言和叙事的技术层面。语言是小说文本建筑的基本材料，其描述性、指代性特征使小说再现现实成为可能。在语言的多种可能性中，"新体验小说"无疑更应关注和发掘语言对现实的描述能力。现实的实物、场面、景观、氛围等物理性、情绪性的流动状态，应该成为"新体验小说"最基本的言语对象和叙述语态。借用评论家吴亮的说法，小说语言有如一层透明薄膜，把被描述的物体包裹于其中。薄膜式的语言强调了被包裹之物的物性，它的质感、坚硬感、肌理效果、空间位置、体积、外壳。小说的逼真程度就取决于它的语言是否能把我们诱导到对物体的感知当中，能做到这一点的语言会造成幻真的场面——光线、色泽、音响、触觉乃至味觉都可能随着语言的描述而浮现出来，进而使我们忘记了语言本身的存在。当然，对于"新体验小说"来说，叙事语言的句型、文句意味等也是不能忽视的。对于读者来说，这种作品一进入阅读过程就会产生一种感觉上的冲击力和新鲜感。

二是感知存在，理解现实和人生的精神体验层面。"新体验小说"的"体验"，强调的是叙事主体由日常感知和对存在的日常经验上升并实现更深刻的现实体察和人生感悟，最终通过文本完成一种独特的体验过程和精神形式的展示。因此，一般的亲历性、体验性，恐怕还不足以构成一种独特的文体。

上述两个层面的有机融合，才有可能铸造出一种新的可能的文本形式。在这里，单纯的技术美学或单纯的体验美学都是难以实现一种新的文本形式的。从这个角度看，"新体验小说"已有的文本还不能使我感到满意。江苏《少年文艺》上也曾发表过一些读者的来信，从中可以看到，读者对这些作品的关注，都是主题或情感倾向方面的。这是否也说明，这类作品在文体创造方面，并未给读者留下深刻的印象？

读了上述"新体验小说",我还联想到一些问题。

一是如何看待想象和虚构在此类文本中的地位和作用。我以为,亲历、体验与想象、虚构之间的关系不是相互对立、排斥的。这是因为,一方面,现实生活中的许多内容并非人人能够"亲历",于是,现实中的人们便常常借助想象和虚构来满足自己的体验、愿望或窥视心理,也就是说,想象和虚构成了人们"亲历"和"体验"的自然组成部分;另一方面,就创作而言,未经"亲历"的事件总是会以种种面目和方式挤进创作过程并最终进入小说世界,因此"纪实""亲历"与想象、虚构之间并非水火不容,而必然会达成某种程度的妥协和默契。从现有的作品看,由于过分抑制了想象力,以"亲历"面目出现的作品反而令我对作品的"自传"性质产生怀疑。例如《乘滑轮车远去》中所描述的作者的"经历"令我产生一种敬重感和同情心,但作品中出现的太多细针密缕的巧合和安排,又令我产生种种疑虑。总之,说它们是生活未免太富于戏剧性,说它们是想象又未免有些拙劣(可能还冤枉了作者)。我想,承认并探索想象的艺术位置,可能是"新体验小说"作者在今后创作中不应回避的一个问题。

二是如何将"新体验小说"转化为一种少年小说的文本形式。"新体验小说"是从成人文学那里引进的,它在成人文学那里也还是一个不时招致怀疑和批评、有待创作实践进一步完善和证明的小说品种。既然把这一品种引进少年小说领域,至少就我个人的愿望而言,我便期待着它能够成为一种既不同于成人文学中的"新体验小说",又具有某些区别于以往少年小说艺术特征的新的文本类型。我不知道这种期待是不是一种奢望。由于少年小说的作者基本上是成年人,而

"新体验小说"又有描写"亲历"事件的要求，所以少年小说作者便常常采用"回忆"视角，这在相当程度上限制了这一创作类型所可能拥有的色彩和空间。因此，如何以成年人和少年之间相通的当下体验为依据建立起少年小说新的文本形式，而不是主要借助回忆方式，便成为"新体验小说"在少年小说领域立足的一个难点，一个关键。

此外，从现有的文本看，一些作品似乎陷入了这样一种模式：一件往事加感悟或感叹。在这种模式中，体验往往不是融合于过程中，没有与叙事融合为一个整体，体验变成了回忆往事时的一种副产品、一种点缀。而事实上，体验绝不等于体会或感想。

对形式更新和创造的迷恋，一直是推动文学发展的一个内在动力，十几年来少儿文学的发展历史也是如此。今天，我们已经有了一批具有强烈的形式创造意识的作家，有了一批或成功或幼稚或失败的形式探索与创新之作。几天前，我又读到《少年文艺》（上海）第11期上刊登的梅子涵的新作《曹迪民先生的故事》，它再次给我的阅读经验以相当强烈的冲击。梅子涵无疑是近十几年来少儿文学界最具有形式感和先锋意识的作家之一，他的许多作品都显示了强烈的个性表达欲望和形式更新倾向。可以说，《曹迪民先生的故事》又将这种表达欲望和形式倾向推向了新的极致。它的叙事方式似乎毫不经意，用传统的技术主义观点来看，它的随意和任性更是已经到了令人惊讶的地步。不过，我自己阅读这篇小说的过程充满了愉悦，因为我不知道梅子涵将告诉我一些有关曹迪民先生的什么故事，不知道他将用何种"腔调"来叙述曹迪民先生的故事。整个阅读过程因此充满了意外和悠然会心之处——这使我感到相当满意。事实上，一个叫梅子涵的作家和一个正上五年级的叫曹迪民的先生之间的交往,不就是那么随意、天真和有趣吗?而在看似随意的叙述形式中,隐伏或昭示的是并不随意的精神价值和心灵形式。因此,作品在似不经意的叙述形式中仍然为我们提供了一种超越传统技术美学观念的文本形式。

我还想再说一遍,无论是"新体验小说"的倡导,还是《曹迪民先生的故事》的述说,都意味着当今儿童文学界仍然保留着一份可贵的精神锐气。

但愿我的感觉没有错。

其 他

现在再简要谈谈其他一些印象。

1995年是世界反法西斯战争和中国人民抗日战争胜利50周年。这个富有纪念意义的年头不仅唤起了世人对那段历史的回忆和对现实的关注,而且提醒了我们的作家,抗战在某种程度上又成为一个题材热点。我读到的作品有范锡林的中篇小说《河豚宴》(《巨人》1995年第5期)、老作家任大星的中篇小说《上海,一个严寒的冬夜》(《巨人》1995年第6期)、龚泽华的短篇小说《小兵与东洋狗》(上海《少年文艺》1995年第9期)等。与五六十年代的同类题材作品相比,这些作品的人物往往都已拂去了令人目眩的英雄主义的浪漫光环,人物似乎是平凡的,但他们的精神却很不平凡。《上海,一个严寒的冬夜》显示了老作家纯熟的艺术技巧,故事的展开从容而充满了内在的动力和紧张感。《河豚宴》

是作者在"惊险小说"样式上的又一次成功尝试，扑朔迷离的情节框架中嵌入了许多有滋有味的富于地域文化特色的描述。一般说来，这些作品的成色相当不错。

不过，如果苛求一点儿的话，例如，当我们从整个战争儿童文学的角度来看待这些作品时，我们将追问这些作品为我们提供了一些什么新的东西。从这一角度来看，我对近期的抗战题材作品多少还有些不满足。我想起七八年前读过的《小兵张嘎》的作者徐光耀的中篇小说《冷暖灾星》。这部仍以少年为主角描写战争的作品对战争的艺术透视，对人性的冷静剖析，可以说都实现了一种突破，因此，它在我的心目中成为一部重要的作品。记得一位当代文学评论家曾分辨过重要作家与好作家的不同。借用这个说法，我想说，重要作品与好作品也是有差异的。重要的作品往往能够为我们提供一些新的艺术经验，并且在整个文学发展进程中凸现自己的历史位置，而好的作品则不一定能实现这一切。从近期的抗战题材作品看，我以为有许多好作品，但我还没有看见堪称"重要"的作品。

我还想谈谈散文。散文的不被重视在儿童文学领域已是一个令人麻木的现象了。很久以来，我们很少关注散文，很少谈论散文，似乎散文本来就应该在文学舞台上扮演跑龙套的配角。我们似乎忘记了，冰心先生在儿童文学史上的崇高地位，首先就是由她对散文这一文体的贡献所奠定的。是的，散文很少摆出先锋姿态，散文很少制造轰动效应，但是，散文的文体特征和艺术个性，却使它天然地贴近我们的灵魂。我更想说的是，在散文创作领域，集结着一批或有名气或没有什么名气，但文学素质相当良好齐整的作者。坦率地说，我总是在许多其他门类的儿童文学作品中碰到良莠不齐、质量高下悬殊的情形，但是我很少在散文中碰到类似的情况。我很少碰到散文作者提供的一塌糊涂的作品。就在这几个月，我读到了桂文亚的《颜色之美》和《皂荚树下有个家》（上海《少年文艺》1995年第11期）、徐鲁的《外婆的大海》（《儿童文学》1995年第11期）、鹿子（陈丽）的《走敦煌》（《巨人》1995年第6期）、林焕彰的《土地是芬芳的吗》（《东方少年》1995年第11期）、彭学军的《孤途》（江苏《少年文艺》1995年第11期）等散文作品。它们一次又一次地让我靠近作者的人生，靠近作者的心灵；一次又一次地让我的精神受到震动，甚至接受某种洗礼。读了这些作品，我常常禁不住在心里提醒自己：倾听并珍惜散文的倾诉吧。

除了阅读，当然还有一些大大小小的事情发生在这三个月里，我想记下其中的一件。11月上旬在上海参加了第三届亚洲儿童文学大会之后，我与几位同事带着研究生一起拜访了圣野先生。那天，圣野先生不住地跟我们念叨着《儿童诗》。我们知道这份停刊12年的儿童诗丛刊就要复刊了，老诗人的心牵挂着这份诗刊，就像牵挂着自己失而复得的"孩子"。圣野先生说："刊物今天就可以到了，今天就可以到了，我去社里看看，让你们先睹为快。"终于，在临去火车站之前，我们从一脸喜色的圣野先生手中接过了《儿童诗》复刊号——"希望号"。

"希望号"，一个多好的名字！

（原载《儿童文学研究》1996年第1期）

青春期文学叙事的觉醒

一

《青春之约》是《1984—2004〈少年文艺〉小说精品选》之一，收入了描绘青春期故事的少年小说作品共二十余篇。

"青春期"作为一个与少年文学叙事有关的概念，大约是二十年前才出现在我们的创作语境中的。在此之前，"青春期"一直游离于中国当代少年文学的创作视域，成为被作家们集体遗忘或完全拒斥的书写内容。我们那时候所能读到的少年故事，基本上都已经把"青春期"丰富的生命和情感内容很自然地做了大幅度的简化或剥离。不管这种简化或剥离是自觉的还是不自觉的，它们都反映了特定时代普遍的意识形态对于少儿文学创作的权力控制和影响。

青春期文学叙事的觉醒，与"青春期"概念在当代生活中的逐渐清晰和确立有着密切的关系。

从历史上看，青春期作为人生发展的一个段落，曾经长久地被传统生活方式和文化观念所遗忘。青春期（少年期）的独立是一种社会历史文化现象。在西方，玛格丽特·米德通过对萨摩亚岛青少年的研究发现，"成人礼"的完成就意味着儿童到成人的直接转化，其间没有心理过渡，也没有"独创性的"心理危机。第一个注意到少年发展阶段独特性的西方人是卢梭。他在1762年出版的《爱弥儿》一书中首次注意到人生这个阶段所具有的心理学意义。卢梭把少年期描绘为人自我的"第二次诞生",强调该阶段的重要特点就是自我意识的发展。不过,虽然《爱弥儿》对少年期概念的形成具有重大影响,但卢梭的思想在科学上的进一步完善,却是由斯坦利·霍尔在两卷集经典著作《青少年:他们的心理及其与生理学、人类学、社会学、性、犯罪、宗教、教育等的关系》一书中完成的。这部名著于1904年首次出版,并多次再版,赢得了广泛的肯定。霍尔不仅提出了解释少年期心理现象的概念,而且在很长一段时间里确定了传统上与少年期有关的问题范围。霍尔本人也因此被誉为"过渡年龄心理学之父"。此后,青春期、青少年期才得到社会的普遍承认,并成为家喻户晓的词语。此外,西方另一些著名学者如马林诺夫斯基、R. 本尼迪克特等人的研究成果,也部分地证明了青少年的特征是取决于社会的文明化程度的,是一个文化过渡过程,而不仅仅是一种生理、心理学上的变化。从这种观点看,少年期的独立乃是文化全面发展和精细化的产物;它的独立出现是根源于现代社会文化环境作用中的青少年性早熟,以及少年期的延长后发生的新异行为和思想观念。于是,青春期便由一个过渡性的心理学概念变成了一个独立的文化概念。[1] 同样,中国当代社会经济文化生活的全面发展,也对当代青少年的身心发展产生了深刻的影响;"青春期"不仅作为一种独立的生理、心理现象而为社会所关注,它也日益广泛辐射并逐渐形成了一种具有鲜明个性特征的亚文化分支——青春期文化。

可以说,当代少儿文学中青春期叙事的出现,就是对当代生活中青春期文化的形成所作出的一种文学上的回应。收集在这本集子中的第一篇作品是韦伶的短篇小说《出门》。我还清晰地记得将近二十年前《出门》的发表带给少儿文学界的那一缕清新和惊喜,也记得作品中那个第一次独自出门的小姑娘凌子的新奇感受所带给我们的心理叩击。"雾真大呀","凌子眼前尽是弥漫着的雾,这雾仿佛要把她吸进一个看不见底的深洞里去"……那种朦胧而又精致、细腻的少女情思,几乎是第一次让我们在当代少年小说艺术中领略了青春期特有的心理波澜和风景。

从《出门》以及此前不久发表的《今夜月儿明》等一批作品开始,"青春期"逐渐成了当代少年小说的一个重要叙事对象。一场围绕着青春期展开的革命性书写尝试开始了。

二

梅洛·庞蒂认为:"世界的问题,可以从身体的问题开始。"用这句话来考察当代少年文学中对于青春期的关注和书写,无疑是十分合适的。青春期首先是一个身体蓬勃生长的时期,身体的拔节和生理的裂变,使少男少女们对自己的身体变得格外关注和敏感起来。于是,对身体的关怀和描写,也就成了真正的"青春期"书写的一个重要特质。

在中国当代文学创作中,身体的复杂性和重要性曾经被长期地放逐过。当代小说在表现成长主题时,有这样一处空白:身体发育的缺失。缺失使少男少女们丧失了性别特征:男孩没有青春萌动带来的躁动不安;女孩没有初潮,换身衣服就能装成半大小子。[2] 而近二十年来的少年小说写作,则把鲜活的性别特征和身体感觉带入了我们的阅读经验——"凌子朝镜子走去,一下子跳起来:镜子里那个姑娘就是她吗?那纯粹是个姑娘,而不是一个女娃娃!那样的身段,只有在一个长大了的姑娘身上才看得见。而且由于穿的游泳衣太贴身,那些线条显露得多明白呀。凌子的两个脚指头在冰凉的地面上紧张地弯曲起来……""她让太阳尽情地晒在她脸上、腿上、手臂上,晒在她变化着的身体上……"(《出门》)这是一种诧异中伴随着喜悦的心情。他们也开始关心自己在异性心目中的身体形象:"我总觉得背后有一双眼睛在一直盯着我看,不由自主地想象了一下我的背影是否好看。记得有次同学们在一块闲聊时,有同学说过,我的背影看去虽然苗条可有点儿驼。想到这儿,我禁不住直了直背。但是当感到背后看着我的是一个陌生的男生时,又猛醒过来,自觉自愿地重新把背驼起来,一副大大咧咧的模样。"(陈丹燕《男生寄来一封信》)自然,也开始关注异性的一切:"我是如此用心地在心里感受着他的一切:他的挺直的鼻梁,他的孩子气地向前嘟着的嘴唇,当然还有他投篮时奋力跃起的身姿……"(谢倩霓《与阴雨有关》)引用这些片段,是想说明,这些关于身体的"镜像"如此频繁地出现,至少证明了,在这场关于青春期的书写革命中,"身体"确乎成了不可缺少的艺术主角。

三

身体的苏醒及其细节的发掘和呈现,借用上述梅洛-庞蒂的话来说,还只是问题的"开始"。"写作中的身体绝不是纯粹物质意义上的肉体——肉体只有经过了诗学转换,走向了身体的伦理学，它才最终成为真正的文学身体。"[3] 当代少年小说对青春期的文学探索和表现，主要是从两个向度展开的。

一是展示青春期特有的情感过程，或云锁烟埋，迷蒙无绪，或天高云淡，单纯明净。这些情感过程可以产生于几对姐弟之间（张玉清《姐姐比我大两岁》）、同学之间（梅子涵《黑色的秋天》、张明《逃学》、郁雨君《漂亮男生》、韩青辰《LOVE天长地久》、饶雪漫《一千零一个愿望》），也可能发生在师生之间（伍美珍《我的"爱情鸟"要飞走了》）或偶尔邂逅的异性之间（班马《六年级大逃亡》、肖复兴《合欢路口》）……它们隐秘、自然、单纯、倔强，有时候显得来去无踪，难以言表，有时又清晰无比，挥之不去。它们可能是两颗不设防的心灵的自然接近和朦胧爱恋，也可能是一个年轻的生命"在内心里演绎着的一场可怕的单相思"，或者，干脆是一种对于异性的虚幻的情爱想象。毫无疑问，近二十年来当代少年小说对于青春期情感心理学的文学发现和描绘，在这本少年小说集中有了相当集中的呈现。

另一个角度则主要涉及情感伦理学范畴。二十年前，那些最早表现了少男少女伴随着身心进一步发育成熟而产生的青春期意识和所谓朦胧爱情的少年小说一经发表，都曾如投石击水，激起了强烈的连锁反应。诚如《儿童文学选刊》编者当年在发起《今夜月儿明》的讨论时所写到的那样："一篇作品激起如此广泛、激烈而又褒贬迥异的反应，在我国儿童文学创作史上是罕见的。"事实上，对于青春期情感生活的评价和判断，在现实生活中并不是一个已经完全解决了的问题，尤其是在日常生活和教育实践中，来自各种立场尤其是某种偏执的成人立场的偏见仍然固执地存在着。在这些偏见的施虐之下，青春期情感生活的某些现实忌讳被无限放大，而其伴随人生成长过程的精神合法性则被彻底排斥。

在《男生寄来一封信》《陈一言和谭子的平常夏天》（常新港）等作品中，我们看到了原本单纯的友谊被粗暴而无情地践踏和伤害。在深深的失望和无奈之中，作者含蓄而鲜明地表达了自己的立场、吁请和价值取向。

因此，这部以"青春期"为核心概念的小说集所描绘和讨论的绝不仅仅是青春期的情感生活话题。事实上在今天，任何一个关于青春期的话题都可能牵连着十分深广的社会文化背景和现实生活内容。在这部小说集中，我们就可以感受到酝酿了许多青春期故事的现实生活背景和历史文化土壤的存在和力量。同时，我们也会发现，在本书所提示的二十年的文学进程中，当代少年小说作家在青春期故事的叙事形式和讲述语体方面也做了多方面的尝试。换句话说，本书不仅凝结了一个时代的青春期的情感和美丽，也呈现了一个时代少年小说作家的激情和文学创造力。当年周晓先生在评论《出门》《上锁的抽屉》（陈丹燕）等作品时就认为，它们不仅在"写什么"，而且在"怎么写"上都有所创新，都显得舒展自如，成为具有自由的艺术品格的佳作，成为多样化的文学追求在儿童文学创作中的一种体现。例如，《出门》以巧妙、简洁的情节，在主人公凌子十五岁生日单独出门在温泉公园的小半天活动中，细致入微地描画了这个天真无邪的少女突发的心理变异和迷惘，节奏自然、优美。[4] 因此，青春期叙事的活跃，带来的不仅仅是一种题材上的拓展，更是一次次叙事艺术上的革新。

这里的许多故事曾经打动过我，重新读它们，我仍然不时会被它们所感动。

我希望，它们也同样能够深深地感动今天的读者们。

（原载《中国儿童文学》2005年第3期）

注　释

[1] 参见邓匡林：《青春文化论》，《青年研究》1991年第7期。

[2] 李学武：《蝶与蛹》，北京：中国社会科学出版社2003年版，第94页。

[3] 谢有顺：《话语的德性》，海口：海南出版社2002年版，第189页。

[4] 周晓：《少年小说论评》，银川：宁夏人民出版社1990年版，第173页。

香港儿童文学的多元书写
——读"第十二届香港中文文学双年奖"儿童少年文学组参评作品

一、本土文化与生活的多元呈现

2013年3月底，我接到香港特别行政区政府康乐及文化事务署香港公共图书馆的电话和电子邮件，邀请我作为"港外评审委员"，参与"第十二届香港中文文学双年奖"儿童少年文学组的评奖工作。我觉得这是一次很难得的机会，可以借由近年来出版的精选佳作，近距离地了解当下香港儿童文学的艺术样貌和发展现状，所以很高兴地接受了邀请。

香港公共图书馆自1991年开始举办"香港中文文学双年奖"，旨在表彰香港作家的创作成就，鼓励及推动香港中文文学的创作及出版。初读本届儿童少年文学组的参选作品，我的一个明显感受是，香港儿童文学的读者年龄跨度很大。除了典型的图画书、儿童诗、儿童小说和童话之外，表现大学乃至都市青年生活的作品，也列入了读者年龄段较高的童书行列。因之，作品的书写题材也十分多样，既有丰富具体的生活现实，也有异想天开的奇幻故事，小至低幼儿童的知识与情感启蒙，大到青年人的爱情和生计等。阅读这些作品，我们可以充分领略香港儿童文学的创作特色和丰采。

翻阅这些作品，扑面而来的是香港当地生活与文化的浓郁气息。入围的作品中，有表现内地移居香港家庭孩子的特殊生活体验的作品（如阿浓的《幸福穷日子》），有书写香港不同社会阶层少年生活与情感内容的作品（如卓莹的《那年我十四岁》），有涉及香港历史想象的作品（如车人的《青葱岁月》），有表现香港特定的生活和教育背景下大学生活与青春情感的作品（如胡燕青的《剪发》、关丽珊的《再见 A 班》），此外还有香港标志性的警匪片题材的作品（如梁科庆的"Q 版特工"系列），等等。透过作品的书写，我们看到了属于香港的过去与现在的各种鲜明的生活痕迹，也看到了生活在这座城市里的孩子们的悲伤和喜乐。

也有一些作品，尽管题材方面的香港元素并不明显，但从其所呈现的内容和情怀中，我们同样看到了香港当地文化的印迹。比如由黄居仁与安可思合著的图画书《Number Do 数数》和《Ears Hear 耳朵听见》，其中的中英双语配合叙事以及配附的"普、粤、英三语 CD"，与内地的原创图画书相比，显然反映了具有香港特色的儿童生活与学习环境。实际上，有心的读者也可以从这里看到香港中文儿童文学的某种特殊的生存背景和发展境况，以及这类童书对于香港中文文化传承的特殊意义。再如阿康所著的《在家不好：与流浪儿童在一起》，记录作者本人在云南流浪儿童救助中心从事义工工作的所见所闻、所做所感，所记之事虽不是发生在香港，但我们从作者的这样一种生活选择里，从他真诚坦率的记述中，以及从他所得到的家人和朋友的理解支持里，也看到了当代香港文化中某种可贵的奉献和包容的精神。

当然，相比于作品中的香港元素，我更看重的是作家们在呈现相应的生活和幻想内容时，所展示出来的童年文学的艺术智慧。在这一点上，香港儿童文学的写作者们也让我看到了他们在发掘香港文化的多元素材时，所展示的同样多元的艺术追求。

二、小说艺术的多元可能

我个人以为，这一次的参评作品中，以小说门类的总体质量最为上乘，而其中不同类型的作品，又往往各有妙处，体现了香港儿童和青少年小说的艺术多样性。

阿浓的《幸福穷日子》，是参评作品中我十分喜爱的一个文本。小说以一个跟随家人从广东迁居至香港的普通女孩的第一人称视角，来讲述一种特殊的香港生活体验，这体验中既有被敌视、被误解的无奈，也有被理解、被相助的温暖。我们看到初到香港时被当地人轻蔑而鄙薄地对待的一家人是如何以他们的善良、乐观、自尊逐渐赢得了周围人的认可与敬重，也看到人性之善是如何冲破文化的偏见和隔阂，使我们不无艰难的生活变得可亲而可爱。小说的题材和主题有着浓郁的本土文化色彩，叙事真诚，语言清新，尤其是对童年视角的准确把握与对童年感觉的生动呈现使个中故事透着令人动容的童趣和温情。

我格外喜欢其中一段以"妈妈为校工"为题的小插曲：阿妈在"我"和弟弟上学的学校找到一份清洁工的工作，消息的传开令"我"有些尴尬；而在英文课堂的小意外中，阿妈更被请来清洁教室里同学的呕吐物。尽管老师和同学们对待阿妈似乎一切如常，但此刻变得格外敏感的"我"，还是忍不住"耳朵红了"。"我知道职业无分贵贱，Mrs Chen和妈妈同样是干一份工作，但不知为什么我还是觉得羞愧。我讨厌自己耳朵会红,这是对不起妈妈。可是耳朵会红,却不由我控制啊!"没有任何煽情的旁白或夹议,只是一个普通的神情和几句简短的自白,却把一个懂事而有自尊的孩子在这样一个时刻的微妙心理,传神地刻画出来。

与《幸福穷日子》的质朴清新和童真幽默相比,车人的《青葱岁月》和卓莹的《那年我十四岁》致力于在细腻的情感脉冲中书写乡村与都市少年的生活故事。《青葱岁月》讲述了城市女孩慧欣因为父母离异,母亲又迫于赌债催逼,暂时被托付给乡下的外婆和舅父。在这里,她结识了家朗、子林和福水三个性格各异的好朋友。与朋友们一道在乡村山水间嬉戏的时光充满了趣味和欢乐,也让慧欣暂时忘却了家庭生活的烦恼,喜欢上了这里。也是在这里,离开都市的她第一次发现,自己一个人的时候,居然听得懂森林里昆虫的语言,并可以同它们交流。这个只属于慧欣的秘密,使小说的叙事带上了一层真幻莫辨的迷离色彩。直到小说最后,我们才知道,它不仅仅是一个普通的秘密,也是慧欣的母亲小时候曾拥有过的秘密,只是这个秘密从未得到其他人的接纳。它的揭晓令慧欣意识到了她与自己又爱又恨的母亲之间的内在血缘。我们会注意到,小说看似轻快的少年游戏中其实交织着慧欣与母亲、母亲与舅父,以及外婆与舅父的亲情纠葛和误解。而在这段时光宣告结束的那一刻,我们和慧欣一样意外地发现,所有属于过去的创伤已经在这个过程中得到了平复。这样,小说仿佛在不经意间,就写出了少年不知不觉的成长。作家在表现少女成长主题时所展示出来的从容铺排和编织各个叙事线索的才华,令人欣赏。

和《青葱岁月》一样,书信体少年小说《那年我十四岁》也致力于书写少女世界里的亲情和成长。小说以十四岁女孩琳琳写给已逝母亲的信件来表现这个单亲女孩的遭际和烦恼。琳琳因为羽毛球运动上的特长，被向往已久的中学名校录取，这原本是一件喜事，但从入校第一天起，她就面临着学业的巨大压力，以及来自周围同学的各种嘲笑与讽刺。在宏高中学的船舰上，她就像一个不能自控的晕船者，在摇晃的船板上跌跌撞撞地勉力行走。在这个过程中，支撑着她的最大信念，就是记忆中从不曾消退的来自母亲的爱和期望。但生活并不总是向她板着脸的。同样在宏高中学的灰暗日子里，她认识了始终理解她、支持她、帮助她的好朋友乐瑶，认识了善良真诚的男孩许洛，也理解了那个总是尖刻地对待她的优等生许澄从不示人的委屈；同时，在校园外的家庭生活中，她也逐渐消除了与父亲之间的误解，并在真实的感动中放下敌意，接纳了未来的继母。最终，她不但以自己的努力和善良赢得了包括许澄在内的全班同学的认可，也得到了一个温暖的新家庭。这些故事乍看似乎有些波澜不惊，但限制视角的书信体自述在很大程度上加强了小说叙事的波澜感，同时也透彻细腻地表现了主人公心理和情感的变化。

也是在小说类作品中，我意外地读到了一批在寻常儿童文学视野之外的优秀作品。《剪发》是我比较喜欢的一部入围短篇小说集，个中作品尤以富于表现力的场景呈现和细腻缠结的情感摹写见长。用作本书书名的《剪发》，是其中打头的一则短篇。两个旧时是同学的女生——邓珍珍与姜敏，一个曾是学校的优等生，另一个则是老师眼里的差生；当成年后的她们在理发店推门的瞬间愕然相遇时，一个是被服务的顾客，另一个则是为之服务的洗发师。在姜敏为邓珍珍洗发的一小段时间里，往事如影像般恍惚地再现。那时候，面对同样丢了作业的两人，老师却不肯相信姜敏陈述的真实理由，并尖刻地伤了她的自尊。这一切或许直接导致了原本准备"悬崖勒马"的姜敏对学习的"放弃"，又间接促成了她现在"纷乱""边缘"的生活。谁知道呢？作家将这一切留给读者去想象。出于谁都明白却谁也说不清楚的原因，两人最终没有"克服那仅仅一公尺的距离，开口相认"。读者会感到，这个沉默的理发店场景充满了短篇小说特有的那种紧绷的张力感，它既是情节的张力，也是情感的张力。《剪发》一书中的许多作品，都胜在这样一种张力感的营造上。

同样是强调小说叙事的张力，梁科庆的"Q版特工"系列提供了另一种长篇小说特有的阅读趣味。该系列以香港通俗文学和影视作品中典型的警匪之战为题材，在富于传奇性的人物塑造和故事背景下，虚构了一队香港特工智勇双全、缉凶除恶的系列故事。出版于2011、2012年的《毒匣》和《暗域狙击》两个分册，在情节上前后相续，讲述了以阿Wing和阿漆为主要力量的特工组一路过关斩将挺进毒窝、进而在域外一举缉毒的故事。作家充分运用了通俗小说在说故事方面的特长，其故事线索分明，叙事紧凑，同时又曲折蜿蜒，悬念迭起，再加上神秘奇特的异域风情，真挚动人的爱情、友情，新潮酷辣的人物对白，以及不时客串于其中的夸张有趣的滑稽搞笑元素等，使小说的情节步步攀升而又引人入胜。它富于动作感、悬念感和吸引力的故事，显然会颇受一部分具备相应的阅读和理解能力的儿童读者青睐。

三、"典型"的儿童文学及其多元美学

不过,在我看来,《剪发》中的大部分短篇作品,体现的主要还是一种成人小说的写作形态。严格说来,它们像古今中外无数同样被纳入儿童阅读视野的成人文学作品一样,是可供儿童阅读的一般文学作品,但并不特别符合"专门写给儿童的文学"这样一个普遍公认的儿童文学文类界定。这类作品入围儿童少年文学组评奖的事实,或许体现了香港儿童文学界与内地儿童文学界在观念上的某种差异。就作品是否体现儿童文学自身独特的美学形态而言,我在此次评奖中关注更多的,是那些典型形态的儿童文学作品,亦即预设读者对象显然为十八岁以下的儿童和青少年的作品。与小说相比,此次入围的儿童图画书、儿童诗和童话作品相对较少,但也正因其少,格外值得一谈,因为这几种都是典型的儿童文学门类。

以图画书为例。我曾在香港与一位从事中文教学的小学老师交谈,听她说起香港本土的中文图画书创作并不发达,他们因此特别关注来自台湾和内地的中文图画书出版消息(包括翻译作品),以期引入用作当地儿童中文教学的资源。在这样的背景下读黄居仁与安可思合著的图画书《Number Do 数数》,我怀有一份很珍惜的心情。这是一本典型的幼儿数数图画书,其中由1到10的数字序列展开,对幼儿来说既是一种有益的学习,也是一次有趣的游戏。与同类图画书中常见的"一图一数"的分页设计不同,该书作者与绘者共同以一则奇妙的幻想故事来衔接和贯穿十个数字的不同画面,其中英双语同时体现了中文与英文歌谣的韵律感,插图则隐藏着趣味性的细节。这样的图画书,

除了看图识文之外，更需要孩子展开自己的想象力，来完整解读其中的故事情节。因此，幼儿阅读它的过程，同时也是一次再创造的过程。虽然放到当前世界图画书发展的艺术背景上，《数数》在故事构思和图文关系的设计上还缺乏一种更自然的巧思和更天然的童趣，但我想，对于香港中文图画书的发展来说，这样的作品正是值得鼓励和支持的。

我也怀着同样珍爱的心情翻读韦娅的童诗集《长翅膀的夜》。在此次参评的所有作品中，韦娅的童诗集在中文语感上是与内地作品最为相近的。这些童诗的语言里蕴含着一种母性的柔情，它们吟唱儿童对身边的自然、事物的感受以及他们的生活、游戏、情感等。作为儿童诗，其语言或许过于纤巧了些，但意境清新而优美，韵律错落而有致，想象鲜妍而生动，同时也富于童心童趣之美。

总体上看，这次参评的作品门类中，以童话作品的艺术质量相对较弱。马翠萝的《第一公主》，在童话语境与角色的"现代化"尝试方面颇有创新，故事情节也一波三折，但其"天马行空"的虚构想象虽然取自现实，却由于缺乏丰富细腻的人物性格逻辑的支撑，在内容和情感上难免显得粗糙。严格说来，这样的童话采用的是平面卡通片的写法，其叙事和情感的表现力都比较有限。同样，司徒苑的《神奇耳蜗·幻之光》以现实中发生的核泄漏危机作为引子，讲述了灾难即将降临的时刻，有听力障碍的女孩小乔接到来自"新生船"的入学合约，登上了这艘神秘而奇妙的"水上学府"，并在这里与其他孩子一道领受与生命有关的各种感悟。但显然，这个作品的故事和表述都太过玄奥晦涩了。如果说《第一公主》虽有紧凑的故事，却由于缺乏叙事和情感上的生动细节而失之粗糙，那么《神奇耳蜗·幻之光》则过于沉浸在了一种纤细的玄思状态，而没有对童年叙事的连贯性、完整性给予足够的关注。谈到香港的童话，我总会想起谢立文所著的"麦兜·麦唛"系列。这里面关于小猪麦兜的一些故事（比如《永远的布谷鸟》），既富于天真的童趣，又充满温暖的情思，更常以浅语写深意，在清浅幽默的生活童话里寓有悠远的生命哲思。这也是我对香港中文原创童话的艺术期待。

在香港特殊的教育和文化背景下，中文文学本身承担着一种重要而又艰巨的语言和文化传承的责任，而中文儿童文学则可被视为这一责任的起点。香港的儿童文学写作不像内地，有一个延续近百年的文学传统可以直接依托；中文作品在香港也不像在内地，是一般儿童阅读的唯一选择。这些都导致了香港中文儿童文学发展的诸多不易。我对这一现实深有体会，因此，在阅读香港儿童文学这些年所取得的创作成果时，我是怀着格外珍爱的心情的。这是属于香港孩子自己的文学，它们关注和书写这些孩子在香港的土地上所体验到的文化和生活的各个面向，在此过程中，也在探索和绘制香港儿童文学自己的多元艺术版图。我想，这也是香港中文文学双年奖设立儿童少年文学奖项的意义所在。我祝福香港的儿童文学事业，也祝愿香港中文文学双年奖能够为这一事业的发展做出更大贡献。

（原载《文艺报》2015 年 12 月 9 日）

第十二届香港中文文学双年奖儿童少年文学组总评

　　第十二届"香港中文文学双年奖"儿童少年文学组的参评作品反映了香港儿童文学在其特殊的地域和时代背景上所呈现出的多元化的艺术面貌。在儿童少年文学的总类之下，这些作品的体裁涵盖力强，题材覆盖面广，其书写尤其凸显了香港少年儿童生活、文化的多样性和丰富性。

　　评审们在认真研读参评作品的基础上，经过两轮投票，最后决出了进入终审的七部作品，并就这些作品逐一展开了细致的探讨。探讨的过程十分热烈，且毫不回避争论，在某种程度上，争论的存在也进一步证实了香港儿童少年文学艺术上的丰富度与宽容度。

　　讨论中，评审们充分肯定了这些作品的艺术质量。胡燕青的短篇小说集《剪发》，在短篇小说技法的运用上颇多令人称道处，其叙事语言更透着一种纯熟的文学气质，只是读者对象年龄段偏高，还不是一部典型的儿童少年文学作品。阿康的《在家不好：与流浪儿童在一起》以质朴真率的文字记录了作者在流浪儿童救助中心与这些特殊孩子共处的难忘时光，其语言似还带着未经琢磨的质俚乃至粗糙，却透出人间最真的善意与温暖。黄居仁与安可思的《Number Do 数数》，展示了属于香港图画书自己的艺术探索，虽然放到世界范围里比较，这本图画书的创意与写作并不出跳，但从香港低幼儿童文学的艺术生态来看，这样的探索有其不可替代的价值。车人的小说《青葱岁月》，在乡间少年生活的诗意书写中融入了对亲情、友情的独特体味与书写，尽管小说有些地方的叙事交代与表现不够细致圆合，但总体读来，颇多引人回味之处。

终审作品中，梁科庆的《Q版特工29：暗域狙击》与韦娅的童诗集《长翅膀的夜》尤其获得好评。涉及当代侦探与缉毒题材的小说《Q版特工29：暗域狙击》，在写作的素材和手法上均富于香港本土特色，更以小说的可读性制胜，其悬念环环相扣，情节引人入胜，在紧凑的动作推进中还包含细腻的情感描摹，适合包括少年儿童在内的各个年龄段读者阅读。《长翅膀的夜》中收入了作者不少优秀的童诗作品，它们以富于韵律感的诗行和充满想象力的诗意吟唱童年时代各种丰盈、生动的生活感受与生命感觉，阅读这样的诗歌，对孩子来说是一种精神上的优雅陶冶和滋润。经过长时间的讨论和最终投票，评审们决出这两部作品为本届双年奖儿童少年文学组获奖作品。与此同时，阿浓的儿童小说《幸福穷日子》，以童趣的视角和真挚的情感书写内地人如何融入香港本土生活的一个侧面，小说的题材和主题有着浓郁的当地文化色彩，叙事真诚，语言清新，获本届双年奖儿童少年文学组推荐奖。

总体来看，本届"香港中文文学双年奖"儿童少年文学组的终审入围与获奖作品，较好体现了香港儿童少年文学的艺术原创力，这让我们对于香港本土儿童文学的艺术未来，充满了更高的期待。

（本文系为"第十二届香港中文文学双年奖儿童少年文学组"撰写的总评）

少儿期刊：历史与未来

一

在儿童图书市场还远没有像今天这样兴盛的年代，形式上更为自由的少儿期刊在儿童期的教化启蒙中扮演着格外重要的角色。在欧洲，最早的儿童杂志大概可以追溯至创立于1782年的法语月刊《儿童之友》（*L'ami des enfants*），比早期儿童读物《格林童话》的出版还早了三十年。其后十年内，英国和美国也分别出版了各自国内的首份儿童刊物。欧洲的儿童期刊在19世纪得到大力发展。据相关研究统计，自1789到1873年间，仅在美国先后出版的少儿期刊总数就超过370种，其中最知名的有《少年之伴》（*The Youth's Companion*）、《圣尼古拉斯》（*St. Nicholas Magazine*）、《哈珀少年》（*Harper's Young People*）等。[1] 在其出版发行的几十或上百年时间里，这些期刊对于美国家庭和孩子的影响十分广泛，同时表现在儿童观、儿童教育、文化养成、意识形态等多个方面。至19世纪90年代，创刊于1827年的著名儿童期刊《少年之伴》，发行量已达50万册。

相比于西方，中国少儿期刊事业的起步虽然晚了一个多世纪，但在推广儿童教育理念、促进儿童文化启蒙等方面同样发挥了重要的作用。创刊于1922年的《儿童世界》《小朋友》《儿童画报》等早期少儿期刊，在当时国内儿童文学、儿童艺术一片荒芜的情况下，成为较早为中国现代儿童译介和创作少儿文艺作品的园地。20世纪后半叶以来，随着针对不同年龄儿童读者、不同类别和不同定位的少儿期刊先后创立，国内少儿期刊迎来了发展的黄金时期。据有关机构统计，至2006年，国内少儿期刊总数已达400余种。

值得一提的是，在少儿期刊的发展历史上，指向少儿文学的诉求一直占据了较大的内容比例。上面提到的几种早期刊物都十分强调儿童要有自己的"文学"可读。而直至20世纪80年代，文学类少儿期刊依然是儿童期刊中最引人注目的一个区块。然而，随着童书产业的全面兴起，这类少儿期刊却很快盛况不再。在一个全面市场化的时代里，少儿期刊行业不得不面对一个日益繁荣而又日渐浮躁的出版环境，许多刊物感到难以适应。20世纪90年代，国内一些曾经知名的文学类少儿刊物先后停刊，另有一些刊物试图通过向"教辅"和"娱乐"方向的转型在竞争激烈的出版市场博得一席之地。这一情况不仅发生在中国。在美国，风行了一个世纪的通俗少儿文艺刊物《圣尼古拉斯》于1940年停刊。1943年，出版方曾试图重新发行这一刊物，但仅出了若干期便永久停刊。今天，美国出版界流行的少儿期刊更多的是非文学类期刊。在一个美国阅读网站开列的儿童期刊前十榜单中，占据前五位的分别是《美国女生杂志》《发现女生杂志》《家庭娱乐杂志》《女生生活杂志》和《儿童热点杂志》，[2]其重点放在时尚、娱乐、旅行、心理、游戏、手工、笑话等内容上，没有一本特别顾念文学的话题。

这是不是意味着，经历了一个时期的热闹和繁荣之后，文学类少儿期刊最好的时代已经过去了？

二

从某个角度来看，随着童书市场的不断拓展和儿童文学作品的增量出版，过去文学类少儿期刊所承担的使命似乎大可以交由今天的童书来完成。显然，现在的孩子可以很容易地从童书市场获得比过去的期刊丰富得多的文学阅读体验，与此同时，作家们也越来越不需要依赖于期刊媒介来发表或者证明自己的创作，相反，以书籍形态印制的个人作品不论是在经济还是声名的效益方面，都为写作者提供了更具诱惑的选择。这么一来，文学类少儿期刊原本的许多功能似乎已经过时。

因此，思考文学类少儿期刊在当代的命运，必然会涉及这样一个问题：对于儿童的阅读来说，书籍能不能完全替代期刊？如果不能，原因又在哪里？

一本文学类的少儿期刊往往能够提供比单本少儿图书更为多样的文学生态图谱。这里的"多样"，不仅是指发表于其上的作品在类型、题材、体式、风格、语言等方面的多样性，也包括期刊往往比保守的图书出版更注重对于年轻的写作者和新鲜的写作手法的关注。近年来我参与主编中国作家协会儿童文学委员会委托的儿童文学年度选本，选文来源便是当年度各类少儿期刊上发表的儿童文学作品。我的一个强烈的阅读印象是，儿童文学界有一股特别年轻的写作力量正在崛起，虽然要判断他们写作的总体水平还有待更长时间的观察，但他们的作品在题材和语体上往往更富于时代感，也十分乐于尝试儿童文学新的表现可能。这里面的不少作者很快在出版社的发掘和包装下开始出版个人的童书，但不可否认，正是少儿期刊首先为这些写作者提供了初露身手的机会。

同时，我个人以为，由于这其中相当一部分写作者的创作实际上还处于练笔期，其作品在结集出版之后，读来反倒容易显出其文旨和笔意的生涩单调来，远不如与不同风格的别类作品一齐出现在期刊中来得好看和有价值。相应地，对于儿童读者来说，阅读后者也比前者能够给予他们更丰富的文学营养和更开阔的文学视野。

另一方面，对于儿童来说，文学性少儿期刊的"面孔"有时也比图书更亲切些，因为前者始终在不断琢磨儿童读者的需求（部分由于它会极大地影响期刊的后续订阅），也更关注和强调与读者的互动。例如，19世纪风行一时的美国通俗少儿期刊《圣尼古拉斯》自1899年发起了"圣尼古拉斯联盟"活动。该活动是期刊内容的重要部分，它倡导"在生活中学习，在学习中生活"的理念，每月举办少年文艺创作竞赛，向儿童征集他们自己的诗歌、故事、散文、绘画、摄影等作品。该杂志的少年读者中包括不少后来的杰出文化人物。例如，后来成为美国历史上首位普利兹诗歌奖获得者的埃德娜·圣文森特·米莱、成为著名作家的E.B.怀特，以及后来的兰登书屋创始人贝纳特·塞尔夫等，都曾参与并在"圣尼古拉斯联盟"的少年文学写作竞赛中获奖；少年威廉·福克纳和司各特·菲茨杰拉德还各以一幅画作和一帧摄影作品在该刊获得荣誉。[3] 刊登儿童习作、举办儿童写作的培训和竞赛、鼓励儿童与刊物编辑和作者交流，也一直是国内具代表性的文学类少儿期刊的一个历史传统。少儿期刊为儿童读者所提供的这种参与性，始终是普通的图书阅读所不能及的。

事实上，在当代儿童对于社会生活的参与诉求愈益高涨的现实下，少儿期刊所能够提供的这种主体感和参与感，有可能会成为这类期刊在当代实现复兴的机缘之一。比如，在文学类期刊命运普遍不济的今天，郭敬明主编的《最小说》杂志之所以在一部分青少年读者群体中风靡，其中一个重要原因便是它以青少年"自己的文学"为标榜，至少在形式上为一批特定年龄的读者开辟了一个与成人统摄下的文学传统相对抗的"自己的"写作和阅读空间，从而激发了一大批青少年读者的文学归属感和参与热情，刊物的许多读者即是作者，许多作者也是读者。虽然《最小说》并不是一份少儿期刊，人们对其总体上的文学品位和阅读价值也一直存有很大的争议，但它在读者诉求方面的成功却能够在某种意义上启发少儿期刊的发展思路。或许，当代少儿期刊在未来寻求和实现自身独特价值的一部分契机，就在这一"参与"的观念之中，而有关参与度的话题，恰恰也呼应了今天少儿期刊所面临的媒介环境的特征。

三

谈论文学类少儿期刊在当代的发展，早已不能将目光仅仅放在文学本身的问题之上。当代少儿期刊所身处其中的首先是一个十分现实的商业环境，在这个环境里，一种少儿期刊得以顺利生存的基本前提，第一往往取决于它自身拥有多少商业盈利的筹码。也就是说，一种期刊通常应该先盈利，而后才能被允许存在。而盈利的问题又与许多文学之外的因素相关，其中包括期刊市场定位的准确性、营销手段的有效性，等等。根据相关报道，《儿童文学》杂志之所以能在20世纪90年代以来文学类少儿期刊所遭遇的营销危机中稳住脚跟，成为21世纪以来发行量逾百万册的品牌少儿期刊，除了文学层面革新的努力之外，也大大得益于营销方式拓展的成功。目前该刊"在全国有专门的代理商和100多家经销商负责零售业务"。（《纯文学类少儿期刊发行量遭遇"冰火两重天"》，《人民日报》2011年9月16日）现在，针对图书和期刊的营销已经成为各个出版社和出版机构角逐的重要地盘。

与此相比，当代少儿期刊发展的另一个基本环境，即电子媒介环境，其潜力还没有引起人们足够的重视。这个潜力不仅是指电子媒介作为一种外部环境的支撑功能，更是指它介入少儿期刊内容和形式革新的潜能。

近一个世纪以来，现代人所经历的媒介环境变迁无疑是巨大的，尤其是近几十年间各种"新媒介"的出现，对于社会生活的影响是全方位的，其中自然也包括儿童的生活。今天的孩子正处在一个以电脑、手机、互联网为代表的新媒介时代，与此前的印刷文字、电视、电影等媒介相比，这类新媒介的一大特点在于，它们的使用者不仅仅是被动的讯息接收者，也能随时成为讯息的提供者和制造者。比如，从个人主页、博客到微博，对使用者来说，讯息的主动生产、接收、交换正在变得越来越方便迅捷。因此，很多情况下，这类媒介更倾向于成为加拿大传播学家麦克卢汉所说的积极鼓励和吸纳接受者参与的"冷媒介"。[4]

新媒介技术不但改变着儿童的生活方式，也重塑着他们的主体感觉。当代电子媒介或许是目前为止最不介意成人与儿童之分的一类媒介，它不但支持最大数量的成人使用者参与到各类信息的生产和交换中，同样支持儿童成为讯息的获取、掌控和生产者。我在前面已经提到少儿期刊的"参与性"特征。如果我们敏锐感知到当代电子媒介的高度参与性特征与少儿期刊的参与性诉求之间的合拍，那么针对当代少儿期刊的未来拓展，我们便有许多文章可做。

首先，电子媒介的互动性可以为少儿期刊与读者之间的互动提供最广泛迅速的媒介支持。文学类少儿期刊可以将传统的互动模式拓展到电子媒介层面，借助有活力的电子媒介平台来激发儿童读者关注期刊动态，参与读者反馈与对话，参与刊物组织的各类活动，以此建立期刊读者的虚拟社区，强化其身份认同。比如，通过组建网上虚拟社区，借各类相关活动来巩固和扩大其读者群。近年来，国内一些少儿期刊已经开始运用这一媒介策略，但主要是将它作为一个普通的刊物宣传渠道，而没有形成对于这一媒介平台的更具创意的运用。

其次，强调参与性的电子媒介可以为少儿期刊的内容和形式革新提供新的素材。近年来，国内外童书出版界都开始了数字化童书的出版探索。这里的"数字化"不仅是指把印刷文字编码成为相应的电子文本，也包括寻求一种将纸质文学读物与电子媒介产品（包括电子游戏）融为一体的新的童书形式。例如，近年在美国连续出版的少年小说《39条线索》系列，随书夹带有不同的解密卡，读者获得卡片后，通过在相应的社交或游戏网站输入卡片提供的信息，便可参与到以小说故事线索为基础编码而制成的网络游戏活动中。纸质小说与网络游戏之间既相对独立又构成一种互文互补的关联，儿童对其中一方理解得越多，对另外一方的意义读取也就越不一样。在一些运用纸质与电子双重媒介的儿童图书中，读者从纸质图书中读到的只是其中一部分情节，另一部分情节则藏在相应的电子媒介产品中，需要读者循着书中给出的一些线索自己去发现，甚至去创造。在这样的阅读中，儿童读者所面对的不再是一个已经确定的文学文本，而是一个需要他们去参与、去书写的故事，故事的结局也会因参与者的选择而发生变化。这类图书利用了电子媒介的交互和参与功能，将电子媒介的形式能量引入文学的织体，为儿童提供一种有别于传统文学阅读的故事体验。借鉴这一探索，文学类少儿期刊可以通过在期刊中开设特定的栏目，尝试通过纸质媒介和电子媒介的融合，使儿童读者不但能够通过印刷文字读到故事，而且能够通过电子媒介体验和参与故事。在很多方面，少儿期刊比少儿图书更宜于进行这样的早期探索，因为前者始终关注刊物与儿童读者的持续对话，从而能够通过收集和分析少儿读者的即时反馈，更有效地推进这类新作品的探索。

　　最后，从新媒介的发展趋势来看，电子少儿期刊必定会是未来少儿期刊的一种重要形式。电子少儿期刊的特色不在于将纸质少儿期刊数字化，而是借助电子媒介的平台，赋予少儿期刊与纸质媒介不同的表现功能。电子少儿期刊可以利用超文本技术对文字、声音、图像、移动画面等多维内容进行富于创造性的多样重组，提供远远超过单本纸质刊物的讯息广度，还可方便儿童读者根据自己的需要和兴趣主动选择相应的讯息。对于文学类少儿期刊来说，这种电子化探索不但能够极大地丰富文学阅读的传统体验，甚至可能改写一代人对于文学阅读的理解。特别是，文学类少儿期刊一般拥有相对其他类型期刊较强的文学优势，这一优势能够为少儿期刊的数字开发提供基础性、同时也可能是决定性的艺术支撑。我们应该看到，新媒介时代一方面对传统的文学阅读构成了前所未有的冲击，另一方面却也空前地凸显了传统文学艺术的魅力。随着现代人对于新媒介技术的态度从早先的惊奇日益趋向反思的理性，人们越来越意识到，很多时候，不是技术而是文学，才是电子媒介产品成败的决定性因素。可以说，新媒介时代让我们领略了文学所具有的十分强大的迁移和发散功能——如果说任何一种先进的媒介技术本身都不可能将一个低级叙事作品变成一个好的叙事，那么真正优秀的文学作品则有可能赋予任何一种媒介技术以引人入胜的叙事能力，从而在精神上激活这一技术。因此，文学类少儿期刊在当代的电子化探索需要从两个层面展开思考，一是在文学的层面上，如何发现和提出有价值的文学创意；二是在技术的层面上，如何使上述文学创意与电子媒介独特的表现力相结合，使二者之间相得益彰。

当然，探讨少儿期刊的"电子化"未来，绝不意味着轻视其传统的纸本形态。正如在文学发展的历史上，尽管口传文学的时代早已为印刷文学时代所取代，文学的主流阅读方式也因此发生了根本性的变化，但口传叙事仍然遍布我们每个人日常生活的细节，口头叙事的魅力也仍然保留在人们的阅读生活——尤其是童年期的阅读生活中。今天，尽管电子媒介也在不断占领印刷媒介的传统地盘，但纸质阅读的体验早已经沉淀为我们文化的一部分，也不会轻易从我们的生活中被取消。不论当代电子媒介带来了多么新鲜和强大的表现机制，作为文化人，我们总是无法抗拒来自纸张和印刷文字的叙事的魔力，事实上也不应该轻易放弃它。因此，我从内心深处敬重在电子媒介的影响力甚嚣尘上的今天和将来，那些坚持致力于为孩子提供最优秀的纸质阅读体验的少儿期刊。说到底，我希望电子媒介时代带给文学的是阅读体验的一次新的丰富，而不是粗暴地以一种体验取代另一种。

（原载《中国儿童文学》2012年秋季号）

注 释

[1] American Children's Periodicals, 1789-1872 : Introduction. http://www.merrycoz.org/bib/intro.htm.

[2] http://www.allyoucanread.com/top-10-kids-magazines/.

[3] St. Nicholas Magazine.http://en.wikipedia.org/wiki/St._Nicholas_Magazine.

[4] ［加拿大］马歇尔·麦克卢汉：《理解媒介——论人的延伸》，何道宽译，北京：商务印书馆2003年版。

文化责任与品质提升

审视近年来的出版地图，童书出版的版图扩张和发展势头无疑是最令人印象深刻的现象之一。2015年的大门已经轰然打开。此时此刻，我们不禁好奇，2015年的童书出版，将会呈现怎样的面貌和可能？

我想着重从两个方面来把握这一趋向。

其一，我以为，在初步完成了对于市场的分割、占有和重新布局之后，童书出版界的文化情怀和责任感将会被进一步唤醒。

从市场化程度不高的事业经营模式，转向市场为主的企业经营模式，少儿出版行业经历了一场"急风暴雨"式的摔打与洗礼。在这个过程中，一批出版社和出版机构积累了相当丰富的市场经验，拥有了各自的出版品牌，也完成了一定的资本积累。今天，浮躁跟风、唯利是图的出版行为日益受到质疑，一些有理想的出版人在对市场有了更多的了解、更自如的驾驭能力后，也更多地开始思考少儿出版人的职业角色及其文化责任，更多地思考如何进一步提升少儿出版物的品质和品位。虽然这一文化理想的落地生根和逐步实现，还需要多方面的借力，但这种职业意识的进一步唤醒，显然是极有意义的。其将带给童书出版业的影响，也是可以预期的。

另一方面，随着阅读推广事业的推进，构成市场主体的读者大众的眼光和需求也不断得到提升，这一来自读者方面的需求变化，也将给出版人的理想以有力的支撑。

其二，电子童书业将得到进一步的培育和发展。

电子童书业主要是现代电子信息技术与传统童书出版业联姻的结果，近年来一直是出版界的热门话题。2014年3月，意大利博洛尼亚童书展有两个看点给我留下极为深刻的印象。一是许多出版社的展位上，电子图书的展示都占了相当的比例，更有一些展位是专做电子童书的。二是，除了大量展台外，书展在展厅设有四个咖啡角，其中一个就是电子咖啡角（Digital Café）。书展期间，这个咖啡角持续举办了一系列围绕童书与新媒介议题的演讲、对话、访谈及其他交流活动，其话题涉及"为儿童制作上乘软件的十个黄金法则""超越图与文：为儿童打造讲故事的软件体验""儿童、纸张与电子的未来""艺术家手中的技术""交叉新媒介"等。与我同行的一位专门负责电子书出版的国内出版人，也向我介绍了该社在少儿电子书出版方面的工作和技术特征。这一切，令我强烈地感受到电子童书业发展的上扬态势。

作为电子技术与童书业的结合，电子童书将是少儿出版业的一块新的大蛋糕。电子技术与传统童书业之间无疑是存在壁垒和隔膜的。今天，谁能最先冲破这些壁垒和隔膜，谁能最先完成两者的完美结合，谁就可能率先占领这一新的出版领地。可以预期，这一突破及其所激发的出版潜能，将会给整个少儿出版业带来新的巨大的产业发展空间。

（原载《中国新闻出版报》2015年1月9日）

从全国儿童文学评奖看儿童文学原创变化

第十届全国优秀儿童文学奖日前揭晓。全国优秀儿童文学奖四年一评，是对一个发展阶段内儿童文学创作成果、经验、现象、趋势的一次重要整理和总结。它首先是一场艺术的竞技，是经过反复的比较、判断、鉴别、甄选，从大量参评童书里挑选出相对更具代表性的优秀作品。但它同时也是一个象征的仪式，是以一束耀眼的果实，象征一季垂累的收获。庆典的舞台背后，我们的视野是在更广袤的田野之上。

探询童年生活的"新现实"

这些年来，儿童文学写作其实一直在努力探寻、思考、把握处于急剧变迁和复杂纠缠中的童年生存现实。从本届参选和获奖作品看，当代儿童文学对这一现实的观察力、理解力和表现力均有新的提振。萧萍的获奖作品《沐阳上学记》，以书写儿童日常生活的切近、鲜活、灵动而令人印象深刻。它也反映了当下一种日趋活跃的儿童文学创作现象，即知识阶层父母以自己的孩子为"标本"，有意识地参与童年日常生活的观察、思考和书写。作者身份及其观察视角的独特性，既使这些作品呈现的儿童生活透着强烈的现场感，也使它们富于审美、教育等层面的现实思考和问题意识。麦子的获奖小说《大熊的女儿》，其中女孩老豆这个童年角色的塑造，就是对当代童书独特气质的一次有高度的文学提炼和表现。这个形象在某种程度上反映了儿童群体在当代社会和文化生活中不断提升的自主性、掌控力，是具有强大的生活和文化能量的"新儿童"。同时，作家又以智慧的艺术处理，将这种自主掌控的力量导引到了童年生活的良性建构中。

董宏猷的《一百个孩子的中国梦》与舒辉波的《梦想是生命里的光》，在虚构与非虚构的基本书写视角下探索当下童年的多维性、复杂性、深刻性以及蕴于其下的永恒内质，前者以反映当代童年现实的广度引人注目，后者则以探向童年生命力的深度而引人深思。同时，这两部获奖作品也凸显了当下儿童文学格外需要的一种写作姿态，即作家亲身走进儿童的生活，深入童年的现实，在空间的广度和时间的长度中，描写中国童年真实的生存状况与精神面貌。

探索童年书写的"新故事"

面对今天越来越见多识广的童书读者，儿童文学要在艺术的创造中持续提供新故事的趣味，日见难度。但迎向这一写作的难度，必然也会有新的视界和收获。本届获奖的《吉祥时光》《将军胡同》，是近年历史童年生活书写领域的力作。可以看到，经过这些年的探索和积累，这类写作在把握历史与童年的文学关系方面日益走向成熟。作品中，对历史的理解在童年的独特视角下获得了新的丰富，对童年的理解亦在历史的宏大视野中得到新的揭示。这类创作无疑已经成为当代儿童文学发展进程中一项重要的艺术成果。

　　本届评奖格外重视叙事的独到性。彭学军的《浮桥边的汤木》，从一开始就因其在童年故事构思方面的创意而受到关注。作者通过设置巧妙的生活误解，使儿童被错置于某种极端的命运期待中，从而使平常的童年生活忽然披上了新鲜的光彩。这类创意并非没有先例，如海明威的短篇小说《等了一整天》，罗马尼亚作家山吉勃良努的短篇儿童小说《暑假》等，均写到"死之将至"的误会在孩子身上造成的生活戏剧。彭学军将这种误会放到一段有长度的儿童日常生活中，童年生活的舒缓寻常与孩子内心的焦虑紧张互为烘托，形成了富于戏剧性和表现性的故事张力。张炜的《寻找鱼王》，触及的是西方儿童小说中最为传统的少年冒险主题，却对此做出了富于中国古典哲学气息的新阐释。

　　今年的四部获奖童话，在幻想的构思和叙事方式上，亦有新的惊喜。吕丽娜的《小女孩的名字》，发扬了作家童话一贯的温暖、轻扬、智慧、大气的长处，又在童话结构上完成了新的突破。汤汤的《水妖喀喀莎》、周静的《一千朵跳跃的花蕾》，在风格迥异的文字中演绎各自的精灵式幻想。王林怡的科幻小说《拯救天才》，以独特的想象诠释传统的成长主题，充满当代儿童故事的幽默能量和蓬勃生气。

作为艺术方向与批评标准的奖项

　　一个重要的儿童文学奖项，其目标不仅是评选出一批引人注目的获奖作品，更承担着经由这些作品的选择、呈现，为一个时代辨识并指出艺术的方向、划定并提供批评的标准的重大职责。这些方向和标准不一定会成为人所共奉的权威准则，但它应该为人们认识、判断特定时代儿童文学的文本面貌与艺术状况，提供富于启迪的视野。从这个意义上说，奖项的评审，其实也是一种具有公共影响力的文学判断、批评眼光和艺术期望的呈现与传达，故需慎之又慎。当然，在奖项的选择公之于众的同时，评委会也是把这种判断、批评和期望的准则，推到了公众的批评视野中。

此次评奖的过程，也是评委们从文学批评的专业立场出发，围绕文本细读中产生的各个重要艺术问题展开探讨乃至争论的过程。不论在公共的讨论还是私下的交流里，大家就儿童文学的童年观与价值观问题、文学特质与多元形态的关系、儿童小说的结构与故事性、儿童诗的诗学面貌、儿童文学的人文性与理想化等当代儿童文学创作领域的突出现象和问题，展开了细致、持续、深入的辨析讨论。不少作品在会上引发激烈的争论，不单是为了最终入奖与否，更是为了它所带引出的艺术话题。我认为，这样的讨论对作品、对评委、对一个奖项来说都太重要了。它使评奖本身不但具有程序意义，也富于学术价值，这对于促进儿童文学的当代发展，也许具有更为根本的意义和作用。

讨论过程中，一些对当代儿童文学发展具有重要意义的艺术话题被提了出来，一些创作问题也得到了关注和探讨。例如，对幼儿文学这个门类的艺术发展来说，如何从当代童年精神和儿童文学的艺术高度出发对幼儿生活内容做出富有文学价值的提炼，如何探索幼儿文学独特的艺术表现力与审美内涵，就是大有待于深入的艺术课题。

评奖总是如此，越到最后的遴选，越是有些割舍不下的作品。

整个评审过程中，作品艺术质量是评委们的第一考虑，而文体的代表性、题材的典型性、所提出的生活与艺术话题的现实意义，也是综合考虑的因素。一些不曾获奖的佳作，在我看来，一样无愧于这份优秀的荣光，一样堪称儿童文学的"无冕之王"。

（原载《人民日报海外版》2017年8月9日）

探寻儿童文学的艺术新境
—— 第十届全国优秀儿童文学奖评述

走进童年的广袤与深厚

当代儿童文学的艺术发展正面临新节点，这个节点与当代中国社会急遽变迁而空前多元的现实密切相关。或许，历史上很少有像今天的中国这样，孕育、生长着如此辽阔、丰繁、复杂的童年生活现实和故事，它是伴随着技术和文化现代性的非匀速演进而形成的社会分化和差异图谱的一部分，其非统一性程度远超我们的想象。这些年来，对这一复杂现实的认识从各个方面溢出传统童年观的边界，不断冲击、重塑着我们对"童年"一词的基本内涵与可能面貌的理解。

由第十届全国优秀儿童文学奖参评和获奖作品来看，以文学的笔墨追踪、记录、剖析、阐说这一现实，其迫切性和写作的难度，足以引起儿童文学界新的思考。本届获奖的儿童小说《一百个孩子的中国梦》（董宏猷），其独特的价值正在于，将中国当代童年生存现状与生活现实的多面性及其所对应的童年体验、情感和思想的多样性，以一种鲜明而醒目的方式呈示于读者眼前。作家选择在脚踏实地的行走和考察中走近真实的童年，这个姿态对于当下儿童文学的现实书写来说，显然富有象征意义。面对今天儿童生活中涌现的各种新现实、新现象，要使作家笔下的童年具备现实生活的真正质感，拥有儿童生命的真切温度,唯有经由与童年面对面的直接相遇。

甚至,这样的相遇还远远不够。要着手提起一种童年的素材,作家们不但需要在空间上走近它,也需要在时间上走进它。而很多时候,尽管怀着关切现实的良好写作初衷和愿望,我们却容易看得太匆促浮皮,写得太迫不及待,由此削弱了笔下现实的真实度与纵深度。因此,以十年跨度的追踪写成的纪实体作品《梦想是生命里的光》(舒辉波),除了呈现困境儿童生存现实的力度,也让人们看到了现实书写背后观察、积累和沉淀的耐性。这也是《沐阳上学记·我就是喜欢唱反调》(萧萍)这样的作品以及它所代表的写作潮流带来的启示——作家笔下生动的、充满鲜活感的童年,只有可能来自写作者对其写作对象的完全进入和深透熟悉。

这样的进入和熟悉,在作品中直接显现为一种突出的艺术表现效果。《一个姐姐和两个弟弟》(郑春华),将当代家庭父母离异背景下低龄孩童的情感和生活,摹写得既真挚生动,又清新温暖。读者能清楚地感到,作家对于她笔下的孩子以及他们的生活,了解是深入的,情感是贴近的。《我的影子在奔跑》(胡永红)是近年以发育障碍儿童为主角的一部力作,其边缘而独特的视角、收敛而动人的叙事,带领读者缓缓进入一个特殊孩子的感觉和成长世界,那种生动的特殊性和特殊的生动性,若非做足现实考察与熟悉的功课,几乎不可能为之。《巫师的传人》(王勇英),在亦真亦幻的墨纸上摹写传统文化的现代命运,却非空洞的感物伤时,而是站在生活的诚实立场,同时写出了这两种文明向度在人们日常生活和情感里各自的合理性,以及二者交织下生活本身的复杂纹理与微妙况味。这样的写作,更有力地彰显了"现实"一词在儿童文学语境中的意义和价值。

儿童文学不只是写童年的，或者说，儿童文学的童年里不是只有孩子。在细小的童年身影之后，我们同时看到了一面巨大的生活之网。在错综复杂的生活网络中理解童年现实的真实模样，而不是试图将童年从中人为地抽离、简化出来，这才是儿童文学需要看见和探问的现实。《小证人》（韩青辰）里，一个孩子的生活原本多么稀松平常，它大概也是童年最普遍的一种生活状态；但当日常伦理的难题从这样的平淡生活里骤然升起，当一个孩子身陷这样的伦理困境，她的感受、思考、选择和坚持，让我们看到了童年日常现实的另一种气象。《九月的冰河》（薛涛）写少年的不安，其实也是写成人的追寻。你想过的究竟是一种什么样的生活？这个问题对于一个孩子和对于一个成人，具有同等重要的效力和意义。于是，童年与成年、孩子与大人在镜中彼此凝望，相互塑造。在《大熊的女儿》（麦子）、《东巴妹妹吉佩儿》（和晓梅）、《布罗镇的邮递员》（郭姜燕）等作品里，作家借童年的视角来传递关于我们生存现实的某种生动象征、精准批判、深入理解和温情反思，也是以儿童文学特有的艺术方式和精神，为人们标示着现实生活的精神地图。在这样的书写里，作为儿童文学表现艺术核心的"童年"的广袤和深厚，得到了进一步开掘与认识。

塑造童年的力量与精神

近年儿童文学的童年书写，蕴含着童年观的重要转型。这种转型既反映了现实中人们童年观念的某种变化，也以文学强大的感染力推动着当代童年观的重构塑形。正在当代儿童文学写作中日益扩张的一类典型童年观，在《沐阳上学记·我就是喜欢唱反调》一书的题名里得到了生动的表达。在洋溢着自我意识的欢乐语调里，是一种对于童年无拘无束、张扬自主的精神风貌与力量的认识、肯定、尊重乃至颂扬。在更广泛和深入的层面上，它体现了对于童年自我生命力、意志力、行动力、掌控力的空前突出与强调。

在这一童年观影响下，一种充满动感和力量的童年形象在当代儿童文学的写作中得到了鲜明的关注和有力的塑造。它不仅体现在孩子身上旺盛游戏精力的挥霍与发散，更进一步体现在这些孩子凭借上述力量去接纳、理解、介入和改变现实的能力。这些年来，当代儿童文学对童年时代的游戏冲动和狂欢本能给予了最大的理解与包容，尽管这一冲动和本能的文学演绎其实良莠杂陈，但我们仍然相信，一种久被压抑、忽视的重要童年气质和精神正孕育其中。

透过《大熊的女儿》等作品，我们看到了当代儿童文学在如何促生真正体现当代童年独特力量和精神品格的艺术可能。在现实的困境面前，孩子不再是天生的弱者，表面上的自我中心和没心没肺，在生活的煅烧下显露出它的纯净本质，那是一种勇往直前的主体意识与深入天性的乐观精神。这样的童年永不会被生活的战争轻易压垮，相反，它的单纯的坚持和欢乐的信仰，或将带我们穿越现实的迷雾，寻回灵魂的故乡，就像小说中老豆和她的伙伴们所做到的那样。

一旦我们意识到童年身上这种新的精神光芒，一切与童年有关的物象在它的照耀下，也开始拥有新的光彩。这包括如何看待、认识、理解历史上的童年。近年儿童文学创作的主要潮流之一，便是朝向历史童年的重新发掘和讲述。与过去的同类写作相比，这类探索一方面致力于从历史生活的重负下恢复童年生活固有的清纯面目，另一方面则试图在自为一体的童年视角下，恢复历史生活的另一番真实。本届参评和获奖作品中，出现了一批高文学质量的历史童年题材作品。

张之路的《吉祥时光》，在历史的大脉动下准确地把握了一个孩子真切的生活体验和思想情感，也在童年的小目光里生动地探摸到了一段历史演进的细微脉搏，那运行于宏大历史之下的日常生活的温度、凡俗人情的温暖，赋予过往时间以鲜活、柔软的气息。黄蓓佳的《童眸》亦是以孩童之眼观看世态人生，艰难时世之下，孩童如何以自己的方式维护大人眼中微不足道的小小尊严，如何以弱小的身心担起令成人都不堪疲累的生活负担，更进一步，如何在贫苦的辛酸中，仍能以童年强旺的生命力和乐观的本能点亮黯淡生活的光彩。

或许可以说，在当代儿童文学史上，童年的个体性、日常性从未得到过如此重大的关注。但与此同时，这个自我化、日常化的童年如何与更广大的社会生活发生关联，亦即如何重建童年与大时代、大历史之间的深刻关系，则是这类写作需要进一步思考、探索的话题。在另一些并非以个人童年记忆为书写模本、而包含明确历史叙说意图的作品中，有时候，我们能看出作家在处理宏大历史叙事与童年日常叙事之间关系时的某种矛盾和摇摆。

史雷的《将军胡同》从童年视角出发，展开关于抗战年代老北京日常生活的叙说，尽显京味生活和语言的迷人气韵。小说中，一个普通孩子的日常世界既天然地游移于特定时代的宏大时间和话语之外，又无时不受到后者潜在而重大的重构，两者之间经纬交错，充满了把握和表现的难度。殷健灵的《野芒坡》，在对20世纪初中国现代化进程影响深远的传教士文化背景上叙写一种童年的生活、情感、命运和奋斗，文化的大河振荡于下，童年的小船漂行于上，大与小、重与轻的碰撞相融，同样是对文学智慧的极大考验。在这方面，可以说以上两部作品都贡献了珍贵的文学经验。

事实上，不论在历史还是当下现实的书写中，如何使小个体与大社会、小童年与大历史的关系得到更丰富多层、浑然一体的表现，仍是一个有待探索的艺术难题。在充分认可、张扬最个体化、具体化的童年生命力量与生活精神的同时，发现童年与这个时代的精神、气象、命运之间的深刻关联，书写童年与这片土地的过去、当下、未来之间的血脉渊源，是当代儿童文学不应忘却的一种宏大与深广。

探索儿童文学的新美学

从童年现实的拓展到童年观念的革新，本届评奖意在肯定和强调的一个重要方面，是以儿童文学艺术的阔大、丰富、厚重和深邃，抵抗商业时代童年文学经验的某种模式化、平庸化进程。这也许是一个仅凭某些畅销作品经验的快速复制便能赢得市场的时代，但没有一位真正意义上的优秀作家会满足于这样的复制，他们会选择始终走在寻找新的经验及其表达方式的路上。

张炜的《寻找鱼王》，提起的是儿童文学史上并不新奇的童年历险题材，写出的却是一则新意盎然的少年启悟小说。这新意既是故事和情节层面的，也是思想和意境层面的。少年时代的扩张意志与东方文化的自然情怀，糅合成为中国式的寻找和成长的传奇。彭学军的《浮桥边的汤木》，对于尝试向孩子谈论生命与死亡的沉重话题的儿童文学写作来说，是一个富于启发的标本。作家让一个孩子在生活的误解里独自与死亡的恐惧相面对，所掀起的内心宇宙的巨大风暴，将童年生命内部的某种大景观生动地托举出来。小说的故事其实是一幕童年生活的日常喜剧，却被拿来做足了庄重沉思的文章，两相对衬之下，既遵从了童年生活真实的微小形态，又写出了这种微小生活的独特重量。

《水妖喀喀莎》(汤汤)、《一千朵跳跃的花蕾》(周静)、《小女孩的名字》(吕丽娜)、《云狐和她的村庄》(翌平)、《魔法星星海》(萧袤)等作品，在看似几乎被开采殆尽的童话幻想世界里另辟蹊径，寻求艺术的突破。《水妖喀喀莎》中，汤汤才情横溢的精灵式幻想终于降落在了她的长篇童话里，《一千朵跳跃的花蕾》则向我们展示了一个年轻、丰饶、充满创造力的幻想灵魂。对于幼儿文学这个极具难度、极易在艺术上遭到轻视简化的子文类来说，儿歌集《蒲公英嫁女儿》(李少白)、幼儿故事《其实我是一条鱼》(孙玉虎)等作品，代表了与这类写作中普遍存在的艺术矮化和幼稚化现象相对抗的文学实践。童诗集《梦的门》(王立春)、《打瞌睡的小孩》(巩孺萍)，在儿童诗的观念、情感、语言、意象等方面，也有令人耳目一新的创造。

在新经验、新手法的持续探索中，一种儿童文学的新美学可能正在得到孕育。艺术上的求新出奇远非这一美学追求的终点；在新鲜的经验和艺术技法背后，是关于当代童年和儿童文学艺术本质的更深的追问与思考。以本届评奖为契机，当代儿童文学或许应该重新思考一个意义重大的老问题：在艺术层面的开放探索和多元发展背景上，儿童文学最具独特性、本体性的艺术形态和审美精神，究竟体现在哪里？或者说，儿童文学作为一种特殊的文学样式，由何处体现出它既有别于一般文学、又不低于普遍文学的艺术价值？

上述追问伴随着儿童文学的发展史而来，在持续的探询和争论中，我们也在不断走进儿童文学艺术秘密的深处。长久以来，人们早已不满于把儿童文学视同幼稚文学的观念和实践，因此有了充满文学野心和追求的各种新尝试、新探索。但与此同时，仅以文学的一般笔法来写作儿童文学，仅把儿童文学当作自己心中的一般"文学"来写，恐怕也会远离童年感觉、生活、语言等的独特审美本质和韵味。

一些儿童文学作品，有精雕细琢的故事，有鲜美光洁的语言，但从童年视角来看，其故事的过于斧凿和语言的过于"文艺"，其实并非童年感觉和话语的普遍质地。如果说这样的"文学化"是儿童文学艺术从最初的稚气走向成熟必然要经历的阶段，那么当代儿童文学还需要从这个次成人文学阶段进一步越过去，寻找、塑造童年生活体验和生命感觉里那种独一无二的文学性。这样的写作充分尊重童年及其生活的复杂性，也不避讳生存之于童年的沉重感，但它们必定是童年特殊的感觉力、理解力、表达力之中的"复杂"和"沉重"。

那种经受得住最老到的阅读挑剔的"复杂"之中的单纯精神，"沉重"之下的欢乐意志，或许就是童年奉献给我们的文学和生活世界的珍贵礼物——它也应该是儿童文学奉献给孩子的生活理解和精神光芒。

（原载《文艺报》2017年9月22日）

中国儿童文学四十年

序

2014年秋天，在第二届中国上海国际童书展（CCBF）期间，中国少年儿童新闻出版总社的领导与编辑朋友专门与我会面，提出由我撰写一部介绍中国当代儿童文学发展历程和面貌的小书，由该社组织专业人士译成英文，并以中文、英文双语形式出版，希望这部小书的出版，能有助于国内外关心中国儿童文学的读者朋友们了解其在当代发展的艺术特点和历史轮廓。

由于篇幅、读者等方面的原因，我把本书的叙述内容设定为最近四十年中国儿童文学的发展——本书的书名即由此而来。我希望本书的叙述既要有一以贯之的历史眼光和文学线索，又不失当代儿童文学生活推进在某些细节上的准确性和生动性。我盼望我能在一定程度上实现这一初衷。

我知道，近四十年中国儿童文学的发展可以说是跌宕起伏、气象万千。本书所述，充其量也只能是我个人见闻、印象、思考的某些侧面和记忆的记录和复述。盼望有心的读者不吝指教。

感谢中国少年儿童新闻出版总社的信任和召唤，感谢为这部小书的启动、收集资料、翻译、校译、编辑、出版等环节提供珍贵帮助并付出心血的人们。

方卫平

2018年3月4日于丽泽湖畔

一 "新时期"的开启

1.1 任溶溶们的复出

1976年10月,中国发生了一个令人震撼的事件:一个被称为"四人帮"的政治集团被粉碎了。不久以后,延续了十年的"文化大革命"被宣布结束,历史由此进入了一个被称为"新时期"的阶段。

"文化大革命"的结束,对于当时的中国人来说,意味着一种新的生活可能性的开启,包括政治的、经济的、文化的,等等。当然,也包括整个儿童文学局面的重新开启。

大约是1977年初夏的某一天,已经离开儿童文学工作岗位的翻译家、作家任溶溶突然接到一个电话,这是当时上海的《红小兵报》(后改名《少年报》)负责人李仁晓打来的。李仁晓在电话中约他为报纸写一首与儿童生活有关的讽刺诗,"活跃活跃儿童文学的空气"。任溶溶后来回忆说,"对于我这个久已噤若寒蝉的人,这电话犹如一声春雷,使我终生难忘。"[1]不久以后,一位戴着眼镜、略显黑瘦的年轻人,来到位于上海延安中路955弄14号、即将成立的上海译文出版社(前身是成立于20世纪50年代的上海新文艺出版社和人民文学出版社上海分社的外国文学编辑室)。年轻人名叫班会文——后来,20世纪80年代,他以班马为笔名,成为中国儿童文学艺术探索与实验的一员骁将,而此时他还是《红小兵报》文艺组的一位年轻编辑。此行,他是代表报纸来向任溶溶先生约稿的。

年轻人后来告诉我，他还记得，沿着狭窄的楼梯往上走，在楼梯口的一侧就是任溶溶的办公室。

这次来访显然也让任溶溶感到意外。这位天性爽朗、身子骨仍然壮实的作家笑着说："你是来这里找我的第一个编辑！"[2]那一天还谈了一些什么，多年以后，年轻人已经不太记得了，但是，有一个细节令他无法忘记：中午，在出版社的食堂里，兴致勃勃的任溶溶跟他说，他在学习意大利语。（2017年7月3日，笔者通过电话向班马了解当年情形时，他向笔者叙述了这一细节。）

一个电话，一次拜访，这位沉寂已久的作家，在"文革"结束后的第一个夏天，重新拾起了他无比眷恋的儿童文学创作和翻译工作。那一年，任溶溶54岁。

1977年8月10日，《红小兵报》如约发表了任溶溶复出后的第一首儿童诗《我们班里的"嘴巴"》。1981年，任溶溶在"文革"后翻译的第一部童话、意大利作家贾尼·罗大里的《假话国历险记》，由上海的少年儿童出版社出版。与他在20世纪40年代末至60年代初从俄语、英语翻译的大量儿童文学译著相比，他在"文革"岁月里自学意大利语所取得的第一项翻译成果，显然是这位重新归来的著名翻译家在新的时代门槛上所做的一次雄心勃勃的亮相。

后来，任溶溶在一篇题为《感谢编辑》的文章中，把这首诗的发表和这部译著的出版，看成是自己"第二个创作高潮的开始"。

任溶溶的复出当然不是个案。如同当时的整个中国文坛一样，一批长期搁笔的老作家和中年作家的名字，又陆续出现在了北京、上海等地的儿童文学报刊上。叶圣陶、冰心、陈伯吹、严文井、叶君健、贺宜、金近、包蕾、郭风、鲁兵、圣野、黎焕颐、柯岩、何公超、任大星、任大霖、刘厚明、任德耀、洪汛涛、萧平、葛翠琳、呆向真、孙幼军、金波、田地、刘猛、邱勋、张继楼、赵燕翼、胡景芳、叶永烈、郑文光、童恩正等等，这些从20世纪20年代至50年代陆续进入儿童文学创作领域的作家，有的已经年逾八旬，有的还不到40岁。他们与这个国家的人们一起，一脚踏进了一个充满希望的新时期。毫无疑问，一段单一、凋零甚至病态的儿童文学历史正等待着他们来终结，一个新的儿童文学时代似乎也正召唤着他们来开启。

从1977年到1978年，柯岩的《陈景润叔叔的来信》、任溶溶的《一个怪物和一个小学生》等儿童诗，冰心的散文《三寄小读者》，金近的《小白杨要接班》、严文井的《南风的话》、叶君健的《磨工，修道院长和皇帝》等童话作品，陆扬烈、冰夫的儿童小说《雾都报童》，叶永烈的科幻小说《小灵通漫游未来》，等等，构成了新时期中国儿童文学留给人们的最初的历史记忆。

1.2 "庐山会议"

然而，在度过了最初的欢欣鼓舞、意气风发的日子以后，人们很快就意识到，历史的"沉疴"并非轻易可以疗愈。

对于"文革"留下的扭曲和伤害，中共中央提出了"拨乱反正"的政治目标。配合这一历史要求，1979年1月复刊、由上海的少年儿童出版社主办的不定期理论丛刊《儿童文学研究》第一辑发表了多篇文章，批判"文革"时期在极左文艺路线影响下出现的儿童文学作品，像短篇小说《小伟造反》、中篇小说《金色的朝晖》、长篇小说《钟声》等。这些作品以"文革"时期的儿童家庭生活、校园生活为题材，充斥着图解那个时期童年生活的意识形态及其价值观的内容。例如《小伟造反》，描写的是父子两代人的冲突故事，通过父亲在家里与工业局秘书商量召开抓生产会议、儿子偷听并欲告密（揭发）、父亲怕败露于是关押儿子等情节，试图证明，昔日的革命者、小伟父亲黄民壮，已经变成了"不得人心"的"走资派"。这些贴着儿童文学标签，却有着深刻"阶级斗争"理论烙印的作品，此时被认为是"文革"时期留下的文学"毒草"。[3] 同时，人们也在努力为"文革"前发表、出版，后来却以不同方式被否定、批判的一些作品进行辩护、平反，这些作品包括贺宜的童话《鸡毛小不点儿》、萧平的短篇小说《三月雪》、郭风的散文诗《蒲公英和虹》等等。它们在"文化大革命"中，或被认为是"污蔑新社会"，或被认定为宣扬战争恐怖论，或被指责为吟风弄月，引导小读者脱离政治和现实。现在，它们被重新肯定，与当时整个成人文学领域发生的一切相类似，这些作品被认为是"重放的鲜花"。[4]（参见《儿童文学研究》1979年第二辑，1980年第三辑）但是，如何为儿童文学的发展进程提供更强有力、更具组织化的机制和力量？1978年在庐山牯岭江西礼堂召开的"全国少年儿童读物出版工作座谈会"，也许在某种程度上回答了这个问题。

这次史称"庐山会议"的座谈会的召开背景，是从民间到官方，对于当时儿童读物出版现状普遍感到焦虑和不满。许多人都曾用一组数字来描绘"文革"后的这一现状：全国有2亿小读者，但仅有北京、上海的2家专业童书出版社，20位左右有影响的儿童文学作家，200位左右儿童读物编辑，每年出书约200种（1977年实际出版192种）。人们把这一现状看成是少年儿童读物的严重"书荒"。

庐山，中国东南部江西省境内的一座历史名山、文化名山，雄奇挺秀，人文荟萃。20世纪中国现代历史的一些重要事件曾在这里发生。

1978年10月中下旬，来自全国各地的200余位儿童文学作家、翻译家及出版、理论、组织工作者和政府官员云集于此。会议由国家出版局、教育部、文化部、共青团中央、中国妇联、中国文联、中国科协联合主办。今天可以查到的与会者名单包括陈伯吹、严文井、叶君健、贺宜、金近、任溶溶、鲁兵、圣野、张乐平、柯岩、韩作黎、屠岸、金波、张继楼、崔坪、李群、贺嘉、蒋风、吴凤岗，等等。叶圣陶、冰心、张天翼、高士其四位前辈因为年龄、健康原因未能与会，但都郑重地给会议写来了书面发言。这是一次群贤毕至、少长咸集的盛会，可以说，它是整个儿童文学界在"文革"之后一次重要的会师，也是儿童文学发展出现历史转折的契机和标志。

重逢的喜悦自不待言，但人们却没有太多游山赏景的闲情逸致。70多岁的老作家陈伯吹在开幕式上做了题为《庐山在秋天里的春天》的发言。童话作家严文井在会上即兴讲了一个童话故事：200多人上山寻宝，历尽千辛万苦，终于找到了宝——解放思想、敢于创新的宝，一个个高高兴兴，满载而归。作家鲁兵则献诗一首："今年重九胜春光，小百花开满翠岗，牯岭秋阳初送暖，云天万里尽飘香"，以此表达自己的愉悦心情和真诚祝愿。[4]据保存下来的有关文字资料显示，十多天的会议既有全体大会，也穿插了许多关于儿童诗创作、儿童文学理论建设等方面的分组会议。在一个百废待兴的时刻，这样一次包括了思考、规划、鼓气等内容的会议，无疑就显得十分必要了。有关的报道这样描述了与会者们的心情：与会者们"满怀希望上山，信心百倍下山"。[5]

"庐山会议"结束不久，国家出版局、教育部、文化部等7家单位根据会议的成果，联合向国务院提交了《关于加强少年儿童读物出版工作的报告》。这份报告对当时严重存在的少年儿童读物的书荒现象做了充分的评估，认为亟须动员各有关方面的力量，下大决心，花大力气，迅速改变当时严重落后的状况。

人们注意到，这份报告就新时期少儿读物出版工作提出了五条原则性意见。除了第一条强调少年儿童读物出版工作必须为党在新时期的总任务服务，为提高整个中华民族科学文化水平贡献力量之外，其余四条都与少儿读物写作、出版的特征、规律有关，即少儿读物应该具有少年儿童的特点、应该富有知识性、应该富有趣味性、要提倡题材和体裁的多样化。这些重返儿童世界、重新认识少儿读物特征、重新回归儿童文化的普遍常识和观点的论述，无疑是意味深长的。

同年12月21日，国务院以"国发[1978]266号"文件批转了这份报告，并且加了重要的按语，要求各省、市、自治区，国务院各部委和有关部门，都要关心和重视少儿读物出版工作，尽快把这项工作促上去。[6]

也许是一个巧合。就在国务院转发这份报告的同时，一次决定中国改革开放历史走向的重要会议，中国共产党第十一届三中全会（1978.12.18—12.22），次日在北京的京西宾馆落下帷幕。这次会议因为决定把中国共产党的工作重心转移到经济工作和现代化建设上来，而成为中国当代史上一次里程碑式的会议。

对于新时期少儿读物和儿童文学的复兴来说,"庐山会议"的重要性是不言而喻的。在那样一个历史节点上,"庐山会议"使重视少儿读物创作与出版成为一种政府和业界的意志与共识,而且很快成为一种普遍的社会行动。后来发生的一切,都证明了这一点。

专业会议对于业界发展的促进和推动,是中国当代儿童文学发展历史上一个十分重要、有趣而又耐人寻味的现象。这些会议或者来自官方的主导,或者来自业界的推动。例如,1981年国家出版局在山东泰安再次召开的全国儿童读物出版工作会议,1985年文化部在昆明召开的全国儿童文学理论规划会议,1986年文化部、中国作家协会在山东烟台召开的全国儿童文学创作会议,1986年江西少年儿童出版社(现二十一世纪出版社)在庐山召开的中青年作家座谈会,1990年上海的少年儿童出版社举办的'90上海儿童文学研讨会……儿童文学作家、学者曹文轩曾经认为,新时期的中国儿童文学史,从一定意义上说,是由一个又一个著名的会议连接而成的。从会议对中国当代儿童文学历史进程的影响上说,这样的说法是有道理的。

1.3 青年作家

1978年10月"庐山会议"之后,短短几年之内,中国儿童文学逐渐加快了自己的历史发展步伐。一些事实陆续证明了这一点——
各地的人民出版社少儿读物编辑室经过扩充发展,分别成立了专业的少年儿童出版社，童书出版社由原来的北京、上海各一家，迅速发展到20多家。

面向少儿读者的报纸和刊物数量不断增长。除了老牌的《小朋友》《少年文艺（上海）》《儿童文学》《儿童时代》等刊物或复刊，或改回原名外，《朝花》《巨人》《东方少年》《当代少年》《少年文艺（江苏）》《小溪流》《文学少年》《未来》《明天》《儿童小说》《童话报》《中学生文艺》《少年儿童故事报》《少年文艺报》《榕树文学丛刊（儿童文学专辑）》等数十家报刊陆续创刊。

有关的史料中还这样记载了那一时期儿童文学作家阵容的扩展：在短短的五六年时间内，全国的儿童文学作者人数从1978年的200人左右发展到3000余人。[7]虽然这一数字的统计口径如何我们不得而知，但是，儿童文学作者队伍迅速壮大，却应该是一个不争的事实。

可以想见，这些新加入的写作者，大部分是年轻的儿童文学新人。翻一翻许多如今在中国儿童文学界已经广为人知甚至声名显赫的作家们的文学创作履历，张之路、郑渊洁、周锐仿佛商量好了似的，都在1977年发表了自己的处女作。2006年获得国际安徒生奖提名的张之路，当时是北京市一位尽职的中学教师。如今被称为"童话大王"的郑渊洁，当时是北京市大华无线电仪器厂的一名工人。才华横溢的童话作家周锐，则在古都南京市附近的长江油轮上，默默地当着一名怀揣文学梦想的轮机工。

差不多同时，稍早或稍晚一点儿，曹文轩、梅子涵、高洪波、班马、沈石溪、王安忆、铁凝、黄蓓佳、程乃珊、夏有志、金曾豪、秦文君、程玮、刘健屏、常新港、葛冰、罗辰生、丁阿虎、金逸铭、董宏猷、董天柚、詹岱尔、冰波、彭懿、白冰、王宜振、薛卫民、孙云晓、刘保法、徐鲁、郑春华、陈丹燕等等，他们的名字也陆续出现在各地的儿童文学出版物上。

一开始，年轻一代儿童文学作家不约而同地出场并未成为一种现象。他们的名字可能常常被老一辈作家的名字的光辉所掩盖。但是不久以后，人们就意识到，这些年轻人的出现，对于中国儿童文学意味着什么。

还有一代作家，他们的代际身份可能介于复出的一代与年轻的一代之间，他们大多在"文革"前或"文革"中开始文学创作，但是他们创作上的黄金时代，也是出现在新时期。这一代作家中的优秀者有张秋生、吴然、樊发稼、乔传藻、谷应、庄之明、张微、韩辉光、李建树、陈丽，等等。

作家的代际划分，有时候并不是一件容易的事情。事实上，总有一些作家是处在代际划分的交界地带的。因此，这些划分在某些方面难免会有一些模糊性。但是，这样的划分对于历史叙事，又常常是必要的、有效的。对于新时期之初中国儿童文学的历史叙述来说，情况同样如此。

二 探索艺术的正道

2.1 彷徨的年代

1979 年，中国少儿文艺界有一件事情是必须提及的，这就是由中国人民保卫儿童全国委员会、共青团中央、中国文联、中国作协、全国科协、教育部、文化部、国家出版局等 8 家单位联合举办的"第二次全国少年儿童文艺创作评奖"（1954～1979）。评奖过程持续了一年，授奖大会于 1980 年六一儿童节前夕在北京举行。

这次评奖的特殊性和重要性，我们从时间跨度上就能感受得到——这是一次涵盖、跨越了整整 25 年时光的评奖。从这一点上说，这次评奖本身的历史厚重感是不言而喻的。

总共有 207 件各类少儿文艺作品获奖，其中儿童文学作品共 139 部（篇）。小说《海滨的孩子》（萧平）、《吕小钢和他的妹妹》（任大星）、《妹妹入学》（张有德）、《小兵张嘎》（徐光耀），诗歌《"小兵"的故事》（柯岩）、《你们说我爸爸是干什么的》（任溶溶），童话《神笔马良》（洪汛涛）、《野葡萄》（葛翠琳）、《小布头奇遇记》（孙幼军）、《小蝌蚪找妈妈》（方惠珍、盛璐德）、《萝卜回来了》（方轶群）、《小马过河》（彭文席），科幻小说《小灵通漫游未来》（叶永烈），剧本《马兰花》（任德耀）等 27 部（篇）儿童文学作品获得了一等奖。叶圣陶、冰心、高士其、张天翼、严文井、叶君健、陈伯吹、贺宜、包蕾、金近等十位老作家与张乐平、万籁鸣、孙敬修等老艺术家一起，获得了特别设立的荣誉奖。与此相配合，评奖办公室还约请了20多位从事研究、评论和教学工作的专业人士，对获奖作家及作品做了评论，试图借助这次声势浩大的评奖活动，对当代儿童文学的历史、观念做出新的梳理和评价。这些文章结集为《儿童文学作家作品论》，1980年由北京的中国少年儿童出版社（现中国少年儿童新闻出版总社）出版。

仔细玩味一下长长的获奖名单，我们发现，获奖作品绝大多数是"文革"前17年出版、发表的，只有少量作品属于新时期儿童文学复苏期的收获。由此可见，"第二次全国少年儿童文艺创作评奖"在很大程度上是对"文革"时期被否定的一段儿童文学历史的郑重肯定，是向复出的老一辈儿童文学作家及其作品的热情褒扬和致敬，事实上，它也为新时期中国儿童文学的艺术发展，提供了一种历史坐标和美学参照。

复出一代作家的历史意义当然不仅仅是"复出"。他们在天性中可能就有的对于儿童文学的纯正的艺术理解和创作才能，使他们在复出后的文学"亮相"，常常会本能般地摆脱"文革"式文学语言和观念的束缚。

以儿童诗创作为例，任溶溶在新时期之初的《我们班里的"嘴巴"》《一个怪物和一个小学生》等作品，将口语与韵律，儿童生活与夸张、想象巧妙融合，从一开始就显示了天真活泼、富有游戏意味的童诗风格。任溶溶后来的儿童诗作品一再表明，他是一位真正用"白话"即通俗的生活语言来写诗的作家。他把日常得甚至有些琐屑的生活写成了诗，也因此把诗变成了实实在在的生活。他的儿童诗从来不用任何"诗意"的文学字眼，而是以简朴素白同时又充满童趣的口语，如日常说话般地"说"诗，但是很奇怪，他居然就这样"说"出了许多漂亮极了的童诗。他使日常生活与一首童诗之间的距离，变得微不足道。[8]

而另一位诗人金波，则以自然意象和童年意绪的抒情表达，展示了另一种优美的童诗风格。金波的儿童诗里总是藏着一双童年的眼睛，它晶亮、明澈，盛装着童年独有的生命力和创造力，同时，他对文字的色彩、音质有着特殊的感知和运用能力，而自然、生命和宽广的爱则是他笔下最为重要的三个命题。因此，他的儿童诗作品常常有着清浅、明亮的格调，散发着诗情与诗美的芳香，但又不妨碍它们成为有重量的作品。

但是，尽管有着任溶溶、金波等这样天才的儿童文学作家，在20世纪70年代末，中国儿童文学的整体美学氛围却是相当沉滞的，儿童文学界出现了一种普遍的文学表达上的"失语症"。

面对刚刚过去的那段历史，面对新的社会生活带给童年的复杂影响，儿童文学的传统观念遭遇了强烈的不适与挑战。对于那些自觉或不自觉地习惯了"文革"文学话语的作家们来说，在社会历史转折时期出现文学表达上的困难和失语焦虑现象并不奇怪。许多写作者都可能面临着这样一些问题的困扰，例如，儿童文学可以描写"文革"带给童年的伤害和苦难吗？可以描绘现实生活的复杂和多样吗？可以思考和清理传统的童年观和伦理观吗？该怎样塑造具有新的时代特征的儿童形象呢？可以更强调趣味性，表现更丰富细腻的情感世界吗？可以运用更多样的文学手法和策略吗？还有，一味强调儿童文学的教育功能，就一定是合理的吗？应该怎样更全面地理解、把握儿童文学的教育功能？

面对这样的追问，不同的人们常常会给出不同的答案，各种对立和交锋开始出现，并且在明里暗里影响着儿童文学的创作进程。之所以会这样，与人们各自不同的立场和观念，不同的职业和身份，甚至不同的经历和年龄等都有关系,尤其是当人们面对具体的作品和文学现象时,各种分歧和冲撞就会更加激烈和明显。尽管如此,那些"被传统熏陶和调教出来的人们也已经隐约意识到,一个正在到来的文学时代期待的是新的文学想象力和创造力,传统文学规范的许多方面,首先是它所负载的价值观念,将被一一重新检测,其中相当一部分将发生根本的动摇和瓦解"。[9]

在"第二次全国少年儿童文艺创作评奖"二等奖的名单中,年轻作家王安忆的小说《谁是未来的中队长》赫然在列。这篇发表在1979年第4期上海《少年文艺》上的小说,如标题那样提出了这样一个悬念:未来的中队长应该选择谁?是"动不动报告老师"、深得老师信任的张莎莎,还是默默帮助同学,喜欢自己解决矛盾,有时还破点儿小规矩的李铁锚?

今天看来,这类问题或许并不构成任何悬念,然而在20世纪70年代末的中国学校里,当"好学生"的标准还在很大程度上受限于是不是听老师的话、够不够遵纪守规等外在的条条框框时,李铁锚的形象恰恰构成了对于童年观和教育观的一种提醒与反拨。小说以初一学生"我"的叙述口吻,围绕着选举少先队中队长的悬念,让我们看到了以张莎莎与李铁锚为代表的两种完全不同的中学生形象,而这一叙述又与叙事者王华的爸爸关于"车间主任"的牢骚形成了有意的巧合与对衬。王华的爸爸在一次闲聊中向家人发牢骚,他所在的工厂的车间主任,是一个喜欢"打小报告"的人,他当上车间主任全靠"汇报"。这位车间主任的行为,和"好学生"张莎莎"动不动报告老师"的行为,在某种程度上有所关联。这种显然是作者有意设置的童年世界与成年世界之间的类比关联，在有意无意间提醒着人们关注特定童年观塑造下的童年的未来。一直到最后，作者也没有解开题目中的悬念，而是把思考留给了故事之外的儿童与成人读者。

小说发表之后，编辑部先后收到读者来信近 400 封。来信者除了少儿读者外，还有他们的父母、教师以及各行各业的人们。上海市昆阳中学的一个班级专门讨论了这篇小说；南昌市的一位小读者在信中描述了全家一起就小说进行激辩的情景，弟弟、妹妹、爸爸、妈妈、奶奶都参与了这场家庭讨论会……《儿童文学研究》丛刊在 1980 年 5 月出版的总第四辑中，发表了编辑部、有关编辑、作家（读者）和作者王安忆本人的相关文章，并破例转载了小说全文。可以说，围绕对《谁是未来的中队长》的讨论，构成了一次对于新时期儿童文学人物塑造和当代童年内涵的非常有意义的思考、探索与争鸣。

事情当然还远不止于此。在整个 20 世纪 70 年代末到 80 年代前期这段时间，一篇篇儿童文学新作引起读者和业界的巨大关注和讨论，几乎成了那一时期中国儿童文学发展的一种特征和常态，也成了那样一个文学时代留给人们的最深刻的历史记忆。

而王安忆的获奖，是否也隐隐预示了中国儿童文学在不无艰难又热烈奔腾的探索和争鸣中的大势与走向？

2.2 《儿童文学选刊》

1980 年岁末，正在家里享受出版社给予的个人进修假的少年儿童出版社编辑、儿童文学评论家周晓,突然接到了出版社的通知,要求他提前返社,投入一项新的工作。

事情的原委是这样的,鉴于当时儿童文学创作日趋活跃,各地儿童文学报刊不断增加的现实,知名儿童文学作家任大霖向出版社领导提议创办一份名为《儿童文学选刊》的新刊物,同时建议由周晓担任责任编辑并负责筹备工作。正在家里专心读书写作的周晓立即结束了进修假,十分乐意地接受了这项工作。他依稀感到,这将是一份在儿童文学界大有发挥余地的刊物。

从动议到正式创刊面世,为时仅四个月。当年参与《儿童文学选刊》创办工作的人们身上表现出了巨大的职业热情和高度的敬业精神。这份刊物的编者们从一开始就显示出来的职业风格,与这份刊物日后逐渐形成的个性、品位等之间,有着一种深刻而必然的因果联系。

而《儿童文学选刊》创办之前所拟定的办刊原则对于后来发生的事情显然是深有影响的。据介绍,在听取了各种意见之后,又经过充分研究,《儿童文学选刊》终于制订了下述原则:在为读者提供集中阅读的便利的前提下,《儿童文学选刊》应该及时反映新时期儿童文学发展的面貌;主要供儿童文学工作者、习作者、爱好者阅读,同时兼顾少年读者的需要。[10]

这样的办刊定位和编选姿态无疑是意味深长的。它使这份刊物的编者们从一开始就脱掉了厚重的传统之靴,轻捷地登上了新时期儿童文学的艺术瞭望台,并以自己独特的眼光搜寻、监测、报告着儿童文学界每一次新的艺术动向。事实上,《儿童文学选刊》的编者不止一次地表达了自己的编选旨趣和艺术关怀之所在。早在创刊之初,编者就在《发刊的话》中表示,将"着重选刊开拓题材新领域,主题思想有新意,风格、手法独特,有儿童特点的作品";"对一些虽还不够成熟但有某种艺术特色的作品,我们也将适当选载"。进入20世纪80年代中期,当儿童文学界的艺术探索热情不断蓄积,儿童文学的艺术话语不断转型之际,这份刊物的编者们更是一再表示将"特别以更大的热情向读者推荐思想与艺术有所突破和创新之作"(《儿童文学选刊》"编者的话",《儿童文学选刊》1985年第1期),并特设了"探索性作品"栏目。

因此,在整个20世纪80年代,《儿童文学选刊》以自己的方式成为传统儿童文学阵营的艺术策反者,成为80年代各种儿童文学艺术话语得以进一步传递、扩张、流布的权威媒体和场所——艺术革命的烽火也因为有了它的接力和传递而向整个儿童文学界蔓延,多样化的艺术探索以不可遏制的态势遍及整个儿童文学领域。从这个意义上说,正是因为这份刊物的存在和经营,20世纪80年代中国儿童文学界旷日持久的突围表演,才变得更加有声有色、底气十足。[11]

下面这个例子也许可以说明问题。1983年新年伊始,一份在北京出版的儿童文学刊物《东方少年》发表了儿童小说《祭蛇》。细心的读者发现,这篇作品的作者名叫丁阿虎。

不久以后,已经广有影响的《儿童文学选刊》在当年第3期头条位置选载了《祭蛇》。一些读者被这篇小说陌生的故事和手法弄得目瞪口呆,一场牵动儿童文学界目光的争鸣也由此展开。

《祭蛇》讲述的是,一群乡间的男孩子在稻田里经过一场"激战",打死了一条农田里常见的水蛇。他们决定把蛇埋在田埂上,并模仿乡间的习俗,用烧纸钱和哭诉的方式祭奠这条蛇。小说通过乡村男孩们游戏似的哭闹，来表达他们对学校、社会的不满，来宣泄他们内心的压抑和苦闷。请看这样一段描写：

  火越烧越旺了。原来在他们头顶上"嘤嘤嗡嗡"的一团蠓虫，被烟火一熏，飞走了。戏是开场难，一旦开了场，就很自然地唱下去了。
  "张××呀，你这个老师好凶啊！"
  ……
  "课外作业压死人啊！"
  "图画课叫我们抄生词啊！"
  "体育课关在教室做算术题啊！"
  "苦—啊—"
  "蛇—啊！"[12]

  小说《祭蛇》没有完整、复杂的情节设置，而是借助对一个乡村孩子游戏场景的渲染、描述，来揭示、表达童年心灵与社会生活中的某些灰色、阴暗的内容。在当时传统、保守的文学观念、教育观念仍然十分强势的中国儿童文学界，《祭蛇》在《儿童文学选刊》选载之后，引起巨大的关注和纷争就毫不奇怪了。一种比较开明的观点强调，"把儿童文学单纯作为达到某种思想教育目的的直接工具"的做法已经过时，《祭蛇》的内容是具有"时代感"的，其表现手法是"奇异的、陌生的"，也是具有创新意义的。[13] 而另外一种相对保守的观点则认为，《祭蛇》虽然写得十分热闹，但这种表面上的热闹掩盖不了小说总体上是一种比较灰暗的调子，所以这是"一篇有明显缺陷、社会效果未必好的作品"。[14]

不久以后人们也了解到,《祭蛇》的作者丁阿虎是生活在中国东部沿海江苏省的一位乡村小学教师。之前他已经发表了若干中短篇儿童小说作品,但如同当时许多年轻的儿童文学作家一样,一篇富有新意的作品的发表,使作者在儿童文学界一举成名。《祭蛇》的发表以及《儿童文学选刊》的进一步传播,也使丁阿虎成为当时中国儿童文学界一个家喻户晓的名字。

而人们事后了解到的幕后故事也颇耐人寻味。1982年早些时候,写完《祭蛇》的作者充满期待地把这篇新作陆续投给了北京、上海等地的一些著名的儿童文学杂志,但均遭到退稿。直到这一年的秋天,在一次儿童文学会议上,心情沮丧的作者遇到了《东方少年》主编刘厚明。这位以儿童小说《黑箭》获得"1981年全国优秀短篇小说奖"的著名儿童文学作家答应把《祭蛇》手稿带回去"研究一下"。不久以后,这篇命运多舛的作品的命运就改变了,毫无疑问,一位乡村儿童文学作家的命运也由此改变了。[15]

我们还可以继续举出一些类似的例子。1986年,青年作家班马——就是本书最开头出现过的那位本名班会文的年轻编辑,把具有很强实验性的短篇小说《鱼幻》,投给了浙江少年儿童出版社主办的《当代少年》杂志编辑部。历经曲折之后,《鱼幻》发表在了这一年第8期刊物上。

但是,《儿童文学选刊》却毫不犹豫地做出了迅速而强有力的反应,在1987年第1期首次开设的"探索性作品"栏目的领头位置上,将《鱼幻》推入整个儿童文学界的视野,并在当年第2期杂志上组织发表了3篇观点相左的讨论文章。这样的安排,无疑使这些原先可能会"自生自灭"或被传统话语所遮蔽的具有某种"先锋"意味的文学实验,获得了更有力的关注和传播。

可以说，《儿童文学选刊》的重视并不断施以援手，在相当程度上调动、刺激了一代儿童文学作家的艺术创造潜能，并进而引发、制造出了各种各样的新的艺术事变——这就是贯穿于20世纪80年代的儿童文学界对新的艺术话语的探索和寻求。而班马一代，也成了80年代中国儿童文学界文学探索和艺术革命进程中的风云人物。

2.3 从"写什么"到"怎么写"

20世纪70年代末到80年代初，曾经饱受重创的中国当代文学，在民族精神、理智的恢复和重建过程中，成了社会生活、时代要求最灵敏的感应者和最坦率的表达者，在整个社会精神复苏和思想解放的进程中风光无限。事实上，新时期中国儿童文学最初的艺术解冻和艺术创新，也是在整个新时期文学的启发和带动下实现的。对于当时的中国儿童文学来说，太阳确实每天都是新的。新的观念、新的作者，一不留神就会撞到你的眼皮子底下。一个个题材禁区、观念禁区的突破，一个个新的文学手法、技巧的尝试和运用，儿童文学界跟整个中国当代文学界一样，被"创新"这根魔棒指挥得团团打转、热闹非凡。可以说，在整个20世纪的中国儿童文学史上，没有哪个时期像那时一样，有那么多年轻的作家，拥有如此强烈的艺术变革的欲望与共识。

大体说来，这一解冻和变革方面的探寻、实验，是在"写什么"和"怎么写"这两个层面上进行的。

30多年前，"写什么"曾经是一个令中国儿童文学作家感到困扰的难题。受传统艺术思维定式的影响，人们在心理上存在着许多写作禁忌和表达障碍，许多题材不能涉足，许多主题被理所当然地放逐了。例如，社会阴暗面、悲剧、早恋等题材不能涉足。而在新的时代氛围的影响下，作家们，尤其是年轻一代的儿童文学作家们，已经不愿意再受这些清规戒律的束缚了。就在王安忆的《谁是未来的中队长》、丁阿虎的《祭蛇》等儿童小说引起关注的前后，《弓》《我要我的雕刻刀》《独船》《今夜月儿明》《柳眉儿落了》等短篇小说接连问世，并先后引起了许多讨论——中国当代儿童文学一点儿一点儿顽强地拓展了自己的文学视野和写作疆域。

曹文轩的《弓》可能是作者第一篇引起儿童文学界广泛关注的作品。小说描写的是一位进城弹棉花的孩子黑豆儿的生活和情感故事。评论家周晓认为，《弓》与《祭蛇》等作品"着眼于写生活，而且对生活的反映都不那么单纯，作品中的人物形象及其所蕴含的思想，不是一眼可以看穿，也不是一语可以说尽"。[16]刘健屏的《我要我的雕刻刀》因塑造了一个富有个性的少年形象而引起人们对于如何认识和表现当代少年特征这一话题的争鸣。记得再早一些时候，王安忆的《谁是未来的中队长》、庄之明的《新星女队一号》等都曾带来过相似的话题，但刘健屏笔下的章杰无疑有着更丰富的内涵。他的常常与众不同的内心世界和独特见解，他的"舍己救人是应该的，但舍己而不能救人没有必要"的惊人之语，使人们不能不跟着作者一起陷入沉思。常新港的《独船》描写了一个渴望合群和友谊的少年石牙内心的痛苦及抗争，述说了一个在生活中变得异常自私、冷漠、狠心、孤僻的父亲由于不理解儿子的内心要求和愿望而终于失去儿子的悲剧性故事……

在社会生活的"外宇宙"受到全面审视的同时,儿童文学的艺术视野也在更深入地向着人物心理的"内宇宙"延伸。这方面最为典型的表现是怎样正视、把握和艺术地再现少男少女们伴随着身心进一步发育成熟而产生的青春期意识和所谓朦胧爱情。身为教师的作者丁阿虎的《今夜月儿明》和少年作者龙新华的《柳眉儿落了》的先后发表犹如投石击水,激起了强烈的连锁反响。发表作品的报刊编辑部和作者本人收到的读者来信均达数百封之多;《儿童文学选刊》和上海的《文学报》还分别就两篇小说组织了讨论。诚如《儿童文学选刊》编者在发起《今夜月儿明》的讨论时所写到的:"一篇作品激起如此广泛、激烈而又褒贬迥异的反应,在我国儿童文学创作史上是罕见的。"(《儿童文学选刊》1984年第4期,第25页)

与人们的审美视觉早已习惯的儿童文学色彩相比,上述作品所呈现的色彩无疑要丰富得多,也凝重得多。

在"写什么"的追问在实践中不断推进的同时,对于儿童文学单一、贫乏的传统写作手法的质疑和不满,也很快引发了人们对于儿童文学应该"怎么写"的思考和实验。程玮的《白色的塔》、班马的《鱼幻》、梅子涵的《双人茶座》、张之路的《空箱子》等儿童小说,郑渊洁的《"哭鼻子"比赛》、周锐的《勇敢理发店》、冰波的《那神奇的颜色》、金逸铭的《长河一少年》等童话的陆续发表,为20世纪80年代的中国儿童文学界带来了持续不断的实验热情和十分密集的讨论话题。这些气象万千的短篇作品从语言、情节、结构、艺术手法、艺术风格等不同角度切入,几乎是以毫不犹豫、毫不讲理的方式,撑破、搅乱了传统儿童文学单一、局促的艺术格局和面貌。[17]

20世纪80年代中国儿童文学激情四射的艺术实验和创新活动，在一次会议、一套丛书那里，留下了那个时期最后一幅珍贵的历史剪影。

1986年10月，江西少年儿童出版社（今二十一世纪出版社）在富有眼光和激情的时年30岁的年轻社长张秋林的组织下，在庐山召开了一次有20多位中青年作家参加的座谈会。会议内容涉及儿童文学现状、发展趋向和前景。会议决定编辑出版一套以"新潮儿童文学丛书"为名的系列丛书。从1987年至1989年，这套丛书共出版9种，包括《八十年代诗选》（高洪波选编）、《八十年代童话选》（汤锐选编）、《八十年代乡村小说集》（董天柚、杨福庆选编）、《八十年代小说选》（曹文轩选编）、《探索作品集》（金逸铭选编）、《一百个中国孩子的梦》（董宏猷著）、《中国少女心理小说集》（秦文君、程玮、陈丹燕选编）、《中国少年探险小说集》（常新港、董宏猷选编）、《中国少年诗人诗选》（高洪波、白冰选编）。

印在丛书中的编委会名单，为我们保留了当时参加会议的那些作家的名字：方国荣、刘健屏、白冰、朱奎、汤锐、陈丹燕、张之路、张秋林、金逸铭、高洪波、罗辰生、夏有志、杨福庆、常新港、黄世衡、曹文轩、程玮、董天柚、董宏猷（按姓氏笔画为序）。此外，还有后来因故退出了编委会的童话作家郑渊洁。很显然，这些名字在一定程度上代表了当时中国儿童文学界的艺术创新力量。

在"新潮儿童文学丛书"最前面，有一篇题为《回归艺术的正道》的总序。这篇总序署名为丛书编委会。后来人们知道，它是由作家曹文轩根据在庐山上的酝酿、讨论执笔撰写而成的。总序的开头写道：

"新潮儿童文学丛书"是从"新时期"洋洋大观的儿童文学作品中精选出来的部分作品的汇集。它们从各个侧面反映着中国儿童文学的新动机和新趋势。人们可以从这些作品的深部，获悉从痛苦中崛起的儿童文学所热烈追求的新的艺术价值体系；"新潮"不具有迎合时髦之含义。所谓"新潮"，只是指文学要从艺术的歧路回归艺术的正道。"新潮"也不具有年龄的含义，我们只按艺术的标准进行选择，年龄概念在这里没有意义。

这篇总序，可以看成是贯穿20世纪80年代中国儿童文学试图彻底摆脱庸俗政治学的摆布、回归文学自身的一篇迟到的宣言。而"新潮儿童文学丛书"也以文本荟萃的方式，保留了20世纪80年代中国儿童文学在文学实验、艺术想象方面的激情、灵感和创作成果。我以为，它们与当时的《儿童文学选刊》一起，是那个时代儿童文学发展面貌的一份珍贵的历史记录和档案，具有一种文学发展的历史索引价值。

总结20世纪80年代的中国儿童文学，我认为可以用"艺术实验""新作家""短篇作品"这样一组关键词来进行一个简要的概括——

那是一个需要实验和探索的年代。实验、探索、创新，成了那个时代中国儿童文学作家，尤其是先锋作家们最具时代特征的一种集体性的写作姿态。

那也是一个呼唤新的写作者，并且为新作家的崛起准备了最好的艺术舞台的年代。冰心、陈伯吹、贺宜、严文井、鲁兵、任溶溶、金波等老一辈儿童文学作家仍然健在，有的还在不断进行新的写作，但是我认为，曹文轩、班马、高洪波、张之路、郑渊洁、秦文君、梅子涵、程玮、沈石溪、刘健屏、周锐、冰波、彭懿、陈丹燕、郑春华、常新港、金曾豪、黄蓓佳、孙云晓、董宏猷、薛卫民等年轻一代作家的大批涌现，包括其中一批年轻的先锋作家们的写作实践，才为那个时代中国儿童文学的发展提供了最重要的创造活力。

那也是一个"短篇"活跃的年代。激情年代的作家们大多还来不及运用"长篇"这样的体裁或样式来进行写作，而"短篇"样式的轻便、灵活与迅捷，还有发表短篇作品的儿童文学期刊的大量创办与存在，都为作家们的文学思考和尝试，提供了相应的便利与可能。结果，我们发现，20世纪80年代中国儿童文学的艺术清单，主要是由一系列的短篇儿童文学作品构成的。这与20世纪90年代以后中长篇作品创作渐趋活跃的发展趋势，形成了鲜明的对比。

今天，参与过20世纪80年代中国儿童文学发展历史的人们，几乎都对那一段经历充满了深深的自豪和怀恋。人们相信，20世纪80年代的儿童文学激情探索与实践，使整个中国儿童文学的艺术纯粹性、开阔性、丰富性，都得到了史无前例的提升。我以为，这样的怀恋和看法是有道理的。从动机上看，那个时代的探索和创作冲动，有其历史与现实的必然性、合理性；从目标和结果上看，经过20世纪80年代的美学实践与沉淀，中国儿童文学陈旧、单调、乏味、虚饰、僵化的面貌，得到了强有力的扭转与更新。

当然，对20世纪80年代中国儿童文学的一味褒扬，肯定还不是历史评价的全部。还有一些问题显然需要人们在新的历史语境中做出更客观、更理性的判断与把握。比如在今天，人们的一个比较极端的疑问可能是，精英意识驱动下的先锋儿童文学实验，是否也在一定程度上使当时的儿童文学在某些方面远离了自己真正的美学，而成了作家自恋式的自言自语和孤芳自赏？

历史评价在服从当下意识的同时，无疑还应该具有深切的历史感。

从更长时段的历史过程来考察，20世纪80年代的中国儿童文学还是一种"在路上"的文学，它从一个较低的文学起点出发，努力地把自己带向了一片更宽阔、更有品位的文学世界，同时，它可能也只是历史征程中的一个阶段、一种风光，也许，只有经历了这样的阶段，领略过这样的风光，中国儿童文学才能步入新的历史，创造新的想象与神奇。

对于今天普通的儿童文学爱好者来说，那样一个充满了文学的纯粹性和恭敬感的年代，已经沉入了历史记忆的深处。而那些参与了20世纪80年代中国儿童文学历史书写的人们，如今有的已经四下散去，有的则仍然一如既往地享受着为孩子们写作的欢乐和荣光。

三 市场化时代

3.1 市场化时代的降临

在很长的一段时期里,中国的社会生活特别是政治生活,成为影响大众文学生活的主要力量。20世纪80至90年代,一种新的影响文学生活的无形力量已经悄然形成,这就是当代中国日趋活跃的经济生活及其背后那只无形的手。1990年5月,由中国儿童文学研究会主办的"1990年代儿童文学展望"研讨会,在中国西南部素有"春城"美誉的云南省省会昆明市举行。我参加了那次会议。站在20世纪90年代的起点,会议主办方的原意重在"展望"。令我印象深刻的是,一些与会者不约而同地把思考和发言重心放在了市场化、商品化时代儿童文学的特点、命运、出路等这样一些话题上。

1992年,中国共产党第十四次全国代表大会明确确立了市场经济在中国当代经济体制和经济生活中的位置。这意味着,当代中国儿童文学所赖以生存的社会生活环境又发生了新的深刻变化,其主要表现是,市场经济和商业化时代的到来,使以市场、商业价值取向为主导的生活发展力量,在一定程度上开始影响、挤压纯粹的文学写作及其生存空间。中国儿童文学逐渐进入一个艺术与市场、作家与读者、文学价值与商品价值相互交锋、碰撞、包容、妥协的时代。

回顾历史我们发现,早在20世纪50年代至60年代,一部儿童文学作品一次印刷几十万册，是一件十分平常的事情，而到了20世纪90年代，一部纯儿童文学作品一次印刷一两千册的情况则屡见不鲜，甚至成了一种出版常态。例如，1996年5月揭晓的由中国作家协会主办的第三届全国优秀儿童文学奖，19部获奖作品中，笔者曾根据当时版权页上的印量做了统计，印量在8000册以下的有11种，其中印量2000册的为4种。试想一下，一部被认为是优秀的儿童文学作品只印了2000册，对于中国庞大的儿童读者群来说，意味着什么呢？[18] 而根据1990年中国第四次人口普查的数据统计，当年中国14岁及以下的儿童人口数量约为3.139亿。我参加了1996年那次评奖的终评工作，至今还记得获奖作品版权页上显示的作品印量留给我的震惊和触动。

事情似乎还不只限于此。20世纪80年代曾达到几十万册、上百万册发行量的纯儿童文学期刊，如今发行量已普遍降至十几万册甚至数万册。而20世纪80年代激情四射、一呼百应的先锋作家群体，那种攻城拔寨、所向披靡的创作态势，似乎也已经成了明日黄花。

1995年5月，我在一篇题为《九十年代儿童文学印象》的文章中这样表达了自己的困惑："1980年代以来，我的理论热情一直深受儿童文学艺术突进的煽动和鼓舞。但是进入1990年代，我的思维则更多地受到了这样一种奇怪现象的困扰，1980年代以来儿童文学在艺术话语方面所取得的进展，并未在少年儿童读者那里获得相应的回报。"[19] 1991年春夏时节，笔者曾在中国各地一些学校，通过问卷和座谈等方式调查了少年儿童读者的文学阅读现状，惊讶地发现，当代少年儿童读者对当时的儿童文学作品普遍感到十分陌生和隔膜。[20]

造成这种情况的原因当然很多。从外部环境来看，首先是，在市场经济大潮的裹挟之下，商业话语权以不容置辩的强势姿态，挤压着儿童文学的纯艺术话语权。其次，各种迅速发展的大众传播媒介和新兴文艺消费类型的出现，也在蚕食着儿童文学的生存空间。再次，"应试教育"重负下的少年儿童读者，被迫与儿童文学保持某种距离……

而商业化时代的降临，无疑是影响20世纪90年代中国儿童文学生存命运和发展走向的最大因素。精英式的写作自信和姿态，严肃的文学理念和理想，都意外遭遇到来自商业领域及其规则的挑战，遇到了快餐式童年消费的某种冷遇和远离。对于中国儿童文学来说，这究竟是一次无情的陷落，还是一次可能的生机呢？

3.2 从《笠帽渡》到《男生贾里》

商业化时代，如何重新思考儿童文学的艺术与美学，如何努力赢得读者的亲近和回归，这是儿童文学写作者面临的一个新问题。

稍早一些时候，上海作家秦文君以她的短篇小说《少女罗薇》《老祖母的小房子》《四弟的绿庄园》，长篇小说《十六岁少女》等广有影响的作品，参与了20世纪80年代儿童文学的写作进程。秦文君早期的这些作品留给读者的印象是，描写细腻，文字流露出优雅、内敛的气质，情绪忧郁而凝重，思考的问题都严肃得要命——比如人情、人性，比如"代沟""对话"，等等。毫无疑问，20世纪80年代，年轻的秦文君的写作神情、姿态是端庄、略带矜持的。

1991年，秦文君在上海出版的儿童文学刊物《巨人》上，开始发表长篇小说《男生贾里》。这部小说写的是一个名叫贾里的初中一年级男生的故事。整部作品分为18章，基本上就是贾里上初一时发生的18个故事。当然，也顺便写到了贾里的妹妹贾梅、爸爸贾作家，还有贾里的男女同学们。小说借助对贾里生活中琐事的描述，来展示当代中国都市少年的日常生活和心性志趣，揭示他们心灵成长的隐秘流程。值得注意的是，在这部作品中，作家收起了原先矜持的写作姿态，而操起了一副轻松、活泼、略带调侃的叙事语调，来讲述生活中普通孩子的平凡小事，整部作品因此变得幽默、流畅，成为一部好读的小说。

不久以后，《男生贾里》的单行本由上海的少年儿童出版社出版发行。这部作品很快由于其风趣、幽默、可读性强等特点风靡一时，不仅囊括了中国儿童文学界的各种奖项，而且数次被改编为电影、电视剧，此后还陆续被翻译成英文、德文、日文、韩文等。

借着《男生贾里》的强劲风头，作者秦文君一鼓作气，又陆续写作、出版了相似风格的系列作品《女生贾梅》《小鬼鲁智胜》《小丫林晓梅》等。这些作品在市场和读者那里都获得了广泛的认可。其中关于贾里、贾梅的系列作品，正版累计发行量达到300余万册。

关于20世纪90年代秦文君创作风格发生转向的原因，我曾经在1996年写下的一篇文章中做过这样谨慎的猜测："或许是她对儿童文学的艺术特性和艺术可能有了新的发现，或许是她想换一种方式写作少年小说，也许，是其他的什么原因吧。"[21]

今天我想说，无论是何种原因导致秦文君创作风格的变化，从客观上看，这种变化呼应了20世纪90年代中国儿童文学面向读者、面向市场的时代诉求。因此，这一转型具有了一种象征意味:在书写了20世纪80年代的艺术探索、实验、开拓、创新篇章之后,在作家们经历了创作上的"自说自话""自言自语""自我实现"之后,中国儿童文学写作的读者意识、市场意识开始被无情而又巨大的现实环境和力量所建构。当20世纪80年代的先锋写作在某种程度上逐渐显示出一种"自恋式独白"和"成人化写作"危机的时候,这样的转型,很可能是中国儿童文学创作的一次重要的向着童年美学的回归。

20世纪80年代初,在当时特定的历史情境与条件下,一些儿童文学作家开始敏锐地觉察到了逐渐形成的商业文化环境对于当代童年及其生活的影响,同时,他们对商业文化给儿童生活带来的"侵蚀"和可能的负面影响,也保持着天然的警惕之心。因此,这一时期的儿童文学作品在处理这类题材时,常常自觉或不自觉地倾向于将商业之"利"与道德之"义"对立起来,"舍利取义"也被表现为一种理所当然的童年生活伦理。很自然地,这类作品中的儿童主角也在理智和情感上保持着一种对商业文化的批判和排斥态度。

早在1983年,江苏作家金曾豪发表了一篇题为《笠帽渡》的短篇儿童小说。小说中出身摆渡之家的13岁水乡少年阿生,在暑假来临时,承担起了摆渡的工作,以此挣钱补贴家用。这篇小说发表后引起了评论界的一些争议,争议的焦点在于,小说中阿生的摆渡行为明显带有已在当时乡村社会萌芽的商业文化的痕迹,而阿生为钱摆渡的行为则有悖于一般情况下我们对于童年"纯真"精神和价值的理解。

那么,儿童文学中应该如何表现这种不够"纯真"的商业意识和商业行为?《笠帽渡》给出的回答仍然是十分谨慎的。首先,阿生摆渡的收入十分微薄,但他并不因此懒怠,而是十分负责地对待这项临时的工作。为了不耽误别人的事情，他冒着大雨为人摆渡，还提供自家的笠帽给客人遮雨。这一文学上的处理给读者造成了这样一个印象：虽然阿生的摆渡是一项有偿的工作，但在这一过程中，他为别人提供帮助的意愿似乎远远超过了他所得到的经济报偿，这就冲淡了摆渡工作本身所具有的经济意味。

其次，除了微薄的摆渡收入之外，阿生拒绝通过其他明显的商业行为获取更多"利润"。小说中，做小买卖的陈发总要坐阿生的渡船去河对岸的工厂卖冰棒，慢慢地，他和阿生交上了朋友。但当陈发建议阿生不妨在笠帽上动些生意脑筋，在摆渡的同时兼卖笠帽时，却遭到了阿生的严词拒绝：他的笠帽可以借用，但绝不售卖。在这里，"借"与"卖"之间的区别，正代表了"义"与"利"之间的对立。

再次，少年阿生在情感上对营利性的商业行为怀有鄙视的态度。因此，当他听说陈发将冰棒悄悄地涨了价，便认定他是个"见利忘义"之徒，不再把他视为朋友。显然，小说中阿生摆渡赚钱似乎只是一种不得已而为之的传统谋生行为。细究起来，不但小说的少年主角对商业文化持一种拒斥的态度，小说的作者对于儿童卷入商业行为的现象，总体上也持一种保守甚至质疑的态度。

在《笠帽渡》发表差不多10年之后，20世纪90年代，一种对于当代商业文明的更为正面的价值观和文学表现方式开始在儿童文学创作中逐渐得到确立，传统观念中商业文化所指向的"利"与"义"之间的天然对立逐渐消解，甚至一些明确带有"营利"意图的经济交换意识也成了当代童年现实生活表现的正当内容。例如，前面提到的秦文君的《男生贾里》《女生贾梅》，就频繁涉及并描写了少年主人公的商业意识。

该系列小说的主角贾里和贾梅是一对生活在上海一个富裕家庭的双胞胎兄妹，现代都市商业文化氛围在兄妹俩身上留下了鲜明的时代烙印。与《笠帽渡》的故事相比，在这两部小说中，不但贾里、贾梅等少年主角表现出对于营利性商业活动的积极认同，作家对于这种认同的判断也显然是更加正面和积极的。例如，下面这段来自《女生贾梅》的对话发生在这样的情境下：贾梅为了能买到自己喜欢的歌星左戈拉的演唱会门票，决定寒假里去一家餐馆干活儿，以获取50元钱的酬劳。于是，她在家里宣布了自己的这一决定：

"我要上班去了！"贾梅在饭桌上发布新闻，"国外中学生假期里也打工，所以你们别拦我！"

爸爸妈妈听了那事的来龙去脉，都愣在那儿。只有哥哥贾里不无嫉妒地挑毛病："干一个寒假才给五十元？剥削人一样！"

贾梅说："可我在家帮着做家务一分钱也拿不到！"

"喂，你怎么变成小商人了，"贾里说，"我将来要赚就赚大钱，像我这种高智商的人，月薪至少一千元，还得是美金！"

妈妈插言道："每天早上七点到十一点，大冬天的，你能爬得起！"

"那倒是个问题，"贾梅说，"能不能买个闹钟赞助我？"

"买个闹钟就得几十块。"贾里霍一下站起来，"完全可以找出更节约的办法，比方说，每天由我来叫醒你，然后你每天付我些钱，五角就行。"[22]

这段对话中充斥着与市场经济有关的各种细节，包括"上班""打工""赚大钱""赞助"等,"月薪"的高低也成了衡量个人"智商"价值的重要因素。更重要的是,与《笠帽渡》中阿生摆渡以补贴家用不同,贾梅"打工赚钱"的目的是换取一场心仪歌星演唱会的门票,也就是说,她的"工作"乃是为了满足另一种比日常生活更为奢侈的"欲望"。贾里最后提出的讨价还价建议透着市场经济时代儿童特有的精明,并直接指向"报酬"的目的。而在小说中,贾里和贾梅的上述"精明"表现并未受到叙述人的任何责备,相反,他们的种种言行倒因其凸显了都市少年积极的主体意识而得到了叙述人不露声色的赞许。

从《笠帽渡》中的阿生到《男生贾里》《女生贾梅》中的双胞胎兄妹,童年艺术形象的变革已经在中国儿童文学界悄然发生,而这种变革与市场经济和商业文明之间的特殊联系则提醒我们关注这两者之间的现实逻辑。儿童文学创作中商业文化因素的介入及其影响的凸显,不仅仅意味着一种简单的写作题材或表现内容上的拓展。与这一话语变迁伴随而来的,是中国当代儿童文学创作观念的整体变迁。对于当代儿童文学的艺术发展来说,这其中可能蕴含了一种积极的美学变革讯息。不可否认,在市场经济的物质逻辑与文学艺术的精神逻辑之间也许存在着某种天然的隔阂和矛盾关系,然而,在20世纪90年代中国儿童文学的艺术发展进程中,正是市场经济和商业文化元素的内外参与,使儿童文学的艺术表现迅速冲破了长久以来所受到的意识形态话语的制约,从而为自己打开了一个更为真实、广阔和自由的表现空间。[23]

3.3 20 世纪 90 年代的几个现象

此外，谈论 20 世纪 90 年代的中国儿童文学，有几个现象或话题是不能忽略的。

一是长篇儿童文学创作的活跃。

20 世纪 90 年代初，我在南京的《未来》杂志上发表了一篇文章，题目是《九十年代：长篇的时代》。我在这篇短文中认为，20 世纪 80 年代中国"儿童文学创作中发生的许多具有深刻意义的变革和突破，大都是由短篇作品的创作首先实现和提供的。相形之下，长篇作品的创作则显得冷清、沉寂一些"。"我相信，当短篇创作在 1980 年代积累了相当的艺术经验和教训之后，长篇作品的创作将从相对沉闷的状态逐渐走向活跃，……可以预期，长篇作品将成为显示 90 年代儿童文学创作成就的一个重要的方面，成为显示儿童文学美学潜力和艺术魅力的一个重要的途径。"[24]

我的上述预期，后来的确成了事实。20 世纪 90 年代中国儿童文学留在许多人记忆中的作品，首先应该是一批长篇作品。例如，长篇儿童小说有张之路的《第三军团》、班马的《六年级大逃亡》、沈石溪的《狼王梦》、董宏猷的《十四岁的森林》、梅子涵的《女儿的故事》、陈丹燕的《我的妈妈是精灵》、曹文轩的《草房子》等，长篇童话有孙幼军的《怪老头儿》、冰波的《狼蝙蝠》、周锐的《孙小圣和猪小能》、张之路的《我和我的影子》等。很显然，这些作品勾勒了 20 世纪 90 年代中国儿童文学最重要的艺术轮廓。

长篇儿童文学创作的推进，在江苏少年儿童出版社策划、组织、出版的"中华当代长篇少年小说创作丛书"中得到了十分重要的呈现。这套丛书的主要策划与组织者刘健屏，是20世纪80年代活跃而知名的儿童小说作家，同时也是一位富有眼光和魄力、人脉广泛的出版家。在他强有力的策划、邀约之下，从1989年至1995年，先后有18位作家的长篇小说新作在这套丛书中面世，其中包括夏有志的《普来维梯彻公司》、陈丹燕的《一个女孩》、曹文轩的《山羊不吃天堂草》、班马的《六年级大逃亡》、程玮的《少女的红发卡》、秦文君的《孤女俱乐部》、张之路的《坎坷学校》、沈石溪的《一只猎雕的遭遇》、董宏猷的《十四岁的森林》等。这些长篇作品无论对于这套丛书，还是对于20世纪90年代的中国儿童文学来说，都是十分重要的收获。

稍后，上海的少年儿童出版社推出的"巨人丛书"，明天出版社由时任总编辑刘海栖策划、组织的"金犀牛丛书"（这套长篇小说的作者张炜、王安忆、池莉、迟子建、毕淑敏、刘毅然都是中国当代文坛的知名作家），等等，继续在长篇儿童文学作品的组织出版方面不断发力，使20世纪90年代的长篇创作，在中国儿童文学界蔚为大观。

二是儿童文学美学形态、艺术风格的自觉与多样化。

20世纪80年代的中国儿童文学创作，是在"写什么""怎么写"等问题意识的驱动下逐渐发展的，儿童文学的宏观美学结构和艺术生态还未能引起普遍的自觉与思考。20世纪90年代，在国有出版社还未完全市场化的转型时期，在一些敏锐的出版人的策动下，一些出版社开始组织、出版具有独特艺术定位的儿童文学丛书，其中令人印象深刻的是这样两套。

首先是由出版人、学者孙建江策划，浙江少年儿童出版社出版的"中国幽默儿童文学丛书"。

1993年，该丛书首批推出张之路、周锐、葛冰、李建树和庄大伟等5位作家具有鲜明幽默风格的5部小说和童话作品，首印各7000册。这些作品在业界受到了许多关注和好评，其中张之路的小说《有老鼠牌铅笔吗》，获得了中国作家协会主办的第三届全国优秀儿童文学奖。但是令人不可理解的是，这套丛书却没有在市场上取得多少成功。这可能与它的面世时机有关。20世纪90年代中前期，艺术探索的激情及业界的关注度已经不复往昔，而儿童文学的市场化程度和读者的阅读热情都还没那么高。1998年，"中国幽默儿童文学丛书"推出了第二批12种原创新作，作者包括任溶溶、孙幼军、高洪波、张之路、梅子涵、董宏猷、韩辉光、李建树、金曾豪、杨红樱、汤素兰、任哥舒，体裁涉及小说、童话和诗歌。

其次是由出版人张秋林组织、推动，二十一世纪出版社出版的"大幻想文学丛书"。

幻想文学在中国儿童文学发展历史上虽然也有着一定的历史积累，但是，在很长的过程中，它并未成为一种自觉的文学门类。20世纪80年代至90年代，中国儿童文学理论界对国外幻想文学及其理论的介绍和讨论，在一定程度上为幻想文学在中国的发展进行了理论上的铺垫和预热。1997年，二十一世纪出版社接受了作家班马提出的出版"幻想文学丛书"的策划方案，在江西三清山召开了一次以"幻想文学"为内容的"跨世纪中国少年小说研讨会"。1998年，该社即出版了"大幻想文学丛书"第1辑，包括班马、彭懿、秦文君、彭学军、韦伶、薛涛、张洁等7位作家的7部原创作品。1999年，"大幻想文学丛书"

第2辑出版,8部作品的作者分别是张之路、彭懿、左泓、张品成、牧铃、殷健灵、魏海滨、戴臻。

"中国幽默儿童文学丛书""大幻想文学丛书"在20世纪90年代中期前后的出现,虽然最初都未能获得来自读者方面的更多的回应,但是,它们对于中国儿童文学艺术生态的美学自觉与多元构建,却是意味深长的。

三是市场经济环境下,关于儿童文学作品的商品属性、艺术属性的思考与相应的创作实践。

儿童文学作品作为一种特殊的文化商品,同时具有商品和艺术这两方面的属性。毋庸讳言,儿童文学的双重属性,在一部具体的作品中有时候可以是统一的,有时候则可能会发生不同程度的分离。进入20世纪90年代,那些敏感而富有思考力的中国儿童文学作家们很快就意识到了这一点。1997年,作家曹文轩出版了长篇小说《草房子》。他为这部新作撰写了《追随永恒》一文。这位北京大学教授在文中认为:感动今天儿童读者的,"应是道义的力量、情感的力量、智慧的力量和美的力量,而这一切是永在的";"追随永恒——我们应当这样提醒自己"。[25] 上海师范大学教授、作家梅子涵则在一次会议上说:"有些理论家早已说,'新时期'结束了,但我仍然以'新时期'的心情,热情、平静的心态进行着写作。"

由此可见,经过了20世纪80年代的文学探索、磨炼和积累,在20世纪90年代的中国当代生活与文学的转型时期,面对市场经济环境的冲击、挑战,儿童文学作家们的艺术心性仍然是自信而淡定的。虽然市场经济"狼来了"的提醒不绝于耳,但儿童文学的艺性和永恒价值，仍然是一些作家首先考虑和向往的创作目标。

事实上，20世纪90年代儿童文学作家的艺术坚守和努力，在很大程度上仍然是有效的，儿童文学的艺术领地并未在市场经济的冲击下尽数失去。例如，1997年出版的《草房子》，是作者曹文轩长篇小说创作的代表作品，出版后引发了持续的阅读热情。许多学校把这部作品列入了课内或课外的阅读书目，许多孩子和老师对这部作品的人物、故事耳熟能详、津津乐道。据了解，截至2017年7月，这部作品仅在江苏少年儿童出版社就先后出版了7个版本，累计印刷189次，总发行量达642万多册。

四　21世纪：如何塑造更好的童年

4.1　市场化与文化环境

进入21世纪，中国儿童文学出版、发行、传播的市场环境进一步形成。如果说20世纪90年代的中国儿童文学还只是在市场经济的环境里小试身手的话，那么，近年来市场对于儿童文学发展的影响，已经成为一个必须应对的巨大的生存现实。

这首先是源于国家对于文化事业与体制市场化改革的强力推动。2002年，中国共产党第十六次全国代表大会报告中，把"文化建设和文化体制改革"列为专门的一章。2003年，中共十六届三中全会通过了《关于完善社会主义市场经济体制若干问题的决定》，首次明确提出文化体制改革要形成一批大型文化企业集团。出版业作为实体文化的主要组成部分，于2003年开始了体制改革的总体启动阶段。截至2010年底，包括地方出版社、高校出版社、中央各部门各单位出版社在内的中国所有经营性出版社，已经全部由事业单位转为企业，成为市场主体。

在中国，出版一部作品必须通过相关的出版社，而出版社的经营必须符合国家的意志和大众的需求。出版社成为企业，意味着绝大部分的出版行为，都将同时是一种市场行为，只有一部分被认为具有文化积累、创新价值，或者体现国家意图的出版项目，才有机会获得政府出版补助。在这样的背景下，传统儿童文学出版的习惯与空间，都发生了新的变化。

最初的茫然和恐慌无疑是存在的。20世纪90年代的市场化尝试，人们还只是朦胧地预感到了市场化的前景和压力。而进入21世纪后，中国出版体制全面的市场化改革，无疑把那些曾经还在犹豫、观望或心存侥幸的出版社和作家，统统都赶进了市场经济的无边的丛林里。

除了市场经济这只"狼"以外，中国儿童文学还同样面临着一些来自其他方面的困扰和压迫。例如，以数字电视、互联网等为代表的新媒介的大规模普及，使相当一部分少儿读者的阅读时间被剥夺；中国中小学普遍存在的应试教育，也常常使许多孩子疲于应付各类繁重的作业和考试，一部分短视的老师和父母固执地认为，只有作业和分数，才是童年时代的正事，才能保障孩子们的未来，而儿童文学不过是无关紧要、可读可不读的闲书而已。在这样的现实之下，儿童文学的发展处境似乎不容乐观。

4.2 新世纪的博弈

出人意料的是，在经过了若干年的犹疑、惶恐和摸索、努力之后，21世纪中国儿童文学的创作、出版、发行却进入了一个十分风光的时期。许多报道都宣称，在近年来中国图书市场整体增长缓慢的情势下，童书包括儿童文学的出版、发行却逆势上扬。据权威的北京开卷信息技术有限公司（以下简称"开卷公司"）提供的统计数据，2006年至2016年，中国少儿图书的年增长幅度，均高于整体市场的增幅：

2006～2016年少儿图书增幅

年　份	少儿图书增幅	整体图书市场增幅	相对优势
2006 年	12.96%	10.33%	2.63%
2007 年	24.42%	11.18%	13.24%
2008 年	7.88%	4.44%	3.44%
2009 年	10.21%	4.21%	6.00%
2010 年	11.08%	1.83%	9.25%
2011 年	11.57%	5.95%	5.62%
2012 年	4.71%	-1.05%	5.76%
2013 年	6.65%	-1.39%	8.04%
2014 年	10.24%	3.26%	6.98%
2015 年	2.96%	0.30%	2.66%
2016 年	28.84%	12.30%	16.54%

注：本表数据由开卷公司提供。

开卷公司是一家专业提供中文图书市场零售数据、连续跟踪服务的专业机构，它所提供的数据是有说服力的。

一些堪称现象级的出版个案也进一步证实了这一趋向。秦文君的《男生贾里》（后增写为《男生贾里全传》）、曹文轩的《草房子》、沈石溪的动物小说《狼王梦》等20世纪90年代出版的作品，在进入21世纪后，其新增发行量都远远超过了20世纪90年代的发行量。

《男生贾里》1993年第一版首次印数仅为2000册，而进入21世纪以来，它的发行量达到了近200万册。而曹文轩影响巨大的长篇小说《草房子》《青铜葵花》在江苏少年儿童出版社的发行量均达数百万册；由中国少年儿童新闻出版总社策划出版的《草房子》《青铜葵花》的世界著名插画家插图版，仅仅两年时间，发行量就分别达到了30.5万和17万册。沈石溪的长篇小说《狼王梦》初版于1990年11月，但是这部作品的大红大紫却是在进入21世纪以后。2016年1月北京图书订货会前夕，浙江少年儿童出版社在京举办了"这个时代的阅读奇迹"庆祝会，庆祝如今已有"动物小说大王"之称的沈石溪的《狼王梦》浙少版6年间发行400万册。这些超级畅销书的出现，在20世纪80年代、90年代是人们无法想象的。四川作家杨红樱的"淘气包马小跳"系列（共20册）、"笑猫日记"系列（共23册）等，都是新世纪中国儿童文学界出现的超级畅销书。其中由明天出版社出版的《笑猫日记》系列，自2006年5月至2017年12月，累计发行5200万册。（以上作品发行数字或来自媒体报道，或由出版社直接向笔者提供。）

因此，对于新世纪中国儿童文学发展来说至为重要的一个现象，是随着国内儿童图书消费量的急剧攀升，儿童文学类童书在整个中国图书出版界经济地位的不断提升。尽管早在20世纪90年代，人们就开始意识到市场经济下儿童文学出版所暗藏的巨大消费潜力，但进入21世纪以来的十余年间，针对这一消费潜力的出版发掘与利润争夺，几乎成了席卷中国出版界的一个醒目现象，不但一批老牌的少儿出版社加大了各类儿童文学出版项目的策划、宣传与施行，而且有一批原本并不专门涉足少儿图书的出版机构，也纷纷设立专门的少儿出版分支，加入到这一文化担责和利润分羹的队列中。

从20世纪90年代到新世纪，一大批富有才华的青年儿童文学作家不断出现，成为中国儿童文学创作的新兴力量，如彭学军、汤素兰、杨红樱、张玉清、曾小春、萧萍、萧袤、谢倩霓、殷健灵、安武林、薛涛、伍美珍、郁雨君、李东华、牧铃、黑鹤、王勇英、毛芦芦、韦伶、张洁、王一梅、韩青辰、三三、陆梅、王立春、张晓楠、高凯、常星儿、葛竞、李学斌、刘东、邓湘子、林彦、孙卫卫、吕丽娜、张晓玲、皮朝晖、汤汤、胡继风、舒辉波、赵海虹、小河丁丁、李秋沅、刘慈欣、陈梦敏、胡冬林、韩开春、熊磊、单瑛琪、陈诗哥、左昡、廖小琴（麦子）、史雷、冯与蓝、周静、郭姜燕、孙玉虎、吴洲星、汪玥含、徐玲、张国龙、余雷、李姗姗、赵菱、王林柏、赵华，等等。

许多传统意义上的成人文学作家，如张炜、赵丽宏、毕飞宇、马原、虹影、刘玉栋、王秀梅、徐则臣等，也陆续加入到儿童文学的写作中来。北岛、张炜、王安忆等成人文学作家，则试图以自己的理念和视野，为少儿读者选编各类文学读本。这些现象，使得人们对于原创儿童文学的关注和青睐日益凸显，同时也使得原创儿童文学在20世纪后期所累积起来的那份艺术底气，在新世纪十余年间得到了淋漓尽致的发挥和释放。

与此相应的是，从第一代独生子女的出生开始，中国家庭结构逐渐改换，家庭关系逐渐调整，这带来了儿童观与儿童教育观的不断演进。随着第一代独生子女的成年与新的代际繁育的延续，在20世纪末期的儿童文学内部催生出了一种更具当代性的对于童年及其美学的理解。总体上看，这是一种既坚持传统的儿童保护原则，又愿意充分尊重童年自由精神的童年理解倾向，与此相应的儿童文学写作总是试图在这两者之间寻找一种恰到好处的平衡。在新世纪十余年间的儿童文学作品中，对于这一平衡的追寻越来越成为原创优秀儿童文学作品所秉持的基本的童年精神向度，进而也越来越参与塑造着新世纪儿童文学的总体艺术面貌。

那么，这里还有一个问题就是，中国儿童文学作家何以能在市场经济的竞争法则下，取得我们所看到的收获？

第一，从整个社会背景来看，中国经济的发展，带来了家庭经济和消费能力的明显提升。加上独生子女家庭的普遍化，使儿童对家庭消费的控制力、影响力以及儿童的自主消费能力都得到了显著加强。在此过程中，儿童文学书籍也成了儿童消费的重要内容。

第二，从中国教育的现实和发展来看，越来越多新一代的父母和教师开始重视阅读，尤其是开始重视儿童文学阅读在儿童教育和发展中的作用和价值。与此同时，近年来各地通用的由官方支持的小学语文教材进行了多次修订，其中儿童文学作品在新教材中所占的比例和地位不断提高。这一切，从教育体制的角度，保障了儿童文学的阅读和传播。

第三，进入21世纪以来，中国的教育界、文学界、出版界等，对于面向儿童的阅读推广活动，都给予了极大的重视，投入了持续的热情。许多校园里都出现过一些著名儿童文学作家、评论家、编辑、阅读推广人的身影。推广儿童阅读，建设书香社会，已经成为近年来中国社会文明发展进程中的一项重要的文化运动，一道独特的文化风景。

第四，一百多年来，中国儿童文学的现代发展历史，是与外国儿童文学作品、理论等的大量译介、引进分不开的。而进入21世纪以来，中国儿童文学界对于了解、翻译、引进世界优秀儿童文学作品的渴望和行动，已经到达了一个前所未有的高点。其他国家的各类优秀儿童文学作品，尤其是各类获奖作品，几乎都被译介、引进到了中国。短短几年间，在博洛尼亚、法兰克福、伦敦、阿布扎比等世界各地的童书展上，来自中国的数量庞大的出版人、书商、童书作家等，摩肩接踵。2013年11月，第一届中国上海国际童书展在上海创办；2018年起，这一童书展将由上海新华发行集团有限公司与博洛尼亚展览集团共同投资成立的合资公司负责全面运营与管理。这一切，为新世纪的中国儿童读者提供了更加丰富的阅读和选择机会，同时也为中国儿童文学的发展开阔了视野和空间。

此外，我们不会忘记，新世纪的中国儿童文学，是在20世纪80年代和90年代提供的历史经验和艺术积淀的基础上发展起来的。20世纪80年代，班马、曹文轩、张之路、秦文君、梅子涵、郑渊洁、周锐、冰波、常新港、程玮、丁阿虎们的激情探索和创新，已经作为一种艺术血液，融入了新世纪中国儿童文学发展的艺术躯体，而21世纪更加开放、自由的社会生活，也给中国儿童文学的艺术发展带来了更为广阔的空间。20世纪90年代，市场经济大幕的拉开，则为后来中国儿童文学的生存、发展提供了最初的市场和舞台。因此，新世纪的中国儿童文学，是在历史与现实共同筑就的舞台上出演的。

4.3 《幼儿画报》与《儿童文学》

20世纪90年代初，在经济转型浪潮的面前，中国文学刊物的发行量大幅下滑，儿童文学类刊物也未能幸免。一些知名儿童文学期刊或者办办停停，或者关门大吉。《朝花》《未来》等曾经很有影响的一些刊物都退出了读者的视野。人们曾用一句颇为无奈的顺口溜来描述这些纯文学刊物的命运和现状：《朝花》谢了，《巨人》倒了，《未来》不来，希望在《明天》。在文学刊物发行量骤减的时候，很多儿童刊物都转型了，变成作文类或者综合性刊物。据说当时全国30多份儿童文学类刊物，坚持下来的只有10多家。[26]

进入21世纪，中国的儿童文学期刊也见证了市场经济环境下儿童文学的浮沉，见证了儿童文学市场命运的起落。反过来，一些儿童文学期刊的发展，也支持了人们对新世纪儿童文学市场命运的乐观判断。其中典型的例子，是中国少年儿童新闻出版总社（下文简称"中少总社"）主办的《幼儿画报》和《儿童文学》杂志。

《幼儿画报》是一份定位于3—7岁读者的幼儿刊物。2000年，在一线编辑部门工作了10多年的张晓楠接任该刊主编，当时，《幼儿画报》的发行量为十几万册。张晓楠带领同事们，根据《学前教育纲要》的要求，通过重新设置刊物栏目和内容板块、集中名家资源、塑造读者喜爱的刊物形象、努力拓展和打通刊物发行渠道等多种方法，使《幼儿画报》的发行量和影响力不断提升。2006年《幼儿画报》月发行量突破100万册，2016年月发行量超过220万册，成为中国幼儿读物"第一刊"。[27]

《儿童文学》这份纯文学刊物创办于1963年，"文革"时期停刊，1977年8月复刊。它一直是中国儿童文学期刊的一面旗帜。在经历了20世纪80年代的辉煌之后，这份老牌刊物的发行量从20世纪90年代初开始下滑，最低点是在1996年，月发行量只有6万册。

在最困难的时候，中少总社时任社长海飞对《儿童文学》编辑部做出了这样的承诺："中少社不靠你们赚钱，你们想要坚持文学品位，就坚持下去。"时任《儿童文学》杂志主编徐德霞意识到，新的出版格局正在形成，她做出了一个重要的决定：《儿童文学》仍要坚持精品意识，做纯而又纯的文学,不搞通俗文学。但是,市场和读者不是不请自来的"客人",《儿童文学》做出了一系列的努力,除了坚守纯文学的"品位"这一支撑《儿童文学》办刊的核心价值,编辑部还对刊物进行了不断的升级改版并拓展发行渠道。尤其是1997年以后,《儿童文学》逆市而动,通过调整栏目、加大开本、增加印张、提升装帧品质等举措,让刊物的品质迈上了一个新台阶。

同时,《儿童文学》还在儿童文学新作家的培养方面下了许多功夫,例如组织了多期儿童文学讲习班;从2003年以来,每年举办"《儿童文学》擂台赛",先后举办了"中青年儿童文学作家小说擂台赛""中篇小说擂台赛""全国省区儿童文学擂台赛""写实小说与幻想小说擂台赛"等。发表赛事作品的栏目已经成为《儿童文学》的品牌栏目,也成为新世纪中国儿童文学作家,尤其是青年作家交流对话的文学平台。

2006年,《儿童文学》月发行量达到56万册,增长开始减速,于是,刊物继续升级打造内容,变更为半月刊。2008年7月,《儿童文学》的月均发行量已经超过80万册,刊物变更为旬刊。到2009年1月,其每月总发行量冲过百万,最高点是2010年,曾达到过117万册。

2007年,中少总社确定了"以刊带书,书刊互动"的发展战略。当年11月,总社将《婴儿画报》《幼儿画报》《嘟嘟熊画报》《中国儿童画报》还有低幼图书编辑室整合到一起,成立了低幼读物出版中心,一个全新的"大低幼"传播格局应运而生。2009年12月,《儿童文学》月发行量过百万发布会在新闻大厦召开。会上,中少总社社长李学谦宣布在《儿童文学》编辑部的基础上,成立儿童文学出版中心,既做期刊,又做图书。从此,《儿童文学》也走上书刊并举之路。李学谦希望这些刊物利用自己积累的作者优势和读者优势打开一片出版的新天地。因为《幼儿画报》《儿童文学》等刊物在编辑过程中,和作者联系很紧密,由刊物编辑部来紧抓中少总社的原创幼儿图画书、原创中长篇儿童文学图书,具有得天独厚的条件。

由于对原创纯文学出版理念的坚持,对出版资源和市场情况的了解,《幼儿画报》《儿童文学》等刊物在团结、整合作者资源,推动原创儿童文学创作方面都做出了成功的尝试。例如《儿童文学》在做原创儿童文学图书出版的时候,全力倚重、扶持中青年作家群,让黑鹤、汤汤、陈诗哥、李秋沅、翌平、顾抒、徐玲、牧铃、黄春华、王巨成、吴洲星等作家脱颖而出,成为中国原创儿童文学的实力作家。其中汤汤的《到你心里躲一躲》、陈诗哥的《风居住的街道》、李秋沅的《木棉流年》获得了中国作家协会主办的全国优秀儿童文学奖。

值得一提的是,面对新的出版环境,《幼儿画报》《儿童文学》等杂志十分重视数字化建设。在中国少年儿童新闻出版总社数字出版的整体构架之中,《幼儿画报》《儿童文学》等刊物自创刊以来的所有纸质期刊已全部数字化,新出版的期刊,每期均将数字文本提交数字出版中心,为数字化产品的开发打下了良好基础。

近年来,《幼儿画报》《儿童文学》等在中少总社的整体部署下,谋求新媒体的生长空间,不断探索媒体融合的途径和方法,正在建立期刊、图书、新媒体三足鼎立的全新出版格局。在中少总社由单一纸质读物出版向以纸质读物为基础的全媒体复合出版转变,全力打造全媒体编辑出版平台的背景下,这些刊物在做好纸质出版的同时,也努力运用好全媒体编辑出版平台,满足读者分层次、多样化、个性化的需求,进一步实践数字产品的市场化、商品化。

4.4 图画书的兴起

　　2006年9月,在中国澳门特别行政区召开的国际儿童读物联盟(IBBY)第30届世界大会上,我做过一个报告,题目是《图画书在中国大陆的兴起》。

　　进入21世纪之前,在中国的出版界和儿童文学界,图画书还没有成为一种受人关注的出版类型和创作热点。尽管人们通过各种途径,或多或少地了解了一些国外图画书创作、出版、阅读的繁盛状况,但是在中国,对图画书创作、出版和推广的自觉关注与实践,无疑是近年来才逐渐兴起并越来越引人注目的。

　　我在上述报告中曾经认为,图画书在中国的兴起,有着多方面的原因。

　　第一,近三十年来中国经济的迅速发展,中产阶层的逐步形成,城乡居民收入的普遍增长,使相对处于印刷读物消费高端的图画书市场拥有了较大的具有一定购买力的潜在消费群体。

　　第二,随着中国图书出版和印刷业等的逐渐发育和成熟,人们也在不断寻找新的印刷品种和图书市场。大约在2001年六一国际儿童节前夕,一些报刊在谈论中国出版业的前景时,就曾用了类似的标题——《图画书:中国出版业的最后一块蛋糕》《图画书:出版业的新宠》。

第三，"读图时代"降临的社会共识的形成和阅读心理支撑。据说，1998年，广州花城出版社的一位编辑在推广其策划出版的一套漫画丛书时，第一个提出了"读图时代"的概念。"令策划人自己都未想到的是，这一次并不成功的商业运作却促成了一次成功的'概念推广'。"[28] 图画书的兴盛，无疑是图形、图像成为这个时代阅读的主体内容之后，发展出的一个合乎逻辑的创作、出版和阅读结果。

第四，从中国儿童文学界内部看，图画书概念及其创作的整体性缺失，在新的文学视野和创作背景下，也已经到了必须面对和补救的时候了，何况图画书本身还拥有独特的美学魅力和巨大的艺术空间。[29]

从中国图画书兴起的内部原因看，近年来，中外童书出版界的不断沟通和交流，特别是有越来越多的中国少儿出版界人士出国参加各种儿童书展、进行版权交易，还有中国海峡两岸儿童文学界的频繁交流，都使中国大陆的少儿出版人、创作者、发行人等对图画书的艺术特性和商业潜质有了日渐清晰和深刻的认识。近年来，越来越多的中国出版社，将国外图画书的翻译和出版作为自己的出版重心之一。这一出版策略的确定和实施，使外国及中国台湾的不少优秀图画书作品在数年间以十分密集的方式在中国大陆得以出版。

1999年，春风文艺出版社出版了德国雅诺什编绘、皮皮翻译的十本图画书，其中包括《噢，美丽的巴拿马》《小老虎，你的信》《我会把你治好的》等。这套书的首印量在8000册左右，出版后似乎并未引发预期的市场反应。但是对业内人士来说，人们在稍感失望和抱怨的同时，也开始领略到了图画书的艺术魅力。在稍后的一段时间里，至少在专业人士那里，雅诺什的作品成了人们反复谈论和玩味的图画书范本。

此后，二十一世纪出版社、明天出版社、中国少年儿童新闻出版总社、人民邮电出版社童趣出版公司、少年儿童出版社、新经典文化有限公司、人民文学出版社、接力出版社、河北教育出版社、海燕出版社、贵州人民出版社、浙江少年儿童出版社、长江少年儿童出版社、安徽少年儿童出版社、北京联合出版公司、广西师范大学出版社等大批出版社在引进国外优质图画书方面争先恐后。人们发现，在21世纪一个不算太长的出版周期里，中国的儿童文学界和出版界对国外图画书的译介和出版显示了极高的热情。对于读者来说，他们不仅有机会接触到一大批优秀的图画书作品，同时也逐渐接受了图画书的现代概念，初步培养和积累了图画书的阅读习惯与经验。

对于创作者们来说，这些优秀作品也给他们带来了诸多的刺激和启迪。人们从中感受到了图画书最经典的艺术形态和魅力，发现了文图结合所带来的最独特的想象力和趣味性，换句话说，对于中国的图画书创作者们来说，阅读这些优秀的图画书，不仅仅只是一种"欣赏"，更是一种"学习"。

作为一种出版和创作门类，图画书或准图画书的创作与出版在中国儿童文学的历史上并非始于最近这些年。但是，作为一种自觉的、成规模的创作和出版行为，作为一种受到读者普遍关注的文学现象，原创图画书的兴起显然是世纪之交的一道新的创作和出版风景。在"读图时代"社会文化氛围的诱惑和国外图画书作品的启发下，中国的创作者和出版者们对图画书的艺术领地充满了跃跃欲试的好奇和冲动，于是，一批原创的图画书作品，也以前所未有的密集度进入了人们的阅读视野。

为了推动中文原创图画书创作、出版和传播，近年来出现了一些图画书奖项，其中已经形成较大影响的是"丰子恺儿童图画书奖"和"信谊图画书奖"。前者面向全球原创华文图画书征奖，由香港陈一心家族基金会、陈范俪瀞女士赞助，丰子恺儿童图画书奖组委会主办，书伴我行（香港）基金会有限公司协办，自2009至2017年已经成功举办了5届评奖。后者由台湾信谊基金会设立，自2010年至2017年，已经成功举办了7届评奖。2016年11月，由时代出版传媒股份有限公司旗下安徽少年儿童出版社与北京师范大学中国图画书创作研究中心共同发起设立的"图画书时代奖"也在上海颁发了第一届的奖项。

近十年来陆续出版的余丽琼著、朱成梁绘图的《团圆》（明天出版社），周翔编绘的《一园青菜成了精》（明天出版社），麦子著、朱成梁绘图的《棉婆婆睡不着》（明天出版社），姚佳著绘的《迟到的理由》（明天出版社），于虹呈著绘的《盘中餐》（中国少年儿童新闻出版总社）等成为中国原创图画书的代表性作品，其中《团圆》《盘中餐》，分别获得了第一届、第五届"丰子恺儿童图画书奖"大奖。从这些图画书作品中，我们可以感受到一种相对成熟的图画书创作理念和创作手法，甚至，能够体察到一种能够体现现代图画书设计、装帧和印制观念的图画书文本形态正在中国逐渐形成和日益明晰。

近年来中国原创图画书蓬勃发展进程中一个引人注目的现象，是一批知名儿童文学作家、学者进入了图画书的故事和文字创作领域，他们与中国及外国插画家合作创作的一些图画书作品，在业界产生了较大的影响，如曹文轩著、巴西插画家罗杰·米罗绘图的《羽毛》（中国少年儿童新闻出版总社），高洪波著、李蓉绘图的"快乐小猪波波飞系列"（中国少年儿童新闻出版总社），金波著、西班牙插画家哈维尔·萨巴拉绘图的《我要飞》（中国少年儿童新闻出版总社），彭懿著、九儿绘图的《妖怪山》（连环画出版社），秦文君著、英籍华裔插画家郁蓉绘图的《花木兰》（中国少年儿童新闻出版总社），梅子涵著、满涛绘图的《麻雀》（接力出版社），张之路和孙晴峰著、阿根廷插画家耶尔·弗兰克尔绘图的《小黑和小白》（明天出版社），朱自强著、朱成梁绘图的《会说话的手》（连环画出版社），萧袤著、李春苗和张彦红绘图的《西西》（海燕出版社），等等。

毋庸讳言，中国原创图画书在创作、出版、推广等各个环节上，都取得了很大的发展，同时也还存在着一些不能令人满意的地方。例如，在图画书创作的题材、创意等方面，平平之作还不少；由于缺乏兼具文学和绘画才能的创作人才，原创图画书在图文结合，尤其是在实现图画的叙事功能方面，还有许多有待提升的地方。

4.5 走向世界

2016年4月4日，意大利当地时间14时50分许，第53届博洛尼亚书展新闻发布会现场，国际安徒生奖评委会主席帕齐·亚当娜宣布，中国作家曹文轩和德国插画家苏珊·贝尔纳分别获得2016年国际安徒生奖作家奖和插画家奖。

几分钟后，这一消息已经通过各种媒体，传遍了中国儿童文学界，包括新华社、《人民日报》、中央电视台在内的许多重要媒体，相继报道了曹文轩获奖的消息。

我也与许多心怀喜悦的朋友一样，用手机给正在博洛尼亚颁奖现场的曹文轩先生发去了一条祝贺短信。

对于中国儿童文学界来说，那是一个难忘的夜晚。

众所周知，中国儿童文学的现代自觉，是在1919年发生的五四新文化运动前后启动的。伴随着这一自觉进程的，是中国儿童文学界渴望看见和认识世界儿童文学的实践与努力。从20世纪初对欧美儿童文学的译介，到20世纪50年代对以苏联为主的社会主义国家儿童文学的引进，再到"文革"结束后改革开放近40年来对世界儿童文学的大规模、全方位的翻译、研究、出版和推广，可以说，一部百年中国儿童文学发展史，也是一部试图与世界儿童文学对话、交流的历史。

这一历史的许多篇章是由对于异域儿童文学的译介构成的。尤其是近40年来，中国儿童文学界对世界儿童文学及其理论的翻译与出版，令人眼花缭乱。进入公版领域的儿童文学名著，其版本之多已经难以精确统计。2000年前后，各种翻译出版的儿童文学以及儿童文学理论大型系列作品令人目不暇接。"纽伯瑞儿童文学金牌奖"丛书（中国少年儿童新闻出版总社）、"世界经典童话全集"（明天出版社）、"国际大奖小说"丛书（新蕾出版社）、"彩乌鸦系列"（二十一世纪出版社）、"全球儿童文学典藏书系"（湖南少年儿童出版社）、"世界奇幻文学大师精品系列"（明天出版社）、"国际安徒生奖大奖书系"（安徽少年儿童出版社）、"启发精选美国凯迪克大奖绘本"系列（北京启发世纪图书有限责任公司）、"信谊世界精选图画书"系列（明天出版社）、"风信子儿童文学理论译丛"（少年儿童出版社）、"当代西方儿童文学新论译丛"（安徽少年儿童出版社）等等，将这种译介的激情和努力，演绎得淋漓尽致。

与此同时，中国儿童文学界融入世界的步伐也一直没有停顿。最典型的例子也许是国际儿童读物联盟中国分会（CBBY）的成立，及其与国际儿童读物联盟（IBBY）的接触与合作。1986年，第19届IBBY世界大会在日本东京举办，会上第一次出现了中国人的身影。1990年，中国正式成立了国际儿童读物联盟中国分会（CBBY），首任主席为时年75岁的老作家严文井先生，秘书处设立在原国家新闻出版署。1994年，经国家新闻出版总署和中国版协批准，CBBY秘书处又转至中国版协少儿读物工作委员会，总部设在中国少年儿童新闻出版总社。

继严文井之后，出版家海飞、李学谦先后接任CBBY主席，出版家刘海栖长期担任CBBY常务副主席。此后，CBBY与IBBY交流合作不断加深，包括为中国作家和插画家获得国际安徒生奖做出了不懈的努力。

历年来，由CBBY提名参加国际安徒生奖评奖的中国作家和插画家有孙幼军、金波、秦文君、曹文轩、张之路、刘先平、杨红樱等7名作家，裘兆明、杨永青、吴带生、王晓明、陶文杰、熊亮等7名画家；2002年，时任福建少儿出版社社长黄建斌当选IBBY国际执行委员，成为IBBY有史以来首位中国籍执行委员；2006年9月，由CBBY承办的IBBY第30届世界大会在中国澳门渔人码头国际会议中心成功举行；2008年开始，张明舟先后4次担任国际儿童读物联盟执委；2015年3月，北京外国语大学教授吴青获选为国际安徒生奖评委；2016年，张明舟当选为IBBY副主席。

中国儿童文学融入世界的另一个例子，是世界各地的童书展上，人们见到了越来越多的来自中国的身影。2018年，中国作为主宾国参加意大利博洛尼亚书展。可以预见，作为国际童书大家庭的一员，中国儿童文学界与各国同行的交流与合作，将更趋务实并富有成效。

从这个意义上说，曹文轩在2016年春天的获奖，不仅是一段历史发展的结果，也可能是一个关乎未来的明亮的预言。

4.6 结　语

一切历史的回溯和整理，都必然包含了对未来的某种想象和期望。同样，当我们谈论"新时期"以来的40年发展给中国儿童文学带来了什么的时候，我们关切的不只是它的历史和现状，也是它未来的方向和可能，是儿童文学如何才能塑造、给予孩子们一个更好的童年。就此而言，我们看到的是，这个时代造就了当代儿童文学发展前所未有的优势和机缘，同时也造就了它所面临的前所未有的挑战和难题。正视后者与善用前者，对儿童文学的未来有着一样重要的意义。

首先，在一个以市场为轴的童书经济时代，围绕着儿童文学而发生的创作、出版、推广、批评等文化行为，在与经济利益的彼此促进和小心博弈中，如何坚守和保持其文学的标杆与文化的操守。

这些年来，我们目睹空前庞大的童书市场化进程给中国当代儿童文学带来了层出不穷的新现象、新议题。比如，畅销童书的出现，改变着传统文学生态链上创作、出版、接受、批评等环节的内涵与关系。过去的作者大多是独立的文学撰稿人，今天的作者则成了童书商业运作中的一个重要链环，还需要在新书发布会、读者签售会等包含商业推广意图的各类活动中承担相应的职责。过去的出版社坐镇一方，往往掌握着一部作品的生杀大权，它在这样的位置上培养起一种挑剔的眼光和严苛的标准，而如今，它在不断学习新的趣味和标准的同时，面对畅销作品和作者资源的激烈竞争，常常也不得不放下有高度的眼光和标准，迁就市场的要求。

过去的儿童读者远不如今天的孩子见多识广，后者清楚明白自己的阅读喜好，更倾向于把儿童文学的阅读当作一种娱乐。但这样具娱乐倾向的阅读喜好，也最容易导致阅读的偏食和贫血。今天的儿童文学批评如何在纷繁的文学现象和诱人的商业招安面前，寻找、坚持一种有效的艺术判断力和文化责任感的可能？对于儿童文学作家、读者、出版人和批评人来说，这些新话题实际上对应着自我当代身份的重新建构。我们最终将迎来一个什么样的儿童文学新秩序，这个秩序的文化含量和文化层次如何，作家、读者、出版人和批评者的抉择和行动，都在其中扮演着不可或缺的角色。

其次，在中国儿童文学的艺术面貌和生态变得空前多元的时代，如何理解、把握这一生态的丰厚度，如何在庞大的作品数量基础上，实现更进一步的质的艺术突破。

众所周知，一个时代的文学成就，既离不开作品数量的基础，更是由一些体现经典品质和艺术高度的作品来支撑的。而新的时代向"经典"和"高度"提出了新的要求。如果说很长一段时间里，我们为争取儿童文学在文学世界里的独立一席而努力，那么今天，是到了思考这些问题的时候：对儿童文学来说，除了为儿童而写的特殊身份之外，是什么使它作为一种文学屹立于世界优秀文学之林？当代中国儿童文学的开放语境能否催生一批这样的经典作品，即使将它们放到经典文学的一般课堂上，仍然经得起挑剔的品读？从当代儿童文学艺术的基本状貌来看，我们对于儿童文学的独特艺术和美学的理解，既取得了相对于过去的重大进步，也存在着某些影响其走向更远未来的重要缺陷。

例如，儿童文学的艺术发展如何走出"唯儿童主义"（即"只要孩子喜欢的，就是好作品"）的狭隘视野，不是仅仅将简单地娱乐儿童大众作为艺术的目标，而是深刻地认识到，在儿童大众的现实趣味和儿童文学的审美趣味之间，同样存在着一种辩证的关系，前者提醒后者不要忘记"孩子喜欢什么"，后者则以"孩子应该喜欢什么"的思考和体验提升前者。当代儿童文学需要审思什么是童年生活中真正具有高度文学表现价值的趣味，而不仅仅是简单录制或仿造童年生活的某些现实。发现这种独属于童年的、同时又蕴含价值高度的审美趣味，也许是当代儿童文学走向经典的必由之路。

最后，在中国当代儿童文学阅读普及达到空前程度的现实下，一方面，如何通过儿童文学及时观察、探测、反映童年的当下现实，以及引起人们对这一现实的关注；另一方面，如何借由儿童文学深化我们对童年的当代理解，进而参与重塑当代童年的身体与精神。

经历了历史的教训和经验的积累，当代人、当代社会对童年的理解有了进一步的深化，那么，儿童文学如何体现这种童年观的深化，如何以文学特有的洞见和力量，持续推动这种深化？同时，当代生活的巨大变迁度和复杂性，带来了当代童年的巨大变迁和复杂性，不但体现在童年生活面貌总体上的转型，也体现在日益分化出的中国式童年的各种新现象。在各类媒体中被反复提起、谈论的留守和流动儿童仅是其中的面向之一。面向和关切这些现实，是当代儿童文学的伦理职责，也是它的文学职责。

但我们也正在认识到，仅仅把新的童年生活纳入自己的题材边界，只是实践了儿童文学童年书写的前一半职责，如何以文学之力洞穿这种童年生活的新现实，如何从这种现实中写出当代童年及其困境的力度和深度，更进一步，如何发现这个童年的现在、未来与它背后的更广大的社会生活、文化的现在和未来之间的深度关联，才是这种童年现实书写作为儿童文学能否在文学的世界得到尊重和认可的关键。这方面，当代儿童文学书写面临着两种对应的困难。一些能够相对贴近地书写童年生活现实的作品，其现实的观察和反映尽管不乏生动真实，却因缺乏对现实的穿透力、提升力而易流于童稚娱乐和搞笑的浅薄。而一些怀着深切的关怀意识进入特定童年生活书写的作品，却因缺乏对童年现实的准确把握和尊重而易落入过于虚构、不够真实的窘境。两种困境的突破，都需要足够的文学勇气和智慧。

这样的思考和追寻是值得的，如果我们意识到，几个世纪以来，儿童文学的阅读不但参与塑造着社会公众的童年观，也潜在地塑造着作为读者的儿童大众。而我们今天选择把童年带向何处，最终，童年也将把我们所有人带向那个地方。

（《中国儿童文学四十年》，中英双语版，中国少年儿童新闻出版总社2018年出版）

注 释

[1] 任溶溶:《感谢编辑》,转引自马力《任溶溶评传》,太原:希望出版社1998年版,第161—162页。

[2] 班马:《前艺术思想——中国当代少年文学艺术论》,福州:福建少年儿童出版社1996年版,第26页。

[3] 周晓:《"阶级关系变动"论的丑恶图解——评〈朝霞〉发表的小说〈小伟造反〉》,《儿童文学研究》1979年第1辑。

[4] 束沛德:《儿童文学的庐山缘》,《文艺报》2010年11月22日。

[5] 尚少平:《全国少年儿童读物出版工作座谈会在庐山召开》,《儿童文学研究》1979第1辑,第48页。

[6] 《尽快地把少儿读物出版工作促上去——国务院批转〈关于加强少年儿童读物出版工作的报告〉》,《出版工作》1979第2期。

[7] 陈子君主编:《中国当代儿童文学史》,济南:明天出版社1995年版,第348页。

[8] 方卫平:《任溶溶:日常生活到一首诗的距离》,《文学报》2010年3月4日。

[9] 方卫平:《一份刊物和一个文学时代》,《儿童文学选刊》1995年第45—48页。

[10] 周晓:《〈儿童文学选刊〉十二年》,《儿童文学选刊》1993年第1期,第45页第46—48页。

[11] 方卫平:《寻求新的艺术话语》,《儿童文学选刊》1995年第5期,第27页,第45—48页。

[12] 丁阿虎:《祭蛇》,《儿童文学选刊》1983年第3期,第4—5页。

[13] 周晓:《〈弓〉与〈祭蛇〉的启示》,《儿童文学选刊》1983年第4期,第74—75页。

[14] 樊发稼:《也谈〈祭蛇〉》,《儿童文学选刊》1984年第1期,第62页。

[15] 方卫平:《当代儿童文学:一种历史概貌的描述》,《博览群书》2015年第11期,第50—57页。

[16] 周晓:《〈弓〉与〈祭蛇〉的启示》,《儿童文学选刊》1983年第4期,第74—75页。

[17] 方卫平:《寻求新的艺术话语》,《儿童文学选刊》1995年第5期,第27页,第45—48页。

[18] 方卫平:《守望与逃逸——关于九十年代儿童文学的生存境况》,《儿童文学研究》1998年第1期。

[19] 方卫平:《九十年代儿童文学印象》,《济南日报》1995年5月26日。

[20] 方卫平:《中学生:一种阅读现实的报告》,《儿童文学研究》1992年第2期。

[21] 方卫平:《秦文君和她的〈男生贾里〉》,《少年世界》1997年1—2合刊,第41—42页。

[22] 秦文君:《女生贾梅》,合肥:安徽少年儿童出版社,1995年版,第28—29页。

[23] 方卫平:《商业文化精神与当代童年形象塑造——兼论中国当代儿童文学的艺术革新》,《上海师范大学学报》2013年第4期,第108—115页。

[24] 方卫平:《九十年代:长篇的时代》,《未来》1991年第19期,第192页。

[25] 曹文轩:《追随永恒(代跋)》,《草房子》,南京:江苏少年儿童出版社1997年版。

[26] 徐德霞主编:《时光传奇:〈儿童文学〉创刊50周年纪念文集》,北京:中国少年儿童出版社2014年版。

[27] 海飞:《张晓楠:如何把"小低幼"做成"大事业"》,《中华读书报》,2016年3月30日。

[28] 孙晓燕:《解读"读图时代"》,《编辑学刊》2004年第3期,第19—22页。

[29] 方卫平:《图画书在中国大陆的兴起》,载《中国儿童文化》,杭州:浙江少年儿童出版社2007年版,第20—24页。

年 度

1990：少年小说的艺术风度

一

截取一个年度的少年小说来进行考察和分析，或许该格外谨慎才是，因为文学发展演变的节气或周期与自然年份的依次更替之间，并不存在必然的因果对应关系。通常，一段相对独立、完整的文学进程总是要持续若干年或更长的时期，而决定这一进程内在艺术节律和周期的，只能是文学自身的发展规律及其所依存的相应的社会历史过程。不过，自然时序的更替又总是提醒乃至催促人们对特定时期的文学现象进行描述、分析、概括和总结，至少在心理上，人们总是习惯和倾向于这样去做。实际上，只要我们没有忘记文学现实是文学历史发展、演变的结果，那么，对特定年度的文学现象加以考察和分析，就不仅是可行的，而且也可能是一件很有意义的工作了。对1990年少年小说的把握同样也是如此。

之所以首先要表达上面这些想法，是因为当我提笔撰写本文时，我强烈地感觉到，1990年的少年小说实在不能仅仅局限在"1990"这个特定的年份里去加以评说，而必然要联系过去若干年中少年小说所完成的那些艺术开拓和铺垫来进行分析和考察。毫无疑问，1990是个有点儿特殊的年份：它是一个新的十年的开始，它更带着过去的那个十年所留下的一切走向我们。因此，如果说1990年的少年小说有什么特点的话，那么这些特点在很大程度上也是与刚刚过去的那些文学岁月紧紧联系在一起的，毋宁说，1990年的少年小说创作只是继续和延展了这一段文学历史。

的确，这也就是我阅读了1990年部分少年小说作品之后的一个最基本的感受。我以为，从总体上看，1990年少年小说的艺术风度是从容而平稳的。前些年那种一篇作品问世引来八方议论、众说纷纭的热闹情景已经不容易看到。一篇作品不论是被少年读者和评论界所冷落，还是被他们所关注，一切都显得那么自然和顺理成章。当然，这并不意味着1990年的少年小说是平淡无奇的，相反，它仍然汇聚、表达了作家审视生活的智慧和艺术思考，仍然显示了少年小说动人的艺术之美。只是因为有了前些年的那些艺术开拓和震动，1990年少年小说领域所发生的一切才会显得如此镇静——这是一种水到渠成式的自然和镇静。我总是在想，一个作品的文学史命运常常与它面世的时机有着密切的关联。《伤痕》如果不是发表于1978年而是出现在1987年的话，它或许就没有什么价值可言。当然，《伤痕》只能出现在1978年，而且提示并代表了一段鲜明而强烈的当代文学情绪。同样，《谁是未来的中队长》如果不是发表于1979年而是发表于十年之后的话，那么它就很可能难以受到当年那样的关注。正是在这个意义上，我想说，1990年的少年小说创作是在已经垫高了的艺术基点上展开的，它容纳和吸收了以往艺术实践的成果，因此，它属于1990年，同时又不仅仅属于1990年，而是一段更长的文学进程的一个有机的组成部分，一句话，它属于新时期以来少年小说和整个儿童文学的艺术整体。

二

限于篇幅和种种原因，本文难以涉猎中长篇创作的状况，我想以若干短篇作品为材料来勾勒1990年少年小说的艺术景观。短篇作品短小、灵便的特点，使得它在具体的文学实践过程中总是最先被作家用来尝试、寻找、铸造一种新的艺术可能，从而为人们提供新的艺术感觉和审美经验。从80年代儿童文学的发展进程看，短篇作品一直扮演了最活跃的文学角色。

在1990年的少年小说领域里，短篇作品无疑依然是最活跃的。这种"活跃"不仅是指短篇小说在发表数量和实际传播方面所占有的那种几乎是先天性的优势，而且更是指它在艺术思维活动方面仍然呈现出的某种"先锋"状态——不是那种浮躁而偏激的冒进，而是在新的艺术背景上继续进行着从容不迫而且是颇为深刻动人的艺术发现和创造。我以为，这是一种相对沉稳而充实的艺术气度和心态。

不是吗，前些年曾经使人们激动的一切——尖锐的揭露、焦灼的思考、宽厚的理解、真诚的吁请……在1990年的少年小说中，都已经变得较为内在了，以往那些相对激烈而简单化的价值判断和取向被较为复杂而冷静的人生感受和艺术思考所替代。于是，在日常生活的平凡图景中，在人生流程的不经意处，少年小说给予读者以意味深长的提醒和启示。

那高耸入云的天宫饭店楼顶上的神秘旋宫，对于一心想尝尝现代化大都市"洋荤"的乡下孩子阿贵和他的城里小伙伴们，无疑有着巨大的诱惑力。然而，当他们怀着天真的自信和好奇心兴高采烈地进入那座神秘的城堡时，遇到的却是冰冷的怀疑、怠慢和粗野的谩骂，而城堡的"旋转"也并非如他们所想象的那样令人激奋。一次曾经让他们无限神往的旋宫之行终于以失望结束。当现代建筑艺术重新布置、塑造着我们城市的空间的时候，忽视人的精神空间的塑造将是何等重大的疏漏！而阿贵和石陵他们，也不再会有对那个神秘的"旋转的城堡"的神往和幻想了。或许，他们真的不该进入旋宫？美丽的梦幻一旦实现，却原来不过是一个令人尴尬的错误，那么，还不如让我们保留那个梦幻的美丽。读完郑开慧的《旋转的城堡》，我这样想。

然而，梦幻可以不去惊动它，少年却是在不断成长着的。这种成长意味着新的人生内容将不断地被注入，新的人生感觉将不断地产生。可以说，成长是一种丰富，同时也意味着收获斑斓和驳杂。例如在蒋丽华的《夏日的探访》、王蔚的《小黑》、赵小敏的《林中二木》、彭学军的《秋葡萄》等作品中，那些伴随着成长而来的新的愿望、苦恼、困惑甚至冷漠，在那个明媚的夏日，在那个采摘成熟的秋天，悄悄地就爬上了我们少年主人公的心头。《夏日的探访》中，邵梅渴望听到"大人们的真正声音"，而不是"化妆过的声音"。她怀着对妈妈"虚伪的冷峻"的反感而接近实习老师。实习老师的亲切爽朗令她情绪舒畅。可是,当她发现那竟是"刻意的爽朗"时,她又一次失望了。隔膜和迷惘,送她走上了未来的人生之路。《小黑》中的小弟曾经是那样懦弱和孤独,只有在照料和保护一只更加弱小的小狗的过程中,我们才感觉到他生命中一丝微弱而执着的活力。然而,在野蛮粗暴的大哥面前,他根本无力卫护小狗和自己不受伤害。作品的意味深长之处在于,当小弟终于比大哥还高出一头的时候,他却忙于准备高考,再也没有耐心去对付一只狗了。那无法弥补的童年的伤害,那长大以后的精神的漠然,引起我们深深的怅惘……《林中二木》中的辛楠因为成绩、表现都高人一头而屡遭同学的非议,相反,"智障"、憨厚的邹栝却和大家相处得很和谐。无奈,辛楠尽力向邹栝看齐,换来的却是讽刺、挖苦。做好事时他干得很卖力,还出了好点子,但班主任的表扬有一大串,却偏偏漏了辛楠。这使人想起三国时李康《运命论》中的那几句话:"木秀于林,风必摧之;堆出于岸,流必湍之;行高于人,众必非之。"这种嫉能妒贤的病态心理,在今天的少年们中间同样存在!《秋葡萄》用略带幽默和调侃的语调叙述"我"与天天的友情逐渐疏离乃至显得陌生的过程。天天成熟的同时也带来了自私和世故,"我"终于产生了"一个人成熟了就是这样吗"的疑问。那一串由夏天留到秋天,已经红得发紫的酸葡萄,仿佛一种人生的隐喻。这不能不是我们的主人公在成长道路上面临的又一个人生难题。

  从整体上看,这些作品已经不像前些年一些少年小说那样常常引起读者的震动和兴奋,而是以其相对冷静的艺术笔触引导读者去发现和思考。从这一点上来说,它们显示的正是1990年少年小说从容镇静的艺术风度。

同样，在1990年少年小说的艺术群像中，我们已经较难看到类似汪盈（《新星女队一号》）、张汉光（《蓝军越过防线》）那样咄咄逼人的新形象了。闯入我们视野的，是像"飘"（《飘的故事》）、李小乔（《六年级大逃亡》）那样更容易在生活中遇到的普通少年的形象。张力慧笔下的"飘"是一个天真活泼的女孩子，有那么一点儿调皮，又有那么一点儿洒脱。你看她"一手拿着一支口琴，一手拿着一只苹果，盘坐在院中的石台上吹一阵口琴咬一口苹果，吹一阵口琴再咬一口苹果"；你看她"扯几根滑到耳旁的头发咂在嘴里，然后仰头看天，看天上的云像轻柔的纱一样从这一头飘到那一头"……一切都是那么飘逸自然，洋溢着生动的青春气息，在平平常常、自自然然之中，她就把她全部的可爱之处展现给了我们。又漂亮又爱打扮又不喜欢学习的同学莲当众公开一位男同学写给飘的纸条，四周的人惊奇又兴奋，而那位男同学羞愧、愤怒，简直无地自容。飘却笑盈盈地说："条子不是我写给你的吗？"妙语解围，保护了一颗年轻而自尊的心。莲想借飘的作业抄，飘宁愿利用活动课时间替莲补课……所以，当莲突然无头无尾地说"飘，有你这么个朋友真是挺好的"时，我们能够体会莲的那一份真情。与飘不同，班马笔下的李小乔是一个在生活中承担了过多冷漠和成见的孩子。从他那不无夸张、油滑和故作老练的心理言行中，我们可以察觉到他心灵深处的隐隐的凄凉和酸楚。我觉得，李小乔身上所表现出来的稚气与早熟、自卑与自尊、桀骜不驯与敏感脆弱、无可奈何的失落感与发自心灵深处的真切渴求等多种矛盾因素的冲突、交错和融合，代表了当代少年一种值得我们深思的心理现实和精神处境。很自然，这些更具有生活真实感的少年形象，也更容易引起读者的喜爱和共鸣。

以回忆儿时生活经历和故事为内容的童年题材小说，一直是儿童文学中极有特色的一个品类，并且仍然受到作家们的重视。吴梦起的《扇子的故事》说的是六十多年前北方农村一个普通家庭里围绕一把蒲扇所发生的故事。大伏天，家里唯一的一把蒲扇成了爹爹的专利品，因为爹爹是个大块头，怕热，而且是家里唯一的劳动力。"我"趁着小表弟来玩的机会，使个"借刀杀扇"的计策。结果扇子是一剖为二了，却也被糟蹋坏了。更有趣的是，当"我"担心挨爹爹揍时，爹爹回来却说又买了一把蒲扇，原先那把归"我"用了。作品充满了情趣和对往昔生活的忆念之情，读来很有滋味。庞敏的《童年的故事》是一组关于童年故事的短章，那童年生活的意趣和韵味令人陶醉。于颖新的《私塾悲喜》虽然不是采用童年回忆的形式，但对旧时私塾生活的描述颇为传神老辣，与那些童年题材的小说有异曲同工之妙。

在1990年少年小说的艺术画幅上，也有一些笔墨凝重、足以让人震撼的作品。常星儿的《干草垛》中的甸仔因为当村主任的父亲收了人家的礼———一垛干草，激愤之下，他独闯狼滩打草。为了维护人格的尊严，为了让父亲勇敢、善良的形象重新树立起来，甸仔不幸死于非命！崔晓勇的《死亡实验》里的石崽被寨里的人们认为是见死不救的孬种而不断遭到质问和诅咒。终于，他以生命为代价做了一次成功的死亡实验。"可是，这个成功的实验又能证明什么呢？"作品把这个沉重的疑问留给了读者。郭宇波的《我的石古叔哦》所描写的石古叔，是个孤独而不幸的人。由于他父亲是被蟒蛇（村民认为是蛇精）咬死的，所以村民一直视他为会带来晦气的不祥之人，他作为一个正常人生活的可能在无形中失去了。最后，为了除掉给村人带来伤害和恐惧的大蟒蛇，石古叔只身前往，在村民的面前用生命全部悲壮的力量与蟒蛇奋力相搏并同归于尽……这些小说令人联想起像曹文轩的《第十一根红布条》、常新港的《独船》那样的作品。尽管它们不如后者那样曾经得到广泛的议论，但就内在的艺术精神而言，它们与若干年来少儿文学直面现实与人生的艺术趋向是一致的。

少年小说在儿童文学艺术形式的变革和创新方面所表现出来的热情及其所取得的成绩，是这些年来关注儿童文学艺术进程的人们有目共睹的事实。从1990年少年小说的艺术发展走向看，它们在前些年艺术开拓的基础上，继续进行着多样化的艺术追求。例如，吸收其他文学体裁的艺术优势以扩大少年小说的艺术表现力和感染力——曾小春《夜街》那忧郁动人的诗意，高洪波《白精灵》的童话意趣，崔晓勇《死亡实验》的寓言气质——这些都是合适的例子。再如，注重少年小说叙述形式的不断锤炼和创造——《飘的故事》中的飘就其性格内涵而言无疑是十分传统的，但就其气质和表现形态而言，又是十分现代的，这在很大程度上是得益于小说那洒脱的语言意味。梅子涵的《我们没有表》和班马的《六年级大逃亡》也是这方面的适例。这两篇小说采用的都是第一人称口述体的叙述方式。这种叙述方式保留了口语自然、随意，甚至某些粗俗和不规范的特点，它在表现人物的意识流程和情绪特点方面是十分有效的。我以为，一个独特、漂亮的叙述形式本身就是一种审美创造，就是一种审美价值，同时，"形式"的意义又往往并不局限于形式。《我们没有表》说了一个什么故事似乎不好概括，但它独特的叙述形式，已经隐隐向读者提示、传递了某种意味。《六年级大逃亡》也在口述体的随意中尽可能容纳和表现出主人公心灵的原生状态，从而通过叙述形式本身直接实现了一种精神现实的展示。从这个意义上说，它们是一种有意味的形式，或者说，形式已经直接生成、转化为一种内容。

三

当我用"从容""平稳"这样的字眼来概括1990年少年小说的艺术风度的时候，我的感受是喜忧参半的：一方面，真正的艺术品常常是潜心创造的结果，需要一种从容沉稳的艺术心态；另一方面，平稳、镇静又常常会成为"沉闷""滞重"的同义语，它可以意味着艺术心态的相对沉滞。我想，业已确定的少年小说的艺术基点和艺术格局不应成为一种羁绊，而只能是一个新的艺术里程的坚实的出发点。虽然少年小说的艺术命运并不是少年小说自身所能完全控制和掌握的，这里有着更为复杂的社会文化环境和审美心理因素在发挥着作用，但是我相信，少年小说艺术未来的希望仍然在于不断地开拓和创造。对于我们的少年小说作家来说，全部的问题或许仅仅在于：我们还将拿出什么样的作品去接受审视？

（原载《儿童文学选刊》1991年第3期）

1996—1997：书写和阅读

现时的文化情势和消费时尚在不知不觉中把文学推搡到了当今人们精神生活的边缘位置上。与若干年前相比较，纯粹的或高尚的文学消费在这个时代似乎已经与大众的文化消费口味无缘。这一消费潮流在很大程度上决定了当今儿童文学的生存命运和艺术劫数。90年代的儿童文学批评家们在谈论现状时除了习惯于对80年代所制造和产生的文学激情岁月流露一些抑制不住的眷恋之情以外，通常还都喜欢用平稳、平静、淡泊这样的词语来描述当今儿童文学的艺术风度和总体气象（我也是这样做的）。但是，这种表面上的矜持和冷静并不能掩饰仍然坚守儿童文学艺术疆土的人们内心深处不时泛起的失落和彷徨感。事实上，难以言表的悲观主义情绪若干年来一直弥漫、笼罩在人们的心头。

另一方面，在评论具体的儿童文学书写现状时，那些富有良好艺术鉴赏力的评论家们则普遍表达了相当充分的肯定态度。例如，《儿童文学研究》1996年开辟了"四季展评"栏目，先后应邀登场评点每季创作动态的批评家们分别用"暖冬""春花渐欲迷人眼""秋日览胜"这样令人感到温暖、喜悦甚至振奋的标题来提示、表达他们相当一致的阅读感受和艺术判断。

这就构成了一个十分奇特的现象：在总体描述和估价当代儿童文学现状时，人们往往觉得处境尴尬或危机四伏；在具体分析和评判一些具体的作家作品时，人们则常常会毫不吝啬地表达自己的喜悦和兴奋之情。

我得承认，当我打算在这篇容量有限的文章中谈谈自己近两年的阅读心情和观感时，我的感觉也是如此奇特和怪异的：惊喜、满足与困惑、无奈之感同时从心底涌出。

对于 90 年代的儿童文学书写来说，80 年代的艺术创造既提供了一份难得的美学荣耀，又树起了一道前所未有的艺术标杆。逾越这道历史标杆当然不是一件容易的事情。我们都清楚地记得，从 70 年代末到 80 年代末，整整十年间，中国儿童文学创造了自己富于激情和想象力的艺术岁月。特别是在很短的一个周期内，各种具有独创性的艺术实验对儿童文学的美学面貌进行了大幅度的重塑和调整。我甚至曾一度"绝望"地想道：留给后人耕耘的艺术土壤可能不多了。我相信这种可笑的恐慌并非我独有的体验。早在 60 年代，美国批评家约翰·巴斯就在其《枯竭的文学》一文中宣布说，文学史几乎穷尽了新颖的可能性，因而，"试图显著地扩大'有独创性的'文学的积累，不用说长篇小说，甚而至于一篇传统的短篇小说，也会显得太自以为是，太幼稚天真，文学早已日暮途穷了"。但是事实上，文学并没有死亡。就 1996、1997 年我的阅读感受而言，我想说，今天儿童文学的艺术创造力所给我带来的冲击和震撼，绝不亚于 80 年代。所以，我恐什么慌！

这首先是由于一批崛起于 80 年代的中青年作家在 90 年代的顽强的艺术守望及其强大的艺术存在。秦文君、班马、梅子涵、沈石溪、张之路、金曾豪、曹文轩、董宏猷、李建树、谢华、朱效文、周锐、彭懿、冰波、庄大伟、孙云晓、薛卫民、徐鲁、邱易东……，他们近年来在创作中的表现不仅提供了这个时期儿童文学的重要艺术成果，而且显然也在不同程度上达到了他们各自文学创作里程上的新的艺术目标。

班马近两年的作品所带给我的阅读感受是神妙奇崛的。短篇童话《老木舅舅迷踪记》将诡谲奇异的幻想与曲折迷离的叙事融为一体，再一次显示了班马独特的文学想象力和艺术创造气质。长篇小说《六年级大逃亡》在叙述语言上似乎颇可见出马克·吐温或塞林格的影响，但它几乎是近年来少年小说创作中最具现实深度，同时也是极具内在思想激情的一部作品。我还刚刚读到了班马的长篇童话新作《绿人》。这部亦真亦幻的童话作品将叙事的假定性与写实性结合得极为自然，显示了充满绿意的人文情怀。这些作品令我感到，沿着80年代的艺术足迹，班马的文学书写进入了一个新的表达空间。

秦文君的中篇小说《宝贝当家》给我近期的文学阅读带来了很大的欣喜。这是秦文君继《男生贾里》《女生贾梅》之后在幽默少年小说创作方面奉献的又一部力作。比较起来，《宝贝当家》不仅有着更完整的艺术构思，更幽默纯正的喜剧智慧和更纯熟机智的叙事技巧，而且也拥有了更深厚的意蕴和内涵，有了更耐人咀嚼的可品味处。1996年秦文君曾在《我的儿童文学情结》一文中说："在我的心目中，真正的儿童文学精品应该在艺术上炉火纯青，毫无造作，带点浪漫，也就是说它们从形式到内涵看来很单纯，没有触目的理念痕迹，然而它却可以是蕴含不朽意蕴的，甚至表达出全人类情感的。"我想，秦文君正在向这样的目标不懈努力着。

我还想谈谈梅子涵的《女儿的故事》。这部小说用看起来拉拉杂杂、毫不经意的方式讲述女儿梅思繁以及她的爸爸、妈妈、同学等人物在日常生活中的那些琐碎而又鲜活的片段，这些片段构成的是像日常生活那样平凡和自然的叙事流程。比如女儿梅思繁一直当干部，因为偶尔对群众态度不好就当不成了。她喜欢和擅长文科,可是在中文系当教授的爸爸为了她的升学考试便老是跟在后面督促"数学抓抓紧抓抓紧"。她体育成绩不好,爸爸便说:"身体要锻炼好太重要了,以后考高中、考重点,也要看体育成绩的。"还有,梅思繁如何参加作文大赛、辩论赛、英语演讲、语文演讲、大合唱比赛,等等。在这部小说中,梅子涵似乎放弃了经典少年小说的一切叙事技巧和秩序,而展示了一种无(传统)技巧或反技巧的叙事可能。我在另一篇文章里谈到梅子涵的一篇近作时说,用传统的技术主义观点来看,它的随意和任性已经到了令人惊讶的地步,但是,它在看似不经意的叙述形式中,仍然为我们提供了一种超越传统技术主义美学观念的文本形式。这部小说带给读者的阅读感觉是别致甚至怪异、灵动而又诙谐的。它会使我们在一种怪异而又愉快的阅读过程中发现,原来故事不光可以那样叙述,还可以这样叙述,小说不但可以那样结构,也可以这样结构!

1997年初夏,为了给四卷本的《彭懿童话文集》写一篇序文,我读了彭懿从日本留学归来后创作的新作、长篇童话《疯狂绿刺猬》和短篇童话《红雨伞·红木屐》。我在那篇序文中认为,作为80年代热闹派童话美学运动的一位具有代表性的作家,彭懿的新作透露了某些新的艺术走向。两部作品一方面保留强化了作品基本叙事构成的真实感和现场感,如《疯狂绿刺猬》描述"校园暴力"现象时的那种残酷的真实,《红雨伞·红木屐》所渲染的异国他乡雨日黄昏里的都市场景和氛围;另一方面,它们又异曲同工地突破了生与死、实境与幻境、人类与异类、现时与历史等之间原本畛域分明的界限,实现了一种全新的童话时空构建。作品中不时飘来的缕缕淡淡的神秘、恐怖的氛围,令读者产生一种紧张好奇、欲罢不能的阅读心理体验。此外，作品的主题力度以及凄艳、凝重的叙述语言系统等，都比作者前期童话作品所设定的叙述基准有了明显的变换和推进。我以为，彭懿新近表现出的童话创作灵感在相当程度上是从他沉浸数年的西方幻想文学那里获取的。不过，对于中国当代童话创作来说，彭懿的艺术借鉴和发挥却是极有价值和意义的，因为这种借鉴和发挥不仅仅为我们打开了一扇窗口，而且在新的时代背景和文学环境中为中国童话的艺术创作提示了一种深具潜力的艺术可能。

我还有机会读到了邱易东的少年诗集《地球的孩子，早上好》。在邱易东的这部少年诗集中，诗意的目光穿透历史与未来，想象的翅膀从地面划向高空和蓝天，我们从中感受到的是一颗开放、包容的诗心。在这里，远古意象与宇宙视点，城市风景与乡村情调，小鸟吟哦与月光遐想，少年幻想与诗人情怀……我想说，很少有当代的少年诗集像这本诗集一样发现并展示了如此辽阔的诗意。当人们的心灵被当下充满浮躁和困惑的生活挤压得狼狈不堪的时候，我相信，失魂落魄的人们或渴望诗意的人们，都会从这样的诗歌中找到心灵的安置场所。荷尔德林说："人充满劳绩，但还诗意地栖居于这块大地之上。"这一古老而浪漫的诗句，仍然应该继续得到后人的吟唱。那么，读一读这本《地球的孩子，早上好》如何？我们会从中领略那种古老而又年轻的诗意心情，进入一种属于青春期的纯真、热情、柔美、出神的诗意状态。我更相信，每一位敏感、多思的少年朋友，都会从类似的诗歌阅读中培养起一颗真正的诗心，培养起对于生命、对于生活、对于历史、对于宇宙的诗意感受和幻想能力。

我想说，上述作品（恕我没有进行更多的举例）的出现和存在显示了80

年代"中生代"重要儿童文学作家们依然强劲的创作势头。如果说今天的儿童文学创作依然富有生气和活力的话，我想首先应该谢谢他们。

　　将近两年以来，我还陆续读到了孙幼军的低幼童话集《唏哩呼噜历险记》（这是一部低幼童话的杰作）、朱效文的长篇小说《青春的螺旋》、沈石溪的长篇动物小说《混血豺王》、郭全的长篇小说《阿娟和她的丹顶鹤》，少年小说集则有郑开慧的《爱的故事》、常星儿的《黑泥小屋》、董恒波的《不可言传》，还有庄大伟的幽默童话集《塌鼻子画王》、饶远的城市童话系列《迪斯科旋风》、谢璞的长篇童话《小狗狗要当大市长》、雨雨的童话集《冬天的童话》、谢乐军的童话集《奇怪的大王》、徐鲁的散文集《与十六岁对话》、肖显志的长诗《矮老头》、滕毓旭的朗诵诗集《少年英杰之歌》、东达的散文诗集《童话树》、英汉对照本《金江寓言选》、邱国鹰的寓言集《蛤蟆大仙》等。我从这些不同门类、风格多样的作品中，同样感受到了今天儿童文学依然鲜活和丰富的文学生命力。

　　我还特别想来谈谈我们的新作家们。新人的匮乏一度是一个让人气馁的话题，但是，1996年以来的儿童文学实践已经把新人的涌现构成了一种景观。除了散布于各地的正在引起人们关注的新作者之外，被称为"东北小虎队"的辽宁青年作家群和崛起于上海的青年儿童文学作家群的优异表现是格外引人瞩目的。这批作家的艺术力量相当齐整，所不同的是，辽宁青年作家群是清一色的男性：肖显志、董恒波、常星儿、老臣、车培晶、薛涛……上海青年作家群则以女性为主：郁雨君、张洁、殷健灵、萧萍、谢倩霓、张弘等。前者的创作多以白山黑水的雄浑壮阔为背景，落笔深沉厚重；后者多着墨于自我的生命情感历程，着力于个人经验的发掘，走笔灵动秀逸。就我读到的薛涛的小说集《白鸟》（收入赵郁秀、韩永言主编的《棒槌鸟儿童文学丛书》，沈阳出版社出版）、张洁的长篇小说《敲门的女孩子》（收入梅子涵主编的《花季小说丛书》，福建少年儿童出版社出版）等作品来看，一北一南、男性与女性两个创作群体的不同特色，是十分鲜明的。与80年代崛起的青年作家群体不同的是，这个时代的新人们似乎没有自己共同的具有革命性意味的明确的创作主张，也没有自己充满"破坏"欲望（并非贬义）的理论代言人。他们是以一种相对温和的形式和姿态被推荐给世人的。是的，这就是90年代的气氛和姿态，写作在很大程度上已经还原为一种个人行为。

谈起丛书，我还想提到我见到过并被广泛谈论、颇获好评的《少年绝境自救丛书》（甘肃少年儿童出版社出版）和《新时期儿童文学名家作品选丛书》（福建少年儿童出版社出版）。"绝境自救"的绝妙选材使这套丛书具有了某种特殊的精神和情感价值，而10位作家和1000位小读者共同完成的创作方式又使这套丛书显示了独特的编辑灵感和创意。《新时期儿童文学名家作品选丛书》则收入了曹文轩、张之路、沈石溪、程玮、罗辰生、秦文君（以上为小说作家）、孙幼军、周锐、冰波、葛冰、张秋生（以上为童话作家）、金波、徐鲁（以上为儿童诗诗人）、吴然（散文作家）共14位新时期重要儿童文学作家的重要作品。这套选本从一个侧面集中展示了新时期中国儿童文学的艺术成就，具有较高的欣赏价值和一定的史料价值。不过，正如该丛书执行主编樊发稼在总序中所谈到的那样，新时期儿童文学名家远不止本丛书所收的这些，由于丛书的规模和篇幅所限，只能选收14位作为代表，因此，若干位新时期具有重要影响力的作家及其作品未能进入这套丛书。这也是这套丛书令我感到有些遗憾的地方。

尽管总会有些遗憾，但我在上面所谈论的阅读观感显然流露出了一些眉飞色舞的神情，一种兴高采烈的满足感。我当然知道，这种阅读感受实际上基本上是属于我个人的一种职业体验。在整个儿童文学传播和接受领域，儿童文学的被迫撤退已是一个显而易见的事实。几个月前，我在为《文学报》所写的《制造一个阅读神话》一文中曾经谈到，今天的儿童读者——主要是都市的儿童读者在相当程度上已经显示了与他们前代的同龄人很不相同的生活状态和心灵状态。他们在承受各种压力尤其是学业压力的同时，也在享受着技术变革和文明发展所制造并带给他们的种种乐趣。在文学阅读上，他们中的许多人已较少专注、钟情于古老的童话或纯粹的文学产品，取而代之的是电视、录像、影碟和卡通漫画等新兴文化消费类型。最近，一份关于青少年与媒介关系的研究报告中谈到，当代青少年所接触的媒介已达15种之多，书籍和报刊占绝对统治地位的情形已经成为历史。在这样的文化情势下，儿童文学的艺术供给自然会遇上难以避免的接受冷淡。在整个当代文学界，不止一位研究者曾经直截了当地认为，从整体上说，文学已经属于当代文化中最无足轻重的那个部分。在"机械复制时代"，或者说在"文化工业"时代，文学越来越没有立足之地。在古典时代，或者在现代主义时代，文学乃是一个民族的精神自传，是历史的圣书，是人类激动不安的灵魂启示录，而现在，它仅仅是供人们消遣娱乐的一个微不足道的代用品，或者是少数人孤芳自赏的勉强证明（参见陈晓明的《文化溃败时代的馈赠》）。

因此，在今天，儿童文学书写与儿童文学阅读之间文化"蜜月"时代的结束，主要不是由于儿童文学艺术创作力的衰竭或极度贫乏所造成的。守望儿童文学的艺术疆土，在这个时代是远比以往时代艰巨得多的一项文化使命。但是，我也相信，为人们提供更多的文化选择机会和消费可能，是这个时代文化进步和发达的标志之一，而包括儿童文学在内的整个文学将永远是人类精神创造和选择视野中一种重要的文化范型。从这个意义上说，今天的儿童文学书写不仅是儿童文学作家们向今天的儿童读者发出的阅读召唤，也是他们对一种文化情缘和精神关系的奋力维系与守护。

想到这里，我心头的困惑和无奈开始有些消散。

（原载《儿童文学选刊》1997年第6期）

1998—1999：我的阅读印象

许多人可能都会有一种朦朦胧胧或者是漫不经心的印象：在今天，儿童文学不仅是远离文坛中心的一个边缘门类，而且其数量似乎也是十分稀少的。不是吗？常常会有人发出这样的疑问：我们的儿童文学作品在哪里？

不过，对于儿童文学的从业者——儿童文学作家、研究者、编辑者、出版人等等来说，若干年来儿童文学在数量上的增加和一定程度上的丰富却是一个他们十分乐意承认的事实。所以，我想指出，当代儿童文学在公众印象中所留下的艺术上或商业上的匮乏感，实际上并非起因于儿童文学作品的量的不足，而是源自某种质的贫弱或缺失。于是，上面那个发问也许可以作这样的改动：我们的儿童文学佳作在哪里？

是的，如果我们拥有一批能够征服今天那些越来越难以召集和伺候的读者的儿童文学佳作的话，或者，如果我们仅仅拥有几部不是靠炒作而是凭借自身的艺术力量来征服这个时代的儿童文学力作的话，那么，当代儿童文学的面貌就可能为之一变——许多时候，一个文学时代的艺术门面就是靠几部经典之作支撑起来的。

不能否认，今天的儿童文学水准在艺术质量上已经得到了有力的提升。但是我仍然认为，能够傲视这个时代的儿童文学作品依然是凤毛麟角。人们也许能够举出《男生贾里》《花季·雨季》《草房子》等陆续产生了比较广泛的影响的作品，但是从总体上看，应当承认，今天的少儿读者对当代少儿文学作品的实际接受和阅读仍然是十分有限的。重新集合读者，成了这个时代儿童文学作家和出版家们的一个执着的愿望和梦想。如果说，80年代的部分作家还常常陶醉于"自言自语"式的艺术创作的话，那么，90年代儿童文学的基本创作姿态则更多地表现出了人们与少儿读者进行更深入、更默契的艺术对话的现实渴望。

深入一步分析，当代少儿读者疏离儿童文学作品的原因无疑是十分复杂的。就儿童文学创作的内部原因而言，我以为一个重要的问题在于，80年代以来的儿童文学创作从整体上看，还比较缺乏对于儿童文学经典美学品质的强烈关注、认同和着意发掘、培育。90年代的儿童文学创作虽然已经拥有了更为开阔的艺术空间和更为丰富的艺术经验，但是，我们还相当缺乏那种充满了浓郁的儿童情趣、蓬勃的艺术想象、强劲的艺术幽默感并融之以深刻的思想内涵的作品。我以为，富有儿童情趣的高度的幽默智慧、丰富的艺术幻想等，造成了儿童文学独特的纯真、稚拙、欢愉、变幻和素朴的美学品质。具有这些品质的儿童文学作品几乎构成了一部世界经典儿童文学的艺术创造史和接受史。而今天，我们的儿童文学显然在相当程度上还不具备充分驾驭儿童文学艺术天性的才情。因此，当代儿童文学在整体上遭遇少儿读者的某种程度的挑剔和冷落，就是难以避免的了。

以这样的情势为背景来考察1998年至1999年的儿童文学创作状况，我们目睹了一些十分引人注目、耐人寻味的美学动向。这些动向的基本动机，几乎都是旨在调整、丰富、加强当今儿童文学艺术谱系配置中的某些重要的美学因子或美学品质——例如幻想，例如幽默，等等。

1997年下半年，二十一世纪出版社在该社社长兼总编辑张秋林的组织下，经过一年时间的紧张筹备，由秦文君的《小人精丁宝》、班马的《巫师的沉船》、彭懿的《妖湖传说》、薛涛的《废墟居民》、张洁的《秘密领地》等七部作品组成的第一辑《大幻想文学丛书》出版了。幻想文学这一对中国儿童文学界来说还显得相当陌生的样式，以一种十分强势的姿态，闯入了人们的视野。

幻想文学所强调的幻想，是与真实、现实、写实等概念密切相关的一种艺术呈现方式，其效果和文体呈现出某种"小说——童话"互溶或叠加的"亦真亦幻"的表现形态。这种既不同于传统写实主义的少年小说，也不同于通常的具有幻想色彩的童话文学的新型文学形态的引入，必然会引发创作实践和理论梳理上的一系列新的尝试和思考。从《大幻想文学丛书》第一辑推出的七部作品看，在如何表现幻想文学的艺术特征的魅力方面，当然不是每一部都已做得十分到位。不过，从整体上看，它们的确显示出了某种新的艺术品质和巨大潜能。

与二十一世纪出版社执着于幻想文学的经营相类似，浙江少年儿童出版社则将幽默儿童文学当作了自己的经营重心之一。一套《中国幽默儿童文学丛书》的出版，使浙江少年儿童出版社在这方面的出版动作给人留下了深刻的印象。

《中国幽默儿童文学丛书》共收入了十二部各具特色的原创幽默儿童文学新作，即任溶溶的《我是一个可大可小的人》、孙幼军和孙迎的《漏勺号漂流记》、张之路的《足球大侠》、高洪波的《懒得辩护》、董宏猷的《胖叔叔》、梅子涵的《我的故事讲给你听》、金曾豪的《绝招》、汤素兰的《笨狼的故事》、杨红樱的《那个骑轮箱来的蜜儿》、韩辉光的《特色学校》、李建树的《校园明星孙天达》、任哥舒的《敬个礼呀笑嘻嘻》。从十二部作品的体裁来看，它包括了小说、童话、诗歌等儿童文学的主要艺术样式。从读者对象看，它兼有幼儿童话、儿童诗歌、童话、少年小说等适合不同年龄层次读者的作品。可以说，一套《中国幽默儿童文学丛书》，在很大程度上集中了当代具有代表性的幽默儿童文学作家的佳作和力作。

我们都会记得，在20世纪中国儿童文学的艺术清单上，幻想、幽默等都不是新近才列入其中的美学资产。至少从80年代以来，它们都已经逐渐成为这份清单上相当醒目、不断增值的艺术财富。但是，我仍然要说，上述两套丛书的出版自有其不可替代的现实意义和美学价值。《大幻想文学丛书》以其对幻想文学理念的独特阐释和新文体的独特实践，《中国幽默儿童文学丛书》以其对幽默品质的深刻理解和强烈关注，为世纪之交的中国儿童文学提供了新的艺术积累。

此外，还有一些丛书的出版也是值得注意的。浙江少年儿童出版社出版的《红帆船诗丛》包括了金波的十四行儿童诗集《我们看海去》、雷抒雁的青少年朗诵诗集《青春的声音》、徐鲁的童话诗集《七个老鼠兄弟》、朱效文的校园抒情诗集《寻梦少年》、东达的散文诗集《独奏》、宁珍志的生活哲理诗集《我对世界说》这六种诗歌集子。这是一套从内容到形式的组合都十分精致而丰富的诗丛。湖南少年儿童出版社推出的《心约女孩·散文丛书》由上海的三位女作家的散文集组成——张洁的《月光之舞》、谢倩霓的《走过心情》和陆梅的《寂寞芬芳》。三位作者以女性细腻和灵秀的感觉，抒写了柔婉而幽美的女孩子的生活和心情故事。甘肃少年儿童出版社出版的《沙漠书系丛书》则包括了多个相关的读物系列,凸现出独特的地域文化意识和人文关怀。湖南少年儿童出版社出版的《红辣椒长篇儿童小说创作丛书》是继明天出版社出版的《金犀牛丛书》之后,又一套以成人文学作家为阵容的儿童文学创作丛书。最后,少年儿童出版社郑重推出的《赤色小子三部曲》,是由势头强劲的作家张品成独立完成的一套作品集。该三部曲对革命历史题材的儿童文学创作从多方面做出了果断的艺术翻新和突围。

如果说上述丛书和作品力求在传统文学形态范围内做出独特的艺术添加的话,那么1999年夏天,由连环画出版社推出的,以印刷媒体和电子媒体互动形式出版的校园小说《你好,花脸道!》,则表现出了当今儿童文学界对于网络时代的直接应对和新颖想象。1999年9月初,我在北京参加了关于《你好,花脸道!》的一次作品研究会。这部被冠以"双媒体互动小说"的作品在会议上所引起的兴奋、赞赏、惊愕和疑虑,给我留下了极为深刻的印象。《你好,花脸道!》以一个虚拟的花脸道中学为背景,描述了华裔女孩咪咭在准备去该校初中部当插班生的头天下午的一个多小时里,在初三(6)班所发生的一系列有趣的故事。作者对当代都市中学生的生活、心理、语言等都有着极真切的了解和把握,整个作品因此充满了鲜活的当代生活气息和校园文化情调。该书在以印刷媒介形式出版的同时,还在互联网上推出了"花脸道初中部"网站,学校的各种信息都出现在网上。网上的内容又和书上不完全一致,而是书中内容和信息的延伸和拓展,读者甚至可以通过网络与书中人物(作者)对话、聊天,整部作品因此呈现出一种开放式的接受形态,进而在读者与作者之间建立了一种新的对话和互动关系。

《你好,花脸道!》以其全新的出版创意显示出当代儿童文学界对于网络时代的敏锐感应和一种新的出版理念与阅读方式的出现。正如中国科学院计算机语言信息工程研究中心主任陈肇雄所说的，它"开创了一种体现信息高科技时代特征的、多种媒体互动互补的立体化出版形式，从而也带来了一种十分新鲜的立体化阅读方式：边读书边上网"。（参见该书《序二》）尽管该作品对传统儿童文学文本形态和阅读形态的突破使其可能拥有的文学含量和阅读空间都有待时间的检测与评定，但是，这一新的出版形式中所蕴含的时代创意和灵感无疑是令人振奋的。

行文至此，我突然意识到，我不能忽略如今仍然活跃而生动的短篇写作状态。在这个年头，评论与评奖似乎常常把主要的注意力和荣誉都给予了中长篇作品，而活跃的短篇作品则经常在各类获奖名单上"缺席"。在我近期的阅读中，张之路的《鼓掌员的荣誉》（《儿童文学》1998年第10期）、伍美珍的《穿浅棕色大衣的女孩》（《少年文艺》1999年第5期）、梅子涵的《中学生灵感》（《少年文艺》1999年第5期）、王巨成的《1978年的故事》（《儿童文学》1999年第8期）等小说，汤素兰的《住在摩天大楼顶层的马》（《小溪流》1999年第1—2期）、周锐的《隐胎》（《少年文艺》1999年第8期）等童话，金波的《和树谈心》（《中国校园文学》1998年第2期）、谢华良的《雪地格言》（《儿童文学》1998年第2期）、韦伶的《重回缙云》（江苏《少年文艺》1998年第7期）、班马的系列作品《独去河口（外二篇）》（《巨人》1999年第5期）、郁雨君的《身体渴望唱歌》（江苏《少年文艺》1999年第8期）等短篇作品，在内容和艺术质地上都给我留下了较深的阅读印象。如张之路用他独特的幽默语态，在《鼓掌员的荣誉》中为我们讲述了一个怪异中透着冷峻的真实感的校园故事，把一个边缘人物的渴望、委屈、努力及其纯真的荣誉感、道义感刻画得温婉动人、入木三分。金波的散文《与树谈心》将温暖而优美的诗情与深挚感人的哲理融为一体，具有一种让人动容并沉思的力量。我特别为作品中所引述的一位孩子的作文《一棵爸爸树》而感动："我没有爸爸，可我有一棵爸爸树，它庞大、粗壮、参天、茂盛……看着它，回想着父亲的模样，想着，想着，我不由自主地靠近了它。我坐在树下，背靠着树干，啊，这感觉，就像靠在爸爸的怀里一样。"金波先生在作品中抒发了这样的感怀："我希望真的会有那一天，我能听见树在说话——树像守护着大地，永不离岗的人。人像一棵走动的树。我们可以走向森林，与树谈心。"从这些阅读印象中我可以认定，短篇在当代儿童文学的艺术实践中，仍然扮演着重要的艺术角色。问题也许仅仅在于，当以中长篇为主构成的各类创作丛书给人以铺天盖地之感时，短篇作品相对孱弱的艺术身影便被有些无情地遮蔽掉了。

毫无疑问，今天儿童文学与儿童读者之间的现实联系，依然是相当驳杂而暧昧的。我想起了1998年底至1999年初《中国图书商报》发表的全国五所城市少儿读者阅读状况的大型调查报告。这项由中国社会科学院新闻研究所媒介与儿童发展研究中心具体承担完成的调查，提供和披露了当今城市少儿读者的许多重要的阅读动态和阅读需求方面的信息，例如他们对于幻想、幽默、快乐、神秘、疯狂等艺术滋味的渴求。对于儿童文学的业内人士而言，当我们坚守着自己的艺术理念的时候，琢磨一下这些信息，显然是必要的和有益的。至少，对于我们进一步盘点自己的艺术家底，充实自己的艺术清单，将会提供一份重要的提示和参照。

（原载《儿童文学选刊》1999年第6期）

2001年的儿童文学创作

2001，这是一个很容易唤起我们的"世纪意识"的年份——中国儿童文学带着一个世纪的历史馈赠，进入了一个新的世纪。记得几年前，人们对于新世纪的临近曾经有过隐隐的激动和畅想，但是，在新世纪的大门向我们轰然开启的时候，不久前的怦然心动或心驰神往，已经化作在历史与未来之间脚踏实地的耕耘和努力。2001年，中国儿童文学界是在一种从容、坚韧的艺术努力中走过来的。

一

与过去若干年的情况相类似，儿童小说尤其是少年小说创作依然在整个儿童文学创作中扮演着十分活跃的角色。在表现时代生活和儿童心灵，探索儿童文学新的艺术可能性方面，许多年来，少儿小说的活跃和贡献都给人们留下了深刻的印象。

秦文君的长篇小说《天棠街3号》（江苏少年儿童出版社出版）和《小香咕系列》中的前两部《小香咕和男孩毒蛇生日会》《小香咕和她的表姐表妹》（北京少年儿童出版社出版），展示了这位勤奋的作家在艺术上不断思考和拓展的身影。在经历了90年代"幽默轻快"的风格化写作之后，秦文君的这几部新著带给读者的更多的是一种淡淡的忧虑和伤感。我们会发现，作者对当代少年儿童的艺术关注，聚焦在了更加深刻、细腻的心灵主题层面。比较而言，《天棠街3号》是在与当代社会生活的联系和辐射中来塑造解伟、郎郎、郎思林、尻、沈女、蔡理、苏凤等少年群像的。作品在当代教育和社会生活的大背景上，来展现当代青少年成长过程中的现实情境和心灵流动，笔墨流动间多了些淡淡的忧伤和凝重的思考。作品触及了当代社会、学校教育中存在的一些尖锐、复杂的问题，触及了人性、人生、"代沟"等一些相当深刻的主题表现领域，作者试图以此来更真实地反映当代少年的心灵变化与成长。正如该书扉页上的一段话所写的那样，成长是一种孤寂的等待，成长有时会伴随着心灵的苦涩和沉重，成长更是一个美妙而庄严的过程，生命就是在成长中渐次完善、走向华美的。而《小香咕系列》则在相对独立的家庭和邻里生活空间中，着意塑造了香咕、香拉、香露、胡马丽花等几个女孩的形象。不难看出，香咕是作者倾注了许多心血和理解的女孩形象，而以几个小女孩为轴心的故事展开中，同样也凝聚着作者对于人生、人性、人情世界的独特观察和思考。

　　读秦文君的近作，人们很容易联想到她的早期作品，如《少女罗薇》《四弟的绿庄园》《孤女俱乐部》等。应该说，这其中既有内在的艺术联系和呼应，又显示出作家在主题表现和风格表现方面的某些发展和变化。例如，《小香咕系列》定位于儿童小说，其人物、故事、语言等显示了一种稚拙的艺术情趣，这是作家早期少年小说创作中所没有的。

　　周锐和周双宁合作的长篇小说《中国兔子德国草》（江苏少年儿童出版社出版）是以生活中的真实孩子为原型创作的。主人公爱尔安的原型是作者周锐的外甥、周双宁的儿子。这种特殊的关系为《中国兔子德国草》的创作提供了丰富、鲜活的生活素材。而一名出生于德国的中国男孩的成长故事，又使得这部作品带上了独特的异国生活情趣和不同文化碰撞所形成的故事张力。为了友情，爱尔安和戴维把中德两国都有的给独生子梳小辫子这一做法的"发明权"归于两国，并规定两国同时发明——同一年，同一月，同一天，同一分，同一秒。上政治课时，老师让学生自由组织党派，男生女生之间便开始了一场激烈的竞选大战……不同文化视点的交织和不同生活方式的交融和冲撞，引发了独特的故事趣味。密集而鲜活的生活故事的呈现，使这部异域题材的长篇小说具备了很强的可读性。与以往同类题材的儿童小说作品相比，《中国兔子德国草》在艺术上的特色可以用人物、故事鲜活有趣和文化意蕴丰富多彩来概括。

杨红樱是近年来活跃的儿童小说作家。继《女生日记》之后，她的《五·三班的坏小子》（作家出版社出版）又吸引了许多读者。这是一部以系列故事连缀而成的长篇校园小说。作品透过肥猫、米老鼠、兔巴哥、豆芽儿等几个核心人物的塑造，把生气勃勃、聪慧调皮、天真善良的儿童天性表现得淋漓尽致，令你在开怀捧腹之余，对童年的游戏和顽皮天性有了更多的了解和思考。作者在该书《后记》中说："我曾做过7年的小学教师，有时会想起我的学生。可是，我常常想起的并不是那种传统意义上的好学生，而是那些调皮捣蛋，甚至把我气哭过的'坏小子'。我真心地喜欢他们，该调皮的时候调皮了，该捣蛋的时候捣蛋了，孩提时代，他们爽爽地过了把孩子瘾！"作者对童年天性的独特理解和呵护之情跃然纸上。

一群上海的小女生作者在北京少年儿童出版社出版了一套《少女

私书坊》，一共三册：郁雨君的《听听男生听听女生》、好女孩工作室的《我是漂亮女生》、梅思繁的《"秀逗"男生》。这套书的体裁有点儿难于归类。它们汇聚、荡漾着女生曼妙的灵性，又有着鲜活的时代气息和率真精致的青春质地。你会情不自禁地把它们归入散文或者是这个时代的青春的报告文学（尤其是《我是漂亮女生》），但它们生动的人物和故事（《听听男生听听女生》《"秀逗"男生》）又分明呈现出小说的叙事特质。按照郁雨君的说法："我把这次写作看作是对一群看似优越无忧的少男少女的内心探访，不是单纯的口述实录，是一本关于都市少男少女成长现在时的新鲜写作。"在这里，小说的虚构性在相当程度上被置换成贴近都市少男少女的纪实性。阅读这样的作品，你会有一种以现在时的方式穿行在大街和校园里的感觉。

阅读2001年出版的上述有代表性的作品，我们会发现，它们显示了某些共同的特质，例如从题材上说，它们都贴近这个时代，并或多或少地融入写作者的现实生活观察和体验；从结构上看，它们常常采用"冰糖葫芦串"式的短篇系列结构方式。从总体上说，这些作品丰富了我们的少儿小说创作，也拥有很强的可读性。但是另一方面，它们也提出了一些问题，如小说的写实性与虚构性如何结合的问题，如长篇小说艺术结构的创造问题（短篇系列结构毕竟不能代替典型的长篇结构的创造）。这些问题，都是值得今后的创作和研究继续探究和思考的。

回顾2001年的中长篇少年小说创作，成长小说的活跃是十分突出的现象。上海的少年儿童出版社出版了《青春二重奏·长篇成长小说系列》，其中包括常新港的《男孩无羁女孩不哭》、张玉清的《长不大的男孩长大的女孩》、乐渭琦的《晚妹风九月雨》、饶雪漫的《蔷薇醒了茉莉开了》、李西闽的《高傲男生清纯女生》等。新蕾出版社的《"阳光地带"成长小说丛书》推出了吕清温的《走向男子汉》。湖北少年儿童出版社的《少年成长小说系列》出版了常新港的《傻瓜也可爱》。从目前的创作和研究情况来看，人们对成长小说的理解，大多还处于相当宽泛和朦胧的阶段。事实上，描写了青少年的生活和心理的小说作品，并非都可以归入成长小说范畴的。在我看来，成长小说包含了特定的题材、母题和叙事模式。在西方，成长小说往往描写的是主人公通过一定的磨难历险达到再生和成长的过程，其母题和叙事模式的文化来源是原始的成人礼。因此，成长小说表现的通常是经历磨难获得成长的主题，其内在的叙事模式通常是"出走——坠入险境——经历痛苦和磨难——获得新生和成长"。当然，特定的叙事模式并不意味着具体的叙事方式和叙事形态不可以丰富多彩。例如，《青春二重奏·长篇成长小说系列》在结构和叙事上就颇为独特。五部长篇作品都分别由两部各自独立又相互连贯、互为照应的作品组合而成，因而在人物塑造、故事讲述视角等方面都形成了极有趣味的变化和互补关系，"青春二重奏"就不仅只是一种象征性的表达，也成了一种实实在在的叙述形态的提示。

在题材、风格等的多样化方面，许多作家和出版社都做出了各自的努力。湖北少年儿童出版社出版了一套中长篇少年历险小说。从文学史的角度看，历险小说当然不是少儿文学的一个新品种。"历险"作为一种特殊的文学构成元素，事实上一直是中外文学发展史中一个重要的叙事原型。在西方儿童文学中，历险小说创作历来比较发达，而在中国，这方面的艺术自觉则相对显得迟缓。湖北少年儿童社的这套《少年历险小说丛书》包括了金曾豪的《幽灵岛》、薛屹峰的《南洋狂蜂》、牧铃的《荒漠孤旅》、章红的《木雕面具》共四部作品。从整套丛书看，作者们对历险小说艺术特性的理解、把握是比较透彻而到位的，丛书因此呈现出少年历险小说的典型形态——以少年主人公的有意冒险或无意历险为情节线索，以特殊的地理环境为人物历险空间，展示少年主人公机智、勇敢、坚韧、顽强的生命智慧和精神品质。"寻宝"母题时隐时现，惊险之中又融入了推理、探案等要素。例如，小说的环境是独特而寥廓的：孤岛、海洋、沙漠、高原……奇异的空间选择和背景设置，不仅带动了故事讲述的奇异展开，也营造了历险小说奇异的叙事氛围。小说的故事是扣人心弦、悬念不断的。《幽灵岛》描述中学生马林暑假里依约去青螺岛拜师学棋的故事。可是预想中的拜师学棋、缔结忘年交等情景并未出现，发生的却都是稀奇古怪、大出意料的事情。《南洋狂蜂》讲的是少年林杰被骗上了一艘偷渡船并遭遇海难的历险故事，在描述主人公跟无情的大海和阴险残忍的"蛇头"等人的双重抗争与周旋之中，作品制造了引人入胜的叙事效果……

不过，更值得我们注意的是这套《少年历险小说丛书》在艺术上的某些新意。例如，《荒漠孤旅》中的主人公在面临生死关头时，仍坚持保护野生动物的执着立场，尽可能避免对野生生物的伤害。这一巧妙的情节安排不仅进一步造成了作品故事叙述上的紧张感，而且为历险小说注入了凝重而深厚的主题内涵。此外，《荒漠孤旅》中叙述视角的变换和多种叙事手段的采用，《木雕面具》中民族文化和民俗知识的有机穿插，《幽灵岛》中娓娓道来的自如流畅的语势，《南洋狂蜂》结尾处的悬念设置等，都是这套《少年历险小说丛书》中可圈可点的艺术亮点。

二十一世纪出版社的《大幻想文学丛书》推出了彭懿的长篇新作《妖孽》。这是一部在神话与现实的交错与穿行中展示幻想小说艺术魅力的作品。主人公鹅耳是从远古的神话中轮回转世的英雄。他曾化身为一条白龙，将罪恶的妖孽压在了湖底。由此，一场人妖之间的复仇、追逐、搏斗故事有声有色地展开了。作品突破了实境与幻境、现实与历史的界限，故事神秘奇诡，风格浑朴厚重，是作者在幻想小说创作上的又一重要收获。

四川少年儿童出版社近年来十分重视出版长篇原创少年小说作品。2001年该社出版了周锐的《锯子与手风琴的合奏》、康薇的《最后的童年》等作品。其中《锯子与手风琴的合奏》是一部值得引起重视的作品。这是一部充满魔幻色彩的幽默小说。在那段特定的动荡岁月里，几个个性独特的少年度过了自己难忘的青春年华。现实的严峻与富有趣味和艺术想象力的描写的结合，使小说的艺术内涵丰富而奇异。"锯子与手风琴的合奏使我们的心里注满了感动，这合奏是那么流畅而矛盾，和谐又尖锐，简直就是那个特定的岁月里少年们成长的象征：在巨大的喧嚣和荒谬中，流淌着一股无法抑制的青春的声音、气息与趣味。"

湖南少年儿童出版社出版了号称"网络才子"的云中君的长篇小说《兵书与宝剑》，该作品曾在文学网站白鹿书院上发表。作品以战国时代的一段苍凉的历史为背景，以典雅精致的文字叙述了一个有关历史、战争、智慧、勇气、和平的故事。汲取中华传统文化并融入少儿创作之中，应该说，《兵书与宝剑》的尝试是有益的。明天出版社出版的竹林的长篇小说《脆弱的蓝色》以生活在一座小城里的两位少年为主人公，但作者的艺术着力点并不仅仅表现在少男少女的情感层面上，而是进一步探寻"人类的理性和良知"这样厚重的命题。于是，一部"校园花季小说"就超越了自身的题材限制，变得意味深长和耐人寻味了。

我们再来谈谈中短篇小说的创作情况。中短篇尤其是短篇作品有着短小、灵便的特点。若干年前，我在一篇评论文章中曾经认为，短篇作品的特点使得它在具体的文学实践过程中总是最先被作家们用来尝试、寻找、铸造一种新的艺术可能，从而为人们提供新的艺术感觉和审美经验。近年来，随着儿童文学创作整体上的艺术拓展和推进，尤其是一批长篇力作的出现，短篇小说原先常常扮演的艺术先锋角色，已逐渐褪去了其先锋性色彩。换句话说，在我们的艺术积累还相当贫乏的时候，每一点艺术收获都会引发我们的兴奋之情，而当我们的艺术积累相对富足的时候，我们便不会动不动就狂喜不已、大呼小叫了。

但是，中短篇小说的创作仍然是扎实而富有艺术光彩的，特别是一批相对年轻的作家的加盟，使我们的中短篇写作不时闪耀着新鲜的艺术光亮。萧萍获得2001年冰心儿童文学新作奖大奖的中篇小说《青鸟飞过》、谢倩霓的《不曾改变的呼吸》、邓湘子的《一双鞋子能走多远》、毛芦芦的《难忘与你们同行》、谢华良的《下雪了，天晴了》、张洁的《人间烟火》、宋别离的《海的女儿》，以及老作家任大星的《白兰花的故事》、中年作家董宏猷的《鬼娃子》、常新港的《我自己的房子》、祁智的《除夕的马》、雪涅的《那年我十岁》（获冰心儿童文学新作奖）等作品，都给我带来了难得的阅读快意。这些作品或以独特的题材和主题发掘，或以精巧、别致的文学叙事，或以奔放不羁的艺术想象，成为

2001年儿童文学耕耘中不能忽视的收获。

二

在儿童文学的各种体裁中，许多人都会对童话这一文体怀有特殊的情感。在我看来，童话凝聚、保存着儿童文学乃至人类文化的最基本的精神价值和财富：幻想、荒诞、幽默、诗意，还有纯真、善良、温情、正义……千百年来，童话以其独特的艺术魅力，滋润、塑造着一代又一代儿童的精神世界，并以此深刻、有力地影响着人类文化的发展。我这样说，并不是用了童话式的夸张手法。对于一种联系着童年的生命、智慧和美感的文体来说，正视其功能的深刻性、久远性和伟大性，是无论如何也不会过分的。

童话作为最贴近儿童心理和阅读天性的一种样式，曾长期扮演了儿童文学历史发展的艺术主角。可是今天，童话似乎已经不再给人以重要的感觉。谈到近年的中国儿童文学现状，人们首先可能举出的，将是一连串儿童小说和少年小说的篇名。

在2001年的童话出版物中，《中国当代童话新锐作家丛书》（福建少年儿童出版社出版）是引人注目的一套作品。该丛书收入了六位青年作家的作品集：张弘的《骑扫帚的旅行》、葛竞的《指甲壳里的海》、汤素兰的《住在摩天大楼顶层的马》、向民胜的《我的影子保镖》、萧袤的《电脑大王变形记》、李志伟的《爆米花马戏团》。六位作家虽然创作经历、艺术影响等并不完全一样，但大体上都可视作新一代具有代表性和影响力的童话作家。丛书中的每本集子收入的都是作者短篇童话的代表作或佳作，例如，张弘的《上古的埙》《傩舞》《霍去病的马》，葛竞的《指甲壳里的海》《肉肉狗》，汤素兰的《住在摩天大楼顶层的马》《红鞋子》《紧急救护》等。向民胜、萧袤的集子也分别是他们个人出版的第一部童话集。因此，这套丛书不仅是六位作者的代表性作品，也大体上反映了年青一代童话作家的创作面貌。从这些作品中，我读出了这样几个关键词——一曰"才情"，他们是一群拥有才华和智慧的作家；二曰"激情"，他们对童话创作的热爱和投入与前辈比较起来毫不逊色；三曰"自觉"，他们不是盲目游走于童话写作界的写手，而是各怀美学理想的自觉的艺术追求者。

人民文学出版社出版的《少林铁头鼠》（王业伦"功夫童话系列"之一），采用章回体结构，将武侠小说的笔法与童话的想象、夸张、拟人、象征融为一体，读来畅快淋漓，煞是有趣。江苏少年儿童出版社出版了李晋西的《一个精灵的自述》、汤素兰的《小朵朵和超级保姆》等长篇童话，新蕾出版社的《小精灵原创童话精品丛书》推出了杨鹏的《精灵小魔猫》、张剑臣的《笨笨狼和伶俐狐》，青岛出版社的"童话快车"出版了张秋生的《老鼠喂养的恐龙》、杨鹏的《小超人弟弟弟》，花山文艺出版社的《中国少年环境文学创作丛书》推出了饶远的《水妈妈的美梦》等作品，作家出版社出版了杨明火的童话集《小马找撒》。在短篇童话创作方面，汤素兰的《驴家族》、安武林的《老蜘蛛的一百张床》、葛竞的《肚子要说话》、戒林的《身上藏着个小老大》、张秋生的《藏在暗袋里的朋友》、周锐的《第三只眼》、张弘的《阁楼上的毽子》、范锡林的《爱溜达的鼻子》、金波的《小松鼠和红树叶》、王一梅的《抽屉里的小纸人》以及获得冰心儿童文学新作奖的王蔚的《丢失的星期天》、董恒波的《最后一片绿叶》、段立欣的《会飞的李想菲》等，都是可圈可点或达到一定水平的作品。汤素兰的《驴家族》是我读到过的最优美、最感人的当代童话作品之一。从文体上说，这篇作品也许更像是一篇荒诞小说。不过，文体上的定位有时候并不一定重要，重要的是作品本身的魅力如何。《驴家族》的构思十分巧妙且富于趣味性。人与驴的变幻之间，作者为我们演绎了一幕人世间至真至美的爱的活剧。作品中支撑人物情感变幻的故事框架并不复杂，是作者柔美纯熟的叙事（语言）艺术，把人物的心理变幻揭示得细腻、准确、传神，而且富有韵味。几年前，我曾在一篇短文中认为，今天的童话创作数量不少但给人的感觉是纷乱而不是繁荣。造成童话创作质量滑坡的原因是多方面的，其中最重要的原因也许表现在作者身上。与儿童小说作者比较起来，今天的童话作家从总体上说在艺术修养和创作能力上还存在着比较明显的差距。一些童话作者把创作看得太容易，写作上缺乏一丝不苟、精益求精的精品意识。另一方面，我们的童话美学观念也需要进一步地更新和调正。今天的童话应该具有更蓬勃的艺术幻想、更浓郁的儿童情趣，更丰富的幽默智慧、更纯粹的艺术质地……我想说，童话艺术的明天不但掌握在时代和读者的手里，也掌握在作家自己的手里。

　　幼儿文学是整个儿童文学创作中一个相对独立的部分，一批执着的作家一直坚守和耕耘在这个领域。郑春华是其中十分突出的一位。她的《大头儿子和小头爸爸》系列已成为当代幼儿文学创作中一个响亮的文学品牌。2001年，郑春华继续勤奋地经营着自己的这部作品。到了年底，少年儿童出版社就出版了由沈苑苑配图的《大头儿子和小头爸爸全集·新世纪里的新故事》。永远不会长大的大头儿子和永远保有一颗童心的小头爸爸仍然是那么生动地进入了我们的阅读视野。读这部由60则短篇故事构成的作品集，我不禁惊叹于作者创作灵感的丰富和趣味组织能力的强健，而且我们会发现，作品的故事发生空间和趣味展开空间都更加开阔了。不难想象，郑春华在创作上的专心和勤于思考达到了何种程度。

江苏少年儿童出版社出版的"我真棒"幼儿成长图画书是目前国内图画书出版中颇为用心和富有特色的一套作品。丛书首批五本：《奇妙伞》（宋大维文，沈苑苑绘，边霞导读）、《你还小》（吕莹撰文，陈泽新绘，陈益导读）、《调皮鬼恐怖心》（王芳萍、蒋宁原创，徐乐乐改编并绘图，刘晓东导读）、《小狼灰灰》（殷敏文，李璋绘，金利波导读）、《杂毛猫》（姚燕文文，尹路绘，陈益导读）。这套书的特点在于，它从儿童成长过程中所面临的心理和能力问题中提炼出若干"关键词语"，分别是"发散性思维""助人""战胜恐惧""接纳同伴""耐挫性"。一般说来，这种"概念先行"的方式是文学创作的大忌。不过，在这套人物、故事相对稚拙、简洁的低幼图画书创作中，作者和画家却把图画书的教育功能和审美功能很好地结合了起来——简洁生动的故事，夸张而富有想象力、趣味性的画面。我以为，它们是可以进入目前国内优秀的原创图画书之列的。

浙江少年儿童出版社出版的系列图画故事书《笨狼的故事》（汤素兰文，杨林、柴立青、杨杰等绘，共六册）、明天出版社出版的《百岁童谣》（山曼编著，陶文杰、秦建敏、诸春根等绘，共五册），也是2001年人们能够看到的优秀的图画书作品。《笨狼的故事》文图并茂，相得益彰，是趣味性、艺术性俱佳的作品。《百岁童谣》中的古老童谣把历史传统、文化习俗和古老的游戏融为一体，配图兼具民族韵味和儿童情趣，具有相当高的欣赏价值。

　　少儿散文创作一直在不是很受关注的状态中坚持着，推进着。2001年有几套散文丛书是值得关注的。一是北京少年儿童出版社出版的《蓝叶书屋》：葛翠琳的《十八个美梦》、束沛德的《龙套情缘》、金波的《等你敲门》、张之路的《打架的风度》、梅子涵的《浪漫简历》、高洪波的《唱片年龄》、秦文君的《感恩生活》。七位儿童文学作家以最个性化的方式，向读者诉说着自己人生和文学追求的历程和感悟。作家徐鲁曾评论说，《蓝叶书屋》是七位富有灵感和趣味的作家和他们的编辑人一起，用一种可以称之为"忆语体"的文本，为我们搭建的一个温暖、雅致和亲切的话语与回忆之乡。对于读者来说，这是一个亲切的、充满了新鲜与好奇的阅读之乡。浙江少年儿童社出版的《红帆船校园美文》收入了金波的《感谢往事》、雷抒雁的《与风擦肩而过》、高洪波的《独旅》、肖复兴的《丁香结》、赵丽宏的《自新大陆》这五部作品集。编者别出心裁地约请了五位少年读者分别为之作序。从这些序文中，我们可以强烈地感受到少年读者丰富而纯正的审美趣味和能力。十三岁的段天姝在为高洪波的《独旅》所撰写的序文中说："这年头，煽情的东西太多，那些虚假和刻意，往往使人作呕，却偏偏有越来越多的人源源不断地走入虚情假意的黑洞，真让人无奈。高洪波的散文让人看后眼睛直散发光彩，心里头也热乎乎的，不是为别的，是为了那字里行间所渗透出来的真实。"十五岁的孙雪晴在为雷抒雁《与风擦肩而过》一书所写的序文《风之语》中直言："我不喜欢那些空洞无物，只有辞藻华美的所谓'美文'。我以为,美文的第一要素应该是自然。唯有自然才能更准确地展示生活的本质。没有自然,美无从谈起。"《红帆船校园美文》正是这样的写性灵、抒真情的作品。此外,人民文学出版社的《两代人丛书》第二辑又出版了叶兆言、叶子的《为女儿感动》,秦文君、戴萦袅的《纯情年代》,肖复兴、肖铁的《吹着口哨走过来》,董宏猷、董菁的《扛着女儿过大江》四部作品。成长中的对话与互动,交流中的亲情与温馨,使这套书有了别致的意味和可读性。在短篇散文和报告文学创作上,梅子涵的《在回头的路上看见》、吴然的《过三苏祠》、林彦的《寂地》、张品成的《童年琐忆——杨梅》、朱效文的《认识地中海》、鹿子的《男儿来自可可西里》等都给我留下了深刻的印象。

科幻文学创作近年来显示出一种新的活跃之势。星河的《岛世界的结局》、杨鹏的《恐怖主义》、李志伟的《幻影男孩》,还有北董的《科幻谷小说系列》——《冬眠谷》《蚁人谷》《红妖谷》(新蕾出版社出版)等,都是2001年的新收获。这里应该特别补记一笔的是,上海的少年儿童出版社于2000年12月推出了吴岩主编的《大科幻时代丛书》。这是当代新锐科幻作家的一次集体亮相。据称,这些作品与20世纪50年代的"科普型"科幻和80年代的"社会派"科幻文学完全不同,它们是告别了功利主义,告别了"自卑症"或称"无法进入文学界综合征"的"全新"作品。主编吴岩认为,新锐作家群有着不同于前两个时期的作家的特点。一是他们与科学技术前沿的关系更加密切。二是由于他们本身就成长在多元文化的时代,他们的作品先天就具有后现代文化的许多特征,如告别"大叙事",关注"小叙事"。三是他们在创作态度上呈现出一种自由化的,有时看起来是过分懒散的状态。这种状态与过去的作家完全不同。但正是因为这种创作"去责任化"和"去神圣化"的自我满足态度，才使得他们的作品呈现出更多的自由。四是由于地缘或思想上的接近，已经形成了创作集体。正是因为这种集体思想的不断交流和碰撞，才在这些群体中激发了无限的创作热情和创作灵感。对于这些科幻文学新锐作家们在创作上的总体不足，吴岩也给予了客观的判断，指出"在题材的创新上、在文学的表达形式上、在理解生活的深度上、在寻找中华民族的根源特征与现代科学技术的结合点上，多数作品还存在着较大的缺陷。盲目地模仿国外作品，盲目地因袭国外已经过时的'新浪潮'理论，盲目地叫喊'进入主流文学界'，已经在很大程度上侵蚀了科幻文学创作的肌体"。(参见该丛书的《总序》)中国当代的科幻文学曾有过活跃而富有影响的创作时期。随着社会的发展和进步，科幻文学创作的艺术地位将会越来越重要。对于新世纪科幻文学的艺术前景，我们无疑应怀有一份特殊的关注和期待。

一批新老儿童诗人在儿童诗创作上继续着他们诗艺的操练和创造。仅从入选《2001中国年度最佳儿童文学》(漓江出版社出版)一书的诗作看，金波的《雨天，我和一只白色鸟相遇》、圣野的组诗《孩子的世界》、高洪波的组诗《叶子们的叙说》、樊发稼的《四季小诗》、常福生的《有趣的图画》、梁继平的《奇妙的世界》、王宜振的《绿叶之歌》、萧萍的《狂欢节：女王一岁了》、东达的《年轻的女神》、罗英的《池塘》、徐丹的《胡子》等作品，或描述童年的天真美丽，或感恩自然的壮丽与神奇，或抒发生活的感悟和豪情……虽然人们对儿童诗的创作现状怀有普遍的忧虑，但那些优秀的和比较优秀的儿童诗作品仍然从不同的角度顽强地显示了儿童诗应有的美质。

此外，在寓言创作方面，除了散见于各地报刊的作品外，少年儿童出版社的《校园新寓言系列》又出版了解普定的《银色小河》、邱国鹰的《精明猴的骗局》等寓言集。二十一世纪出版社开始在卡通读物上投入力量，陆续推出长达百集的卡通漫画系列《雏鹰在行动》。

三

回顾2001年的儿童文学创作，还有两个现象是特别值得人们关注和研究的。

一是低龄化写作现象引人注目，并对现有的儿童文学写作观念和秩序提出了质疑和挑战。低龄化写作并非今天才有的现象，但近年来，一大批少儿作者的作品的出版，已经使这一现象引起了社会各界的广泛关注。到了2001年，不仅出现了类似《正在发育》这样让人大跌眼镜的作品，而且出版长篇作品的作者的最小年龄降到了六岁。面对这一切，仅仅惊呼或采取排斥的态度显然是不够的。应该认真研究的是，低龄化写作与常规的儿童文学写作之间究竟是一种什么关系？它的哪些部分与儿童文学无关？哪些部分颠覆和拓展了儿童文学的艺术版图？如何扶植和引导它更好地前进和发展？很显然，积极地面对和引导，比单纯的漠视或排斥要有意义得多。

二是儿童文学的创作和生存与网络媒体的联系渐趋密切。网络作为继报刊、广播、电视之后新兴的"第四媒体"，正在日益进入并改变着人们的生活方式和生活状态。在儿童文学界，一批较早触网的儿童文学从业人士（以中青年为主）陆续建立了自己的儿童文学网站。通过网络阅读、评论、交流，已成为一部分儿童文学作家、编辑和爱好者亲近儿童文学的主要方式。虽然就总体而言，传统的纸质媒体仍然是儿童文学的主要载体，但可以预期，网络在未来儿童文学的存在和发展中将扮演越来越重要的角色。因此，在一定意义上可以说，关注网络儿童文学，就是关注儿童文学的未来。

本文的开头用了"从容""坚韧"两个词语来描述这一年的创作面貌，但这并不意味着作者对现状的满足，而可能只是意味着，我们希望以一种积极的姿态来评价和面对儿童文学的今天和未来，希望一个新的世纪的开始，也将是一个新的艺术时代的开始。

（原载《2001中国儿童文学年鉴》，江苏少年儿童出版社2002年版）

原创与译介

——2005"书香中国"年度最佳童书述评

2005年中国大陆出版的童书（儿童文学类），无论是译介还是原创的作品，都让我们对中国儿童文学的出版现实和未来命运，保持了一种信心。

这里的描述和思考，主要是依据进入2005"书香中国"年度最佳童书初选榜单的28种童书而展开的，因此，对于2005年度的童书出版来说，本文的描述和思考，都只是针对一定的出版样本而言的。

一

2005年的国内原创童书在整体上显得沉稳和波澜不惊，却自有一种从容的气度。以最具代表性的小说为例，从曹文轩的《青铜葵花》到秦文君的"花香文集"、郝月梅的《搞笑鬼王闹》，再到萧萍的"开心卜卜"系列等，不但体现了各个年龄段儿童读者的阅读需求，也涵盖了都市和乡村、轻松和沉重等不同题材、内容与风格，更有对当代儿童生存环境问题（如教育问题、单亲现象）等的关注和思考。

在儿童小说题材愈益都市化的今天，作家曹文轩依然执着于他的乡土情结。小说《青铜葵花》以乡村生活为背景，描绘了发生在青铜一家和孤女葵花之间非血缘却胜似血缘的感人故事，尤其浓墨重彩于表现哑巴孩子青铜和外来女孩葵花之间可贵的兄妹情谊。故事的质地和书名一样，精致而素朴，着实而浪漫。曹文轩仍然坚执于对苦难的表述，但我们看到的却是，像其丛书名称所标示的那样，《青铜葵花》实在是一部展现着作家理想中的生活和人性之清新、洁净和华贵的"纯美小说"。较之苦难，它更多地却是想象和描画着一种单纯而悠远的幸福。这种幸福，以它的遥远和切近、飘逸和坚实，在今天日渐喧嚣的世界里，坚持感动和净化着读者。

郝月梅的《搞笑鬼王闹》与秦文君收入"花香文集·剑兰卷"的小说《属于少年刘格诗的自白》，分别以两种风格表现了当代孩子尽管身在现代教育的重压之下，仍然尽情地展露着生命的奔突、坚韧和尊严。秦文君的另一部小说《家有小丑全本》，描写一个爱使坏的都市单亲男生"小丑"意外地走入了素未谋面的父亲的新家庭，并理所当然地带来了许多"意外"，而一向受脾气暴烈的母亲管制的他也在这一过程中领略了别样的温暖和爱。这部作品与秦文君收入"剑兰卷"的另一部小说《孤儿乐子》一起，显示出作家对儿童的非常态生存环境的关注；而文本特意设计的轻松幽默的笔触则为这一类小说在美学方面的探索提供了有意义的参照。

萧萍在 2005 年继续专心于编织男生卜卜的快乐，读着这些故事，你会觉得童年生命的意趣和张力正在无限地扩散开来。一些情节或许是夸张和无厘头的，但洋溢其间的生机和快乐一定会让大家都喜欢上这位开心地认真着，也认真地开心着的小男生卜卜的。

而从上述这些作品的文本形式、语言技巧等方面来看，它们带给我们的阅读体验同样是丰富而独特的。一方面，它们中的一部分作品正在日益摆脱传统的教育主题方面的重负，而愈见尊重并致力于表现童年生命天然的意趣和活力；而另一方面，它们又努力探寻着儿童文学特有的深度和力量，并力求在文本中将这两个方面相融，从而展示出这一文类独有的单纯而丰厚、举重而若轻的艺术品格。然而，或许是尝试期不可避免的问题吧，许多时候，作品急切的表现欲望往往盖过了情节自身的逻辑需求，带出一些"过""重"和"做"的感觉。与国外优秀作品相比照，或许，我们的一些儿童小说创作还有很长的一段路要赶。

2005年，接力出版社重新出版了冰波的《狼蝙蝠》，它与杨鹏和贾振中的《超时空流浪者》、越野的《天坑迷雾》，可以被一并归为通常意义上的科幻小说。《狼蝙蝠》以现代的时空和场景包蕴了六千五百万年前的远古和未来一亿三千五百万年中可能展开的历史，宏阔中透出深深的苍凉与哀怨。故事的两条基本线索（人和狼蝙蝠）呈现并行后交合之势，收尾部分虽然略嫌粗糙些，但仍然保持着出人意料的震撼效果。最可贵的是，尽管不乏谴责和嘲讽，小说对人类生命及其所代表的现代文明始终持着深切的尊重、宽容和信任。这种态度将和艾莫舍身殉族的悲壮一起，时刻警醒我们身为人类应有的高贵与谦卑。

《超时空流浪者》是出版自2004年的"校园三剑客"系列的延续。它将传统的人、宇宙和平、环境保护等科幻话题与青春偶像等现代元素相结合，虽然人物都有浓重的类型化和模式化痕迹，但情节波折而不显突兀，悬念迭起而各有承接，又不乏嘲讽的幽默，在很大程度上弥补了角色方面的缺憾。而小说最后留给我们的问题，是值得每一个地球人认真思考的。

严格说来，越野的《天坑迷雾》很难算是一部典型的儿童文学作品，但它肯定能攫取到一大部分儿童读者的阅读兴趣和阅读时间。作家以"天坑"这一奇特的地理景观作为创作激发点，以探险为基本主题，将古代与现代、历史与想象、科学与武侠相结合，并且很好地保持了这类小说应有的悬念冲突和神秘感。应该说，有了上述三部作品的支撑，2005年的科幻小说创作展现了它日渐俊朗和成熟的面貌。

谈到原创童书，童话当然是不能错过的风景。2005年的本土童话创作显示出更多的经典气质。王一梅的新作《木偶的森林》，描写一个被砍伐的老树桩的复仇行为，情节于自然中深藏曲折，气氛则温情中隐现诡秘。木偶人罗里企图变整个人类社会为动物世界的疯狂之举，在我们心里激起的情感是复杂的：愤慨、后怕、愧疚、省思……故事一些细节的处理多少带有经典作品影响的印痕，但看得出作家和作品都在努力寻找属于自己的艺术坐标和文学风貌；而且，从作品来看，这种努力显得相当成功。

常新港的童话《土鸡的冒险》是一部以土鸡的名义写成的关于男性成长和生命抗争的寓言，讲述一只拥有眼泪且解得人语的小土公鸡如何以自己的力量、勇气、胸襟和智慧，逐渐从父亲处接过鸡群引领者和保护者的角色，并最终率领鸡群奔往自由的故事。作品语言照例是常新港式的，厚重而不乏幽默，刚硬中透出辛酸，尤其是对土鸡父子深情的描写，深挚感人；而老土鸡那直立于篱笆墙上的威武而沧桑的身影，相信是会牢牢地镌刻进每一位读者的记忆的。

晓玲叮当的《写给小读者之快乐精灵》则在看似平常的主题下创设出了令人惊喜的故事情节，其语言也显出难得的简约和精致。罗卜卜在快乐精灵的帮助下找回快乐,又与他们一道消灭一心想吞噬快乐的烦恼国国王疙瘩王的过程,尽管带有很强的寓言色彩,但作家却能把个中故事说得新鲜香甜、有滋有味,而且摇曳生辉,让人觉得这些寓意几乎就是从故事里自然地流出来的。细节的精致和恰到好处的幽默也增添着这部童话的魅力。不论是在阅读意义的传达还是在阅读乐趣的制造方面,这部作品本身就抵得上一位"快乐精灵"。而能够在原创童话中读到这样的佳作,也是一桩十分快乐的事情。

冰波的童话《月光下的肚肚狼》,描写能够在月光下变成王子的肚肚狼如何从一个受人帮助和操纵的角色转变为一个能够帮助和影响他人的角色。一点点夸张,一点点幽默,再添上一点点神秘和浪漫,和一点点热闹和温馨,组成了这个与月光有关的肚肚狼的故事。它当然算不得冰波最好的作品,其中有一些用力过度的痕迹,但它仍然是一部令人欢欣的作品。

"整合名家名作资源,深度开发原创文学产业链图书系列"是2005年原创儿童文学的开发趋势之一。(《2005年少儿出版十件大事》,《中华读书报》2006年2月15日)由中国少年儿童出版社推出的《天使在人间·童话卷》,是对中国现当代童话史上名篇佳作的一次选辑,其所选的作品,大多是历史意义和艺术质量并重的,配上素雅的插图,是一个颇有分量且值得收藏的选本。同样是纪念和回顾性的集子,中国少年儿童出版社还以冰心先生105周年诞辰之际,推出了《冰心儿童文学全集》(美绘版)。清丽的文字,秀美的插图,古朴的页面,雅致的风格,用来诠释经典的意义,应该再合适不过了。每一篇作品后面都附有最初的出处,既作历史的纪念,又可以为阅读和研究提供文献方面的索引资源，更在全书酿造了浓郁的历史感。所说该书面市仅两个月就登上了"开卷全国新书畅销书排行榜"，四个月首印的30000套图书便销售一空。有评论者以经典作为2005年童书盘点的关键词之一，显然不无道理。

图画书是近些年来国内受外来冲击和影响最大、进步也最明显的童书种类之一。2005年的原创图画书中，人民邮电出版社的"魔豆传奇"系列是其中之一。这部童话的主题、情节以及"温馨提示"等小部件的设计，典型地体现了儿童文学可以具有的认知和教育功能。故事本身以模式化的方式将焦点位置让出，情商教育的主题由此得以突显。或者，正是由于情节的类型化，它所传达的经验和主旨才更容易进入低龄儿童读者的集体记忆，与已然积淀在那里的其他相关内容一道，实行着对儿童精神的影响和塑造功能。但对文学本身来说，这种以部分地牺牲文学性为代价的呈现方式，其合理性仍然可以置疑。

比较之下，杨红樱的六册亲子绘本故事在故事质地上更显精致些，文字与插图均清浅而温馨，是一套十分适合在床头亲子共读的图书。

二

近年来，对国外优秀儿童文学作品的译介一直呈攀升之势。典型的如人民文学出版社，2005年出版的少儿类图书中，有90％是直接自国外引进的图书版本。（吴海鸿：《引进版为何能独霸少儿图书市场》，《中国青年报》2006年7月10日）2005年引进的外来童书，既有对经典的重译和重版，同时也为我们展开了又一道全新的国外童书的风景线。

虽然神奇的"玛丽·波平斯阿姨"系列早就已经被译介到中国，但明天出版社2005年出版的《随风而来的玛丽阿姨》仍然能够提供给我们足够的阅读惊喜。这部童话最大的特点，就在于它奇特浪漫而又贴紧生活的想象。神奇的角色和有趣的魔法被糅合到普通的生活当中，整个故事浸染在梦幻和幽默的氛围里，离奇而不超出人间，怪诞却不脱离世界，令人爱不释手。

另一部来自二十一世纪出版社的童话《小幽灵》，也是可堪回味的大师经典。作家普鲁士勒似乎特别钟情于制造可爱的精怪生物，而且擅长把它们的故事写得古奇灵动而又幽默轻松。《小幽灵》以一位可爱、善良、淘气的幽灵为主人公，描写了它如何在好奇心的驱遣下意外地违背午夜活动的幽灵规则，进入了白昼世界，继而在猫头鹰市惹起了种种风波。最后，它终于认识到了黑夜才是自己真正的归属，并在几个孩子的帮助下重新找回了原来的生活。这是一个典型的关于自我认同的故事，小幽灵的自我出离和自我回归，相信是很多人都曾经有过或者正在经历着的体验。这种体验因为被放在一个轻松好玩的故事里，显出了十分轻巧和活泼的质地。童话里所设置的黑与白的颜色对比，以及关于主宰小精灵的时钟时间的奇妙解释，简单却耐人寻味，相信是会为许多读者所喜爱的。

比较而言，凯特·迪卡米洛的童话《浪漫鼠德佩罗》则是第一次与中国读者见面，其基本构架形似一般的英雄传奇和骑士小说——一只小老鼠爱上了一位美丽的公主，只身深入地牢，要将她拯救出来。但事实上，这样的传统构架只是作家借以进行戏仿游戏的底板。

小说到处找得到传统童话角色和情节设计的痕迹，但所有这些熟悉的场景和情形同时也已经被重新改写过了，其中不乏模仿的嘲讽，这多少使作品挟带进了一些后现代的气息。这样一个既熟悉又陌生的文字环境提供给我们一种既亲切又神奇的阅读体验。与此相呼应，作家在故事里还设置了一个模仿自传统童话的，总是不断与想象中的听众做着交流的叙述声音。这个声音在邀请读者与讲述者一起观赏故事的同时，也把整个故事推开在一定的阅读距离之外。能与讲述者一道居高临下地俯瞰和旁观德佩罗的全部冒险，当然也是文本呈给我们的阅读快感之一。

与童话相比，05年译介的儿童小说显示出对各个年龄层次儿童读者的关注。来自日本作家古田足日的两部低幼儿童小说《一年级大个子二年级小个子》和《鼹鼠原野的小伙伴们》，把对低幼儿童心理的精细把握与成长的主题自然衔接，朴素而又精神的故事和语言质地，为低龄段儿童小说如何表现成长提供了十分漂亮的范例。1984年国际安徒生奖得主、奥地利女作家涅斯特林格的小说《人人都叫我捣蛋鬼》，以及德国作家迪米特尔·茵可夫的《我和小姐姐克拉拉》，把童年最为真切质朴、活泼灵动、妙趣无限的生命力做了酣畅的书写和描画，也把儿童文学独有的幽默和天真的气质发挥得分外淋漓。

来自英国的作家艾伦·加纳的《猫头鹰恩仇录》则显然是一个主要属于少年、青少年和成人读者群的作品。神话题材的介入使艾伦·加纳的这部小说获得了某种难以名状的诡谲、繁复和深刻，而它的"引起图书馆馆员分类的混乱"，也在情理之中。小说情节和悬念的精思巧构，叙述语言的练达简洁，以及它所描写的少年真切的情感与生命形态，使故事本身能为少年读者所乐于享用；而它的从头保持到最后的神秘气息以及其中所蕴含的幽微深意，则使得小说能为更高年龄段的读者反复读解和品味。

德国作家克里斯托弗·海茵的小说《妈妈走了》处理的是关于至亲去世的沉重话题，却向我们展示了如何在表达沉重的同时，仍然以轻灵的艺术翅膀滑翔出令人心仪的艺术姿态。父亲和三兄妹彼此理解、扶持和温暖着走出了女主人去世的阴影，重新笑对人生，并把对她的爱永远地镌刻进了受难圣母的雕像中。作家从不致力于对人物心理细致而直接的描画，而是尽量让各种动作、对话和场景来展现人物情绪和精神的变化，小说因此显得更加真实和令人感动。在处理重大题材时的这种轻巧、自然、朴素以及永不缺席的幽默方面，这部小说显然是值得我们学习的。

在2005年译介的童书作品中，图画书照例是最引人注目的亮点之一。少年儿童出版社一如既往地进行着这方面的经典推介工作。来自山姆·麦克布雷尼和安妮塔·婕朗的《猜猜我有多爱你》，以简约单纯而意味无穷的故事和画面诠释爱的意义，从回环有致的情节叙事到别致安宁的结尾设计，无不经得起反复品味。这本书的文字和画风均显得简洁、明净而温暖，却能够借此制造出一种非比寻常的艺术效果，这大概也只有借助于图画书这种特殊的儿童文学样式才能得到如此完满的实现吧。

由菲比·吉尔曼撰文并绘图的《爷爷一定有办法》，同样集中了儿童文学（尤其是低幼儿童文学）作为一个文类的诸多耐咀嚼的特征：情节和语言的反复以及由此生成的奇妙的叙述节奏；大与小、多与少的对比以及它所带来的不一般的趣味和哲理；文字与画面相互生发而成的简朴而丰富的文本空间；细节处理以及悬念设置的出乎意料和入乎情理；当然还有融汇于朴素的表述中的普通、日常、真切、可贵的情感底子。它当然也是一本难以被人忘记的图画书。

三

当然，所有这些作品只是2005年童书出版的一小部分风景。应该说，2005年是国内童书出版的一个好年头。在这一年里，童书的原创与译介工作都在稳扎稳打地并进，而且都有不小的收获。尤其是在原创儿童小说和童话领域，我们已经开始嗅得到愈来愈浓的经典气息。尽管与外来的优秀作品相比，它们在艺术上还有很多可改进处，但它们也在逐渐寻找着属于自己的内容和声音，进而打造着原创作品独立的面貌，甚至开始显出一些译介作品所不能及的地方，比如对国内儿童生存现状的贴近和自然生动的展示，以及语言炼制方面的优势，中国风格的呈示，等等，这是令人分外欢欣和鼓舞的。

但存在的差距仍然需要正视。可以鞭策国内原创童书的一个十分明显的事实，是许多引进版优秀图画书所显示的艺术高度。从天然而精巧的故事安排，简约而丰蕴的画面设计，到几近无瑕的图文配合，主题呈现的举重若轻，像此次入围的《猜猜我有多爱你》《爷爷一定有办法》等作品，都是值得我们再三研读、琢磨、比较和思索的。

另外，以童书文类为参照，2005年童书的整体生态仍然显露出很大程度上的不平衡。除了占据大片出版空间的小说和童话外，原创诗歌、散文等依然显得沉寂。尽管这也是整个大文学生态面貌的一种体现，但同样可以提醒我们童书原创事业有待开掘的潜力和空间。

2005年的盛宴余香犹在，2006年的餐桌早已经铺设开来，品鉴和惊喜都还在进行中，让我们准备好热情和理性，继续期待吧。

（原载《中华读书报》2006年9月27日，本文与赵霞合作）

选择与思考

——"书香中国"2006年度童书排行榜初选入围作品述评

一

看上去，儿童文学作品常常是每一年度的图书出版版图上别致亮丽的一笔。这不仅仅是从它的装帧形式和内容质地上来说的，更是从它与所有儿童、与我们所有人的童年的关系上来说的。可惜的是，事实上，我们常常没有这样的条件或者可能来品味一个年度的全部儿童文学出版品，而只能选择我们认为比较有代表性的一部分作品，来领略和评点一个年度的童书面貌。如果这种选择的范围够广，而选择的尺度也得当，那当然也不失为一种可行的方法。

由"书香中国"2006年度童书排行榜组委会初评入围的儿童文学作品榜单近日已经出炉，共有19种24册2006年出版的儿童文学作品列入其中。这些经由各地出版社选送、组委会初步选出的年度优秀童书，在一定程度上勾勒了2006年儿童文学的一种样貌。本文即是笔者继上一年度之后，再次接受组委会的委托，对这部分初选入围图书进行综合性阅读和思考后的一个写作结果。

这里，有必要对这次综述性写作的定位及有效性做一些思考和交代。

首先，本文主要的写作和思考依据来自组委会提供的一份2006年童书排行榜的初选入围榜单。这份榜单是从部分应征出版社推荐的年度出版物中产生的。因此，它的评选基础及覆盖面难免存在某些漏洞和盲区。虽然这是评选操作过程中难以避免的技术缺陷，但是，对于我们来说，应该意识到，本文的写作不可能是一次年度童书出版及其文学事实的全面考察和判断，而只能是对一种文学抽样的分析和思考。

其次，这份榜单是由组委会成员初选和圈定的。据我所知，该组委会主要由十余位热心于儿童文学阅读、推广的小学教师和几位大学教师组成。初选榜单产生后，主办者还将组织小读者进行阅读或投票，最后由组委会终评产生最后的年度童书排行榜。所以，本文的评述对象即初选入围榜单作为一种阅读趣味的选择结果，基本上是由上述组委会的欣赏眼光和评选意志所决定的。

但是，在我的想象和期待中，任何一种文学选择都有其鲜明的立场或隐蔽的缘由。因此，对于这一份经过了认真运作，耗费了参与者许多心血的图书清单来说，我们有理由把它看成是2006年儿童文学出版的一次独特的阅读选择和抽样。

还有一点是我在这次阅读和写作过程中颇感兴趣并且常常思考的问题，就是这19种作品的具体"身份"构成——有中国原创作品，有引进的图书；有2006年的新作，也有若干年以来的重版书；当然，体裁也是多种多样的。因此，这份榜单所提示的主要并不是2006年中国原创儿童文学的创作动态和基本样貌，而更多的是这一年里儿童文学出版和若干年来流传的部分状况及某种阅读趣味所显示的选择倾向。

二

图画书出版的加速，是2006年童书市场一个重要和引人注目的现象。2006年9月，在澳门举行的第30届国际儿童读物联盟世界大会上，笔者曾做了《图画书在中国大陆的兴起》的报告。我想说，就在2006年，图画书的出版，是以超出我们预期的节奏推进的。

由比利时作家嘉贝丽·文生绘图和著文的图画书"艾特熊与赛娜鼠"系列（共6册，上海人民美术出版社），讲述了发生在敦厚绅士的艾特熊和任性可爱的赛娜鼠之间的温暖而快乐的故事。此次入围的分册《一起去野餐》（梅思繁译），以两位主角冒雨外出野餐为主要情节，将艾特的善良、忠厚、温文尔雅和赛娜的活泼、任性、天真，以及他们彼此间的信任、依恋表现得分外动人。作家用柔和的色彩与线条来涂绘、勾勒角色、物件和场景，努力在一个短短的故事里制造悬念和意料之外的惊喜，把其中的温暖和快乐传递给读者。尤为难得的是，书中还附有精心制作的全6册《导读手册》，向读者介绍作家生平、故事梗概等，更包括为年轻的父母们用心准备的"导读示范"。这为读者更深入地理解故事内涵、把握故事韵味提供了十分有益的帮助，也为年轻的父母们提供了亲子共读方面的有益指点。

英国作家苏珊·华莱的图画书《獾的礼物》（少年儿童出版社），原作出版于1984年。不过，对于许多中国读者来说，这本图画书所带来的阅读冲击和体验，仍然是十分独特的。作品以灵巧的构思触碰和阐说死亡这样的沉重话题——乐于助人的獾走完了一生，很安心地去了"长长的隧道的另一头"，而在獾曾经帮助过的小动物们的心里，则永远地记下了它一生中留在大家的生活和生命里的许多珍贵记忆和痕迹；这些记忆和痕迹最终也成了獾留给小动物们的特殊的"礼物"。作品对于"死亡"和生命意义的温暖而深刻的描写，对于小动物们一起怀念獾的场景的描绘，弥漫着一缕淡淡的诗意的忧伤。对于儿童文学创作来说，能否触及"死亡"这样的议题，已经不是一个问题，但《獾的礼物》让我们看到，一本优秀的图画书是如何将死亡这样一个沉重的话题，表现得别致、丰厚，充满深情。

由法国作家克利斯提昂·约里波瓦、画家克利斯提昂·艾利施合作的图画书"不一样的卡梅拉"系列（共6册，二十一世纪出版社），讲述"不一样"的母鸡卡梅拉一家的故事。卡梅拉和她的儿子卡梅利多、女儿卡门都显得与众不同，他们勇敢、聪明、乐观、爱幻想、有恒心，所以总是能够出人意料地完成自己的心愿，达成自己的梦想。故事情节简洁幽默，画面色彩丰富活泼，其中同时揉入了法国经典童话和世界早期科学实验、探究的内容与情节，在传统与现代的缝隙间制造幽默和趣味，虽然有时不免流于搞笑，但掩卷之后，大小卡梅拉们"不一样"的身影，还是深深地嵌在了我们的脑海之中。

很显然，"系列"无疑是当下中国儿童文学出版的关键词之一。2006年同样被系列译介和出版的，还有曾获国际安徒生插画奖的荷兰作家马克斯·维尔修思创作的"青蛙弗洛格的成长故事"（共12册，湖南少年儿童出版社）。此次进入初选榜单的《我就是喜欢我》，尽管有着明显的主题先行的痕迹，但故事仍然具有较强的可读性。青蛙弗洛格从欣赏自己到怀疑自己、想改变自己再到重新找回自信的过程，有趣而富有寓意。使用深浅墨线勾勒和纯色块填充的画面显得清晰、稚拙而简约，边缘的方形色框进一步加强了画面的稳定感，但它的最打动人的力量，仍然来自它简单朴素而不乏深刻的故事。

近年来，图画书在中国儿童文学界正受到愈来愈多的关注。随着对于国外优秀图画书的密集译介和出版，中国的原创图画书创作也在不断地提升和推进中。通过对比、尝试、借鉴、学习和思考，我们对于图画书这一特殊而重要的文体样式有了不少专业和深入的认识。一批新的原创图画书在插画质量、故事构思和文图关系的安排组织上，开始显示出一些令人瞩目的艺术自觉。

在中国当代原创图画书中读到像《荷花镇的早市》（周翔作，二十一世纪出版社）这样的作品，多少令人有些振奋。这部作品以作者个人的童年生活记忆为题材，借助一个城市孩子的目光，以开阔的水粉画和简约的文字再现了20世纪七八十年代中国江南水乡的一部分生活场景，并初步建立起了图文之间的互补关系。作品并不着意于编织故事，而重在氛围的制造和渲染，画风宏阔又不失细腻。作者以大片变幻的天青来表现乡村湖泊笼罩在晨雾中的迷蒙和宁静，又不厌其烦地使用各种颜色描绘早市熙攘的人群和古旧的建筑、传统的风俗，其间透着浓郁的怀旧气息；最后，画面从热闹仍然复归水乡的婉丽和平静。应该说，《荷花镇的早市》将作者记忆中的江南文化和民俗生活，演绎得生动而又热烈。

比较之下，夏辇生创作的"宝贝第一"童话系列（北京师范大学出版社）则较为典型地体现了中国当代最习见的图画书观念。该系列中进入2006年初选榜单的《美丽的花环》，描写宝贝熊为好朋友美美兔的生日编了一个漂亮的花环，一路上，花环上的花朵被一一分送给了其他有需要的小动物，最后只剩下一个光秃秃的花环，但宝贝熊却因此得到了好朋友美美兔的夸奖。作品设计了一个结构常见的助人为乐故事，配以卡通风格的清晰绘图，画面主要承担着解释文字而非生发故事的功能。整个编排集故事阅读、智力游戏、思维养成、情感教育、英语学习等多位目的于一体。大概因为承载了太多重量的缘故，用在故事编织上的力度显得不够一些。

如果说作品的风格本来应该是多样的，因此我们不能责备注重民俗风情表现和抒情的《荷花镇的早市》没有构思一个好的故事，那么，如果任由好的故事构思在图画书中缺席，这也是当今整个图画书创作应该警惕的现象。国外的作品是这样，国内的作品也是这样。从此次进入初选榜单的图画书来看，说不上有特别奇巧又适合儿童阅读心理的故事情节。或许，如何编织一个好故事这一文学创作的古老话题，也正是我们的图画书创作者所应该正面应对的重要艺术关键和难题之一。

三

2006年，国内原创儿童文学出版的步子迈得似乎格外小心。或许是出于新作品数量和质量方面的原因，出版社看来更愿意选择那些已有"口碑"或"定论"的国内名家名作，进行重组和重版。而这样的选择，在作品的总体质量和可能销路上往往也的确是比较可靠的；因此，优秀作品的"重版"构成了2006年国内原创儿童文学作品出版的一个重要方面。

2006年是著名作家张天翼100周年诞辰，福建少年儿童出版社乘势推出了"中国童话大师系列·张天翼童话全集"。此次入榜的《秃秃大王》收入了张天翼20世纪30年代创作的长篇童话《秃秃大王》和他根据民间故事《狼外婆》改编的童话剧《大灰狼》。童话《秃秃大王》讲述了小明、冬哥儿两个孩子怎样团结起全村人，在黄猫一家的帮助下，一起消灭了残酷的剥削者秃秃大王的故事。作品有着鲜明的政治影射和那个时代特定的政治图解含义，然而张天翼独特的叙述才华和独到的想象能力即便在政治的箍束下也显出了它的文学光辉。在这部童话中，故事的安排和角色的塑造并不是最成功的，倒是其中对于民间韵文和民间故事形式的借用、对于社会现实的狡黠幽默而不失时机的讽刺、叙述者不时亮身插话打断叙述进程所制造的节奏断点和喜剧效果，以及作家所使用的质俚精短又符合儿童情味的语言，机巧自然。我以为，张天翼作品所保存的创造个性作为一份文化遗产，依然是值得今天的人们去珍视和把玩的。

　　除了张天翼的童话外，少年儿童出版社重版的陈丹燕的长篇幻想小说《我的妈妈是精灵》也在初选榜单之列。这部初版于1998年的作品描写主人公陈淼淼如何发现自己的妈妈是精灵，又如何知道了妈妈因为与爸爸相爱、由精灵化身为人的往事，最后真正地理解和体味了来自精灵妈妈的珍贵的爱，也无奈地接受了妈妈不得不回去精灵世界的现实。小说将现代精灵题材融入家庭生活故事的日常叙述，借助一个孩子的视角，既从日常生活中发掘灵异的元素，又在灵异的情节里揭示日常生活和情感的深邃内涵。作品显得既缥缈，又着实；既空灵，又富有情感冲击力。进入初选榜的另一部再版长篇儿童小说是张之路的《足球大侠》（浙江少年儿童出版社）。作家撷取普通的校园题材，从看似平常的叙事进程中制造奇想和悬念,把一个因意外事故患上失忆症的"足球大侠"意外地推入孩子们平淡的生活。这位到学校担任"足球教练"的"大侠"在自己毫不知情的夜游情况下,教会了学生踢球的技法,并被他们奉若神人。故事最后,"大侠"恢复了记忆,谜底也因此揭晓。小说情节引人入胜,场景、事件具有强烈的画面感和镜头感,代表了作家张之路儿童小说创作的典型风格。

除长篇外,以选集方式重版并进入初选榜单的原创儿童文学作品包括:沈石溪的动物小说集《斑羚飞渡》(蓝天出版社)、常新港的中篇少年小说集《咬人的夏天》(中国福利会出版社)、汤素兰的短篇童话自选集《红线的心愿》(湖南少年儿童出版社),以及尹世霖主编的创作儿歌集《名家儿歌》(新疆青少年出版社)。《斑羚飞渡》收入了作者沈石溪曾经发表或出版过的17篇中短篇动物小说。这些小说以西双版纳神奇的热带雨林和山峦河谷为自然背景,以动物为主要叙写对象,表现它们彼此之间,以及动物与人之间的种种恩怨情仇。颇具边域色彩的故事和场景为这些小说平添了古朴、粗粝、清新、神异和幽远的气息,而作者抑扬顿挫的叙述节奏和不露声色的幽默自嘲,又进一步丰富了作品的审美趣味。《红线的心愿》收入了作家汤素兰20年来创作的短篇童话(其中包括两则短篇小说)代表作凡27篇,其中《红鞋子》《驴家族》《紧急救护》等,都是在发表当时即引起儿童文学界关注的作品。这些作品十分典型地体现了汤素兰短篇童话构思奇巧、语言精致、情味浓郁,又不乏震撼力的特点。《咬人的夏天》收入了作家常新港曾经出版过的8个中篇少年小说,以常新港语言特有的简约、铿锵和断续感,分别书写了乡村或城市少年青涩、迷蒙、蓬乱、坚硬而柔弱的情感世界，其中包括作家早期最重要的代表作《独船》。《名家儿歌》收入了海峡两岸 26 位作家的部分儿歌作品，尽管其中不乏可圈可点之作，不过它的最大的价值，恐怕还更多地体现在它对于丰富原创儿童文学的总体面貌所做出的贡献上。

　　《我的妈妈是精灵》《足球大侠》《斑羚飞渡》等多部再版作品进入 2006 年度童书初选榜单这一事实，的确可以引出我们的一些思考。重读这些作品，我们发觉，在题材、风格、故事性、趣味性和思想深度等方面，它们的确都在不同程度上代表了作家本人创作上的某种高度；作为中国当代最具才情的儿童文学作家群落的成员，他们的这些作品同时也站在了中国当代原创儿童文学创作的艺术高端。因此，我认为，一部作品的真正的生命力，或者说，它在出版者和阅读者的选择面前所可能遭遇的命运，首先是由其内在的艺术品质所决定的。对于一些热衷于数量堆积而作品质量乏善可陈的写作者们来说，这一事实应该会是一个有益的提醒。

　　与再版的入围作品相比，2006 年初选榜单上的新作略显单薄了一些。在入围的 10 种原创儿童文学作品中，属于 2006 年出版的新作只有 4 种。除去上文提到的两种图画书外，小说、童话等文体的入围新作是黄蓓佳的长篇小说《亲亲我的妈妈》（江苏少年儿童出版社）、商晓娜的幻想小说《拇指班长》（春风文艺出版社）。

　　不过，与诸多再版作品相比较，黄蓓佳的这部长篇小说新作还是显示出了它的分量和意义来。作品以单亲家庭为主要描写对象，讲述了十岁男孩赵安迪由于父亲的突然去世而回到陌生的母亲身边，彼此开始了一段微妙而忐忑的相处。最后，这位被妈妈唤作"弟弟"的男孩以自己的敏感、聪慧和善良打开了妈妈舒一眉的情感世界，拥有了一个快乐的单亲家庭。故事情节清晰，冲突集中，善于在从容有致的叙述中制造扣人心弦的转折和悬念。一个家庭的问题与另一个家庭的问题相纠结，家庭问题与学校、社会问题相缠绕，从而使小说具有了一定的现实深广度。小说的角色塑造也相当成功，内向敏感、倔强懂事的赵安迪，美丽高傲、内心却抑郁苦闷的舒一眉，开朗干练、慈爱善良的外婆，还有脑袋一点儿不笨、成绩却一塌糊涂的同桌"血爪"张小晨，以及个性鲜明的可儿一家等，令人印象深刻。小说始于感伤和阴郁的墓葬场景，却结束在一片冬日温暖的阳光里，童年的力量在这一转变中显得举足轻重。在近些年新出现的儿童小说中，黄蓓佳的这部新作，是不可多得的一部。

另一部2006年的新作《拇指班长》，讲述五年级的小学生孔东东不小心把班长孔西西变成了拇指大的小人，从而制造出了一幕幕搞笑逗人的轻喜剧，而叙述人孔东东也在这一过程中与班长化敌为友，最后为了寻找把班长变大的药方，反而将自己也变成了拇指大的模样。作为一部长篇规模的小说，作品并没有设置一个贯穿始终的核心情节，因此看上去更像是短篇的连缀。在2007年，我们又看到了它的续集。

四

近些年来，外来译介的儿童文学作品已经成为每一年度不可或缺的儿童文学出版内容之一，而持续的"经典"和"大奖"作品的出版，也使我们对每一年度的译介作品充满期待。在入围的2006年引进版童书中，我们又在其封面上看到了"国际安徒生插图奖"（"青蛙弗洛格的成长故事"）、"奥地利国家儿童与青少年文学奖"（《苹果树上的外婆》）、"亚马逊网站五星级童书"（"不一样的卡梅拉"）这样一些抢眼的名号。除了上文提到的四种图画书外，另有两部译介小说进入2006年的初选榜单。其中被誉为"20世纪日本儿童文学史上最具影响力的作品"的儿童小说《巧克力战争》（大石真著，北田卓史绘，草莓山坡译，接力出版社），描写一群小学生为了保卫"名誉"，与当地有名的金泉堂糕点屋展开的一场别开生面的"巧克力战争"。小学生光一与阿明被误认为打破了糕点屋的玻璃橱窗，受到了糕点屋经理和老板的指责与羞辱。为了保卫自己的"名誉"，光一策划了对于糕点屋的招牌"巧克力城堡"蛋糕的盗窃计划，而偶然得到情报的糕点屋老板谷川金卫兵则设计了相应的反盗计划……光一的盗窃计划最终失败了，不曾料到的是，看似软弱的阿明据实写下发表在校报上的报道激起了当地5所小学学生的愤怒，大家联合起来抵住了金泉堂糕点屋的诱惑，使糕点屋的经营难以为继。故事最后以玻璃事件原肇事主的主动请罪和糕点屋老板谷川金卫兵的真诚道歉结束。小说情节紧凑，悬念迭起，整个叙述无所旁逸，干净利落，对于儿童心理的把握精准到位，最重要的是，孩子自己的力量在小说中得到了极大的肯定和赞许。这是目前我们能够看到的并不多见的真正脱开成人的指点和控制来表现儿童和童年力量的优秀作品之一。

  2006年，新蕾出版社的"国际大奖小说"系列丛书继续出版。这次进入初选榜单的奥地利作家米拉·洛贝的幻想小说《苹果树上的外婆》

（张桂贞译，新蕾出版社），描写小男孩安迪十分渴望有个外婆或者奶奶，苦恼的他躲在小花园的苹果树上，却意外地在那里遇到了已逝的外婆。外婆充满活力又风趣幽默，特别懂得安迪的心思，她带着安迪去游乐场玩耍，去草原套马，还把他带进不可思议的海上旅程。然而家里人却不能接受安迪关于外婆的"胡思乱想"。就在这时，院子里新搬来了一位老奶奶，安迪在帮助这位老奶奶的过程中，既得到了理解，获得了快乐，也学到了许多东西。这样，安迪一下子有了一个外婆和一个奶奶，而且，两位老人都是他用自己的力量争取来的。作品虚实相通，真幻交错，叙述者不说苹果树上的外婆只是安迪幻想的结果，反而有意放任和纵容安迪的想象，不过，正是这种对于童年想象力的放任和纵容造就了小说的特别旨趣。或许我们每个人的童年里，都藏着这样一位奇妙的"苹果树上的外婆"；而与此同时，童年也需要一位懂得理解"苹果树上的外婆"这样的奇妙事件的奶奶。换句话说，孩子们需要成人在教给他们地面上真实的事情和知识的同时，也理解他们的悬挂在"苹果树上"的幻想。遗憾的是，由于语言翻译和文化差异上的原因，小说的可读性多少受到了一些影响。

与此同时，2006年，我们也再度与那位来自瑞典的满脸雀斑、肆无忌惮的《长袜子皮皮》（林格伦著，李之义译，中国少年儿童出版社），和那个从英国来的任性顽皮、不肯长大的《小飞侠彼得·潘》（巴里著，任溶溶译，少年儿童出版社）相遇。这两个代表着人类童年的狂想和力量、代表着每个人内心对于永恒童年的怀恋和向往的奇异人物的故事，永远激发着我们的阅读欲望。阅读这些被称为经典的作品，对于曾经被它们陪伴过的人们来说，是一种美好的温习和怀旧，而对于未曾与它们相遇过的读者来说，则应该会有一种惊讶的陶醉和欢喜吧。

总体上看，与2005年相比，2006年的这份初选榜单或许是更为"经典化"和"精选化"的，而在"经典""精选"和"大奖"之间，我们自己的儿童文学新作则显得相对单薄和落寞。这其中有客观上作品数量和质量方面的原因，可能也有选择标准和评选方案设定方面的原因。或许，将一个年度出版的童书全部放置在同一个层面上进行评选，必然会导致这样的一种选择结果。如果有一天，我们能够在清点"经典"和重版作品的同时，也得到一份只属于原创儿童文学新作的年度榜单，那么，对于儿童文学的创作者、出版者、阅读者和研究者们来说，也许会具有另一番启发意义；对于我们的原创儿童文学来说，或许也会更加催生出反思、振奋和激励的力量。

正如我在开头时所说的，本文只是对一种给定的年度儿童文学出版、阅读抽样结果的关注和思考。在这里，我仍然要列出我在这一次阅读过程当中所形成的几点印象。其一，引进与原创，重版与新作，共同提供了当今儿童文学的出版和阅读资源，其中，引进作品的数量和质量令人瞩目，再版原创作品的风头颇为强劲，如何加强、关爱原创新作品，应该是我们共同的心情和责任；其二，在今天，一部儿童文学作品的命运固然与它的包装、推广及与媒介的结合等等现实策略相关，但是，一部作品的最终命运，还是由其内在的艺术含量所决定的。因此，少一点儿浮躁之心，多一点儿钻研修炼、宁静致远的恭敬之心，对于每一位写作者来说，都会是一种智慧、大气和有出息的态度选择。其三，在儿童文学作品的评荐机制上，我们还应该有更合理、更有效力的操作模式和制度设计，例如，如何更有效而合理地尊重和纳入小读者们的阅读趣味和选择意志？如何建立更加符合儿童文学出版品自身特征和规律的评选方案？等等。

（原载《中国儿童文学》2007年第4期）

原创图画书在 2008 年

一

无论从哪个角度看，2008 年在中国当代原创儿童图画书创作和出版的历史上，都将是一个特殊的年份。

一些年前，人们开始从"文学插图"或"插图本"等概念的统治中脱身，试图打量和了解作为一个独立门类的"图画书"艺术样式。但是，不仅公众和普通读者对此缺乏基本的关心和常识，即使是在专业读者圈，当时的许多人也普遍缺乏相应的职业敏感和知识准备。就是在这样一个起点上，我们看到了近年来图画书在中国的大幅度、大面积的关注和推广行动。这一行动波及了儿童文学、儿童美术、儿童出版、儿童教育、儿童研究等领域的许多专业工作者和业余爱好者。与此相联系的是，关于图画书的思考和不同声音也陆续展开并传递出来。或许，这是一个图画书开始风光的传播时代，也是一个需要人们做出相应探索和思考的思想年代。

事实上，这样的探索和思考这些年来一直就没有中断过。例如，早在 2004 年，江苏少年儿童出版社就在南京主办了"中国原创图画书创作研讨会"；2007 年 8 月，在曾经作为元、明、清三代皇家苑囿南海子一部分的北京麋鹿苑，由全国妇联《超级宝宝》杂志和浙江师范大学儿童文学研究所联合主办的"第一届中国本土原创图画书研讨交流会"在这里举行。这些会议聚集了来自儿童文学、儿童美术、儿童出版、儿童教育等领域的专业人士和图画书爱好者，围绕着经典图画书、原创图画书的文学、美术、出版等方面的专题，进行了认真和比较深入的交流和探讨。

2008年5月，这种以专业会议形式展开的图画书研讨达到了一个小小的高点。由中国作家协会儿童文学委员会主办、明天出版社承办的首届中国原创图画书发展论坛在山东济南举行。100多名来自各地的图画书创作、研究和出版界人士聚集在一起，共同讨论中国原创图画书的现状，探索原创图画书的价值及发展策略。这是在以往民间力量不断探讨、积累和推动的基础上，作为儿童文学"官方"的中国作协儿童文学委员会首度正式介入并组织的较大规模的全国性的学术研讨活动，它意味着原创图画书从此成为整个儿童文学界普遍关注的具有时代性的共同话题。

还有一些相关事件是一定会留在这个年度我们关于图画书的记忆之中的：

6月，由方卫平、保冬妮主编的《图画书的中国想象》一书由《超级宝宝》杂志以内部发行的方式出品，这是北京麋鹿苑会议留下的一份激情与思想的纪念。虽然是内部出版品，但是在近年来图画书热的背景下，作为图画书研究者、创作者、爱好者们一次热情、智慧与想象的结晶，这本资料集的出现仍然是值得珍视的。

7月，"丰子恺儿童图画书奖"在香港设立。这是一个由丰子恺儿童图画书奖筹备委员会主办，书伴我行（香港）基金会有限公司协办，陈一心家族基金会、陈范俪瀞女士赞助，以鼓励、表彰、促进全球范围内的华文优质原创儿童图画书的创作、出版、阅读为宗旨的奖项。鉴于著名艺术家丰子恺先生毕生关爱儿童，并以儿童为题材创作了大量独特的文学和美术作品，在其女儿丰一吟女士及其家属的支持下，该奖遂以丰子恺先生之名命名。

7月，一群热爱图画书创作的富有激情的年轻人在北京成立了"五色土原创图画书研究中心"。该机构的目标在于引导高校美术专业的大学生们进入图画书创作领域，并帮助出版他们的优秀作品，以鼓励年轻人加入原创图画书创作的艺术领域——"我们希望我们的新一代作者是生长在中国肥沃的土壤上，在自己的文化土壤上汲取营养，长出奇异的中国图画书之花。"

12月，由作家保冬妮主编的以发表、鼓励原创图画书创作为宗旨的《超级宝宝》杂志，在坚持了26个月（2006年11月至2008年12月）之后，由于经济和生存压力而被迫停刊。作为中国原创图画书作品发表的一份专业性刊物，《超级宝宝》不幸由"先驱"变成了"先烈"，这也在某种程度上也向我们提示了原创图画书生存土壤还相当贫瘠的现状。

我们看到，对于原创图画书来说，2008年是一个交织着生长与幻灭、激情与失落的年份。但是我更相信，保冬妮们和《超级宝宝》、"五色土原创图画书研究中心"等所代表的一群理想主义者对于中国原创图画书的梦想，是会在不久的将来逐步化为现实的。

二

在近年来的"图画书热"中，大量优秀的外国图画书作品被译介给了中国读者。网上有些观察人士称，2008年是中国图画书出版的"井喷"之年。从各家出版社的图画书出版清单来看，翻译作品依然是这一图画书"井喷"之年出版的大头。

在近年来国外图画书的引进出版过程中，明天出版社、河北教育出版社、二十一世纪出版社、接力出版社、少年儿童出版社、中国电力出版社、贵州人民出版社、浙江少年儿童出版社、南海出版公司、新疆青少年出版社、上海人民美术出版社、连环画出版社、湖北美术出版社、电子工业出版社等等，都分别引进了大量优秀的、经典的外国图画书作品。从2008年的引进和出版情况看，其特点大致可以概括为如下几点：

一是进一步重视和加强了对于获得过各类国际知名或重要的图画书奖项的作品的译介和出版，如获得过美国凯迪克大奖的西姆斯·塔贝克编文、绘图的《约瑟夫有件旧外套》，美国杨志成编文、绘图的《狼婆婆》，先后获得过英国凯特·格林纳威奖大奖的英国约翰·伯宁罕编文、绘图的《宝儿》《和甘伯伯去游河》（以上均为河北教育出版社出版），获德国图画书大奖的英国托尼·罗斯编文、绘图的《我要来抓你啦》（浙江少年儿童出版社），获得德国青少年文学协会图画书大奖的德国沃尔夫·埃布鲁赫编文、绘图的《一只想当爸爸的熊》（二十一世纪出版社），获得过奥尔登堡青少年儿童图书奖的德国玛努拉·奥尔特编文、绘图的《真正的朋友》等"梦幻童年书系"共四册（中国电力出版社），获得过日本绘本奖的日本佐野洋子编文、绘图的《熊爸爸》（南海出版公司），等等。

二是引进图画书的国别来源越来越多样。除了继续引进美国、英国、德国、日本等国的作品之外，俄罗斯、荷兰、丹麦、奥地利、澳大利亚、韩国等国家的一些儿童图画书佳作也不断地进入我们的出版视野。如俄罗斯安德雷·乌萨切夫编文、德国亚历山大·容格绘图的《方格子老虎》（上海人民美术出版社），丹麦索伦·杰森编文、绘图的《会飞的箱子》（上海人民美术出版社），瑞士费里克斯·霍夫曼编文、绘图的《睡美人》（连环画出版社），韩国李惠兰编文、绘图的《奶奶来了》（贵州人民出版社），韩国朴允奎编文、白希娜绘图的《红豆粥婆婆》（连环画出版社），希腊贝琪·布鲁姆编文、法国帕斯卡·毕尔特绘图的《一只有教养的狼》（二十一世纪出版社），等等。

三是引进图画书的题材、风格、创意、类型等越来越丰富。图画书作为一种主要在20世纪的欧美各国逐渐培育和成熟起来的儿童文学门类和现代出版品种，其艺术潜能和美学形态在欧美各国得到了较为充分的认识和相当成熟的开发，因此，引进图画书在艺术的丰富性和创意性等方面，常常会令我们瞠目结舌，甚至叹为观止。2008年的引进版图画书，还在继续着这样的故事。

引进图画书的持续出版不仅为读者提供了精美的图画书佳作，而且对于虽有一定积累和积淀，但在现代美学和现代出版意义上还处于起步阶段的中国图画书创作和出版界来说，无疑是一种重要的美学提供和打开：它们为原创图画书创作打开了艺术视野，提供了相应的美学参照。很显然，在这样的阅读和打开过程中，我们的图画书阅历和素养，也在一天天地增加和丰富起来。

三

作为原创图画书的研究者，我们自然更加关注原创图画书创作的现状，想象本土图画书的未来。从这个角度看，2008年原创图画书所呈现的进展与提升，令我们有一种格外的惊喜。

在当今原创图画书的创作版图上，有两个创作群体十分引人瞩目。一个是以周翔、朱成梁、蔡皋等为代表的《东方娃娃》杂志与南京信谊创作群体，另一个是熊磊、熊亮兄弟与他们曾经主持的"奇异堡"工作室。后者于2008年7月与中央美院教师杨忠、北航教师庄庄、儿童阅读推广人王林、儿童网站"红泥巴村"的创办人阿甲和萝卜探长等合作成立了"五色土原创图画书研究中心"和系列图书编委会。以上两个图画书团队，一个生长在南部，一个活跃于北方。2008年，这两个创作群体分别推出了自己重要的作品。

在南京信谊儿童文化发展有限公司策划下，明天出版社2008年连续出版了由余丽琼编文、朱成梁绘图的《团圆》，由周翔改编自北方童谣并绘图的《一园青菜成了精》，由心怡改编、蔡皋绘图的《宝儿》，由萧袤编文、周一清绘图的《驿马》，由张晓玲编文、潘坚绘图的《躲猫猫大王》等作品。这些作品以厚重的历史与人文内涵、出色的图画书艺术造诣，甫一出版，便引起了原创图画书界的关注和许多图画书爱好者的好评。

《团圆》从当代中国社会生活取材，讲述了一个富有人情味的有关过年团圆的故事。作为一部图画书，这部作品的成功主要在于作者和画家的成功配合与艺术处理，使作品显示了图画书作为"文 × 图"的叙事艺术的独特力量。文字作者余丽琼以个人的童年生活和情感记忆为基础，从童年视角切入，把一个关于父女、家人的聚散故事描绘得细腻感人。我曾在《"首届丰子恺儿童图画书奖"评审始末》一文中认为，这本书在图画书的编辑和整体制作上显示了相当深厚的素养。例如，跨页图的处理、大图和小图的交替运用、所有小图均以圆形呈现，等等，都显示了作品在图像语言运用上的娴熟技法和深厚功力，而画家朱成梁对于日常生活画面的独特的捕捉和图像语言呈现能力，也使得整部作品气韵生动、充满张力。

由周翔改编自北方童谣并绘图的《一园青菜成了精》也是一部颇有创意的作品。有研究者认为，作者眼光独具地选择、改编了这首趣味十足的童谣作为文本，并用看似单纯实则功力匪浅的写意手法，结合现实与想象情境；图画上青菜及各种蔬菜的姿态、动作活灵活现，并不刻意添加五官，拟人化的手法运用得十分巧妙、自然。

《宝儿》是根据清朝作家蒲松龄《聊斋志异》中的《贾儿》一篇改编而成的。此前画家蔡皋曾创作了《荒原狐精》（即《宝儿》的前身），并获得了第14届布拉迪斯拉发国际插画双年展（BIB）金苹果奖。画家蔡皋女士熟读《聊斋》、喜爱《聊斋》；在《宝儿》的创作中，她选择了具有强烈对比关系的颜色：红与黑。她认为，"民间大红大紫呈现出的是一种大俗，这种大俗走向极致，即是一种大雅"。图画书《宝儿》的色彩运用颇受赞誉，尤其是对黑色的运用。"黑，中国人又称之为玄色，深不可测。而一切的可知都是从不可知而来。黑，是中国人观念中的一种颜色，西洋的色彩学不大认可它，但中国人认可，它是中国人的颜色，是与《聊斋》故事内涵契合的颜色。"（蔡皋《黑色底蕴里走出的明艳》）《宝儿》把传统故事所蕴含的民族文化心理和审美意识演绎得淋漓尽致，同时在画面呈现上也显示了图画书特有的一些"机关"和"秘密"（如作品中商人儿子眼睛描画时的色彩运用），是近年来原创图画书创作民族化追求进程中出现的一部值得重视的作品。

《躲猫猫大王》是一部以智力落后儿童为主角的作品，这是一个在原创图画书乃至整个原创儿童文学领域较少涉足的题材。让我感动的，是作者创作这部作品时所表现出来的睿智和情怀。自始至终，作者几乎没有告诉我们，小勇是一个智力上有缺陷的孩子，尤其是在孩子们所组成的世界里，天真的关爱、自然的帮助、真挚的赞赏、难舍的别离，成为一段童年生活和记忆的最质朴、最温暖的内容，也构成了这部作品轻轻打动我们的一份纯净而又深刻的力量。

《驿马》所演绎的，是一个关于"寻找"和"返乡"的寓言。一次古楼兰的美丽的相遇，衍生出了一个世代相传、生生不息的关于"返乡"和"梦寻"的传奇。很显然，在这个故事中，融入了作者自己关于民族、关于历史、关于文化的诸多情感和想象。正如作者所说的那样，这部作品通过相似的场景、重复的句型、朴实和深情的语言，营造出了一种回环往复的旋律。而我想说，正是这种"旋律"的不断响起，使我们感受到了一种属于我们古老历史的绵延诗意，一种属于我们独特文化的磅礴之气，一种属于我们民族精神的坚韧不拔。而这一切，又恰如其分地表达并诠释了作品关于"寻找"和"返乡"的内在主题。

2008年，对于《东方娃娃》和南京信谊的创作群体来说，是一个丰收的年头。事实上，《团圆》等作品的出版，不仅是这一群体的重要艺术收获，同时也是持续推进的中国原创图画书创作的一个重要收获。当我在写作本文时，引人瞩目的"第一届丰子恺儿童图画书奖"已经在香港揭晓。《团圆》获得了"最佳儿童图画书首奖"；《躲猫猫大王》获得了"评审推荐文字创作奖"；《一园青菜成了精》获得了"评审推荐图画创作奖"。也就是说，南京信谊创作群体囊括了本届丰子恺儿童图画书奖三个最重要的奖项。这是南京信谊创作群体的殊荣，也显示了2008年原创图画书创作所取得的突出进展。

继2007年出版《小石狮》《兔儿爷》《年》《灶王爷》等作品之后，熊亮等在2008年又陆续出版了"情韵中国图画书系列"6册，包括《京剧猫·长坂坡》（熊亮编文，熊亮、吴翟绘图）、《京剧猫·武松打虎》（熊亮编文，熊亮、吴翟绘图）、《苏武牧羊》（蒋荫棠歌词，熊亮绘图）、《荷花回来了》（熊亮编文，马玉绘图）、《我的小马》（熊亮编文，绘图）、《纸马》（熊亮编文，熊亮、李娜、段虹绘图，以上六种均为连环画出版社出版）。

可以看出，熊亮等的创作也是坚守民族文化和中国气派之传统和立场的。熊亮曾在《我为什么做中国绘本》一文中坦陈："我侧重于传统和本土性，因为文化记忆同样也是我们儿时的回忆，就像城市的历史同样与个人命运息息相关一样。相比之下我偏爱通俗文化，戏剧、评书、歌谣，它们能深入街头巷尾，深入我们生活点滴中，这与创作图画书很像，都是与读者靠得很近的艺术。"他还说，自己从中国传统故事中"学到了中国童话的奥妙——'万物有情'，在写这些故事时会自然地将什么东西想象成有灵性的生命。事实正是如此，在富有感情的心里，任何事物自有它的价值，小石狮、兔儿爷、树神、灶神、土地、京剧猫，一切事物变得热闹又和气，这就是我想要给孩子的童话世界，而真正倾注于关怀的永远是人"。熊磊、熊亮在《中国美学看绘本》一文中进一步提出，中国图画书应该有与西方审美标准不一样的特质，即"注重神而忘形、万物有情、注重内在的音律节奏、气韵生动、虚实相生"。

对于熊亮、熊磊等原创图画书创作者在民族化追求方面的理想和坚持，我个人是十分赞赏的，但是另外一方面，如何把图画书创作的民族化语言、特色与图画书特有的艺术规律更好地结合起来，仍然是我们面临的一个重要话题。对此，我曾经在2008年5月于济南召开的"首届中国原创图画书发展论坛"的大会发言中认为，我们有许多很好的画家，但是，从一个好的画家到一本真正好的图画书之间，还有一段很长的路要走。

2008年12月，"五色土原创图画书研究中心"与安徽少年儿童出版社合作出版了"五色土原创图画书第一辑"共三册，包括朱李霞编文、绘图的《听奶奶的话》，王子豹编文、绘图的《森林的诞生》，钟兆慧编文、绘图的《食梦貘》。这套以图画书创作新人为创作阵容推出的作品，让我们对这些新人的创作潜力充满了惊喜与期待。

2008年引人注目的原创图画书作品还有年底由海燕出版社推出的"棒棒仔·品格养成图画书"系列，包括：王早早编文，黄丽绘图的《安的种子》；萧袤编文，李春苗、张彦红绘图的《西西》；王一梅编文，陈伟、黄晓敏绘图的《蔷薇别墅的小老鼠》；王一梅编文、黄缨绘图的《蜗牛的森林》；肖定丽编文，刘瑞、汪海霞绘图的《小花鼠》等五种。其中《安的种子》借助本、静、安三个小和尚分别面对一颗千年前的莲花种子时不同的行事态度和方法，以及他们最终获得了不同结果的故事，诠释了关于自然与生长、行事与天性的哲理与人生智慧。《西西》则以巧妙地构思和画面镜头感的调度和运用，讲述了出人意料而又在情理之中的故事，显示了颇高的图画书叙事智慧和想象力。这两部作品同时获得了"第一届丰子恺儿童图画书奖"的"优秀儿童图画书奖"。

此外，接力出版社出版了马怡编文、翱子绘图的《登登在哪里》，翱子编文、绘图的《登登的一天》；新疆青少年出版社出版了缪惟编文、王洪彬绘图的《要什么就给什么》；少年儿童出版社出版了郑春华编文、陈舒绘图的《不是方的，不是圆的》；海燕出版社出版了王一梅编文、李春苗和何萱绘图的《兔子萝里》，吕丽娜编文、黄丽和陈伟绘图的《卡诺小镇的新居民》；北京科技出版社出版了陈江洪编文、绘图的《虎王子》；二十一世纪出版社出版了张玲玲编文、刘宗慧绘图的《老鼠娶新娘》；等等，这些都是值得关注的新作。

四

我在《"首届丰子恺儿童图画书奖"评审始末》一文中谈到过当下原创图画书存在的某些不足，结合2008年的原创图画书创作，我认为同样存在着下面这些问题。

首先，原创图画书的人文和审美内涵都在不断提升，传统文化和审美元素的进入，民族生活和成人视点的存在，都是应该肯定的。同时，当代图画书创作中儿童观和儿童经验的存在及其呈现方式，也格外应该引起我们的关注和思考。

其次，当传统文化和民族生活题材成为原创图画书创作的重要内容时，我们有必要思考这样一个问题：如何在当代图画书作品中看到更加丰富、多样、鲜活的当代儿童生活和儿童情感的呈现与表达。在这方面，当代国外许多优秀的图画书作品，以及我国台湾地区的图画书创作，都可以给我们提供许多有益的借鉴和启示。

最后，以更高的标准来看，原创儿童图画书在图画书的整体创意方面，还存在着较大的提升空间。如果原创儿童图画书创作界能够以我们独特的民族文化积淀和丰厚的当代生活现实为依托，同时不断致力于提升原创儿童图画书创作的个性和创意，那么，原创图画书创作的前景和未来将会更加令人遐想和期待。

（本文系作者为《2008中国儿童文学年鉴》撰写的述评专稿，后该年鉴因故未能出版）

历史与现实经验的当下叙事
——2013年的短篇儿童文学创作

如果把短篇作品比作一个时期儿童文学发展最易触碰的艺术脉动，那么，一个年度的短篇创作，则为我们考察当下儿童文学艺术状况及其发展态势，提供了一种基本的艺术脉象——这也是我这些年来格外关注短篇儿童文学写作的原因之一。

综观2013年度的短篇儿童文学创作，令我印象深刻的是其叙事在历史和现实经验层面的进一步拓展，以及它在故事艺术层面的新探寻。

一、历史经验的童年叙述

继2012年发表《我亲爱的童年》之后，作家常新港在2013年又发表了短篇儿童小说《高烧》。这两篇都是涉及"文革"题材的儿童小说。作家似乎想要通过这样的写作，把属于他们一代人的某种特殊的历史经验，引入到儿童小说的叙事领地。然而，对于儿童小说而言，最重要的还不是这一面向历史的写作姿态，而是小说在书写历史的过程中，以童年的目光、情感、精神等所传达出的独一无二的生命感觉和精神。这份体验探向了历史的更深处，它让我们看到了在那个虚妄的历史年代里还存在着的真实的历史体验与情感。

《高烧》讲述了在经历了抄家和焚书的恐慌之后,一个少年怎样怀着对书籍的难以抵御的饥饿感,寻找着可以"充饥"的书本。为了换取几个小时的看书时间,"我"像牛马般为陈东东干活,棉袄浸透汗水后又冻干,结出一身盐霜。小说中关于"我"在陈东东的指挥下干活的那段叙述,用墨至为简朴,却是其中最精彩的部分:一边是陈东东不声不响地给"我"加活,另一边是"我"不声不响地赶着干活,而时间一点儿一点儿地过去。这段叙述的时间感,像"我"的浸透汗水的棉袄一样,在无声的滴漏中浸透了童年生命的重量。

作品有着极精彩的细节,比如"我"和陈东东一起拉锯锯木头时,"我的动作快,他的动作慢,不太合拍。他说:'你稍微慢点!'我说:'锯完了可以看书。'"简单的叙述和对白中充满了情感表现的张力。当"我"对陈东东每一次新加的任务做出无声的妥协时,我们分明感到某种饿极了的动物被举着食物的猎人一步步诱引着走向陷阱的不适感,但因为"我"在"陷阱"里最后得到的"食物"是书,这一诱引的动作以及"我"被诱引的事实,都带上了另一种复杂的滋味。小说中,那个"高烧"的时代以及那个时代里人性的病态仍在,但童年自己的生活摸索,童年本能的生命精神,却让我们看到了荒诞年代里某种本真的价值和意义。

相比于《高烧》,曹文轩的儿童小说《雪柿子》描写的是真正的饥饿感。小说虽然架空了时代,但其中写到的饥饿年代,显然是一种为过去的人们所熟悉的历史经验。这是一种早已远离了今天的童年的生活经验。

在一个被饥饿、干瘦和疲软的感觉所填满的冬天里,饥饿的孩子树鱼在人迹罕至的山坳发现了一树柿子。在饥饿的眼睛里，这是一树多么美丽而令人充满了幸福感的柿子！但紧接着，这个孩子也发现了一群忍受着饥饿漫山遍野地出来寻找他的孩子，这其中包括他最讨厌的对手丘石儿。树鱼真想一个人拥有这一树柿子，但他最后还是把这树柿子交给了所有的孩子。一整个冬天，孩子们守着一树柿子的秘密，这让他们在饥饿中感到欢喜，感到踏实。随着36个柿子成为大家的柿子，这一树柿子也从一种充饥的食物变成了一个精神的象征，它给孩子们带来了相互支撑和温暖的力量。一整个冬天，他们没有吃掉一个柿子。作家曹文轩总是善于以童话的方式来叙写生活的苦难，同时也试图从苦难的生活中创造童话的诗意。他的许多涉及苦难的作品，其主旨不是苦难，而是苦难烘托下的生活童话，正如《雪柿子》虽然描写了饥饿的感觉，但它的主旨不是饥饿，而是饥饿烘托下童话般缥缈美好的希望和情义。这个童话本身有一种不大现实的美感，但我们大概会为了它的美，而乐于拥抱它的不现实。

　　对于当代儿童文学来说，历史经验的叙写一直是一个特殊的题材领域。这一方面是由于历史经验的呈现本身充满了复杂的难度，另一方面，如何以儿童文学特有的简约而轻捷的方式处理这些复杂厚重的历史经验，比单纯地整理历史又显得更为困难。在处理历史经验的问题上，米兰·昆德拉对小说家的提醒值得我们重视："小说家既非历史学家，又非预言家；他是存在的探究者。"因此，如何透过童年历史经验的小书写来思考和发掘生命、世界等"存在"的大意义，是这类儿童文学写作面临的一大课题。

二、当代生活与当代童年

在2013年的短篇儿童小说和童话创作中，当下题材的作品仍然占据了主要的份额。在写实的小说和幻想的童话中，当代人以及当代童年的生活经验成为最基本的表现题材。这些作品中，值得一说的又有两类：一是以儿童文学的方式表达对当代生活的反思；二是书写中国当代社会发展进程（如城市化进程）中的童年生活和童年际遇。

张之路的短篇《拐角书店》，以一种糅合了童话和小说艺术的表现手法，来讲述一个与书和书店有关的生活故事。小说中，一只神奇的"学生猫"把人们带到了被高楼围困起来的一个小小的拐角书店里，在高速的城市化进程中，这个书店像所有老旧的东西一样，正面临着被拆迁的命运。"学生猫"想要拯救书店的举动，最后演变成了一场全城性的宠物猫"运动"。聚集在拐角书店的宠物猫们，把忙碌的人们的注意力，重新带回了这个不但从现实生活中、也从当代人的眼睛和记忆里逐渐消逝的书店，以及它曾经带给人们的温暖记忆。《拐角书店》的故事让我们想起西班牙当代儿童文学作家法布拉的幻想体小说《无字书图书馆》，两位作家以不同的方式，诠释着同一个珍贵的人类精神生活传统——或许，它也是一个在当代生活中正在被遗忘的传统。

短篇童话《松木镇上的大烟囱》（杨笛野）和《摘星楼》（郭凯冰），延续和拓展了近年短篇童话的现代性批判传统。童话里的"大烟囱"和"摘星楼"，都是现代工业社会的两个典型象征。松木镇上，随着古古奇大老板的到来，对大人们来说，烟囱代替了松树，对孩子们来说，玩具代替了小鸟和松鼠。终于有一天，松树被砍伐一空，高大的烟囱也不再冒烟,松木镇的居民们忽然发现自己不知道该怎么生活了。面对这样的情形,他们最后的决定,却是要把逃走的"古古奇大老板"再找回来,"让他给大烟囱重新冒起烟来"。最后,他们带着孩子,走出松木镇,去投奔了新的"古古奇大老板"。这个结尾,也是这则童话最出彩的地方,其彻底的讽刺指向着一种深刻的现代性批判,它使这则童话带上了一种现代寓言的思想气质。

相比于上面两则童话的批判和讽刺艺术,龚房芳的《注意女王》,是以写实的笔法表现城市化进程中随父母从农村流入城市的儿童的生活感受与生活际遇。与一般的城市流动儿童生活题材的作品相比,这篇小说有着十分别致的创意。同学眼中淡定潇洒的城市"路路通"苏茗烨,其实是跟随父亲从农村来到这座城市的暂居者。他一直小心地掩饰着父亲的下水道工人身份,并以父亲工作的便利,有意无意地强化着同学对于他是"地道的彭城人"的误解。作者并不刻意渲染一个农村孩子在城市生活中非常态的卑微感,而是在自然的生活氛围下表现一个孩子正常的尊严感。小说中的苏茗烨从未亲口向同学编织关于自己身份的谎言,他只是出于我们都非常理解的原因,将错就错地接受了同学的误解,而这并不妨碍他真诚、乐观地与朋友、与父亲相处、沟通,进而获得朋友们的理解和尊重。这使得这个城市流动少年的形象里包含了一种阳光灿烂的精神。这份精神对于当代流动儿童生活题材的儿童文学艺术表现来说,显得难能可贵而富于意义。

对于当代人和当代童年生活的表现、思考,是儿童文学叙事永远的主题。应该看到,这类儿童文学写作面对的远不只是一个题材的问题。一方面,它的确要从当代人和当代童年生活中发现那些需要和值得表现的生活对象,另一方面,它更要从这生活对象中发现和建构起那些值得表现的内容与内涵。

因此我以为,儿童文学的当下书写,不是一个现实临摹的问题,更是一个艺术创造的问题。

三、故事的祛魅与复魅

青年作家陈诗哥的《一个故事的故事》,采用一种带有元叙事色彩的叙事笔法,向读者呈现了故事本身的魅力。童话以"一个故事"的自述视角,讲述了它从作家"陈诗哥"的世界里潜逃出来,去外面走了一遭,又重新回到作家身边的故事。作品起头对于找不着故事的作家"陈诗哥"的描写,以及中间关于故事意义的探讨等,带有明显的"元叙事"意味。我们知道,"元叙事"本身往往是对于"故事"神话的一种解构性的"揭穿",作者却借用这一手法,反过来证明了故事存在的意义与价值。于是,故事里的这个故事的经历,本身也成为"一则非常美丽的故事"。在儿童文学创作中,这是一种比较独到的写法,它在一个似乎是要给故事祛魅的叙事过程中,完成了对故事的复魅。

典型地体现了故事的这种"魅惑"性的,还有《看夕阳的两神》(褚育麟)和《看戏》(汤汤)两个短篇。这两则童话,一则叙神,一则说鬼。《看夕阳的两神》在一种带有中国远古神话气息的叙事氛围中,将神的世界与人的世界、神的法则与人的法则彼此映照,相互阐发。神管理着人的世界,但神的意志实现却仰仗于人的行动;神看护着人的世界，但神的力量又取决于人的作为。真正的神，既要人类自己掌握和决定自己的命运，又要人类在以自我为中心的各种功业中，永不忘却神的存在，也就是永不忘却一个更大世界的存在。我们看到，这则童话所表现的"神"，其实也是人类心中的一种敬畏感、悲悯感。

童话《看戏》延续了作者汤汤的"鬼故事"情结。聋哑女孩土豆在看戏时，结交了水塘里的女孩小葱。一个人，一个水鬼，在无声的世界里结成了最要好的朋友。汤汤笔下的鬼故事，总是改写着我们心中与"鬼"有关的各种传统心理感觉。那个在许多人印象中令人齿冷的"鬼"的名字，在她的童话里却被赋予了一种特殊的俏皮与温情。

在一个马克斯·韦伯所说的祛魅时代，优秀的童话试图通过它的自由幻想逻辑，在童年的心中保留我们对世界、对生活最原始的那种惊奇感与诗意。而它的天马行空的想象，它的物我统一的逻辑，天然地抵抗着工业化和后工业化时代里普遍的机器生活对生命感觉的吞噬。这种"复魅"的感觉也体现在2013年发表的一批短篇童话作品中，如《冬末深夜天空味道的蛋糕》（张景睿）、《唱一首歌才能下车》（流火）、《寻找天使的翅膀》（段立欣）、《夕阳的集市》（张牧笛）等。近年来，这类童话的创作在短篇儿童文学写作中一直保持着稳定的出现频率。从题材、结构到语言风格，《冬末深夜天空味道的蛋糕》都令人想起安房直子笔下那些与自然、动物有关的充满玄想的童话。一个"冬末深夜天空味道的蛋糕"，把我们的味觉从城市蛋糕店里弥漫的甜香，带向了一种久违的冬日、夜晚以及天空的清新气息。在这里，生日不再是日历上由数字组成的一个标记，而是这样一些充满诗意的日子："每年最后一场雪停了以后，满月升到当空的时间"，"每年启明星照在第一个成熟的野生豌豆荚上的时间",还有"春天第一朵花开的时间"。这是一种令人心动的童话诗意,也是这则童话在学习经典童话的过程中,发挥得最有创意的地方。

2013年的短篇儿童文学创作,让我们看到了当代儿童文学在寻找和建构一种本土童年叙事艺术过程中的持续努力。不论是对历史经验、当下生活还是故事自身艺术魅力的书写与叙说,无不包含了人们对于儿童文学叙事可能的一种富于拓展性的思考。同时,从这些作品中,我们看到作家们关注的不但是中国式的童年生活,也是中国式的童年叙事,后者意味着,当代儿童文学的写作不应该只看到童年生活中发生的各种新状况、新问题,还应该具备将丰富的当代童年生活转化为儿童文学独特的叙事表现艺术的能力。我相信,这不只是属于短篇儿童文学的艺术问题,也是整个当代儿童文学创作要面对的艺术课题。

(原载《文艺报》2014年1月10日)

2016 儿童文学的两个关键词

国际安徒生奖

2016年4月4日晚,北京时间将近21点半,一条从亚平宁半岛传来的消息,让这个夜晚成为不少中国儿童文学人的不眠之夜:著名儿童文学作家曹文轩获得了刚刚揭晓的2016年国际安徒生奖作家奖。

对于中国儿童文学界来说,这是一个让人等待了许久的消息。从三十年前严文井、陈伯吹先生第一次代表中国参加国际儿童读物联盟(IBBY)世界大会开始,中国儿童文学人就开始了与国际安徒生奖逐渐走近的过程,多位中国儿童文学作家、画家先后获得了国际安徒生奖的提名奖,但最终的结果一直是擦肩而过。

这也是一个让许多人多少感到一点儿意外惊喜的消息。记得十年前,第30届IBBY世界大会在我国的澳门特别行政区举行。会议期间,在时任IBBY国际执委张明舟牵线下,时任中国版协少年儿童读物出版工作委员会副主任、明天出版社社长刘海栖邀请了时任与候任的两位国际安徒生奖评委会主席,与我国一些知名儿童文学作家、学者座谈,当时我们希望了解的许多问题,今天看来还只是关于这一奖项的一些常识。一年前,在第一届全国儿童文学作家与编辑研修班讲课时,我也曾被学员问及,中国作家何时能够获得这个奖项。就连今年初获悉进入了本届评奖最后五人小名单的曹文轩先生本人,当时也低调地表示,他对百分之二十的获奖概率不做想象。

曹文轩的获奖，对于其本人，对于国际安徒生奖和中国儿童文学界来说，当然都是一桩很有意味的事情。这是国际安徒生奖六十年历史上第一次授予一位中国儿童文学作家，也是中国当代儿童文学作家获得的来自各种奖项的最高荣誉。毫无疑问，这将是一件足以载入史册的事情。

我以为，曹文轩的获奖，既是他本人和中国儿童文学界的一份荣誉，也是一次机遇：一次思考儿童文学现状、观念，思考中国儿童文学与世界儿童文学之关系，思考儿童文学未来走向的机遇。把握这样一次机遇，可能是曹文轩先生获奖留给我们的一个课题。

青年作家

2016年，青年儿童文学作家的身影及其成长引人关注。以青年作家为主体的多套儿童文学丛书陆续出版或正在酝酿之中。8月、9月之交，由中宣部出版局和中国作协举办的第二届全国儿童文学作家编辑研修班在北京如期开班；9月5日至11月10日，继2007年之后，时隔九年，有文学界"黄埔军校"之称的鲁迅文学院，再一次举办了中青年儿童文学作家高级研讨班。来自各地的一百多位中青年儿童文学作家、编辑参加了两个班的学习。

我们从两个班的花名册中可以发现，相聚在这两个班上的儿童文学作家，大多数是新世纪以后陆续涌现的青年作家。从这个意义上可以说,这两个班在某种程度上,可以看作儿童文学新生代作家的一次汇聚和检阅。

我们把这样一个作家群体跟20世纪80年代前后出现的那一代新生代儿童文学作家做一个比较的话,那么,世纪之交的青年作家们,可能具有一些和上一代青年作家不一样的特质。

首先是他们所处的文化环境、时代环境,他们所面对的生活和文学的话题,已经跟30年前迥然不同了。我们发现,市场规律对社会生活的主宰,文学生活多元化时代的来临,还有新的教育环境、媒介环境、审美环境,等等,都对当代儿童读者的阅读生态做了新的瓜分和重组,都使得以纯文学为基本追求或者是基本考量的文学思维方式,在今天可能已经难以畅行无阻。所以,对这一代儿童文学作家群体来说,无论他们个人的文学理想有多么执着,在整体上,比起他们的前辈来,他们所面对的社会生活、文学发展环境,以及面临的挑战,可能都要更加复杂。

其次,这也带来了另外一个特点,新生一代儿童文学作家已经逐渐淡化和模糊了他们可能拥有的共同的一些文学心理志向和群体面貌。换句话说,这一代作家在文学心灵上,并没有聚集在同一面文学的精神旗帜之下。而这种相通的历史体验和文学理想可能曾经是30年前那一代新生代作家携手进入儿童文学创作时通用的文学名片和身份证件。所以在今天,一个文学的共名时代已经结束,这种结束,既是社会生活的影响使然,可能也是世纪之交和新世纪以来,新生代儿童文学作家文学生命进化的一种必然。

最后,这一代青年作家的个体文学命运与30年前的那一批新生代作家有了很大的不同。今天一个作家的成功与否,在相当程度上是由个人的机遇、悟性、努力所决定的，你很难再以集体的名义来享受共同的荣光。而我们记得在30年前，很多作家的成功可能是因为他们自觉地汇入到了某一种成功的文学理念和文学团队当中。

代际存在可能是我们社会生活和文学生活的一个重要的形式。所以，每一个时代的作家群体，常常会表现出不同的代际特征，他们共同参与、写就了一个时代的文学。我想，对于这一代青年作家而言，如何在新的时代环境下拥有并展现他们独特的写作理想和写作智慧，是时代环境的要求，也应该是他们发自内心的一种要求。

（本文应《文艺报》记者之约撰写，主要内容见《文艺报》2016年12月19日王杨《2016年度儿童文学关键词》一文）

收获的季节
——1992年浙江儿童文学创作述评

若干年以来,我在关注、追寻当代儿童文学的艺术生存风貌和发展踪迹的过程中,几乎从未自觉地意识到浙江儿童文学作家们由于共同的生活地域而已经成为一个有着某种内在关联的创作群体这样一个事实。因此,当我受命撰写本文时,我意识到这是一个重要的视角:在当代儿童文学的艺术舞台上,浙江儿童文学作家扮演的是一种什么角色?他们是否具有自己的艺术身份特征?

也许这是一个巧合:作为中国儿童文学界权威刊物之一的《儿童文学》(北京)杂志,在1992年第11期的带头位置上,推出了"浙江作家专辑"。该专辑集中发表了九位浙江作家的小说、散文、童话、寓言新作,并加有"编者按":"富庶美丽的浙江,人杰地灵,文化发达,儿童文学创作也十分活跃……也许这专辑还不能完全代表浙江儿童文学创作的现状和水平,但对读者来说,却可以集中领略同一地域作家群的风采。从这个意义上看,本专辑也是浙江儿童文学创作的小小展示。"

在我的记忆里,以此种方式集中推出某地作家的作品,对《儿童文学》来说是一个空前的做法。这种异乎寻常的举动是否暗示着浙江儿童文学作家群作为一个艺术创造整体在中国儿童文学界所具有的某种艺术地位和分量?

浙江素称文物之邦,钟灵毓秀,作家辈出。在"五四"以来中国儿童文学的发展进程中，浙江（包括浙江籍）作家写下了许多重要的篇章。鲁迅、茅盾、周作人等新文学大师巨擘，同时又是中国现代儿童文学的拓荒者和耕耘者。夏丏尊、俞平伯、丰子恺、刘大白、王鲁彦、顾均正、柔石、应修人、冯雪峰、吕漠野、魏金枝、柯灵等许多著名作家的名字，都同中国现代儿童文学的发展有着紧密的联系。在当代儿童文学界，活跃于全国各地的浙江籍儿童文学作家同样十分引人注目。除了已故著名童话作家金近、包蕾、仇重等外，目前仅活跃于上海文坛的著名浙江籍儿童文学作家即有任大星、任大霖、鲁兵、圣野、洪汛涛等。所有这一切，都可以看成是浙江儿童文学界的一份光荣。

不过，严格说来，"浙江儿童文学作家"在今天应该是指在浙江这片大地上生活并从事儿童文学创作的人们。我觉得，这是一个已经在中国儿童文学界形成一定气候的创作群体。他们并不想从上面所列举的那些显赫的名字那里坐收荣耀，而试图为浙江儿童文学界谱写新的历史篇章。当我仔细阅读了收集到的全部1992年度浙江省儿童文学作家的新作之后，我相信我的感觉是有道理的。

我们首先来考察一下1992年度少儿小说的创作情况。

提起少儿小说创作，熟悉儿童文学界情况的朋友都知道，在整个80年代，尤其是80年代中期，浙江少儿小说创作队伍曾经是全国范围内一支引人注目的力量。张微、余通化、李建树、谢华、王申浩、张彦、龚泽华、李燕昌、胡尹强、袁丽娟等许多作家，都曾不同程度地引起过读者和评论界的重视。他们的名字和作品曾频频出现于影响甚大的《儿童文学选刊》和各种儿童文学选本，出现于评论界的理论视野之中。不过，进入80年代后期，这种红火的局面消失了，除了张微的长篇小说《雾锁桃李》（江苏少年儿童出版社1989年版）等少数作品较有影响外，浙江少儿小说创作从整体上说已跌入了低谷之中。从现象看，表现为作品数量相对减少，有艺术冲击力的新作更难寻觅。造成这种局面的原因是复杂的：例如文学阵地的萎缩———度颇有个性、也颇有影响的《当代少年》（浙江少年儿童出版社主办）的停办，使省内少儿小说作家失去了某种依托，例如作家自身心态处境的变化，等等，但最根本的，我以为是浙江少儿小说创作观念的相对老化，艺术思维方面的相对保守。与京、沪等地作家不断开拓创新的艺术动向相比，浙江作家从整体上看未能在新的文学背景下，在新的艺术基点上为少儿小说的艺术世界寻找更多的、更新的审美可能。因此，相对的艺术落伍就是必然的了。

浏览1992年度的小说作品，我在读到一些确实达到发表水平却无多少新意的作品的同时，也读到了一些令我感到高兴和鼓舞的作品，我这里特别想谈的是谢华的短篇小说《阿跳》《刚的塔》和李建树的中篇小说《暑假真奇妙》。

谢华是一位在创作上很有追求的作家。她写少年小说，写故事，写散文，也写低幼文学。她的作品数量算不上很多，却常常给喜欢她的作品的读者一个意外的惊喜。读她早期的小说《小桥吱呀吱呀》，那清新、富于诗意的语言情调和美感，使人难以想象她后来又会写出《校园笔记二则》那样充满谐趣和古拙感的作品。而1992年发表的《阿跳》和《刚的塔》，则无疑是她在少年小说艺术创造上某种新的追求的收获。

《阿跳》运用夸张的漫画式笔法刻画人物，通篇充满了热闹的喜剧氛围。你瞧主人公阿跳，"生就一副嬉皮笑脸的不恭貌。瘦脸、小眼、大嘴，好在有一只挺拔的鼻子还可向英俊、潇洒做一番努力。他生来爱笑，笑时大笑，不笑时似微笑，生气时似冷笑。最为痛苦的是被老师批评时的无奈，想装一脸的痛心疾首，反被老师指责为玩世不恭。好在他有一支生花妙笔，每每此时，大抵以一纸深刻检查弥补不足"。在班里，阿跳成了一个整天嘻嘻逗乐的"小丑"般的人物，难怪"有人说，高一（3）班无大班长可，无阿跳不可"。当然，要让人物制造一点儿笑料并不难，难得的是在表面的热闹中透露出人物内心更为微妙的、丰富的精神世界：他的成长中的沉思和困惑、无奈和失落……读《阿跳》，我总是感动于谢华对她笔下出现的人物心灵世界的精彩、机智的捕捉和把握能力。很显然，在阿跳这样一个看起来"不算好也不算坏的学生"（谢华语）身上，凝结着作家艺术智慧的心血，因此《阿跳》才感动了我们。

《刚的塔》中的"刚"则是一个被认为是可以"为全校师生争光"的好学生。他有着毋庸置疑的优点：认真、勤奋、乐于助人，成绩也极为优秀。然而他身上也有着某些"好学生"所难以避免的心理弱点。让我们担心的是，刚的弱点、缺点也被偏爱他的老师、领导认为是优点，或者是主动为他开脱。刚因此陷入了一种难以摆脱的心理煎熬之中。在《阿跳》中，作者以外在的夸张和幽默语调来刻画人物，而《刚的塔》则着重以心理描绘揭示一个在不正常的袒护、偏爱中企图自救的少年的心灵冲突和抗争。"塔"是刚在梦中常常出现的一种意象，一个象征体：塔很高，一半躲在云里，一半压在他身上。梦中的塔成为刚在现实中的精神重负，他总是试图跟同桌的斌说出关于塔的梦，他也期待着老师把他从塔下解放出来。然而斌对塔的梦并没什么兴趣，老师也只是因为他学习成绩出色而给予更多的偏爱。作品在不露声色的心灵拷问中揭示了一种颇有深度的心理现实。它抨击的是一种可怕的偏见和溺爱，它所呼唤的是一种健全的人格意识。而在艺术上，作者的处理却称得上委婉、含蓄而又耐人寻味。

李建树是省内一位实力派少儿小说作家。从1984年发表短篇小说《蓝军越过防线》开始，他的创作实力逐渐为儿童文学界所认定。1992年，李建树又发表了一批中短篇少儿小说，其中发表在大型儿童文学创作丛刊《巨人》上的中篇儿童小说《暑假真奇妙》，堪称上乘之作。

《暑假真奇妙》说的是五个住在"快乐大院"里的五年级小学生的暑假生活故事。整个小说写得十分流畅，妙趣横生，几个淘气而又可爱的小主人公形象令人难忘。读这篇小说，我们在欣赏它所洋溢的天真烂漫情趣的同时，也会感受到作者在艺术技巧上的圆熟和自然：从人物个性和心理的把握、语言的驾驭到情节的仿佛信手拈来。作品还运用了类似"热闹体"童话的夸张手法，使小说在风趣的描述中增添了一种传奇色彩。例如写李小亮的"神"，有一次他帮学校修理课桌椅，不知怎的就把一颗木螺钉给吞进肚里去了。"哈，那件事情真是非同小可！学校马上把小亮送进医院，X光一照，果然清清楚楚的，木螺钉已经进入肠子啦！医生们七嘴八舌，一会儿让他吃韭菜，一会儿让他喝甘油；晚报记者也来凑热闹，定期报道小亮肚内那颗木螺钉游动到达的位置。谢天谢地，到第三天早晨，那颗木螺钉才'安全'地排出体外。从此，李小亮的声名大噪，全城差不多有半数市民都记着那回事。"这种既带有夸张调侃意味而又不失真实感的描述，构成了这部小说引人入胜的幽默诙谐的叙事风格。难怪北京一位五年级的小同学读完小说以后这样写道：《暑假真奇妙》"语言生动、逼真，比看《变形金刚》还过瘾，这些人就像我身边的你、我、他等。写出了我们小学生的心理、神态和

天真的动作，表达了我想表达而表达不出来的心情"。（见《巨人》1992年夏季号）

从80年代少儿文学的发展看，面向生活的广阔、复杂、艰辛、沉重，是少儿文学艺术追求和艺术发展的一个重要趋向，少年小说更是如此。因此，人们曾不断呼吁少儿文学应有更多的幽默和快乐。从少儿文学艺术发展的多样化要求来看，这种呼吁无疑是有道理的。对此，浙江作家也进行了自己的艺术思考。例如谢华就认为："究竟是放弃艺术追求去迎合读者，还是在艺术追求的同时再增加可读性去争取读者？这一问题已引起了儿童文学界广泛注意，每个作者都有着自己的主见。我则认为，后者是可取的，更有积极意义。"[1] 很显然，《阿跳》《暑假真奇妙》等作品便是少儿文学争取读者的一种努力和追求的结果。我以为，在当代少儿文学的艺术格局中，这种追求是极有价值的。

1992年还有一些少年小说佳作是格外值得我们注意的。张彦的《阿龙》描写的是一个舍己救人的少年因为村人和亲人的误解和愚昧而困惑、委屈、悲愤自尽的使人心寒的故事。那意外的结局令人欲哭无泪，作品的艺术冲击力是沉沉的。徐迅的《夜晚出门的妈妈》中，相依为命的母女由于父亲的堕落而经历了情感的颠簸和生活的磨难，艰难中获得的相互理解和人生感悟显然更是别有一番滋味。叶宗耀的《忘年交》描写的是常见的老人与孩子的故事。正如有人所评论的，在少儿小说中，老人与孩子一起构成相互缠绕的情节链条和相互映射的心理图谱，简直是太常见了，这几乎成了少儿小说特有的"永恒的主题"。《忘年交》中的退休工人夏冬瓜与患了败血症的11岁女孩小岚之间的心灵感应和情感交流被描述得美丽而动人。冬瓜这个从不为人所看重的善良老人，同样有着对友情和沟通的渴望。一个素不相识的身患绝症的小姑娘以她生命的最后的温暖和友爱滋润了老人的心田，而老人的友情也给了小姑娘以生的勇气。小姑娘最终离去了，小说动人的情思也在读者心中牵引起缕缕美丽的惆怅……这些小说虽然不像前述《阿跳》《暑假真奇妙》等作品那样诙谐畅达，但它们同样以自身笔墨的凝重、情思的绵密而令人击节叹赏。

与小说比较起来，1992年度的童话创作也许是更令人瞩目的。浙江的童话作家队伍虽然不很齐整，但其中也拥有如冰波这样的顶尖好手。在1992年，他们很有一番不俗的表现。

1992年10月8日，新华社播发了一条消息，称女作家夏辇生创作的《魔方童话三部曲》（下文简称《魔方童话》）已由四川少年儿童出版社出版。新华社为一部作品的出版专门播发消息，似是一种殊荣。的确，《魔方童话三部曲》是特殊的。

这部由《蓝色钟声的诱惑》《紧急追踪》《冠军失踪以后》组成的三部曲，突破了以往童话的单线（或双线）情节与单向叙述的模式，而尝试运用一种全新的创作手法。作者从千变万化的魔方中获得启发，将童话情节的发展引向开放。作者巧妙地设置了人物和情境，然后以不同的悬念和情节线索分别展开情节，并在紧要关头要求小读者身临其境地帮助童话主人公做出选择。于是，小读者原本单纯的阅读便变成了一种可以主动参与选择的、变幻莫测的文学历险过程，一部童话中又派生出许许多多的童话，增加了文学阅读过程中的游戏性和趣味性。以三部曲之一的《蓝色钟声的诱惑》为例。这部作品说的是，内蒙喀拉斯顿草原深处的黑旋风峡谷有一座古怪的城堡。城堡上空不时蓝光闪烁，并伴有悠扬的钟声。草原上世代传说那是座吃人的城堡,进入峡谷者无一生还,所以严禁入谷。少年骑手巴特尔一心想当个探险家,与妹妹哈尔玛先后闯入黑旋风峡谷。作品以兄妹俩古堡探险为线索,巧置悬念,并且通过"古堡巨人""果宝林探奇""美丽林险遇""眼睛墙站眼睛""鼻城剪影""嘴城赛事""手城快乐餐""大石壁梦幻""角色置换与古战场见闻"等不同的情节发展,引发出15个迥异的结局。这种新的结构方式,要求读者具备相应的解读能力。欣赏这样的童话,小读者不是一口气顺顺当当地读完故事,岔道、曲折、扑朔迷离,需要读者判断、选择,而乐趣自在其中。

《魔方童话》的出现,其价值当然不仅仅只是提供了一种新的童话结构模式,也不仅仅是突出、强化了童话作品的游戏功能。它的更为内在的意义在于试图建立童话作品与读者之间的一种新的关系,即作品不但展示故事,而且也力图刺激、开采读者的思维潜能。作者在三部曲的《创作断想》(代《后记》)中谈到自己的创作意图和艺术思考时曾这样写道:参与是一种美德,是对当代少年儿童主体意识的开采。对于小读者来说,得到一本童话书,听懂、会读或者是能讲述一个童话故事,并不意味着全部拥有。只有当他们扮演(指心理体验)过童话中的某个角色,并以主动的参与性选择创造了童话故事的奇特经历,才算是拥有了童话。显然,作者的思考是有价值的。在当代,人们已经越来越意识到让儿童主动地参与,让儿童自己发现和创造在教育(包括审美教育)过程中的重要意义。瑞士心理学家皮亚杰就指出:如果我们想造就拥有创造力和能推动未来社会前进的个人——这是越来越感到的一种需要,那么,主动地发现现实的教育显然要比要求学生按照既定的意志行事，简单地接受现成的真理的那种教育优越得多。可以说，《魔方童话》里所显示的接受观念正是与当代教育观念的发展趋势相一致的。夏辇生告诉我，在创作中，她"感到了对自身思维的一次开采"。我相信，在阅读过程中，它又将能对读者进行一次新的"思维开采"。

当然，读《魔方童话三部曲》，有时候我也感到某种不满足。细想之下，这种不满足来源于我对作品故事情节的一种期待。由于情节线索的多向发展，导致了某些线索发展的草率和乏味，这不能不说是一个缺憾。我以为，如果《魔方童话》的叙事结构模式能够以较完整而坚实的情节框架为依托和支撑，那么它的吸引力无疑将会增加许多。而一条并无多少故事性情节的线索，则可能使一些读者失去继续摆弄这个"文学魔方"的耐心。

不知作者以为然否？

冰波是浙江童话界的优秀作家，也是国内童话界具有代表性的青年作家。1992年是他创作的丰收年，共发表童话等各类作品近百篇，其中不乏优秀之作。1992年秋天在北京荣膺冰心图书奖大奖的中篇童话《红蜻蜓红蜻蜓》，便是一篇难得的作品。

冰波是以创作抒情体童话而知名的。他先前的一些作品给读者的印象大抵都是明丽温馨、柔情绵绵的，比如《大海，梦着一个童话》《夏夜的梦》《窗下的树皮小屋》《秋千，秋千……》等。冰波一度也写过例如《那神奇的颜色》《毒蜘蛛之死》《如血的红斑》那样的作品。这些作品向读者显示了作家艺术情致的某些变化：他的早先偏向于纯情柔美的艺术气质逐渐添加了理性的成分，流贯于作品之中的是一种相对凝重的艺术情绪。[2] 而在《红蜻蜓红蜻蜓》这部新作中，作者既保持了他早先作品所显示的那种敏感、优雅、纤细的艺术感觉和气质，同时又融入了他后来作品中那种相对深沉、凝重的艺术情绪。因为村里的动物们不和睦，可爱的红草莓从村子里消失了。为了让红草莓重新出现，刺猬、白兔、蛤蟆、河马等尽了种种艰苦的努力，老野牛甚至献出了自己的生命，那个一向不受大家欢迎的山猫也有了转变……终于，象征吉祥和幸福的红蜻蜓飞来了。红蜻蜓的出现，使村子的树林里、池塘边、山脚下，还有弯弯曲曲的山路旁，又长满了红草莓。故事似乎是平常的，但弥漫于字里行间的那种凝重而又不失明朗，温婉中微微透着些悲凉的文学情调和优雅、俊秀的语体意味，正显示了冰波童话独特的艺术风貌和品位。

老作家倪树根从事儿童文学创作已有近四十个年头，作品甚丰，结集出版的作品集即有十余种。他早期致力于儿童小说创作，80年代后转而投身于童话创作，并陆续出版了《甜葡萄王国里发生的怪事》等童话集。1992年9月，四川少年儿童出版社在《新潮童话丛书》中推出了他的童话集《有尾巴国和没嘴巴国王》。书中收集了18篇中短篇童话，较集中地展示了作者近年来的创作成就。

将倪树根的作品列入"新潮童话"，按通常的理解大约是有些勉强的。倪树根的童话创作有着深厚的民间文学和传统文化的背景，即使那些表面上看来用了洋名、写了洋人的作品，其艺术根须也是扎向民间文化的土壤的。正如评论家黄云生在一篇题为《根植于民族文化的土壤》的研究文章中所指出的，倪树根的童话是有特色的，"这特色，也许可以用一个'土'字来概括。'土'是一种美，一种淳朴自然、亲切感人的美。从民族文化土壤里生长开放出来的童话之花，自有一种与异域他乡吹送来的文化芬芳迥异的馨香。倪树根童话创作的主要特色就是在民族文化的基础上融合了他自己的审美个性而形成的"。事实上，童话这一体裁本身就是从民间文学（原初形态的民间童话）逐渐演化而来的。许多优秀童话作家都十分重视从民族、民间文学的传统中去汲取养分，获得灵感，典型的例子如童话大师安徒生。读倪树根的童话集《有尾巴国和没嘴巴国王》，我们也能强烈地感受到民族民间文学传统的影响。例如《"旧瓶装新酒"的故事》《不吃羊的狼》《猪八戒开店》等作品，其人物塑造、叙事结构、童话语言等，都明显受到了传统童话的影响。当然，从整体上看，倪树根童话在保留故事性、口语化等传统童话叙事特征的同时，也十分善于吸收新的艺术因素，例如具有现代科幻色彩的想象、变形、夸张等。这就使他的创作从整体上看在传统与当代之间取得了某种艺术协调。就这个意义而言，说倪树根童话具有某种"新潮"特点，大概也有些道理。

青年作家孙建江（雨雨）以理论研究为主，兼事寓言、童话、诗歌等创作，其中寓言创作成绩颇佳。1992年他发表在台湾《国语日报》上的童话《小狐狸过生日》，构思精巧，含义隽永，富有寓言气质。作家张彦的童话《我将永远不软弱》则吸收了传统志异小说的技巧和手法，说它是童话色彩浓郁的志异小说似乎也可以。这些作品，反映了浙江作家在童话文体方面的探索意识，对于推动当代童话艺术的不断发展，无疑是具有积极意义的。

除了小说、童话之外，1992年在其他体裁的创作方面，浙江作家也发表了一些引人注目的作品。老作家沈虎根分别在《人民文学》《江南》发表了散文《童年拾零》《昨天与未来——童年纪事》。沈虎根一直以写作童年学徒生活题材的儿童小说见长。他新近发表的这两篇散文仍以童年生活为取材对象。《童年拾零》是一组回忆童年故事的短章，在《人民文学》发表时被列为"小说"，而作者自己则把它看成是散文作品。这些短章回忆和述说的是童年时代的辛酸、幻想和遗憾，读来令人心动，回味无穷。老作家宝刀不老，这是很令人高兴的。江润秋近年来在少儿报告文学创作领域耕耘甚勤、收获渐丰。1992年，《少年文艺》《儿童文学》《巨人》等重要刊物都发表了他的报告文学作品。中篇报告文学《迷失的世界》对生活于婚变家庭中的中学生们的种种心态和反应做了较为全面的透视：苦闷、憎恨、变态、阻挠、沉沦、豁达……作者认为，在我们的社会中，平均每20个家庭中，就有一个家庭面临或将要面临婚姻变化的问题，因此，"作为子女，如何正确对待？对于面临的'痛苦'，我们是强化它还是淡化它？这些极为重要极为迫切的现实问题，处理得好坏，将对我们的生活和前途产生举足轻重的影响"。作者对当代少年生存状态的观察视角是独特的，眼光是敏锐的，感情是炽烈的。龚自珍曾有诗云："少年哀乐过于人，歌泣无端字字真。"江润秋的报告文学作品，正是倾诉当代少年哀乐、充满真情的文字。除了《迷失的世界》外，我们还能从《烦恼与快乐的变奏》《无语的呻吟》等作品中感受到这一点。在少儿科学文艺创作方面，值得一提的是多年来一直以此为主要创作方向的作家胡霜。他在《少年科学》《童话报》《少年科学画报》《小学生科普报》等许多报刊发表的大量科学童话、科学相声、科幻故事、知识儿歌等作品，融文学性、知识性、趣味性于一体，其中不乏优秀之作。例如《少年科学》1992年第8期发表的科学相声《奇妙的歌唱家》，从物理学角度介绍了沙粒这位"天生的歌唱家"的发声原理，趣味横生，让小读者在欢乐中获得知识，也获得美感。此外，在寓言、诗歌、故事的创作上，金江、徐强华、雨雨、张彦、楼飞甫、徐迅、杜风、石在、杨明火、郑志刚、雪野等老中青作家、诗人，也发表了不少好作品。

儿童文学作为一个相对独立的文学门类，实际上又包括了低幼文学、童年文学、少年文学这样三个层次。以上所谈，大体上都属于童年文学和少年文学。实际上，人们常常把幼儿文学看成是最具有儿童文学特征的一个部分。浙江省幼儿文学创作实力强大，我这里暂时无法一一述及。我想集中谈一下近年来正在逐渐引起人们注意的幼儿文学创作新人，丽水市作者李想。

记得1991年8月，在浙江省第12届儿童文学年会上，与会作家谈到浙江儿童文学界现状时，曾有一个共同的看法，即近几年来浙江省在培养儿童文学创作新人方面收效不大。使人感到欣慰的是，这样的新人正在出现，而李想无疑是其中比较突出的一位。这位年轻的女作者近年来在幼儿文学创作上势头看好，仅1992年就陆续在《看图说话》、《幼儿文学》、《童话报》、《北京日报》副刊《小苗》、《婴儿画报》、《娃娃画报》、《小朋友》等全国最重要的幼儿文学报刊发表了近20篇较高质量的作品。一位新作者，凭自己的实力一年之中打遍全国所有的权威性幼儿文学报刊，而且其中一些报刊多次发表她的作品（"寸土寸金"的《看图说话》1992年发表了李想的四篇低幼童话），殊为不易。

李想以写作低幼童话为主，兼写幼儿生活故事。她的作品构思别致，意境优美，而且极富童心童趣。那些关于团结、友爱、互助等等的沉甸甸的主题，在李想笔下都化作了一个个充满天真气息和稚拙感的美好故事。可爱的小猪在草地上记起去年此时曾开过一次生日晚会，却想不起来是谁的生日。他决心为朋友准备一个热闹的生日晚会，没想到最后竟是为自己忙。大象安慰他："可忙的时候，你想的却是别人。"（《小猪的晚会》）小鸟为朋友唱歌，大象为朋友干活，小兔为朋友传递消息，只有小蜗牛，除了在地上慢慢爬以外，别的什么也干不了。但小蜗牛甜甜的微笑，却给森林里的每一位朋友带来了快乐。朋友们都说："小蜗牛真了不起，它把微笑送给了整座森林！"（《微笑》）浅显而有趣的故事，却传递出那么深厚、博大的情怀。这样的作品在李想笔下是不少的，如《弯弯的小船》《会走的篮子》《白云小熊》等等。李想也擅长写那种以描绘幼儿心理，表现童心童真为主的作品。在这类作品中，幼儿心理被把握、描绘得淋漓尽致，令人捧腹。例如《小狗熊的大鞋子》，小狗熊穿着爸爸的大鞋子，到小兔家去串门。小兔请小狗熊进门。小狗熊却说："不，我不是小狗熊，瞧，我穿着爸爸的鞋，我是小狗熊的爸爸，我来看看你！"想扮演爸爸的角色，学爸爸的腔调，但心理、语气却完全是幼儿化的。小伙伴们来找小兔玩，小狗熊还要端起爸爸的架子："爸爸有事，你们去玩吧！"但门外小伙伴们的欢笑声终于使小狗熊坐不住了，他"吧嗒！吧嗒！"拖着大鞋子走到门外，喊："小狗熊的爸爸和你们一起玩吧！""嗵——"，小狗熊把大鞋子踢得老远……这篇幼儿童话也许没有什么深意，但作品中所袒露的鲜活、稚嫩的童稚之心，以及作者对幼儿心理的机智、灵巧的把握和刻画能力，都毫无疑问地显示了作者难得的文学素质和创作才华。

我们应该为新作者的成长而高兴，应该为他们的文学前程而祝福！

上面的评述当然还难以完全反映1992年度浙江儿童文学的创作收获。不过，我这里更关心的问题是，作为一个整体，浙江儿童文学创作群体在全国处于一个什么样的位置？他们拥有的优势或局限是什么？

我在本文开头部分曾乐观地估计了当代浙江作家的创作实力和成绩。这种估价一方面是基于我自己平时积累起来的阅读感受，另一方面也有某些情况可资证明。例如，就在我写作此文的同时，中国作家协会第二届（1986年—1991年）全国优秀儿童文学奖评选结果揭晓。本届评奖共有29部作品获奖，其中北京作家获奖作品有9部；上海4部；浙江和江苏各占3部，在全国各省市获奖排名表上并列第三位。上述四个省市共19部，占整个获奖作品的65％。根据这个结果，说浙江儿童文学作家的整体实力在全国位居前列，大致也是不错的。

浙江作家这次获奖的作品是李建树的小说集《走向审判庭》、冰波的童话集《毒蜘蛛之死》、谢华的低幼童话《岩石上的小蝌蚪》。1992年11月，笔者曾应中国作协之邀去北京参加了这届评奖的初评工作。我以为，这三位作家的获奖是当之无愧的。他们的作品既代表了浙江儿童文学的创作水平，同时，也完全可以与那些代表中国儿童文学水平的优秀之作站在同一个艺术水准上。

此外，张微、张彦等作家，在1992年也获得过其他全国性的儿童文学奖。

当然，我们有必要充分认识浙江儿童文学创作的实力和成绩，但我们更应清醒地意识到我们还存在着种种不足。以笔者的一孔之见，我觉得目前浙江省儿童文学界从总体上看主要还存在着这样一些值得思考的问题。

首先，浙江作家是否应该具有一种带有自身群体特色的创作特色和美学追求？如果这种特色和个性是可能存在的，而且是有价值的，那应该说，它目前还没有出现。创作当然是最个性化的精神劳动，但一种基于共同的地域背景和文化心理而形成的群体创作倾向，同样是一种有价值的文学现实。在浙江文学界，具有吴越文化、吴越风情特点的小说不是已经引起了人们的普遍重视吗？在儿童文学界，一些兄弟省份也已经做出了成功的努力。例如地处西南边陲的云南就出现了一个"太阳鸟作家群"。所谓"太阳鸟作家群"，当然是个象征性的提法，是对云南儿童文学创作的基本走向和云南儿童文学作家独具特色的美学追求所作的形象性概括和诗意的表达。云南作家是在一种独特的灿烂的民族文化氛围中从事创作的，因此，努力反映边疆少数民族及其少年儿童的生活，使自己的作品带上边疆民族特色，几乎就成了云南儿童文学作家的一个共同意识和一种自然的心理形成物，并由此显示出云南作家的群体形象。（参见吴然《试论云南儿童文学"太阳鸟作家群"》，载《儿童文学研究》1991年4期）实际上，浙江儿童文学所赖以生存的文化土壤也是独特的。当代一些浙江籍作家在这方面也曾留下过一些创作痕迹。如著名的上海任氏兄弟，他们以童年生活为题材的一些作品，就受到过鲁迅小说的影响，并渗透着鲜明的地域文化色彩。对于浙江儿童文学界的同行们来说，这种现象无疑是值得我们大家重视和研讨的。我想，一种建立在对儿童文学艺术本性深刻感悟基础之上的群体艺术追求，将有可能进一步提高我们的创作自觉性，使我们的作品具有更大的群体辐射力和感召力。

其次，从整体上看，浙江儿童文学作家的文学素养、艺术视野和创新意识与先进省市作家相比，还有一定的差距。一些作家朋友比较满足于作品的发表，而缺乏更高的艺术追求。我们比较缺乏北京儿童文学作家那样的相对开阔的艺术眼光、凝重的历史感和冷峻的现实感；我们也比较缺乏上海作家那样的艺术探索和创新意识。一句话，为了进一步提高浙江儿童文学的创作水准，我们有必要加强自身艺术上的积累和修炼。只有不断提高自身的艺术素养和开阔自身的艺术眼界，我们的创作水平才可能水涨船高，不断上升。

最后，从具体的创作环境看，我们最重要的问题可能仍然是作品发表园地的稀少。我们不必与京沪两地比较，即便与其他许多儿童文学创作力量与浙江不相上下或不如浙江的省市比较，浙江的儿童文学报刊也是最少的。目前浙江省公开发行并较有影响的儿童文学报刊只有浙江省文联主办的《少年儿童故事报》一家，确实是太少了。这一现象近年来已经引起了人们的重视。许多儿童文学作家都表示希望有关部门和有远见的人们能够积极保护和支持开辟儿童文学作品的发表园地。因为从一定意义上可以说，儿童文学报刊的存在，是繁荣创作、扶植新人新作的最基本的外在条件之一。

1992年带给我们的是新的艺术信心，我们盼望1993年浙江儿童文学作家会有更精彩的表演。

（原载浙江文学院1993年5月编《九二浙江文坛》）

注　释

[1] 谢华：《我读〈我们没有表〉》，《儿童文学研究》1991年第4期。

[2] 参见方卫平：《冰波童话的情绪变调》，《当代作家评论》1988年第3期。

平静中涌动着潜流
——1993年浙江儿童文学创作述评

一、引 言

我原想选择某个或某几个视角来展开这篇评述1993年浙江省儿童文学创作概况的文字，因为角度相对集中，整个文章可能也会显得紧凑一些，但是几经斟酌，还是感到不甚方便。

首先，儿童文学作为整个文学家族中一个相对独立的部门，其自身又包括了儿歌、儿童诗、童话、小说、寓言、故事、散文、报告文学、儿童戏剧、儿童科学文艺及外国儿童文学翻译、儿童文学研究等各种不同的样式和领域。这些不同的儿童文学样式和领域所呈现的文学形态、风貌，所具有的艺术特点、规律，所面临的现实问题、困难，等等，都可能是不尽相同或者干脆就是很不相同的。所以，如果勉强用一两个视角去统领如此丰富的文学现象，就势必难以尽可能周到地展现儿童文学各个分支领域的创作动态——对于一篇述评文字来说，这样做显然是不合适的。

其次，在阅读了收集到的作品后（我要在此向那些为我提供了自己作品的作家表示感谢），我意识到，对于浙江儿童文学界来说，1993年并不是一个特殊的文学年份。与这个年度相联系的那些文学事件和艺术动态，构成的是一个风调雨顺的、正常的年景，算不上大丰收，也决不能算歉收。当然，也令人感到缺少了一点儿什么，是一件令人难忘的文学事件，或是创作上的一缕新意、一点儿突进？潜流在悄悄涌动，但表面却是平静的。

实际上，这种情况的形成也是事出有因。三年前，我应《儿童文学选刊》编辑部之约撰写1990年度少年小说创作述评文章时，曾写下过大意如下的一段话：截取一个年度的文学现象来进行观察和分析，或许该格外谨慎才是，因为文学发展演变的节气或周期与自然年份的依次更替之间，并不存在一种必然的因果对应关系。通常，一段相对独立、完整的文学进程总是要持续若干年或更长的时期，而决定这一进程内在艺术节律和周期的，只能是文学自身的发展规律及其所依存的相应的社会历史过程。在经历了80年代的充满紧张和刺激感的文学探索和发展之后，90年代的中国儿童文学进入了一个相对沉寂同时也更注重内在文学品位追求的时期。在这样一个大的文学发展周期和背景限制下，你当然不能指望浙江儿童文学作家还能跟你摆弄什么刺激的东西。

对于这样一个平静而正常的年景，你该用什么视角来切入它呢？

因此，本文仍打算采用散点评述的方式来展开。

二、概 述

首先，我想概略介绍一下1993年度浙江儿童文学创作的总体情况。

近些年来，各种各样的文学选本大量出现。在儿童文学界，就规模较大者而言，即有希望出版社出版的《中国儿童文学大系》、重庆出版社推出的《中国幼儿文学集成》、少年儿童出版社出版的《骆驼丛书》等。这些规模不等的选本的出版，对于特定文学现象或个体作家来说，都可能是一次有意义的回顾和总结。1993年初，人们看到了浙江少年儿童出版社推出的一套本省儿童文学老作家的作品自选集，计有《田地儿童文学作品选》《沈虎根儿童文学作品选》《倪树根儿童文学作品选》《张微儿童文学作品选》《李燕昌儿童文学作品选》共五册（1992年版）。这套书虽然未标明"丛书"的字样，但它们以齐整的形式同时推出，还是给人以强烈的整体感。而且，这套自选集的编辑意图也十分明确：作者均为有四十年上下创作经历的本省儿童文学老作家，因此，它们的出版实际上在相当程度上代表和展示了当代浙江儿童文学老作家的创作实绩。值得注意的是，这些选集中的不少作品曾在当代儿童文学发展进程中产生过影响，在当代中国儿童文学的艺术格局中占有自己的艺术位置，如田地的诗歌《祖国的春天》《我爱我的祖国》，沈虎根的小说《留声机的故事》《小师弟》，倪树根的小说《守鱼篓》、童话《笋芽儿》，张微的小说《他保卫了什么》《关键时刻》等。同时，通过这套自选集，我们也能看出这些老作家跟随时代的文学步伐，努力从题材、手法等各个方面寻求突破、超越自我的艺术足迹。例如，沈虎根从纯童年题材突围进入动物小说创作领域，扩展了自己的创作空间；倪树根在保持童话的传统叙事特征的同时，努力吸收、借鉴了具有现代科幻色彩的想象、变形、夸张等手法；张微在面对当代少年生活实际的同时，也时时焦虑地思考着作品艺术品位的提高，意识到由于自身的职业习惯和关注现实、关注读者的创作习惯，使"创作主体意识和形式变革的冲动被一定程度地压抑了"（参见其自选集之《代序》）。应该说，老作家们并未满足于已有的成就，他们的创作心态仍然富有活力。

1993年浙江省儿童文学创作的一个突出现象是，寓言创作取得了较大的收获。

浙江省有一支实力较强的寓言创作队伍，其领衔人物当推著名寓言作家金江。金江从事创作五十余年，发表了一千多篇寓言作品，已出版各类著作、编集等数十种，其中个人寓言集有《小鹰试飞》《乌鸦兄弟》《会飞的公鸡》《白头翁的故事》《寓言百篇》《金江寓言选》等十余种。1993年，金江又在安徽少年儿童出版社出版了寓言集《蜗牛登塔》，共收寓言73篇。此外，具有一定成就和影响的寓言作家还有徐强华、陈必铮、瞿光辉、邱国鹰、楼飞甫、解普定、雨雨等。1993年4月，中国国际广播出版社出版了一套共12册的由石飞主编的《当代寓言丛书》，其中包括了三种浙江作家的寓言集，即陈必铮的《真理赶路》、徐强华的《菩萨出汗》、解普定的《乌龟爬天梯》。这是一套旨在"扶植奖掖新秀、鼓励繁荣创作""展示我国当代寓言文学新秀创作成就"的寓言丛书。浙江作家在其中占了四分之一的地盘，显示了浙江寓言创作队伍的成绩和实力。

1993年，省内一些儿童文学作家还陆续出版了各类体裁的儿童文学作品集。如坚持少儿科学文艺创作多年的作家胡霜的科学童话集《小侦探》由中国少年儿童出版社出版，杨明火的儿童诗集《跌不碎的歌》由香港明星国际出版公司出版，坚持业余创作的郑志刚由金陵书社出版公司出版了《郑志刚儿童文学作品选》。

此外，浙江的一些在全国儿童文学界有影响的实力派作家，在1993年仍有上佳表演。李建树的中篇小说《快乐大院的故事》由浙江少年儿童出版社出版，其短篇小说《史官生》、童话《心理跟踪器》等入选《儿童文学选刊》；冰波以童话《南瓜村的怪物》《白鹿》，夏辇生以童话《四季的童话》等也先后进入《儿童文学选刊》。一向以"量少质高"著称的谢华在这一年不仅保持了较高水准的作品质量，而且在数量上也称得上是一个丰收年。

在外国儿童文学翻译方面，楼飞甫翻译的《世界故事大王》第四辑由甘肃少年儿童出版社出版。至此，这套共计四册、总字数约一百六十万字的译著已全部出齐。楼飞甫近年来主要从事外国现当代儿童文学的译介工作，已出版《美国童话精选》《英国童话精选》《绿太阳王国》等九部译著，发表、出版了共约三百万字的翻译作品。此外，韦苇翻译的中篇《狼犬罗依》也发表在有影响的大型少儿文学丛刊《巨人》1993年秋季号上。

浙江的儿童文学理论研究队伍在全国占有举足轻重的位置。浙江师范大学儿童文学研究所经过十余年的苦心经营，已成为国内儿童文学理论研究和高层次人才培养的重要基地。该所取得的多项成果如《中国现代儿童文学史》《外国儿童文学史概述》等均填补了国内儿童文学研究的空白，并得到国内外同行的较高评价。日本一家学术刊物曾载文称：浙江师范大学儿童文学研究所"实际上已成为中国儿童文学研究中心"。同时，分布在杭州、温州、宁波等地的研究者相互呼应，构成了一支其他任何一个省市都不易与之抗衡的训练有素、专业水平较突出的儿童文学理论研究队伍。我们可以通过下述情况看出这支队伍的力量。一是湖南少年儿童出版社正在陆续出版一套《世界儿童研究丛书》。该丛书共十种，其中四种的作者来自浙江，即《俄罗斯儿童文学论谭》的作者韦苇、《法国儿童文学导论》的作者方卫平、《德国儿童文学纵横》的作者吴其南、《意大利儿童文学概述》的作者孙建江。该丛书中还有另外两种的作者系浙江师范大学十年前培养的研究生（现均在外省市重点大学任教）。二是甘肃少年儿童出版社正在酝酿出版一套《中国当代中青年学者儿童文学论丛》，拟推出六位有一定建树的当代中青年学者的儿童文学论文集，其中三位作者出自浙江，另有两位亦是浙江师大培养的研究生。浙江儿童文学研究者在全国所占的位置和分量，由此可知一二。

或许是受浙江儿童文学界浓郁的理论氛围的影响，浙江儿童文学作家中的理论研讨气氛也较为活跃，许多作家在创作之余积极撰写理论文字，如李燕昌、张微、李建树、沈虎根、金江、冰波、谢华、江润秋等，都写过一些析理论、谈创作的文章，其中有几位还曾在全国性的儿童文学理论征文中获奖。

1993年，浙江儿童文学理论研究者继续出版、发表了一批著作和文章。其中较重要者有蒋风主编的《儿童文学教程》、方卫平著《中国儿童文学理论批评史》、韦苇著《西方儿童文学史》。这些著作的出版，继续显示了浙江儿童文学研究所具有的优势。

似乎还有必要将1993年浙江儿童文学作家的获奖情况记上一笔。据我的不完全了解，1993年省内儿童文学作家获奖甚多。1993年2月，由中国作家协会主办的第二届（1986年—1991年）全国优秀儿童文学奖评选结果揭晓。我省李建树的《走向审判庭》、冰波的《毒蜘蛛之死》、谢华的《岩石上的小蝌蚪》榜上有名。1993年5月在北京颁奖的"'92海峡两岸儿童文学征文"活动中，李建树的小说《生命诗篇》、张彦的童话《山湖妈妈的孩子》、徐强华的童话《赛场内外》分别获得了佳作奖。此外，寓言作家金江共四次获奖，其中他编的《世界寓言精品500篇》获第二届全国优秀儿童读物评奖三等奖。谢华除获得中国作协的大奖外，其作品《大烟斗》获幼儿文学"绿颜色、蓝颜色"征文一等奖，小说《扣儿》获《儿童文学》杂志创刊30周年征文佳作奖，她的"谈天说地"专栏获江苏《少年文艺》优秀专栏奖。邱国鹰的系列寓言《珊瑚礁上的较量》获第12届陈伯吹儿童文学奖，他还获得了温州市人民政府颁发的文艺创作金鹿奖。杜风的儿歌《电视塔》获"小金鸡"儿歌大奖赛二等奖。胡霜的《他们怎么啦》获第七届《好儿童》新芽奖。江润秋的报告文学《看病》获《故事作文月刊》年度好作品奖。方卫平的论文《西方人类学派与周作人的儿童文学观》获浙江省社会科学优秀成果三等奖。尽管这些评奖的规模、范围、权威性不尽相同，但频繁获奖本身毕竟也显示了浙江儿童文学作家活跃的创作身影。

毋庸讳言，在不断变化的社会文化环境影响下，不少作家的创作心态也发生了微妙的变化。尤其是一些曾经十分活跃的作家，近年来几乎停止了创作活动。也许，正如潮水有涨有落一样，作家也需要沉默、思考和调整，说不定什么时候他们就会隆重"复出"。

但愿我的猜想将全成为事实。

三、寓言创作的收获

寓言作为一种文学样式，具有非常悠久的历史。如果从公元前3000年两河流域（古巴比伦地区）用苏美尔族创造的楔形文字记载的寓言算起，至今已有5000年了。在中国的先秦时期，西方的古希腊时期以及古代印度，寓言创作曾经进入各自的黄金时代，形成了世界三大寓言系统——中国寓言系统、印度寓言系统和以伊索寓言为代表的欧洲寓言系统。从历史上看，寓言创作是随着人类理性时代的降临而趋于繁荣的，可以说它是人类理性发展所结出的文化果实，因此，寓言最初并不是自觉地作为一种儿童文学样式而存在的。随着文学的发展和中西儿童文学的自觉，寓言以其独特的表现形式和文学意味获得了少年读者的喜爱和儿童文学作家的青睐，从而逐渐成为儿童文学的一个固定品种。就当代儿童寓言创作而言，其作者之众，作品之丰，按金江先生的说法，"是我国寓言文学史上前所未有的。因此，我们可以说，当代寓言是我国寓言创作的新高峰"（参见《当代寓言丛书》之《序》）。

的确，据我平时接触寓言作品所得到的印象来看，我以为这些年来寓言创作的进展和收获是明显的，但是，在寓言界以外，它所受到的关注和研究似乎还很不够。这或许是因为寓言太短小太不引人注目？严文井先生曾经说过：寓言"是谦虚的，当一个刊物邀请它去做客的时候，它就等各种长篇大著者坐下之后，悄悄坐在补白里"；"它做了大量有益的工作，而从不炫耀自己，也不指望从别人手里得到什么"。（《关于寓言的寓言》）不过我想，寓言的短小乃至谦虚，并不意味着它就应该被忽视和冷落，至少就审美的独特性和不可替代性而言，它与其他文学体裁应该是等值的。值得欣慰的是，浙江省有一支颇具实力的寓言创作和研究队伍，他们在1993年又取得了令人瞩目的收获。

1993年，金江出版了寓言集《蜗牛登塔》。据我所知，从1956年出版第一本寓言集《小鹰试飞》以后，这是金江出版的第13本个人寓言作品集。我很欣赏金江寓言在故事层面的构思上所下的功夫。他的名篇《小鹰试飞》《乌鸦兄弟》等，首先都是通过一个生动而别致的故事来吸引读者的。我曾在一本寓言集的序文中谈到，别小看寓言的故事层面，它是寓言作品成功的艺术关键之一。我们知道，寓言由故事和寓意两个部分融汇而成，故事愈奇、愈巧，寓意愈新、愈深，故事和寓意的结合愈自然、愈巧妙，则寓言作品的艺术品位愈高。中外那些经典性的寓言精品，例如《狼和小羊》《农夫和蛇》《狐狸和葡萄》《杞人忧天》《井底之蛙》《郑人买履》《刻舟求剑》等等，大抵都是如此。我以为，一个好的故事框架可以为寓意的表达提供一个有效的艺术途径和有力的艺术支撑，而一篇蹩脚的寓言则常常可能只是随意拼凑几个角色直奔"寓意"。金江寓言中的人物组合、情节展开大多精巧，极少有那种为了表达寓意而"拉郎配"式地临时凑几个角色的现象。如《赴宴的狗》：

山羊在路上遇见狗，问道："你到哪儿去？"

狗神气地回答："我赴宴会去。"

过一会儿，山羊在街上看见一户人家屋内正热闹地举行着宴会，而狗却张嘴流涎蹲在门口。

山羊走近狗问道："你怎么不进去参加宴会？"

狗回答说："我要等人们吃罢才能进去。"

山羊道："噢，原来你说赴宴会，吃的是人们吃剩的残羹剩渣。你不害臊吗？"

狗说："这有什么，我们狗历来如此的呀！"

对狗来说，"赴宴会"是何等荣耀的事情。读者和山羊一起都相信了。然而，狗却在门口流着涎水等待人家散席。这个镜头与前面神气活现的回答形成了巨大的落差，而作家对狗的揶揄、讥讽尽在其中。耐人寻味的是，在山羊的诘问下，狗不但不感到害臊和耻辱，却振振有词，安之若素。对寓言创作来说，这是一种本事：在小小的篇幅里，容纳一种精巧、有趣的故事，有些甚至是不乏悬念、一波三折、出人意料的故事。

同样，读陈必铮、徐强华、解普定的寓言集，我也常常产生这样的感受：作品的文学运思不是直白地通向寓意，而是通过自然、巧妙的艺术转换达到对寓意的揭示。徐强华的《菩萨出汗》《小白猫送鱼》等作品，构思都可称绝。一位老婆婆在中堂屋供奉了一尊木雕涂金的观音菩萨。一天，菩萨汗水涔涔。虔诚叩拜的老婆婆很是奇怪。菩萨为了维护自己"圣灵"的形象，在老婆婆的一再追问下只能保持沉默，因为它知道"出汗"的真相——该死的小花猫撒的尿（《菩萨出汗》）。小白猫两次送鱼，第一次因贪吃而欺骗了老黑猫，第二次诚实改错完成了任务，然而老黑猫却轻信了小白猫的第一次说谎，惩罚了改正后的小白猫（《小白猫送鱼》）。这些作品都没有刻意点明寓意，但其内在的可以让读者回味的思想空间却十分开阔。

陈必铮的创作道路是独特的。他早年的梦想是当一名医生，但16年前的一场大病打破了他的"美梦"。在肉体、精神几近崩溃的情况下，靠了许多熟悉和不熟悉的前辈和同行朋友的关心、帮助，他在寓言创作方面坚持了下来。按他自己的说法，是那些"老师、朋友，拨亮了我即将熄灭的心灵之火，才使我有勇气和力量去做一些展示生命潜力的工作，能够在多少次力不能支的情况下支持了下来"（引自陈必铮致笔者的信）。或许，正是这种特殊的生命体验，形成了陈必铮寓言的特殊思想气质。他的作品中当然也不乏揭示生活教训、鞭挞假恶丑一类的常见的主题，但我更感兴趣的是陈必铮寓言中不时流露出的那种对人生价值和态度的热情关注，对生命潜能和意义的执着探询。在《宝坛里的秘密》《驴与马》《探矿人和探矿犬》《真理赶路》《青春和生命》《人的定义》等作品中，这种独特的思想气质表现得十分突出。驴子羡慕马的声誉，却不知道这种声誉是以生命的极大痛苦为代价换取的（《驴与马》）；真理为了认识自身，勇敢地向自己的禁区走去，老哲人感叹道："她是一刻也不能离开追求的啊！唯其因为她追求不息，乃知她永远灿烂迷人。"（《真理赶路》）我则想说，当思想中融入了作家自身的生命体验时，她也就变得格外灿烂而迷人了。

随着寓言创作的发展，寓言文体也在不断产生裂变。例如寓言与其他文学式样结合，便出现了寓言诗、寓言剧、寓言笑话、寓言体小说等等；除了通常格式的寓言，还出现了微型寓言作品。我们会发现不少作者在寓言创作上做了多方面的尝试。以系列寓言为例。所谓系列寓言，一般由两则以上的单篇寓言组合而成，以同一寓言人物贯穿始终，各篇之间的故事情节既相互联系又相对独立。它既保持了寓言固有的艺术特点，又突破了单篇寓言人物性格单纯、艺术空间狭小的限制。许多浙江寓言作家都十分喜欢运用这一形式，如邱国鹰、徐强华、楼飞甫、雨雨等。其中似以邱国鹰的系列寓言创作成绩较为突出。

邱国鹰曾经出版过《大象和蚂蚁》（中国国际广播出版社）和《狐

狸打猎》内蒙古人民出版社）两本寓言集，两书收有系列寓言20余组。1993年，邱国鹰又发表了系列寓言共16组18篇。1993年11月7日，香港《文汇报》发表了思海的文章《匠心独运写新篇——读邱国鹰系列寓言》。思海认为："邱国鹰的系列寓言，继承了我国先秦寓言主要以人物为形象的传统，巧妙地选用人们熟悉的神话人物、历史人物、小说人物，赋予新意，演绎成篇，显得构思奇巧，立意新颖。"邱国鹰的创作除了能够较好地展示系列寓言在多侧面揭示人物性格、深入开掘寓意等方面的特点外，还有一点是值得注意的，即他的寓言表现出较高的民间文化素养。他曾在长达十余年的时间里从事民间文学的搜集整理工作，出版过八本民间故事集。这些工作不能不对他的寓言创作产生影响，使他的创作从题材选择、故事构思到语言表达和整体效果等各个方面，都透出民间文学的艺术神韵。

四、儿童科学文艺与儿童诗创作一瞥

儿童科学文艺是儿童文学诸样式中一个新兴的重要品种。1989年5月，老作家陈伯吹曾在《文艺报》上发表《现代儿童文学创作的一个热点》一文。他认为："际此新科学技术发展的信息时代，作为一种特殊兵种，打前哨战的文学创作，不能不有所革新，不能不提出新的任务与新的课题，以赶上时代并反映时代。"陈伯吹强调在儿童文学的各类体裁中，应重视科学文艺作品的创作，并认为这是当代儿童文学创作的一个热点。我们知道，科学文艺创作在我国虽然起步较迟，但在五六十年代和七十年代后期却出现过令人难忘的繁盛时期。当时出现了一批有影响的科学文艺作家和作品（尤其是在科幻文艺创作方面），如郑文光的《太阳探险记》、童恩正的《古峡迷雾》、叶至善的《失踪的哥哥》、萧建亨的《布克的奇遇》、迟叔昌的《割掉鼻子的大象》、赵世洲的《活孙悟空》、叶永烈的《小灵通漫游未来》、刘兴诗的《美洲来的哥伦布》、金涛的《马小哈奇遇记》等等。然而进入80年代中期以来，科学文艺创作却出现了严重的断层局面。曾有研究者撰文将这种断层概括为"作品断层、作者断层、理论断层"三个方面。因此，尽管有陈伯吹这样的老先生大力呼吁和倡导，但整个科学文艺创作的不景气却是一个事实。

在这样的创作情势下，我读到胡霜的科学童话集《小侦探》时，心里的那份欣慰是不言而喻的了。

浙江儿童文学界从事儿童科学文艺创作者寥寥，除偶尔为之者外，据我所知，能长期坚持并有颇丰收获者仅胡霜一人。据说，此前胡霜已有另一部作品集《莲藕塘奇案》出版，可惜我未见过。从这部由中国少年儿童出版社推出的《小侦探》来看，胡霜的科学童话创作正渐入佳境。

科学文艺作品读起来有趣，但写起来肯定十分繁难。它不仅要求作者具备同样的文学素质，而且要求作者具有相当的知识积累甚至一定的科学功力。读《小侦探》，你会强烈地感受到作品中高密度的知识容量。那些有关动物、植物、环境等方面的科学知识，对于有着强烈求知欲望的小读者来说是很有吸引力的。当然，科学文艺的智巧在于它的传达科学知识的方式，因为文学阅读毕竟不等于课堂学习。胡霜很讲究科学知识的"包装"，即很讲究文学技巧的运用。具体说来，他总是努力把科学知识融于故事之中，或将科学知识、道理作为设置悬念、展开情节的"机关"和依据。于是，作品中的知识不是夹于其中的"硬块"，而是化解于其中的有机因素。例如《小侦探灵灵》中的"王宫失窃案"一则。哈哈国王宫的一套精致的盛酒器皿失窃了。究竟是谁偷的？案情扑朔迷离，令人不可思议。侦探灵灵和助手们经过现场勘察和严密的推理、分析，认定是气候原因造成的。原来，"锡在一定低温条件下会变成灰色粉末"的道理正是作者展开故事、结构全篇的科学依据。我的阅读直觉告诉我，《小侦探》中的许多故事都扣人心弦、富有教益。我相信这对小读者们来说也会是富有魅力的。

我以为，科学文艺的上品应该不仅仅是做到了用漂亮的文学包装来传达科学知识，而且还应该通过作品表现出富有当代感的科学意识、观念和情怀。例如，展示人类科学探索和追求的艰辛、悲壮和伟大，表现当代人类生存中所面临的科学困境和应有的意识（如绿色环保意识），等等。在这方面，胡霜无疑也做了一定的努力。例如宣告科学规律的不可违拗（《皇帝种果树》），昭示保护环境的紧迫性（《小侦探灵灵·一份特别的调查报告》）。作者的用心可谓良苦。而这种创作意向，显然也在一定程度上提升了作品的格调和品位。

胡霜的科学文艺创作目前主要集中在对已有知识的吸收和介绍上，一般说来都写得比较实。这是可以理解的。介绍科学知识，需要的是准确和可靠。不过，我也有一点儿小小的想法。科学与艺术一样，是人类精神最富有想象力的领域。如果胡霜在今后的创作中能适度地加大想象幅度就有可能给自己的创作带来新的活力，添加新的色彩，于当代日见衰微的科幻文艺创作，或许也会有所助益。

与科幻文艺创作情况相类似，浙江省儿童诗歌创作队伍也不甚壮大。有成就的老诗人有田地、杜风、吴少山等，较为活跃的中青年诗人不多，杨明火可算其中一位。去年我收到了杨明火的诗集《跌不碎的歌》，展读之余，感到很有些嚼头。

杨明火原攻童话。大约是80年代中期，在绍兴诸暨五泄的一次创作笔会上，浙江籍老诗人圣野向他约稿。杨明火被"逼"写了《跌不碎的歌》等几首儿童诗。圣野先生在会上朗读并给予首肯。杨明火得到鼓舞，从此一发而不可收，最终收获了诗集《跌不碎的歌》。

关于儿童诗，我的一位朋友曾有一段精彩的说法。他认为诗是心灵智慧的产物，是文学最原始、最永恒的艺术样式，而儿童诗（尤其是儿童自己写的诗）在天真无邪的感悟、无拘无束的想象、率真稚拙的语言中更能体现人类原初的生命冲动和灵性激荡。在儿童身上有着异常敏锐的感知能力和奇特丰富的想象能力，这对于惯于用实用标准来观察、衡量事物的成人来说是难以企及的，而这恰恰是儿童诗的诗质所在。因此，可以这么说，儿童诗是诗人通过儿童纯真的眼光和新奇的想象把成人习以为常的现实生活和外界事物童心化、诗境化的产物。（参见小舟选编的《中外儿童诗精选》的《编后记》）我很同意这位朋友的说法。我一直有一种感觉，就是当代许多所谓的儿童诗，甚至是一些被尊为经典之作的儿童诗，实际上诗心浑浊、诗质平庸。随便写几首"儿童诗"也许不难，但要真正捕捉到儿童天籁般的感知和想象并以真正诗的形式表达出来却并不容易。以此来看杨明火的儿童诗，应该说其中也有一般化的作品，但也确有一些精彩的儿童诗。

譬如那首《跌不碎的歌》："山泉爱弹琴／叮咚、叮咚／山泉爱唱歌／哗啦、哗啦／弹着琴，唱着歌／悬崖不勒马／咱的歌是跌不碎的／怕啥／／弹着琴，唱着歌／飞腿跨悬崖／听呵——歌声更响／嗓门更大。"对瀑布的感受和表现是十足的童心化、诗意化了。又如他另一首《公鸡的歌》："公鸡的歌了不起／力量赛过起重机／喔喔喔／把黑夜拖走／喔喔喔／把太阳吊起。"常见的题材，却被表现得如此富有童趣和气势，而且这种童趣和气势是毫不做作、毫不夸张地获取的，真正是出于天籁、发自性灵的作品。几年前，我曾在一篇文章中说过，儿童文学保留和反映了人类审美的最原始、最简单同时又是最基本、最内在，或许也是最深邃的艺术规范和审美内容。这里没有精巧的修饰，没有严谨的逻辑，没有深藏的城府，而全然是一派最本真、最自然的生命感觉和意趣，一种大巧若拙的文学形式意味。我当时所举的例子就是两首台湾诗。现在我想说，杨明火也是写出了这样的真正的儿童诗的。

1993年度，浙江还有其他一些作家在儿童诗歌创作上耕耘不辍，我无法在此一一论及。如果可能的话，我希望在明年的这个时候，儿童诗创作将是我评述的重点之一。

五、"还想有追求"

最后再谈谈小说、童话和低幼文学的创作。

本年度，浙江作家在上述领域表现不俗。以低幼文学为例，杜风、屠再华、蒋应武、夏辇生、谢华、胡霜、金志强、李想、詹政伟等都有数量不等的作品发表。小说、童话方面数量不算多，却有好作品。如李建树的《生命诗篇》《史官生》，谢华的《季子》《扣儿》，沈贻炜的中篇《魔鬼城》，冰波的童话《白鹿》《南瓜村的怪物》等。

对于浙江儿童文学界来说，小说、童话和低幼文学创作是高手相对比较集中的领域。其中有些作家的艺术地位在全国儿童文学界也是居于前列的。我已经说过，当今文坛处于这样一种大的艺术状态之中：儿童文学可能的、潜在的艺术空间，经过80年代中期前后作家们这样那样的"探索"，似乎已没有什么新的可供开垦的处女地了，创作似乎在一种平淡的气氛中恢复了重复自身的状态。对于文学发展的周期性过程来说，这种情形是正常的，不可避免的。浙江作家身处这样一个大的文学发展周期内，自然也只能顺应这个现实。不过我注意到，1993年第5期的《儿童文学选刊》在选载冰波与上海作家周锐合作的童话《白鹿》《鹿梦》的同时，发表了冰波的创作谈《还想有追求》。冰波在文章中说："我在这里费了不少篇幅，叙述两篇小小的合作童话稿的产生，并不是想传授什么经验（况且又是两篇'意见不一'的作品），而是想表达一个意思：对童话创作，我们还想有追求。""当今的作家有点儿寂寞，而属于儿童文学的童话作家更加寂寞。多么希望童话再'热'，甚至多么希望自己对童话创作会永远'还想有追求'……"对于时下的文坛来说，"还想有追求"，是一种极难得的创作心态。我想，冰波的这一表白，实际上也代表了部分浙江作家心中共同的那份也许是隐隐约约的创作心态。看来，平静中确实涌动着潜流。

当然，已经退去了十来年前的那份雄心勃勃的浮躁，功利性的欲望已不那么强烈了。在经历了一次又一次新鲜的刺激之后，作家的兴趣开始真正回归关注文学自身。没有了满城风雨，没有了莫名的亢奋，然而，却有地地道道的文学意味存在。

应该肯定，前些年儿童文学界有意无意地从成人文学那里寻求借鉴，这对于开拓儿童文学的艺术空间是起了巨大的促进作用的。另一方面，儿童文学毕竟不能与成人文学做机械的比较，儿童文学有自己的艺术个性和美学规定。简单地说，儿童文学的一切魅力都是通过一种简单的形式而产生的。似乎清浅，似乎平白，却在稚拙单纯中表现出最深刻的审美规范和人生内容。正是在这个意义上，我赞赏1993年浙江儿童文学作家那种不事声张却结结实实努力着的文学姿态。

要说浅，幼儿文学当然是最浅的了。但好的幼儿文学作品，却同样能令人回味。例如夏辇生的《抬轿子》：

男孩子，抬轿子，女孩子，坐轿子，一颠一颠出村子。女孩戴着野花环，活像一个新娘子。

"去哪儿呀？"男孩子问。

"找新郎！"女孩子说。

"新郎在哪儿呀？"男孩子瞪大眼睛找。

"太阳里！月亮上！"女孩子咯咯笑弯了腰。

轿子掉转头，"嗵嗵"往回抬。任女孩子捶，任女孩子嚷，抬轿子的都成了哑巴样。

回到大树下，"叭！"轿子散了，新娘摔了。"哑巴"扯开嗓门大声嚷：

"新娘子送上太阳、送上月亮，谁跟我们抬轿、斗嘴、过家家？"

几乎每一个人都可以从自己的童年经历中找出这样的天真、别扭和快乐，同时作为作家创作的产物，它又融入了作家反顾和重新打量童年时的独特感受与发现。我认为，这是一篇十分精致而又漂亮的幼儿文学作品。它的独特的审美意趣和浓郁的童年生活情调，令我陶醉。我曾经读过夏辇生的不少作品，我认为她有良好的文学气质，但是有时候，我觉得她在作品中过于殷勤和用力，反而削弱了作品应有的那份自然和流畅。我知道夏辇生是一位勤于思考和勇于追求的作家，我祝愿她的追求能够得到更多的快乐和报偿。

比较起来，少年文学创作始终是十几年来儿童文学创作中最不安分的部分。1993年度浙江作家仍然拿出了一些具有新意的作品。李建树的获奖小说《生命诗篇》和入选《儿童文学选刊》的《史官生》我都喜欢。《生命诗篇》这个题目很有诗意，作品叙述的内容却土得不能再土：一个叫立夏的农村少年和一条叫黑拖的母牛的故事，然而就在这充满山野气息的故事中，作者却为我们展示了生命的艰难和缠绵、诗意和辉煌。《史官生》采用类似笔记小说的叙述手法，行文诙谐而又令人回味。谢华的短篇《季子》塑造了一个善良、厚道、认真而又不无笨拙，总是被愚弄、被误解、被取笑、被欺负的人物形象，在少年小说的人物画廊里为我们提供了一个富有新意的形象。《那事》则似一个迷魂阵，通篇以一个莫名其妙的"那事"为悬念展开主人公蕙的心理疑惑、忧虑和焦灼。作品的语言富有缠绕感和恍惚感，与主人公的内心活动处于鲜明的同构状态。直到最后，才点出所谓"那事"不过是"成熟"对"天真"的曲解和误传，主人公的焦虑被轻松而又无奈地化解。作者对人物心灵的刻画显得别出心裁而又从容不迫。冰波的童话《白鹿》与他前些年那些探索性童话作品比较起来，保留了主题思考的严肃性、深刻性和思想的内在力度，注重作品氛围的营造和象征手法的运用，同时又摆脱了童话表层形象和事件的艰涩突兀，其陌生化程度的分寸感把握得较好。

我想，如果浙江儿童文学作家都能更多一些艺术创造方面的思考，都能够"还想有追求"，那么，我们浙江的儿童文学创作就有可能摆脱某些低层次上的重复现象，也有可能指望更上一层楼。

（原载浙江文学院1994年5月编《九三浙江文坛》）

跋涉与跨越
——1994年浙江儿童文学创作述评

一、背 景

在回顾和评述1994年浙江省儿童文学创作情况的时候，最先引起我关注和评说欲望的不是创作成果本身，而是这个年度与儿童文学生存、发展相关联的历史与现实的双重背景。我想，联系这个背景来谈论1994年浙江省儿童文学作家的种种努力，或许将有助于我们较为完整地认识和把握这个年度的文学现象，也将有助于我们更客观地评价1994年浙江儿童文学的创作成果及其意义。

首先是近十余年来整个儿童文学发展的历史背景。

不久以前，我在两篇文章中曾分别写下了这样几句话："经历过80年代中国儿童文学发展历程的人们，都会对当时那些生气勃勃、激动人心，甚至是惊心动魄的历史事件和细节记忆犹新。"（见《读者导报》1994年12月19日）"对于80年代的儿童文学来说，太阳确实都是新的。新的观念、新的著作，一不留神就会撞到你的眼皮子底下。一个个题材禁区、观念禁区的突破，一个个新的文学手法、技巧的尝试和运用，儿童文学界跟整个当代文学界一样，被'创新'这根魔棒指挥得团团打转、热闹非凡。"（见《儿童文学选刊》1995年第2期）的确，进入90年代以来，80年代那种一篇作品问世引来八方议论、众说不一的热闹情景已经很少见了；一篇作品不论是被少年读者和评论者所冷落，还是被他们所关注，一切都显得那么自然和顺理成章。当然，这种相对平静的状态并不意味着近年来的儿童文学创作是平淡无奇的，相反，正是因为有了前些年的那些艺术开拓和震动，90年代儿童文学领域里所发生的一切，才会显得如此镇静——这是一种水到渠成式的自然和镇静。因此可以说，90年代的儿童文学创作是在已经垫高了的艺术基点上展开的，它容纳和吸收了以往艺术实践的成果，同时又在不事张扬地做着新的文学努力。

在这样的文学背景下来看待和把握1994年浙江儿童文学的艺术动向，我们就会撇开以表面现象的闹猛与否来看问题的做法，我们将把注意力集中于对儿童文学自身艺术发展逻辑的清理和探讨上。

其次是90年代儿童读物市场的现实背景。

就在当代儿童文学作家恪守纯文学的立场从事创作的同时，他们越来越强烈地感受到了来自少儿读物市场的严峻挑战和挤压。人们注意到，近年来严肃儿童文学艺术空间的开拓与它的市场空间的萎缩几乎是同时进行的。尤其是各种舶来图书潮水般涌入市场，大量的书亭书摊，几乎已成了这些读物的天下。此种情况近年来大有愈演愈烈之势。例如，1994年5月10日上海《文汇报》曾经以《恐龙神龟打斗凶杀人妖冥王招摇撞骗——舶来图书泛滥令人忧》为题，发表了该报记者张青的述评文章。据该文披露，不少少儿读物舶来品从封面、内页一直到插图文字大量充斥着对少儿读者极为有害的暴力、怪诞甚至色情、迷信等不健康内容。如一套彩印过来的《七龙珠》连环画，画面凌乱不堪，翻完全书连一个完整的故事都看不出来，但寓目所见的每幅画面无不充斥着咄咄逼人的刀光剑影，文字仅剩下"啊""嘿""杀""砍"等几个"置人死地而后快"的单音节字；还有一套少儿书干脆在封面上印上"刀刀见血"大肆招摇；有的少儿连环画则不惜画面大讲特讲人妖、冥王、占星术、算命法……从少儿读物市场来考察，以上海文庙书刊批发市场为例，诸如《12星座大决斗》《望乡战士》《超霸恐龙》《少年狂侠》《圣斗士》之类根据海外同名卡通电视片改编或引进翻印的少儿读物至少占了少儿图书品种的80%以上，据估测不下400种。据文庙市场从事该类读物批发的业主称："每天就数它们销得最快。"1994年刚刚过去，《文汇报》又在1995年1月2日社会政法新闻版的"社会透视"栏中发表了题为《狂侠斗士成为主角港台翻版充斥书摊——如此少儿读物误人子弟家长担忧》的记者述评文章。此外，《中国教育报》《中国青年报》《新闻出版报》等许多报刊也陆续进行过类似的报道。

这些情况表明，当儿童文学不断在纯文学的疆场上发起艺术攻势的时候，它在市场上的境遇却是连遭败绩。个中原因无疑是十分复杂的，但就儿童文学作家而言，面对市场的挑战和挤压，如何在坚守纯文学立场的同时，适当地调正自己的艺术策略，以使作品具有更强的艺术魅力，对读者具有更强的阅读诱惑力，这显然是一个值得认真对待的问题。如果把少儿读者的离去完全归咎于市场或者诸如影视文化对读者的强大吸引力等等，这只能是一种自身虚弱和无能的表现。

上述历史和现实、艺术与市场的双重背景，构成了我们考察1994年浙江儿童文学创作态势的一个坐标。

二、少年小说

在 70 年代初以来儿童文学的发展历程中，少年小说几乎一直是整个儿童文学创作中最富有活力的部分，儿童文学创作中发生的许多具有深刻意义的变革和突破，往往是由少年小说创作首先实现和提供的。但是另一方面，我也一直隐隐觉得，汇聚在少年小说创作领域中的一批极有才华的中青年作家的创作，往往表达了他们自身的艺术追求和提升儿童文学艺术品位的良好愿望，其中当然也包含了他们对提升少儿读者阅读水平和文学审美能力的愿望。这样做的结果，的确在很大程度上改变了中国当代儿童文学在整体上文学含量不足的局面。对此，我曾在自己的一些文章中一再表达了自己的惊喜和肯定性的意见。同时，我也认为，对这类文学探索和实验应持一种谨慎的乐观态度。这是因为，我觉得一般的文学创作可以考虑读者的接受趣味和能力，也可以不怎么考虑读者的因素，而只是表达作家自己想表达的东西，然而对儿童文学来说，作家完全以"自言自语"的方式进行写作也许可以作为一种个案或特例存在，但这绝对不可能是儿童文学创作的一个普遍有效或无须加以约束的艺术原则。事实上，儿童文学本身的产生和存在，就是近代以来整个成人社会自觉地针对少儿读者进行文学发话和审美传递活动的结果。

从这个意义上来看，80 年代以来的少年小说创作在艺术上不断取得进展和突破的同时，也的确存在着一种相对忽视读者阅读需求的"自言自语"的倾向。作为一种连锁现象，我们常常可以看到这样的情况：一部作品发表后，作者自我感觉良好，评论界也是一片赞扬声，但少儿读者就是不予理会。我并不认为任何一部少儿文学作品只要少儿读者叫好便是好作品，也绝不想否认80年代以来儿童文学的艺术探索和创新对推进当代中国儿童文学艺术发展的重大意义（相反，我一直十分赞赏这些艺术探索和创新），但是我想说，当儿童文学的艺术创造在少儿读者那里得到的艺术回报竟是比较普遍的冷漠的时候（对此，我曾在自己的有关调查文章中做过描述和分析），问题显然就不那么简单了。

实际上，对当代儿童文学在现实生存方面的尴尬处境，儿童文学界的有识之士早已有所察觉，有关方面也做过一定的努力。例如，作为80年代以来中国儿童文学艺术追求的象征刊物《儿童文学选刊》就在1993年第5期以《本刊敬告读者》为标题告知人们："本刊系纯文学期刊，我国唯一的儿童文学作品荟萃性刊物，目前也举步维艰，经济状况入不敷出。但本刊决定，不到'山穷水尽、万般无奈'之时，将不改变初衷，继续保持作为'中国儿童文学的窗口'的面貌，惨淡经营。当然内容将做适当调整。1994年即将到来，在新的一年里，除坚持原编辑方针外，我们将加强少年儿童喜爱的某种可读性较强的文学样式作品的选载（今年本期先上科幻小说栏，下期将设惊险小说栏）……"我曾经在一篇文章中认为，《儿童文学选刊》"以其不同凡俗的文学趣味和格调在80年代以来的中国儿童文学界展示了她独特的魅力"，并"在一个相当长的时期里始终维护、保持其作为一份文学意味纯正的儿童文学刊物的矜持、高雅和尊贵"。（《一份刊物和一个文学时代》，见《儿童文学选刊》1995年第2期）在我看来，纯正如《儿童文学选刊》这样的刊物，也不能不开始考虑来自市场和读者方面的要求，其文学姿态的调整是意味深长的。

从1994年浙江少年小说的创作动向看，贴近读者的文学发话姿态是十分明显的。在这方面引起我注意的有余通化的中篇小说《三色信号红黄蓝》、张彦的中篇小说《通天彻地大班长》。

《三色信号红黄蓝》（以下简称《三色信号》）是一篇可读性颇强的惊险小说。余通化当过二十多年的教师，在我的印象中，他的创作一向是以贴近校园生活、揭示当代少年心灵、刻画当代少年形象见长的。相对说来，在技巧方面，他的作品留给读者的印象并不十分深刻。记得七八年前，我曾在江西的大型刊物《百花洲》上读到过他的一部十分好读的中篇通俗小说，但那是一部成人小说。而1994年发表的《三色信号》，则意味着作家在儿童文学创作的艺术路子方面做了有意识的开拓。

首先，《三色信号》是作者在扩大题材空间方面的一次成功尝试。余通化的生活基地是校园空间，描写校园生活是他的拿手好戏。在《三色信号》中，主角虽然仍是两名五年级的小学生，但故事中所辐射的社会生活面却大大拓展了。小主人公光光到县城的舅舅家过暑假。在路上他第一次看到那件红黄蓝的三色连衣裙就感到很特别，尤其是穿那件连衣裙的青年女子的突然失踪更让人如堕五里雾中。他万万没有想到，这"红黄蓝"竟然是烟草走私集团的联络信号。在一次夜晚探险中，他与舅舅的儿子健健一起深入魔穴……他们历经磨难，终于配合公安干警抓住了罪犯。小说以两个孩子的历险、磨难为线索，以当下的社会生活为背景，展现了比校园生活更为丰富的现实人生的画面。这里有误入魔窟但良知未泯的打工女，也有看似慵懒但在正义的召唤下却挺身相助的小镇邮局职工；有贪婪、阴险、凶狠的走私犯罪分子，也有身为烟草专卖局局长却为境外走私集团操纵利用的黑道人物……作品以紧凑绵密的情节框架为依托，展示了当代生活中正义、勇敢、智慧与贪婪、虚伪、狡诈的冲突与较量。我感到，与余通化以往的校园题材小说相比较，这部新作无疑把读者带入了一种新的艺术视野。

其次，《三色信号》在整体构思和情节设置上，比较充分地调动了少儿探索、历险类作品所具有的可能的艺术手段，悬念迭出，险象环生，情节发展一波三折、出人意料。从竹林遇"鬼"、海滩奇事、不速之客、钓鱼风波，到误入魔穴、小镇求援、智堵群魔、喋血金鸡，作品充分运用了悬念、铺垫、渲染、巧合、误会、幽默等手法，制造了引人入胜的阅读效果。毫无疑问，这类描写惊险题材的作品对少年儿童读者来说是极富吸引力的。《三色信号》有精彩的人物和故事，也有浓厚的惊险艺术氛围和相当到位的惊险情节设置，但是，它还缺少了一些对生活的洞察，缺少了一些独特的能够超越故事层面的精神上的东西。此外，我的另一点感想是，少儿惊险小说还可以写得更富有想象力、更富于游戏性，或更富于思辨性一些。从《三色信号》来看，它的整个艺术气氛基本上还是建立在写实基础之上的。我想，如果这类作品的创作能够在艺术上增强自由度，写得更放达一些，那么其艺术吸引力和美学品质或许会得到新的加强。

1994年是余通化儿童文学创作的丰收年。他的两部作品集《余通化儿童文学作品选》和《我看这朵云》分别由浙江少年儿童出版社和成立不久的宁波出版社分别推出。对余通化来说，这无疑是一次很好的创作总结。值得注意的是，他的近作中显示了某些新的艺术眼光。例如，发表在1994年第10期《少年文艺》(上海)上的短篇小说《骚动》，就是一篇富有新意的作品。一个少年学生偶尔从书店里买了一本载有介绍性知识的科普文章的书籍，深受震惊，断定"这绝对是本黄色书"，并"用发抖的手把其中一段文字圈出，还在旁边批写了几个字，下流！下流！下流！"他充满"义愤"，给女作者寄去了一封充满辱骂的信，并署上了自己的地址和名字。有趣的是，当事情最后闹到学校和父母那里时，作为成人的父母先是震怒，后来在看了原书后竟转怒为喜：他们也一致认为那是一本黄色书籍，而孩子不但无"罪"而且有功，不但不该挨批评而且应该受表扬。这篇三千字左右的小说情节紧凑而富于戏剧性，对两代人惊人的无知和愚昧的揭示给读者留下了意味深长的思索。

　　与《三色信号》相近似，张彦的中篇小说《通天彻地大班长》也是一部颇具可读性的作品。主人公童桐偷来了他的姨婆、生化专家刘教授苦心研制的睡枪和解睡枪。这两支枪中分别含有一种从姬蜂产卵管中提炼、合成的神奇的"睡液"及其解药。那"睡液"不同于一般的麻醉剂，能迅速致人进入睡眠，功效强而快，而且没有副作用。这种神奇的"武器"掌握在一个充满好奇和想象力的男孩子手中，故事由此而有声有色地展开了。读这部作品你会发现，它与我们习见的纯粹以写实为基本手段的中学生题材小说颇有些不同。（在这一点上，它与《三色信号》恰好形成了某种对照。）小说在写实的基础上，糅合了游戏、夸张、漫画等因素和手法，形成了一种写实与荒诞相互融合的小说结构方式。对于喜欢游戏和幻想的少年读者来说，这样的艺术结构形态和表现方式无疑是具有相当的阅读上的诱惑力的。当然，类似的艺术路数自80年代以来早已有作家在少年小说创作中做了十分成功的尝试（如北京作家张之路），但是，当我读到张彦的这部将近十万字的小说时，我的心里仍然有一种颇为意外的惊喜。

　　从《三色信号》《通天彻地大班长》这类少年小说作品的出现来看，

我们可以发现，在当今新的文学发展背景和市场背景的制约下，浙江省的儿童文学创作也在朝着更贴近读者的方向努力。当然，这种努力绝不意味着只有走这样一条路子才是有出息的。无论如何，文学创作都是一种个性化的精神劳动，而读者也总是期待着多方面的阅读满足和审美调养。从这个角度来看，1994年浙江省的少年小说数量虽不很多，但仍呈现出一种相对多元化的艺术风格和价值取向。

李建树是近十年来创作势头一直强劲的一位作家。他的创作涉足小说、童话、故事、散文、评论等领域，但少年小说显然是他最拿手、成果最丰硕、影响也最大的一种文学样式。1994年，李建树发表了一部中篇小说、六篇短篇小说。在这些作品中，最引起我注意的是发表于三家著名少儿文学刊物上的同样以少女为主人公的三篇作品。

《淑女乔玫红的故事》是一篇既好读又颇耐品味，充满了智慧灵巧的幽默感的作品。"少女乔玫红最欣赏的就是'潇洒'两字。她13岁就开始穿牛仔裤、运动鞋，会打响指会唱歌，头发削得比毛阿敏都短，翻学校墙头比成龙利落。14岁那年暑假，她跟一帮毛头小伙去普陀旅游，在朱家尖的沙滩上敢穿着泳装与男生照合影。"可是，乔玫红的父母都是名牌大学的教授，女儿与他们心中的窈窕淑女形象相差太远。他们是一心想把女儿培养成一位淑女名媛的，就像张爱玲小说中写到的那样，围一根飘逸曳地的白丝巾，会弹钢琴会画油画，会坐在秋千上默默地想心事。于是，他们放下案头工作，开始为乔玫红制定一项培养淑女的计划。这项计划共分7章18节，内容包括"坐有坐相""吃有吃相""站有站相"，以及有关说、笑、行、止的种种规范和要求。自此之后，乔玫红在家"夹着尾巴做人"，确实有了些"逐渐优雅起来了"

的感觉。

然而，作品的深刻之处在于，作者把长辈预成的期望模式与少年自发的成长模式之间互相对立并最终分离的代际冲突放到了生存竞争的当代现实中去进行思考和检验，揭示了现实生存中价值选择的困惑和无奈。是的，恪守淑女风范未必能适应现实生存的要求，但任凭"野性"冲动的驱使却也有可能不知不觉地走向纯洁、善良的反面。

《游戏的代价》说的是一个现实生活中的天真而又任性女孩的故事。一个女孩任意出走的小小举动与出走后所引起的整个家庭、社会的波动之间形成了巨大的反差和对比。小说采用第一人称口述体形式，轻巧、畅达的叙述中流泻着少女特有的天真和任性。

相比之下，中篇小说《金十字架》则包含了更丰富的人生内容。小说的故事发生在一座闻名遐迩的华侨子弟中学华德学校的一个女生宿舍里。汇聚在这里的四名女中学生有着不尽相同的家庭和成长背景，也有着不尽相同的内心和个性世界。主人公苏静出生不到半年，生母就去世了。一岁那年，父亲狠狠心将她送到乡下姨娘家寄养，而自己则远走高飞去香港寻"发达"了。可怜小苏静从此跌入"火坑"。在艰难中长大的苏静敏感而成熟。另一位原本善良的女孩李艳从小在家庭接受了"宁可我负天下人，不可天下人负我"的训诫，而她本人成长过程中所遭受的欺侮和痛苦也强化了她的"我考虑别人，谁考虑我"的残酷而简单的思维方式。故事就这样发生了：李艳放在宿舍里的金十字架和金项链不见了，而人们尤其是那些老师们都似乎是顺理成章地把怀疑目标集中到了出身相对寒微、来自乡下的女孩苏静身上。事实上，李艳在发现金十字架和金项链丢失并大叫大嚷后不久便发现，东西并没有丢。但是，在经历了片刻的慌乱、内疚、同情、自责之后,她沉默了。她的全部念头只是如何把一堆"赃物"严密地掩藏起来,继续制造失窃的假象!她要在301室内树立一个受害者的形象,她要让全班的同学都来同情和安慰她,她要让老师为她的大度和识大体、顾大局而击节赞赏!

如果说,人们对苏静的无端猜疑和追究反映了一种可怕的偏见的话,那么,李艳这种极端自私、冷酷的心理和处世原则就令人不寒而栗了。耐人寻味的是,当苏静以自尊、坦然、纯洁和成熟抗拒着偏见、自私和冷酷的时候,李艳的内心也从起初的幸灾乐祸,逐渐陷入了怀疑、不安和心灵的自我折磨之中。值得庆幸的是,人性和良知的最终复苏,终于使蒙尘的金十字架重新熠熠生辉。

李建树的小说近作,逐渐显示出两种不同质地和意味的叙事语言风格。一类是生动、活泼、不乏幽默的个性化叙事风格,如《暑假真奇妙》《史官生》《淑女乔玫红的故事》等;另一类则呈现出相对凝重、质朴的叙事风格,如《流星》《生命的诗篇》《金十字架》等。我想说的是,作者对这两种风格都操作得颇为到位。

在1994年浙江作家发表的少年小说作品中,特别引起我注意的还有袁丽娟的中篇小说《梦回芳草地》。《梦回芳草地》仍然显示了袁丽娟小说的基本艺术特色和情调:从容的童年(少年)回忆视角,浓郁的风土人情美,细腻缠绵的散文化抒情笔调。作品在舒展、优美、亲切的叙述中,展现了一位山村少女曾经有过的夹杂着艰辛和甜美的心灵历程。主人公"我"因为祖父的"历史问题"而在屈辱和苦涩的泪水伴随下度过了灰色的童年。为了摆脱笼罩在身上的阴影,"我"只身来到了隐藏在层层叠叠的深山之中的小村十八湾,当上了一名会计。十八湾虽然封闭，但这里的乡情民风却是那么纯朴、美丽。它温暖、慰藉了一颗早熟、孤独、痛苦的心。尽管如此，十八湾终究没有留住"我"，因为"我"憧憬着大山外面那辽阔而美丽的世界，"多少个夜里，我常常被那份美丽折磨得无法入睡；多少个白天，我面对重重叠叠的大山，思路早已飞向那遥远而又多彩的世界"。"我"终于告别了十八湾，又走出了弯弯的山道。而十八湾的山水，十八湾的乡亲，也都成了生命旅途中一份美丽又令人感动、令人惆怅的怀念。

近些年来，类似《梦回芳草地》这样的抒情意味浓郁的少年小说并不多见，因此，读完这部作品，我心头的喜悦也久久未能消散。

谢华1994年发表了不少作品，其中小说只有两篇。一是《错误游戏》，二是获第二届冰心儿童图书奖的《陈年的答答》。后一篇我还没能读到，但《错误游戏》确实是一篇很有意思的作品。1994年2月份我应一家出版社之约编一套《中国幽默儿童文学作品精粹》时，《错误游戏》尚未发表。谢华寄了一份手抄稿给我，我读后煞是喜欢，便收入了书中。这篇小说仍与作者的《校园笔记二则》《阿跳》等作品一样，以幽默笔调出之，但似乎更可玩味。两名中学生参加了学校运动会的号队，成了光荣的号手。这个星期天突然接到通知加班训练，可他们的号子留在教室里了，于是两人提前到校，准备上楼去取。未料教学楼大门锁着，情急之中，他们只好勇敢地翻越那不太高也不很低的铁栅门。接下去，错误不知不觉地开始了。一个接一个令人困窘、难堪、紧张、无奈的错误，竟然势不可当。作品在轻松诙谐的叙述中暗示了人生中可能遇到的种种尴尬处境及解脱方式。错误的到来不知不觉，错误的消除也可以是干净利落的。正如作品中写的那样：这道理跟游戏机有点儿相同,当那些错误的方块乱七八糟垒成堆的时候,你只要轻轻按一下那个叫 ON / OFF 的键,就什么也没有了,一切从头开始。

关于自己的创作,兼有教师和作家双重身份的谢华是这样说的:"在当老师中得到了灵感,在写作中再当一回老师,而且是各种各样的老师。于是就有了点儿自得其乐,有了点儿自我感觉。笔下也就不知不觉地轻松起来了。有人说,这就有了一点儿幽默……记得梁实秋说过,理解了,也就容纳了,幽默成了一种容纳的方式。"(引自谢华致笔者的信)

是的,理解和爱,正是谢华对笔下人物的基本情感态度,而表达这种态度的,则常常是看起来似不经意的幽默。在《错误游戏》中,两位主人公虽然陷入了不可自拔的错误怪圈中,但表面的热闹和喜剧氛围,也透露了作者对人物的善意理解。于是,幽默便避免了油滑,便拥有了一种沉甸甸的分量。

1994 年上半年我在《儿童时代》《少年文艺》上连续读到了叶宗耀的几个短篇:《上城》《钓蛙》《义务小邮递员》《送豆腐脑》。这些短篇的共同特点是构思精巧,最长的不过三千余字,最短的仅有一千字左右,但它们都有着某种动人的艺术力量。入选《儿童文学选刊》的《上城》,写的是一个生长在偏僻山村的孩子对外面世界的向往。上城这样一个普通的愿望对于他说来因为家庭的极度贫困而变得遥不可及。那些大人们为了占有他的劳动而不断许诺带他上城。小主人公最终也未能实现上城的愿望,反而因此付出了沉重的代价。作品的叙述不露声色,但每一个读完小说的人都会被深深地感动。《义务小邮递员》《送豆腐脑》也是从"儿童—成人"视角切入,描绘了童心的纯真，也鞭挞了成人世界的灰色和丑恶。这些作品精炼而又令人回味。很显然，作者在构思上是下了一番功夫的。

在结束关于少年小说的评述时，我还想提到这样一件事：1990年李建树在中国少年儿童出版社出版的中篇小说《旺堆的世界》于1994年作为该社《故事大世界系列丛书》之一重新印刷出版，印数3.3万册。这说明贴近生活、具有艺术个性的作品还是有读者的。在市场的挑战面前，我们唯有以更高的艺术质量来抗衡，来吸引小读者。

三、童 话

记得在1992年的年度述评文章中，我曾经谈到，从具体的创作环境看，作品发表园地的稀少是我们目前存在的一个重要问题。值得高兴的是，这方面的情形近来正有所改善。1993年，浙江少年儿童出版社试办并于次年正式创办了低幼文学刊物《幼儿故事大王》。由于该刊的编者是儿童文学的行家里手，所以刊物一问世就显示了较高的编辑水准和文学起点。稍早一点儿，浙江省教委创办了综合性刊物《小学生时代》。该刊编者在文学栏目的组稿、编辑上倾注了很大热情。进入1994年，由我省作家与山西希望出版社合办的《中外童话》月刊问世。浙江省作协儿童文学创委会副主任倪树根担任了这份在我省编印的刊物的副主编。从1994年的刊物看，《中外童话》不仅推出了许多童话名家的新作，而且还发表了许多新人和孩子们的童话作品。在艺术上，该刊提出了创造新时代的童话明星形象的目标。在以编委会名义发表的发刊词《童话——呼唤童话明星群》一文中，编者认为："童话发展规律告诉我们，童话已经到了有众多童话明星登场的时候了。也就是说，我们的童话历史写到目前这一笔，接着应该是童话明星群这一章节了。创造童话明星（形象），是时代赋予的、社会赋予的、孩子赋予的、童话赋予的我们童话界同仁的新使命。"（参见《中外童话》1994年第1期）

联想到历史上曾经出现的那么多耀眼的家喻户晓的童话形象，例如灰姑娘、丑小鸭、匹诺曹、长袜子皮皮、稻草人、神笔马良等等，联想到近些年来国外卡通人物形象的大举"侵入"及其走红，我们的确有理由为《中外童话》编者的艺术理想而感到鼓舞。

从1994年的创作情况看，冰波、夏辇生、肖然山、金江、胡霜、李建树、张彦、王铨美、金志强、李想、高蕾、詹政伟、龚泽华、徐强华等许多作家都发表了数量不等的童话作品。其中有些作品甚至是难得一见的童话力作。

我这里首先指的是冰波的长篇童话新作《狼蝙蝠》。

这是一部想象奇特、场面壮阔、主题深邃丰盈的长篇童话力作。

大名鼎鼎的科学家申教授做了一个奇怪的梦："在梦里，我看见了一只从来没有看见过的动物，它的身体非常庞大，如同中生代的恐龙。可是，它不是恐龙。它长着一个巨大的、像狼一样的头。它的四肢既结实，又显得十分灵巧。在四肢和尾部之间，长着皮膜，看起来就像是蝙蝠，不过它有非常巨大的身体。它像是一种生活在中生代的侏罗纪和白垩纪的动物。但是，它绝对不是恐龙，是一种从来没有被记载的动物，也是从来没有被发现过化石的动物。我给它命名为狼蝙蝠。它，就在南极！"受这个怪梦的启发和暗示，申教授率领一支科学考察队奔赴南极，竟然真的在一个深不可测的冰洞里发现了已经"沉睡"了大约七千万年的巨大的动物狼蝙蝠。申教授用他自己发明的针剂将处于休眠状态的狼蝙蝠复活了。复活之后的狼蝙蝠竟吞吃了最爱它的小姑娘丽丽。正当人们对狼蝙蝠充满了恐惧感时，它又吐出了丽丽。丽丽因此而学会了狼蝙蝠的语言，并由此了解了狼蝙蝠的来历、特征及其渴望与人类沟通、得到人类拯救的漫长期待和执着愿望。原来，狼蝙蝠们大迁徙到最寒冷的南极，在厚厚的冰层下，等待着拯救自己的智慧生物……当人类终于理解了狼蝙蝠时，那一只被发现的狼蝙蝠却因为针剂的注入，而将在顷刻间变为化石！然而，在冰层下，仍然有无数等待着被拯救的狼蝙蝠，它们会有什么样的命运呢？作品结尾处，疲劳的申教授喃喃地说："我累了，我该退休了……"而丽丽们的存在，似乎又预示着某种希望……

《狼蝙蝠》是一部笔力遒劲的作品。看得出，冰波在写这部作品时不仅在古生物、考古学等方面做了比较充分的知识准备，而且对自己的思想艺术积累做了大幅度的调动和投入。作品气势恢宏，挥洒之处，尽现物种漫长历史的沧桑感，激发起读者对自然、对历史、对文化、对生命的深沉思索。其思想内涵和力度，都是近年童话创作中所罕见的。从艺术角度来看，《狼蝙蝠》构思庞大而又十分精巧，充分显示了冰波童话创作在艺术上的进一步成熟。对此孙建江在题为《一部耐人寻味的作品》（见《新闻出版报》1994年11月28日）的评论文章中，曾从三方面对《狼蝙蝠》的写作技巧进行了分析。第一是作品的虚实。千万年前的生物不吃不喝竟然活着，人竟然与千万年前的生物实实在在生活在一起，人与狼蝙蝠竟然可以产生情感上的交流。虚虚实实、真真假假。第二是作品采用的结构。这部作品采用的是双情节线结构。一条线讲述的是有关人的故事，人如何发现狼蝙蝠，如何对狼蝙蝠进行研究，如何"唤醒"狼蝙蝠，又如何致使其成为化石，等等；另一条线讲述的是有关狼蝙蝠的故事，狼蝙蝠如何孤独地等待，如何设法与人类交往等等。双线交叉并述，相互映衬，相互渲染。第三是作品的叙述视角。这部作品同时采用了两种不同的叙述视角。在写人的活动时，作者采用的是第三人称的叙述视角；而写狼蝙蝠时，采用的则是第一人称的叙述视角。这一双重视角的并用，显然从不同的层面丰富了作品的内涵和人物的性格。我以为，孙建江的分析是十分精当的。

冰波在1994年还发表了《花背小乌龟》《猩猩王非比》等一系列童话作品。《花背小乌龟》以"漫游记"这一传统的结构作为作品整体的叙事框架，以一只被乌龟妈妈遗弃的花背小乌龟的游历为情节展开线索。"在浅近而富有情趣的作品中，情节线是很平白、简单的。但人物的'心理环境'、人物的内心世界，并不如故事情节那样一目了然。"《猩猩王非比》写的是一只猩猩从人类的实验室逃回猩猩群中后所发生的故事。他用从人类那里学到的手段当了上猩猩之王。但是，当他试图用初步习得的文明改造他的同伴的时候，却遇上了手下猩猩们的抵制。猩猩们最终都离非比而去了，留给非比的是深深的孤独。这篇童话的情节虽然不如《花背小乌龟》那样富有情趣，其故事（语象）层面却是十分可读的，而其中所蕴含的有关文明与愚昧之间关系的沉思，同样显示了深重的文化历史感悟。记得七八年前，我在一篇评论冰波探索性童话作品的文章中曾说过，我读那些作品不仅有一种情绪上的凝重感，还常常有一种阅读本身的疲劳感。我当时分析说，这一方面固然可能是因为冰波的执着探索使他的作品给人以强烈的陌生感，使我们已有的视读经验一时感到难以适应；另一方面，当冰波执著地把他的思考溶解到那种凝重的情绪氛围中去的时候，他的情思似乎完全沉浸到一种深沉的意味层面而显得无法更从容地构筑语象层面。因此，读者感受到的不仅仅是沉重繁复的意蕴，还有带有些艰涩突兀感的表层形象和事件。而读冰波的近作，我深感到，在经历了一系列的艺术探索和思考后，冰波找到了一种新的童话表达形式，形成了一种新的艺术分寸感。具体表现为作者对创作与接受、深与浅、艺术性与可读性等一系列童话艺术关系的一种更为辩证的把握和处理能力。在恪守童话的纯文学立场与面向少儿读者和市场的两难选择中，冰波显然进入了一个新的自由境界。

夏辇生《神秘的红蝴蝶》(上)，是一部想象奇谲、色彩瑰丽、创意独特的长篇童话。作品一开始，在长城信息中心大厦18楼的机房大厅里，1001台电脑突然遇到了神秘的"红蝴蝶病毒"的侵袭。长着四个奇特脑袋的一通博士根据其中一个脑袋——地龟发出的SMDF的提示，断定SMDF是一个与"红蝴蝶"有关的地点——神秘东方。为了寻找这个"神秘东方"，一通博士为自己制造了一起"失踪案"。然后，他带着探究"神秘东方"的好奇心和急迫感，开始了一连串神奇的寻觅，也经历了一连串真幻难辨的奇遇……

这部长篇童话的创新在于将现代科幻意识与东方神秘感觉、浓烈的色彩展示与全新的内心体验融汇一体，引导读者由真而幻，由实而虚，由已知进入未知世界。从已发表的上半部分来看，这部童话浓郁的现代科技色彩，神秘莫测的玄妙氛围，舒雅从容的童话叙述语言，都给我留下了深刻的印象。但我也觉得，在这部作品中，夏辇生仍然表现出长于氛围渲染和情绪制造，而相对轻视情节营构和故事编织的创作特点。当然，《神秘的红蝴蝶》这个题目本身也许就提示了这部作品的艺术旨趣之所在，但是我仍然固执地认为，如果作者能够适当加强作品故事层面的设计和安排，将有可能进一步加强作品的可读性和吸引力。据作者预告："将刊于第 29 辑的下篇，'红蝴蝶'会领着你进入真正的神秘东方。在那里，你会听到比电脑博士更离奇的'失踪者的故事'，关于蓝毛探长、白猫魔兜、哑巴黑狗、草莓裙、白天鹅的。在那里，你会看到七个不同颜色的太阳和每一个太阳下新鲜奇特的故事……"我盼望着那将也是一些更有趣、更好读的故事。

在短篇童话（低幼童话将归入幼儿文学部分评述）方面，我读到的新作较少。值得一提的是老作家金江发表了两篇童话《找鼻子》和《"呱呱叫"理发师》。金江是我国当代著名的寓言作家，但他也喜爱童话创作。他的童话《白头翁的故事》从 50 年代至今，一直被选作小学语文课本的教材；《会飞的公鸡》曾被翻译成英文，并多次入选各种童话选本。发表于《童话报》的新作《找鼻子》想象别致，叙述诙谐风趣，显示了老作家不老的童心。

四、寓　言

寓言是浙江省儿童文学创作的强项之一。由寓言大家金江领衔，我省拥有一个实力可观的寓言创作群体。1994 年，浙江寓言文学事业的发展是引人注目的。1994年，浙江寓言界也发生了一些值得一记的事情。

首先一件事是，金江先生由于"对中国寓言文学事业的发展做出重大贡献"，荣获中国寓言文学研究会第一届金骆驼奖特等奖。1994年10月在北京举行的中国寓言文学研究会第三届理事会暨第四次年会上，金江先生再次被选为该会副会长。

另一件事情是，首届"金江寓言文学奖"评奖结果揭晓。

1992年，浙江省作家协会、中国寓言文学研究会和温州市文联为庆贺金江从事文学活动50周年暨七秩华诞，联合组织了在温州市召开的"金江寓言研讨会"。与会者一致建议建立金江寓言文学奖以鼓励寓言创作，繁荣我国寓言文学事业，并当场筹集基金，决定自1994年起，每两年评奖一次。1994年首届评奖，得到全国各地寓言作者和各文学团体、出版社、报刊编辑部的大力支持，先后收到参评作品412件；评选委员会聘请马达、刘征、吕德华、黄瑞云、鲁芝五位著名寓言作家担任评委。1994年12月，首届"金江寓言文学奖"评奖结果揭晓。在十位获奖作家中，我省占了三个席位。他们是：陈必铮（《水的寓言》）、邱国鹰（《南郭先生》）、雨雨（《微型寓言一组》）。

从创作实绩看，1994年我省作家在海内外报刊上发表了不少寓言作品，但我在这里特别想谈的是《楼飞甫寓言集》。

楼飞甫先生已于1994年7月16日不幸病逝了。他生前没能见到自己十分牵挂的这本寓言集。记得在他去世前几天，我去医院看望他。那天他精神还不错，与我谈起这本集子，说这是自己的第一本个人作品集。据我所知，楼飞甫先生出版过中篇小说和中篇故事，还曾出版过总计二百多万字的九部译著,但他一直没有机会为自己多年来创作的大量儿童文学作品编一个集子。因此,我十分理解他对自己这本寓言集的偏爱。令人遗憾的是,他终于未能见到这本集子。在他逝世一个月之后,我收到了出版社寄来的样书。(飞甫先生生前要我为该书写了一篇序文。)抚摩是书,追忆故人,令我唏嘘不已。

创作寓言是楼飞甫文学生命中一个特殊的部分,一个他十分钟情,也十分投入的部分。飞甫先生生前曾跟我讲过许多他构思、创作寓言的故事。有时候,走在路上,坐在车里,乃至临睡之前,一个灵感闪过,他会兴奋不已,立即记下,于是,一则可能十分优秀的寓言作品诞生了。当然也有遗憾的时候。有一次他坐在汽车上,几个小时中脑海里竟连续冒出五个他自认为极妙的寓言构思,但未及即时记下。谁知一路颠簸,竟把那五个构思给颠簸掉了。到了终点,五个寓言故事是怎么也想不起来了。后来忆及此事,他仍怅惘不已。

他对寓言创作的痴迷,由此可见一斑。

楼飞甫写过小说、童话、故事类作品,安排情节,组织矛盾,是他的拿手好戏。这种艺术优势在他的寓言创作中也得到了体现。他的寓言作品大多有一个精巧的故事,可别小看这个故事,这是寓言作品成功的艺术关键之一。我以为,一个好的故事框架可以为寓言的表达提供一个有效的艺术途径和有力的艺术支撑,而一篇蹩脚的寓言则常常可能只是随意拼凑几个角色直奔"寓意"。楼飞甫显然深知个中奥妙,他在寓言故事的构思上肯下苦功就毫不奇怪了。我们读他的寓言,例如《要回笼子的鹦鹉》《不愿做佛像的泥土》《野猫守鱼库》《老太太养猫》《老虎找朋友》《小猴采桃》及系列寓言《一条老狐狸》等等，都会深深地被那些精巧、有趣的故事所吸引。这是一种本事：在小小的篇幅里，容纳一个有趣的故事——有些甚至是不乏悬念、一波三折、出人意料的故事。

显然，这些故事大多是颇耐咀嚼、颇可寻味的。泥土被塑成佛像，供人膜拜，却毫无幸运感，故事背后潜藏着对生命的价值、意义及其生存方式的思考（《不愿做佛像的泥土》）；野猫用殷勤骗取了狮王的信任，竟被派去看守鱼库，用人失当的狮王只好自食苦果（《野猫守鱼库》）……在不知不觉中，你会咂摸出一种意味，获得一种启迪。

读《楼飞甫寓言集》，我们还会发现作者在寓言诗、寓言笑话、微型寓言等方面所做的尝试。这些作品数量虽不多，却各有意趣。寓言诗《猫》只有短短四句，却十分精警。系列寓言《一只老狐狸》由五则寓言组成，多方面地展示了狐狸贪婪、狡猾的本性和"聪明反被聪明误"的绝妙下场。我以为，这些作品是完全可以进入当代优秀寓言作品之列的。

楼飞甫先生英年早逝，令人痛惜。人的生命是有限的，但文学却是这样一种事业：它能够使一名真正的作家的精神生命通过作品得到相应的延续。想到这一点，我的心里稍稍感到了些许安慰。

1994年在寓言方面值得注意的另一部新书是我省作家徐迅、邱国鹰合编的寓言名作续篇赏析集《猫被挂上了铃铛》。

在漫长的中外寓言发展史上曾出现过许多家喻户晓、脍炙人口的名篇佳作。这些名作不仅具有独特的审美价值，而且也给后来的寓言作家们以启发，成为他们创作的素材。于是，在寓言文学创作领域便出现了一种十分引人注目的现象，这就是寓言续篇的大量出现。

在其他儿童文学创作领域（如童话），通常也有一些名作的续篇，但是在寓言创作中名篇续写几乎成为一种十分普遍的"创作常模"。所谓寓言续篇，就是作家在深刻领会寓言原篇的基础上，以合理的情节，丰富的想象，续写出新的寓言故事，使之成为既与寓言原篇有内在的联系，而又相对独立的新作。从创作角度看，续篇的写法各有千秋：有的续篇保留了原篇的角色，以发展了的新情节对原篇的寓意作了深挖、补充或翻新；有的续篇撷取了原篇的某一点，或角色、或事情、或寓意，而后展开想象，构成新的故事，揭示了另一层思想；也有的续篇仅借助原篇作为契机，塑造了全新的寓言角色，揭示了新的人生哲理。从读者的角度看，人们在名作续篇中，可以看到自己所熟悉的寓言角色在新的环境、新的条件、新的角色关系中的新故事，既有亲切感，又有新鲜感，并在这种既熟悉又新奇的审美情境中，获得新的阅读快感和审美感悟。这本别开生面的寓言名作续篇赏析集的编者徐迅、邱国鹰都是在寓言创作园地耕耘有年的中年作家，他们在自己的创作实践中收集、积累了不少名作佳篇。其中原作基本上都是中外寓言文学史上广泛流传的名篇，如《愚公移山》《叶公好龙》《杞人忧天》《狐狸和葡萄》《狼和小羊》等等，每篇名作的续篇则数量不等，少则一二篇，多则十数篇。编者为每篇原作和续作都附上了画龙点睛式的赏析文字。看得出，这是一本点子新，编得也十分认真的寓言集。它既为初学寓言创作的作者介绍了续篇写作的一些技法，为寓言作家们提供了一本续篇创作的资料集，也为寓言文学爱好者们提供了一册颇有特色的读物。同时，正如编者所说，它对于读者，特别是青年读者创造性思维的发展和创造能力的培养，也是会有裨益的。

五、理论研究

在去年的年度述评文章中，我谈到了浙江儿童文学理论研究队伍的概况及这支队伍在全国儿童文学研究界所占的地位和分量。1994年，浙江儿童文学研究者继续表现出活跃的学术姿态。其中突出的表现主要有两点：

一是对外交流的拓展。

1994年5月下旬，台湾的中国海峡两岸儿童文学研究会在台北举办了"两岸儿童文学学术研讨会"。大陆共有14位儿童文学界人士应邀赴会，其中包括我省的著名儿童文学理论家蒋风、韦苇。这是大陆儿童文学界人士首次集体访问台湾。在台期间，韦苇还参加了台湾杨唤儿童文学奖管理委员会为他举行的一年一度的"杨唤儿童文学奖特殊贡献奖"的授奖仪式。

1994年11月下旬，由马来西亚文化艺术旅游部、亚华作家协会大马分会及亚华作家文艺基金会联合主办的"亚洲华文儿童文学研讨会"在马来西亚首都吉隆坡举行。我省儿童文学理论家孙建江应邀代表中国学者赴会并做专题演讲。1994年11月26日，《星洲日报》在《文艺春秋》副刊以显著位置摘要刊载了孙建江在会议上的长篇发言《光荣与梦想——从中国大陆新时期少年文学的崛起看亚洲华文文学的曙光》。

二是研究成果迭出。

1994年，蒋风、韦苇、黄云生、吴其南、孙建江、周晓波、李燕昌等儿童文学研究者都有数量不等的研究论文发表。在个人学术著作和论文集的出版方面，目前已见到的有韦苇的《西方儿童文学史》《俄罗斯儿童文学论谭》，甘肃少年儿童出版社出版的《文化的启蒙与传承——孙建江儿童文学论》《代际冲突与文化选择——吴其南儿童文学文论》《流浪与梦寻——方卫平儿童文学文论》。此外，还有些具有一定学术含量的儿童文学选本面世，如黄云生主编的《儿童文学选读本》。

下面，我想对上述研究成果作一简要评述。

1993年3月至9月，蒋风先生曾应邀前往日本大阪国际儿童文学馆进行为期六个月的研究讲学，并赴韩国参加学术活动。回国后，蒋风发表了一系列研究、介绍日本和韩国儿童文学历史及现状的文章，如《日本儿童文学的主流及其现状》《儿童文学能存在下去吗？》《反战儿童文学的新趋向》《韩国儿童文学一瞥》等。这些文章以鸟瞰式的简约勾勒，为中国读者提供了有益的信息和知识，也为我们思考中国儿童文学现状提供了有价值的参考。

韦苇教授1994年又出版了两部文学史著作。一部是以介绍欧洲、美洲儿童文学为主的32万字的《西方儿童文学史》，另一部是介绍俄罗斯儿童文学发展的24万字的国别史《俄罗斯儿童文学论谭》。

韦苇自80年代初期开始投入儿童文学史学科的建设，已出版《世界儿童文学史概述》《外国童话史》等著作，是我国儿童文学界迄今从文学史角度介绍外国儿童文学成果最多的一位学者。他之所以能在外国儿童文学史研究中乐而忘返，除了主客观方面的条件和机缘外，也与他对文学史学科在整个文学研究中的地位和作用的认识有关。他在《西方儿童文学史》一书的《导论》中认为，研究西方儿童文学可以从多种角度揳入，"史"只是其中的一个角度，然而它是最重要、最有基础意义的首位性质的角度。从史的角度把握住欧美儿童文学的来龙去脉，就是把握住了它的总体大局。在这个基础上评价衡量一位欧美作家，讨论一种文学现象，才不至于失去准头，失去分寸；在这个基础上才能说清一种文学体式在这一地区这样发展，在那一地区那样发展的原委，具有这种风格或那种风格的内在意蕴；在这个基础上探索儿童文学的种种轨迹、种种规律性问题，才能做到正本清源，避免盲人摸象。从这个角度来看，《西方儿童文学史》对欧美儿童文学全貌的描述应该说是相当完整的。让我感到不很满足的是，这部新著在整体构架上与作者早几年出版的《世界儿童文学史概述》一书基本一致，仍是国别、时代经纬交织，作家作品——道来的写法。造成这种情况的原因也许与这样一个事实有关，即这两部著作虽然出版时间相隔八年，但实际写作时间相差并不大。相比之下，1994年出版的另一部新著《俄罗斯儿童文学论谭》由于写作时间较近，而显示了作者在儿童文学史论著作方面的一些新的构架和处理方式，特别是在整体把握和阐述方面有了较大的加强。这里，我还想顺便记一笔的是，在写作此文的同时，我在韦苇先生处看到了他刚收到的1995年1月在台湾出版的新书《世界童话史》。这部完成于1994年的著作在对文学史的整体描述方面又表现出某些新意。当然，对此书的讨论已不属本文的范围了。

1994年10月，地处西北重镇兰州市的甘肃少年儿童出版社经过精心策划和组织，以独特的出版眼光和文化建设气派，推出了《中国当代中青年学者儿童文学论丛》。这套丛书收入了80年代初期以来活跃在我国儿童文学理论界的六位中青年学者的儿童文学论文集，其中三本的作者出自我省，正好占了一半份额。

20世纪80年代对中国儿童文学界而言，是一个激动人心、值得珍视的年代。中国儿童文学界在经历了长期的曲折和磨难之后，终于进入了一个崭新的建设和发展时期。这一发展时期的内涵是多方面的，而创作界、理论界一代新人的锻炼和成长，无疑是其中一项极为重要的内容。列入《中国当代中青年学者儿童文学论丛》（以下简称《论丛》）的六部论文集的作者，都是80年代初期以来成长起来的具有代表性的新一代儿童文学理论工作者。如今，他们中的每个人都已出版了个人的学术专著。然而，伴随着他们的成长而陆续发表的一篇篇学术论文，则显然更多地保留了他们思想的发展过程和学术轨迹。因此，这套丛书的出版不仅具有学术建设意义，而且具有一定的文献和史料价值。

现在温州师范学院中文系任教的吴其南副教授，是1949年以后我国招收的第一名儿童文学研究方向的硕士研究生，也是近年来日益引起儿童文学界瞩目和重视的一位中年学者。1992年8月，河北少年儿童出版社推出了他的第一部学术著作《中国童话史》。这部30万字的著作一问世就获得了圈内人士的一致好评。列入《论丛》的《代际冲突与文化选择——吴其南儿童文学文论》是作者的第一部论文集，书中收入了其1984年以来发表的论文共15篇。

1983年，吴其南发表了自己进入儿童文学领域后的第一篇有影响的学术论文《写给春天的文学——论儿童文学的美学特征》。此文当即被收入人大报刊复印资料和《中国儿童文学理论年鉴（1983）》，并被一些同行论著所引用。这篇文章较早地从儿童文学自身寻找它在深层与其他文体不同的地方，但吴其南本人后来对此文并不十分满意。后来他又发表了《儿童本位论的实质及其对儿童文学的影响》《从系统结构看儿童文学的创作思维》等论文。这些论文都从"成人一儿童"对话的角度切入，既强调读者的文学能力对儿童文学文体形成的巨大影响，又不同意将儿童当作儿童文学文体特征的唯一决定因素。他认为，少儿文学是成人与儿童的对话，成人一直是矛盾的主要方面；将儿童文学看成是一种由儿童自己决定的文学，只能说是一种连起码的文学理论都不清楚的望文生义。1987年，吴其南在《文艺报》发表《儿童文学：自我的寻觅与超越》一文。文章提出了一个作者自称是"绕口令"式的观点：儿童文学存在于对儿童的超越中，只有看起来不像儿童文学的儿童文学才是真正的儿童文学。实际上，吴其南是希望从生命、文化的源头来寻找儿童文学的存在位置和发展动力。此后，他陆续发表了《一个故乡世界的童话——新时期文学中的童年情绪》《儿童文学的文化人类学透视》《中国文化和中国儿童文学的发展》《新时期少儿文学的审父意识》《论儿童文学对女性文化的认同与疏离》《近年少儿文学中的隐含读者》等一批具有相当开阔的理论视野的学术论文。这些论文以人类学、文化学、美学、文艺学等方面的坚实知识为理论依托，对中国儿童文学的历史现状等进行了独到的研究。例如，过去的许多研究都自觉或不自觉地把儿童文学抽象化、一般化，不是将儿童文学当作一篇篇具体存在的作品的总和，而是从无限多样的作品中寻求一般特征，认为这就是儿童文学的特点，然后用这个一般标准去要求具体作品，结果"越搞越浅，越搞越概念化"。针对这一弊端，吴其南在1990年第4期《浙江师大学报》发表了《近年少儿文学中的隐含读者》一文。他指出近年来少儿文学读者观念的最大变化就是在挣脱、否定平均数和从中常个体设计少儿文学隐含读者的观念以后，看到文学不是和抽象的、单一的中常个体对话，而是和具体的、有个性的隐含读者对话，并转而设计、创造既有包容性又有自己个性的隐含读者形象。这一分析不仅对80年代以来少儿文学的探索创新做出了新的理论概括，也为这种探索创新提供了理论上的依据。因此，此文发表后引起了儿童文学作家和理论界的广泛注意。事实上，吴其南这位沉默内省而不善辞令的评论家，也正是通过自己扎实的研究成果，向儿童文学界展示了自己的理论热情和学术功底，同时也逐渐赢得了相应的学术声誉。

孙建江也是80年代以来儿童文学界很有代表性的中青年学者之一。"文化大革命"开始那年，他随父母由浙江迁往云南。父母旋即被关入牛棚和监狱。在全然陌生的异地，他开始了独步人生的旅程。他的整个少年时代不堪回首。1979年，他考入云南大学中文系，毕业后分配至浙江少年儿童出版社从事编辑工作。作为编辑，孙建江干得很出色，一大沓从全国到大区的获奖证书就是最好的证明，但他执拗地选择了业余时间投身儿童文学的学术研究工作。这种选择想来与他青少年时代的凄然经历不无关系。或许，他是想通过某种理性的思考来"追寻"他那本不该失去却永远失去了的岁月。

孙建江从事儿童文学研究工作始于大学时期。他的本科毕业论文曾得到著名作家严文井先生很高的评价，据说严先生曾为此亲笔致函校方。近年来他出版了学术专著《童话艺术空间论》。30余万字的最新力著《二十世纪中国儿童文学导论》将由江苏少年儿童出版社出版。此外，他还在海内外报刊发表了数十篇学术论文。列入《论丛》的《文化的启蒙与传承——孙建江儿童文学论》收入了作者自1985年以来发表的论文共19篇。

1994年，黄云生、周晓波、李燕昌等一些理论工作者也发表了一些较高质量的学术论文。黄云生的《柳暗花明的历史进程——幼儿文学的历史形态及其演变之扫描》《图画书：幼儿文学现代形式》等论文继续显示了他在幼儿文学研究方面的丰厚素养。他的专著《幼儿文学原理》即将由江苏教育出版社出版。周晓波的《新时期儿童文学女作家的时代意识与情感经历》《严肃性与娱乐性的成功融合——评中篇小说〈异域兄弟〉兼论少年通俗小说的品格》两文则在女性儿童文学和儿童文学通俗品格的研究方面提出了一些新的见解。李燕昌是我省儿童文学资深作家。他近年来热心于理论研究，发表了多篇有自己独到见解的学术论文。1994年发表在《儿童文学研究》上的《儿童小说叙述语言的艺术探求》一文，是作者有感于儿童小说创作和研究中相对忽视叙述语言探索的现象而撰写的。文章分析了近些年少年小说作家在叙述语言上所做的多方面的尝试，同时也提出了少年小说叙述语言在艺术探求上应该注意的一些问题，是一篇很有现实针对性的学术论文。

儿童文学的学术研究是一项寂寞的事业。令我们高兴的是，浙江省有一支怀着一种终极理想投身这个事业，并且已经显示出了坚强实力的理论队伍。我想，在未来的岁月中，他们会更加努力，更有收获。

六、其 他

儿童文学作为文学家族的一支，它本身又包括了多种不同门类的样式。下面我就1994年我省低幼文学和其他儿童文学样式的创作情况作一简要述评。

1994年，我省近年来以低幼文学创作为主的作家杜风、屠再华、金志强、蒋应武、徐巨焕、李想、王铨美、詹政伟等都有数量不等的作品发表。据我所知，其中杜风、李想还分别出版了个人作品集。

1995年5月，上海的少年儿童出版社编辑出版的大型《骆驼丛书》推出了我省老作家杜风先生的《杜风作品选》。这部装帧精美、内容厚重的作品集收入了作者四十多年来创作的小说、寓言、诗、低幼故事、儿歌等作品，同时也记载了作者坎坷曲折的人生道路和坚定执着的文学信念。

杜风从1951年开始儿童文学创作。当时，他在上海的一所小学里担任校长，在工作中感受到儿童文学的重要性，就在《文汇报》上发表了《教师应该读些文艺书刊》一文。不久，他在田地的鼓励下，把学生中发生的事例写成故事，陆续发表于《新儿童世界》《儿童时代》《小朋友》等刊物上。杜风早期的作品如《奶奶笑了》《和好》《邻座》《新衣服》《值日》等等，大多取材于儿童的日常生活，写得质朴、亲切、自然、富有生活气息，但现在看来难免略显直露了一些。相比之下，读杜风80年代和90年代的作品，我觉得他的创作渐入佳境，笔下变得更含蓄、更灵秀，也更幽默了。例如，低幼童话故事《小熊胖冬的故事》《小松鼠》《小白兔遇险》《草莓》，组诗《歌唱水乡》，等等。这些作品文学意味纯正，同时也显示了更浓郁的儿童情趣。老作家艺术青春焕发，童心永驻，我深感这是一件十分美好的事情。

金志强是近年来创作势头看涨的一位作家。1994年他在《婴儿画报》《幼儿故事大王》《童话报》、台湾《世界日报》等报刊发表童话、诗歌、散文等各类作品四十多篇（首），其中大多数是幼儿文学作品。最近，他的童话《红红的小木屋》荣获"陈伯吹儿童文学奖",这是对他的创作的极好而适时的褒奖。

在前年的述评文章中,我曾专门谈到了李想的低幼文学创作。1994年6月,安徽少年儿童出版社在《中国童话精品盒丛书》中推出了李想的第一本个人低幼童话集《大信箱》。这对李想来说无疑是创作历程中一件很有意义的事情。我祝愿她以此为新的起点,继续向新的艺术目标努力。

1994年初我省作家发表的少年散文作品数量不多,但质量不俗。沈虎根的《我的童年朋友》、肖然山的《惰贫街来的老师》、徐迅的《呆大阿华》都以童年回忆视角切入,截取、再现了早年的人生片段,字里行间弥漫着真挚动人的情感,隐含着或温暖、或辛酸的人生彻悟。林芷茵的《漫游七千年前的村落》用流畅的笔调描述了在河姆渡遗址博物馆的游历和见闻。作者以独特的文化审美眼光,引导少年读者去发现、去品味那古老的原始村落遗址中所蕴含着的质朴率真的美。正如作品中所写的那样:"文物不会说话,历史也不会说话,但只是我们用自己的心去看,去思索,去展开联想,就会从这个已经湮没了七千年的文化遗址中,从一件件看起来灰扑扑的文物中,寻找到一种被忘却了的美,一种纯真朴实,然而又是无限热烈,无限真诚的人生追求。"

在科学文艺方面,我读到了龙彼德六万余字的长篇知识童话《大马哈鱼W历险记》。龙彼德以诗歌和评论创作闻名,但他也十分热爱儿童文学创作,曾出版过《闯魔窟》《小阔里拜师》等多部儿童小说。新著《大马哈鱼W历险记》以生动的笔触,向读者展现了以A和W为首的一群大马哈鱼从出生、觅食、周游大江大海、同各种天敌搏斗,到最后洄游故乡、繁衍后代的经历。作品既容纳了各种海洋及生物知识,又仿佛是一部人生启示录:一群大马哈鱼的历险过程,充满了激越的奋进，深沉的求索。因此，这部童话不仅能给小读者以知识的滋养，同时也能给他们以人生的启迪。

儿童戏剧是近些年来整个儿童文学创作中十分冷清的部分。1994年第10期上海《少年文艺》发表的张彦的儿童独幕剧剧本《真假卢国雄》可以说是一部十分难得的作品。该剧以现实的课堂生活为基础，把现实人物与文学人物（猪八戒）、现实情境与梦幻情境糅为一体，在浓郁的喜剧氛围中展示戏剧冲突和人物性格，是一出融荒诞与理趣于一体，构思精巧别致的儿童戏剧。

张彦的长篇报告文学《猴娃》介绍了著名绍剧演员小六龄童章金星和六小龄童章金莱的成长过程和艺术道路，早慧的小六龄童出生于上海老闸大戏院的楼上，八个月里就已成了"超级小戏迷"。不到三岁，就已在《铡美案》中扮演鹦哥。他做唱武打样样精通，简直是个无师自通的天才演员。六小龄童在逆境中起早摸黑、发愤练功，经过无数次的挫折和磨难，终于闯出了一条自己的艺术道路。两位"猴娃"分别属于天才型和勤奋型的演员，但他们不同的艺术道路同样可以给向往成才的当代少年儿童以有益的启示。

七、结 语

在本文的开头部分，我谈到了当前儿童文学发展的历史和现实的双重背景问题。这里我还想说，正是这双重背景的存在和制约，才使得如今的儿童文学创作变得相对艰难，也使我本人对至今仍坚持在儿童文学园地不懈耕耘的作家们怀有一种敬意——同时，这也是我在这篇文章中较多肯定1994年度浙江儿童文学创作成绩的原因之一。

尽管艰难，但是我想，艺术的法则与现实生存的法则应该是可以统一的。这种统一意味着我们应以儿童文学自身的艺术魅力来召唤和征服当代少年儿童。我想，在经历了种种热烈的探索和尝试，积累了更丰富的艺术经验之后，我们应该在拥有和征服读者方面表现出更多的才能。

事实上，我们已经开始在这方面显示出才能。除了本文前面已经谈到的情况以外，我还想举出一个事实。谢华的报告文学《永远的女孩》发表后，作者不断收到全国各个省市的读者来信，她把这些信整整齐齐装订成三大本。不久，这篇作品又获得了由读者投票选出的1993年度《少年文艺》报告文学方面唯一的"好作品奖"。面对读者的来信和厚爱，谢华在获奖感言中写道："这是一个圣洁而美丽的世界。没有名利，没有金钱，有的只是对一段潇洒而残酷的青春的感叹和惋惜，对一个美好而执着的生命的同情和挚爱。整整半年，我被这些沉甸甸的来信感动着、激励着。现在此文又获'好作品奖'，这是少年朋友的爱。王颖（《永远的女孩》中的主人公——引者注）将因这份爱得到永生，我也因为这份爱获得了新的艺术生命。"

是的，为了儿童文学艺术生命的蓬勃和兴旺，浙江儿童文学作家正在艰难中继续跋涉，在艰难中努力实现着新的艺术超越。

或许，1994年意义也正在这里。

（原载浙江文学院1995年5月编《九四浙江文坛》）

风景又一年
——1995年浙江儿童文学创作述评

一、概 述

20世纪从50年代到90年代，儿童文学一直是中国当代文学中一个十分特殊的门类：她常常被人们忽视，也时不时在某个年份引起人们格外的重视——毕竟，关注未来、关注下一代的精神成长和全面发展，是文明人类的一种文化本能。在我的阅读记忆中，还记得1955年9月16日，《人民日报》发表过题为"大量创作、出版、发行少年儿童读物"的社论。当年10月，中国作家协会召开第十四次理事会主席团扩大会议，专门讨论发展少年儿童文学创作的问题，会后专门发布了有关的指示和创作计划，决定组织丁玲等193名在北京和华北各省的会员于1956年内创作或翻译一篇（部）少儿文学作品或研究性的文章，并对各地分会会员的创作也提出了相应的要求。一些作家就是在这种要求下进入了儿童文学创作领域，并在日后成为著名的儿童文学作家（如柯岩）。1986年，中国作协主席团第四次会议通过了《关于改进和加强少年儿童文学工作的决议》。那以后便有了《人民文学》的儿童文学栏目，《文艺报》的儿童文学评论专版……1995年显然也是儿童文学受到特别青睐的一年。应该说，儿童文学创作受宠总是一件好事情。不过，在全社会营造一种重视儿童文学创作的氛围固然重要，但儿童文学的发展仍然有其自身的艺术规律，有其对于客观生存环境的更为复杂和微妙的要求。因此，在我看来，1995年的整个儿童文学发展仍然延续着90年代以来的既有走势——浙江儿童文学界同样如此。

1995年浙江省儿童文学创作留给我的总体印象是：平静。这两个令人无可奈何、没有脾气的字眼，实际上也可以概括90年代中国儿童文学发展留给我的基本印象。五年前，我在《1990：少年小说的艺术风度》(载《儿童文学选刊》1991年第3期)一文中谈到对1990年少年小说的基本印象时曾说，1990年少年小说的艺术风度是从容而平静的。不料，当我面对本文的论述对象时，这句话仍然适用。

当然，没有绝对的"平静"。曾有作家表示"还想有追求"，也有一些刊物推出了一些新的文学试验；1995年的某些阅读也在我的心头牵起缕缕兴奋之情。儿童文学的许多从业人员仍然是努力的。我们不能否认这一点。

摆在我面前的作品中，首先应该提到的是浙江少年儿童出版社1995年8、9月间推出的三册本省儿童文学作家的自选集：《李建树儿童文学作品选》《余通化儿童文学作品选》《龚泽华儿童文学作品选》。这三位作家都是我省乃至全国儿童文学界知名的中年作家，他们的主要创作成就都集中在少年小说方面，但在艺术上又显示出不同的创作特色。由一名工程师成为作家的李建树，其小说题材广泛，手法多样，善于将现代意识与本土文化传统有机地融合起来。同样当过多年中学教师的余通化和龚泽华，在创作上也是路数各异。余通化关注的生活层面和艺术思考的重心往往更多地对准"校园"空间，龚泽华的创作灵感和艺术智慧除了来自校园之外，似乎还更多地来自一种乡土背景。打开三位作家的作品选集，我们可以发现不少在新时期儿童文学艺术发展进程中产生过不同程度影响的作品，例如李建树的《蓝军越过防线》《走向审判庭》《生命诗篇》，余通化的《全数通过》《勇气》，龚泽华的《中队委的队标》《和尚头和游泳头》等。当然，这些作品展示的是过去的收获，但是我们也完全有信心等待他们奉献出新的佳作。

近年来，我省儿童文学界的一个重要创作动向是与电视艺术的结合。给我印象较深的有张微的电视剧创作，夏辇生撰稿的六十集电视系列片《动画大观》等。根据我的不全面的了解，1995年里我省作家屠再华、蒋应武、金志强等，均参加了由中央电视台《大风车》节目播放的《玉米人农庄》系列剧的创作。张婴音则与浙江电视台少儿电视栏目合作，创作了多部电视艺术片、电视散文和电视专题片。这些与电视手段相结合的创作动作已经有了较好的收获。如由夏辇生担任唯一撰稿人的电视系列片《动画大观》，以少年儿童为受众主体，带动成人对动画的关注、认识和理解。该片在宏观上见史实，见发展轨迹，见民族风格，见艺术共性和时代感，在微观上见灵动的情趣，见各片种不同的个性特点、风格样式、表现手法和制作技巧，见鲜为人知的幕后戏和动画知识，纵横交错，经纬编织，多层面、多角度地展现了动画艺术的历史内涵和美学个性。1995年，该片已多次在中央电视台播出；岁末，它在第三届中国少儿电视节目"金童奖"的评选中获得了特别奖。

1995年，我省儿童文学作家在对外文化交流和海峡两岸文化交流方面又有新的收获。1995年春天，由国家外文局主办的文学季刊《中国文学》英文版和法文版在第二期同时推出了我省著名寓言作家金江的寓言专辑，除发表《最可爱的孩子》等十一篇寓言作品外，还在"作家艺术家介绍"栏目发表了老作家严文井为金江《寓言百篇》撰写的序言《关于寓言的寓言》和金江本人的散文《我和寓言》。《中国文学》是向国外读者介绍和宣传中国文学的一本重要刊物。据说，该刊编者曾称："这是一次对外规模最大的寓言作家介绍。"这是值得寓言界和浙江儿童文学界高兴的一件事。此外，胡霜编著的一套"新童话故事丛书"由新加坡东方出版社出版。冰波和韦苇则分别在台湾出版了童话集《梨子提琴》和专著《世界童话史》。1995年11月，第三届亚洲儿童文学大会在上海举行。十位浙江儿童文学作家、理论家应邀出席，并与来自亚洲各国和各地区的同行进行了广泛深入的交流。

1995年，浙江儿童文学界获奖频频。孙建江35万字的理论专著《二十世纪中国儿童文学导论》获第六届冰心儿童图书奖；张婴音的儿童小说新作《我不明白》获第三届冰心儿童图书新作奖；继金志强、王晓明的作品获得第十三届陈伯吹儿童文学奖之后，1995年，我省作家叶宗耀的小说《上城》和青年作者王路的小说《Mao Mao》又在第十四届陈伯吹儿童文学奖的十五个获奖席位中占据了两席；汪涛的作品《七彩瀑》获第二届全国微型童话评奖一等奖；李建树的童话《心理跟踪器》获《中国少年报》第四届文学奖；屠再华的《大熊气功师和它的徒儿们》等一批作家的作品获浙江省第八届优秀儿童文学作品奖。这里应该说明的是，由于可以想见的原因，我所了解的情况显然还是不够全面的。

由浙江省作协儿童文学创委会组织的全省性的儿童文学创作笔会，自1980年以来，一年一次（1993年后改为两年一次），已成为我省儿童文学界同行间相互切磋、交流、鼓励的传统形式。1995年8月，第十五届笔会在西子湖畔、五云山下举行。会议回顾总结了过去两年我省儿童文学出作品、出人才的历程，又对未来两年作了初步规划。同一个月，温州市也在瑞安举行了儿童文学研讨会。

开春时节，大致清点一下上一年度的收获和积存的家底，既有安慰也有忧虑。聊可安慰的是，年复一年，毕竟有那么多热爱儿童文学的人们在那里笔耕不止，每一年头都会带给我们新的收获；忧的是，我们的创造才能在总体上似未有大的提升，精品力作毕竟太少。也许我们仍在尽力，新的突破的到来只是时间问题。

二、幼儿文学

儿童文学由于其读者对象的年龄差异及其阅读趣味、能力的不同，习惯上又划分为幼儿文学、童年文学、少年文学三个组成部分。其中每个部分都包含着若干种不同的体裁。例如，幼儿文学就包括了儿歌、幼儿诗、幼儿童话、幼儿故事、幼儿戏剧、幼儿散文、图画书等文体，所以，幼儿文学既是儿童文学家族的组成部分，又具有相对独立的艺术个性和美学规定。

从 20 世纪 80 年代以来整个儿童文学的发展进程来看，处于人们普遍关注的焦点位置上的儿童文学门类往往是少年文学。少年文学由于更贴近成人文学并在艺术发展方面具有更大的自由度和更广阔的探索空间而成为儿童文学领域最引人注目的部分，是十分自然的，但是另一方面，忽视幼儿文学的独特创造性和艺术魅力也是极不公正的。幼儿文学研究专家黄云生指出，幼儿文学以其朴素明朗的口语文体、美学意味的游戏精神、充满爱心的情感主题、深入浅出的诗性深度而独具魅力；"幼儿文学应该是浅显与深远、平凡与神奇的统一"；"这种看起来浅显明白，简朴单纯的文学形式，都具有神秘的张力和美妙底蕴"（见《幼儿文学原理》）。尽管对具体作品来说，要达到这样的艺术高度并不容易，但就幼儿文学作为儿童文学的一个特殊部类而言，它显然是具有这样的艺术特性和美学潜质的。

浙江省儿童文学作家一直十分重视幼儿文学创作，不仅形成了一支以这一门类创作为主的幼儿文学作家队伍，而且许多少儿文学作家也常常向幼儿文学创作投入自己的艺术智慧。1995年度，我省作家金志强、屠再华、夏辇生、杜风、王铨美、汪涛、蒋应武、冰波、孙建江、张彦、黄云生、沈虎根、倪树根、胡霜、谢华、郑志刚、张婴音、王晓明、章云行、郑钦南、赵明、李想、金强芸、周群雅、詹政伟、韦苇（翻译）等，都发表了数量不等的各类幼儿文学作品。

幼儿文学作品一般篇幅比较短小，但是优秀的幼儿文学作品往往以自己朴素、稚拙、灵秀的诗性品质令人过目难忘。1995年浙江作家的创作中也出现了不少具备了这一品质的作品。王铨美的《爱唱歌的熊》充满了天真、拙朴而又动人的情趣。大熊为了信守参加摘草莓劳动时一颗也不吃的诺言，用拉开嗓子唱歌的办法来让自己不吃草莓，却招致了大伙儿的误解。作品在一波三折的精巧构思中，借助大熊憨态可掬的心理言行，无从言说的满腹委屈和那些并无恶意的误解的消除，传递了比情趣本身也许丰厚得多的情感体验和感悟。金志强的《红灯笼》则在十分轻巧的描叙中将传统习俗与现代生活场景融为一体。当高楼大厦把我们的城市变成一片由钢筋和水泥构成的"人工森林"的时候,杜风的散文诗《城市变森林》可以说是透露了当代人回归自然家园的诗意渴望。我相信,这些作品不是一般地具备了幼儿文学的艺术品质,而是十分高级地显示了这种品质。

王晓明的《灯塔教学》是一篇特别引起我注意的作品。文图配合相得益彰,是出现在印刷物上的幼儿文学作品的一个特点。一般情况下,插图或配画是根据文学作品的内容来设计创作的,文字与插图构成了既有联系又可分离的两个表达系统。现在浙江教育学院任教的王晓明是我国著名的儿童画家,近年来他又涉足幼儿文学创作,写出了一些令人叫好的作品。作为一位兼具画家和作家双重身份的作者,王晓明的幼儿文学作品能做到的往往不是简单的文图配合,而是文字表达与美术表达的互融互渗、高度统一。低幼童话故事《灯塔教学》的文字故事并不特别精彩或有趣,它的令人叫绝之处在于文字与图画共同创造了一个令读者眼睛发亮的文本视觉空间。生动而富于变化的灯塔形象构成了一个个英文字母,于是,平实的文字表达也变得活跃和灵动起来。我想说,这是一篇构思自然而又富于创意的作品。这样的作品,也许只有像王晓明这样兼具画家与作家身份的人,才有可能创作得出来。

冰波、雨雨(孙建江)等所著的幼儿童话合集《猜谜画画讲故事》,以春夏秋冬为故事背景,容纳了四组各具特色的作品。其中冰波、雨雨分别创作了《秋天的故事》和《冬天的故事》,每组十四篇作品。读雨雨的《冬天的故事》,我感到惊讶。"雨雨"这个笔名更多地是与寓言创作联系在一起的,作者又是一位儿童文学界知名的青年学者,我没有想到他在低幼文学创作方面也能表现出极为良好的素养。

《冬天的故事》将精巧的构思，或优雅、或诙谐的故事情境，以及独特的语感表达融为一体，显示出一种纯正而又高级的幼儿文学艺术品位。

另外，四川少儿社出版了幼儿散文集"小星星丛书"共五种，作者是我省作家夏辇生。据介绍，这套书旨在对当今的独生子女进行幼儿期有关文学、情感、认识自然、感觉生活以及了解社会等方面的美学熏陶，同时，培养幼儿的观察、感知和语言表达能力，并在开发智力、开拓知识面上起到积极的启蒙作用。

在我的阅读印象中，1995年浙江幼儿文学创作出现了一些好作品，但也有一些一般化的作品。幼儿文学似乎是一个很难产生力作、很容易产生平平之作的领域，但儿童文学史上又分明产生过许多属于幼儿文学范畴的经典之作，眼前的例子就有《365夜》这样的当代新经典。幼儿文学创作应该是很有潜力、很有意思的。当然，进一步提升当代幼儿文学的艺术品位，不仅需要创作界的努力，也需要得到评论界的关注和共同努力。

三、童话和寓言

1995年，浙江省一些重要的童话作家都发表了一些新作品。

以写作典雅、抒情类风格作品闻名的作家冰波，1995年在《中外童话》第10、11期上发表了一组极具可读性的作品《阿笨猫和外星小贩》系列。阿笨猫是过去曾在冰波笔下出现过的一只憨态可掬、笨得可爱的猫儿形象。在这一组新的系列作品中，阿笨猫屡屡陷入来自阿尔法星球的狡诈、阴险的外星人巴拉巴设下的商业圈套。在"驱蚊剂"一则中，阿笨猫用高价购买了巴拉巴的驱蚊剂，虽然驱蚊有效，不料却又招来了壁虎，使得阿笨猫又面临着蛇的威胁。在《情感雾》《咒语》等作品中，这种商业怪圈一次次使阿笨猫陷入尴尬、被动甚至绝望的境地。这些作品以幽默、滑稽的故事情节和怪诞、夸张的童话手法，展示并讽喻了现实和人生中的荒谬图景，使可读性与艺术性、思想性达到了较好的统一。

老作家倪树根1995年发表了不少童话新作，除了《七色布》等作品外，他的《似梦非梦》《猪八戒当官记》《东游记》等都是以著名的《西游记》人物为原型进行加工再创作而成的童话新作。我曾在1992年度的述评文章中谈到过，倪树根的童话创作拥有广阔的民间文学和传统文化的背景，其艺术根须总是扎向民族民间的文化土壤。在上述1995年度的新作中，倪树根所具有的传统文化素养依然得到了有力的展示。这些作品在人物塑造、叙事结构、语言运用诸方面，深得《西游记》的精髓，在故事情节方面又有全新构思，人物性格方面有所丰富和发展。在年轻一代童话作家的创作更多靠近现代文化背景的情况下，倪树根这样的老作家的创作所具有的传统文化素养的优势，就显得更加可贵了。

1995年度我读到的浙江作家的个人童话单行本只有夏辇生的童话集《大皮靴行动》。夏辇生是一位具有突出的创新意识的童话作家。这部列入二十一世纪出版社"21世纪童话飞船丛书"的童话集具有一个明显的特点，即对于各种童话体例的包容。作者在书前的《童话大王秘诀》一文中谈到自己的创作时说："我要制作一只藏有秘诀的调色盘。"这是一只七色调色盘：红颜色，写悬念丛生的惊险童话；绿颜色，写淡雅清新的抒情童话；黄颜色，写似幻犹真的生活童话；蓝颜色，写神秘莫测的科幻童话；紫颜色，写光彩夺目的民间童话；青颜色，写神形兼备的动物童话；橙颜色，写变幻无穷的魔方童话。因此，这部童话集不仅是作者童话作品的精选和汇集，也显示了作者在创作上的自我超越意识和体例设置上的整体感。在一部个人集子中容纳七类不同题材和风格的作品，我们过去似乎还未见过。另外，作者在每种体例作品的前面，都写了对该类作品文学特性的介绍性文字，以帮助少儿读者在欣赏作品的同时，了解各种童话知识，甚至掌握一定的写作技巧。因此，这本童话既可作为小读者的课外文学读物，又可作为少年文学爱好者和初学童话创作者的一本入门书。

不过，我在欣赏作者的创新和自我超越意识的同时，对这部童话集的作品分类等也稍有些个人的其他想法。一是我以为集子中的分类时有交叉现象，恐怕不具有严格的童话文体类型学的意义。如抒情童话和动物童话，前者是侧重风格类型的界定，后者是侧重题材和形象类别的提示，两者不是同一层面上的类型界定，因此是难以并列的。二是，作者将自己的《红霞飘落的地方》《啊，香溪》《天山顶上的礼花》三篇作品归入"民间童话"范畴，似不很妥当。民间童话有其严格的内涵和外延规定，它只能产生于民间。而从上述三篇作品来看，它们显示的也是作家个人的创作特点，而不具备民间童话的艺术特点。

关于寓言创作，我在前几年的述评文章中或多或少都有涉及。1995年，金江、陈必铮、邱国鹰、雨雨、徐强华、蒋应武等作家又发表了不少新作。其中金江的《大象和蚂蚁》《牛绳》等作品，构思精巧，寓意别致，颇耐咀嚼。邱国鹰的系列寓言《灰母鸡孵出绿孔雀》《不受骗俱乐部的故事》《倒了树的猴群》等作品情节曲折，寓意常有出新之处。如《倒了树的猴群》，由"树倒猢狲散"这句俗话，演绎出一幕"树倒猢狲不散"的故事，注入了十分鲜明的现代生存和开拓意识。雨雨继续经营着他的微型寓言，其作品在海峡彼岸也产生了相当的影响。

  1995年我读到的一部重要寓言选本是由北京少儿出版社出版、我省作家徐强华编选的《中国科学寓言》(增订本)。这是一部选题好、编选精、容量大的科学寓言选本。全书精选了50多位作家的269篇科学寓言佳作。编者徐强华是有成就的寓言作家。他在本书的前言中说，自己的编选目的"旨在倡导文学科学联姻，使寓言创作走向更广阔的天地，紧密地跟时代同步，以引导我们的读者，尤其是少年儿童读者进入一个光怪陆离、五彩缤纷、辉煌灿烂的新境界，使他们开阔视野，增长智慧，强烈感受新时代的气息，培养崇高的道德情操"。的确，本书熔哲理性、知识性、趣味性于一炉，因此它不仅有益于智慧的启迪，文学的熏陶，而且也是激发读者热爱科学、学习科学的良好读物。

四、少年小说和诗歌

  在少年小说创作方面，我读到的作品主要有谢华的《楼道》《木吉有事》，李建树的《往事》，龚泽华的《小兵和东洋狗》，张婴音的《留守父母》，叶宗耀的《一鸣惊人》等。这些作品均发表在《儿童文学》(北京)、《少年文艺》(上海)等国内最具影响力的少儿文学刊物上，显示了我省少儿小说创作较为整齐的创作实力和水准。谢华的《楼道》所写的仍然是作者熟悉和拿手的校园生活题材。作品的背景是市场经济意识对中学校园的冲击，对当代中学生的影响。不过，作者将这一背景作了淡化的处理，而以主人公的心灵和个性作为小说的艺术表达焦点。作品中的小D是一个单纯、柔弱、善良，同时也有点儿迷糊的初中生。他每天悄悄地帮助一位残疾的高中生上下楼梯，本来是一件好事。高中生想借这事帮助小D当个小组长，却未能引起老师的注意。高中生觉得心有不安，于是每次受到小D的帮助后都要给他五分钱硬币。最后，当老师终于准备在全校表彰小D时，小D被动收钱的事却被他自己泄露了，他一下子又陷入了十分尴尬的境地。作品对人物内心和个性的把握、刻画是相当细腻而灵巧的。同时，这部小说与作者以前发表的《那事》《错误游戏》等作品相似，都设置了一系列耐人寻味的故事圈套，环环相扣，耐人寻味。谢华1995年发表的另一篇小说是《木吉有事》。木吉执着地相信奶奶的说法：一个人如果做了坏事，别人可能放过他，雷公可不认这个账。所以，每当闪电划起来，雷声响起来的时候，他总要紧张地问自己：我做什么坏事了吗？他常常将周围发生的事情与这种因果报应关系联系起来，常常会发出令人莫名其妙的喃喃自语。作品对不为人知的木吉的内心世界作了精致的描绘。木吉心里有事：他不明白专往酒坛子里灌水的王胖子为什么没有得到报应，相反，王胖子的小酒店还变成了大酒店。我欣赏谢华的小说，不仅是因为她极熟悉自己笔下的人物，也不仅仅是因为她的技巧和风格，还因为她的艺术视角和眼光总是那么敏锐和别致。

叶宗耀的《一鸣惊人》也是一篇校园题材小说，但它显然更富于传奇色彩：一位少年武功高手貌不惊人、深藏不露，反而在颐指气使的同学面前谦和得甚至有些卑微。他在不得已的情况下露出的功夫，不仅震惊了周围的人，也令读者感到了一丝畅快。

张婴音的新作《留守父女》则是一篇具有喜剧意味的家庭题材作品。张婴音发表过《计划之家》《聪明爸爸》等一些引起儿童文学界重视的作品。这些作品的题材和主题，常常呈现出这样一种特定的艺术旨趣，即"关注于家长与子女之间错爱式的关系结构"。作者善于从日常生活形态中撷取富有幽默感和戏谑性的细节，来展现这种"错爱式的关系结构"，表达孩子们对于不被理解的家庭处境的轻松揶揄和抵抗。在新作《留守父女》中，"我"因妈妈出国，只好与爸爸相依为命。偏偏爸爸是一个夫子气十足的书呆子：

> 从我懂事到现在，爸爸好像从来没有笑过，看小品、看相声、看王景愚表演的哑剧，我和妈妈笑得滚作一团，爸爸却一点儿不笑。有一次，我心血来潮，自己创作了一种熊猫舞，举手投足，憨头憨脑，滑稽极了，我故意去摸摸爸爸的胡子，去呵他的胳肢窝，他一点儿反应也没有，就是不笑。他除了写论文、查资料、做卡片，就是看书、买书。书柜装满了，便堆到柜顶上，柜顶承受不了，书都掉下来，掉在过道上，爸爸走路就要跨过许多"书山"，他漠无表情，很耐心地一一跨越。

小说表现的不只是家长与子女间的错爱式关系结构，更是彼此心性、志趣、阅历相去甚远的两代人如何在特定的家庭生活情境中相互支撑、调适、温暖的情感故事。幽默的细节、风趣的叙述，显示了张婴音小说所具有的艺术个性。

李建树的小说《往事》是一篇十分独特的作品。一位"发了"的大款为了感谢当年两位女同学的"知遇之恩",多年以后特地设宴款待两位女同学。不料在对往事的回忆中,才弄清楚当年"大款"蒙受冤屈时,两位女同学登门拜访并非来劝慰自己,而是肩负着老师交给的"侦察"使命。人生中的许多误会竟是如此虚幻而又残忍!小说于流畅的叙事中表达了令人感到辛酸而又伤痛的人生滋味。

龚泽华近年来新作似乎不很多。1995年9月号上海《少年文艺》在头条位置发表了他的短篇新作《小兵与东洋狗》。作品描写的是八路军小兵蔡乌皮与一条被缴获的东洋狗的故事。东洋狗经过乌皮的训练和改造,最后在危急关头救护了被围捕的村民和八路军战士。作品既富有情趣,又表达了强烈的爱国精神。1995年,抗战题材在一定程度上又成为儿童文学创作的一个热点。《小兵和东洋狗》是其中较为出色的作品之一。

在儿童诗歌创作方面,我读到了杜风、赵哲权、吴少山、夏矛、金志强、蒋应武、汪涛等作家的作品。

1995年10月,停刊已达十二年、由少年儿童出版社编辑出版的《儿童诗》丛刊终于复刊了。在复刊号"希望号"上有我省多位作家的作品,其中老作家杜风的诗《未来的人》是复刊号上最长的一首诗,据说也是老作家所有诗作中最长的一首。这首科学幻想长诗以大胆的想象,对未来人类的特征和各种可能做了大胆的预言和幻想:"未来的人/都可以当妈妈/男的/女的/老的/小的/都能生娃娃";"到了那时候/可以让已死的人复活/哪怕是/几千年、几万年前的人/只要在他的遗体内/找到一个细胞/有一套完整的DNA基因"。据说这首诗发表后,受到了高年级学生的欢迎。记得在20世纪50年代和70年代末期,科学诗创作曾活跃过一阵子,但进入80年代以来,科学诗与整个少儿科学文艺创作一样,陷入了低潮状态。因此,尽管《未来的人》这首科学幻想诗在对科学知识背景的依靠和幻想的合理性方面似乎还有可以推敲的地方,但它融知识性、幻想性、趣味性于一体的创作路子,仍然是值得鼓励和提倡的。

1995年在儿童诗创作方面收获较多的是赵哲权。限于阅读面,以前我很少有机会接触赵哲权的诗作。最近我有机会读到他1995年的一些作品,颇感他的诗作诗意焕发、童趣盎然,在儿童诗创作上显示了不俗的实力。其中《放风筝》《梧桐》《为什么》《夏天,去郊外》等作品,取材看似随意,但轻轻点染,都见浓浓的诗情和童趣,尤其是在语言锤炼上比较到位。浙江儿童诗创作相对不很活跃,我们期待着作者为小读者创作更多的优秀诗歌作品。

五、理论研究

1995年对浙江儿童文学理论界来说,是一个收成不错的年份。蒋风、韦苇、黄云生、吴其南、孙建江、周晓波、方卫平等都发表了数量不等的理论和评论文章。在学术专著和论文集的出版方面,人们见到了孙建江的《二十世纪中国儿童文学导论》、黄云生的《幼儿文学原理》、韦苇的《世界童话史》、沈虎根的《儿童文学使我快乐》、方卫平的《儿童文学接受之维》和《儿童文学的当代思考》共六部著作。

1995年春，孙建江的《二十世纪中国儿童文学导论》（以下简称《导论》）由江苏少年儿童出版社出版。这部35万字的著作一经面世，就在儿童文学界引起了普遍的关注和强烈的反响。知名作家吴然、徐鲁等分别在《光明日报》《新闻出版报》等报刊上发表专文予以热情评介。不久，这部著作又荣获了冰心儿童图书奖。

《导论》是近年儿童文学研究中出现的一部厚重之作。首先，开阔的理论视野和研究意识，构成了本书一个突出的特点。作者并不把20世纪中国儿童文学看成是一种孤立的、封闭的文学现象，而是把它放在20世纪东西方文化大碰撞的文化背景上，放在20世纪儿童文学发展的总格局中加以描述、分析和把握。于是，20世纪中国儿童文学独特的历史内容和斑斓面貌在哲学、伦理学、教育学、心理学、美学等不同视角所构成的文化多棱镜的透视下一一呈现于读者的视野。这样的学术目光不仅显示了著者的理论素养和研究气魄，也使《导论》本身超越了以往儿童文学史著述往往被史料陈述所局限的不足，而开始进入一种以扎实的史料解读为基础，以独特的理论发现和创造为旨趣的新的学术境界。

其次，与上述特点相联系，《导论》提供了一个描述、解释20世纪中国儿童文学的理论框架。这个框架当然不可能是认识20世纪中国儿童文学的唯一框架，但却是一个独特的解释框架。例如，从整体上看，20世纪中国儿童文学在主题、题材、审美等方面呈现出多元化的发展趋向。对此，以往不少研究者从不同角度、不同层面都作了有意义的梳理和研究。但这部《导论》却不是从局部入手，而是从大处着眼，从20世纪中国儿童文学的整体价值取向上，将它们做了新的理论梳理和概括，这就是《导论》第四编《作品的价值取向》所论述的六方面内容，即"同情与爱""塑造未来民族性格""游戏精神""探示少男少女的隐秘心理""崇尚大自然"以及"感觉世界、情节淡化、画面感、神秘感"。这些概括显然不属于某个具体的理论角度或层面，而是从基本价值取向上对20世纪、特别是新时期以来的中国儿童文学做了整体的理论把握和总结，因此既高屋建瓴，又具有相当的理论涵盖力。

此外，由于注意整体把握，所以《导论》在解剖分析具体作家作品时，往往获得了新的参照背景而显得新鲜别致，创见迭出。如书中对任溶溶、金波等作家的论述，对新时期少儿文学艺术探索的见解，都能给读者带来新的启示和感悟。

黄云生的《幼儿文学原理》是1995年度幼儿文学研究领域的一项重要收获。如果放开视野，我认为该书也可以被认为是整个新时期以来我国幼儿文学研究的一项宝贵收获。如前所述，幼儿文学研究是若干年以来儿童文学研究中一个相对冷清的领域。但就具体的研究个体来说，情况不完全一样，至少在浙江，黄云生先生就是一个例外。多年来，当儿童文学界的许多人（包括我自己）把注意力主要集中在少儿文学研究领域，而相对忽视幼儿文学研究的时候，黄云生不附和表面的热闹，坚持在幼儿文学领域里深耕细作，这种超然的学术胸怀是令人感动的。我想，学术研究不是赶集叫卖，但真正有价值的成果总是会引起注意的。事实上，一些年来，黄云生发表的不少幼儿文学研究论文，例如《一个被误解的文学现象——关于幼儿文学及其理论的思考》《论幼儿文学的艺术深度》等发表之后，都陆续或被转载，或在学术会议上引起讨论，这大概就是最好的证明吧。

《幼儿文学原理》是作者多年来在幼儿文学研究方面的一次系统的也是初步的总结。不用说，作者在研究中也吸收了他人的有关成果，但从整体上看，该书所构筑的幼儿文学理论系统和基本的思想脉络却无疑是作者研究心得的结晶。据我所知，黄云生在多年研究中曾陆续发表过许多见解独到的文字。例如，他从幼儿文学的历史发生、发展进程着手对其作为一种"听"的文学的艺术原貌的精彩论述，他对幼儿文学的艺术深度、悲剧意味等论题的机智而深刻的分析，他对婴幼儿读者文学接受问题的多层次剖析，他对幼儿读物、幼儿文学发展历史的独到描述等等，都是近十多年来我国幼儿文学研究中极有价值的理论收获。这些独到的研究成果，大多反映在了作者的这部新著中，因此，比较此前出版的一些幼儿文学理论著作，我以为黄著在理论体系的独创性、理论观点的新鲜感、理论思考的深刻性等方面，都显示了新的学术水准。

韦苇先生的《世界童话史》是应台湾专事儿童文学书籍出版人士之约而撰著的，1995年初在台北出版。瑞典斯德哥尔摩大学教授，国际儿童文学研究会理事长M.尼古拉叶娃为该书写了一篇"代序"。韦苇在这部新著中尝试纯粹以童话自身的艺术成就来建立叙述童话发展历程的坐标体系，以人所共知的几位童话大师来划分童话的发展阶段，而放弃了以国别、世纪、年代为童话史叙述框架的惯常做法。全书以史为线索串起了文学地位不等的全部童话名著，并且一直写到20世纪80年代中期。该书在台湾出版后受到了台湾文学界的欢迎。台湾著名儿童文学家谢武彰发表评论说，《世界童话史》对世界各国孩子特别钟情的童话如数家珍，为大家拆除了一道隔离在童话与读者间的高墙，提供了启开童话世界的一组密码，给了读者一张巡游童话世界的精确地图，给童话世界不得其门而入的朋友配了一个好向导。它是一张很好的寻宝图。

1995年5月，我省儿童文学老作家沈虎根的评论集《儿童文学使我快乐》由少年儿童出版社出版。该书是作者近年继《大街小巷》《沈虎根儿童文学作品选》《雁·狗·猫及其他》之后出版的第四本书。全书分为五辑和附录，共计63篇文章。这些文章内容涉及有关儿童文学、儿童读物及其出版、儿童教育等方面，大多是作者在创作和实际工作中有感而发或针对具体问题写成的，显示了一位在创作上有成就的老作家在理论思考方面的自觉意识和素养。这些理论评论文章文风质朴，通俗易懂。另外，在该书代序《儿童文学使我快乐》和第五辑"丑小鸭最初试飞"的七篇文章中，作者系统地回顾自己如何从一个来自农家的孩子，出身工人的青年，通过自学走上文学创作的道路，又如何在特定的历史条件下钟情于儿童文学达四十年的全过程。这一组文章具有颇浓的散文气息。总起来看，这本评论集体现了作者具体、生动、朴实的评论文风。

在儿童文学研究论文的发表方面，1995年度浙江省儿童文学研究者也颇有一些新的举动。浙江师范大学儿童文学研究所副教授周晓波在北京师范大学访学期间写成的论文《走向审美艺术的当代童话》，高屋建瓴，纵论20世纪中国童话的艺术发展轨迹。该文在《北京师范大学学报》1995年增刊号上以头条位置刊出，十分引人注目。

六、结 语

与许多年份一样，1995年浙江儿童文学创作在整体上呈现出平稳的发展态势。我们在各个儿童文学门类中都可以读到一些好作品，但我们很难读到堪称重要的作品（理论界的情况稍有些不同）。记得两位当代文学评论家曾分辨过重要作家与好作家的不同。借用这个说法，我想说，重要作品与好作品也是有差异的。我在近期的另一篇文章中谈到过，重要的作品往往能够为我们提供一些新的艺术经验，并且在整个文学发展进程中凸现自己的历史位置，而好的作品则不一定能实现这一切（《形式及其他》，载《儿童文学研究》1996年第1期）。当然，重要的作品并不是随时都会出现的，我们也许应该为好作品的不时出现而感到欣慰，但是，我个人仍然期盼着作家们在不时创作出好作品的同时，也能够为小读者，为儿童文学历史提供一些重要的作品。

（原载浙江文学院1996年8月编《九五浙江文坛》）

逼近新世纪
——1998年浙江儿童文学创作述评

一、背景和概述

在进入我们的述评之前，我首先想从1998年度进行的一项引人注目的阅读调查及其部分结果谈起。

为了准确了解我国少儿读物出版和市场状况，促进其繁荣健康发展，更好地满足广大少年儿童的生活、学习、成长过程中对图书及阅读的需要，中国社会科学院新闻所媒介传播与青少年发展研究中心和中国图书商报社受中宣部出版局及国家新闻出版署图书司的委托，于1998年7月至11月，就我国儿童阅读现状和市场趋势问题在北京、上海、广州、成都、郑州五个城市进行了调查研究。调查内容和调查目的主要为：

一、了解儿童的阅读需求、阅读兴趣和阅读行为；

二、了解家长对儿童阅读情况的态度及对儿童读物市场的意见；

三、了解儿童读物出版工作者和研究者对儿童读物市场的意见和看法；

四、在前三项研究的基础上，提出发展儿童图书市场、满足儿童阅读需求的对策和建议。

1998年岁末，《中国图书商报》以连载形式发表了《全国五城市儿童阅读状况系列研究报告》。这份报告发表后，引起了出版界、读书界，尤其是儿童文学界、儿童读物出版界的关注和重视。我们发现，这次调查所提供的来自儿童读者方面的信息，有不少与我们前些年在少儿读者中所了解的情况十分相似。例如绝大多数受到儿童文学界推崇的作品，在儿童读者那里却能得到同样的认可；儿童文学作家的艺术追求，与儿童读者的阅读趣味之间存在着某种显而易见的脱节和错位。很显然，此调查结果，再一次把如何面对儿童读者的阅读需求这样一个现实问题摆在儿童文学界面前。

差不多一年前，我在《重建经典品质——90年代儿童文学创作评议》（载1998年6月4日山东《作家报》）一文中曾经指出，今天的儿童文学创作从整体上来看，还比较缺乏对于儿童文学美学品质的强烈关注、认同和着意发掘、培养。换句话说，虽然90年代的儿童文学创作拥有了更为开阔的艺术空间和更为丰富的艺术经验，但是，我们还相当缺乏那种充满了浓郁的儿童情趣、蓬勃的艺术想象、乐观的英雄主义、强劲的艺术幽默感的作品。我们认为，富有儿童情趣的高度的幽默智慧、健旺的艺术想象等等，造就了儿童文学独特的纯真、稚拙、欢愉、变幻和素朴的美学特质。具有这些特质的儿童文学作品几乎构成了一部世界经典儿童文学和艺术创造史和接受史。而今天，我们的儿童文学创作显然还不具备充分驾驭儿童文学艺术天性的才情。于是，当代儿童文学作品遭遇儿童读者的某种程度的挑剔和冷落，就是难以避免的了。

那么，儿童读者的兴趣究竟如何？在上述关于五城市儿童阅读状况的调查中，调查者特地让孩子们写出他们对儿童读物出版的意见。这些意见概括起来有如下许多：

请多出一些童话；要看特别有意思的书；多出动画类的书；期望

儿童读物更有想象力；希望能有好多好多的幽默的风趣的娱乐的幻想的惊险的疯狂的儿童读物；多出一些贴近我们生活的令我们感动的书；多出充满乐趣的书；希望儿童读物让儿童更容易理解；希望你们能出一些感情丰富的或幻想力强的书。

毫无疑问，在回顾和评述1998年浙江儿童文学创作状况时，上述调查及其所提供的信息，不时地在影响着我们的眼光和评述观点。

在前些年的述评文章中，我们屡次提到过浙江儿童文学新人的匮乏及其培养问题。在1998年间，我们看到，人们在这方面做出了一些重要的努力。8月在省作协儿童文学创委会主任倪树根先生的积极策划和组织下，在省作协领导和省内外一些儿童文学作家、研究者的热心支持和配合下，儿童文学创委会在杭州举办了一期儿童文学讲习班。全省各地的数十位作家和儿童文学爱好者参加了讲习班。我们相信，这样的学习和交流，对于发现和培养儿童文学创作新人，扩大儿童文学创作队伍，无疑是有积极意义的。如能持之以恒，相信会逐渐见出成效。

1998年11月，浙江少儿出版社《红帆船诗丛》的哈尔滨之行，在北国雪城激起了一股久违了的诗的热流。在儿童诗歌创作并不景气的今天，浙江少儿社精心编辑出版了六册一套的《红帆船诗丛》。这套富有特色和艺术品位的诗丛出版后在黑龙江引起了关注。黑龙江方面联合邀请诗丛的作者和编辑到哈尔滨举行诗丛的首发活动：签名赠书、诗歌朗诵会、儿童文学研讨会——这一系列活动的进行及其在哈尔滨市民中产生的强烈反响，被称为"红帆船现象"，并被认为是给儿童诗坛吹来了一股暖风。

有趣的是，浙少社"红帆船"的北国远航，有这样一个背景故事。黑龙江发行量最大的报纸《生活报》（《黑龙江日报》主办）副总编孙玺祥看到诗丛出版的消息后，立即转告给与《生活报》有着良好合作关系的哈尔滨红帆船实业有限公司经理张宏志。张当即决定，将诗人们请到哈尔滨来，举行一个诗歌活动，所需经费由该公司承担，于是就有了南北"红帆船"的结缘———一次富有诗意、富于戏剧性的结缘（参见戎国强《踏雪寻诗情更浓——记〈红帆船诗丛〉哈尔滨之行》，《中华读书报》1998年11月25日）。

就在"红帆船"远航北国雪城的同一个月，浙少社又推出了国家九五规划重点图书"中国幽默儿童文学创作丛书"。该丛书包含我省作家李建树的中篇小说《校园明星孙天达》在内的几部各具特色的原创性幽默儿童文学新作。据介绍，该丛书的编辑和创作意图是：其一，幽默、轻松、好读，紧扣小读者的阅读兴趣，在幽默、轻松好读中显示作品的深刻寓意。其二，通过幽默儿童文学的倡导和张扬，使颇显沉重感的中国儿童文学的整体艺术格局更趋合理化。其三，追求高品位儿童文学作品与儿童读者和文化市场的最佳结合。我们是这套丛书的最早的读者之一，这套极具匠心、印制精美的丛书，是能够实现这些意图的。因为我们相信，对于儿童读者来说，幽默作为儿童文学的一种经典品质，其魅力是无边的。

3月，由台湾的中国海峡两岸儿童文学研究会、民生报社共同主办的"1998海峡两岸童话学术研讨会"，由台东师范学院主办、该院儿童文学研究所和语文教育系承办的"台湾地区（1945年以来）现代童话学术研讨会"先后在台北、台东举行。我省的赵冰波、孙建江、方卫平及北京、上海、南京、重庆的另外几位童话作家学者一行八人应邀赴台参加了这两项研讨会。其中台北研讨会的主题是：童话的当代性。两岸研究者共有七篇论文在会上做专题报告并进行专题讲评和讨论，其中包括我省研究者孙建江的《传承与超越——论台湾新生代作家童话创作》、方卫平的《论童话及其当代价值》。此次会议所报告的论文论题较新，贴近时代，信息量大，引起与会者的很大兴趣和热烈讨论。台湾嘉义师院蔡尚志教授、台东师院儿童文学研究所所长林文宝教授分别对孙建江、方卫平的论文做了专题讲评。孙、方也就台湾学者的论文做了专题讲评。赵冰波也结合自己的创作经验，就当前的童话创作问题发表了独特的看法。

一周之内在台北、台东分别召开了两岸童话研讨会。台湾著名作家林良先生风趣地把1998年称为两岸儿童文学界的"童话年"。会议间隙，热情的主人陪同来自祖国大陆的同行参观了台北故宫博物院、联合报系、世界华文儿童文学资料馆、国语日报社等单位。

继1997年中、英文对照本《金江寓言选》出版后，人民文学出版社又于1998年推出了中、法文对照本《金江寓言选》，并向国内外发行。该书精选了金江的《乌鸦兄弟》《老虎伤风》《蜗牛登塔》等五十篇寓言作品。一个个短小有趣的故事折射出社会生活和时代精神，蕴含着丰富的人生哲理，能启迪智慧，发人深思，耐人寻味。书中配有精美的插图和作者彩色照片，并附有作者的《我和寓言》一文，回顾了他五十年的文学创作生涯和人生历程，颇有助于读者了解作者及欣赏其作品。

近年来，我省作家胡霜的作品在新加坡陆续出版。自1996年至1998年出版的作品有胜友书局出版的科学童话集《小侦探》（上、下册）、童话集《寻找快乐》、《皮皮学医》；泛业出版社出版的图画故事《猴小子的项链》、《猴子哭了》，儿歌集《大海上的树》，寓言集《麻雀选领队》等。新加坡是一个双语（英语、汉语）并重的国家，胡霜的作品语言比较简练，故事新奇有趣，受到新加坡华族小读者的欢迎，也被新加坡华文课外读物理事会所重视，多本作品被该会指定为小学华文辅助读物。胡霜的这些出版物中，有的还被译成英文、马来文、印尼文等文字，介绍到新加坡周边国家。

由台湾著名儿童文学作家桂文亚女士策划并主编、《民生报》出版的"中学生书房丛书"，于1998年推出了一套《中国大陆少年小说选》（共三册）。该选本收入了20世纪70年代后期至90年代中期祖国大陆具有代表性的二十八位作家的二十八篇少年小说，作者地域分布于京、沪、苏、浙、鲁、冀、鄂、赣、黑、滇、粤等省市，作者年龄层次包括老中青三代，作品的题材和风格丰富多彩，具有相当的代表性。我省作家袁丽娟的《清凉的九曲溪》、张微的《爸爸的五斗柜》、谢华的《扣儿》等三篇作品收入选本。入选篇数居北京、上海之后，列第三位。

下面，我们对各类儿童文学体裁的创作状况，依次做些评述。

二、儿童诗歌概观

在以往的年度述评文章中，我们通常较少将儿童诗歌的创作情况置于突出位置进行评说。今年，我以为，必须破破例。

回顾1998年浙江省的儿童诗歌创作，我们看到，吴少山、杜风、赵哲权、张向阳、雪野、虞运来、金志强、屠再华、杨明火、郑志刚、金苏华等新老诗人和作者都分别发表了数量不等的作品。但是在这里，我首先想谈论的是一群小学生的诗歌创作情况。

这群小学生聚集在金华市环城小学。这所小学有一个以金华籍著名儿童文学家鲁兵的名字命名的儿童诗社（由东阳籍著名儿童诗诗人圣野提议而命名）。"鲁兵诗社"成立于1997年9月，诗社小成员四十多人，年龄参差不齐（一至五年级）。在诗社指导老师程丽萍的辛勤辅导下，在前辈诗人圣野等的热心辅导提携下，"鲁兵诗社"在不长的时间里已经取得了引人注目的成绩。小诗人的诗作已先后发表于《小主人报》《星星》《儿童诗》《西湖》等报刊。1998年3月，美国中文报纸《世界日报》在《儿童世界》专栏中为该社举办了两期诗展，刊出十八首诗作。6月，北京的《诗刊》杂志也为鲁兵诗社成员开辟专页，在《太阳下的小花》的标题下，发表了近十首作品（其中包括小诗人吴导的组诗）。此前，重庆出版社于5月间出版了小诗人吴导个人的诗集《有太阳真好》。在不到一年的时间里，鲁兵诗社的成绩已经在儿童诗歌界和有关媒体中引起了相当广泛的关注。

小诗人的诗作情思纯真、想象丰富、意味别致。请看：

何骁飞（一年级）的《希望》天真而美好：

一直希望／能看看深夜的大街／可是／夜的脚步／总是太轻太轻／它走过时／我总是睡着没醒／清晨的太阳／又总是起得太早太早／我还没睁眼的时候／阳光已洒满街头／去看看深夜的大街／成了我一直的希望

童诗卉（二年级）的《眼镜的秘密》顽皮而可爱：

嘘／请别告诉妈妈／我把她的眼镜／悄悄地藏了起来／她老把我的小人书／一本一本地没收／嘿／今天／我也要让她尝尝／丢失东西的滋味

朱新婧（三年级）的《路》新颖而活泼：

　　100分上的两个圈／似我脚下的车轮／呼呼转／一会儿就滑到了家／100分上的竖杠／是我的麦克风／被放大的笑声／撒满了大街小巷

陈颖（四年级）的《眼睛》奇妙而阔大：

　　眼睛是个大口袋／装得下马路／装得下楼房／装得下城市和村庄／眼睛是个大口袋／装得下田野／装得下山川／装得下整个大自然／眼睛是个大口袋／装得下星星／装得下月亮／还装得下整个宇宙

胡阳（五年级）的《分数》痛苦而直率：

　　分数是我的命根／分数指挥爸爸的手，妈妈的嘴，调整着我在人们眼里的高度／分数，决定大家对我的爱恶／分数带来的快乐中夹着恐慌／分数——痛苦中见不到快乐的光／可恶的分数／我要把你踢出地球

在鲁兵诗社的小诗人中，吴导是十分突出的一位。这个出生于1989年的小男孩在儿童文学界人士中所引起的关注是异乎寻常的。1997年6月的一个晚上，吴导的母亲曹苇航女士带着吴导及其诗作来到我的家中。我读了吴导的诗，当即就被这样的诗句吸引和震动了：

　　阳光看不到／风也看不到／我从河水上看到了阳光／从柳枝上看到了风／我从沙粒上看到了阳光／从鸟的翅膀上看到了风／我从花瓣上看到了阳光／从跳动的火苗上看到了风／阳光无处不在／风无处不在／我爱阳光／我爱风

　　　　　　　　　　　　　　　　　　——《阳光和风》

如果你在月光下喝酒／月亮就躲到了杯子里跟你一起喝酒／如果你在阳光下舞蹈／影子就是你的朋友／如果你在雪地上奔跑／你就会有无数双脚／如果你在蒲公英上睡觉／蒲公英会带你飞向妈妈的怀抱

——《如果》

这年8月，圣野先生应邀到金华讲学。一天，我在看望圣野时推荐并介绍了吴导的诗，引起了圣野先生的极大重视。当天下午，他就找到了吴导并读了他的许多诗作。一向热心辅导儿童写诗的老诗人兴奋地说：这是他几十年中遇到的写得最好的诗童。他在自己的诗中情不自禁地写道："我从没有对任何人跪下过／但在天使一般的小诗人面前／我快乐地跪下了"。经过圣野的热心宣传，吴导的诗进入了更为广泛的视野之中。

吴导的诗作呈现出令人惊讶的艺术悟性和表现能力。例如《伞》的联想：

伞开在森林里／就变成了蘑菇／伞开在小路边／就变成了蒲公英……下雨的时候／伞是一个太阳／天晴的时候／伞是一片云／飞雪的时候／伞开出一朵朵美丽

他这样描绘"山顶上的树"：

在它上面／有太阳、星星、月亮、云／还有飞翔的小鸟／这些都是树的果实／山顶上的树／给山带来绿色／树是山的手臂／山是树的根

意象的组合、境界的宏大、联想和语言的表达，既不乏天真的童趣，又具有一种超越其年龄特征的令人不可思议的成熟

和精致。

是的，吴导的许多诗句和意象在稚气和别致中透着诗意和哲理。例如他这样写"影子"：

雪的影子是水／水的影子是波浪／波浪的影子是花／影子是一切的灵魂

——《影子》

他在过生日时抒写了这样的感悟：

生日蜡烛是我的岁月／生日蜡烛带我飞向彩色天地／生日蜡烛点起生命的主题／慈祥的火苗为我祝福／我想日子是在燃烧中过去的／我长一岁它就多出一个兄弟……我不喜欢长大／但我喜欢长大的世界

——《生日蜡烛》之二

他以泥土的口吻这样写道：

我住在世界各地／高山、荒野、海底／花是我的衣服／草是我的头发／树是我的手臂／我种植禾苗／我托起高楼／我袒露一切／也埋葬一切

——《泥土》

读过吴导诗歌的许多人，最初常常是表示惊异，继而又微微露出怀疑的神色。据说有一次，一名电视台的记者来到学校。大约是为了考验一下吴导，他挑出一首其他孩子的作品，让吴导说说写得怎么样。

这首诗是这样的：

我喜欢春姑娘／因为春姑娘给我带来／绿绿的小草和鲜艳的花朵……

吴导看后腼腆地说:"我说不出它到底怎么样,但我可以改一改。"记者说,那你就改改看。吴导略一思索,提笔写道:

> 我喜欢春天的小草／春天的小草给我带来绿绿的思想／我喜欢鲜艳的花朵／鲜艳的花朵给我带来香喷喷的岁月／我喜欢飞舞的落叶／飞舞的落叶给我带来金黄的梦／我喜欢洁白的雪花／洁白的雪花给我带来童话的世界／小草、花朵、落叶、雪花是自然的语言／它让我读到了无尽的秘密

一首意境全新、耐人寻味的诗作就这样写就了,令那位记者发出了由衷的赞叹。

吴导与鲁兵诗社的孩子们所写下的大量诗作,对于每一个关心中国儿童诗发展的人来说都提供了一份不可多得的艺术样本。一方面,这些诗作尤其是其中的部分佳作,对当代儿童诗歌的艺术规范和美学界提出了毫不犹豫的质疑和挑战,另一方面,它们也应引起人们对于当代儿童的精神世界和审美趣味的新的关注和探究。此外,人们还应该从创造心理学的角度,来研究一下一个阅历不深、知识也还不丰富的孩子,究竟是如何写出这些令人匪夷所思的诗句来的。很显然,这是1998年留给我们的一个有趣也是应该认真对待的课题。

老诗人吴少山1998年在省内外报刊发表了十多首儿歌和儿童诗。其中的儿歌作品形式规范,音韵感强,内容也清新活泼,十分好读。如发表在上海《看图说话》上的《桂花树》:"金桂树／开金花／银桂树／开银花／秋风一吹／香万家"。又如发表于《杭州日报》的《躲起来了》:"月亮婆婆／躲起来了／小小星星／躲起来了／沙啦啦／沙啦啦／下小雨的夜晚／一个小姑娘／钻进床底下在喊／妈妈,妈妈／我也躲起来了。"

雪野近年来一直在经营着他的儿童诗。1998年作为"诗神折叠系列诗丛"之一的《绿色的小耳朵》，收入了他的三十首诗作。这些作品大多取材于大自然和乡村生活，写得轻巧秀美，既洋溢着芬芳的乡野气息，又跳跃着清亮的童稚之心。

如《尾巴甩甩》：

小猪的尾巴甩甩／这顿饭吃得好欢／小牛的尾巴甩甩／把蚊子拍拍赶赶／小兔的尾巴甩甩／是遇上敌人／打出的信号弹／小虎的尾巴甩甩／谁也不喜欢／那让人害怕的小钢鞭

如《雪被子》：

没有屋顶／就会有雪落下来／落成一床／厚厚的雪被子／妈妈，您说要着凉／才不会呢／你看那小小的麦苗／热得伸出了／手和脖子

1998年在儿童诗创作方面较为活跃的作者还有杜风、张向阳、金志强、虞运来、赵哲权等人。

如果说儿童文学在整个文坛属于一种边缘或弱势门类的话，那么，儿童诗差不多又属于儿童文学中的边缘文体或弱势体裁。因此，从主观愿望上说，我们是非常乐于为儿童诗多说几句话的——诗毕竟代表着儿童文学的一份特殊的光荣。

三、少年小说一瞥

与儿童诗歌相比，少年小说创作相对而言一直是浙江儿童文学创

作的强项。我们从前些年的年度述评文章中可以明显地看出这一点。

谢华近年来将主要精力投入了中篇小说的创作。继中篇《远山》在1997年第6期《巨人》上发表后,另一个中篇《甲乙丙丁》则在《巨人》1998年第4期头条位置上与读者见面。《甲乙丙丁》所描写的仍是谢华擅长的校园题材。作者将人物的姓名简缩为甲、乙、丙、丁这样几个符号,以简洁、幽默的语言从容道来,把读者的注意力集中到人物生动的个性面貌上。正如《巨人》的编者发作品时所评论的那样,谢华笔下的人物,不论学生或是老师,极具生活化特性,嬉笑怒骂,亲切自然又让人感悟,笔墨间颇具写意画的神韵。

顺便说一句,谢华的中篇新作《情感问题》也已在1999年第1期《巨人》头条位置刊出。少年儿童出版社拟将上述三个中篇合为一集,出版一个中篇集子。

1998年,谢华还有一个收获:湖北少儿出版社的"新儿童小说百家丛书"推出了谢华的短篇小说集《大合唱》。该书收入了作者自20世纪80年代初以来发表的短篇少儿小说共二十六篇。其中如《小桥吱呀吱呀》,在80年代初一发表就引起过读者的注意,入选过《儿童文学选刊》。谢华是一个认真而又执着的作家。认真,使她的作品质量总是能保持在相当的水准线上;执着,又使她在不同时期总是不断地为读者奉献出佳作,直到如今。

李建树的《校园明星孙天达》是列入浙少社出版的国家九五规划重点图书"中国幽默儿童文学创作丛书"的唯一一部我省作家的作品。李建树是一位有着自觉的幽默艺术意识的儿童文学作家。他的《快乐大院的故事》等许多中短篇小说构成了作者从容中见俏皮的幽默叙事特色。这部新作出的故事仍然发生在快乐大院里，但主人公已换成了快乐大院里那个有名的皮大王孙天达。不过，此时的孙天达已经上了中学，尽管"小学六年，他没有得过一朵小红花，也没有当过一天班干部"，但上了中学后，已经十四岁的孙天达发誓每年都要订计划，要达到几个目标，要干几件大事。他的追求目标，"就是一定要做个不平凡的人。男子汉大丈夫，要么不鸣，要么就'一鸣惊人'"。故事就这样有声有色地展开了——上台说相声，他很意外地成了校园明星；参加智力竞赛，他又成了失败的英雄；学校迎接百年校庆，他想一举成名，结果却洋相出尽……作品描述了一位"差生"的成长过程，情节精彩有趣，语言妙趣横生，人物生动真实，读来令人捧腹。

发表在北京《儿童文学》上的短篇《深沟》，不久即被上海的《儿童文学选刊》以头条位置选载。作品中的主人公、少年李向东因为嫉妒而对同学宋建强采取了颇为刻毒、凶险的精神乃至身体上的伤害，而当李险遭不测的时候，恰恰又是宋救了他的命！李建树这篇新作的巧妙之处在于，他用了一种似不经意的、略带诙谐的语调来讲述了一个其实并不让人感到轻松的故事，其间的反差及其所透露的独特的人生况味，可能是《儿童文学选刊》看重这篇作品的一个原因。

与谢华、李建树近期机智、诙谐的创作路数较为相近的是张婴音。1998年，张婴音也在《巨人》发表了一个中篇，在上海和江苏的两家同名的《少年文艺》杂志上分别发表了一个短篇（此外还发表有少量其他体裁的作品），成绩颇为可喜。

张婴音的小说细腻流畅，时时散发出温婉俏皮的情趣，在题材选择上显示了擅长描写家庭和校园人物、故事的特长，一直给我们以很好的印象。1998年发表的《罗老师的月亮》似乎是作者的第一个中篇。作品娓娓道来，为读者讲述了一个带有喜剧色彩的校园故事。短篇《问题女孩》讲述的是一个颇有些任性、冷漠、自私的五年级小学生秦小萌和一个纯真、善良、热情的一年级小学生可可的故事。作品的故事设计富有一定的传奇色彩，人物个性描述较为生动传神。最后，一向瞧不起小不点儿可可的秦小萌被可可的天真、善良感动了，并且在心灵深处升腾起善良和关爱的美好情感。虽然在一个短篇的格局里，作者描述了秦小萌的大幅度的"转变"，但由于作者的铺垫、描述较为充分，所以作品给读者的印象和分寸感还是自然、适度的。这篇小说发表后，很快也被《儿童文学选刊》的编者看中，在1999年第1期第二条位置上选刊。

前些年，浙江少儿小说创作中曾经出现过一些长篇作品，如张微的《雾锁桃李》、张彦、石在的《好球》等。近年来，当"中国的长篇小说仿佛进入了一个丰饶的汛期"，"一大批长篇小说迫不及待地从印刷机器里面席卷而出"时，儿童文学界创作方面却似乎是按兵不动了。直到1998年底，人们才读到了杨明火的长篇小说《特派员的儿子》。

在《特派员的儿子》正式出版前，我曾有机会读到作品的打印稿。这部小说描述的是传统意义上的"革命历史题材"，叙述了浙东地区一个地处两山（塔山、鹿山）之间的山村——塔鹿村的人们在地下党领导下发动武装斗争、揭开"反顽斗争"序幕的故事。作品着重刻画了特派员（上级常委特别指派的代表）的儿子、少年敏儿的艺术形象。

关于这部作品的人物形象塑造，樊发稼先生在为该书撰写的序文中认为："敏儿作为一个孩子，天真而又单纯。他的父母都是冒着生命危险坚持做革命工作的。在父母革命思想和高尚精神的熏陶激励下，在种种严酷的社会现实的教育下，敏儿终于逐步成长为一名怀有崇高理想、机智勇敢的少年英雄，利用儿童的特殊身份，完成了一项又一项既十分危险又极为重要的任务，在那个特殊年代里，为革命事业做出了卓越的贡献。这位少年英雄鲜明的个性及其可爱的性格特征，在作品中通过一系列情节和细节获得了极为生动的乃至可以说是淋漓尽致的展示。敏儿的少年伙伴诸如永旺、仿月、振国、小苟等等也无不给人留下深刻的印象。"

《特派员的儿子》在艺术上有这样两个明显的特色：

其一是其细腻、富有情味的散文化笔调。作者写过不少诗歌和富有诗意的童话作品，这种艺术训练自然会对他的小说叙事语言产生影响。《特派员的儿子》虽是长篇规模，但语言的表达却是一丝不苟的，显示了作者认真的创作态度。

其二是浓郁的浙东乡土气息。作者所描写的生活背景正是自己的故乡，所以作品中的乡土和童年生活描绘、景物描写乃至民谣、儿歌的穿插等等，都透着鲜活的地域文化色彩和乡土生活气息，丰富了作品的艺术内蕴。

读完《特派员的儿子》后我认为，作者也许还可以根据题材的特点，把故事情节编织得更精彩一些，也许还可以在革命历史题材创作的创新上进行更多的努力。但是我们也真切地感觉到，杨明火的创作态度是认真而严肃的，我为他通过认真的创作取得如此成绩，感到由衷的高兴。

早在 20 世纪 80 年代初，当时在宁波镇海一所小镇中学任教的余通化，就已是一位在少儿文学界拥有一定影响的作家了。二十年来，余通化一直没有放弃在少儿小说领域的艺术耕耘。1998 年他除了在江苏的《未来》丛刊发表中篇小说《校门外面是马路》外，还在上海和江苏的《少年文艺》、天津的《儿童小说》等刊物，发表了多个短篇作品。余通化一直以描写学校生活题材见长。近年来，他也逐渐把视野从校园拓展到整个社会生活领域，使自己作品的艺术容量得到了相应的扩展。中篇新作《校门外面是马路》描写的是商品经济时代新的时代观念和生活浪潮对于当代少年的影响的冲击，具有较强的现实感。

余通化发表于上海《少年文艺》上的短篇《傻丫》与前面述及的张婴音的《问题女孩》颇有异曲同工之妙。作品中的傻丫憨厚而又善良。富有心机而又有点自私的阿珍自己采完野山笋后便将傻丫忘在脑后，自顾自地回家了，而心地单纯善良的傻丫却还独自在夜晚的山上痴痴地等着她……作品写得相当凝练。在不长的篇幅中，傻丫的憨厚、善良与阿珍的精明、自私形成了鲜明的反差和冲撞，结尾处阿珍的感动也显得自然而真切。这篇作品可以说是余通化奉献给我们的一篇小小的佳作。

在一些特殊类型的少年小说的创作上，值得注意的是近年来勤奋创作的老作家张彦的中篇小说《疯叫声声》。《巨人》编辑部在1998年第1期头条位置上刊出这部侦探题材的作品时，特别在"卷首语"中提醒读者："这类（侦探）题材的小说不常见到，物以稀为贵，大家是否会很喜欢？"我们还记得前几年读过的张彦的中篇小说《通天彻地大班长》。那篇作品在写实的基础上，糅合了游戏、夸张、漫画等因素的手法，形成了一种写实与荒诞相互融合的小说结构方式。在新作《疯叫声声》中，作者以其对少年心理的洞悉和理解，充分调动侦探小说的艺术手段，巧设情节，悬念迭出，同时又融入了较深刻的社会意义，因此读来不仅引人入胜，而且令人回味不已。

龚泽华曾是一位创作旺盛的作家，在儿童文学和成人文学两个领域左右开弓，成绩不俗。近年来已较少见到他的新作了。1998年发表于《少年文艺》上的短篇《子刚术牌的故事》，叙述的是围绕着玉器所展开的一场"灾难性的比斗"故事。作品构思巧妙，叙事流畅，颇可玩味，显示了作者的艺术功力。

回顾1998年的浙江少儿小说创作，可以看出在强化作品的可读性方面，作家们都下了较大的功夫。对此，我们应予以充分的肯定。

四、童 话

关于童话创作，我们首先可以提到王晓明。这位著名的儿童画家在文学创作方面的独特才能几年前就引起了我们的关注，他的《灯塔教学》《花生米样的云》都给我们留下了深刻的印象。我们说过，作为一位兼具画家和作家双重身份的作者，王晓明的幼儿文学作品能做到的往往不是简单的文图配合，而是文字表达与绘画表达的互融互渗、高度统一。1997年底，由王晓明自己创作并绘画的童话集《花生米样的云》由海燕出版社出版。1998年8月，同样由他一人作文作画的童话《漂流树》单行本由新世纪出版社出版。

王晓明的图画文学作品，既显示了作者在文学和美术两个领域的创作才华，也显示了他独特的人文素养和精神关注。《漂流树》中的老渔夫不明白漂流树生命本质的意义，王晓明以他的作品表达了想冲破这种隔膜的努力。这种努力是沉重的，因此他的文字表达有时候清浅度不足,然而他通过文画一体的艺术呈现,给人以生命的永恒感和意义启悟。童话集《花生米样的云》收入了《慢吞吞的老月亮》《想回家的老乌龟》等十二篇童话作品。在这本如诗一般美丽动人的作品集中,流淌着生命的至爱、真情,表现着人性的温馨、奇美。正如该书编者所说,这本童话集用它特定的方式阐释着对生命的理解——流淌在人类内心深处的是童话和诗!

不过,最引起我们关注和兴趣的还是王晓明图文互融的独特美学构筑。我们相信,当王晓明写下他那些美丽的童话作品时,他的幻想世界一定会浮现出一幅幅或优美、或壮阔、或清新、或凝重、或灵秀、或旷远的画面来。事实上,他的童话文字已经为我们绘就了一幅幅仿佛可以触摸的绚丽生动的画面。请看:落尽了绿叶的树不再美丽,连树皮也被海浪磨尽,裸露出白色的枝丫。斑斓的小鱼不再追逐它舞蹈,连乌贼也懒得再看它一眼,但绿树继续漂流着,只要灯塔不灭,就一定能找到它生活过的地方……(《漂流树》)丰富的色彩感显示出强烈的绘画意图。另一方面,王晓明又很注重在绘画中吸纳听觉艺术的某些形式,因此,画面的处理充满独特的运动感和变形因素。我们认为,王晓明这些作品所具有的内在的图文相融性,的确是与作家独特的双重艺术创作身份分不开的。

冰波仍以其丰沛的艺术才华写作童话。1998年他出版了幼儿童话《山大王和小小鸟》、《晚安,我的星星》、童话集《火龙》、卡通集《阿笨猫》等四册单行本,并在海内外数十家报刊发表了不少新作或改编的脚本。

王铨美近年来在低幼童话创作方面收获颇丰。他的作品不仅数量多，发表报刊的层次高，而且质量也大多能保持在较好的水准上。1998年他在《童话报》《小青蛙报》《小朋友》《娃娃画报》《看图说话》等重要报刊上发表了不少好作品。王铨美是一位在中等学校从事教育工作的作者，他勤奋认真的创作态度，应该引起人们更多的关注和重视。

与王铨美情况相似的是金志强。近年来他在幼儿文学创作中每年都发表不少新作。有些不同的是，王铨美钟情于低幼童话创作，金志强涉足的体裁领域则较为广泛，除了较多的童话创作外，还有诗歌、散文、故事等。1998年，金志强在《娃娃画报》《幼儿画报》《童话王国》《杭州日报》等报刊发表了不少童话新作，成绩不俗。

老作家屠再华以散文创作见长，同时在童话、诗歌等领域也都有上佳的艺术表现。1998年可以说是屠再华创作上的一个小小的丰收年。他在海峡两岸的报刊上都发表了数量不少的各类作品。其中的《小鼹鼠"打的"》《小小虎》等童话作品，精巧幽默，富有时代气息，可读性强。

近来的儿童文学界已经很少提到"探索"这个词了，但乐于探索的作家们仍在不知疲倦地探索着。夏辇生就是其中一位。1998年她坚持在创作过程中对自身思维的开采和激活，继续以"接龙童话""游戏童话"等形式，拓宽自己的童话创作空间。下半年，她又对"童话散文"及"纪实童话"进行定位与创作。夏辇生是一位勤于思考的作家。她的"游戏童话"，旨在让小读者在玩的过程中，玩出儿童的天性，玩出品位，玩出哲理，玩出想象力，以及玩出做人的道理来。她将"幻想与生活真实或纪实性事件直接融合"。夏辇生的童话注重调动读者的思维和参与，具有较强的游戏性。例如，天津的《童话王国》在推出她的接龙童话《阿呆猫和聪明狗》时，附有作者的创作手记。她告诉读者，这种童话，无论是写,还是读,都是在游戏。游戏的规则是:上一个童话情节的结尾,正是下一个童话故事的题目。因此,"读者在读这样的童话时,看完一个,不必急着去读别人已写好的下一个,而可以用上一个故事留给你的悬念去自编一个塑造贯穿人物个性的童话,然后,再将自己的故事与作者的故事做个比较,以此开发想象力。说不定,你的故事比作者的更精彩呢!"夏辇生的"纪实童话"则尝试了一种十分有趣的写法。在童话《红柿子》中,她把一批人们十分熟悉的儿童文学界人士变成了幻想世界里的主人公;写实性与幻想性的新颖结合,使作品产生了一种新鲜别致的阅读效果。

由希望出版社主办,我省童话老作家倪树根主持编务的童话专刊《中外童话》,在1998年又发表了不少省内外作家的作品。该刊发表的既有名家新作,又有小作者话习作,还有一块宝贵的专发翻译作品的"外国童话"园地。我们盼望会有更多更好的我省作家的童话作品在这份刊物与读者见面。

1998年在童话创作上发表新作的作家还有倪树根、沈虎根、高蕾、胡霜、屠再华、孙建江、虞运来、张彦、杜风、徐强华、章云行、李建树、杨明火、张婴音、郑志刚、金旸等。

五、其 他

我们再来看看其他儿童文学门类的创作情况。

一是寓言。老作家金江除出版了中法文对照本《金江寓言选》外，还在各地报刊发表了《世界杯寓言二题》等新作。雨雨在《少年报》《北京日报》《小朋友》《少年文艺》《民生报》等海峡两岸报刊，邱国鹰在《故事大王》《少儿故事报》等报刊，都发表了不少寓言作品。徐强华发表了二十一篇新作。

二是散文。虞运来发表于《少年文艺》的《姨婆》是一篇感情真挚动人的散文佳作。质朴的叙述中描述了同样质朴而又凄美的人生。屠再华在《看图说话》《娃娃画报》《世界日报》《侨教双周报》等海内外多家报刊发表了多篇精美的散文作品。如《犟娃娃和牵牛花》，人物和语言都十分生动而又富有韵味，念起来十分上口。此外，蒋风、张彦、夏辇生、金志强等也发表了一些散文作品。

三是故事。郑志刚的《孩子要打110》讲述的是晚餐前在一个家庭里发生的小小的冲突，故事紧凑，富有现实的教育意义。林敏杏是一所大学幼儿园的园长，多年从事幼教工作，熟悉幼儿生活和心理。她的系列生活故事《红鼻子叔叔》讲述的是一个天真可爱、充满了好奇心的幼儿的有趣故事。此外，张彦、屠再华、张向阳、金志强、张婴音、汪涛等，也都发表了数量不等的儿童故事作品。

四是科学文艺。《未来》丛刊1998年第2期发表了李建树的中篇小说《外星人到来之后》。这是近年来我省不很活跃的科幻文艺创作的一部较有分量的作品。这部作品所显示的科学素养会使我们隐约记起，作者本来就是毕业于浙江大学机械工程学系的一名工程师！另外一件十分可喜的事情是，胡霜的科学童话故事精选本《淘淘历险记》10月份由河南的海燕出版社出版。该作品选收入了六十六篇科学童话故事。不少作品构思奇巧，奇中有谜，谜中有趣，于奇趣中含有科学的知识和巧妙的解答。对于充满好奇心和求知欲的小读者来说，这会是一本有吸引力的科学童话选本。

五是翻译。浙江师范大学儿童文学研究所韦苇教授的译著《比比扬奇遇记》《小思想家在行动》分别由福建少儿社出版和修订重版。此外，韦苇还在各地报刊发表了短篇译作多篇。

六是理论研究。蒋风教授的评论集《海外鸿爪录》由希望出版社出版。自20世纪80年代中期以来，蒋风先生曾陆续前往日本、新加坡、韩国等国家从事儿童文学研究的交流活动。《海外鸿爪录》收入的主要是他为这些交流而撰写的有关论文和评论，其中既有向海外同行介绍中国儿童文学历史和现状的论文，也有向中国读者介绍外国儿童文学发展和现状的有关文章。这些篇章从一个侧面记载了近十多年来中外儿童文学交流有关情况。此外，蒋风主编的《儿童文学原理》及其合著的《中国儿童文学史》，1998年均由安徽教育出版社出版。本年度，周晓波、韦苇、黄云生、吴其南、孙建江等学者，也都发表了数量不等的理论和评论文章。

六、结 语

对1998年度浙江儿童文学创作的回顾到这里暂时就要结束了。此时此刻，五城市儿童阅读状况调查报告中所提供的当今孩子们所发出的阅读请求又一次引起了我们的沉思。孩子们频频提到的"幽默""幻想""惊险""感动""风趣"甚至"疯狂"等等概念，无疑应该引起作家们的更多的关注和思考。我们的许多作家无疑是执着、勤奋、可敬的，浙江儿童文学创作在幽默、游戏、幻想等儿童文学艺术美学矿藏的开发方面无疑也是很有成就的，但是，儿童文学的艺术创造天空是无限的，小读者的期待也是无限的。面对读者，我们还要更努力呀！

新世纪的大门已经伸手可触。逼近新世纪，愿我们会拥有新的激情和灵感……

（原载浙江文学院《九八浙江文坛》1999年5月编）

回眸九九
——1999 年浙江儿童文学创作述评

一、概 述

1999 年,有人说是 20 世纪的最后一年,也有人说是 20 世纪的倒数第二年。不管怎么说,这一年是有些特殊的,它提醒我们除了关注这一个年头的文学发展进程之外,还应特别回顾一下更长的一个历史时段——整个新时期,甚至整个 20 世纪。

1999 年岁末,浙江省作协儿童文学创委会在一篇题为《让浙江儿童文学上一个新台阶》的文章中,对新时期以来创委会的工作及 2000 年的工作设想,做了扼要的小结和初步的规划。这篇文章篇幅不长,但信息量不小。其中谈到,改革开放前,我省儿童文学作者(常能在省级以上报刊发表作品者)仅七八人。从 1980 年起,儿童文学创委会采取了办儿童文学创作讲座、笔会以及作家传帮带等多种措施,发现和培养了一批有实力的儿童文学作家。目前,我省已有约七十人的作者队伍,发表作品范围从全国到地方报刊(包括台湾地区);出集子者也有四十余人。全国各级各类儿童文学评奖活动,几乎也都有浙江儿童文学作家的份。我国权威的老牌少儿文学刊物《少年文艺》(上海),曾两次发表评论《浙江上去了》《再论浙江上去了》。可以说,在相当一段时间里,在省市以上重要少儿报刊上发表的儿童文学作品,无论数量和质量，浙江都仅次于北京和上海；获奖作品数也仅次于北京和上海。同时，人们也已看到，作者队伍逐年老化，创作势头将会出现一个低谷。因此，在1995年的杭州五云山笔会上，"加速培养新人"的工作被提到了一个紧迫的议事日程上。特别是在1999年中国作协第四届全国优秀儿童文学作品的评奖中，浙江王晓明创作并绘图的《花生米样的云》获奖。不过，王晓明的主要身份却是个画家，这给儿童文学创委会以"极大震动"。1999年，创委会在倪树根主任的主持下加大力度，采取不同方式，培养儿童文学作家。

1. 召开了有近70人参加的儿童文学作家笔会，交流信息，交流经验，激发创作热情，拓宽发表作品园地。

2. 举办了第二期中青年儿童文学作者培训班，30人参加，有近10位儿童文学作家到班上讲课。

3. 举办谢华校园文学作品研讨会，中国作协书记处书记高洪波及省作协、浙江师范大学、少年儿童出版社(上海)等40余位作家、评论家参加。

4. 在上虞区，创办金近儿童文学院，第一批招收成年和少年儿童文学爱好者100人(两个班)，省作协儿童文学创委会每月派作家前去讲课，11月份已由倪树根、冰波、吴光松讲授了童话和科幻童话的特点和写作技巧，反映良好。

5. 许多作家在搞好自己创作的基础上，发现和培养新人工作方法多样，如沈虎根、蒋应武、冰波、金志强、莫剑敏等为推介新人作品做出努力；吴光松、朱为先、李燕昌、郑志刚等为文学社讲授写作知识，受到好评；谢华已招收了"徒弟"，全力培养；倪树根又应外省两家童话杂志社之聘，担任了社外副主编，为浙江作者发表童话作品又提供了两块新园地。

就在省作协儿童文学创委会为培养创作新人、重振浙江儿童文学创作局面而紧锣密鼓、努力工作的同时,由省文联主办的《少年儿童故事报》也迎来了她创办十五周年的生日。被誉为"大作家的园地,小作家的摇篮"的《少年儿童故事报》,以小学和初中学生为基本读者群,兼顾其他年龄层面的少年儿童读者;创刊十五年来已出版了六百余期,刊发了1200多万字的故事、童话、寓言等多种体裁作品,为少年儿童提供了丰富的精神食粮。在十五年的办报历程中,该报曾被评为"全国十佳少儿报刊",得到了全国数十万小读者的喜爱,多次荣获全国少儿报刊奖,被全国许多地区和学校评为"我最喜爱的一张报纸"。为了进一步适应素质教育的需要,在世纪之交的1999年,该报实行全面改版,以更加贴近少年儿童学习生活实际,真实反映他们的思想风貌,使报纸内容更丰富、生动、有趣,并融思想性、知识性、趣味性和参与性于一体。改版后的报纸既有"大人写给小孩"的精彩故事、童话,也有"小记者""小作家"以自己的真情实感写身边的人和事的充满稚气和童趣的作品。同时还推出"聚焦""成长的日子""智慧总动员"等专栏、专版,开启少年儿童的情感世界,追踪他们的热门话题,给他们以新的知识、快乐与幽默,提高他们的审美情趣和实践能力。

瑞安市儿童文学学会推出了会员作品选《大象的协调会议》一书。该学会有近50位会员,大多是教师。《大象的协调会议》选收会员创作的130多篇作品,可以说是瑞安市儿童文学创作成果的一次集中展示。老作家金江为该书撰写了序文《为儿童创作是幸福的》。

近年来一直致力于儿童文学原创作品的选题、创作和出版工作的浙江少年儿童出版社，继1998年出版"红帆船诗丛""中国幽默儿童文学创作丛书"取得重要成功之后，1999年又出版了冰心生前主编的最后一套丛书"寄小读者散文丛书"等一批高品位的少儿文学读物，取得了不俗的社会效益和市场销售业绩。此外，由浙江少年儿童出版社出版的幼儿文学刊物《幼儿故事大王》，由希望出版社主办、我省作家倪树根执编的《中外童话》等期刊，1999年继续发表了我省作家的许多儿童文学作品，成为我省发表佳作、扶植新作者的重要文学园地。在各类文学评奖中，值得特别一提的是，我省著名画家兼作家王晓明创作并绘画的幼儿童话集《花生米样的云》获得了中国作家协会主办的第四届全国优秀儿童文学奖。本届评奖的评委会由15名评委组成，其中14名来自中直机关和北京市的有关高校和单位，笔者是唯一来自北京以外的评委。《花生米样的云》在初评时并未入围，而终评时经评委推荐获得了评委会一致的好评，最后以高票获奖。在中国作协全国优秀儿童文学评奖的历史上，由一位作者创作并绘画的作品一举夺魁，这还是第一次。实际上，在欧美儿童文学界，一位作者兼具作家、画家双重身份并享誉文坛，这并非个别现象。也许，王晓明的获奖在中国儿童文学界，也预示了具有这样一种身份特征的儿童文学作家的出现和崛起。

  宁波青年作家王路以小说《神秘小屋》获得了第18届陈伯吹儿童文学奖小说类优秀作品奖，是我省唯一获得本届奖项的作者。我们希望这一获奖能成为显示浙江省青年作家创作势头的一个有力的信号。

  在由省作协等举办的浙江文坛五十杰的评选中，沈虎根、金江、赵冰波三位儿童文学作家入选。这三位作家都是浙江儿童文学界具有代表性的作家。

在海峡两岸儿童文学交流方面，夏辇生、屠再华、徐强华、韦苇、孙建江等，都在台湾发表了数量不等的儿童文学作品和评论文章。方卫平应联合报文化基金会邀请，第三次赴台，从事一个多月的讲学和学术研究活动。他先后到联合报社、"中研院"、台湾大学、台东师院等进行了访问交流或讲学，《联合报》《中国时报》《民生报》《国语日报》等就此做了报道。

二、小说

1999年，由于一些原因，我们所读到的浙江少年小说新作、力作似乎不多。值得一提的是，谢华发表了新作中篇小说《毛妹》，还出版了中篇小说集《情感问题》，徐迅出版了短篇小说集《飞来的雪团》。

中篇小说集《情感问题》收入谢华近年创作的三部中篇小说《远山》《甲乙丙丁》《情感问题》。自80年代初以来，谢华陆续发表了一批颇有质量和影响的短篇少年小说。以此为艺术基础，谢华的中篇小说创作一出手就显示了良好的创作势头。这些作品很快就被国内目前最具分量的大型少儿文学期刊《巨人》刊登，并由《巨人》的主办单位少年儿童出版社（上海）结集出版。其中《远山》写了一个乡村女孩箬子对城市生活从热切向往到初步了解，最后毅然离去的故事。小说中着力描写的那一群城市高中生，真诚、善良、热情。他们真心想帮助箬子，可他们自己又有各种各样的烦恼。箬子的离去会给他们留下一点什么呢？《甲乙丙丁》和《感情问题》则是两个老师和他们的学生之间的故事。讲台上的老师是认真严肃的，可生活中呢？比如说，老师忽然恋爱了，比如说，老师突然让人打了。几个淘气粗心的学生无意之中从他们的老师身上读出了编织生活的各种情感，或诙谐风趣，或苦涩无奈。生活真像一张网，来来回回，牵牵扯扯，这中间需要多少宽容、理解和爱心！在该书的"后记"中，谢华表示，作为一个中学老师，近三十年的校园生活，决定了她的小说的主人公只能是那些在生活中与她朝夕相处的少年朋友。不过，在这些中篇小说中，作者为了表现比较完整的校园生活，又特别塑造了几位教师的形象。在谢华看来，完整的校园生活没有老师的存在，便是无论如何不能成立的。在老师与学生，成人与少年的关联与互动的描绘中，作者诠释了自己所要表达的艺术主题。按作者自己的说法就是："如果说，在《远山》中我是表现了人与人之间的距离的话，那么，在后两篇小说中我是在努力缩小这种距离，特别是老师和学生之间的。《甲乙丙丁》中我把老师拉到了学生当中。《情感问题》中，我又把学生引进了老师的生活里。孩子们是一天天地长大了，自我意识的觉醒，心理素质的成长，人格的形成，全是在他们不经意之间不知不觉地完成的。于是，我感觉到了，而且被深深触动了，于是，就力图尽可能客观真实地表现属于我的那一份感动，我希望它们能告诉我的少年朋友：我原来是这样长大的。"（见该书"后记"）

在前些年的述评文章中，我们曾经谈到，谢华小说的艺术笔墨是丰富的，或素雅淡远，或诙谐幽默。这种多样化的艺术求索姿态，同样表现在谢华的中篇小说创作实践之中。在《远山》中，作者用细腻雅致的工笔技巧描绘出一幅具有水墨画般艺术效果的小说叙事图景，而在《甲乙丙丁》和《情感问题》中，作者则采用了她所擅长的调侃、幽默的笔调，制造了一种俏皮而风趣的轻喜剧风格的叙事效果。以多种眼光、多副笔墨精心从事创作，是谢华保持至今的创作姿态。这种姿态同样保存于她的中篇小说创作中，这是十分难得的。

老作家沈虎根在为《情感问题》撰写的序文中，充分肯定了谢华的艺术成绩。他说："从事儿童文学写作的人本来就不很多，长期坚持下来的人自然也不会多，而写出来的作品真正属于'儿童的'，又真正属于'文学的'作家则更是不多了。然而，我以为谢华却是一位得到大家肯定的作家。"沈虎根先生还对谢华创作中的不足提出了他的分析和建议。

中篇小说《毛妹》是谢华1999年出版的一部新作。作品以主人公毛妹的特殊遭遇为切入口——家庭困顿、父爱缺失、母亲患精神病，学校里老师、同学歧视等等，塑造了一个性格较为复杂的人物形象。作者既刻画了毛妹在一种"无爱"的环境中养成的苛刻、刁蛮、粗野与倔强的个性，也通过一些生动的细节表现了她勤劳、善良、讲义气、重感情等美德品行，并且描述了毛妹性格和命运的发展变化。毛妹的天空曾像那苦楝树下的月亮，"被枝枝杈杈割成了一块一块"，可是在人们的注视和关爱下，她还是走出了苦楝树的阴影，看见了"完完整整的一轮"月亮。在帮助毛妹、关爱毛妹的过程中，不止毛妹看见了完完整整的月亮，爱也使其他的人更加融洽，爱使本来有小磨擦的林玫玫和王秋丽的手握在了一起，使美丽的卢芦阿姨和林老师走到了一起。这个温暖的结局，使每一个读者心中都充满爱意。通过《毛妹》所叙述的故事，小读者们会明白，去爱别人，也努力做一个值得被人爱的人是多么的重要。

《毛妹》以小学中高年级的学生为描写对象，其语言和情节的安排也充分考虑了这个年龄段的孩子的特点。作品里虽没有什么惊天动地的故事，但在作家不露声色的描写中，平常的故事有了不平常的感觉，既给人熟稔的亲切，又给人陌生化的快乐。不是很复杂的情节符合孩子们的阅读习惯，故事不断变化发展也极易吸引他们。当然情节快速转换也容易使描述简单，不易充分表现主题，正如有的评论者所指出的那样，以《毛妹》拉开的故事框架来看，毛妹以及毛妹的故事还可以写得更充实、更感人（参见梁燕《传达爱的讯息的〈毛妹〉》）。我们祝愿谢华在尝试新的体裁（中篇乃至长篇）的创作过程中，能够不断总结，不断飞跃。

徐迅是儿童文学创作上的一位多面手，小说、寓言、散文等体裁，他都写过。1999年初，他在儿童小说创作上的第一本个人作品集《飞来的雪团》由山西的希望出版社出版。这部十万字的小说集收入了二十篇儿童小说，其中一些作品曾在各类儿童文学评奖中获奖。该书的出版可以看作徐迅在儿童小说创作上多年耕耘之后的一次艺术小结。

与许多儿童文学作家一样，徐迅也是一名教师出身的作家。1963年，十八岁的徐迅从师范学校毕业后，当了一名小学教师。近三十年的从教生涯，对徐迅的儿童小说创作产生了深刻的影响。他的作品大多取材于乡村和小城镇孩子的日常生活，或以质朴有力的笔墨勾画孩子们纯真美好的心灵图像，如《金色的鱼儿》《飞来的雪团》《教师的儿子》等，或以儿童世界与成人世界的尖锐而醒目的对比来抨击假恶丑，褒扬真善美，如《垂钓的希望》《小妹妹》《夜晚出门的妈妈》等。这些作品叙事清晰，语言质朴，十分好读。

徐迅的作品也有一些采取的是童年回忆视角或取材于战争题材，

如《呆大阿华》《难忘的牛尾巴》《苦娃》等。其中《呆大阿华》通过对一个被称为"呆大"的童年伙伴人生故事和命运的描述，揭示了较为深厚的生活内涵和人性内容，具有较强的艺术感染力。

相对说来，收入《飞来的雪团》这部集子中的作品，其艺术手法的运用和艺术面貌的呈现，都是比较传统的。也许这既可以看成是徐迅儿童小说创作的一个特点，也可以看成是某种不足。对于投身儿童文学创作数十年的徐迅来说，如何认识今天孩子（包括乡村和城镇孩子）的生活状态和阅读特点，从而使自己的创作有所发展，有所变化，也许是他将要面临的一个新的创作课题。

几年前，年轻的王路以一篇《Mao Mao》引起过我们的注意。迄今为止，王路的作品数量虽不算多，但质地却是独特的。这种独特性使他的创作迅速地在当今纷纭的儿童文学写作面貌中浮现出来，成为人们喜欢谈论的一个话题。记得四五年前，我们在上海的《文学报》上谈论90年代儿童文学现状时，是把王路的《Mao Mao》作为反映90年代儿童文学写作动态的具有代表性的作品之一来谈论的。1999年我们又读到了王路的《神秘小屋》《弟弟》等作品。《神秘小屋》与《Mao Mao》等一样，在虚幻与现实的游移之间，对当代少年的心灵世界做出了相当独到和深刻的艺术揭示，因此，王路的母亲、作家夏真曾经在一篇文章中这样概括过王路的创作路子：真实的细节，真实的感受，加上虚幻的故事。同时，王路的笔墨也是多彩的：或简洁传神，如《Mao Mao》；或凝重沉滞，如《神秘小屋》；或诙谐风趣，如《弟弟》。1999年，王路以《神秘小屋》获得陈伯吹儿童文学奖优秀作品奖，应该是一个好兆头。王路作为浙江文坛近年来出现的一位富有良好素质和潜力的儿童文学新人，应该可以写得更好些，更多些。我们为他祝福。

1999年，一些省内知名的作家也陆续发表了一些少儿小说作品。如余通化发表了《课间十分钟》(江苏《少年文艺》)、《暑假中的有一天》(《儿童小说》)等，张彦发表了《弈仙老姆》《长寿面矮子》(均载江苏《少年文艺》)等。

从我们接触的有限的材料看来，1999年浙江省少儿小说创作从总体来看，数量不多，精品力作更少。少儿小说创作曾是浙江儿童文学创作较具实力的门类之一，也是近年来全国儿童文学创作中最活跃的一个门类。我们盼望浙江作家能够积蓄力量，争取明年能有较大的收获。

三、诗 歌

在儿童诗歌创作方面，1999年吴少山、屠再华、张向阳、杨明火、金志强、雪野、赵哲权、虞运来等诗人、作家都发表了数量不等的作品。据《浙江作家报》报道，我省七十七岁的老诗人吴少山的新诗集《儿童诗一百首》1999年由少年儿童出版社(上海)出版。吴少山长期从事教育科研工作，经常深入学校或幼儿园，和小朋友们共同生活。这给他的诗歌创作提供了丰富的灵感和源泉。他以诗人的敏锐与细心，捕捉了许多常人所不在意的生活细节，写出了一首首饱含儿童情趣、优美上口的儿童诗佳作。吴少山从50年代初开始发表儿童诗作品，数十年笔耕不辍。《儿童诗一百首》收入了诗人近年来在全国发表的有较大影响的诗作，其中有些作品还曾获得过各种文学奖项。

青年作者雪野的儿童诗集《红枣树下的童话》由延边大学出版社出版。这本诗集收入了雪野的 70 首儿童诗,这些诗作是从作者迄今发表的 200 多首作品中选出来的,基本上反映了雪野儿童诗创作一些基本面貌和特点。

在我们的印象中,雪野最擅长写作的是那种充满山野和田园气息,蕴满童心童趣的小诗。他的这类儿童诗作品往往写得轻巧灵秀,质朴纯真,散发出缕缕清新而又迷人的芬芳。

比如这首《尾巴甩甩》:

小猪的尾巴甩甩／这顿饭吃得好欢／小牛的尾巴甩甩／把蚊子拍拍赶赶／小兔的尾巴甩甩／是遇上敌人／打出的信号弹／小虎的尾巴甩甩／谁也不喜欢／那让人害怕的小钢鞭

这首小诗取材看似随意,但于自然随意中颇显经营的苦心。动物是孩子们很感兴趣的题材,小动物的尾巴也会是孩子们很感兴趣的对象,而小动物们的"尾巴甩甩",在天生感觉敏锐的孩子的眼中,当然更会是一种有趣的现象。这首诗作借"尾巴甩甩",轻巧地写出了不同动物的不同心情或个性——小猪的心满意足,小牛的自我保护,小兔的警惕机敏,小虎的威风凛凛……尾巴甩甩,甩出了诸般心情、诸多世相。同时,这首诗的韵律轻快活泼。对于孩子们来说,一首内容活泼有趣,节奏和韵律感又很强的小诗,自会具有一种挡不住的魅力。

在大多数的情况下,雪野都不很在意诗作外在形式层面上的节奏感和韵律感,他似乎更着意于在作品中建立一种内在的艺术感觉:儿童般纯真清新的眼光、灵巧新奇的想象、专注凝神的遐思。可以说,这种艺术感觉的建立和表达,构成了雪野儿童诗歌中诗意和诗情的主要来源。例如《雪后的小山》：

> 小山娃娃／今天最漂亮／穿上白大褂／白鞋子／还戴了一项／白绒帽／可惜呀／这帽子太大／遮住了眼睛／盖住了嘴巴

用拟人手法写雪后的小山被白雪覆盖的景象，不算稀奇，或许还有落入俗套的嫌疑。但诗中第二小节叹息："这帽子太大／遮住了眼睛／盖住了嘴巴"，就有点新奇，有点趣味了。在这里，作者以儿童的眼光和感觉，把一般性的比拟推成了别致的想象，于是，一缕诗意、一点诗趣就产生了。又如《树叶》：

> 为了能听到／好多的意见／为了能让自己／长得直／长得高／树／才生出了／那么多的绿色的小耳朵

起笔有些直、有些露，甚至有些生硬。第二节，虽然扣住了树的特点来写，但依然让人觉得了无诗趣。到了第三小节，全诗不俗的艺术感觉突然间就建立起来了："绿色的小耳朵"，原来是为了更好地倾听意见、更好地生长呀！于是，一、二两节得到了很好的照应，全诗也不再显得生硬，而顿时变得相当鲜活可爱起来。显然，孩子般纯真的目光和想象，为作品带来了葱茏的诗意和情趣。

的确，雪野的儿童诗有一种清纯的美质。这种美质除了与作者在诗中所透露的艺术感觉有关之外，当然还与作品中所表达的艺术主题有关。如《日子》："假如日子是／一段段甘蔗头／奶奶的牙齿／由此被磨得精光／那么，我就做／许多的豆腐／串成一串串／嫩嫩的日子／让奶奶的牙齿／重新生长／整齐地站上牙床"。一个孩子的喃喃自语中表达了善良的情怀。

又如《节日的铃铛》："节日里／石榴树挂出了一只只铃铛／节

日的铃铛谁来敲／松鼠说／我拿手的节目／是爬树采松果／长颈鹿说／敲一只铃铛我行／那么多我可忙不过／长臂猿说／我的身姿／荡秋千最好／大白象说／我的力粗／适合耍棍术／节日的铃铛没人敲／风儿听见了／默默地伸出了／一双双小手……／叮当——叮当——／清脆的声音／传出很远很远……"；热闹的童话诗颂扬的是一种默默的自觉奉献精神……这些诗作的主题意图虽然明确，但其抒写却作了相对艺术化的处理，而雪野诗作清纯的美质，也因此获得了更坚实的填充。

雪野曾在信中告诉我，他写作儿童诗十多年了，"才发了200余首"；"近两年写得少了，但想得极多"。我知道，他是一个喜欢思索的人，在儿童诗歌美学上也颇有些固执的想法。这些想法及其在创作上的探索和尝试在这本诗集中也有所显示。例如，在题材上，他除了写小花、小草、山谷、大海等，近年来还以二十四节气入诗。这本诗集中就收有《白露》《立秋》《谷雨》等篇什。他的那组"中国人物"，以鲁迅、柔石、瞿秋白、苏东坡、王羲之等历代名人为题成诗，也颇见新意。与作者过去许多清秀活泼的小诗相比，这些较近的作品在诗风上相对古朴凝重。虽然我们以为，这些作品还可以写得更自然、更含蓄一些，在主题表达上也还可以作更深的开掘，但对于作者欲在儿童诗创作上不断探索和尝试的美学理念，我们是十分同意而且欣赏的。在我们看来，儿童诗歌的艺术天地是独特的，同样也是辽阔的。

杨明火也是儿童文学创作上的一名多面手，在童话、小说、儿童诗歌等体裁的创作上都有收获。在1998年度的述评文章中，我曾经谈到过他的长篇小说《特派员的儿子》。1999年7月，杨明火的儿童诗集《跌不碎的歌》作为"光明火炬儿童诗丛"之一，由黑龙江少儿出版社正式出版。诗集收入了杨明火多年来创作的儿歌、儿童诗作品共90首。其中包括《公鸡的歌》《跌不碎的歌》等我们在前些年的述评文章中评论过的佳作。杨明火在该书的"后记"中认为,"从儿童读者角度看,儿童诗的风格大致可分为两种:明朗水蜜桃,含蓄橄榄果。前者令人望而生津,一口咬出满嘴香甜,食后余味绕舌,吃了还想;后者初食味淡,若有耐心,越嚼越有回味。据我所知,少年朋友偏爱水蜜桃,也爱橄榄果,但缺乏耐心,往往不等回味就吐掉了,可惜"。杨明火的儿童诗创作,就颇致力于儿童诗思想内涵及其审美深度的经营和追求。相对于一些以"清新""单纯"见长的儿童诗歌作品来说,杨明火的作品则更具一种可品味性,如《岸》《拣回失落》《牧马汉》等。正如老诗人圣野在为诗集所作的序文中所说的那样:"这集儿童诗,曲折地反映了诗人的坎坷经历与人生体验。爱诗的小朋友虽不是一下子都能够读懂,但随着阅历的加深,会越来越感到,诗里面蕴藏着很多富有营养的值得回味的东西。"另外,我们从《公鸡的歌》《钓风》等作品中,还能发现诗人的富于童心和诗趣的奇特的想象力。从总体上看,可以说,这部诗集较集中地显示了杨明火在儿童诗歌创作上所取得的艺术成绩。

去年我们重点评述过的金华市环城小学鲁兵诗社的小诗人们,1999年又有上佳的表现。《诗刊》继1998年6月号推出该诗社的专栏(发表作品9首)之后,1999年6月号又为该诗社的小诗人们辟出专页,发表了吴导、何骁飞、常吴等小朋友的诗作共11首。1999年4月的《作文报》和7月的《小学语文报》都以专题的形式对鲁兵诗社进行了介绍,刊发诗社简介和有关照片。黑龙江少儿出版社出版的"光明火炬小诗人诗丛"金华卷收入该诗社近50首作品。金华人民广播电台少儿节目《铃儿响叮当》于1999年开辟专栏"童心诗朵"。在主持人的精心制作下,"童心诗朵"受到全国第二届诗歌夏令营组委会的重视和好评,特约制作了100盘该节目的录音磁带作为夏令营教师的培训资料和学生奖品。

此外,黑龙江少儿出版社出版的"光明火炬小诗人诗丛"按作者地域不同共分为四卷,除上海卷外,其余三卷分别是杭州卷、金华卷、宁海卷,这些诗集收入了三地小诗人的佳作,展示了各地开展儿童诗教学和创作活动的可喜收获。宁波市北仑区公德小学的岩河文学社在1999年岁末办了份《岩河诗报》。首期报纸除刊登了圣野、鲁克、李建树、余通化、周大风等省内外作家、艺术家的贺词外,还选载了诗社辅导老师郁旭峰的诗歌讲座文章和诗社成员创作的近百首诗歌作品。

据说在50、60年代,儿童诗曾经是儿童文学家庭中比较风光的一族。那个时候,在中小学校的主题班会或营火晚会上,孩子们都会激情洋溢地朗诵他们喜爱的儿童诗歌作品。今天,儿童诗歌虽已风光不再,但是我们相信,儿童诗歌作为人类精神的栖居场所之一,仍然是这个时代所需要的。当然,也是这个时代的孩子们所需要的。

四、童话及其他

在童话和寓言创作方面,1999年夏辇生、金强芸、倪树根、冰波、胡霜、金志强、张彦、徐强华、屠再华、虞运来、金江、雨雨、邱国鹰、金旸、郑志刚、张向阳、陈必铮等作家都分别发表、出版了数量不等的作品。

对于勤奋的女作家夏辇生来说，1999年无疑是她的又一个丰收年。除了在人民文学出版社先后出版了长篇小篇《船月》、纪实文学《虎步流亡》等成人文学作品外，她在儿童文学创作上的势头依然不减。由浙江少儿出版社列入"太阳船丛书"出版的《七个太阳》，是一部充满温暖和快乐的长篇幼儿童话。作品采用系列故事的结构方式，比较适合给幼儿讲读。

长篇科幻童话《着火的蓝月亮》是夏辇生1999年为少年读者奉献的一部科幻童话新作。作品中有这样一个小老头，他是"超级科学奇人"，人称"怪博士"。"怪博士"喜欢孵蛋，任何你想象得出的蛋他都曾做过试验，并且都取得了意想不到的成果。有一天"怪博士"突发奇想，他要以全新的方式来孵化一只全新的蛋。这就是恐龙蛋。神奇的是，就在恐龙孵化出来的一刹那，"怪博士"不见了，他和一头恐龙合二为一了……作品以新奇的想象和浓郁的科幻色彩，描述了一个关于恐龙、关于人类、关于未来的童话故事，具有一种引人入胜、令人遐想的艺术魅力。

除了一部长篇幼儿童话、一部长篇少年科幻童话之外，夏辇生还在上海、天津、浙江、山西、甘肃、台北等地的报刊上发表了数十篇童话作品。这些作品风格多样，继续显示了夏辇生在童话艺术探索上不倦求索的创作姿态。

金强芸是近年来创作势头十分被看好的一位年轻作者。继1998年出版长篇童话《阳光城疑案》之后，1999年她又出版了幼儿童话故事《正气宝宝》，并在《童话世界》一至六期连载了新作《孩子失踪的城市》。金强芸的《阳光城疑案》等童话作品具有鲜明的当代童话风格，而《正气宝宝》又散发出浓郁的传统童话的艺术芬芳。

金强芸在《正气宝宝》的"作者自述"中说，她"自幼喜欢儿童文学，小时候书不丰富，幻想成为一条好胃口的大书虫，住在图书室里。也曾傻傻地、不辞辛苦地把借来的童话故事一篇篇全抄在笔记本上"。原来，喜爱阅读，为她的创作提供了良好的艺术滋养。我们相信她还会有更出色的艺术身手可以展现给读者。

长期致力于科幻童话创作的作家胡霜，1999年由语文出版社出版了科学童话集《灵灵警长探案》。全书分为上下两册，通过动物王国里的灵灵警长的一系列探案故事，生动形象地向小读者介绍自然界各种各样的科学知识。上册主要介绍与动植物有关的科学知识，如黄鼠狼是益兽还是害兽，蜜蜂靠什么辨别同伴儿，怎样利用植物找矿，什么是共生现象，等等，小读者都可以在书中的故事里找到答案。下册介绍物理、化学及环境保护等方面的科学知识，如告诉小读者物品在地球不同的地方重量是否相同，噪音对人有什么危害，什么是酸雨，金属锡制酒具为什么会变成白色的粉末儿……这部科学童话集中的作品情节曲折，构思巧妙，将文学性和知识性较好地结合在了一起。小读者从中不仅能够获得各类科学知识，而且还可以激发和培养热爱自然、热爱科学、勇于探索大自然奥秘的精神。为了便于低年级小学生阅读，全书还按词注音，并配有插图。

金江是中国当代寓言创作中的重量级作家。1999年他出版了《老虎伤风》《小鳄鱼》《牛角尖中的老鼠》共三部寓言集。雨雨（孙建江）主编的"中国当代寓言精品丛书"共十种由福建少儿出版社出版，其中包括我省作家金江、雨雨的寓言集。邱国鹰本年度在《少年文艺》《故事大王》等报刊发表了多篇作品(包括系列寓言)。其中如《生命变奏曲》等，是较有力度的寓言作品。

四川少儿出版社出版的"中华儿童散文诗画丛"，包括了我省作家屠再华的《娃娃闹海》和谢华的《桃花船》这两本儿童散文诗集。这是两册十分精美的作品集。屠再华、谢华两位都是我省儿童文学作者中艺术功力较为深厚的作家，也都是幼儿文学创作的高手。屠再华的《娃娃闹海》在精致的语言表述中透着浓浓的乡土生活气息。作品多用象声词、叠词叠字，绘声绘色，朗朗上口，十分适合为幼儿诵读。谢华的《桃花船》语言灵巧活泼，描述富于童趣，也是艺术上十分精巧到位的儿童散文诗佳作。

姚承秀女士的散文集《向往浪漫》1997年底由四川民族出版社出版。我们直到1999年底才读到这部集子。书中的部分发表于《当代少年》《黄河文学》《钱江晚报》等报刊上的作品，如《远足》《母亲河》《青春的歌》《母校，还有一座老楼》《远离都市的学校》等，都是适合少年儿童读者阅读的散文。这些作品的文笔清新流畅，感情真挚浓郁，具有较强的可读性。

此外，长于儿童诗歌创作的赵哲权、张向阳等作家，1999年度分别发表了一些故事、童话、寓言、散文诗作品。在幼儿文学创作上，张彦、虞运来、夏辇生、金志强、章云行、金旸、屠再华等作家频频出手，屡有收获。根据冰波童话摄制的动画片《阿笨猫》也在中央电视台陆续播出。

在理论研究方面，《浙江师范大学报》1999年第4期出版了一期儿童文学研究专辑，发表了该校教师、国内访问学者、研究生、本科生及海峡两岸作家、学者的有关论文20余篇。这是该刊第八次以专辑形式出版的儿童文学研究专号。周晓波出版了自己的第一本儿童文学论文集《当代儿童文学面面观》；孙建江出版了《意大利儿童文学概述》《光荣与梦想——孙建江华文儿童文学论文集》；方卫平出版了《法国儿童文学导论》《逃逸与守望——论九十年代儿童文学及其他》。

五、结 语

回顾1999年的浙江儿童文学创作，我认为，许多作家都付出了执着的艺术努力。不过，如果放在全国儿童文学创作的大背景上来看，我们是不是还存在着这样一些问题：一是缺乏在全国有影响的力作，尤其是在小说、童话等重要门类创作上，缺乏有影响力的大气之作。二是浙江作家的艺术观念还需要进一步拓展，艺术修养还需进一步加强，因为只有这样，我们才可能创作出更大气、更厚实的作品来。三是在后备创作力量的积蓄方面，浙江已落在了北京、上海、湖南、辽宁等省市的后面。好在全省儿童文学界对此已有了相当的共识。我们相信，在全省几代儿童文学作家的共同努力下，浙江儿童文学事业在新的世纪里一定能够再创佳绩。

（原载浙江文学院2000年5月编《九九浙江文坛》）